折口信夫

安藤礼二

講談社

折口信夫

装幀　菊地信義

はじめに

折口信夫は、民俗学と国文学が交わる地点に独自の古代学の体系を打ち立てた。折口の生涯と思想は、これまでどうしても柳田國男との関係から論じられることが多かった。しかし、折口の学と表現は、柳田の学と表現の枠のなかには収まりきらない。より過激で過剰なものを孕んでいる。柳田國男との出会い以前の折口信夫が正面から問われたことは、これもまた、これまでほとんど――あるいはまったく――なかった。

本書の第一章から第四章までは、折口信夫の生涯に焦点を合わせている。特に折口の生涯に秘められたいくつかの「謎」を解き明かすことを試みた。折口は柳田との出会い以降についてはきわめて饒舌であるが、柳田との出会い以前については一貫して沈黙を守っている。そこには明らかに、かつて松田修が述べたような「顕示と隠蔽の構造」が見出される。隠蔽することによって顕示し、顕示することによって隠蔽する、という。

第一章では本荘幽蘭と神風会、つまり教派神道の問題が、第二章では藤無染《ふじむぜん》と新仏教、つまりアメリカと列島で同時にかたちになった一元論哲学の問題が、第三章では金沢庄三郎と比較言語学にして比較神話学の問題が、第四章では柳田國男と民俗学の問題が、それぞれ論じられている。生々しい「神憑り」によって成立した教派神道の教義、主観と客観といった区分を廃棄し、生物学および心理学から宗教学に至るまで一元論的な領野を実践的に確立しようとしたアメリカの哲学、そして列島の北端と南端からさらに朝鮮の半島、満州の平原、モンゴルの高原にまで広がる北東アジア諸地域の言語と文化の比較研究を土台とし、柳田國男の民俗学を最も創造的に消化吸収することによって、折口信夫の古代学の体系がはじめて可能になった。

本書の第五章から第八章までは、折口信夫の思想に焦点を合わせている。折口は繰り返し、列島の原初の神は「霊魂」そのものであったと説いている。あるいは、原初の呪術的な表現言語、いまだ霊的な力を失わない「言霊」そのものであった、とも。外部に存在する「霊魂」にして神を、祝祭の直中で内部に受肉することから原初の「法」をはじめとする権力の体制が、あるいは、原初の「詩」をはじめとする表現の体制が、生み落とされる。折口にとって原初の「法」と原初の「詩」、権力と表現は表裏一体の関係にあった。詩は権力として構成され、権力は詩として解体される。「法」の内部で権力を体現する者こそが天皇であり、「法」の外部で表現を体現する者こそが乞食、放浪する芸能の民たちであった。

乞食、天皇、神の相互関係を解き明かす。それこそが、折口信夫の古代学の核心に存在するものである。だから、第五章から第八章まで、それぞれ「乞食」「天皇」「神」「宇宙」と題し、折口古代学が成立するための基本構造を抽出することを試みた。その過程で、これまでは推測されるだけでしかなかった出口王仁三郎と折口信夫の思想的な交錯という問題もほぼ実証できた。しかも折口は、古代を学問として研究するだけでなく、その全体を霊的な表現言語の「宇宙」として生き抜こうとしていた。古代を研究することが古代を表現することといつの間にか結びついてしまうのである。折口信夫の学と表現が賞讃され、また非難されるのも、折口学の根底を規定するそうした点にある。

折口信夫は生涯、釈迢空というもう一つの名前、死後の名前、すなわち死者の名前である「法名」を筆名として用い、短歌、詩、戯曲、さらには小説等々、結局のところ日本語の表現として可能なすべての分野で特異な作品を残した。折口信夫の学、釈迢空の表現は、近代を条件としながらも近代を乗り越えていくものとしてある。それ故、その学と表現は不可避的に二重性、あるいは両義性を身にまとうことになる。近代と前近代、未開と文明といった相矛盾する二重性にして両義性を。その二重性と両義性は、折口信夫の学と表現が、グローバルで近代的な国民国家の主権者としてローカルで前近代的な呪術王たる「天皇」を据えてしまったこの列島の、まさしく陰画として存在しているからであろう。折口信夫の可能性と不可能性を問うことは、近代日本の可能性と不可能性を問うことと等しい。

折口信夫の生涯と思想を八つの主題から論じた後、これまで別の機会に発表された五篇の論考を、それぞれ「列島論」および「詩語論」としてまとめた。折口信夫の学、釈迢空の表現が孕みもつ二重性にして両義性を、別の視点から、より立体的に深めていくためである。

「列島論」では、折口信夫の古代学のみならず柳田國男の民俗学の起源でもあった北海道のアイヌの人々と台湾の「蕃族」と総称された人々がどのような時空を生きていたかが論じられる。列島の近代は、列島の北端と南端に存続していた「未開」にして「野蛮」との闘争、そしてそれらを壊滅的に解体させることから可能になった。柳田國男と折口信夫の学には、明らかに、そうした近代と前近代、文明と「野蛮」との激しい闘争の痕跡が刻み込まれている。だからこそ、近代を再審に付し、近代を相対化する可能性が秘められている。もちろん、その近代の再審、近代の相対化とは、剝き出しの暴力とともにしか果たされないものなのかもしれないが……。

「詩語論」では、釈迢空の表現の可能性が、同時代を生きた卓越した表現者であった西脇順三郎、そしてその西脇と折口の両者の学と表現を最も創造的に引き継ぎ一つに総合した井筒俊彦の営為と比較対照されながら、あるいは、同時代の空間的かつ世界的な交通、さらには過去との時間的かつ世界的な交通から論じられる。折口信夫の学が近代と前近代の闘争のなかで形づくられたとしたのなら、釈迢空の表現もまた前近代と近代の闘争のなかで形づくられていったはずだからだ。近代日本文学の可能性とは、そういった地点にしか、もはや存在しないであろう。

最後に、あらためて折口信夫とは一体何者であったのか、やや長めの「後記」を付した。折口信夫は、過去の記憶が刻み込まれた「言葉の織物」を徹底的に読み解き、まったく未知なる未来の時空にその「言葉の織物」を再生させた。「言葉の織物」を編みほどいては編み直す。折口信夫の学と、釈迢空の表現の本質を一言であらわすならば、それは「批評」の実践であった、とまとめられるであろう。「批評」とは、他者の残した言葉を徹底的に読み解く（「解釈」する）ことによって、その言葉をまったく新たなかたちで甦らせる（「創作」する）ことだからだ。

私は、本書を自分が信じる「批評」の実践として書き上げた。その対象として折口信夫を選んだのはまったくの偶然である。しかし、今ではやはりそこに深い必然があったと思っている。解釈学の実践としての批評。解釈は飛躍がなければ可能にはならない。しかし、その飛躍は、対象となる資料を厳密に読み込んだ上で為されなければならない。そのために、本書では、各章のそれぞれの本文に続けて例外的にやや長めの注を付した。本文では、解釈によって可能になった「私」の折口信夫が語られている。注では、その「私」の折口信夫を可能にした典拠をできる限り厳密に提示したつもりである。この短くはない一冊の書物を手に取られた方にお願いしたいのは、まず批評という解釈によって可能になった本文を通読していただきたいということである。そこにこそ、私が折口信夫から学んだ「批評」としての実践が示されているはずだからである。

折口信夫

目次

第一章

起源

聖父子の墓

民俗学者であり国文学者でもあった折口信夫の墓は能登半島の羽咋《はくい》、日本海を望む小高い砂の丘の傍らにある。以前は松林だったというが現在ではほとんどが枯れ果て、荒涼とした場所となっている。海の彼方から風と砂を受けつづけた墓碑銘には、こう刻まれている――。

もつとも苦しき
　たゝかひに
最くるしみ
　死にたる
むかしの陸軍中尉
折口春洋
　ならびにその
父　信夫
　　の墓

墓石も墓碑銘も、そしてこの場所も、生前の折口が能登を訪れ、選んだものだった。折口春洋の旧姓は藤井、生涯独身を貫いた折口信夫との直接の血のつながりは存在しない。藤井春洋が折口信夫と養子縁組みし、折口春洋となったのは、太平洋戦争末期の「もつとも苦しきたゝかひ」、硫黄島で命を落とす直前のことだった。
戦後になって、ちょうど羽咋に父子の墓を建てる決意をした頃（一九四八年）、折口は「わが子・我が母」という短くはあるが、自身の生きざまについて凄絶な決意をうかがわせるエッセイを残している。血のつながらない「わが子」春洋について、折口はこう記していた――「私の家には、たゞ一人の家族として、能登の春洋《ハルミ》が居た。私の出てゐた大学の学生時代から、私のそばにゐることを好んで、家を訪ね／＼して来たのが、何時か住みつくことになつて、其ほどの年月を過したのであつた。私ども二人は、其で居て唯美しい師弟として満足して暮してゐた」[*1]。血のつながりのない美しい師弟の関係が、戦争という災厄によって、聖なる父子という関係となった。しかしながら、その絆は一瞬にして滅び去る運命にあった。

それに比して、血のつながりのある実の両親に対して折口が示す態度は対照的である。代々生薬屋を営んでいた家に婿養子に入った父について――「年と共に気むつかしくなつて行く父は、しまひには患者を診ることすら、廃してゐた。家人とも楽しげに話を交すことも少かつた。母はこの父に対して、見る目もいた／＼しい程、よく仕へたけれども、父はとりわけ、母と顔をあはすことを嫌つてゐた様である」[*2]。さらに母との思い出を懐かしげに綴りながら、折口は唐突にこう記すことになる――「私の持つてゐた執意、静かに此母からあとを消す為に家に後《ノチ》あらせぬ以外にない、何も我々一人々々が家を立てるだけのことはない。そんなことを考へてゐたのだ」[*3]。

血のつながらない聖なる我が子は現実の戦争によって滅び、血のつながりのある現実の父母の子たる我は、強靱な「執意」によって自らを滅ぼそうとしている。折口の消滅への意志は徹底している。この世を去る一年ほど前（一九五二年）、折口は創作の際には例外なく用いていた「釈迢空」という特異な筆名で、二冊からなる詩集『古代感愛集《かんない》』および『近代悲傷集』を刊行する[*4]。その最後、『近代悲傷集』の末尾に折口は自分自身の死後について、さらには将来の自分の墓の在り方について語った「きずつけずあれ」[*5]を収録している。疑いもなく折口の遺言である――。

わが為は　墓もつくらじ――。

然れども　亡き後《アト》なれば、
すべもなし。ひとのまに〳〵——。
　かそかに　たゞ　ひそかにあれ

生ける時さびしかりければ、
若し　然《シカ》あらば、
よき一族《ヒトゾウ》の　遠びとの葬《ハフ》り処《ド》近く——。

そのほどの誓しは、
村びとも知りて　見過し、
やがて其《ソ》も　風吹く日々《ヒビ》に
沙山の沙もてかくし
あともなく　なりなむさまに——。

　かくしこそ——
　わが心　しづかにあらむ——。
　わが心　きずつけずあれ

我が為に墓を作る必要などない。しかし、聖なる我が子が我とともにこの世に存在した証しとして、ただ巨大な石のみを、海の彼方の異界にして他界を望むこの場所に立てる。やがてその石は時の経過とともに静かに砂に埋もれていくだろう。跡形もなく。折口は自らの最後を、すべてが消滅するゼロの地点に定める。その消滅の場所は、消極的かつ受動的な破滅を意味するだけではなかった。より積極的かつ能動的な破壊をも意味していた。すべてをゼロにまで破壊し尽くし、その破壊の果てに新たなものの萌芽を見届けること。ゼロは新たなものの可能性を潜在的に孕んだ生成の場所でもあった。戦争によって聖なる我が子を失った折口は、自らを神話時代の荒ぶる神、破壊神スサノヲ[*6]になぞらえる。『近代悲傷集』では、折口の遺言「きずつけずあれ」の前に、スサノヲを主人公とした連続する六篇の叙事詩連作「贖罪」「すさのを」「天つ恋」「愉悦」「夢の剽盗」「神　やぶれたまふ」が置かれていた。一連のこのスサノヲ詩篇こそ、「短歌の次の形」[*7]を、批評としても実践としても模索し続けた歌人、釈迢空の到達点でもあった。

そして、おそらくこのスサノヲへの想いこそが聖なる父子、折口信夫と藤井春洋を出会わせたのである。

*

藤井春洋の生家は能登の一ノ宮、気多大社のすぐそばにある。折口は春洋の生前も没後も、よくこの大社を訪れた。それは最愛の弟子のルーツを確認する作業であると同時に、自分自身のルーツを確認する作業でもあったはずである。なぜなら春洋の故郷にある気多大社も折口の心の故郷、祖父飛鳥造酒ノ介[*8]の出身地、飛鳥坐《あすかにいます》神社もともにスサノヲの子孫たちを祀っていたからだ。気多大社にはアマテラスの子孫である天孫に国を譲って幽冥界の主宰神となったオホアナムヂ（オホクニヌシ）が、飛鳥坐神社にはオホクニヌシの子であるコトシロヌシとその妹神が祀られていた。

オホアナムヂもコトシロヌシもスサノヲの血を引く出雲の神々である。能登と飛鳥と。藤井春洋と折口信夫は、時間的な隔たり、空間的な隔たりを超えて、スサノヲのもとで一つにむすばれ合う。折口信夫と藤井春洋という聖父子はスサノヲの子供たちであり、さらに言ってしまえば、お互いにとってかけがえのない分身同士でもあったのだ。オホアナムヂの前にガガイモの舟に乗った小さな神スクナビコナが現れ、ともに手を携えて国を作り堅め、その後オホアナムヂを残してスクナビコナが常世の国へ去ったように、春洋は折口の前に突如として現れ、折口のもとを突如として去っていった。折口は意識的に、あるいは無意識的に、古代の神話を反復していたのである。

「わが父にわれは厭はえ、我が母は我を愛《メグ》まず」[*9]と記す折口にとって、現実の家族を超え、古代へと連なる祖父造酒ノ介に体現された神々の系譜に自己を同一化することは精神的な救済となったはずである。ほとんど自伝的な私小説と称することも可能な小説の処女作「口ぶえ」のなかで、祖父の故郷、「大和国高市郡飛鳥、古い国、古い里、そこに二千年の歴史を持つた、古い家」を訪れた漆間安良こと折口信夫は、こう独白している[*10]――。


古典にしば〳〵その稜威《リヨウキ》を見せてゐる大社も、今では草のなかの野やしろとなつて、古神道のはてを思はせるやうに傾いてゐた。後には、多武の峰の山つゞきが聳えて、南へ長く尾をひいてゐる。陽炎の立つてゐる野には、まどかな青山がゆるい曲線を漂はして、横ほり臥した。

祖神の広前に蹲まつて、目を閉ぢてゐた。さうしてゐるうちに、ひろい神の心が、安良の胸に、あたゝかく溶けこんで来る。おまへたちとおなじやうなことをやつて来たわしだ。そんなことは、すべてわしの前には、罪とは見えない。おまへのせなければならぬことは、目のまへにあるではないか、と囁かれるやうな心もちがする。


造酒ノ介、信夫、春洋と、荒ぶる神スサノヲから続く聖なる一族の系譜を、想像力によって今ここに完成させること。それこそが折口信夫が確立することを目指した学問の大きな目標となり、釈迢空が確立することを目指した表現の大きな目標ともなったはずである。

気多大社本殿の背後、タブの樹が鬱蒼と繁った神聖な禁域である森のなかに巌窟がある。そこ、気多大社の奥の院には、出雲の神々の起源であるスサノヲとその妻クシナダヒメが祀られているという。折口は『古代研究』民俗学篇1（一九二九年）の口絵に、気多の森に生育したタブの樹の写真を収録する。巻頭には論考「妣が国へ・常世へ」（一九二〇年）が据えられ、死者たちの国、黄泉の国たる「妣《はは》が国」に去った万物の母イザナミを慕い嘆き、青山を枯山にしてしまうまで泣き叫んだスサノヲの姿が浮き彫りにされていた。さらに『古代研究』をまとめる少し前、折口ははじめて能登半島、この気多を訪れ、その思い出を「気多はふりの家」[11]という短歌の連作に詠み、第二歌集『春のことぶれ』（一九三〇年）に収めた。連作の冒頭に掲げられた歌は次のようなものだった[12]――。

気多の村
若葉くろずむ時に来て、
遠海原の　音を
聴きをり

この歌からはじまる「気多はふりの家」を形づくる連作には、つねに海からの音が鳴り響いている。スサノヲは、父イザナキから大海原を治めることを命じられ、そこで亡き母を偲び、泣き喚いた。折口が聴いたのは、あるいは「気多はふりの家」の連作に鳴り響いている「海の音」とは、スサノヲの悲痛な叫び声でもあったはずだ。『近代悲傷集』のスサノヲ詩篇で、折口は自らスサノヲとなる。連作のはじまりをなす「贖罪」の冒頭[13]――。

すさのを我　こゝに生れて
はじめて　人とうまれて―
ひとり子と　生《オ》ひ成《ナ》りにけり。
ちゝのみの　父のひとり子―
ひとりのみあるが、すべなさ

『古事記』においてスサノヲは――姉であるアマテラスもまた――ただ父イザナキからのみ生まれる。つまり、この弟姉は、「妣が国」を支配する怪物じみた母イザナミから逃れ、独り黄泉の穢れを洗い清めるイザナキの禊ぎから生み落とされた。スサノヲには真の母が存在しないのだ。折口は「男なる父の　泌物《ヒ》　凝りて　成り出でし　純男《モハラヲトコ》」スサノヲを老いさらばえるまで父の身体のなかに閉じ込めておく。父であることに対する激しい憎悪がこの一篇の詩を貫いている。そしてここに今、父なる神に闘争を挑む白髪にして白髯の荒ぶる子スサノヲが誕生するのだ。

折口は、老人にして子供でもあるスサノヲにこう叫ばせる――。

我が力　物をほろぼす――
憤恚《イキドホロ》し　我が活《イ》き力《ヂカラ》
わが父や　我を遁《ノガ》ろへ、
我や　わが父に憎まえ、
追放《ヤラ》はれぬ。海《ワタ》のたゞ中

あらゆるものを滅ぼすような力をもち、それ故、父なる神によって大海原に追放された荒ぶる子スサノヲ。それは折口が想像力によって再構成した自画像でもある。折口は「贖罪」という詩を、次のような一行で閉じる――「物皆を　滅亡《ツクシ》の力　我に出で来よ」。すべてが滅び去った表現と学のゼロ地点。「きずつけずあれ」に描き出された自身の墓の在り方とも呼応する、そのような荒れ果てた場所こそが折口信夫、釈迢空が最後に到達した表現と学の地平であった。

＊

しかし、この荒れ果てたゼロの場所は、同時に折口信夫、釈迢空の起源でもあったはずだ。折口は、このゼロ地点に一つのドラマを生起させる。弟スサノヲと姉アマテラスの「恋」である。『近代悲傷集』で「贖罪」に続いて収められた「すさのを」「天つ恋」「愉悦」の三篇はすべて記紀に描き出されたスサノヲとアマテラスの「ウケヒ」（誓約）

を主題としたものだった。大海原を去り「妣が国」へと向かうため、「わたつみのけだもの」[*14]たる水の男神、弟スサノヲは天を治める太陽（火）の女神、姉アマテラスに別れを告げるために天へと昇ってゆく。万物を動《とよ》もし、震《ゆ》らせながら。

アマテラスは、スサノヲのそうした行為に天への反逆を読み取り、武装して弟を迎える。スサノヲは自らの潔白を証明するために、「ウケヒ」を行い、互いに子供を生むことを提案する。天の河原を舞台に、姉と弟の間で象徴的な性の儀式が執り行われる。聖なる婚姻が成立したのだ。水と火が、海と太陽が、男と女が、弟と姉が交わり合い、この地上を支配する神聖王の祖先たちが生み落とされる。天皇に直接つながる男の神々を生んだのがアマテラスだったのかスサノヲだったのか。スサノヲはアマテラスとの「ウケヒ」に勝ったのか負けたのか。『古事記』と『日本書紀』ではほとんど正反対の過程《プロセス》をたどって解が下され、さらには『日本書紀』の本文（「一書《あるふみ》」に対して、以下「本書」とする）とそのヴァリアント（複数の「一書」）でも、解が導き出される過程はそれぞれ異なっている。[*15]

まず『古事記』ではこうなる。アマテラスはスサノヲが腰に帯びていた剣を乞い受け、三つに打ち折り、天の聖なる井戸にふりすすぎ、嚙みながら息を吐き出す。その息の狭霧から三柱の女神が生まれる。スサノヲはアマテラスが頭、髪、腕に身につけていた五つの珠を乞い受けて、同じく天の聖なる井戸にふりすすぎ、嚙みながら息を吐き出す。その息の狭霧から五柱の男神が生まれる。アマテラスは、五柱の男神は自分の持ち物、つまりその物を原因（物実《ものざね》）として成った神なので自分の子であると主張する。どのような事態になったら「ウケヒ」に勝てるのか条件がなにも提示されないまま、スサノヲは突如として女神を得たのだから自分の心の清明さは証明されたとして乱暴狼藉に及ぶ。

『日本書紀』の「本書」では最初に「ウケヒ」の条件が提示される。女神を生んだのなら邪な心をもっており、男神を生んだのなら清い心をもっている、と。『古事記』とは正邪の判定が真逆になる。アマテラスはスサノヲから剣を乞い受け三柱の女神を生み成し、スサノヲはアマテラスから珠を乞い受け五柱の男神を生み成す。アマテラスはやはり自らが身につけている物を原因として成ったという理由から五柱の男神がすべて自分の子であるとし、ただちに引き取って養い育てる。『日本書紀』にはこの他に三つのヴァリアント（一書）が併記されている。剣と珠の所有者が異なっていたり、スサノヲの「ウケヒ」での勝利が明記されていたり、「ウケヒ」によって生まれる神の数が異なっていたりする。しかし、そのほとんどの場合に、男神の筆頭が「勝利」を意味する称辞を付され、後に地上に降臨するニニギの父となるアメノオシホミミであること、男神たちとアマテラスの間に親子——実の親にしろ、養い親にしろ——の関係が再確認されることに相違はない。『古事記』の場合でも『日本書紀』の場合でもオシホミミがスサノヲの子であり、ニニギはスサノヲの孫であると主張することも可能性としては許されているのに、である。

スサノヲは一体アマテラスに勝ったのか負けたのか。あるいはスサノヲとアマテラスの間には「愛欲」が芽生えたのか「憎悪」が芽生えたのか。最晩年の折口はスサノヲの側から、アマテラスへの叶わぬ「愛」を書きつける。「すさのを」の末尾二連は、こう記されることになる——。

高天《タカアメ》の　我が姉よ——。
今助《ス》けに来よ。わがいろ姉《ネ》——。
　わが咽喉は　火と燃えたり
　たゞ欲りす。乳汁《チシル》のしづく

わが御《ミ》姉　我を助けて
かき出でよ。汝《ナ》が胸乳《ムナヂ》
　あはれはれ　死ぬばかり
　いと恋し。汝が生肌《イキ》

スサノヲとアマテラスの間に生まれる情愛と憎悪。実にそれは大学生の折口信夫が考察しようとしていた問題でもあった。[16] 当然のことながら、出雲の側に立つ若き折口は「ウケヒ」の不自然さに焦点を絞り、「ウケヒ」のもつもう一つの可能性、つまりアマテラスではなくスサノヲが天皇の祖となった可能性を「ウケヒ」が孕んでいることを言外に示唆しているようだ。それがいかに過激な意味をもつ考察であったのか。また戦後の折口が主張する神道宗教化論といかに呼応するものであったのか。節をあらためて、折口がどのような人間関係のもと、どのような意図をもって、こうした考えを抱くようになったのか詳述していきたい。

折口信夫の起源と終焉は巨大な円環を描いて、同じゼロの場所で一致する。そして、それは折口個人の問題を大きく超え出て、この列島固有の神話と宗教、つまり神道全体を二分する巨大な問題となるものでもあった。アマテラスは伊勢に祀られ、スサノヲとその子孫オホクニヌシは出雲に祀られている。伊勢から日は昇り、出雲に日は没する。『日本書紀』には伊勢起源譚が記され、『古事記』にはオホアナムヂ（オホクニヌシ）の黄泉遍歴譚が記されている。それとは反対に、『日本書紀』は黄泉遍歴譚を欠き、『古事記』は伊勢起源譚を欠いている。伊勢と出雲はきわめて対照的な二つの神話をもった、神道の二つの聖地であった。

スサノヲとアマテラスの対立と融合は、江戸期の国学者たちによって、死の世界と生の世界の対立と融合として読み替えられていった。伊勢はアマテラスの子孫、天皇が支配する生者たちの世界（「顕」）の中心、出雲はスサノヲ（オホクニヌシ）の子孫、出雲国造が支配する死者たちの世界（「幽」）の中心として。『日本書紀』の本文（「本書」）のヴァリアント（「一書」第二）に記された一節の解釈をめぐって、[17] 本居宣長によって問題が提起され、平田篤胤によって体系化された、顕明事と幽冥事、顕明界と幽冥界、可視の世界の生者たる人間と不可視の世界の死者たる神が対立する構造である。柳田國男も折口信夫も、自分たちが創出した民俗学とは、本居宣長と平田篤胤によってかたちが整えられた「国学」の思想を受け継ぎ発展させた「新国学」であると定義していた。

出雲と伊勢の対立は、近代に入りより激化する。伊勢は「国家神道」の中核に位置づけられ、出雲は「国家神道」の枠から離れた「教派神道」となる。国民を教化し国家に統一を与える道徳としての神道と、個人的な霊魂の修練、個人的な道の実践と結びついた宗教としての神道と。国学院大学生であった折口信夫が残した演説原稿は、古代から中世、さらには近世から近代にまで至ってもなお解決がつかない出雲と伊勢の対立を背景としている。*[18] 問題の射程は、おそらくいまだ充分に明らかにされていない。この列島に生を享けた人間にとって最も危険であり、しかしながら最も可能性にも満ちている問いがそこに存在している。「国家神道」を解体した後、神道は本当に宗教になることができるのか否か。折口学とは、列島の固有信仰たる神道、その究極的な問いに肉迫した一つのアプローチだった。折口信夫は問いを未来にひらき、そこで力尽きた。戦後の折口が「神道を宗教化する」という主題のもとに試みた宗教改革運動はいまだ完結していない。折口学は現在においてもまだ、未完のプロジェクトとして存在している。

折口の試みを引き継ぎ、新たなものへと再生させるために、今こそその起源の場所、ゼロの地点に踏み込んでいかなければならない。折口は熱烈にアマテラスを崇拝し、アマテラスのように生きようとした女性たちのネットワークのなかからスサノヲを立ち上げていったのだ。矛盾する諸力が一つに交わり、古代と近代とを通底させる。弟スサノヲと姉アマテラスの「恋」、「ウケヒ」の問題を起点として。

1 『全集』33・三一四。以下、折口信夫の著作からの引用は原則として一九九五年に中央公論社から刊行が開始された最新版の『折口信夫全集』（全37巻、別巻4——別巻4のみ現在に至るまで未刊行）から行い、巻数を算用数字で、頁数を漢数字で示す。

2 『全集』同・三一一。『若き折口信夫』（中央公論社、一九七二年）を著した中村浩の調査によれば、折口の双子の弟たちは、荒ぶる異人であった父が、母の実の妹に孕ませた子供たちであった。この事実は遠回しではありながら折口自身も明らかにしている。また、兄たち（静、順、進）とは異なり、弟たち（親夫、和夫）と命名のシステムを同じくする信夫は、自身の出生についても疑問を抱き続けたのではないかと推測される。自分は父（もしくは母）が犯した過ちの子であり、それ故、真の母（もしくは父）はこの現実の世界とは異なったもう一つ別の世界にこそ存在しているのではないか、と。異界にして他界でもある「妣が国」の探究は、後に成立する折口学の要となるだけではなく、折口信夫個人にとっても最も切実な問題であったはずである。

3 『全集』同・三一四—三一五。

4 『近代悲傷集』はこの時点ではじめて一冊の書物としてまとめられたが、『古代感愛集』はここに至るまでに大きく三回収録作品があらためられている。現行の全集では、折口の意向を尊重して、最終的にかたちを整えられた二冊の詩集の構成に準じている。『古代感愛集』に収められていた「きずつけずあれ」が『近代悲傷集』の最後に置かれるのも、この段階からである。

5 『全集』26・三一二—三一三。初出は『人間』第一巻二号

（一九四六年）。

6　記紀に登場する古代の神々は、『古事記』および『日本書紀』によって漢字の表記が大きく異なる。よって記紀からの引用以外はカタカナ表記に統一して示す。

7　『全集』32・二〇九。引用は晩年に著され、「私の詩作について」とサブタイトルが付された折口の詩的自叙伝とも称すべき「詩歴一通」（一九五〇年）より。折口はそこでこう語っている。自分に「短歌の次の形」を意識させた直接の契機は、関東大震災に遭遇したことである。震災と戦争という「世間の大擾乱と、私個人についての衝撃とが」、折口に短歌とは異なった「詩」をもたらしたのである。折口の営為は現在でもアクチュアリティを失っていない。

8　正確に記せば、造酒ノ介は飛鳥坐神社の代々の神官をつとめている飛鳥家の直系ではない。まず飛鳥家の養子となり、さらにそこから折口家に養子に入った人物である。折口の処女小説「口ぶえ」は、いったんは疎遠になってしまった飛鳥家と折口家の間の絆を、折口自身をモデルとした主人公の少年が回復させることを一つの主題としていた。もう一つの主題は少年たちの同性愛である。なお、「飛鳥造酒」は「釈迢空」以前に折口が継続して使用した創作者としての筆名ともなった。

9　『全集』26・二四。「幼き春」の冒頭より。「幼き春」や先述した「わが子・我が母」に描かれた両親に対して、「口ぶえ」に描かれた祖父の姿、祖父への敬愛は鮮烈な対比をなす。折口はこう書いている——「彼の生れた頃にはもうなくなつてゐた、祖父《ヂヾ》があつた。その人は養子として、漆間［折口——引用者注、以下同］の家に来たのであるが、石女《ウマヅメ》であつたうへに、夫にはやく死なれて、ずゐぶん手びろくやつてゐた商売を、女手一つに支へて来た曾祖母《オホバヾ》は、遠縁の娘をいれて、それにめあはせた。その祖父《ヂヾ》は、大和の神職の出であつた。祖父は死んで二十年にもなつてゐるけれど、土地《トコロ》では今でもなんかのはずみにはその名がひきあひに出て、春の海のやうな性情や、情深かつた幾多の逸話が語られた」（『全集』27・四七）。

10　『全集』27・四八および五五。飛鳥坐神社の境内には男根や女陰の形態をもった大小さまざまな自然石（「陰陽石」）が並び、豊穣を祝う奇祭、天狗とお多福が舞台で模擬性交をする「御田《おんだ》植祭」が行われている。折口が確立することを目指した神道は、宗教的実践から性愛を排除しない。逆に性愛をそのまま聖性へと昇華させることが意図されていた。「口ぶえ」のこの箇所では、思春期の性的な幻想に囚われた安良を、スサノヲに由来する太古の神が励ましている。ここに折口の宗教原論にして芸能原論が胚胎されている。

11　表題および作品の内容については岡野弘彦と長谷川政春によって詳細な注が付されている——「その「春洋の」生家が一の宮の寺家領で、代々寺僧で勾当将監（こうとうしょうげん）と言っていたために、「はふり（祝）」と言う。この連作は、昭和二年六月に、春洋ら国学院大学の学生数名と初めて能登半島を訪れた時のもの」（日本近代文学大系46『折口信夫集』角川書店、一九七二年より）。

12　『全集』24・二七八。折口は短歌に句読点を付し、行を分けて記した。いずれも「短歌の次の形」を求めての試行錯誤の結果である。『春のことぶれ』の実験から折口信夫の「詩」がはじまっている。その試みが最終的に到り着いた地点が『近代悲傷集』のスサノヲ詩篇である。

13　『全集』26・二九一—二九五。

14　「贖罪」に続く詩篇「すさのを」の冒頭の一行である。「すさのを」は『全集』26・二九五―二九七に収録。神と獣がそのまま一つに融合した「わたつみのけだもの」、すなわち他界の身体と人界の身体、光と闇をあわせもち、豊饒と破滅を同時に地上にもたらすような聖なる「両界身」をもった存在という主題は、折口の最晩年の長大な論考「民族史観における他界観念」（一九五二年）で全面的に論じられることになる。もちろんそうした両義的かつ中間的な存在は、折口学を貫徹する「マレビト」と別のものではない。つまりスサノヲとはマレビトの典型でもあったのだ。そういった意味で、「妣が国へ・常世へ」の原型となった最初期の「異郷意識の進展」（一九一六年）から「民族史観における他界観念」に至るまで折口学の構造は一貫しており、そこに断絶は存在しない。

15　以下、『古事記』については新編日本古典文学全集1『古事記』（小学館、一九九七年）を、『日本書紀』については同全集2『日本書紀①』（小学館、一九九四年）を参照し、引用する。「ウケヒ」についても原文を引用して論じるべきであろうが、さまざまな要素が複雑に絡み合い混乱するため、要約とした。折口は『日本書紀』を一貫して『日本紀』と記すが、通例に従う。『古事記』と『日本書紀』は、さまざまな面で鋭く対立し合う神話の書であり歴史の書であるが、本稿では論旨に関連する一部の特徴を挙げるにとどめた。折口は『古事記』からは「産霊」にはじまる霊魂の発生学とミコト（御言）の連鎖による権力の形成学を、『日本書紀』からは諸ヴァリアント（「一書」）に共通して見出される古代人の論理を構成する諸概念を抽出してくる。折口の天皇論の骨格となる「真床襲衾《マドコオフスマ》」や「天皇霊」はすべて『日本書紀』に由来する。なお『日本書紀』の伊勢起源譚のなかに描き出されたアマテラスも、招き寄せた天皇そのものに破滅をもたらすような荒々しい憑依神である。アマテラスは天皇の娘たちとともに宮中から追放され、異界にして他界を望む伊勢にたどり着いたのである。

16　本章末、「折口信夫新発見資料」として全文を復刻したものである。

17　オホアナムヂ（オホクニヌシ）の国譲りの一ヴァリアントである。アマテラスとともに天上を支配するタカミムスヒの神から国譲りの命を受けて使わされた使者二人は、オホアナムヂからその申し出を拒絶される。タカミムスヒの神はオホアナムヂに対して新たな条件を出す。「夫《そ》れ汝が治《し》らす顕露之事《あらはなること》、是《これ》吾《あ》が孫《みまご》治《し》らすべし。汝は以ちて神事《かくれたること》を治《し》らすべし」。その代償として巨大な宮（「天日隅宮《あまのひすみのみや》」）を造ってやろう。その条件をのみ、オホアナムヂはこう答える。「吾《あ》が治《し》らす顕露事《あらはなること》は、皇孫《すめみま》治《し》らしたまふべし。吾《あ》は退《さ》りて幽事《かくれたること》を治《し》らさむ」。ここに天から降臨してくるアマテラスの孫の血を引く天皇が可視の現実世界（「顕」）を支配するという構図が確立し、逆にオホクニヌシは不可視の神的世界（「幽」）に退き、その支配を確立する。そうした出来事が古代には確実に存在していた。神道の最も根本的な聖典（『日本書紀』）のなかにそう記されていたのである。宣長の問題提起を受けた篤胤は、二つの世界の対立と二つの世界の相互転換を一つの発生学的な宇宙論にまで磨き上げていく。伊勢と出雲の対立と抗争は、篤胤の手によって「顕」（生）と「幽」（死）の対立と抗争に接続され、一つに重なり合ったのである。折口信夫の民俗学、すなわち「新国学」がはじまるのはその地点からである。

18　出雲と伊勢の対立を主題とし、『日本書紀』の「一書」をめぐる解釈学の現状から、宣長と篤胤、さらには明治初期の「祭神論争」における出雲の敗北、折口信夫および出口王仁三郎による学と宗教によるその再生までを論じた著作として、原武史の『〈出雲〉という思想　近代日本の抹殺された神々』（講談社学術文庫、二〇〇一年）がある。本書全体を書き進める上で最も参照した一冊である。

藤無染と本荘幽蘭

折口信夫の生涯と思想、そして表現を、あらためてその起源の場所、ゼロの地点から再考していかなければならない。いまだ誰も折口信夫の真の起源を知らない。

柳田國男との出会い以降にかたちになった折口の特異な民俗学と国文学、すなわち「折口学」については、これまで膨大な言葉が費やされてきた。しかし、柳田國男以前の折口信夫、特に国学院大学入学前後から大学時代の折口について、独自の資料調査とフィールドワークにもとづいて本格的に検討し直した論考は、富岡多恵子の『釋迢空ノート』[*1]を唯一の例外として、ほとんど皆無である。もちろん『折口信夫伝』を書き上げた加藤守雄によって問題は提起され、「青年折口信夫の精神的遍歴」をまとめた保坂達雄によって問題は整理されている。[*2]

だが、いずれも問題の解決からはほど遠い。問題を提起し、問題を整理するだけでは謎は解かれない。かえって謎は深まるばかりである。おそらく伝記的にもまったくの空白であるその期間、国学院大学入学から卒業までの間に、思想家としての折口信夫の起源――それは同時に表現者としての釈迢空の起源でもある――が隠されているはずなのだ。現存する資料で確認する限り、折口がはじめて「釈迢空」の号を使ったのは、大学卒業の直後、明治四三年（一九一〇）九月一五日に京都山崎妙喜庵で開催された、関西同人根岸短歌会に参加した際である。会に参加する直前まで、折口は少年時代の同性愛の体験を主題とした自伝的小説「口ぶえ」後半の舞台となる京都西山の善峰寺を訪れ、その寺に数日滞在していたと推定されている。

問題の解決を困難にしている最大の原因は、折口自身が大学時代についてはほぼ完全な沈黙を守っている点にある。もちろん国学院大学にどのような教員が在籍しており、どのような講義がなされ、どのような同級生たちがいたのかは分かっている。さらには折口の自他ともに認める代表作『古代研究』全三巻、そのひとまずの完結編である民俗学篇2の巻末に付された長大な「追ひ書き」には、折口自身の証言としてこうある――「私は、国学院在学中、四年間、朝鮮語を習ひとほした。手ほどきから見て貰うた本田存先生の後は、金沢庄三郎先生の特別な心いれを頂いた。朝鮮語に就いては、相当の自信もあつた。卒業間際になつて、ほんの暫らくではあつたが、外国語学校の蒙古語科の夜学にも通うた。金沢先生の刺戟から、東洋言語の比較よりする国語の研究に、情熱を持つた為であつた。まだお若かつた金田一京助先生には、あいぬ文法の手ほどきを承つたが、この方はなぜか、ものにならなかつた」[*3]。

朝鮮語、モンゴル語、アイヌ語……。北東アジア諸地域の比較言語学的探究の果てに、折口が国学院大学に提出した卒業論文『言語情調論』が可能になった。折口は大学入学以前から異常な情熱をもって膨大な和歌の書物を系統的に読み進め、自ら無数の短歌を詠んでいた。『言語情調論』の主題である、表現に特化された直接性の言語への関心は深かったはずである。しかし、だからといって、古代の和歌を読み、近代の短歌を詠むことから朝鮮語、モンゴル語、アイヌ語の学習を志すには大きな飛躍がある。なによりもそこから『言語情調論』のベースとなった心理学的かつ生理学的な言語学的知識を導き出すことは不可能である。実は大学時代の折口の作歌数はそれ以前およびそれ以降に比べてひどく減少するのだ。おそらくその生涯における不可解な謎を解き明かしてくれるのが、折口自身が大学卒業後数年を経て、それまでの人生を総括するかのように、最愛の少年に向けて口述し、筆記させた異様な日記、「零時日記」であろう[*4]。

タイトルに象徴されるように、この「零時日記」こそ、折口信夫の起源、釈迢空の起源が書き込まれた特権的なテクストなのだ。「零時」とは時間が始まる瞬間にして時間が終わる瞬間、時間の死と再生が一つに重なり合う正午にして真夜中、ゼロの「時」を意味していたはずだ。「零時」という言葉は、ここまで繰り返し論じてきた折口信夫の起源にして終末、あの荒れ果てた浜辺、消滅のゼロにして生成のゼロの場所とも交響する。しかし、「零時日記」の読解はきわめて難しい。これまでの折口研究でも正面から論じられたことはほとんどなかった。折口の沈黙に阻まれ、そこに書かれている過激な意見が生まれてきた背景についてまったく理解が及ばなかったからである。

折口は、釈迢空の名前で発表された「零時日記」の序章を、こうはじめている[*5]――。

信仰の価値は態度に在るので、問題即、教義や、信条の上にはないのです。わが神道、わが仏教、わが耶蘇教があるばかりで、くりすとの耶蘇教、釈迦の仏教といふ様な考へは、信仰の堕落です。

わたしは、くりすとが、「おれは嫉みの神だ。人の子をして親に叛かしめ、弟妹をして兄姉に叛かせる為に出て来た神だ」といつたあの語を、御都合風な解釈をする牧師から奪ひとつて、正面から、厳格な日本語の用語例に従つて解したいと思ひます。実際、わたしは、此語が問題を棄てゝ態度を説いたものと見て、実行に努めてゐます。日蓮には此考へが著しく現れてゐますし、あのおとなしい親鸞にさへ、驚くべき力説を見るのです。

この一節に、柳田國男以前に折口信夫が目指したものが充分すぎるほどあらわにされている。折口は、福音書に描き出された戦闘的なイエスの言動を引き、大乗仏教を実践的に変革していった日蓮と親鸞の名前を出している。客観的に分析された対象としての宗教ではなく、主観的な実践として主体的に生きられた宗教たる「わが仏教、わが耶蘇教」との対比の上でしか「わが神道」は成り立たないのだ。大学時代の折口の周りには「わが仏教、わが耶蘇教」を、身を以て教えてくれる人物がいた。そして、自分とともに「わが神道」の確立を目指してくれる人物がいた。そこ、実現された「わが神道」においては、選ばれたる者に対して、「自分」を含め選ばれなかった者たちが抱かざるを得ないルサンチマンを、「愛」のもとで解放し、「愛」へと昇華する契機が存在していたのである。

折口は、愛する少年の名前を借りてはじめられた「零時日記」の本編、第一回目の冒頭にこう記している[*6]――。

われ／＼の考察が内面――或は寧ろ暗面というた方が適実であらう――に向うて来た時、こゝにも一つの偶像破壊が行はれる。自分がえらばれた何物をも持つてゐなかつたといふ悲しみに逢着するのだ。新聞の三面種を不断に供給してゐる人々と、やはり同じ空気を呼吸しあつてゐる人間だけあるのだ、といふ失望が胸に沁む。宗教も、道徳も、教育も、芸術も、乃至は恋愛もこゝに根ざしたものでなければ、意味のないものである。人間社会の関所手形に過ぎなくなるのだ。電車なんかに乗る。一体労働者などに対して、随分共産主義者と通ずる処のある同情をもつてゐながら、一面そのでりかしいを失うた表情や言語に、ぞつとする程憎悪を湧き立たせることがあつた。

「でりかしい」をもたない労働者たちとの、心の暗面を通じた共感――「共産主義者と通ずる処」のある共感――が芽生えたとき、「えらばれた人なるわれ」といふ増上慢は粉々に打ち砕かれる。折口は激した口ぶりで日記の口述を続けていく。「零時日記」の本編、第一回目は次のような一節で閉じられる[*7]――。

しかし、ある人はかういふ状態を、無我理想と説明するかも知れない。しかし、それが無意義であることは、伊藤証信氏が無我の愛を棄て、無我苑を閉ぢたことに徴しても明らかである。しかしながら、概念的な主我説に低徊することもわれ〳〵の生活を器械化するものである。われらの生活を一貫する盲目的な無決定《ケツヂヤウ》の渾融観念の上に、物質的な差別を離却せねばならぬ。こゝに於て我に統一し帰一する力が愛である。芸術が超自然・超経験を希《コヒネガ》うた如く、愛は個体的区分を解脱する欲求なのだ。ぷらとうの愛を前世に裂かれた他の半身を覓める努力だといふたのは、決して譬喩や頓才ではないのである。

自己と他者の間の区別を、選ばれた者と選ばれなかった者の間の区別を、「私」と労働者たちの間の区別を、さらには精神と身体（物質）の間の区別さえをも無化してしまうような「愛」の共同体。その「愛」の共同体は、清沢満之の教えを受け、真宗大谷派（東本願寺）の僧籍を返上してまで宗教的な実践と社会的な実践を一つに融合させようと努めた伊藤証信の主導によるコミューン、無我苑という試みさえも乗り越えていくのだ。プラトンが『饗宴』で説いたイデアとしての愛、美しい肉体から美しい精神へと断絶することなく連続していく愛のイデアが現実に受肉するのである。そのとき、折口が夢見ていた直接性の言語が今ここに孕まれ、文学が発生する――「文芸の原始的意義は、欲望の超経験超常識的の表現に在る」[8]。

それでは若き折口信夫に「愛」の共同体というヴィジョンをもたらしたものは一体誰だったのか。それは単数ではなく複数である。一人の美しい僧侶と、一人の美しい娼婦であった。折口は僧侶の名前だけは自らの手で記したが、娼婦の名前は記さなかった。ただ折口の大学時代の同級生によって現在にまで伝えられただけである。僧侶の名前は藤無染《ふじむぜん》[9]、娼婦の名前は本荘幽蘭という。折口は藤無染から「わが仏教、わが耶蘇教」という理念を受け取り、その理念をもとに本荘幽蘭とともに「わが神道」を実践的に創り上げていったのだ。

*

折口信夫は昭和五年（一九三〇）と昭和一二年（一九三七）の二度にわたって「自撰年譜」を書き残している[10]。後者の年譜に残された明治三八年、つまり折口が国学院大学に入学した年の記述は次の通りである――。

> 三月、天王寺中学卒業。六月、第三高等学校第三部志願出頭の前日、急に、東京国学院入学の為、上京。新設の大学部予科一年に入学。此前日より、東京市中は、戒厳令施行。九月、再上京。同級生五人。現存する者、宮川宗徳・秋岡保治と私との三人。麹町区土手三番町素人下宿の摂津三島郡佐位寺の人、新仏教家藤無染氏の部屋に同居。吉村も同時に国学院の師範部に入る。三矢重松先生の恩顧を蒙る様になる。年末、藤氏に具して、小石川区柳町に移る。

以降、翌明治三九年の項は両年譜とも空白。明治四〇年の項には、「春、予科二年修了。本科国文科に入る。畠山健先生から『万葉集』を習ふ。服部躬治先生を小石川白山上に訪ねて、入門。その後一度、批評を受けたきりになる」[11]とあるだけであり、明治四一年はやはり両年譜とも空白。そして明治四二年にはただ一行、この年「卒業をひかへて、学業を怠る」とある。一年の留年の後、明治四三年七月に国学院大学に卒業論文『言語情調論』を提出し、卒業となる。つまり新仏教家である藤無染とともにはじまった折口信夫の大学生活は、文字通り「空白」の時代だった。それでは折口はこの「空白」の時代をただひたすら無為に過ごしていたのか。同じ大学で学んだ者たちの証言は異なる。

たとえば、「自撰年譜」に「吉村」と記された天王寺中学の同級生、一年間の代用教員を務めたため、中学を落第した折口と国学院でふたたび同級生となった吉村洪一は、旧版の全集の編集を担当した岡野弘彦の質問に、こう答えている。[*12] 岡野の問いかけ、折口の年譜のなかでも最も分からないのが大学時代のことである、特に「新仏教家藤無染氏」の影響云々に対して――。

藤さんの下宿へは行って、その時会いましたよ。麹町の三番町ですよ。なかなか美男子の坊さんですよ。みなさんすでに、折口君にかかわってくる人にはみな共通なものがあるといってますが、そういうことはたしかにある。そのかわり、異性には近づかない。いや、いっぺんあったかな、神風会の。街頭演説なんかやってた女の人。あの会の大立物で女性が一人いるはずです。しかしむしろそれは、折口の方が可愛がられていたのかもしれない。

美しい一人の僧侶と、異性に決して心を開くことがなかった折口が自ら近づき、さらには折口を可愛がっていたとされる一人の女性。これまでの折口研究者がほとんど注意を払わなかった存在である。だが、この女性の名前と神風会の内実を教えてくれるのも、やはり大学時代に折口と親しかったもう一人の友人、田端憲之助である。田端はこう証言している[*13]――。

總髪で髭を生やした宮井鐘次郎といふ人が神風会といふのをやってゐたが、この人は神道を鼓吹してゐた。この人の神道は哲学的で、大したことは無いと思ふが、折口さんに連れられて此人の家を訪ねたことがある。過激な説で、さかんに仏説を排撃した。この人は本願寺に乗り込んだりしたが、此人を折口さんは応援してゐた。神田の錦《キン》輝館《キ》で応援の話をしたり、靖国神社の大祭の時に各宗が布教をした時にも此人の応援の話をした。本庄幽蘭女史（当時三十五・六才）とも親交があった。折口さんは、どんな処からも悪く言はれなかった人である。「婦人の友」の会へもよく行った。詩人であった外島瀏君が記者にゐたので、その応援の為だったのだと思ふ。どの宗教のところへも話しに行かれたのがよいところだと思ふ。

田端のこの証言はきわめて正確かつ貴重なものである。ただし、折口の生涯でただ一度だけ鮮やかな光を投げかけて消え去るこの女性は、「本庄」ではなく「本荘」幽蘭と書くのが正しい。[*14] そして、本荘幽蘭に関する諸資料を検討してみれば、幽蘭が藤無染とほとんど同じ世代、明治一二年（一八七九）の生まれであることが分かる。幽蘭は折口より八歳年上、当時はまだ二〇代の後半、三〇の手前である。よく似てはいるがまったく正反対といってもいい分身にして鏡像、藤無染と本荘幽蘭は、美しい双子の兄妹のように、少年から青年に移り変わろうとしていた折口の前に次々と立ち現れたのである。

とはいえ、田端の伝えてくれる折口の行動はほとんど支離滅裂である。一方ではファナティックな神道教義研究団体、もう一方では最先端を目指す「婦人」たちの啓蒙団体。そこには両立しがたい矛盾が横たわっている。その謎を解くかのように、田端の証言について加藤守雄が人間関係を整理してくれている――「田端氏は明治三十八年九月に入学、専修部国史科に在籍し途中一年休学したので、卒業は明治四十二年七月、折口の予科一年から大学部の二年を終えるまでの、四年間を共に学んだわけである。なお同じ四十二年に卒業した仲間に、師範部選科の外島瀏、専修部国文科の氷室昭長がいた[*15]」。

だが、加藤による整理だけでは、過激な神風会と穏健な「婦人之友」の会というあまりにも対照的な二つの集団に、折口が同時に、しかも熱心に参加していた理由は依然として不明なままである。本当に雑誌『婦人之友』の編集部に同じ大学の外島瀏が記者として働いていたことだけが原因なのか。おそらく、それだけではあるまい。実に『婦人之友』の前身である『家庭之友』を創刊し、後に自由学園を創立した羽仁もと子は本荘幽蘭の明治女学校の先輩にあたるのだ。神風会と「婦人之友」の会と考えずに、本荘幽蘭と羽仁もと子と考えれば、折口の行動にはなんら不自然なところはない。折口は晩年になってあらためて自由学園、そして羽仁もと子と親密な関係をむすび直すことになる。[*16]

羽仁もと子も本荘幽蘭も女性新聞記者の先駆けであった。つまり大学時代の折口は、先端的な女性たちが形づくるネットワークの只中にいたのだ。だが、「もと子も幽蘭も同時代に生まれ、同時代の空気を呼吸し、同じように明治女学校に学びながら、その後の生き方はきわだって対照的である」。そう記すのは、本荘幽蘭が再評価されるきっかけとなった著書『女のくせに』を著した江刺昭子である。[*17] 江刺は続ける――「もと子は近代的なホームの建設に成功し、子孫は繁栄し、その社会事業もみごとに枝葉を茂らせ、花実もたわわに、女として人間としてこの上なく満足な一生を閉じたが、幽蘭は八方破れの放浪のうちに朽ち果てた。ジャーナリストとして教育者として、もと子は教祖的な存在に祭り上げられているが、幽蘭は好色な男たちの筆先に翻弄されて、変態な妖婦として一部に知られるにすぎない」と。

若き折口信夫は「女嫌い」であるどころか、時代が生み落とした二つの極を生きる女性たちと相互に親密な関係をむすんでいたのだ。平塚らいてうが、明治四四年（一九一一）の九月に『青鞜』を発刊する以前の出来事である。近代日本における女性解放運動の草創期に本荘幽蘭と折口信夫の出会いは位置している。そして幽蘭は、抑圧される対象であるにしろ、解放される主体であるにしろ、「女性」という枠組み自体を解体してしまい、「人間」という枠組みからさえ遠く外へ出ていこうとする。

幽蘭の言動を揶揄しながらも共感を込めて報じ続けてきた雑誌『新公論』――第二章の「言語」で詳述するが藤無染も密接な関係をもった雑誌である――は、明治四四年四月に「妖怪」特集号を組む。執筆陣に、柳田國男に佐々木喜善を紹介して『遠野物語』成立のきっかけとなった水野葉舟の名なども見出せるが、そのなかで鐵拳禅という匿名の人物が「奇物変物愚仏」という記事を書いている。当時の著名人、奇人変人たちを「妖怪」に見立てたものであるが、最も言葉が費やされているのが幽蘭についてである。

その冒頭で平塚明子（らいてう）と幽蘭が比較され、こう述べられている――「明子の男子に屈せざるに反し、男子を愚弄するは本荘幽蘭也」。さらにこの匿名の書き手は幽蘭がもっていた宗教性についても見逃していない――「由来幽蘭は宗教にはぐくまれたる、真正直の女性也。社会に立たんとして、誤つて激浪に投ぜられたる彼女《かれ》は、遂に斯の如き一個莫連の女と化《な》れりと雖も、其の心の奥底には一脈の情味なきに非ず。他の困窮を見るや、金円を才覚し来つて之を助くるが如きは、其の一例なり」。

「八方破れの放浪のうちに朽ち果てた」本荘幽蘭。らいてうのように男と闘うのではなく男性性を徹底的に笑いのめし「愚弄する」本荘幽蘭。そして深く宗教的な情操をもち困窮者に救いの手をさしのべる本荘幽蘭。一体、本荘幽蘭とは何者であり、なぜこの時期、若き折口信夫とともに神風会に参加したのか。「変態な妖婦」というイメージを世間に流布させた張本人の一人ではあるが、ある一面では幽蘭の本質を的確に捉えていると考えられる、明治女学校で幽蘭の師でもあった青柳有美《ゆうび》は、「妖婦本荘幽蘭」という肖像《ポートレイト》を残してくれている。[*18] 幽蘭をよく知る者が記した、幽蘭が生きた時代の貴重な証言である。有美は、明治三七年（一九〇四）二月、『中央公論』から分かれ出て『新公論』が創刊されて以来の常連執筆者の一人であり、先ほど名前をあげた「鐵拳禅」は有美である可能性も高い。有美はこの「妖婦本荘幽蘭」でも幽蘭を「妖怪」に見立てているからだ。有美は「妖婦」という形容に、人間という種を超え出てしまった変幻自在で無邪気な「妖精」（妖怪変化）の姿を重ね合わせている。淫蕩をきわめ、その結果ほとんど無垢の境地にまで達し、お伽噺の主人公のように生きている女――。

我が本荘幽蘭は、実に変化に富んだ生涯を送つて来たもので、まさに以て妖怪変化を女に具体した妖婦たるの資格を、立派に具備して居る。御亭主を十八度とやら変へたといふ丈けでも、「妖婦」の称《となへ》を辱しめざるものだ。神田にミルク・ホールを開業に及んでたかと思へば、忽ちにして上野公園に花見時の休憩所を開店に及ぶ。それ是れするうちに、女落語家に成り済し、大に「アイ・ラブ・ユウ」の英語を揮《ふ》り廻はして若柳燕嬢第二世を気取つてるかと思へば、何時の間にか「遠き者は音にも聞け、近き者は寄つて目にも見よ」と張扇子で見台を叩く女講談師に早替りの芸当を演じて御覧に入れる。程もあらせす矢次ぎ早やに新聞の女記者に化けて現れ、鹿爪らしく漢語交りで大家名士の御宅訪問と出かけ、小さな鉛筆で懐中手帳にノートを取る。新聞記者になつたかと思つて居れば、一瞬にして新らしい女優に職業を替へて舞台の人となり、外出でもする時には怪し気なる洋服にチョン髷連の腰を抜かさせてる。

一八ないし一九人の男たちと次々と結婚し、その他八十余人の男たちと関係をもつ間に、喫茶店の前身であるミルク・ホールを開業し、上野公園に花見客相手の餅屋「幽蘭軒」を出し、女落語家になるかと思いきや女講談師となり、女記者であるとともに女優ともなった本荘幽蘭。今度は一体何に化けるのか……。有美は続ける。幽蘭はさらに活動写真の女弁士となり、救世軍の女兵士となり、そしてある日、突如として吉原の遊廓角海老楼の大玄関に現れて自ら娼婦となることを志願した、と。

「幽蘭女史吉原遊廓角海老楼に身売をなす」と新聞にでかでかと出た記事に仰天したのがやはり幽蘭の明治女学校時代の先輩で、当時新宿に中村屋を開店するための準備をしていた相馬黒光である。[*19] 黒光はその開店資金をもとに幽蘭を買い戻そうとする。そして……「先ず角海老に電話をかけました。するとこの店では、女史は見えることは見えたけれど、拒絶したということで、それからの行動をしらべて見ると、女史は吉原の遊廓を一軒毎に自分を買ってくれと頼んで歩いたけれど、その様子から言葉つきから教育のある女性だということが一見あまりに明瞭なので、廃娼運動のまわし者だと疑われ、どこの店もみな怖れをなしてことわったのだと分り、先ずよかったと胸撫で下したようなことでありました」。娼婦を志願した幽蘭は、日本では、あらゆる娼家から出入りを断られてしまったのである。

黒光は、『黙移』のなかで、この事件が起こったのは明治四〇年の一二月下旬のことであると記している。そうであるならば、折口信夫と本荘幽蘭はそれより以前、同じ明治四〇年の夏前には、互いに惹かれ合っていたはずである。神風会の機関紙『神風』の第四〇号（明治四〇年五月一五日）には、この月の八日に神田錦輝館で対救世軍の大演説会があり、登壇者のなかでも幽蘭の演説が大喝采を浴びた、とある。おそらく折口はその場におり、幽蘭と邂逅していたはずである。田端の証言は裏付けられたのだ。その後、『神風』の第四四号（明治四〇年八月五日）および第四五号（同年八月一五日）の二号にわたって神風会での幽蘭の演説が「最近に得たる妾の信仰」と題されて活字化され、第五二号（同年一一月二五日）では国学院大学生折口信夫が本名のまま神風会雄弁会で演説したものの筆記が「韓国伝道と古伝説と」と題され活字化された。[*20] 折口信夫と本荘幽蘭が神風会で出会うとしたら、この時期にしか可能性がない。幽蘭はこの年のはじめには上野に幽蘭軒を出し、遊廓身売り事件直後からはふたたび放浪の生活をはじめ、やがて望み通りアジアを股に掛けて活躍する国際的な娼婦となってしまったからだ。[*21]

折口信夫の人生の軌跡と本荘幽蘭の人生の軌跡は二度と交わらない。そして、『古事記』と『日本書紀』の間で埋めがたい齟齬が生じているアマテラスとスサノヲの「ウケヒ」を主題とした折口の講演筆記は、これまでその存在をまったく知られていなかった。明治二〇年に生まれた折口信夫は、この時まだ二〇歳である。折口はこの後、死に至るまで自身をスサノヲになぞらえ続けるだろう。つまり、この短い講演筆記こそが折口信夫の古代学の正真正銘の起源をなしているのである。

そして本荘幽蘭は自らアマテラスたらんとした。平塚らいてうが『青鞜』創刊号の巻頭言に「元始、女性は実に太陽であった」と書き記す以前に、より過激にその太陽の神、愛の神アマテラスとして人生を生き抜こうとしていたのだ。神風会はスサノヲとアマテラスの対立と融和を、その矛盾のまま体現するような両義的な神道教義研究団体だった。弟神スサノヲたる折口信夫の真の肖像を描き出すためには、まずはその姉神たるアマテラス本荘幽蘭の肖像を完成し、現代のアマテラスが心惹かれた「神道」の内実を解明していかなければならない。

1　富岡多惠子『釋迢空ノート』（岩波書店、二〇〇〇年）、現在は岩波現代文庫（二〇〇六年）。
2　加藤守雄『折口信夫伝　釈迢空の形成』（角川書店、一九七九年）、特に「卒業試験前後」および「国学院大学時代」の章。「青年折口信夫の精神的遍歴」は保坂達雄『神と巫女の古代伝承論』（岩田書院、二〇〇三年）の第五部「折口学の成立」第四章として収録。
3　『全集』3・四七三—四七四。

4　旧版の全集では、『中外日報』大正三年（一九一四）八月一二日から一九日にかけて、大学卒業後に嘱託教員として勤めていた今宮中学の教え子である伊勢清志の名前で連続して発表されたものが「零時日記（Ｉ）」として収録されていた――なぜＩかと言えば、この後折口は同じタイトルを二度使って断片的な回想（全集ではそれぞれⅡ、Ⅲと区別されている）を綴ることになるからである。新版の全集では、釈迢空の名前で「零時日記」の序章のようなかたちで、『中外日報』同年六月二三日付で発表された「わたしの対象は人です而も呼吸の通てる人です」をも含めて「零時日記」として収録されている。以下、「零時日記」の序章とは新版の全集にはじめて収録された断章を指し、「零時日記」の本編とは旧版の全集以来「零時日記」として読まれてきた断章群を指す。

5　『全集』33・一三。

6　『全集』同・一四―一五。第一短歌集『海やまのあひだ』の一つの主題ともなる、前述した「伊勢清志」名義での発表。以下同様である。

7　『全集』同・一五―一六。

8　『全集』同・二〇。

9　藤無染という正体不明の人物の生涯についてはじめて本格的な調査を行ったのは富岡多恵子である。加藤守雄も保坂達雄も、折口の生涯において藤無染が果たした役割の重要性を指摘しているが、十全な調査は為しえていない。保坂は前掲論文の「補記」で富岡の調査を再検討している。藤無染は一冊の編訳書『英和対訳　二聖の福音』と一篇の論考「外国学者の観たる仏教と基督教」を残していた。その編訳書と論考にあらわされた藤無染の思想については拙著『光の曼陀羅　日本文学論』（講談社、二〇〇八年）を参照していただきたい。藤無染のもっていた思想を一言でまとめるとすれば、宗教的「一元論」の探究となるだろう。大学時代の折口がなぜアジア諸言語の学習を志したのかという謎とも密接に結びついているはずの藤無染の「一元論」については、第二章の「言語」で詳述する。藤無染が提示した「一元論」への回答として、折口信夫の「わが神道」が可能となったとのみここでは述べておく。藤無染が、諸宗教の教え――具体的に言えば仏教とキリスト教の教義と実践の一致――と社会主義的な理念が一つに総合されたユートピアとして希望を託していたのが、「零時日記」で折口が乗り越えることを意図していた伊藤証信の無我苑だったからだ。本章ではまず折口信夫の終焉の場所とも重なり合うスサノヲの神道、その起源について、新資料をもとに論じていきたい。

10　いずれも「自撰年譜　一」「自撰年譜　二」として『全集』36に収録。明治三八年の事項のなかで「一」と「二」の間に存在する細かい字句の訂正以外の最大の相違は、「吉村も同時に国学院の師範部に入る」の後、「二」に存在した「武田・岩橋・吉村の外に、京都の西田を加へて、回覧雑誌を出す」という一行が削除されていることと、「二」には存在しなかった「新仏教家」という形容が無染に付されていることである。この段階で「新仏教家」という形容が付されたことは、『死者の書』執筆と密接な関係をもっていたと思われる。

11　この後、「二」では「歌の出来なかつたのと、親しみ難かつた為」という記述が続く。

12　旧版の『全集』31に付された月報の座談会「少年折口信夫（上）」における発言。

13　近畿迢空会『釈迢空研究』第七号（一九五九年）に掲載され

た「折口さんの思ひ出」。引用は『折口信夫研究資料集成』第五巻（大空社、一九九四年）のなかに復刻、収録されたものより行った。

14　いくつかの資料では「宮居」鐘次郎、また新版の『全集』36に付された「年譜」では、折口とともに神風会に参加した重松宏房の証言にもとづいて「本条」幽蘭と記されているが、いずれも誤りである。宮井鐘次郎、本荘幽蘭が正しい。

15　加藤前掲書、九六頁。なお外島瀏については折口自身が「追悼祭文」を残している（『全集』27・三八一―三八四）。そこにはこう書かれていた――「明治四十三年国学院大学高等師範部を出づるすなはち、常志したる文学の道に入りたまひ、日本の女性の情操生活を高めむの心深きより、女子文壇・婦人の友社などの社員として、年長く勤《イソ》しみ給ひ」、その後、神道の世界に回帰したのである、と。各証言で若干の食い違いが生じているが、大学時代の折口が『青鞜』以前のフェミニズム勃興期の運動のすぐそばにいたことだけは確かである。

16　折口の「年譜」、敗戦直後の昭和二一年二月一一日の項にはこうある――「自由学園に講演。以後、ここを訪れることが多い」と（『全集』36・一二〇）。折口は、最晩年に発表された詩「輝く窓」（『婦人之友』一九五三年二月）で、武蔵野の自然のなかで自給自足の教育を目指した自由学園の試みを讃美している。太古の人々の暮らしと響き合う近代的なコミューン建設の試みに深い共感を寄せているのだ。原武史によれば、自由学園が位置する東久留米もまた出雲の神々が祀られた場所だった。そこにはスサノヲやオホクニヌシを祭神とする氷川神社の社殿があり、その調査を折口の愛弟子である西角井正慶が行っていたという（「能登・久留米・出雲」、『全集』36・月報）

17　江刺昭子『女のくせに　草分けの女性新聞記者《ジャーナリスト》たち』（文化出版局、一九八五年）、後にインパクト出版会から増補新版（一九九七年）が刊行される。引用はいずれも増補新版、七二頁より。

18　青柳有美『女の裏おもて』（昇山堂、一九一六年）、七一―九〇頁。

19　相馬黒光の自伝である『黙移』（女性時代社、一九三六年）による。『黙移』の初出は『婦人之友』の連載である。ここでも明治女学校のネットワークは有効に機能していたわけである。現在は『黙移　相馬黒光自伝』（平凡社ライブラリー、一九九九年）として復刊されており、引用も同書から行った（一〇一頁）。『黙移』では明治女学校に教員として集い、女学生たちとの「恋愛」の嵐を通り抜けた北村透谷、島崎藤村など若き文学者たちの肖像も生き生きと描き出されている。折口信夫の営為を近代日本文学のなかに位置づけ直す際にも、本荘幽蘭が体現する「恋愛」の要素は無視できないものであると思われる。特に「零時日記」に赤裸々に記された「愛」の内実等々について。

20　文末には「未完」と記されているが、『神風』の後に続く号に続編が発表された形跡はなかった。ただし明治期の『神風』は全号揃って調査されたわけではなく、折口のさらなる講演原稿が発見される可能性はまだ残っている。神風会およびその機関誌である『神風』の内容については次節にまとめるが、書誌情報および各図書館での収蔵状況をまずここに記しておく。明治期に発行された『神風』が最もまとまって所蔵されているのは神戸大学附属図書館（「社会科学系図書館」）である。第三種郵便物としての認可を受けた一九号（明治三九年八月二五日）および目録上では三七号（明治四〇年三月二五日）から九二号（明治四二年一二月一五日）までの所蔵が記されている（ただし実際にはそのうち、四一号、四二号、四三号、四八号、五五号、五七号の六号分が欠けている）。神戸大学付属図書館には所蔵されていない数号分の『神風』が東京大学の「明治新聞雑誌文庫」で確認できた。二七号（明治三九年一一月一五日）、二九号、九七号、一〇二号、一〇三号、一一三号（明治四四年六月一五日）である。大正期の『神風』については保坂達雄が前掲論考で調査している。ただし、国学院大学図書館に所蔵されている『神風』には封が切られていない巻があったことを記しておく。

21　本荘幽蘭に関する完全な伝記はまだ書かれていない。江刺の『女のくせに』刊行以降、精力的に幽蘭の資料を発掘し、幽蘭の生涯を網羅的に再構築しようという意欲的な試みに取り組んでいるのが横田順彌である。横田がこれまでに著した幽蘭関係の論考は次の通りである――「明治時代は謎だらけ　本荘幽蘭という女性」（『日本古書通信』六二巻一〇号、一九九七年一〇月）および雑誌『日本及日本人』の一六四三号（二〇〇二新春）から一六四八号（二〇〇三陽春）まで合計六回にわたって連載された「明治快人伝」の「一」から「五の追補」まで。この連載は「早く生まれすぎた女傑　本荘幽蘭――抄伝」というタイトルが付けられている。横田の調査によって、大正期の幽蘭が頭山満や出口王仁三郎とも関係をもっていたこと、さらにはシンガポールから満州までめまぐるしく放浪を重ねていたこと、満州では馬賊に囚われそこから脱出したこと、望み通り娼婦となりながらも短髪男装の講談師としておそらくは晩年までの生涯を送ったであろうことなどが明らかにされた（没年は現在に至るまで不明である）。青柳有美が「妖婦本荘幽蘭」を発表した頃、幽蘭は社会主義者である福田狂二と十数度目の結婚をしていた。横田の連載を読むと、幽蘭が生涯を通じてアナーキズム――性的な関係から政治的な実践に至るまで――に親近感を抱き続けていたことが分かる。なお、大正八年から九年頃に幽蘭がもち歩いていた名刺には、「（巣鴨病院全治退院患者）」とともに「日蓮主義賛美唱導者」と記されていたという。折口の「零時日記」にも日蓮の名が書きつけられていた。

青柳有美も相馬黒光も、本荘幽蘭の「狂気」と、それ故にもつことができた純粋さについて語っている。幽蘭は初恋がかなわず、意に染まぬ結婚生活が破綻したことで精神に異常をきたし巣鴨病院に入院させられた。そして病が癒えるとともに巣鴨病院からそのまま明治女学校の寄宿舎に収容されたのだ。

文学者である若き教員たちと自由を求める女学生たちが集う、黒光述べるところの「あの情熱、あの憧憬、明治女学校のあの百花爛漫の中」へと。そのなかでも、牧師上がりの教師に「宗教的顔《レリジユアスフエーズ》」と称賛された幽蘭の眼は美しく、異様なきらめきを宿していたという。幽蘭は生涯恋に囚われ、恋に生きた。黒光は『黙移』の幽蘭のエピソードを閉じるにあたってこう記す――「一口に言えば「惚れやすい」のでして、それだけにまた「飽きやすい」、そして恐しい程正直で、ほんとうに何と言って宜しいか、実に困ったものでありますが、根本に引かれるものがありまして、私にはこれまた忘れ得ぬ人の一人であります[*1]」。

黒光の言葉に呼応するかのように有美もこう述べている――「我が妖婦本荘幽蘭が、八十人以上の男と関係したと聞けば、如何にも悪るい女の如くにも思へるが、其間には虚偽が無い。真実がある、誠意がある。正当に結婚せぬ男とは未だ曾て同棲した事がない。十八人が十八人、十九人が十九人、苟《かりそめ》にも同棲した男は、総て是れ悉く正当の結婚を遂げた男であるとは幽蘭の能く自慢に話す処だが、誠意無くしては一人の男と関係する事さへも、幽蘭は今日までに致して居らぬだろう。たゞ、真実と誠意との時間が短いのみである[*2]」。

おそらく本荘幽蘭にとって、こうした刹那的な恋の感覚こそが、あるいはそれだけが、宗教的な情操へとダイレクトに通じていくものだった。そうした自らの内なる真実を最もよく理解していたのもまた幽蘭自身だった。さまざまな誹謗中傷が浴びせかけられるなか、雑誌『新公論』は幽蘭に反論の場を提供する。明治四四年一〇月号に掲載された「私の見た男子」という記事のなかで幽蘭はこう述べている——「恋は霊的作用を本性とする、之を肉に帰した瞬時に於て、神聖なる恋は滅して不潔なる色と化すると、同時に恋人即ち情夫或いは夫と改称せられるが、情夫も夫も忽ち元の他人以上の遠隔、相敵視するの悲劇と間一髪の危険を免かれぬ[*3]」。

恋は霊的な作用を本性とする。幽蘭は文字通り「恋愛」を「宗教」に通じるものと考えていた。折口信夫が「零時日記」に残した、プラトン的な「愛」をめぐる狂暴な断章を思い返してみて欲しい。肉体的な愛欲を精神的な恋愛へと昇華し、聖なるもの、すなわちイデアとしての神に至る。折口は、「零時日記」で、さらにこうも述べていた[*4]——。

性欲は厳粛なる事実である。芸術が立脚地を茲に置くといふことに、疑念を挟《サシハサ》むことは許されぬ。彫刻や音楽に張りつめた性欲の表現を見る。しかもそれは性欲を描写してゐるのではない。かゝる形式を採ることに依て、芸術的純化が行はれるのである。青年男女の肉体を見よ。それ自身芸術的表現を有してゐるのは、此点に因由を集めてゐる。

本荘幽蘭と折口信夫は、「恋愛」を通してはじめて十全に展開される異様な神道によって、一つに結ばれていたのだ。事実、神風会を設立した宮井鐘次郎が提唱していたのは「純愛教」としての神道だった[*5]。宮井が、その純愛教の教主と位置づけていたのがアマテラスだった。たとえば、宮井が刊行したパンフレット『女性の光[*6]』には、次のような一節が記されていた——。

真正の宗教は人間本来の性欲感情を決して卑下圧迫すべきものではない、却て高貴かつ優美なる発展を遂げしむるものである。我が天照皇大神の純愛教に於ては決して人情の花を凋ませるやうな禁欲主義ではない。むしろ人間の性欲感情を尊び讃美し、其れを最も崇高にかつ優美に発展向上せしむる教へである。

一読して、折口が「零時日記」に記した見解そのものであることが分かるだろう。アマテラスは、人間の性欲が円満完全に発達した極点に現れる「真善美愛の化身」と考えられていた。だからこそ、アマテラスの愛は人間的な限界を超えて、神即自然である「自然的純愛」にまで到達することができるのである。アマテラスの愛をきわめれば、人はそのまま自然と一体化し、神となることができる。『日本国教　神の道』は、そうした「神の定め給へる自然の教《をしへ》」を説き、「神になるべき大なる道」を示したものだった。宮井は続ける。神道が教えるところの愛、神惟《かんながら》の愛とは、そのような「自然の愛」だった。神道の愛は、人間のもつ愛欲、さらには他の宗教、たとえば仏教もしくはキリスト教が説く愛を超えていくものなのである――。

之を要するに凡愚小人の執る所の愛憎の愛は、既に謂ふに足らす、次に基督教等の教ふる所は、畢竟するに差別に偏する情愛である、又仏教等の説く所は平等に偏する理愛である、然るに独り我神道に伝はれる神惟《かんながら》の愛は、差別と平等と互に参差して乱れず、情理具備して一糸弛まざる所の自然的純愛である。

斯の如き絶対の純愛茲に動いて、天地拠つて以て形成せられ、万有由つて以て発動するのである。人生の大道は此に由つて以て坦々として砥の如く、宇宙の真相由つて以て窺ふべきである。

神道の愛は、キリスト教的な「差別」の愛と仏教的な「平等」の愛を総合するものだった。[*7] 神道と自然を説き、女性と恋愛を説いた宮井鐘次郎の教えに、本荘幽蘭も折口信夫も引き寄せられていったのだ。『神風』に掲載された本荘幽蘭による信条告白、「最近に得たる妾の信仰」はその経緯をきわめて率直に語ったものである。おそらく折口が考えていたことも同様であったと思われる。だからこそ折口は幽蘭に近づき、幽蘭も折口に近づいたのであろう。

明治女学校でプロテスタントの教育[*8]を徹底された幽蘭にとって、「神」の探究は生きることと密接に結びついていた。しかし聖書を読めば読むほど、「神」を説いたイエスの言動の一部に、ある種の男性的かつ暴力的で「不埒」なものがあると感じ、違和感が増大していった。そんなときに宮井の神道に出逢ったのだ。キリストという「神の子」を経由しなくとも、直接「神」に至る道がそこにひらかれていた。

幽蘭は言う——「此世の中に人を作り森羅万象を作った神と云ふものがあるであらうと云ふ観念がございましたけれども、其観念が神と云ふものには基督を通さなくては吾々の近《ちかづ》くことの出来ないものとは思はないで、直接に自分の心さへ清ければ神と語ることが出来るものであると云ふことが分りました」。あるいはほとんど同じ見解の繰り返しであるが、「世の中に形を成して居る森羅万象、総てのものが神の教《をしへ》に叶うて居るもので、神と云ふものゝ心は其一つを取ればそれで神に近《ちかづ》けるもので、基督を通さないでも神と語ることが出来るものだと云ふことを教えて下さいました」（『神風』掲載の記事は総ルビであるが、以下、最低限必要なもの以外はすべて取った、折口の記事も同様である）とも。[*9]

折口もまたこの「純愛教」に、「空白」の学生時代のほとんどすべてを捧げていた。最も早く国学院大学生折口信夫の名前を『神風』に確認できるのは、二九号（明治三九年一二月五日）において、「国学院大学生諸君に与へる」という宮井の檄に応えるようなかたちで結成された「神国青年会」の発起人の一人として、である。宮井は、こう書いていた——「嗚呼、快哉快哉、吾国斯道の本家本元たる国学院大学生徒諸氏は僕の言を容れ中野佐柿氏、大鳥鈴雄氏、折口信夫氏の三氏発起人となり神国青年会なるものを組織し、大に青年を鳩合し斯道の発展を斗らんとすと、快哉快哉」（原文に読点を付した）。国学院にこのような青年会が組織されるのははじめてのことだ、とも。[*10]

次いで三七号（明治四〇年三月二五日）の「本会賛成送金者芳名」一覧のなかに、「国学院大学折口信夫氏」とならび「田端氏」「吉村氏」の名前が記されている。田端憲之助、吉村洪一の証言が裏付けられたわけである。五二号には折口の演説筆記「韓国伝道と古伝説と」が掲載され、六三号（明治四一年六月五日）には「国学院大学生の模範」とサブタイトルが付された、『神風』記者による「折口信夫君の熱誠」という記事が掲載されている。[*11] 記者はその記事で述べている。試験の直前ということもあり、国学院大学生で神風会の雄弁会に参加する者もほとんどいなくなっていくなかで、ただ「折口信夫君」だけが「熱誠」のあまり、あらゆる障碍を排して毎回出席し、演説している。先日も奉戴式の祝酒に酩酊しながらも「神道と労働者」[*12] という演題のもと一糸乱れず見事な演説をした、と。

最も注目されるのは、七五号（明治四二年一月五日）、つまり明治四二年の新年号、そこに掲載された広告「粛賀歳禧」のなかに、宮井鐘次郎を筆頭に何人かの名前が併記されているうちの一人として、折口信夫の名前が見出されることである。この時点で折口は神風会の内部、その構成員に近い立場にいたのではないかとさえ思える。[*13]

本荘幽蘭や折口信夫は、自然の神との合一を求めて神風会に参加した。神風会は宗教的な実践を全面に打ち出した神道教義研究団体だった。当時、神社を基盤とした神道はすべて「国家神道」の枠組みのなかに閉じ込められ、結果として、神社神道すなわち国家神道は「宗教」であることを禁じられていた。[*14]そのような状況のなかで、あくまでも「宗教」としての神道、死や死後の問題、個人的な魂の救済といった問題等々の解決を神道に求めた人々は、国家神道という枠組みから外へと出ざるを得なかった。神社神道を基盤とした「国家神道」に対し、その枠組みの外へ出てしまった人々の神道、つまり神道系の新興宗教団体は「教派神道」（「宗派神道」とも）と総称されていた。神風会に集ったのは、そのような「教派神道」を奉じる人々でもあった。

神風会の機関紙『神風』について、現在判明している限り最も古い号は、明治三九年八月二五日という発行の日付をもつ一九号である。この号から『神風』は第三種郵便物の認可を受けた。巻頭には、いったん休刊して八ヵ月経った後の再出発を記念する号であるとの宣言が掲載されていた。さらにこの号には、神風会の設立首唱者である宮井鐘次郎の他に、「顧問」たちの名前が紹介されている。「いろは順」に記したとのことだが、厳密にいえば異なっている。ただ、神風会がどのような性格をもった団体であったのか一目瞭然となるので、記載通りに当時の肩書きと氏名を抜き出してみる。いずれも「教派神道」と関わりをもった当時の神道界の大物たちである。[*15]

文学博士　井上頼圀
国学院幹事　今井清彦
神道本局幹事　神崎一作
国学院幹事　高山昇

黒住教管長　黒住宗子
神宮奉斎会会長　藤岡好古
掌典　宮地厳夫
神田神社社司　平田盛胤
大社教　千家尊弘
　　逸見仲三郎

井上頼圀《よりくに》は、平田篤胤の養子となって平田派を継いだ鐵胤に入門し、篤胤の主著『古史伝』の未定稿部分を完成させた平田派の重鎮である。最後に記された逸見《へんみ》仲三郎は、井上のごく近い位置にいた国学者である。今井清彦は、高《たか》山《やま》昇と並んで、神道の宮司を養成する機関である皇典講究所および国学院大学の基礎を確立し、再興し、拡大していった。神崎一作は、この後、教派神道「神社本局」（後に「神道大教」と改称）の管長を務める人物である。神社本局は、独立した教派を形成し得ない神道系の各教会を統轄するという機能を担っていた。教派神道「黒住教」は、文化一一年（一八一四）の冬至の早朝、黒住宗忠《むねやす》が太陽を呑み込み、神（アマテラス）と合一するという体験をもったことからはじまった。教派神道の先駆けであり、宗子はその曾孫にあたる。「神宮奉斎会」は伊勢神宮崇敬にもとづいて結成された「神宮教」が解散し財団法人となったものである。藤岡好古の名は、社会事業を志していた時代の宮井鐘次郎の書物『大日本慈善協会』のなかにすでに有力な後援者として登場している。宮地厳夫《いずお》も「神宮教」に所属し、その後宮内省に入った。黒住宗子に国学の手ほどきをした人物でもある。神田神社社司の平田盛胤は篤胤の曾孫にあたる。[*16]オホアナムヂ（オホクニヌシ）とスクナビコナ、さらには平将門を祀る神田神社の境内には、教派神道となったばかりの「出雲大社教」の東京出張所が置かれた。その後、出雲大社東京分祠は麻布に移転する。千家《せんげ》尊弘はその出張所所長をつとめていた。

伊勢（アマテラス）と出雲（スサノヲ－オホクニヌシ）を起源とする教派神道諸派が混在するかたちで神風会が運営され

ていたことが分かる。両者は絶えざる緊張関係を保っていたはずである。なぜなら「国家神道」の中核には伊勢が位置し、その最大のライバルとなったのが「教派神道」となった出雲だったからだ。出雲はこのとき最も古い伝統をもちながらも、最も新しい神道として再生しようとしていた。[*17] その際、出雲の信仰の中核に置かれたのが、平田篤胤によって抽出された、オホクニヌシは「幽冥界」の主宰神である、という理念だった。折口は後年、何度も平田篤胤に対し深い敬愛の念を述べている。

神風会に参加した本荘幽蘭は自らアマテラスになろうとし、折口信夫は自らスサノヲになろうとした。折口はアマテラスを「純愛教」の教主とする集団のなかで、スサノヲをめぐる独自の信仰を立ち上げようとしていたのだ。アマテラスとスサノヲ、女性的な産出の論理と男性的な闘争の論理が対立し、相互浸透してゆく。それはまさに折口学の核心でもある。その矛盾に満ちた両義的な試みの起源が、そのまま神風会での講演筆録「韓国伝道と古伝説と」として残されていた。

講演の前半で折口が述べているのは、幽蘭とも共通する、宗教においては頭脳的な理性よりも肉体的な「感情」（情愛）が重視されるということである。列島に残された「古伝説」のなかで、そういった宗教的な「感情」の綾が最も複雑なかたちに織りなされているのが、アマテラスとスサノヲによる「ウケヒ」（誓約）なのだ。そこには男と女、弟と姉の間に生まれる「愛欲」の感情だけでなく、出雲（「出雲種族」）と伊勢（「天孫種族」）の間に生まれた「憎悪」の感情もまた秘められ、隠されていた。折口は、こう述べている（原文に句読点を付し、一部の語句を［　］で補った）――。

　私は平常から思うて居ります。天孫種族と出雲種族と、古史に記せるとほり、又は多数の歴史家が認めて居るとほり、同人種に相違ないのでありませうが、其は何れにしても伊奈佐小浜《いなさをばま》の［国譲りの］誓、［オホクニヌシの息子たる］建御名方神《たてみなかたかみ》の行動などに徴しても全く平和に国ゆづりを行はせられたものとは解し兼ねます。出雲種族の心を籠絡するには必ず一種の方法を講ぜられなければならぬ様な事情であつたのです。

おそらくは出雲と伊勢の争いを調停する手段として、記紀でわざわざ「ウケヒ」（誓約）の段が設けられたのではないのか。しかも、そこで勝利を得ているのは、実は出雲（スサノヲ）の方なのだ――

天照《てんしょう》大神《だいじん》に対して須《す》佐《さ》之《の》男尊《をのみこと》のなされた御誓言は如何です。若し邪心あらば女子生れむとあつて、大神の御統の珠を乞ひうけて之を含んで噴き出された息吹のうちにならせられた神々は邪心なきことを証する男御子でありました［後略］

「ウケヒ」（誓約）に勝ったのは明らかにスサノヲである。しかも、アマテラスは「ウケヒ」の条件すら提示していない。これはおかしい。記紀に「ウケヒ」の段が設けられたのは、「天照大神をば三女神の母神たると共に五男神の御養母神とせむが為では有りませんか」……。「韓国伝道と古伝説と」はここで途切れている。「韓国伝道と古伝説と」が続けられたとしたら、一体どのように話は進んでいったのだろうか。折口は、伊勢に鎮座するアマテラス－アメノオシホミミ－ニニギと続く可視の世界の生者たちを治める王朝とは異なった、出雲に鎮座するスサノヲに由来するもう一つの王朝、不可視の世界の死者たちを治める王朝の姿を幻視していたのではないだろうか。神風会には、そして国学院の折口の周辺にも、やはりスサノヲとアマテラスの「ウケヒ」から生まれたアメノオシホミミの弟であるアメノホヒを始祖とする出雲国造家の人々、宗教としての神道を追求するために新たな宗派、「教派神道」たる出雲大社教を打ち建てた、千家の一族に属する人々がいた。スサノヲ－アメノホヒ－オオクニヌシと続く、もう一つの「天皇」の系譜が存在していたのである。

＊

折口信夫が神風会を離れ、国学院大学を卒業し、自らの進むべき道を模索していた頃（明治四四＝一九一一年）、アメノホヒから八一代続いた出雲国造の代替わり、「神火相続」の「火継《ひつぎ》式」が行われた。第八二代出雲国造を継いだのは折口と同世代に生まれ（一八八五年）、やはり国学院大学で歴史を学んでいた学生、千家尊統《たかむね》だった。折口の民俗学を充分に消化吸収した千家尊統は、死の直前、能登半島の気多を訪ねる折口のはじめての旅に同行した藤井貞文の力も借りて、出雲国造家だけに秘められていた儀式――出雲国造の継承儀式である「神火相続」の「火継式」や年毎に行われる蘇生儀式をそのなかに含んでいる「古伝新嘗祭」――の詳細を公表した。[*18]

その書物、『出雲大社』には、こう書かれていた。出雲国造は決して死なないのだ。出雲国造はアメノホヒ以来、「火」（霊《ヒ》）を引き継ぎ、現在に至っている――「火とはタマシヒのヒであり、生命力の根源の象徴でもある。出雲国造の在世中は、その躬にその根源的生命力は燃焼し続けているのであるが、国造の身まかるときは、その生命力の象徴としての火は消えたわけである。そこで後嗣の新国造は国造を襲職するときには、新国造自身の火を新しくきり出さなければならない」。火《ひ》継式は霊《ひ》継式でもあったわけである。ひとたび鑽《き》り出された「火」は、国造在世中は厳重に守られ、絶やしてはならないとされていた――「国造は終生この神火で調理したものを食べ、家族といえどもこれを口にすることは許されない」。

この神火相続の儀が無事に済んだという知らせが国造家に届くと、「身まかった前国造を小門から赤い牛にのせてはこび出し、杵築の東南菱根《ひしね》の池に水葬することになっていた」。なぜなら国造は永遠の生命（「火」）を継承して甦り、「墓」は必要ないからである。[*19]

折口は、自身の国文学と民俗学の交点、「古代学」の根本に、現在でも生きている聖なる一族が明らかにしてくれた、不滅の「霊魂」に対する信仰を据える。「万葉びとの生活」（一九二二年）を書き上げた折口にとって、古代とは宗教的な中央集権化が一気に推し進められた「大化の改新」以前の世界、各地域の国造たちが「村々の神主」として君臨していた時代のことを意味していた。「国造の宗教」が破却される以前のこと、と折口は記している。あるいは「国造の中、後世まで国造の称へを伝へた家々は、皆神事に与る筋である」とも。明らかに折口は、出雲国造家の信仰と生活をモデルにして「万葉びとの生活」を再現しようとしているのだ。[*20]

「万葉びとの生活」のなかで国造について言及されるのは、最終章「村々の神主」においてである。それでは、論考の冒頭で、折口はどのような宣言をなすのか。折口は高らかにこう告げる。「万葉びと」にとっての理想の生活、「其は、出雲びとおほくにぬしの生活」である、と。「おほくにぬしの生活」とは、一体どのようなものなのか。折口は続ける――「愛も欲も、猾智も残虐も、其後に働く大きな力の儘《まま》 即《すなはち》「かむながら……」と言ふ一語に籠つて了ふのであつた。倭成す人の行ひは、美醜善悪をのり越えて、優れたまことゝして、万葉人の心に印象せられた。おほくにぬし以来の数多の倭成した人々は、彼らには既に、偶像としてのみ、其心に強く働きかけた」。*21

死を自在に操り、死を復活に変えてしまう激烈な力を古代の王たちに返してやらなければならない。そのときこそ、伊勢に輝き渡る光ばかりでなく出雲を深く覆い尽くす闇をも自身のうちに統合した、真の神道が可能となるだろう。パラドックスではなく「智慧・仁慈・残虐」からなる神道の新たな倫理を確立しなければならないのだ。その神道はスサノヲとともにあるはずだ*22――。

やまとたけるは、無邪気な残虐性から、兄おほうすを挫き殺した。併し雄略天皇程、此方面を素朴に現されたのは尠い。此等の方々の血のうちに、時々眼をあくすさのをが、さうさせるのである。すさのをの善悪に固定せぬ面影は、最よく雄略天皇に出て居る。彼の行為は、今日から見れば、善でも悪でもない。強ひて言はうなら否、万葉びとの倫理観からは、当然、倭なす神なるが故に、といふ条件の下に凡てが善事と解せられて居たのである。

ここが折口信夫の起源であり、釈迢空の起源である。

1　相馬前掲書、九五頁および一〇二頁。
2　青柳前掲書、八八頁。
3　幽蘭は同じ記事で、女たちに自由な恋を許さず、己に「堕落」というレッテルを張った男たちの社会に痛烈に反論している――「活発なる男子は英雄豪傑と崇拝され、覇気ある婦人はお転婆と罵られ、筆に優なる男子は天才、詩人と挙げられ、文事に志ある女は生意気と貶しめらる」、そして「無妻主義者は神と叫び独身の婦女は不具者と嘲笑され、男子の節義は放任して、女子の節操は厳守を命ぜられ、男子敗徳の非行を以て蹂躙さるゝ者、為めに堕落の二字を冠せしめらるゝの已むを得ない」。坂口安吾の「堕落論」を先取りするかのように生きた明治時代の女性がいたのである。

4　『全集』33・二一。

5　神風会を主宰し、『神風』を発行していた宮井鐘次郎については現在までのところ生年も没年も分かっていない。ただ、以下のような一連の書物を残していることだけは判明した――『大日本慈善協会』（一九〇三年）、『日本国教　神の道』（一九〇九年）、『純愛の光』（同）、『女性の光』（一九一〇年）、『共存共楽主義大意』（一九二五年）、『日の大神教教典』（一九四〇年）。この他に神風会の顧問を務めた人物たちの評伝を数冊刊行している。もっとも、『神風』を一瞥した限りにおいても、膨大な数の書籍類を出版していることは分かるのではあるが……。『日本国教　神の道』『純愛の光』『女性の光』はごく薄い小冊子、いわばパンフレットであり、数年のずれは生じるが、幽蘭や折口が所属していた頃の神風会の教義を理解することを可能にしてくれるものである（いずれも早稲田大学中央図書館所蔵）。その思想を一言でまとめてしまえば、宮井はアマテラスを「純愛教」の教主と位置づけ、アマテラスの愛によって「自然の愛」、つまりは自然そのものと一体化することができると考えていた。『共存共楽主義大意』や『日の大神教教典』にも、アマテラス至上主義が貫かれている。ただし、宮井が最後にたどり着いた「日の大神教」なる神道団体は、『全国神社名鑑』等に記された教派神道概観や教派神道一覧のなかに見出すことはできなかった。『大日本慈善協会』は、そうした宮井の神道家としてのスタートが、孤児や不良少年たちを収容する感化院「同朋園」の運営であったことを教えてくれる。慈善事業から「純愛」の神道へ。一貫して宗教的な実践から社会的な実践を切り離すことができないと考えていたことが分かる。

6　『神風』九一号（明治四二年一一月二五日）および九二号（同一二月一五日）の二回にわたって連載されたものである。巻頭にはこうある――「女性には男性の到底企及すべからざる高貴にして且つ偉大なる光がある」。まさにもう一つの『青鞜』発刊の言葉である。

7　折口の大学時代の謎を解くためのもう一人のキーパーソン、藤無染が確立することを目指した一元論的な宗教もまた、キリスト教と仏教を一つに融合しようとするものだった。

8　幽蘭がプロテスタント宣教のための聖なる軍隊「救世軍の女兵士」となったのも、日本人としてはじめて救世軍士官となった山室軍平の夫人、機恵子が明治女学校の先輩だったからである。幽蘭は神風会を知る直前まで、プロテスタントの信仰を真剣にきわめようとしていた。

9　人間が神の子という媒介を経ることなく直接神になれると考える「人神」思想は東方キリスト教会に特有のものであるが、折口が自らの芸能論の根本に置くのも同様の思想である。祝祭のなかで「人は神となる」。また、折口はマレビトをこう定義していた――「てつとりばやく、私の考へるまれびとの原の姿を言へば、神であつた」（『全集』1・一三）。つまり、人は海の彼方から神を迎え、自ら神になるのである。そのとき文学も芸能も、そして宗教も発生してくる。国文学と民俗学という分野を超えて、折口学全体を貫徹するのは、明らかにこの「人神」思想である。

10　次章「言語」で詳しく述べるが、同じく明治三九年の『仏教青年』という雑誌（一月号）に藤無染の論考「外国学者の観たる仏教と基督教」が掲載され、そこには折口も「飛鳥造酒」の筆名で五首の短歌を寄せていた。『仏教青年』は創立からわずか二年で閉鎖されたばかりの高輪仏教大学のなかに組織された「万国仏教青年連合会」の機関誌のような役割を果たしていたと推測される。「万国仏教」青年会と「神国」青年会。この二つの青年たちの集団のなかで、さらに言えば両者の反撥と融和のなかで、折口の思想の基盤が形づくられたと言えよう。

11 折口自身が述べた言葉ではないが、空白の大学時代の実情を窺うことができる貴重な資料と考え、今回全文を復刻した。大学の「特待生」であった折口の成績が下がり、「卒業をひかへて」学業を怠った結果、一年遅れて卒業した理由が、この記事のなかに記されている。

12 「零時日記」に記された、労働者たちに対して感じた「共産主義者と通ずる処のある同情」という言葉を合わせて考えてみれば、折口が確立しようとした実践的な神道の輪郭を、おぼろげながらも把握することが可能になるだろう。折口自身どこまで明確に意識していたかは判断できないが、結果として、折口が目指した神道は、宗教的、政治的、そして性的な領域を自在に横断するアナーキズムの地平にしか成立しないのである。不可能な試みであるとともに、もし万が一にも実現してしまった場合には、「神道」自体跡形もなく解体されてしまうであろう。

13 『神風』関係の記事をまとめ、時系列に沿って整理すると以下のようになる——。

一九号（明治三九年八月二五日）神風会の「顧問」たちの紹介

二九号（明治三九年一二月五日）中野、大鳥、折口による「神国青年会」の結成

三七号（明治四〇年三月二五日）「本会賛成送金者」に折口、吉村、田端の名

四〇号（明治四〇年五月一五日）「対救世軍大演説会」で幽蘭に「満場の拍手沸く」

四四号（明治四〇年八月五日）幽蘭「最近に得たる妾の信仰」、末尾には「未完」

四五号（明治四〇年八月一五日）幽蘭「承前」、末尾には「未完」

五〇号（明治四〇年一〇月二五日）「神国青年会」の第一回懇話会が皇典講究所で開催され折口らが参加。「領収報告」にも折口、吉村の名

五二号（明治四〇年一一月二五日）折口「韓国伝道と古伝説と」、末尾には「未完」。「神風会雄弁会」が開始され、宮井、折口らの演説があったとの報告

五六号（明治四一年二月一五日）「領収報告」に折口の名

六一号（明治四一年六月五日）「領収報告」に折口の名

六三号（明治四一年六月五日）「折口信夫君の熱誠」の記事

七五号（明治四二年一月五日）新年の広告「粛賀歳禧」に宮井と折口の名が併記

八五号（明治四二年七月一五日）「領収報告」の筆頭に折口の名

八七号（明治四二年八月二五日）「領収報告」（寄付之部）に折口の名、「大阪」と記載

「自撰年譜」ではほとんど空白だった時期、折口は神風会を舞台として熱心な——あまりにも熱心すぎる——宗教活動を続けていたのである。

14 「国家神道」とは果たしてどのような機能を果たし、どのような体系（システム）をもっていたのか。現在でも日本人を呪縛し続けているこのやっかいな問題を、最も広範囲に論じた書物が、島薗進の『国家神道と日本人』（岩波新書、二〇一〇年）で

ある。島薗の考察を要約すれば、以下のようになるであろう。近代化を進めていた明治政府は神道を国教化することに失敗する。しかしその失敗は、一方では政教分離による「私」的な領域における信教の自由の保証となり、もう一方では「公」的な領域における祭祀の統一たる祭政一致政策を、教育やメディアを通して強力に推し進める結果となった。近代日本において政教分離と祭政一致は両立していた。というよりは表裏一体の関係にあった。神社を基盤とした神道は、「私」的な宗教の領域を離れ、「公」的な祭祀の領域に位置づけ直される。神道では死や死後の問題、個人的な魂の救済といった問題は取り扱えなくなった。神社の「祭祀」は「国家の祭祀」となったのだ。その原型（モデル）になったのは、土俗的で習合的な要素を削ぎ落とされ、近代的に拡充され、再編され、純粋化された「天皇の祭祀」であった。そうした状況の下で宗教を志向した神道は、「公」の国家神道たる神社神道を離れ、「私」の宗教団体、教派神道とならざるを得なかった。もしここで、あくまでも宗教としての神道を追求していくのなら、近代的な「天皇の祭祀」も根本から見直される必要がある。否、宗教としての神道は「天皇の祭祀」から切り離され、「天皇の祭祀」を否定しなければならないだろう。戦後の折口信夫が神道宗教化論で述べているのは、そういうことだった――「天皇御自ら神性を御否定になつたことは神道と宮廷との特別な関係を去るものであり、それが亦、神道が世界教としての発展の障碍を去るものであることを、理会されるであろう」（「民族教より人類教へ」、『全集』20・二八四）。

15　神風会の主宰者である宮井鐘次郎を除いて、神風会の「顧問」となった人物のほとんどすべての経歴を『神道人名辞典』（神社新報社、一九八六年）で確認することができる。本稿における紹介も、その大部分を『神道人名辞典』に拠っている。辞典のなかには折口信夫の項目も存在するが、執筆担当者（茂木貞純）は、ある戸惑いをもって、こう記している――「折口学説については、神道界にその信奉者も多い。但し、戦後突如として主張する「天子非即神論」、「神道宗教化論」については、その真意が奈辺にあるか、未だ疑問の点が多く評価が定まってゐない」と。神道の内部にいる者たちを困惑させた折口が戦後に提唱する神道宗教化論にこそ、折口の目指した宗教改革、神道の革命の核心を見出すことができる。それは「国家神道」を真に解体することにつながり、ひょっとすると「神道」そのものを消滅させてしまう営為であったのかもしれない。折口の神道宗教化論の起源は戦後にあるのではなく、明らかにこの神風会の時代にある。本書は、折口の神道宗教化論をその起源から帰結に至るまで追跡する試みでもある。

16　荒俣宏の『新日本妖怪巡礼団　怪奇の国ニッポン』（集英社文庫、一九九七年）の冒頭では、平将門という体制への荒ぶる反逆者を媒介とした、平田篤胤を祀る平田神社と、平田盛胤が社司をつとめる神田神社の密接な関係が描き出されている。

17　島薗進は「国家神道」を、こう定義している――「国家神道は皇室祭祀と伊勢神宮を頂点とする神社および神祇祭祀に高い価値を置き、神的な系譜を引き継ぐ天皇を神聖な存在として尊び、天皇中心の国体の維持、繁栄を願う思想と信仰実践のシステムである」（前掲書、五九頁）。よって、「国家神道」の中心的な聖地は「伊勢神宮と宮中三殿」（同、九九頁）となる。祭神としては『古事記』の冒頭に登場する造化三神とアマテラスが中核をなす。神主は世襲ではなく、宮司として任命されることになった。国家神道が確立されてゆく過程で、出雲とその祭神オホクニヌシは排除され、出雲はその処置に抗った。一連のそうした騒動を祭神論争という。その経緯は原武史の前掲書、特に第一部の五「明治初期の神学論争」に詳しい。勅裁によって祭神論争が決着した後、「ウケヒ」で生まれた男神の一人、アメノホヒを始祖とする出雲国造家の当主であり、第八〇代国造を継いだ千家尊福は、「国家神道」の枠組みを離れ、出雲大社教として一派独立し、その初代管長に就任する。きわめて古い伝承を伝える神道の家が、まったく新しいかたちに甦ったのである。戦後に主張された一連の神道宗教化論のなかで、折口は「教派神道」の運動に高い評価を与え、深く同情している――「われ〱の近い経験では――勿論われ〱は生れてをらぬ時代ですが――明治維新前後に、日本の教派神道といふものは、雲のごとく興つて参りました。どうしてあの時代に、教派神道が盛んに興つて来たかと申しますと、これは先に申しました潔癖なる道徳観が、邪魔をすることが出来なかつた。一旦誤られた潔癖な神道観が、地を払うた為に、そこにむら〱と自由な神道の芽生えが現れて来たのです」（「神道の新しい方向」、『全集』20・三〇六）。当然のことながら、ここで非難されている「一旦誤られた潔癖な神道観」とは「国家神道」に帰結する一連の流れを指すことに間違いない。「自由な神道」とは神風会で折口が目指したものであるとともに、戦後の神道宗教化論が究極の目標としたものでもあっただろう。

18　千家尊統『出雲大社』（学生社、一九六八年）。引用は「第二版」より行った（初版との異同はない）。なお、原武史の証言によれば、この『出雲大社』の真の著者は、藤井貞文とともに名前があげられた森田康之助であったという。森田は折口と密接な関係をもっていた。『現代思想』五月臨時増刊号「総特集　折口信夫」（青土社、二〇一四年）に掲載された討議「折口信夫に出会い直す」による。

19　同書、二〇二―二〇五頁。おそらく折口もまた、この「火継式」の詳細を知っていた。『古代研究』国文学篇に収められた「万葉集研究」の「すめみま」の節で、天皇の権威の源泉である外来魂の最も古い名は「ヒ」であるとし、こう続けていたからだ――「此ひを躬に触《フ》らしめ得た方が、ひのみこであった。此ひを継承されるのが、大倭の君であった」（『全集』1・三九〇）。出雲国造は天皇の分身であり、その起源を明らかにしてくれるのだ。

20　『全集』1・三一七―三二〇。

21　『全集』同・三〇八。

22　『全集』同・三一二。

折口信夫　新発見資料

韓国伝道と古伝説と　（神風雄弁会に於ける演説の筆記）

折口信夫

私は前数《ぜんすう》弁士とは聊《いささ》か立脚地を異にした方面から観まして此度宮井大人《みやゐたいじん》が年来の宿望たる韓国伝道の事業に着手せられむとしますのを衷心喜に堪へませんで此演壇に昇つた次第であります、今其についてすこしく述べやうと存じます

まづ第一に明に認めておかねばならぬのは大人の立脚地であります即大人の此事業は政治的色彩を毫も帯びて居ない全く浄い宗教的感情の源泉から流れ出たものであるといふ事であります、さればこそ前数氏は皆宗教の方面から大人の今回の行を祝せられたのでありますが私は前述べましたとほり一つたちばを変じてお祝なり自分の喜なりを申しあげやうと存じます

宮井大人の此事業は政治とは没交渉な宗教即心霊界の事業でありますが然し私どもは其副産物たるあるものも亦甚貴くあつて決して等閑視すべきものではないと思ひます宗教は到底理性よりわり出すべきものではありませぬ立脚地は徹頭徹尾感情であります今日の如き開化した世の中では感情をたちばとして守るべき宗教も多少理性の衣を着せなければならぬやうになつてつまり一歩のり出したのでありますな、ところが其が却て禍の根《もと》で哲学とは衝突する科学とは衝突する実に非常な危機に迫つて居るのであります

宗教のたちばは飽くまでも感情であります理性を衣とするのも畢竟ずるに方便にすぎぬのであります、私どもが望を属しますのはつまり此点にあるのです話を今一歩進めませう

世界の歴史を観るになどゝ大風呂敷を拡げることは姑く措きまして最も私の考へて居る問題に関係深き我国の歴史伝説により乍ら私の喜びとする理由をはこばうと存じますが神代の伝説のあるものを記紀のうちから採り出して考へて見ると其間にある政策と申すと大層な事の様に聞えますが兎も角も意識なりとまたは無意識になりと一つの政策的の事を行ふために此感情の根柢に深く立ち入つてつまり此感情を巧に利用した痕が仄に窺はれる様に思ひます、かういふ事を申すとある種の神道家の反対をうけるかも存じませぬが学問をするものゝためにはある点まで自由がゆるされて居るのでありますからそんな事にはかまはず意見を述べますと
私は平常から思うて居ります天孫種族と出雲種族と古史に記せるとほり又は多数の歴史家が認めて居るとほり同人種に相違ないのでありませうが其は何れにしても伊奈佐小浜《いなさをばま》の誓、建御名方神《たてみなかたかみ》の行動などに徴しても全く平和に国ゆづりを行はせられたものとは解し兼ねます出雲種族の心を籠絡するには必ず一種の方法を講ぜられなければならぬ様な事情であつたのです、前にある面影が窺はれると申しましたのは此処であります
天真名井《あまのまなゐ》の御誓の条は此点にあるヒントを与ふるものであらうと存じます
天照大神《てんしようだいじん》に対して須佐之男尊《すさのをのみこと》のなされた御誓言は如何です若し邪心あらば女子生れむとあつて、大神の御統の珠を乞ひうけて之を含んで噴き出された息吹のうちにならせられた神々は邪心なきことを証する男御子でありました、お生れになつた男御子は即天忍穂耳尊《あめのおしほみみのみこと》以下五柱《いつはしら》の神で御座います然るに史に伝ふるところによれば御誓をなさつたのは須佐之男尊ばかりでなく、天照大神《あまてらすおゝがみ》御躬づから亦まづ尊《みこと》にさきだつて尊の剣を請うて之を含んで吐きいだされた息吹の狭霧《さぎり》のうちに多岐理媛《たきりひめ》以下の三女神がなられたとあるこれはちよつと考へると解しがたい此処に二人の者があるとするさうして其何れが罪人であるか判然せないといふ様な場合ならば二人とも神のまへに誓を立てゝ其正邪を判つ所の神判によつて罪人を決することはあります武内宿禰《たけのうちすくね》甘内宿禰《あまうちすくね》との探湯の如きは即これであります此間における神人の関係は裁判人対被裁判人ぢやありませぬ然るに第三者たる者たとへば　允恭記《いんぎようき》に甘樫丘《あまかしわをか》で姓氏のみだれたのを正すために諸氏をして探湯せしめた場合の如きに　天皇陛下なり其御名代になつた官人がまづ探湯をせられたとしてはわからぬではありますまいか然るに天真名井《あまのまなゐ》では之を行はせられたのであります、どうも解しが

たい、よつて考へまするに之は　天照大神をば三女神の母神たると共に五男神の御養母神とせむが為では有ませんか（未完）

『神風』五二号（明治四〇年一一月二五日）

折口信夫君の熱誠　国学院大学生の模範

国学院大学では目下試験前のことなれば同校生徒の我雄弁会に足の遠くなるは学生の立場として固より当然のことなれど独り本科生折口信夫君は熱誠の余り所有障碍を排して毎会出席演説せらるゝは実に斯道の為め慶賀の至りである「回を重ぬる毎に信仰の高まるを覚へて愉快に堪へない」とは常に君の衷心より発する叫びてある現に前回の如きは恰も殿下奉戴式の当日なりければ元来下戸の所へ多量の祝酒を侑められ為めに非常に酩酊夢中となられし由にも拘らず直ちに例の如く出席ありて「神道と労働者」に就て一糸乱れず論旨正しく演述せられしは全く同君の信仰の堅き結果である。（一記者）

『神風』六三号（明治四一年六月五日）

第二章

言語

曼陀羅の華

特異な筆名である「釈迢空」を使用しはじめる以前、国学院大学に入学したばかりの若き折口信夫は、敬愛する祖父の名である「飛鳥造酒」を名乗って、『仏教青年』という同人誌に五首の短歌を発表していた（明治三九年一月号）。五首の短歌のうち、前半を構成する三首はいずれも新旧両全集の「短歌拾遺」、年間の作歌数が五〇〇を超えた明治三八年の項に見つけ出すことができる。後半を構成する二首は、同人誌掲載を最後に、結局、折口の死後に至るまで封印されたままだった。折口にしては珍しい、というよりも、これ以前もこれ以後もほとんど詠まれることのない純粋な宗教歌、神秘的な仏教賛歌である――。[*1]

目ふさげど暗になほ見る大《おほ》き身の契りあればや釈迦牟尼如来
産声に毘舎も利利も出てあふげ今虚空より曼陀羅華ふる

当然のことながら、釈迢空の短歌に固有の句読点も、分かち書きも、いまだ存在していない。しかも、最後の短歌が舞台にしているのは明らかにインドである。訪れたこともないインドに紡がれた、あるいは夢想された一つの物語を、この一首の短歌に凝縮させているのである。「毘舎」は商人たちの階級であるヴァイシャを、「刹利」は王族たちの階級であるクシャトリアを意味する。商人たちよ、王族たちよ、おもてに出て天を仰げ。何者かの誕生を祝福して、虚空から曼陀羅の華が降り注いでいるではないか、と。

「曼陀羅華」とは、『大言海』には、「円花」あるいは「白団華」を意味し、『法華経』を典拠として「小白団華」、つまり「小サクシテ円キ美シキ華」を指すと記されている。さらには「白蓮花」「マカマンダラゲ」である、とも。*2 小さな白い花、もしくは「白蓮華」として天から無数に降り注ぐ曼陀羅の華。曼陀羅華が降り注いでいるのは『法華経』の世界だけではない。折口信夫が書物のかたちで残すことができた唯一にして最大の小説、『死者の書』の主人公である藤原南家郎女《いらつめ》、後の中将姫が写筆し続けた『称賛浄土仏摂受経』――鳩摩羅什《くまらじゅう》による旧訳の『阿弥陀経』を玄奘が新たに訳出したもの――に描き出された西方極楽浄土、つまり『無量寿経』と『観無量寿経』と『阿弥陀経』からなる浄土三部経の世界にも、つねに降り注いでいたのである。*3

折口信夫は「曼陀羅華」に取り憑かれていた。折口が残した二つの小説、未完のまま捨て置かれた短篇「身毒丸」と長篇として唯一完成した『死者の書』のいずれにおいても、物語のクライマックスに「小サクシテ円キ美シキ」白い花、「白蓮華」が登場する。

まずは「身毒丸」の末尾。田楽法師の子である身毒丸は、小さな白い花に埋もれて泣き、その果てに、懐かしい一つの顔と再会する*4――「庭には白い花が一ぱいに咲いてゐる。小菊とも思はれ、茨なんかの花のやうにも見えた。つひ目の前に見える櫛形の窓の処まで、いくら歩いても歩きつかない。半時もあるいたけれど、窓への距離は、もと通りで、後も前も、白い花で埋れて了うた様に見えた。彼は花の上にくづれ伏して、大きい声をあげて泣いた。すると、け近い物音がしたので、ふつと仰むくと、窓は頭の上にあつた。さうして、其中から、くつきりと一つの顔が浮き出てゐた」。夢から覚めた身毒丸は、幾度もその顔を想い浮かべてみた。「どうも見覚えのある顔である」。しかしながら、「唯、何時か逢うたことのある顔」であるとしか分からない。

次いで『死者の書』に描き出された、少女が死者と邂逅する情景。光と闇が等しくなる彼岸の中日、二つの聖なる山の間から出現した「俤人《おもかげびと》」に導かれて藤原南家郎女は当麻寺にたどり着く。夜な夜な訪れてくる「俤人」の清らかな顔を、郎女は夢と現《うつつ》の境、虚空に咲き出でた白蓮華のなかに見出す――「郎女の額《ぬか》の上の天井の光りの暈《かさ》が、ほの〳〵と白んで来る。明りの隈はあちこちに偏倚《かたよ》つて、光りを竪にくぎつて行く。と見る間に、ぱつと明るくなる。そこに大きな花。真白な菫。その花びらが、幾つにも分けて見せる隈、仏の花の白蓮華《びやくれんげ》と言ふものであらうか。郎女には何とも知れぬ浄らかな花が、車輪のやうに、宙にぱつと開いてゐる。仄暗い蕋の処に、むら／＼と雲のやうに動くものがある。黄金の蕋をふりわける。其は髪である。髪の中から匂ひ出た壮厳な顔。閉ぢた眦が憂ひを持つて、見おろして居る」[*5]。

身毒丸を、郎女を、白い花々のなかから見下ろす懐かしい顔。その面影はつねに曼陀羅の華とともにある。『死者の書』を一冊の書物として刊行した直後、折口は『死者の書』に秘められた謎を自ら解き明かしていくような解説、「山越しの阿弥陀像の画因」を発表する（一九四四年）。この小論で、折口は『死者の書』の核心には「日想観」が据えられていると語る。「日想観」とは、『観無量寿経』に説かれた浄土観相法の初観にあたる。水平線の西の彼方に沈み行く夕陽を眺めながら、極楽浄土の有様を心に思い浮かべる。折口の生まれ故郷の大阪、難波の海を西に望む小高い丘陵の上に築かれた四天王寺は、この「日想観」による往生を求める人々が集う聖地でもあった。四天王寺の西門は極楽の東門に向かい合っている。光と闇が等しくなる彼岸の中日、「日想観」による往生を求めて、人々は四天王寺の西門に集う。そこから西方の海に乗り出し、海深くに沈んで行った。

折口は続ける。四天王寺に残る日想観往生の風習とは、「法悦からした入水死《ジュスヰシ》」であり、「信仰におひつめられたと言ふよりも寧、自ら霊《タマ》のよるべをつきとめて、そこに立ち到つたのだと言ふ外はない」[*6]。死はもう一つの別の世界への入り口だったのだ。折口は日想観往生の起源に、この列島に住みついた人々が太古から伝える「日の神」への信仰を幻視していた。「日の神」を追い求め、「日の神」と一体化する。その瞬間、「法悦」の只中で地上の人間としては死に、天上の神として再生する。そうした「日神に対する特殊な信仰の表現」が、浄土三部経の説く極楽浄土に対する信仰と「習合」していったのだ、と。

折口の生家も、極楽浄土に往生することを願う、浄土真宗に深く帰依していた――「家名古くより折口《ヲリクチ》。代々、木津願泉寺門徒。石山本願寺根来落ちに絡む由緒を伝へた百姓筋」[*7]。つまり、「日想観」の地である四天王寺とは、文字通り折口信夫の故郷であるとともに、折口信夫の信仰の起源にして表現の起源でもあったのだ。さらに言えば、柳田國男との出会いの後に折口学として大成される民俗学にして国文学、その中心に位置する「祝祭」の学の起源でもあった。

折口が残した主要な小説——といっても、そのほとんどが「未完」であるが——はすべて、なんらかのかたちで「日想観」と結びついている。「山越しの阿弥陀像の画因」を解説として付け加えた『死者の書』はもちろん、「身毒丸」の源泉もまた、「日想観」の四天王寺を舞台に、継母によって盲目にされた少年と父との再会を主題とした物語にある。その物語は、謡曲の「弱法師《よろぼし》」となり、説経節の「信徳丸」となり、人形浄瑠璃および歌舞伎の「摂州合邦辻《がっぽうがつじ》」となった。いわゆる俊徳丸をめぐる一連の物語である。さらに「日想観」は、民俗学者になる以前の折口信夫が、釈迢空の筆名のもと、はじめて手がけた自伝的な小説、「口ぶえ」の重要な背景ともなっている。折口が同人誌『仏教青年』に、「飛鳥造酒」の名前で残したもう一つの短歌の起源もまた、おそらくその場所にある。

「口ぶえ」の物語がはじまってすぐ、若き折口信夫の分身である漆間安良は、四天王寺の近辺に存在する小高い塚を訪れ、「日想観」往生を求めその地で滅した古人に想いを馳せる。そして、古人が残した一首の和歌を反芻してゆく。「ちぎりあれば　なにはのうらにうつりきて、なみのゆふひををがみぬるかな」——「その消え入るやうなしらべが、彼のあたまの深い底から呼び起された。安良のをさない心にも、新古今集の歌人であつたこの塚のあるじの、晩年が、何となく蕭条たるものに思はれて来た[*8]」。

阿弥陀仏との契りがあったからこそ、難波の海に面したこの場所に移り住み、波の彼方に沈む夕陽を眺めながら、西方浄土に生まれ変わる日をただひたすら待ち望んでいる。往生の瞬間、「新古今集の歌人であつたこの塚のあるじ」の前には、巨大な光の身体をもった仏（如来）が現れ出でたことであろう。仏との契りを詠んだこの歌に、俊徳丸伝承のサイクルに属するすべての芸能を貫く「盲目」（眼を閉じること）の主題が重ね合わされたとき、「目ふさげど暗になほ見る大き身の契りあればや釈迦牟尼如来」という一首の短歌が生まれたことは間違いないように思われる。燃え上がるような巨大な夕陽が、浄土に差し招く仏のように見える「日想観」往生の日、盲目となって、ただその光のなかを彷徨うことしかできない身毒丸の内面が詠われている、と。

折口信夫が同人誌『仏教青年』に残した後半二首の短歌こそ、折口信夫の信仰の起源にして学問の起源に直結するものだった。それはまた、歌人にして詩人、そして小説家でもあった釈迢空における表現の起源にもなったはずだ。折口信夫は「飛鳥造酒」の名前で、『仏教青年』にページを割いてくれた人物に未知なる歌を贈ったのだ。それはひょっとしたら決別の挨拶だったのかもしれない。贈与の歌は一〇〇年以上も封印されてしまった。折口が歌を贈った人物は、折口に比較宗教学的な知見と、主客が未分化となる一元論的な新たな学問の可能性を教授してくれたはずである。その人物こそ、雑誌『仏教青年』の中心となる同人の一人であり、折口信夫がわざわざ「自撰年譜」に「新仏教家」と記した藤無染だった。

浄土真宗本願寺派、いわゆる西本願寺に属する僧侶であった藤無染は、信徒たちに死後の名前である「法名」を授ける資格をもっていた。浄土真宗の場合、「法名」は必ず「釈」ではじまっている。やはり生家が浄土真宗に属する折口信夫は、特異な筆名である釈迢空を、自らの意志でそのまま「法名」とした。結果として折口は、神道の墓と仏教の位牌に刻み込まれた、折口信夫と釈迢空という二つの死後の名前をもつことになった。仏教の位牌に記された折口の「法名」――同時にそれが折口の筆名となった――を授けてくれた人物こそ、この藤無染であったはずなのだ。[*9]

＊

折口信夫が五首の短歌を発表した『仏教青年』の同じ号に、藤無染は一篇の論考を発表していた。「外国学者の観たる仏教と基督教」（以下、「仏教と基督教」）という。さらにはその直前、本荘幽蘭の動向につねに関心を保ち続けていた雑誌『新公論』を発行していた新公論社から、一冊の小さな書物を編集し、刊行する（明治三八年一一月）。藤無染の「編」になるその書物は、『英和対訳　二聖の福音』（以下、『二聖の福音』）と題されていた。[*10]

「二聖」とは、世界宗教たる仏教とキリスト教の始祖、ブッダとイエスを指す。「福音」（ゴスペル）とは、ブッダとイエスの生涯と教説が年代順、テーマ別に並べられていることを意味する。『新約聖書』の冒頭に収められた四つの福音書にならって、ブッダとイエスの生涯と教説を再構成したものであった。「伝記」として三〇項目、「聖訓」として三〇項目が選ばれ、イエスの場合は「外典」も含めた福音書から、ブッダの場合は「外国学者」のまとめた英語の書物とさまざまな漢訳仏典から、ごく短い断章がそれぞれの主題によって選ばれ、整理されていた。「対訳」と銘打たれているので、本文は日本語と英語のバイリンガル版である。英文は和訳され、邦文は英訳された。聖書の和文は既訳が利用されたが、仏典の和文は無染自身の手になると記されている。だが、そこにはもう一人の表現者の存在が秘されていた。

『二聖の福音』において藤無染が果たしたのは、断章を選び、全体を再構成し、翻訳する、という役割であった。だから「著」ではなく「編」となっていたのである。しかし、この小さな書物をひもといた者であれば誰もが、編者である藤無染が主張したかったことを明瞭に理解することができる。ブッダとイエスは同じような生涯を送り、同じような教説を残した。つまり、仏教とキリスト教は起源を同じくするのだ。『二聖の福音』では禁欲的に抑えられていたそのような想いは、「仏教と基督教」で全面的に吐露される。折口信夫は、「曼陀羅華」の歌を、おそらくは『二聖の福音』への返答として詠んだはずなのだ。

藤無染は『二聖の福音』で、二人の聖人の「伝記」をこう整理していく。処女の生活、霊告、右脇、東方の星、誕生、誕生の際、唯我独尊、賓婆沙羅王《ビンビサーラ》とヘロデ王、賢人の尊崇、阿私陀《アシタ》とシメオン、命名、灌頂(洗礼)、非凡の才能、婦人の挨拶、悪魔、諸天神、断食、顔と衣《ころも》、我に従え、弟子と問答、弟子の信仰、弟子の派遣、第一の弟子・最愛の弟子、波濤を越えて、死の宣言、最後の食、最後の言《ことば》、弟子の悲愁、死の記、結集。「聖訓」に関しては、こうなる。世の光、福《さいわい》、無量寿、風の住処、因と果、婚姻の宴《さかもり》、明鏡、行状、富貴、良き種《たね》、種蒔く人、安慰、眼を抉《ぬき》出せ、浄穢、婦人に対して、功徳、汝の敵を愛せよ、言行、盲人の手引、われは真理なり、真理を尚《とうと》べ、武器、相愛、言葉、非難、夜中の客、損得、饗筵、同一味、救済《すくい》。

そして藤無染は、二人の聖人の「死」のとき、大地を裂き、天空から「曼陀羅華」を降らせるのだ。聖人たちの「死」は同時に死者たちの復活、さらには神としての復活でもあった。折口信夫の「曼陀羅華」の起源は、その場所にある。『二聖の福音』に記された聖人たちの「生涯」の部、聖人たちの「死の記」には、こうある——。

仏陀――荼毘の煙立ち上《のぼ》れば、日も月も其光を隠し、静けき流れは激流となり、大地は震動し、生々たる森の木の葉は、柳の葉の如く動き騒ぎて、遂には雨かとばかりに、葉も花も地上に散り落ちぬ。かくて拘尸那掲羅《クシナガラ》一帯の地は、天より降れる曼陀羅華を以て、膝を埋めんばかりに積み敷かれき。此時使節は仏の教《をしへ》を奉ぜる諸国より来りて、遺骨を分たんことを乞ひければ、遂に遺骨は八つに分たれ、各それを納めんためとて、八つの大高塔は建てられき。其一塔は末羅《マルラ》人の建つるところにして、他の七塔は仏に帰依せる七国王の建つるところなりき。

基督――イエスまた大声に呼《よば》りて絶気《いきたえ》たり。殿《みや》の幔上より下まで裂けて二《ふたつ》となり、又地ふるひ磐《いは》さけ、墓ひらけて既に寝《ゐね》たる聖徒の身おほく甦へり、イエスの甦れる後、墓を出で丶聖城《みやこ》に入り、おほくの人に現れたり。日くれてイエスの弟子なるヨセフと云へるアリマタヤの富人きたりてピラトに往、イエスの屍を請しかば、ピラトその屍を付《わた》せと命ず。ヨセフ屍を取て潔き枲布《ぬの》に裹《つつ》み、之を磐に鑿《ほり》たる己が新しき墓におき、大《をほい》なる石を墓の門に転《まろば》して去《さる》。マグダラのマリアと他のマリアと墓に対《むかひ》て座し其処に居り。

「磐」の墓に眠るイエスは「神」として復活した。それでは曼陀羅の華が降り注ぐなか、ブッダはどのような存在として復活しなければならないのか。藤無染は、その問いに答えようとした。ブッダは「神」を否定し、ただ「空」を説いただけではなかったのか。キリスト教の「神」と仏教の「空」は根底から相対立するものではなかったのか。そうではないのだ。特にこの列島にもたらされ、古代からの信仰と「習合」し、変容した仏教においては。インドに生まれ、中央アジアを経由し、中国大陸から朝鮮半島を経て列島に伝わった仏教は、その過程で大きな変容を遂げる。ブッダという個人（人間の身体に応じて宇宙の真理が現れ出る「応身」）の生涯と教説を重視する教えから、ブッダが説いた永遠の法をそのまま体現した大宇宙の真理（法そのものが大宇宙の真理として現れ出る「法身」）に帰依する教えへと。人間のみを救済する小さな乗り物（「小乗」）から、森羅万象あらゆるものを救済する大きな乗り物（「大乗」）へと。

天空の太陽のように、時間と空間という限界を超え、永遠の時空の中心に輝く「法身」からは、さまざまな光の度合いをもった栄光に輝く身体、「至福の身体」（「報身」）が現れ出る。西方の極楽浄土に住まう阿弥陀仏もまた「法身」がまとうペルソナの一つだった。「法身」と「報身」と「応身」は、仏教における三位一体説をかたちづくる。「法身」はそのまま大宇宙の生命原理たる「真如」であり、森羅万象あらゆるものを産出する大宇宙の子宮たる「如来蔵」となる。万物は「法身」から生まれ、「法身」へと還ってゆく。それゆえ、人間のみならず森羅万象あらゆるものは仏となる可能性（「如来蔵」）を自身の内部に、意識の奥底にひらかれる超意識、個的な無意識を超え出てしまった集合的な無意識と称することさえも可能な「アラヤ識」に、宿している。「アラヤ識」は「如来蔵」であり、「真如」なのだ。すべての多様な存在者は、唯一の存在である「法身」から生まれ出る。一はそのまま多となり、多はそのまま一となる。宇宙は一元論的かつ汎神論的に理解されなければならない。その中心に位置づけられる「法身」こそが、仏教における「神」だった。[*11]

この列島において、「法身」（太陽の仏）との直接の合一――「即身」――を教義の根本に位置づけたのは真言宗の開祖、「曼陀羅」という理念をはじめてこの列島にもたらした空海である。第二次世界大戦を経、死を数年後に控えた折口信夫は、高野山奥の院の「磐」の墓に眠りつづける空海を一方の主人公として、『死者の書』を書き直そうとする。[*12]「磐」の墓のなかで永遠に生き続ける空海は、唐の都長安で、キリスト教異端ネストリウス派の教え、「景教」の教義を学び、それを密教の教義に溶かし込んで帰国したのだ。「曼陀羅」に体現された「日の神」との合一という教えは、大乗仏教の最新の教えと列島の固有信仰たる神道の古代的な教えを一つに習合させるばかりでなく、広くアジア的な思考方法とヨーロッパ的な思考方法、東洋の教えと西洋の教えを一つに習合する。

『死者の書』の続篇に体現された、諸宗教の差異を乗り越え、宗教を一元論的に思考していくという方法は、同時期に折口が提唱した神道宗教化論とパラレルな関係をもっていたはずだ。「折口信夫と仏教」という主題は、「折口信夫と神道」という主題がそうであったように、折口信夫の起源と終焉という両極を、ほぼ同時に明らかにしてくれる。

折口信夫の起源には、仏教とキリスト教、人間と神、有限と無限、身体と精神、多と一といった二元論的な対立を無化してしまうような一元論的な思考方法が存在していた。折口に、そのような思考方法を教授する直接の役割は藤無染が果たしたはずだ。しかし、藤無染という個人の力だけで、宗教と表現、宗教と科学といった異なった分野を軽々と横断していくような一元論的な哲学を確立できたとは思われない。

曼陀羅の華を降らすことは、折口信夫の力だけでも、藤無染の力だけでも、不可能であった。そこには、よりダイナミズムに満ちた関係性が存在していた。藤無染は、『二聖の福音』の「死の記」において、キリストの最後をマタイ伝（マタイによる福音書）から引き、ブッダの最後を『仏陀の福音』という書物から引いていた。『仏陀の福音』の著者は列島どころか、アジアにルーツをもった人間ですらなかった。ドイツに生まれ、アメリカに移住し、その地で『オープン・コート』（*The Open Court*）という雑誌を編集し、同名の出版社を経営していた人物、ポール・ケーラス（Paul Carus, 1852-1919）だった。ポール・ケーラスは英文で『仏陀の福音』を刊行した（一八九四年）。早くもその翌年のはじめ、明治二八年（一八九五）の一月には、非売品として邦訳が刊行されている。翻訳を完成させたのは、前年から「大拙」という居士号を使いはじめた鈴木貞太郎という青年だった。藤無染を介して、折口信夫の起源と鈴木大拙の起源が一つに重なり合うのである。

＊

鈴木大拙は、明治三〇年（一八九七）、ポール・ケーラスのアシスタントをつとめるために渡米し、出版社オープン・コートの一員となる。在米中の明治三四年（一九〇一）、大拙は『仏陀の福音』を改訳し、あらためてその改訂新版を出版する。ケーラスと大拙は、ブッダの誕生とブッダの死に際して、天から曼陀羅華（mandâra flowers）を降らせる。聖者の死と聖者の再生を、曼陀羅の華によって祝福していたのだ。つまり、この地上に天上の花、曼陀羅華を降らせていたのは、藤無染と折口信夫だけでなく、なによりもまず、ポール・ケーラスと鈴木大拙の二人だったのである。

大拙の訳による『仏陀の福音』から、「仏の誕生」と「仏の終焉」の一節をそれぞれ引用してみたい。*[13] はじめに「仏の誕生」から――「今や全世界は光を以て溢れぬ。盲者は主の光栄を看んと思ひて之が為めに明を得、唖者と聾者とは仏の出生を示せる諸〻の瑞兆の現はれたるを語り出でぬ。曲れるものは直《なお》くなり、躄《あしな》えたるものは歩を運び、囚はれたるものは鎖を解かれ、地獄の熱火は消え失せぬ。〔中略〕／那伽《ナーガ》の諸王は最《いと》も勝れたる法の道を敬はんとて過去の諸仏を讃せる如く、今もまた菩薩の許に来り会し、其前に至りて曼陀羅華を撒き散らし、真心より悦びの情を表はし恭敬礼拝《くぎやうらいはい》して事《つか》へ奉りぬ」。

続いて「仏の終焉」――「荼毘《だび》の煙炎炎として燃え出でたれば、日も月も其光を隠し、静けき流れは激して大波を揚げ、大地は震ひ動きて、森の木の葉は悉く揺ぎ騒ぎて遂には葉も花も雨とふり落つるに至りぬ、かくては今は拘尸那掲羅の地は天より降れる曼陀羅華《まんだらげ》の為めに殆んど埋もれ果つるばかりなりき」。

藤無染は『二聖の福音』の「跋」にポール・ケーラスの名前は挙げているが、鈴木大拙の名前は記していない。しかし、『仏陀の福音』の大拙による「仏の終焉」の訳と、『二聖の福音』の「死の記」に残された無染の訳を読み比べてみれば、語彙の一致等々、無染が大拙の邦訳を熟読していることは一目瞭然である。ちなみに「仏の誕生」について、『二聖の福音』では、『仏陀の福音』ではなく『本生経』が指示され、曼陀羅華の挿話は採用されていない。だが、無染の訳による『二聖の福音』の「誕生」の項は、『仏陀の福音』の「仏の誕生」前半部分に見られる大拙の訳そのものである。無染の訳（五「誕生」）を引用してみる――「悉達太子の誕生し給ひし時、一切世界は光を以て溢れぬ。盲者は世尊の光栄《さかえ》を拝せんと願ひて、それが為めに明を得、唖者と聾者とは仏の出世を示せる諸々の瑞相の現れたるを互ひに語り合ひき。曲れるものは直くなり、躄《あしな》へたるものは歩《あゆ》みを得、囚はれたるものは鎖を解かれ、地獄の猛火は消え失せぬ」。

つまり、藤無染は鈴木大拙とともにあったのだ。その事実は、無染が、仏教とキリスト教の起源と教義における一元論、「仏耶一元論」のみを推し進めようとしていたのではなく、ポール・ケーラスと鈴木大拙が、雑誌『オープン・コート』とは別に、雑誌『モニスト』（*The Monist*）――「一元論者」を意味する――を舞台として展開しようとしていた哲学的な一元論の詳細も、ある部分までは確実に把握していたことを明らかにしてくれる。折口信夫が国学院大学に提出した卒業論文『言語情調論』は、そうした一元論的な哲学の領野に打ち立てられた、言語一元論だった。

　無染にとって、哲学的な一元論と「仏耶一元論」を二つに切り離して考えられないように、ケーラスにとっても、大拙にとっても、ある時期までは、自分たちが推し進めようとしていた哲学的な一元論と「仏耶一元論」は相互に密接に関係し合うものだった。在米時代後半から、大拙はあからさまなかたちで「仏耶一元論」を唱えるようなことはしなくなる。しかし、最晩年に至るまで、仏教を考える上でキリスト教との比較という観点を手放すことはない。

　大拙は「仏耶一元論」と哲学的な一元論が一つに融合したケーラスの論考を、『仏陀の福音』とは別に、かなり早い時期に日本語に翻訳し、紹介している。在米時代の後半、大拙はケーラスの営為をかなり辛辣に批判するようになるので、これまで大拙研究の上では注目されてこなかったが、この後、大拙自身が英文でまとめ上げる大著、先ほどその内容を概観した、『大乗仏教概論』（一九〇七年）の原型になったと思われる箇所（法身、報身、応身という三身説および一元論的な思想の起源としての仏教＝キリスト教）も存在し、なによりも無染や、無染と同時代を生き、近代というあらゆるものが一元化されようとする時代、世界の諸宗教が一つに混淆されようとする時代に仏教はどのようにしてあるべきかを考え抜いた人々に大きな影響を与えたと推測される。

　その論考とは、『仏陀の福音』の原著が刊行された一八九四年の『モニスト』第五巻一号に掲載され、翌年、つまり『仏陀の福音』の邦訳が刊行された年に、やはり同じく大拙の手によっていち早く邦訳され、『明教新誌』に連載された「仏教と基督教」（Buddhism and Christianity）である。*[14] ケーラス＝大拙は、ブッダとキリストの生涯とその教義の同一性を説いてゆく。福音書とヨーロッパ圏で刊行された種々の「仏陀伝」を比較対照しながら。この論考は、明らかにケーラス自身の『仏陀の福音』の真意を解説するものであり、疑いもなく藤無染の『二聖の福音』の原型となったものでもある。

　ケーラス＝大拙は宣言する――「仏陀も基督も共に身を窮困の境におきて、家なく、族なく、財なくして了りぬ。

其生涯は野の百合の如くなりき、且共に種族の別なく貧富の別なく、普く解脱の福音を説きて一切衆生を度したり」。あるいは、「仏陀も基督も共に地上に正義の王国を打建つるを以て其天職なりと曰ひぬ、乃ち弟子を四方に遣はして福音を宣べ伝へしめたり」。さらには、「基督教徒は基督の名を以て弥勒菩薩を崇むる仏教徒なりと云ふべき乎」とさえも。ここまでが論の前半である。

論の後半で、ケーラス＝大拙は、仏教とキリスト教の開祖の生涯とその教義が同一であることを証明するのはそれほど重要ではないと述べる。それよりも、ブッダとイエスが切り拓いた宗教が、一元論哲学の嚆矢となっていることこそが、現代において真に重要なことなのだ、と[*15]──。

仏陀も基督も二元論の倫理を捨てゝ、一元論とも云ふべき新倫理を案出せりと説けども、両者は一元論哲学を教へたりとは云はざるなり。仏陀も基督も哲学者にはあらず或は仏陀は基督よりも哲学者に近かりしにせよ。彼此共に宗教の先覚者なりしなり、而して基督は仏陀よりも宗教的なりしが如し。兎に角仏教と云ひ、基督教と云ひ皆宗教にして哲学にはあらず。されど両教の開祖が新説を教へ始めたる第一歩よりして一元的思想の紀元は起りしなり。彼等は厭世主義を斥け、進歩的倫理を説きて一元的世界観の途を示したり、其宗教的信仰の下に蟠まれる哲学は既に一元論の調子にかなへるなり。

この後、わずか三〇歳で病没することになる藤無染は、ブッダとイエスの教えが起源となるような一元論哲学を充分に展開することができなかった。その任は無染の仲間たちと折口信夫、さらには鈴木大拙に託されたのである。

1　この二年ほど前の明治三六年（一九〇三）、例外的に次のような歌が詠まれていた──「大乗をあまむ願ひにあれまし〻神にはあらじ釈迦牟尼の神」（『全集』25・一八六）。仏教改革運動の内実を折口が知らなければ詠めなかった歌である。

2　新編『大言海』（冨山房、一九八二年）、一九六九頁。折口が少年の頃父に買い与えられ熟読した『言海』の「曼陀羅華」の項には、まず、白い花をつけるとともに狂乱をもたらし、朝鮮朝顔の別名をもつ、とある（『大言海』にもその定義は残っている）。毒にもなり薬にもなる両義的な麻薬。一時期、コカインに溺れた折口にとって、自我を解体し、主客未分の「陶酔」（エクスタシス）の領野をひらいてくれる曼陀羅華は、表現における特権的な象徴になったはずである。

3　折口信夫研究の上で、「折口信夫と仏教」という課題は、誰もが論じる「折口信夫と神道」という課題と同じ程度に、ある場合にはそれ以上に、重要な意味をもっている。「零時日記」には「わが神道」と並ぶ「わが仏教」の担い手として日蓮と親鸞の名前が記されていた。『死者の書』においても、浄土三部経的な世界観が物語全体の背景をなし、そのところどころに『法華経』の断片が挿入されている。物語の最後に郎女が描く光の曼陀羅、そこから生み落とされる「数千地涌《スセンヂユ》の菩薩」（『全集』27・二五四）という表現もまた、『法華経』従地涌出品に由来する。浄土と法華の交点に折口信夫の文学空間が築かれているのだ。

4　『全集』27・九六。

5　引用は、初出誌である『日本評論』に連載された最終回、「死者の書（終篇）」より。拙編著『初稿・死者の書』（国書刊行会、二〇〇四年）で復刻した（二〇二―二〇三頁）。折口は『死者の書』を単行本として刊行する際、「白蓮華」を「青蓮華」に変更する（『全集』27・二二三）。「曼陀羅華」は「青蓮華」として折口の表現世界に転生したのだ。はじめての歌集『海やまのあひだ』のなかで、折口は、やはり「青蓮華」を主題とした一首の短歌を残すことになる。虚構と現実、主観と客観、心という内的世界と物質という外的世界が一つに融合する迢空短歌の代表作である。「うづ波のもなか　穿《ウ》けたり。見る〳〵に　青蓮華《シヤウレングヱ》のはな咲き出づらし」（『全集』24・四〇）。山中の「海」という集落で詠まれた歌である。突如として川の流れが途絶え、そこから「青蓮華のはな」が咲き出でる。曼陀羅の華にはじまった迢空短歌がたどり着いた表現の極であろう。

6　『全集』32・二二一―二二三。次の引用は二二。

7　新旧二つの「自撰年譜」による。両者ともほぼ同文である（数ヵ所の差異がある）。『全集』36・一一および一九。引用は後者より。願泉寺は現在は本願寺派（西本願寺）に属するが、古くは東西両派に属した。

8　『全集』27・一八。「新古今集の歌人であつたこの塚のあるじ」とは藤原家隆のことである。「塚」自体も夕陽丘の家隆塚として実在する。

9　以上の推理は富岡多恵子の『釋迢空ノート』（前章参照）にもとづく。富岡によってはじめて藤無染という謎の人物の生涯が明らかとなった。

10　「外国学者の観たる仏教と基督教」については前掲拙著『光の曼陀羅』のなかに全文を復刻した（四六七―四七二頁）。なお、『英和対訳　二聖の福音』については、これまで左記の三つの施設もしくは図書館で所蔵が確認されている。藤無染または出版社からの寄贈ではなく、刊行直後に、施設もしくは館の意志で購入されたものである。青山学院資料センター（明治期キリスト教関係図書）、山口県立山口図書館、成田山仏教図書館の三館である。前二者はキリスト教と縁が深く、後一者を運営する成田山は真言宗智山派に属する。キリスト教と密教の二つの陣営が、ブッダとイエスという二人の聖人の並行する生涯と教説をまとめた書物に最も敏感に反応したのだ。以降、『二聖の福音』および「仏教と基督教」からの引用は新字にあらため、原文の総ルビは適宜省いている。

11　当然のことながら、ここにまとめた大乗仏教理解はきわめて偏ったものである。藤無染に大きな影響を与えたと思われる、当時のアメリカおよび日本に流布していた大乗仏教理解のアウトラインを提示している。後に詳述する、鈴木大拙が英文でまとめ上げた大著、『大乗仏教概論』のエッセンスである。

12　新版の『全集』に「死者の書　続篇」として二つの草稿が収められている（27・二八九—三一八）。全集編纂者によれば執筆の時期は「昭和二十三、四年頃」という。「続篇」としたのは全集編纂者であり、折口のノートには、ただ「死者の書」とのみ記されていた。この物語で、空海と並ぶもう一人の主人公として据えられたのは、保元の乱を引き起こした左大臣、藤原頼長である。折口は、頼長が生々しい男色の記録を残した日記である『台記』を綿密に読み込んでいたという。頼長は、『台記』の別記に、折口が代表作『古代研究』を完成させる上で最も重要な資料になったと思われる「中臣寿詞《なかとみのよごと》」の記録も残していた。なお、折口が空海を主人公とした物語を書くのは「死者の書　続篇」がはじめてではない。昭和一六年（一九四一）発表の舞踊劇「花の松」で空海は重要な役割を果たす。詳細は山本ひろ子「作劇の構想力「花の松」を読む」（前掲『現代思想』臨時増刊号「総特集　折口信夫」）を参照。

13　鈴木『全集』25・二九七—二九八および四九三。以下、鈴木大拙の著作からの引用は、原則として、一九九九年から二〇〇三年にかけて岩波書店より刊行された最新版の『鈴木大拙全集』（全四〇巻）から行い、巻数を算用数字で、頁数を漢数字で示す。

14　鈴木『全集』26・二三—六二。最新版の『全集』にはじめて収録されたものである。引用は、二五、二七、三七より。

15　鈴木『全集』同・五四。

言語情調論

明治が終わろうとしていた頃、ほぼ同時期に、折口信夫は国学院大学に卒業論文『言語情調論』を提出し（一九一〇年七月）、西田幾多郎は『善の研究』を刊行した（一九一一年一月）。折口が『言語情調論』を執筆していく過程と、西田が『善の研究』をまとめ上げていく過程は並行していたことになる。時期的な問題ばかりではない。内容的にも、折口が『言語情調論』でアウトラインを提示しようとした「直接言語」（象徴言語）と、西田が『善の研究』の冒頭に据えた「直接経験」（純粋経験）は、ほとんど同じ事態を示している。

西田は言う。自分が哲学の根本に据えるのは「純粋経験」である。「純粋経験」は「直接経験」と同一であり、「自己の意識状態を直下に経験した時、未だ主もなく客もない、知識と其対象とが全く合一して居る」状態を指す。[*1] 折口は、『言語情調論』の原型となった「和歌批判の範疇」で言う。[*2] 和歌表現の上で直接言語に限りなく近づいた「定家の所謂幽玄体と称する」ものは、「主観客観を出て絶対境に入らむとして居るものが多い」。和歌における「絶対的表現」とは、「即主観客観の融合した者と、主観客観を超越した者とを併せていふ」。さらには『言語情調論』においても、「言語の可能性」として、「事象（対境）と言語表象（観念）との一致を求めるといふ根源的活動が、超経験的に存すればこそ、言語機能は可能性を有するに到るのである」と。[*3]

主観と客観、あるいは観念と物質、もしくは内部と外部という対立する二つの概念の消滅。折口信夫が「言語」に見ていたものと西田幾多郎が「経験」に見ていたものは等しい。これまでも折口の『言語情調論』と西田の『善の研究』の類似を指摘してきた論者は存在している。折口が『言語情調論』のなかに残した「チィヘン氏の感情の射光作用説」という一節を手がかりに、当時日本語で読むことが可能であった生理学と心理学の入門書および邦訳書を徹底的に調査して『折口信夫の学問形成』[*4]を書き上げた高橋直治は、次のように論じている。折口が参照したであろう松本孝次郎の解説による『チーヘン氏生理的心理学』（明治三三年）には、「心の現象は確に物質的の現象に無関係ではなくて、明かに物質的現象と、心的現象とが、並行して居ることがある。略言すれば彼れなければ此れなく、此れなければ彼れなしといふやうなことがある」とある。これならば「実在とは唯我々の意識現象」で「この外に実在といふのは思惟の要求よりいでたる仮定にすぎない」とのべる西田幾多郎の『善の研究』と同様の主張であることを感知できる、と。[*5]

ロシア・フォルマリズム研究を専門とする言語学者である磯谷孝もまた、こう述べている。[*6]『言語情調論』の唱える直接性の回復は、もちろん、折口自身の内なる要請なのであるが、当時、ベルグソンとジェームズ、西田幾多郎がそれぞれ〈持続〉と〈純粋経験〉の概念によって言語の間接性に対する批判を行なっていることに注意する必要があろう」。さらには、「折口流に考えるならば、この直覚性を実存的な情動に有機的に結合させるならば、存在への究極的な直接性を実現するところの詩的言語が誕生することになる」とも。詩的言語の発生をめぐって、存在を一元論的に考える哲学が可能になるのである。ウィリアム・ジェイムズ（William James, 1842-1910）の名前は、『言語情調論』にも登場していた。直接言語が担う「言語情調」は、明確な感情になる以前に、自己の身体に直接作用する物理的な影響によって有機感覚を刺激し、「ゼィムス氏の所謂傾向を惹き起す」場合がある、と。

『善の研究』は西田哲学のはじまりに位置し、『言語情調論』は折口古代学のはじまりに位置している。もし『善の研究』と『言語情調論』が起源を共有していたとするならば、西田幾多郎の哲学と折口信夫の民俗学を同一の地平から論じていくことが可能になる。[*7]これまでは、ただ単に、同時代の偶然の一致としてしか論じられてこなかった西田幾多郎の哲学と折口信夫の民俗学の起源に、藤無染を介して鈴木大拙を位置づけ直してみればどうなるであろうか。鈴木大拙は、西田幾多郎と金沢の第四高等中学校の同級生であった。そして、ともに第四高等中学校を卒業せずに中退している。急速に近代的、すなわちヨーロッパ的なアカデミズムの体制が整えられるなか、高等中学校中退者である二人は研究者として辛苦をなめる。大拙は日本を見限り、アメリカに活路を見出す。ポール・ケーラスのもとで雑誌『オープン・コート』および『モニスト』の編集に従事しながら、仏教思想のエッセンスを英語に翻訳し、当時最先端の生理学的かつ心理学的な哲学の素養を積んでいった。アメリカにおいては、仏教思想と生理学および心理学はともに「自我」を解体するという一点で重なり合っていたのだ。大拙は仏教思想の新たな可能性と最新の生理学的かつ心理学的な哲学の概略を手紙にしたため、日本に留まって苦労を重ねていた西田に何度も送付する。[*8]『善の研究』が形づくられていくのは、そのような環境においてだった。

ポール・ケーラスは仏教思想の紹介者であるばかりでなく、アメリカの新しい哲学、プラグマティズムの起源のごく近くに存在した人物だった。「私」の内部に位置する「自我」の解体は、「私」の外部に位置する「物自体」の解体につながる。あるいは確固とした人格をもった「私」の消滅は、「私」を成り立たせている絶対的な他者、やはり確固とした人格（ペルソナ）をもったヨーロッパ的な「神」の消滅にもつながる。「自我」（主観）が消滅し、「物自体」（客観）が消滅したとき、一体どういった事態が生起するのか。まさに折口信夫が『言語情調論』で求めたような主観と客観が融合し、主観と客観をともに超え出た一元的な領野が広がるだろう。そこでは、西田幾多郎が『善の研究』で説いたような主客未分の「純粋経験」だけが可能になる。

ドイツに生まれたポール・ケーラスが、亡命の地イギリスを経て、アメリカに移り住んで最初に刊行した書物が『一元論と改善論』（*Monism and Meliorism*, 1885）である。ケーラスは、現実の世界から超越するヨーロッパ的、キリスト教的な「神」の在り方は否定したが――それがドイツを去る原因となった――「神」の存在自体を否定したわけではなかった。神は自然に内在している。自然を成り立たせる諸要素が取り結ぶ関係性のすべてを網羅するものこそが、ケーラスの求めた「神」だった。したがって神の存在は自然の存在そのものと等しくなる。ここにスピノザ的な「神即自然」、あるいは存在の一元論が成立する。自然は一元論的かつ汎神論的に理解されなければならなかった（「一元論的かつ汎神論的」な自然とは、鈴木大拙が英文でまとめ上げた『大乗仏教概論』を貫く基本的なテーゼともなった）。しかし、同時にケーラスの一元論は科学を否定するものでもなかった。人間は「神即自然」の必然のなかでしか生きられない。つまり、偶然にゆだねられたロマン主義的な運命論は否定される。だが、人間はいまだ自然のもつ真の豊かさを充分に知らないのだ。自然のもつ新たな可能性を切り拓いてくれるものこそが、進化論をはじめとした近代の自然科学であった。

自然という一元的で必然の世界を生きる人間は、科学を手にすることでより良く世界を理解し、世界を「改善」していくことが可能になる。「改善」と「必然」は矛盾するものではなかった。「改善」を続けることによって、人間は自然の必然をより良く理解することができるようになる。この楽天的な折衷性が、ケーラスを現代では忘れ去られた思想家とした。ケーラスにとって「一元論」と「改善論」は、動的な発展のなかで一つに結びつくものだった。ケーラスのこうした主張に感銘を受けた、やはりドイツに生まれ、アメリカで財をなした実業家エドワード・ヘゲラーは、自身の刊行していた雑誌『オープン・コート』にケーラスを招く。ヘゲラーがケーラスとともに創刊したのが、雑誌『モニスト』（一元論者）だった。ここにアメリカの一元論哲学がはじまる。人間にとって真の自由とは、自然のなかに秘められた力を発見し、その力によって世界を改善していけるという点に存在する。『モニスト』は、プラグマティズムを主張したアメリカの哲学者たちの一つの中心となっていく。外的な宇宙の発生と内的な意識の発生を一つにむすび合わせる独自の「記号論」を主張したチャールズ・サンダース・パース（Charles Sanders Peirce, 1839-1914）に、ケーラスは『モニスト』の誌面を提供する。そのパースの哲学上の盟友がウィリアム・ジェイムズだった。[*9]

ケーラスは一元論的な新たな宗教を確立することとともに、一元論的な新たな哲学を確立することを模索していた。そうしたケーラスにとって、理論的な一つの支柱となったのが、テオドール・チーヘンの哲学の源泉にもなった、エルンスト・マッハ（Ernst Mach, 1838-1916）の仕事、物理学と心理学を一つに融合する「感覚要素一元論」だった。ケーラスは、マッハに大衆的《ポピュラー》な科学講義の連載を依頼するとともに、マッハの代表作『感覚の分析』を英訳し、その「反形而上学的序説」を『モニスト』に掲載する。折口信夫の『言語情調論』の起源の一つは、疑いもなくその書物にある。[*10]

西田幾多郎もまた、『善の研究』に取りかかる以前にマッハの著作、おそらくは『感覚の分析』を読み込んでいた。『善の研究』の初版に付された「序」には、こうある――「純粋経験を唯一の実在としてすべてを説明して見たいといふのは、余が大分前から有つて居た考であつた。初はマッハなどを読んで見たが、どうも満足はできなかつた」[*11]。『善の研究』の「序」に言う「純粋経験」を「純粋言語」と置き換えてみれば、『言語情調論』からはじまる折口信夫の古代学の射程を、これまでとはまったく異なった側面から捉え直すことが可能になるだろう。「純粋言語」、表現における直接性の言語を唯一の実在として、世界のすべてを説明してみること。はじめはマッハに従いながら、しかし、やがてマッハ的な近代自然科学を越えて、と。

マッハに従いながら、マッハを越える。折口信夫にとって、それは同時に、ケーラスの仕事を介してマッハ的な世界観を教授してくれた藤無染についてもあてはまる。自身の神道的な古代学の基礎を固めるためには、「仏耶一元論」に取り憑かれた藤無染の思想を乗り越えていかなければならない。しかし、藤無染は折口信夫に対してはかり知れない影響を与えていた。折口は無染の影響圏から離脱しようと繰り返し試みる。しかし、そのたびごとに無染は、あの『死者の書』で郎女に取り憑いて離れない亡霊じみた「俤人」のように、折口のもとに回帰してくる。「俤人」は光と闇の二つの側面を兼ね備えた両義的な存在だった。祓うことが、再生させることにつながってしまう。折口信夫の学問と表現の起源に存在する『言語情調論』は、そのような両義的な場から立ち上げられたものだった。

＊

われわれはいまだ藤無染について多くを知らない。

まずは富岡多惠子によって、その短い生涯の軌跡が明らかにされた[*12]。藤無染は、明治一一年（一八七八）七月、浄土真宗本願寺派――西本願寺――の大阪教区島下組、西宝寺に生まれる。明治二八年、得度して僧侶となる。明治三二年、西本願寺教団が京都に設立した文学寮を卒業する。卒業同期生は二三名である。明治三六年の一月まで、これもまた西本願寺教団が全国に設立した五つの仏教中学のうちの一つ、佐賀第五仏教中学の教師をつとめる。担当は「英語」であったという。明治三七年四月には東京で、駒沢中学に入学したばかりの、後に西宝寺を継ぐことになる従弟の藤教之と同居していたことが判明している。明治三八年三月に住職になる資格、門徒に「法名」を授けることが可能な「教師」を取得する。この年の九月、折口信夫は国学院大学入学のため東京に出て、無染のもとで暮らしはじめる。同じく一二月には無染に従って転居する。明治三九年、無染は圓《つぶら》マスエと結婚し、姓を「圓」にあらためる。明治四〇年には長女の敏子が誕生し、大阪教区島下組、宗名寺に転入する。だが明治四一年には妻のマスエが病死し、無染もまた後を追うように翌明治四二年（一九〇九）五月、病死する。病名は結核であったと伝えられている。無染の名は宗名寺ではなく、西宝寺の過去帳に記されている。

　藤無染は折口信夫より九歳年上、折口が無染と暮らしはじめたとき、無染はまだ二〇代の後半だった。そしてその数年後、三〇歳の五月にはこの世を去っている。折口は、無染が『二聖の福音』を編集し、刊行するまで、そのごく近くにいて、一部始終を見ていたわけである。さらには、「仏教と基督教」というごく短い論考で無染が一体どのようなことを主張したかったのか熟知していたことにもなる。だからこそ、折口は無染のことを「新仏教家」と形容することができたのだ。清沢満之らによって創刊され、西田幾多郎も関わりをもった雑誌『精神界』とともに、明治末期に最高潮に達する仏教改革運動を担ったもう一つの雑誌『新仏教』のなかに、藤無染の名前は結局一度も登場しなかったにもかかわらず。一方、鈴木大拙は、アメリカから『新仏教』にしばしば寄稿していた。

　もう一つ、藤無染は自身で手がけた最初にして最後の書物となった『二聖の福音』に、自身の学と表現を可能にした親しい人々の名前を残してくれていた。『二聖の福音』の表紙には「文学博士　前田慧雲　閲」「バチュラーオブ、アーツ　ジ、エヌ、ポツダール　閲」と印刷され、日本語版が終わった後に付された「跋」には、次のような献辞と参考文献が記されている。

一、本書稿を起してより之を公にするに至るまで、一に新公論主筆櫻井楓堂先生の示教に負へり、特に記して同氏の厚意を感謝す。

一、本書拠るところは、主としてケーラス学士著「ゴスペル、オブ、ブッダ」及び「ブッヂズム、エンド、イッツ、クリスチアン、クリチックス」、リリー学士著「ブッダ、エンド、ブッヂズム」及び「ブッヂズム、イン、クリステンドム」にあり。

さらに藤無染が養子に入った宗名寺に残された写真がある。宗名寺は大阪千里丘の万博公園の近くにあり、藤無染の生家である西宝寺もそこから車で一五分ほどの距離にある。現在、西宝寺には藤無染の遺品となるものは何も残されていないが、宗名寺には無染自身が写った集合写真あるいは記念写真が五葉、残されていた。文学寮の時代のものが二葉、佐賀第五仏教中学辞職の折のものが一葉、東京で従弟の藤教之と同居して以降のものが二葉である。そのうちの一葉を掲げておく。明治三七年四月に撮影されたもので、写真の裏には人名が記されている。前列左が藤無染、右が藤教之、後列左から清原秀恵、楠原龍誓、寺井恵隆である。

後列の三人の他、文学寮時代の無染とともに写真に収まっている人物たちと、『二聖の福音』の表紙に「閲」と記された前田慧雲、「跋」に謝意を記された櫻井楓堂こと櫻井義肇は、相互に密接な関係をもっていた。[*13] ほぼその全員

宗名寺に残された写真

が、前田慧雲が学長をつとめ、櫻井義肇が「作文」の教員をつとめていた高輪仏教大学（および高等中学と中学）に進学し、さらに高輪仏教大学の内部に結成された「万国仏教青年連合会」のメンバーであった。年齢がより若いと思われる寺井恵隆もメンバーの一人である。仏教を国際的な視野から再検討していくために、高輪仏教大学の教員と学生、高輪第一仏教中学の学生と関係者を主要な会員として結成された団体である。なかでも、清原秀恵と楠原龍誓は「万国仏教青年連合会」の活動の中心を担っていた。ポール・ケーラスも、前田慧雲も、櫻井義肇も、「特別会員」の一人である。[*14]

「万国仏教青年連合会」はこう宣言する――「今や物質文明の余弊に飽き精神文明の欠乏に飢えたる世界の識者は、有ゆる方面より仏陀の帰仰者たらんとす。此際二十世紀世界的宗教として、仏陀の徳音を総ての邦国、総ての人種に普及せしめんと欲するは吾曹青年仏徒の理想なり」。「仏陀の徳音」を全世界に向けて宣教していく青年たち。しかしながら、藤無染だけは高輪仏教大学に進学せず、「万国仏教青年連合会」のメンバーにも入っていなかった。その点に、藤無染の孤独と矜持がともに秘められているように思われる。しかもこの写真が撮られた明治三七年四月、高輪仏教大学はすでにこの地上に存在していなかった。藤無染の「新仏教」が、『二聖の福音』と「仏教と基督教」によって一つの完成を迎えたのは、地上から消滅したばかりの高輪仏教大学と関係をもった人々とともに、であった。

この写真以前の藤無染の動向はわずかに、高輪仏教大学が紀要として刊行していた『高輪学報』の巻末に付された「彙報」の同窓生通信、佐賀第五仏教中学に赴任した藤井黙乗による報告のなかに知られるだけである――「又文学寮に在で雄弁の誉ありし藤无《ママ》染君も在勤被致居候。小生は先達来同君と相図り、当市の青年に精神的食糧を供給するの策を尽し居候が。先づ手始として同君は至善会なる青年団体の講師を引受け小生は牛津町なる青年会に微力を致すことに致申候」。

高輪仏教大学とともにわずか二六号でその歴史を閉じた『高輪学報』ではあるが、内容はきわめて充実している。[*15]『高輪学報』は、無染の文学寮の卒業同期生であった中井玄道と東忍敬が相次いで編集兼発行者となり、最後は清原秀恵がその任をつとめた。なかでも、ポール・ケーラスが、「因果律と倫理」という副題をつけた『一元論と改善論』

に述べた哲学のエッセンスを、中井玄道が「因果論」として訳出し（先ほどのケーラス思想のまとめは中井のこの訳稿にもとづいている）、鈴木大拙が大乗仏教の核心として位置づけた『大乗起信論』（明治三三＝一九〇〇年、英訳をオープン・コート社から刊行した）の「真如」について、清原秀恵はより学問的な論考「起信論に於ける心生滅門」を、楠原龍誓はより実践的な論考「仏教倫理の概略」を発表していた。もちろん「万国仏教青年連合会」の活動も逐一紹介されている。さらには、『チーヘン氏心理学解説』を含む「心理学書解説」シリーズ（高橋直治が『折口信夫の学問形成』で、『言語情調論』の典拠としたもの）も大学図書館によって購入されていた。

藤無染の「新仏教」、つまり折口信夫にとっての「新仏教」は、高輪仏教大学とともにあった。それでは藤無染の「新仏教」、折口信夫の「新仏教」の真の起源は一体どこにあるのか。それもまた、宗名寺に残された写真が明らかにしてくれる。宗名寺には、無染自身が写された写真の他に、おそらくは文学寮の卒業時などに無染に贈られた同級生もしくは後輩たちからの肖像写真が多数残されていた。そのなかでも特筆すべきは、無染が文学寮に在学していた頃の教師が二人、無染に肖像写真を贈っていたことである。[*16] 一人は文学寮の外国人教師だったイビ・ランバート、もう一人が杉村縦横、つまり後に『朝日新聞』の花形記者として活躍する杉村楚人冠（一八七二―一九四五）である。楚人冠が文学寮の舎監として在職し、英語と国語を教えていたのは、明治二九年九月から三一年五月まで、つまり無染が文学寮を卒業する直前までのことであった。

このとき、楚人冠は親友である古河勇（老川）と文通を重ね、雑誌『新仏教』に結実していく理念をまとめ上げようとしていた。仏教清徒同志会が結成され（明治三二年二月もしくは三月）、老川が若くして世を去り（同年一一月）、雑誌『新仏教』が創刊される（明治三三年七月）、少し前のことであった。古河老川は、これまで刊行された近代仏教をめぐるさまざまな書物のなかで、つねに「新仏教」運動の起源に位置づけられる人物である。従来の宗教的な制度や儀式を認めず、政治からの干渉を斥け、なによりも「自由討究」によって迷信を打破し、社会の根本的な改善を求める。藤無染は、杉村楚人冠を通じて、今まさに発生しようとしている新仏教運動に胚胎された理念を知ることができた。藤無染の青春は胎動期の「新仏教」運動とともにあったのだ。同時に、文学寮に満ちる、そのような「新仏教」に対する過剰な期待こそが、高輪仏教大学を消滅させ、新公論社から『二聖の福音』を刊行した藤無染を苦境に立たせることになったのである。

和歌山に生まれた楚人冠は、南方熊楠の年少の友人であり、同じく和歌山出身で、仏教徒であるとともにジャーナリストを志した毛利清雅の友人でもあった。[*17] また、文学寮に職を得る一年ほど前には鎌倉の円覚寺で、鈴木大拙と出逢っている。楚人冠と大拙は、禅を通じて固い友情を育んでいった。[*18] 楚人冠と南方熊楠、楚人冠と鈴木大拙との友情は後年まで続く。楚人冠は、草創期の民俗学と哲学を担った二人の巨人を一つにむすび合わせることを可能にするような存在だった。楚人冠を起点として、南方熊楠と折口信夫の民俗学、鈴木大拙と西田幾多郎の哲学を同一のパースペクティヴのもとで思考することが可能になる。それは、出版をはじめとするメディアや、大学をはじめとする教育機関などが大きな変容を遂げようとしている「時」でもあった。

楚人冠の文学寮着任の窓口になったのが当時、東京で文学寮から生まれた雑誌『反省雑誌』の編集主任をつとめていた櫻井義肇であった。楚人冠は文学寮着任の直後に、「宗教学」という新たな学問分野を確立したマックス・ミュラーが、仏教とキリスト教の教義の一致を説いた「仏耶両教の一致点」を翻訳し（楚人冠の「日記」、明治二九年九月一九日に訳了との記述がある）、『反省雑誌』に掲載する。大拙が働くことになるオープン・コート社から出ていた二つの雑誌、『オープン・コート』と『モニスト』を読み込んでいるのも、大拙が渡米する以前からのことだった。楚人冠は文学寮の在職中に大拙がアメリカに旅立つのを見届け、社会主義の諸文献を知る。「日記」にバブーフ、サン＝シモン、フーリエ（恋愛共同体「ファランステール」の記述も見られる）、プルードンの名前が連続して出てくるのは、文学寮退職の直前、明治三一年二月のことである。つまり楚人冠は仏教とキリスト教は合一するという宗教的な一元論、さらには社会主義という経済的かつ政治的な一元論の詳細を充分に理解しており、おそらく藤無染はその薫陶を受けていた。藤無染の思想は、杉村楚人冠の思想を原型として成り立ったものである。そう断言しても許されるはずだ。[*19]

＊

高輪仏教大学はなぜ生まれ、なぜ滅び去ったのか。

そうした疑問は、西本願寺教団となんら関係をもたない杉村楚人冠が、教団に直結する教育機関である文学寮でなぜ教師をしていたのかという問題に接続される。なによりも、教団自体が、伝統的な宗学ばかりでなく、近代という時代を生き抜くために必要とされた普通学を求めたからである。[*20] 明治の西本願寺教団は、明治の新政府が近代国家としての体制を整えるのに先駆けて、いち早く近代化することに成功した──「宗主（門主）を頂点に寺法と議会を併せ持つ立憲君主制に擬した教団の新組織は、帝国憲法の制定と帝国議会に九年余も先行し、人材を中央（京都）に集中する中央集中型の近代学校制度の完成は、日本の学制の頂点に立つ東京大学に一年先行した」。[*21] ここに述べられている教団の「大学」とは、明治九年（一八七六）から準備がはじめられ、明治一二年に開場式が行われた「大教校」を指す。

「大教校」によって、教団のお膝元に、将来の教団を担う僧侶の子弟たちに対して、伝統的な宗学と近代的な普通学をほぼ同等の割合で、しかもバランス良く教育する機関が整ったはずであった。しかし、すぐさま二つの陣営、「復古」を唱え伝統的な宗学を保持しようとする勢力と「革新」を唱え近代的な普通学を推し進めようとする勢力が対立し合うようになる。あたかも同時代の明治新国家で、保守派と改革派が血みどろの闘争を繰り広げていたように。この後、明治期の西本願寺教団の教育システムは、教団の指導体制の変化に応じて、宗学と普通学の比重が、極端から極端へと変化していくことになった（これは東本願寺教団においても同様である）。

紆余曲折を経た明治一七年、大教校が解体した後、「復古」的な「真宗学庠」のみが唯一の教育機関となっていた教団は、僧侶のみならず一般信徒の子弟たちをも教育の対象とした、新たな教育機関を設立する（翌年開校）。それが文学寮の前身となる「普通教校」であった。真宗学庠にも普通学が導入されたが、実際のところは伝統的な宗学の拠点であることに変わりはなかった。普通教校に入学したのが、後に高楠家の婿養子となり高楠順次郎と改名する沢井洵であり（小林洵とも名乗るが、煩雑になるので以下、高楠に統一）、高楠の盟友となる櫻井義肇だった。高楠は普通教校内に反省会を設立し、校内の規律をあらためるとともに、普通学が可能とした新たな知見を探究するための雑誌、『反省会雑誌』を立ち上げる。杉村楚人冠の親友となった古河勇、楚人冠を文学寮へ呼んだ櫻井義肇も、この『反省会雑誌』の編集に携わっていた。

渡欧した高楠が、マックス・ミュラーに師事し、最新の宗教学とサンスクリット文献学を学んでいる間に、『反省会雑誌』の実質的な編集長となったのが櫻井義肇である。『反省会雑誌』は『反省雑誌』と名前があらためられ、活動の拠点を東京に移し、さらに『中央公論』とあらためられる(もちろん現在まで続いている同名の雑誌である)。その間、真宗学庠と普通教校は二院一寮制を教育システムとして採用した大学林のなかで統合されるが、真宗学庠の流れを引いた内学院と普通教校の流れを引いた文学寮の対立はより激化していった。大学林は仏教大学に改組されるが、やがてその仏教大学から、京都の仏教専門大学と東京の高輪仏教大学が分立することになった。両大学が開校されたのは明治三五年(一九〇二)四月のことである。

実際は仏教大学におけるより複雑なシステム上の変更(仏教高等中学がまず高輪に移転し、『高輪学報』はその紀要として創刊された)や、国家の法制との関わり(学校条例の更改)等によって高輪仏教大学が成立したのであるが、基本的には、真宗学庠が体現する宗学と普通教校が体現する普通学の対立が、そのまま二院一寮制となった大学林時代における内学院と文学寮、さらには京都の仏教専門大学と東京の高輪仏教大学の対立に引き継がれていくことになった。当然のことながら、高輪仏教大学に結集したのは、普通教校および文学寮で普通学の教育を存分に受け、新たな時代の新たな仏教を意識的に探究していこうとする者たちであった。

そのような状況のなか、年が明けた直後の明治三六年一月、西本願寺教団の頂点に立つ第二一世宗主明如、大谷光尊が死去する。第二二世宗主となったのは光尊の長男、そのとき、いわゆる第一次大谷探検隊を率いてインドに滞在していた大谷光瑞(鏡如)であった。藤無染よりもやや年長、一八七六年に生まれた大谷光瑞は、満二六歳になったばかりであった。この劇的な宗主の交代劇を利用して、「復古」派は一気に攻勢に出る。同年の秋には、全国の仏教中学の統廃合とともに高輪仏教大学の廃止が議論される。教団本山の動向を察知した高輪仏教大学教員および学生たちは、教団本山の方針に対して反対のキャンペーンを張る。高輪仏教大学および高輪第一仏教中学の教員二〇名は、両校の学長を兼ねていた前田慧雲のもと、小冊子「教学私見」を発行し、激しく抗議し、抵抗する。高楠順次郎も櫻井義肇もその主要なメンバーであった。教団本山は「教学私見」に名前を連ねた二〇名を譴責処分にする。この処分に対して、高輪仏教大学の教職員たちは、「真宗本派同志会」を結成し、機関誌『教界時事』を創刊し、抵抗する（明治三六年一一月二七日）。教団本山と高輪仏教大学は真っ向から衝突することになったのだ。

しかし、結局のところ、高輪仏教大学は翌明治三七年三月に閉鎖される。前田慧雲ら八名は教団本山から僧籍を剥奪され、櫻井義肇は『中央公論』を追放された。その櫻井が新たに創刊したのが雑誌『新公論』だった。『新公論』の名称は、本荘幽蘭も学んだ明治女学校校長の巌本善治による、という（『中央公論社七十年史』）。

折口信夫が五首の短歌を発表し、藤無染が「仏教と基督教」を発表した『仏教青年』は、高輪仏教大学が閉鎖された後、「万国仏教青年連合会」が高輪第一仏教中学の校友会と連合して創刊したものだった。無染も、無染とともに写真に収まっていた清原秀恵も楠原龍誓も、その同人だった。『教界時事』第三五号（明治三七年一一月一三日）の「教界雑事」には、「仏教青年出づ」として、こうある――「高輪大学の廃滅と共に一時厄運に遭遇したる万国仏教青年連合会は其後委員の苦心に依り、飽く迄当初の精神を貫かんとて今回高輪仏教中学の校友会と連合して、雑誌仏教青年を発刊せり、近々二十頁内外の小冊子なれ共実質に於ては見るべきもの少なからず、我等は益健全なる発展を遂げんことを願う」と。

雑誌『仏教青年』の同人であり、櫻井義肇が創立した新公論社から『二聖の福音』を刊行した藤無染は、西本願寺教団本山と正面から対峙しなければならなかったのだ。

1　西田『全集』1・九。以下、西田幾多郎の著作からの引用は、原則として、二〇〇二年から二〇〇九年にかけて岩波書店から刊行された最新版の『西田幾多郎全集』（全二四巻）から行い、巻数を算用数字で、頁数を漢数字で示す。

2　『言語情調論』には原型となる論考が存在していた。雑誌『わか竹』に三回にわたって連載された「和歌批判の範疇」（明治四二年五月、一一月、明治四三年四月）である。このうち連載の最終回はほとんどそのまま『言語情調論』の最終章（九章）として採用された〈折口自身も明記している〉。「和歌批判の範疇」は、折口にとって言語とは、外側から研究（「批評」）されると同時に、なによりも内側から実践的に表現（「創作」）されなければならなかったものであることを明らかにしてくれる。歌人としての折口は、あるいは研究者としての折口は、はじめから批評家と創作家を兼ねていたわけである。その歌（「詩」）が理想としたのも広義の「象徴主義」であったことが分かる。象徴主義の詩人としての折口を論じていくことは「詩語論」に譲り、本章ではあくまでも一元論哲学としての言語論を論じる。以下、「和歌批判の範疇」からの引用は『全集』12・二六および二五。

3　『全集』12・四三。

4　高橋直治『折口信夫の学問形成』（有精堂、一九九一年）。高橋はこの書物の第一章「『言語情調論』について」で、「情調」という術語の起源を、生理学と心理学のみならず美学や文学等、明治末期に興隆したさまざまな学問的潮流のなかから広範囲に探っている。折口からの引用は『全集』12・七九。

5　高橋直治「チーヘンの心理学」（『國文學　解釈と教材の研究』一九九七年一月号、特集「越境する折口信夫」）。テオドール・チーヘン（Theodor Ziehen, 1862-1950）は、エルンスト・マッハ、リヒャルト・アヴェナリウスの系統を引くオーストリアの心理学者にして哲学者である。心理学と哲学の融合、さらには「マッハ」という名前に注目していただきたい。西田幾多郎も『善の研究』をまとめ上げる過程でチーヘン（ツィーエン）の著作を読み込んでいる。最新版の『全集』でその軌跡を追うことが可能になった。

6　磯谷孝「折口信夫の〈詩的言語理論〉における存在のヴィジョン」（『折口信夫を〈読む〉』現代企画室、一九八一年）、一〇および二〇頁。折口からの引用は『全集』12・七一。

7　そのような作業は、文字通り近代日本思想史を再構築することにつながるであろう。本書では折口信夫の営為に焦点をしぼるので、そこまで論じきることはできないが、西田哲学の一つの完成である「場所」と折口古代学の一つの完成である「産霊」という二つの概念を両極として、近代日本思想史のもつ可能性を素描した拙著『場所と産霊　近代日本思想史』（講談社、二〇一〇年）を、そうした試みの最初の地図作成作業と考えていただければ幸いである。

8　西田幾多郎に宛てて出された鈴木大拙の書簡は、一冊の書物にまとまっている（ただし西田からの返信は、大拙の書簡に対応するもののみ）――西村惠信編『西田幾多郎宛　鈴木大拙書簡　億劫相別れて須臾も離れず』（岩波書店、二〇〇四年、以下『大拙書簡』と略す）。全体の七割以上を占めるのが大拙在米時代のやり取りである。

9　外的な宇宙の発生と内的な意識の発生を一つにつなぐパースとジェイムズの複雑かつ難解な哲学の全貌については、伊藤邦武による二冊の書物、『パースの宇宙論』（岩波書店、二〇〇六年）および『ジェイムズの多元的宇宙論』（同、二〇〇九年）が最良の入門書である。同じく伊藤による編訳書、パースの『連続性の哲学』（岩波文庫、二〇〇一年）およびジェイムズの『純粋経験の哲学』（同、二〇〇四年）も基本文献である。パースの「記号論」が折口の『言語情調論』に間接的な影響をあたえている可能性も無視することはできない。前掲の『大拙書簡』で、大拙は刊行されたばかりのジェイムズの『宗教経験の諸相』を西田に薦め、「ケーラス氏などの宗教論と違ひ、直に人の肺腑に入る」と大いに称賛している――明治三五年（一九〇二）九月二三日付

（九四頁）。大拙がケーラスについて否定的な見解をもつに至ったように、当時の『モニスト』の誌面は奇怪をきわめていた。パースの純論理学的な論考の傍らに、ケーラスが『エジプト死者の書』について書いた宗教的なエッセイが載るという具合である。宗教も科学も哲学も、あらゆるものが無節操に折衷されようとしていた。なお、ケーラスは、折口信夫の『死者の書』の源泉となった、ウォリス・バッジ編による『エジプト死者の書』のアメリカ版の出版者でもあった。『モニスト』には、折口が『死者の書』のカバーとして採用することになる図版が大きく取り上げられていた。

10　『感覚の分析』は増補を重ね、邦訳はその最終版を底本として、当然のことながらドイツ語からなされている——須藤吾之助・廣松渉訳『感覚の分析』（法政大学出版局、一九七一年）。藤無染を介して折口が『感覚の分析』の概要を知ったのは、おそらく、主要な論考が収録され、オープン・コート社から刊行された英訳版であろう（一八九六年）。以下、『感覚の分析』を論じる際にはマッハ自身が手を入れ、現在でも広く流通している英訳版をもとに、邦訳を参照しながら論を進めていく。また、『言語情調論』の核心にマッハ哲学の影響を認めることは、高橋直治が労作『折口信夫の学問形成』で公にした調査結果と矛盾するものではないと思われる。高橋が注目するチーヘンをはじめ、折口が『言語情調論』で参照しているのは、広い意味で、マッハの「感覚要素一元論」に淵源をもつ「経験批判論」あるいは「純粋経験論」を主張した哲学者にして心理学者たちだったからだ。一部の研究者が折口信夫の他界論の起源に想定するウィルヘルム・ヴントの「民族心理学」もそうした流れのなかにある。

11　西田『全集』1・六。西田が読んだのは、『感覚の分析』のドイツ語原書であろう。『大拙書簡』のなかで大拙自身が原書を読むように薦めている——明治三七年（一九〇四）一二月二一日付（一一六頁）。西田がマッハを批判的に受容していく過程も、最新版の『全集』によってよりクリアになった。

12　富岡前掲書、「ノート1　法名」および「ノート9　死者」による。

13　佐賀第五仏教中学時代の一葉と東京時代の一葉（人名記載なし）を除いて、文学寮時代の写真の裏に記された人名をあげれば、西光智恵（二葉）、祝角音（二葉）、真門宣昌、服部智了、東森善雄となる。西光智恵は改名して楠原龍誓となり、真門宣昌は藤枝宣昌となった。ここに清原秀恵を加えた六名は全員、文学寮を卒業もしくは正規には卒業しないままそろって高輪仏教大学および高等中学、さらには高輪第一仏教中学に進み、それらを卒業、「万国仏教青年連合会」のメンバーとなった（東森善雄を除く）。高輪学園に残っている文学寮の卒業同期生名簿によれば、楠原龍誓と服部智了は無染と同級、清原秀恵と藤枝宣昌は一級下である。『高輪学報』第六号（明治三五年三月）に掲載された高等中学卒業生のなかに祝角音の名前を、中学卒業生のなかに東森善雄の名前を見出すことができる。

14　「万国仏教青年連合会」は機関誌『万国仏教青年連合会会報』を日本語と英語のバイリンガル版（内容は別である）として合計二号、刊行している（明治三六年四月および一〇月）。別冊として刊行されたと思われる第二号の英語版を除き、京都の佛教大学図書館に所蔵されている。無染とともに写真に収まっている寺井恵隆は第二号に掲載された「正会員」のなかに名前を見出すことができる。なお、高輪仏教大学と「万国仏教青年連合会」については、「新佛教研究会」における岩田真美（龍谷大学）の発表と報告から多くの知識を得た。記して感謝したい。
15　『高輪学報』創刊号は明治三四年一〇月、廃刊となる最終第二六号は明治三六年一二月に刊行されている。藤無染の動向が掲載されたのは第一三号（明治三五年一一月）、中井玄道「因果論」は第四号および第五号、清原秀恵「起信論に於ける心生滅門」は第一八号、楠原龍誓「仏教倫理の概略」は第一九号および第二〇号に掲載されている。
16　宗名寺に残された無染の遺品である写真類についてはじめて詳細な報告をしたのは保坂達雄「青年折口信夫の精神的遍歴」（前章参照）である。楚人冠と無染の関わりを発見したのも保坂の功績である。保坂はまた別稿「折口信夫と新仏教家藤無染」（『日本文学』二〇〇五年四月号）で、無染との「同居」を「折口信夫のセクシュアリティが辿り着く当然の帰結」として捉える富岡前掲書と拙著を批判し、同性愛という視点のみで折口の生涯と表現を解釈していくと「問題が矮小化されてしまう」と記している。その証拠として、本文中にも掲載した写真ともう一枚、おそらくは寺井恵隆が無染および教之と写っている記念写真に言及し、折口と無染との同居を、後に杉村楚人冠が文学寮の教え子たちと送ったような共同生活と考えるべきだと主張している。しかし、ここまで詳述してきたように、清原、楠原、寺井の三人はともに無染の思想的な同志であり、無染の生家である西宝寺の証言によっても、無染と教之のもとに突如として折口が現れた、という以上の事実は確認できない。楚人冠の共同生活も「秘密結社」を意図したものである。保坂の見解は不充分な資料調査にもとづいた上、無理な推論を重ねたものに過ぎない。
17　折口信夫が『言語情調論』をまとめている頃、南方熊楠と毛利清雅は「エコロジー」という術語を使って自然保護運動、「神社合祀反対運動」を組織していた。楚人冠は、匿名ではあるが力強い支持を表明する。「エコロジー」という概念を創出したのは生物学者のエルンスト・ヘッケル（Ernst Haeckel, 1834-1919）である。ヘッケルは生物学的一元論を主張し、「一元論同盟」を結成した。ケーラスは当然のことながらヘッケルに『モニスト』への寄稿を求め、その一元論の概略を自ら紹介している。熊楠の粘菌と「曼陀羅」をめぐる生命の一元論と、折口の言語と「産霊」をめぐる霊魂の一元論も、一つの起源を共有していたのである。
18　大学時代の折口信夫もまた禅に関心をもっていた。神風会にともに参加した田端憲之助の証言、「折口さんの思ひ出」（前章参照）によれば、折口とともに浜田常三郎（『全集』の年譜では「常之助」）という弁護士が銀座で主宰していた「金剛経講義」に一〇回ほど通ったことがあるという。『金剛経』は、鈴木大拙が、禅における「即非」の論理を最も体現する教えとして後に論じるものである。
19　以上、楚人冠の生涯については、小林康達『七花八裂　明治の青年杉村広太郎伝』（現代書館、二〇〇五年）を最大限に参照している。文学寮在職時代の楚人冠の「日記」については、我孫子市の杉村楚人冠記念館で調査することができた。直接引用することはしなかったが、閲覧、複写を許していただいた同館関係者の方々に感謝したい。
20　高輪仏教大学が廃止されるまでの経緯は『龍谷大学三百五十年史』通史編上巻（龍谷大学、二〇〇〇年）による。ただし、この通史は、「高輪派」の教員たちが拠ることになった機関誌『教界時事』を参照することなく書かれていると思われる。『教界時事』は龍谷大学図書館に所蔵されていない。大学図書館として所蔵しているのは大谷大学図書館（一部欠）のみである。国立国会図書館で、第九五号を除き、創刊号から第九九号までほぼ全号を読むことができる。『教界時事』はその後『警世新報』、さらには『警世』とタイトルを変え、大正六年まで存続する。

21　白須淨眞「日本国外務省外交記録と大谷探検隊の研究」より。白須の論考は柴田幹夫編『大谷光瑞とアジア　知られざるアジア主義者の軌跡』（勉誠出版、二〇一〇年）に収録されている。同書は、高輪仏教大学が創立された直後に宗主（門主）に就き、結果として高輪仏教大学を廃止することになった大谷光瑞という、これもまた規格外れの巨人が抱いていた「アジア主義」について、さまざまな側面から論じた貴重な試みである。藤無染が学んだ文学寮も決して平穏な環境ではなかったことが分かる。しかも、大谷光瑞と折口信夫はまったくの無関係ではない。大学時代の折口が外国語大学の夜間部でモンゴル語を学んだ「羅先生」と、大谷光瑞がモンゴル語の教師として二楽荘に招いた「羅先生」は同一人物である。折口信夫とモンゴル語の問題は次章の「古代」で詳述する。

藤無染が雑誌『仏教青年』に残した「仏教と基督教」という短い論考は、その後数年しか生きることができなかった無染にとって、それまでの人生の総決算という意味をもつことになってしまった。折口信夫が大学の卒業論文、『言語情調論』を書き上げるのは無染の没後のことである。おそらく折口は無染の死を知っていた。折口が残した「零時日記」は、無染の生と死について折口が考え抜いたことを、折口なりの表現として昇華したものであろう。そうであるならば、『言語情調論』はただそれだけで完結するのでなく、結論として「零時日記」をあわせもっていたはずである。『言語情調論』と「零時日記」には、無染への鎮魂と、無染からの離脱という二重の意味が込められていたはずだ。両作を連続して読み解いていく必要がある。

「零時日記」の冒頭を折口は、こうはじめていた——「信仰の価値は態度に在るので、問題即、教義や、信条の上にはないのです。わが神道、わが仏教、わが耶蘇教があるばかりで、くりすとの耶蘇教、釈迦の仏教といふ様な考へは、信仰の堕落です」[*1]。「くりすとの耶蘇教、釈迦の仏教」ではなく、それらをいったん解体し、自らの手で「わが仏教、わが耶蘇教」として再構築しなければならない。藤無染が確立しようとしていたのは、そのような新たな宗教の理念だった。その理念に対抗するようなかたちで、折口の「わが神道」が存在する。折口が無染から得たものと、無染を乗り越えようとしたものと、両者を腑分けするためには、なによりも藤無染の「わが仏教」にして「わが耶蘇教」の内実を語った「仏教と基督教」という論考を徹底的に読み解いていかなければならない。

しかし、そのためにはまだ読解格子が足りない。無染は、『二聖の福音』の「跋」に、櫻井義肇の名前と参考文献を記していた——「本書拠るところは、主としてケーラス学士著「ゴスペル、オブ、ブッダ」及び「ブッヂズム、エンド、イッツ、クリスチアン、クリチックス」、リリー学士著「ブッダ、エンド、ブッヂズム」及び「ブッヂズム、イン、クリステンドム」にあり」。『二聖の福音』の「表紙」には前田慧雲とあともう一人、「バチュラーオブ、アーツ ジ、エヌ、ポツダール」の名前があった。このうちケーラス学士の「ゴスペル、オブ、ブッダ」と「ブッヂズム、エンド、イッツ、クリスチアン、クリチックス」とは、ポール・ケーラスの二つの著書、*The Gospel of Buddha*（1894）および ***Buddhism and its Christian critics***（1897）のことである。前者はいうまでもなく『仏陀の福音』であり、後者は先に鈴木大拙が邦訳した「仏教と基督教」をそのなかに含む。

残るはリリー学士とポツダールである。そして、この二人の名前もまた、櫻井義肇と「高輪派」の周辺に見出すことができる。「高輪派」の機関誌『教界時事』第三〇号（明治三七年九月二三日）には、「仏伝と基督伝との類似」という、末尾に「（米国仏の教）」と記された無署名の記事が載っている。執筆者は「アーサーリ、ー」の研究にもとづき、ブッダとイエスの伝記上の類似を述べている。「処女妊娠の事」「父母共に告を受くる事」「旅中分娩の事」「嬰児使命を語る事」「国王の殺戮を免かるゝ事」「仙人運命を祝する事」の六項目である。仏伝としては『普曜経』、基督伝としては『基督幼児の伝』が主に用いられている。『基督幼児の伝』とは、「古くより教会の依用する所とならず、従て其記事には重きを置からざれども」云々とある。このうち、「旅中分娩の事」を除いて、『普曜経』および『基督幼児の伝』ともに、すべてが『二聖の福音』のなかに採用されている（「処女の生活」「霊告」「唯我独尊」「賓婆沙羅王とヘロデ王」「阿私陀とシメオン[*2]」）。

ポツダールの方は、櫻井義肇が創刊した「ローマ字ひろめ会[*3]」の機関誌 ***Rômaji***（明治三八年一〇月一五日）の巻末に掲げられた、平井金三に宛てられた書簡によって、その略歴が判明する。「東京にあるインドのお方の手紙」（以下、原文は全文ローマ字）として、G. N. Potdar を平井はこう紹介していた。「ポツダール殿は二年《ふたとせ》前、インドよりはじめて東京へ参られ、いま帝国大学に学んでいられますが、このほど葉書を寄せられました。これは皆さんも見らるる通り、英語交じりで、あえて苦しんで書いたとは見えません。ローマ字であれば、わずか二年でこれほどのものができます」。ポツダールの手紙には、平井のみならず平井の家族への感謝が綴られている。平井金三と家族ぐるみの付き合いをしていたことが分かる。インド人留学生G. N. Potdarの名前は、東京帝国大学理学部が刊行していた同年の英文紀要のなかにも見出すことができる。

アーサー・リリーと平井金三という二人によって、エルンスト・マッハとポール・ケーラスの系統とは異なった、藤無染の思想が属するもう一つの流れが明らかになる。それは明治期の列島とアメリカの「仏教」に甚大な影響を与えた「神智学」、オカルト・サイエンスの流れである。アーサー・リリー（Arthur Lillie, 1831-1912）は「神智学」の体系を打ち立てたブラヴァツキー夫人および神智学を広範に論じた書物、*Madame Blavatsky and her "Theosophy"*（1895）を刊行していた。リリーにとって仏教とは、新旧両聖書では失われてしまった太古の叡知を現在にまで伝えてくれる、神秘の教えだった。無染が『二聖の福音』の「跋」に挙げている二冊の書物、*Buddha and Buddhism*（1900）と*Buddhism in Christendom*（1887）は、そうしたリリーの見解をまとめた書物だった。『教界時事』の記事もまた、リリーの両書の成果にもとづく。

平井金三（一八五九―一九一六）は、鈴木大拙の師――ということは杉村楚人冠の師でもある――釈宗演がポール・ケーラスと出会った、シカゴで開催された万国宗教会議に、日本側の「神智学」を代表する者として参加した。そして激烈な演説を行い、仏典を燃やし聖書を棄てよ、いまここから新たな「総合宗教」の確立を目指せ、と説いた。さらに帰国後、自身の理想とする「総合宗教」を体現すると考えられた神智学の教義を、コンパクトなかたちにまとめたブラヴァツキー夫人の問答形式の著書、『霊智学解説』の翻訳出版に手を貸す（明治四三年）。そのなかには、こう説かれていた。神は無限であり、すべての人間的な形象を超え出てしまっている。人間はただ浄化された「心」を通じてしか無限の神を認識することができない。あるいは「心」こそが無限の神そのものなのだ、と。[*4]

アメリカで「神智学」は「秘密仏教」（エソテリック・ブッディズム）を自任していた。その動向に最も敏感に反応したのが、当時の西本願寺教団の普通教校、高楠順次郎や櫻井義肇らが編集に携わった『反省会雑誌』の周辺に集った教員たち、学生たちであった。「神智学」に仏教の新たな可能性を見出そうとしたのである。そのような過剰な期待は、すぐに失望に変わることになる。しかし『新公論』は、平井金三らを前面に押し立て、最後まで――櫻井義肇が編集を離れるまで——その関心を持続させてゆく。後に「千里眼事件」を引き起こし、東京帝国大学を追われ、「心霊学」の世界にたどり着く福来友吉も、『教界時事』および『新公論』と密接な関係をもっていた。無染はその伝統に忠実に従っていたのだ。

藤無染が残した論考、「仏教と基督教」はタイトルの通り、外国の研究者が仏教とキリスト教の関係をどう捉えているかをまとめたもので、無染は八冊の書物（ないしは八つの試み）を選び、仏耶一元論の諸相を論じてゆく。しかしそれは両極端、科学と神秘、顕教と密教に分かれるものだった。ケーラスとリリー、あるいはプラグマティズムと神智学に。ただし、この時点で無染は「科学」を棄て、「神秘」の方により深く溺れつつあった。

以下、「仏教と基督教」のなかで藤無染が取り上げている書物、人物について簡単にまとめておく。まず最初に取り上げられるのがマックス・ミュラーの講演である[*5]。楚人冠が『反省雑誌』に訳出したものと同一であると思われるが、無染は楚人冠とはまったく異なったスタイルで、かなり過剰な意味づけを施している。続いて「ファースト・ゴスペル・オブ・インファンシー」、すなわち「幼時の福音」。『教界時事』の記事に言う『基督幼児の伝』のことである。英語のタイトルを *The first Gospel of the Infancy of Jesus Christ* といい、現在では一般的に「アラビア語（アラビア人）によるイエス・キリストの幼時の福音」と訳される新約聖書「外典」である。ヤコブ原福音書およびトマスによるイエスの幼時物語（いずれも新約聖書の「外典」）にもとづきシリアで作られ、グノーシス的な色彩を濃厚に帯びている。

次いで、スバドラ師の仏教問答（ブッディスト・カテキズム）。スバドラ・ビクシュー、仏師スバドラことドイツ人アリドリヒ・ジンメルマウンが問答体で記した仏教入門書である。さまざまな訳書が刊行されていたが、そのなかに無染の文学寮時代の教師であり、後に大谷光瑞のヨーロッパ留学に同行した薗田宗恵がいる（「万国仏教青年連合会」のメンバーでもあった）。スバドラは次のような注記を残していた。仏教徒は広く中央アジアや地中海沿岸にも進出していた。イエスはその仏教の教義を換骨奪胎したのだ——「基督は十二歳より三十歳迄如何なる事を為せしや。福音書更らに記する処無し。是れ全く此間に仏僧の弟子となり、其教を受けたる者にて、耶蘇教の仏教に符合する処多きは蓋し之か為なり」（薗田訳）、それ故、「仏教は恐くは欧州未来の宗教」となる可能性をもっている、と。

無染は、論考中に「基督自身の印度行」、「其教徒及其弟子等が、印度に入つたのは勿論だが」と記している。キリストの一二使徒の一人、聖トマスがインドに伝道を行ったという伝承にもとづいた見解である。この伝承もやはりシリア起源でグノーシス的な色彩を濃厚に帯びた『新約聖書』の「外典」、トマス行伝に記されたものであった。さらにはナトウィチ氏の「基督の不可知伝」（アンノウン・ライフ・オブ・クライスト）。自称ロシア貴族でコサック将校であるニコラス・ノトヴィッチ（Nicolas Notovitch, 1858-?）が、チベット（ラダック）の僧院で発見した未知の福音書、『コーラン』でのイエスの呼び名イサ（Issa）の知られざる生涯を描くという。仏教徒の弟子となり、チベットからインドに向かった若きイエスの姿とその教えを説いたと称する福音書であるが、完全な偽書である。だが一八九四年に刊行されるや、たちまち数ヵ国語に翻訳された。

残りの二つで無染が選んだ「外国学者」の見解は終わる。無染は「グレーヴ氏の説」と記すが、おそらくリヒャルト・ガルブ（Richard Garbe）の誤りであろう。ドイツ人ガルブはインドに渡り、ヒンドゥー一元論の哲学の詳細を『モニスト』で紹介していた。後に無染とケーラスが「仏教と基督教」に記した事項を総合するようなかたちで仏耶一元論を構想し、『モニスト』に断続的に掲載していく。ガルブの仏耶一元論が整うのは無染の没後のことである。もう一人、「ダット氏の説（其著上古印度文明史）」とは、ダット（Romesh Chunder Dutt, 1848-1909）の *A History of Civilization in Ancient India* 全三巻を指す。すでに『反省会雑誌』に批判的に言及された記事が掲載されていた。以上、まさしくこれまでの無染の人生を集約したものである。

そして最後、八番目に無染が取り上げるのは、現にいまこの日本で起きつつある出来事である。まず無染は「外国学者」たちが明らかにしてくれた見解をこう記す。「要するに、二教の間を通じて居る一条の流れを認めて、其処に自己の信仰を樹つべきであつて、其仏陀たると基督たると問ふ処で無い、と奥深く踏み込んで居る学者もある」と。折口が「零時日記」に記した「くりすとの耶蘇教、釈迦の仏教といふ様な考へは、信仰の堕落です」という一節が響き合う。無染は続ける。「今の世、この種の見識を抱く者が、漸く増すやうでは無かろうか、予は茲に至つて、無我苑の諸氏を想い起さゞるを得ない」と。

無我苑。清沢満之の教えを受けた伊藤証信（一八七六―一九六三）が、浄土真宗大谷派――東本願寺――の僧籍を返上してまで、宗教的な実践と社会的な実践を一致させるために組織したコミューンである。そこでは、キリスト教と仏教、さらには社会主義の理念さえもが一つに重ね合わされようとしていた。西本願寺教団本山との対峙を迫られていた『教界時事』および『仏教青年』も、その動向を注視していた。伊藤証信は、仏教的な「無我」とキリスト教的な「愛」の融合、「無我の愛」を説いた。そして東本願寺教団から、浄土真宗から「脱宗」する。

折口信夫は藤無染から「無我の愛」を受け取った。そして、『言語情調論』では「無我」を突き詰め、「零時日記」では「愛」を、無染の神秘に溺れた「愛」を超え出る独自の「愛」を、突き詰めようとしていた。折口の「愛」は、暴力と愛欲、破壊と構築の間に区別がつけられないような、「わが神道」にもとづいた「愛」だった。

＊

藤無染は『二聖の福音』の「聖訓」の部の最後近く、全部で三〇からなる断章の二六番目にあたる「夜中の客」の章で、ポール・ケーラスの『仏陀の福音』から、ブッダの主張する「無我」の哲学を引用する――。[*6]

われ誠に汝に告げん、仏の来れるは死を教へんとにあらず、生を教へんとてなり、而して汝は生死の何たるかを看《み》破《やぶ》らざるなり。

この身はこれ滅び去るべし、犠牲《いけにへ》によりて之を防ぐ能はず、故に汝は我《が》の滅びたる命を求めよ。我《が》のある処には真理なく、真理来る時は我自《おのづか》ら滅ぶ。故に汝の心を真理の中に置け、真理を拡げて汝の全心を其処に置け、而して更に拡げて之を六合に遍《あまね》からしめよ。

「我」が跡形もなく滅び去ったとき、はじめてそこに真理の世界が立ち現れる。自我が消滅してしまった「無」という状態は、決して死という消極的な解決ではない。生という積極的な解決そのものなのだ。『仏陀の福音』の原文では他のエピソードに埋もれてしまってまったく目立たない一節を、無染は際立たせる。おそらくこの一節にこそ、無染の理解したケーラス思想の核心、「無我」の哲学がある。それは、エルンスト・マッハが理解したケーラス思想の核心と通じ合うものでもあった。そして折口信夫の『言語情調論』のエッセンスともなる。

マッハもまた、『感覚の分析』においてケーラスの『仏陀の福音』と『因果の小車』[*7]の書名を出し、こう述べていた。「汝の自我を無とみなし、変易する諸要素のつかのまの結合に解消せよ」——自分が新たな哲学の原理として推し進めようとしているそのような考え方を、仏教は数千年来、主として実践的な側面から認めてきているのだ、と。[*8]自我が消滅して「無我」となったとき、世界の真理が立ち現れる。それは消滅のゼロではないのだ。あらゆるものが互いにむすび合う「要素」の海、無限の接続の可能性に満ちた一つの場がひらかれる。マッハは、『感覚の分析』の「反形而上学的序説」に次のような一節を記している。「感覚要素一元論」の主張を凝縮したものであり、冒頭に述べられるその「要素」は、空間も時間も含めて、すべてが複数形で表現されていた——。

色彩、音響、温度、圧力、空間、時間、その他のものはすべて、多種多様な方法でむすび合わされている。それらの要素が、感情や感性、さらには意志と共同していく。この諸要素からなる織物のなかから、比較的に固定され、より永続するものが、前面に立ち上がり、自らを記憶のなかに刻みつけ、言語のなかに表現する。まず、比較的強い永続性をもったものが、色彩の、音響の、温度の、圧力その他の複合体として自身の姿を現し、空間と時間のなかでむすび合わされ、特別な名称を得、身体（物体）と名づけられる。完全なかたちで永続するような複合体は存在しない。

あらゆるものが接続（connect）され、共同（associate）していく。諸要素から織り成された感覚の「織物」（fabric）から、「自我」（主体＝主観）も「物自体」（客体＝客観）も発生してくる。「私」でもなく、「物質」でもない諸要素の結合こそが、自らを記憶に刻みつけ、言語に表現する。言語とは、あらゆる感覚要素がむすび合うことで成立したものなのだ。だから言語によって、色彩と音響、さらには嗅覚と触覚と味覚などあらゆる感覚が交響し、照応《コレスポンダンス》する。折口信夫は『言語情調論』でまずボードレールの名前を挙げ（「ボゥドレィルの神秘の門を開くべき唯一の鍵は色・音・匂である」）、自身の「象徴言語」（直接言語）の輪郭を描くことをはじめる。象徴言語はあらゆる要素（意味）を包括するため、曖昧かつほとんど無意義となることで、逆にさまざまな意味（要素）を暗示し、象徴的に表現することが可能になる。包括的かつ象徴的、「曖昧な音楽的な言語」こそ、間接性を宿命としてもった言語を、限りなく「絶対」に近い観点から検討したときに抽出できるものなのだ。折口による、「象徴言語」の定義はこうなる――「包括的↓仮絶対↓曖昧↓無意義↓暗示的↓象徴的」[*9]。

折口は「和歌批判の範疇」においても『言語情調論』においても、その結論部分で言語における聴覚と視覚の共感覚現象、「斜聴」を論じている[*10]。その問題は、マッハが『感覚の分析』を構成する一章、「音の感覚」（邦訳では第一三章「音響感覚」）をまるまる使って論じた主題であった。そのなかから結論を端的に述べた一節を引いておく。「それ故、ものを視る感覚のシステムは、音を感知する感覚によって提示された事実と完全に類似するシステムを構築することになる」。ある音からある音へ注意を移す際に生じる感覚は、ある像からある像へ視点を移す際に生じる感覚と類似する、聴覚と視覚はパラレルである、と。

折口はこの後、「象徴言語」の発生を、主客の区別が消滅してしまう「憑依」に探り、「国文学の発生」という論考を書き継いでゆく[*11]。そこから折口信夫の古代学がはじまる。しかし、折口信夫の「神道」に先駆け、自我が消滅してしまった「無我」の境地から、新たな「愛」の宗教を探ろうとする運動が生起する。藤無染が「仏教と基督教」の最後に記した無我苑の活動である[*12]。明治三七年八月、父の看病に疲れた伊藤証信は、トランス状態に陥る――「夜床に就きつゝ、例によつて我を如何せんの問題を考察し、最後に、左也、我死生は一に只自然人類の掌中にあり、名と不名と功と不功と、是れ我責任にあらずして、全く他の支配に存す。われは只出来る限り、我天職を勤めて、目前の自然を愛せんのみと云ふに至るや、全身忽ち電気に打たれたやうにグタリと成りて戦慄を催ほして来る、甘い涙が泉の如く湧く、二十九年の間の我慢が溶けて流れるやうに思はれる。感謝の念仏が口を衝いて出る」、「夜の明ける迄只恍惚として泣きに泣いて居たのである」。

証信は、この体験を「無我の愛」と名づける――「吾人は、仏教なるが故に信ずるに非ず、基督教なるが故に信ずるに非ず、只、絶対の真理なるが故に之を信ずる也。何をか絶対の真理といふ、曰く言ひ難し。且く語を藉り、無我愛と名けんか」。無我苑は開苑されてから、わずか一ヵ月で閉じられる。折口信夫が対抗しなければならなかったのは、浄土真宗とキリスト教が融合した、証信が言うところの「絶対無抵抗主義の福音」だった。

折口信夫の「零時日記」は、その闘いの記録である。[*13] 伊藤証信の「無我の愛」を、藤無染のオカルティックな仏教を、自らの新たな信仰によって乗り越えていこうとする闘いの。折口は「我」と「無我」といった対立する概念をともに捨て去り、愛という力によって、もう一段上の段階でそれらを再統合しようとする――「われらの生活を一貫する盲目的な無決定《ケツヂヤウ》の渾融観念の上に、物質的な差別を離却せねばならぬ。こゝに於て我に統一し帰一する力が愛である。芸術が超自然・超経験を希《コヒネガ》うた如く、愛は個体的区分を解脱する欲求なのだ」。無我によってすべての差別が没し去り、さらに愛によって「真の我」が立ち現れる。この「真の我」によってはじめて、個が普遍に開かれ、また普遍が個に宿る。そこに、折口信夫にとっての神が顕現する。「神は充実する力である。空間や時間は、神を規定することは出来ない。瞬間の充実が、神を我に齎し、我を神に放つ。こゝに神の価値が生ずるので、偶然性のおほい社会的条件は、神を値うちづけることは出来ない」。これが折口の信仰の根源にある「神」の姿だった。

我と無我を超えた、愛による超越者との融合。その愛は受動的であるばかりでなく、きわめて能動的に獲得しなければならないものだった。折口にとって「神」をもたらしてくれたのは誰だったのか。折口はこの断章の冒頭を、こうはじめている。このような神の概念を得るきっかけになったのは、一人の狂える僧侶のおかげであった。今年の五月はじめ（無染がこの世を去ったのも五月であった）、月が毎晩血のように赤く曇って見えたとき、そこに突然鋭い叫び声があがった。「世界の滅ぶべき時至れり」と。その叫びに反応したのは「ある処の僧侶」だった――。

ある処の僧侶は、発狂して天地が滅びるのだ、われ〳〵の罪の酬いらるべき時が来た、と叫んで走り廻つたのを巡査がとり押へたとも聞いた。天地の大事に当ると蘇る原始人の心は、警察官や新聞記者の目には、狂的の発作とほか見えまい。しかし自分には、「基督来れり」の声を耳にした程に感動した彼が、天啓を示す前に、既に累紲が身に加へられてゐた。けれども、今の世にも尚黙示を感得する祖先の強い直観力が、遅鈍になつた社会の何処かに潜んでゐることを知つて、心強く感じた。

さうして「神はいまだ弑虐に遭はず」と叫んだ。

折口に神の啓示をもたらしてくれたこの僧侶こそ、藤無染に他なるまい。折口はこの断章を次のような言葉で結んでいた。「衆生の罪を鳴して駛けまはつた、この僧侶の短い神的生活を、誰が基督や釈迦の足もとにも寄ることの出来ないものと、定め得るだらうか」。まさに「二聖」の福音に殉じた藤無染の姿そのものである。だがしかし、折口信夫が自らの神道の神と、藤無染および伊藤証信が確立することを目指そうとしたキリスト教＝仏教の神との差異を明確に述べるのは、はるか後、鈴木大拙と、生涯において最初で最後となる対話を交わした折だった。そのときまでに、大拙のまわりには藤無染に関係したほとんどすべての人物が集うことになった。

＊

「万国仏教青年連合会」のメンバーであり、藤無染とともに記念写真に収まり、『仏教青年』の同人でもあった清原秀恵と楠原龍誓は、その後どうなったのか。清原秀恵は本名とともに「秋影」という筆名を使い、『教界時事』の編集を手伝いながらさまざまな論考およびエッセイを発表し、仏教専門大学と高輪仏教大学が統合されて再出発した京都の仏教大学の講師となった。楠原龍誓は本名とともに「流星」という筆名を使い、『教界時事』の後継誌である『警世新報』に精力的に記事や創作童話を発表し、西本願寺教団が東京に建設した明治会館の主任となった。[*14]

二人の名前が、次に揃って見出されるのは、大正五年に調えられた「大乗協会」の会員名簿のなかで、であった。

「大乗協会」の名簿には、他にも、鈴木大拙夫人であるビアトリス・レーン（鈴木青蓮）とその母エマ・ハーン、死を数年後に控えたポール・ケーラス、そしてエリザベス・アンナ・ゴルドン夫人の名前があった。藤無染の同志たちはゴルドン夫人と出会っていたのだ。しかも鈴木大拙夫妻を中心とした集まりのなかで。ゴルドン夫人は、折口信夫が『死者の書』の続篇として書き上げることを意図していた物語の源泉、弘法大師空海が唐の都長安でキリスト教異端ネストリウス派の教義を学んで帰国したという論考「物言ふ石　教ふる石」――後に『弘法大師と景教』（あるいは『弘法大師と景教との関係』）というパンフレットとして出版される――を、雑誌『新仏教』明治四二年八月号に発表していた。[*15]

さらにそこに、大正末期から昭和初頭にかけて柳田國男が編集を担当した雑誌『民族』に次々と論考を発表していく宇野円空と赤松智城の名前が加わる。折口信夫とほぼ同年代のこの二人によって「宗教学」という学問の基礎が築かれることになる。後年、折口信夫が最も頼りにしていたのが宇野円空である。そして実にこの宇野円空という人物は、高輪第一仏教中学を卒業し、「万国仏教青年連合会」に参加するとともに雑誌『仏教青年』の同人となり、『教界時事』とその継続誌で活躍し、当時は清原秀恵の同僚として仏教大学の講師をつとめていたのである。雑誌『民族』における宇野円空と折口信夫の出会いはまったくの偶然である。しかし、さまざまな運命の糸が複雑に絡み合って、そうした出会いが生起したのだ。折口にとって、宇野円空との出会いは、あり得たかも知れないもう一人の、未来に転生した藤無染との再会であったのかもしれない。[*16]

藤無染の同志たち、鈴木大拙夫妻、ポール・ケーラスとゴルドン夫人、将来の宗教民族学者たる宇野円空と赤松智城を一堂に会させた大乗協会を組織していたのが、青い眼をした若き僧侶、当時まだ二〇代になったばかりの――いくつかの説があるが、非常に若いことに違いはない――ウィリアム・マクガヴァンである。マクガヴァンについては、『警世新報』の後続誌『警世』に二つの記事が載っている。大正四年六月号には、京都平安中学校の英語教員マクガヴァンが「釈至道」の法名を得たことを伝え、翌五年一一月号には「彙報」欄に次のような記事が載った――「京都平安中学校教師至道マックガヴアン氏は予て蒙古より西蔵、中央亜細亜等の仏跡探検を計画しつゝありしが今回愈よ決行するに確定し旅行券其他旅行準備のため先頃東上せり。旅行の目的は主として梵語の教典を探究するに在りて、少くも前後四五ヶ年の日子を費す決心なりと云ふ」。マクガヴァンは、ここで宣言したことを実行に移す。チベットを探検し、アマゾンを探検する。スティーヴン・スピルバーグが生み出した映画のキャラクター、考古学者にして探検家のインディアナ・ジョーンズはマクガヴァンがモデルであると言われている。[*17]

マクガヴァンは、なによりも鈴木大拙の営為を参照し、仏教を「一神教的汎神論」として理解していた。邦訳の存在するマクガヴァンの著作、『大乗仏教序説』の特に第二章「絶対者の性質とその現象界に対する関係」および第三章「三身（tri-kāya）説――仏教における三身一体の教理」は、タイトルからも明らかなように、先に概要を述べた鈴木大拙の『大乗仏教概論』にまとめられた真如と法身、如来蔵とアラヤ識、法身と報身と応身による三身説をあらためて論じ直したものである。参照した文献の筆頭に大拙の『大乗仏教概論』が掲げられている。[*18] すべての力が、鈴木大拙という一つの中心に集まろうとしていたのだ。

鈴木大拙はケーラスのもとで、マッハ的な無我の哲学である「感覚要素一元論」を学びながら、その彼方へと出て行こうとした。「無我」をよりきわめていったのだ。大拙は究極の「唯心論」である『大乗起信論』をもとに、ゼロがそのまま無限となるような「心」の世界の構造――同時にそれが「宇宙」全体の構造となる――を取り出そうとした。「宇宙は一元的にして汎神論的体系」である。あらゆるものは宇宙の究極の原理たる「法身」に内在する。「法身」は「如来蔵」、すなわちアラヤ識たる「心」である。

大拙が『大乗仏教概論』（一九〇七年）を刊行した直後、やはりマッハの「感覚要素一元論」を徹底的に批判することからはじめて、大拙とはまったく正反対の方向を目指す書物を刊行した人間がいた。後に社会主義革命を成功させるレーニンの『唯物論と経験批判論』（一九〇九年）である。レーニンは繰り返す。人間がいなくとも、「心」がなくとも、世界は存在する。人間のいない世界を想像しなければならない。世界とは、人間以前であり人間以降、人間の「外」にある物質から成り立っているのだ。物質からすべてがはじまる。われわれはまだ物質のことを充分に理解していない。レーニンは究極の「唯物論」を主張し、世界を現実に変革する。マッハの「感覚要素一元論」は、大拙の

「唯心論」とレーニンの「唯物論」、心の一元論と物質の一元論を生み落とした。折口信夫の古代学の課題は、この二つの一元論、「唯心論」的な世界と「唯物論」的な世界を、激しく矛盾するまま――レーニンが厳しく批判したように「折衷」するのではなく――一つにつなぐことにある。霊魂は物質である。そのとき、神は「石」となる。そうした事実を字義通りに認識し、表現しなければならない。

折口信夫と鈴木大拙は生涯でただ一度だけ、対話を交わす。第二次世界大戦後、鶴岡八幡宮が発行する雑誌『悠久』が企画した座談会「神道と仏教」において。その前段階として、『悠久』の前身、戦前の雑誌『鶴岡』の座談会「思想維新――まつりに就いて」のなかで、折口は例外的に大学時代に参加した神風会のことを語っている。この二つの座談会は連続して読まれなければならない。*19

折口は神風会とその主宰者、宮井鐘次郎について、こう述べることからはじめる。「私の学生の時分に、救世軍のブース大将が来て、其教派ばかりでなく、基督教一般が歓迎しました」。そして続ける。「日本帝国を耶蘇基督教に捧ぐ。是、我が党の表記なり。こんな事を旗や幟に書いて持つて行つた。其頃私は、非常に烈しい神道の情熱をもつて居りました。恥しながらその後次第に駄目になりましたが、当時神風の宮井鐘次郎翁の説教を始終聴きに行つて居りました。その時には悔しくて、悔しくて、世間では怒つた人もなく、又唯笑つてゐる人もあり、まあ其よりも何とも感じぬ人が多かつたのですな」。最後に、「ブース攻撃の為に立つたのは、当時此翁一人だつたのです」。

折口の大学時代、プロテスタントの宣教師、ブース大将の救世軍の動向に注意を払っていたのは、なによりも、「万国仏教青年連合会」にはじまり『教界時事』とその後続誌によった「高輪派」の面々だった。毎号のようにブース大将についての記事が掲載されていた。折口は、この時点で仏教とキリスト教の宣教、その世界主義と袂を分かつ。本荘幽蘭もそうだった。折口が結成したのは「神国青年会」である。折口はスサノヲの暴力とアマテラスの愛欲をともに認めてくれる新たな神道の倫理を創り上げようとしていた。そこでは自然そのものが生ける神だった。自然は静的に理解されるものではなく、動的に生きられるものだった。他力ではなく自力で。おそらく、折口信夫が藤無染と思想的に別れるのはこの「時」である。

座談会「神道と仏教」は、折口信夫と鈴木大拙を出会わせるためにセッティングされた。折口は大拙に向けて、いきなりこう問いかける。鈴木先生、まず一つ教えていただきたいことがあります。「私は浄土真宗の家で育ちましたが、浄土真宗のもつて居る日本的な弱点といふものはどんなところにありませうか。吾々永い間門徒の家ですが、何か、から、それは生活にくつついてゐますけれども、弱点があるやうな気がしましたけれども。先生は真宗に対しては痛切にお考へですが」。痛烈な問いかけである。『死者の書』を書き上げてしまった自分自身、そして藤無染への問いかけだったのかもしれない。絶対他力の信仰のみで、果たして本当に救いは訪れるのか。

大拙は直接この問いに答えることができない。問題は「愛」にしぼられる。「神道には愛の神がない」と自分が雑誌に書いた記事の真意を座談会の参加者から問われて、大拙は逆にこう問い直す。神道は穢れを祓う。仏教は償えば赦す。仏教には、神道のように穢れを祓い除けるという暴力的な思想はない。「祓ひのけることはしないで、穢れたまゝで救ふといふこと、これを私は愛と言ひ慈悲といふのです」。このような愛の神が果たして神道には本当に存在するのか。折口は存在すると答える。しかしながら、その「愛」は、二つの力が一つに合一することでかたちになったものなのだ。神道に現れた「愛」の神は出雲にいる。出雲のスサノヲとオホクニヌシが、荒ぶる神スサノヲの「暴力」から「愛」を獲得したオホクニヌシが。出雲ではスサノヲとオホクニヌシと、二代かかって「愛」を完成しているのだ。二柱の神によって、暴力と苦しみ、愛と悦びは一つのものになる。そこに神道の「愛」が存在する。やがてオホクニヌシはスクナビコナとともに、この世界を生みなした「創造神」とさえなる。創造神にして「愛」の神は、出雲にいる。スサノヲとオホクニヌシ、オホクニヌシとスクナビコナが融合したものとして。それが折口信夫の「わが神道」の結論である。

しかし大拙は問うことをやめない。だが、私には、神道に教義の体系があるとは思えない。神道はいまだ「宗教」ではない。神道が宗教になるためには、教義を統一する者が現れるか、これまでの教義を破壊してしまうか、つまり「今までの神道を亡ぼして了ふ」しかないのではないか。そこにはじめて真の「日本的神教」のようなものが成立するのではないのか、と。折口が主張する神道宗教化論そのものである。折口信夫の晩年は、この問いに自分なりの答えを出すことに費やされていった。

1　『全集』33・一三。

2　『教界時事』には、『二聖の福音』の紹介、さらには藤無染自身の動向も「個人」の消息欄に記されている。『二聖の福音』を刊行し、「仏教と基督教」を発表した直後の第七七号（明治三九年一月一三日）には「藤無染氏　旧臘華燭の典を挙げ、此程東上仏典の英訳に従事す」、第八六号（明治三九年四月一三日）には「圓無染氏　二聖の福音の著者藤無染氏は、今回他へ入籍して圓氏と改姓し、目下滞京編纂事業に従事しつゝあり」。『仏教青年』にもほぼ同様の記事が出ている。両誌は密接な関係にあったわけであり、当然のことながら『仏教青年』の「同人消息」の方がより主体的な報告になっている。明治三八年一一月号には「藤無染氏　麹町区三番町四三松永方にあり著述業に勉められる」、折口の短歌と「仏教と基督教」が掲載された明治三九年一月号の「行動録」には、「藤無染氏は華燭の典を挙げらるべく旧臘帰国せられたが、新春匆々東上せられて仏典英訳に従事せらるゝとの事である」、同年三月号の巻末の広告には「小生事爾今〈圓〉ト改姓致候間此段辱知諸君ニ謹告仕候也　旧〈藤無染〉」（〈　〉内は大活字）。『教界時事』は、『警世新報』『警世』と継続されるが、無染のその後の消息は、死去の際にも一切載ることはない。それに反して、無染とともに写真に収まっていた、『仏教青年』の同志である清原秀恵と楠原龍暫の名前は、いずれにおいても頻繁に見出される。また大学時代の折口が『金剛経』を習ったとされる禅僧、日置黙仙の動向も、特に『警世新報』では詳しく報告されている。

3　櫻井義肇は高輪仏教大学時代から、『中央公論』および『新公論』を通じてさまざまな「会」を組織していった。明治三五年には動物虐待防止会（後の動物愛護会）、明治三六年には日印協会（創立メンバーにしてその死まで評議員をつとめる）、明治三八年にはローマ字ひろめ会、大正一四年には高楠順次郎とともに英文仏教雑誌 *The Young East* を創刊している。

4　平井金三の生涯と思想については、吉永進一を代表とする共同研究報告書『平井金三における明治仏教の国際化に関する宗教史・文化史的研究』（二〇〇七年）が詳しい。多くの知見を同報告書から得ている。平井金三は、『新公論』では、日本語がアーリア言語に起源をもつという「日本言葉はアリアン言葉なり」を連載していた。ただし平井の説くアーリア言語とは、ウラル＝アルタイ語族、つまりモンゴルを含む中央アジアの諸言語を指している。ローマ字で日本語を表記するのは、日本語を世界言語にするばかりでなく、ウラル＝アルタイ語族としての共通性を見出しやすくするためである。同時期に平井は、やはり『新公論』と関係をもっていた松村介石と出会い、松村が創設した日本教会（後に道会と改称）にも参加し、心霊学をきわめてゆく。道会には若き大川周明も参加していた。そのような関係性を見てゆくと、インド人留学生ポッダールがもっていたであろう思想性もおぼろげながらつかめる。つまり、インド独立運動となんらかの関係性をもっていた、と。

5　マックス・ミュラーは、普通教校、文学寮、高輪仏教大学、さらには東京帝国大学に創設された宗教学科（高楠順次郎と前田慧雲が教員としてつとめていた）で展開された「学」の師である。その「言語学」は、折口の『言語情調論』でも言及され――「マクスミュラァ氏のNativistic Theory」（『全集』12・八一）――折口の師の一人であった金沢庄三郎によって明治三一年から徐々に邦訳されていった。アメリカではオープン・コート社、つまりポール・ケーラスの手によってそのエッセンスが刊行されていた。

6　この一節も、ほぼ忠実に鈴木大拙の邦訳に従っている（鈴木『全集』25・四一二―四一三）。ただし、これ以外の箇所は原文を要約した無染独自の翻訳である。

7　*Karma, A Story of early Buddhism* (1894) のことであり、挿画をちりばめた「原著」は翌年、日本で正式に刊行されることになる。邦訳は鈴木大拙の手になる（一八九八年）。芥川龍之介の「蜘蛛の糸」の源泉となった作品でもある。

8　邦訳の第一五章（二九〇頁）とその注（三〇三頁）にもとづいている。英語版には存在しない。

9　『全集』12・五五―五八。

10　『全集』同・一二〇―一二四。マッハは、折口の『言語情調論』にも名前が登場するヘルムホルツの説を批判的に論じながら、視覚と聴覚の共感覚を導き出している。

11　『言語情調論』の段階でも、憑依が可能とする「神仏託宣の言語」に「象徴言語」の成立が探られていた――「託宣の言語は自然に象徴言語となつて居る」（『全集』12・六四―六五）。

12　伊藤証信の生涯と思想については柏木隆法『伊藤証信とその周辺』（不二出版、一九八六年）が第一級の資料である。本章を書くにあたって最大限に参照している。「無我の愛」が仏教的な「無我」とキリスト教的な「愛」の連結からなることも同書（三九頁）による。以下、伊藤の著作（雑誌）からの引用も同書より行っている。二三および三八頁。無我苑には、後にマルクス主義経済学者になる河上肇も入苑し、大逆事件で処刑される無政府主義者にして僧侶である内山愚童もよく訪れていたという。

13　以下、「零時日記」から二つの断章を引用する。最初のものは前章の「起源」にも引いた断章の結論部分（『全集』33・一六）、もう一つの断章（『全集』同・一八―二〇）こそ、折口信夫の藤無染に対する鎮魂にして決別の挨拶に他なるまい。

14　同じように藤無染がもし筆名を用いたとするなら、それは「夢禅」となったはずである。『二聖の福音』の広告が『新公論』『教界時事』『仏教青年』をはじめさまざまな雑誌に掲載されたとき、その著者名は「藤夢禅」となっていた。さらに、「夢禅生」訳という表記を雑誌『新公論』明治三八年三月号と同年九月号に見出すことができる。それぞれ「理想的家庭を作るの方法」および「交際場裡の談話術」という実用的な記事の翻訳者として、である（『新公論』にはそのような側面もあった）。もう一つ、雑誌『仏教青年』明治三八年三月号には「夢禅」訳として「目無しの太子」という小話が掲載されていた（前掲拙著『光の曼陀羅』のなかに復刻してある）。目が見えなくなってしまったインドの太子の物語、すなわち折口信夫が「身毒丸」として甦らせた俊徳丸伝承の真の起源、玄奘の『大唐西域記』のなかに記されたアショーカ王と太子クナーラの挿話である（結末などが一部改変されている）。折口信夫の「日想観」の起源もまた、その一つは明らかに藤無染に存在している。

15　ゴルドン夫人の生涯とその思想については拙著『霊獣「死

者の書」完結篇』（新潮社、二〇〇九年）を参照していただきたい。ゴルドン夫人の見解は、高楠順次郎の発見にもとづく。空海が『請来目録』を書き上げる手本とした『貞元新定釈教目録』には、空海のサンスクリット語の師である般若三蔵の協力者として、景教僧であった「景浄」（アダム）と「弥尸訶」（メシア）という言葉が見られる。空海は景教の教義を知っていた可能性がある。櫻井義肇は高楠の発見を英文の『反省雑誌』（*The Hansei Zasshi*）第二号（明治三〇年二月）でいち早く報告していた。

16　しかし宇野円空もまた大正一五年、仏教大学の後身、龍谷大学の教授を「解任」される（棚瀬襄爾「宗教民族学者としての故宇野円空先生」、『民族学研究』一三巻四号、一九四八年より）。西本願寺教団の教育機関における「宗学」と「普通学」の確執は、高輪仏教大学の廃絶で終わったわけではなかった。前掲『龍谷大学三百五十年史』には、「高輪事件」の後、大正一二年に起きた「野々村教授事件」、昭和四年に起きた「盟休事件」が特記されている。いずれも「宗学」と「普通学」の対立を遠因とする事件である。『教界時事』の継続誌『警世新報』『警世』をひもといてみれば、教団本山と大学の教員たちとの対立がこの他にも無数にあったことが分かる。最後に記された「盟休事件」の際、龍谷大学の学長をつとめていたのが前田慧雲、龍谷大学を去った教員のなかには「万国仏教青年連合会」のメンバーだった森川智徳や中井玄道がいた。ここでようやく一つの歴史が終わる。それまで、「万国仏教青年連合会」だったメンバーたちが求めた新たな「学」によって、龍谷大学はつねに揺れ動いていたのである。

17　マクガヴァンと大乗協会については、吉永進一による二つの論考、「国際派仏教者、宇津木二秀とその時代」（中川未来と大澤広嗣との共著、『舞鶴工業高等専門学校紀要』第四六号、二〇一一年）および「ウィリアム・マクガヴァンと大乗協会」（『近代仏教』第一八号、二〇一一年）を参照した。大乗協会の会員名簿、マクガヴァンの仏教論は後者に掲載されている。

18　マクガヴァン『大乗仏教序説』（伊藤瑞叡訳註、大東出版社、一九七九年）。また大拙からの引用は、以下、鈴木大拙『大乗仏教概論』（佐々木閑訳、岩波書店、二〇〇四年）より、八二頁および一一二―一一三頁。一部私見を付け加えながら述べている。レーニンの『唯物論と経験批判論』は河出書房新社から刊行された「世界の大思想」版（第二二巻、川内唯彦訳、一九六五年）を参照した。特に「自然は人間以前に存在したか？」が重要である。この書物は、エルンスト・マッハ批判にしてエルンスト・ヘッケル批判でもある。

19　残念ながら、両座談とも折口の『全集』には未収録である。「思想維新　まつりに就いて」は『鶴岡』（第一五号、一九四三年八月、ただし奥付は九月）に、「神道と仏教」は『悠久』（第四号、一九四八年一〇月）に掲載された。後者は『鈴木大拙坐談集』第一巻（読売新聞社、一九七一年）にも収録されているが、小見出し等が変更されている。『鶴岡』『悠久』とも鶴岡八幡宮鶴岡文庫所蔵（後者は一部欠）。両座談は、現在では拙編著『折口信夫対話集』（講談社文芸文庫、二〇一三年）に収録されている。

第三章

古代

根源の世界

明治末期から大正初頭にかけて、第三次にまで及ぶ、いわゆる大谷探検隊を組織し、中央アジアをはじめとするアジア諸地域を探索した大谷光瑞は、その成果が集大成された豪華な大型本、『西域考古図譜』の「序」で、自身の破天荒な冒険のはじまりについてこう述べている。[*1]

西域は是れ仏教興隆し、三宝流通せる故地なり。殊に新疆の地たるや、印度と支那との通路に当り、両地文化の接触せし処にして、又実に仏法東漸の衢衢たり。然れども此地に於ける教法の衰亡は既に久しき以前にして、往昔の状況今や得て知るべからず。予夙に此地を始めとして所謂中央亜細亜に対する学術的踏査の忽諸に附すべからざることを知ると雖、其実行の機会に至りては、之を獲ること能はざりしもの久し。明治三十五年八月、予会〻《たまたま》英国倫敦に在り、将に故山に帰らんとするに当りて謂らく、此帰途を利用して予が素志の一端を達せんに如かずと。遂に意を決して自ら西域の聖蹟を歴訪し、別に人を派遣して新疆の内地を訪はしめたり。

大乗仏教の故郷である西域へ。しかし、光瑞自身が参加できたのは、ここに述べられた第一次探検隊、光瑞を含めわずか五人で行われた「探検」のみである。中央アジアの高原地帯に冬季が近づいたこの年の一〇月、パミールのタシュクルカンに到着した光瑞は隊を二分し、自身に従う者二人とともに仏教の故郷インドに向かった。翌明治三六年(一九〇三)の一月、光瑞はカルカッタ(現コルカタ)で、父であり西本願寺第二一世宗主でもあった光尊(明如)の死を知る。光瑞は、直ちに本願寺住職かつ浄土真宗本願寺派管長、つまり西本願寺第二二世宗主――正式には大谷家の家督を「宗主」、本願寺住職および本願寺派管長のことを「法主」もしくは「門主」と呼ぶ――の座につくことを求められたのである。宗主自身がこれ以上実際に探検隊を率いて中央アジアに乗り出すことは不可能であった。明治九年(一八七六)に生まれた光瑞は、このときまだ満二六歳の誕生日を迎えたばかりである。

ロンドンから光瑞に率いられて西域に向かった「隊員」たち四人もみな、光瑞と同様、非常に若かった。光瑞とともにインドに赴いた井上弘円はそのなかでもやや年長の明治五年(一八七二)の生まれだが、もう一人の本多恵隆は光瑞と同年の生まれだった。光瑞ら三人と別れて、困難な季節を西域に留まった二人、渡辺哲信は明治七年(一八七四)、最年少の堀賢雄にいたっては明治一三年(一八八〇)の生まれである。さらに、この井上、本多、渡辺、堀の四人全員が、いずれも西本願寺文学寮で当時最先端の「普通学」の教育を受けた俊英であった。[*2]若き折口信夫に甚大な影響を与えた藤無染を育んだ文学寮は、反省会と雑誌『中央公論』、さらには高輪仏教大学を生んだだけでなく、大谷探検隊の起源ともなっていたのだ。

明治三六年(一九〇三)三月、日本に帰国した光瑞は本山に帰山すると、それほど間を置くことなく翌月に上京、築地別院で高輪仏教大学と高輪第一仏教中学の教職員等を前にして自らが直接見ることができた中央アジアの風景、その地理および歴史について講演した。藤無染が光瑞の講演を直接耳にすることができたかどうかは分からない。しかしながら、インドに生まれ、厳しい戒律を定めた原初の仏教が、まったく新たな教え――浄土教の母胎となる大乗仏教――へと変貌した起源の地である西域についての光瑞の話は、間接的であったにしろ、キリスト教と仏教の融合を夢見ていた無染を深く魅了したはずである。後に第三次大谷探検隊によって将来されることになる、タクラマカン砂漠東南に位置する都市ミーランの遺構で見出された天人像(三世紀の「壁画有翼天使図」断片)は、そのままキリスト教における天使のようにも見えたからである。

西域においては、明らかにキリスト教の天使のイメージが、仏教の天人のイメージの原型となっていたのだ。さらに大谷探検隊のみならず各国の探検隊が「略奪」を重ねた敦煌では、キリスト教異端ネストリウス派の漢訳経典も発見されていた。インドと中国のみならず、近東、あるいはヨーロッパへの交通の路もひらかれていたのである。アジア思想の根源への探究が、ヨーロッパ思想の根源への探究と接合されつつあった。

そのような因縁をもった新宗主の光瑞の手によって、最終的に高輪仏教大学の息の根が止められてしまったことは、きわめて皮肉な事態であろう。しかし、光瑞が未知なる探検の同志として文学寮出身者を選んだように、そのほとんどが文学寮出身者で占められていた高輪派の機関誌『教界時事』に掲載された最初期の記事でも、当時最大の敵であったはずの西本願寺本山のなかで、光瑞と探検隊のメンバーに対する評価だけは例外的に高かった。藤無染の『二聖の福音』を刊行した櫻井義肇は、光瑞に従ってヨーロッパまで同行していた。高輪仏教大学を閉鎖へと追い込んでしまった光瑞もまた、伝統的な宗学にとらわれることのない独自の教育システムを模索していた。第二次、第三次の大谷探検隊を直接的、間接的に支えたメンバーは、そうした光瑞直轄の教育機関から育つことになった。

光瑞は、同じく『西域考古図譜』の「序」で、探検隊の目的と成果について、こう総括している。

凡そこの前後三次の探究に於て、予の目的とせし所は一にして止まらず。而もその最も著しきものは仏教東漸の径路を明かにし、往昔支那の求法僧が印度に入りし遺跡を討ね、又中央亜細亜が夙に回教徒の手に落ちたる為めに仏教の蒙りし圧迫の状況を推究するが如き、仏教史上に於ける諸の疑団を解かんとするに在りき。次に此地に遺存する経論、仏像、仏具等を蒐集し、以て仏教々義の討究及び考古学上の研鑽に資せんとし、若し能ふべくんば地理学、地質学及び気象学上の種々なる疑団をも併せて氷解せしめんと欲したり。

仏教東漸の径路を明らかにし、大乗仏教成立にあたっての種々の疑問を解き明かす。その過程で得られた経論、仏像、仏具を収蔵し、自身の理想とする教育機関をも兼ねた私邸を、光瑞は京都の本山とは離れた神戸六甲山の中腹に建造する。光瑞が理想の王として思慕していたインドのムガール帝国の皇帝アクバルの宮殿を模したとも、同じくインドのタージ・マハル廟を模したとも伝えられる二楽荘である。明治四一年（一九〇八）から大規模な建設工事が開始され、翌明治四二年に竣工された二楽荘の内部には、独自の文化をもった世界の各地域を象徴する贅をこらした部屋、英国室、インド室、エジプト室、支那室があり、外部には念願の教育施設、私設の武庫中学の校舎と付属館、さらには天候観測所、植物園、温室、果樹園が配置されていた。山裾から本館まではケーブルカーによってつながれていたという。[*3]まさに光瑞が探検隊を通して到達することを夢見ていた世界のミニチュア模型、小宇宙《ミクロコスモス》であった。ヨーロッパとアジアとアフリカの古代が、超モダンな建築――設計については、築地本願寺と同じく伊東忠太が助言を与えていた――二楽荘の内部と外部において一つに重なり合っていたのだ。

しかしながら、早くも『西域考古図譜』の「序」を書き上げた時点（大正四年三月）で、光瑞は、宗主（門主）の地位も二楽荘に住む権利も、さらには『図譜』に掲載された将来品の多くも失っていた。第三次にまでおよぶ大谷探検隊派遣と二楽荘建造による膨大な負債、そして二度にわたる疑獄事件――そのうちの一つが二楽荘建造の資金となった宮内省による大谷家別邸の買い上げ問題だった――の責任をとるかたちで、大正三年（一九一四）五月、光瑞は本願寺住職および本願寺派管長を辞職していたからである。宗主（門主）の地位についてからまだ一〇年と少々しか経っていなかった。もちろん、これで光瑞の人生が終わったわけではない。宗主（門主）の重荷から解放された光瑞は、「帝国の助言者」として、アジア全土を自由に往来し、さまざまな事業を手がけていく。[*4]

それでは、結局のところ、大谷探検隊とは近代日本において一体どのような意味をもつものだったのか。白須淨眞は、大谷探検隊のもった、あるいはもたざるを得なかった特異性を、世界史的な「内陸探検の時代」とそのなかで可能となった「日本近代史」との相互重層的な歴史的所産であるとして、こう述べている[*5]――。

まず大谷隊の特性を「内陸探検の時代」との重層と見なすことは、ヨーロッパ史を中心とする世界史が大航海時代と対比させた「内陸探検の時代」（十九世紀後半期から二十世紀初頭）に、ヨーロッパ諸国が実施した内陸アジア調査に強い刺激を受けて、大谷隊が並行して活動したことを指す。そしてそれを可能としたのが、明治西本願寺教団が明治新政府と競うかのように達成していた近代化にあったのだ、そう認識するのである。そしてさらに、その教団の近代化を、「日本近代史」の顕著な特色、すなわち日本総体の近代化に内包させて、大谷隊も「日本近代史」に重層する所産の一つなのだとみなすのである。これによって大谷隊を、「内陸探検の時代」と「日本近代史」との相互重層的な歴史的所産であると考えるのである。

西本願寺教団は、後に近代国家日本が保持することになる諸制度（議会、学制等）のほとんどを先取りしていた。大正天皇の義兄でもあった光瑞は、そうした疑似近代国家的な教団の頂点に立ち、なおかつ近代以前から続く最大規模の信徒組織をまとめ上げる宗教的な「生き仏」でもあった。列島日本固有の宗教的かつ政治的な課題として廃仏毀釈の嵐が過ぎ去った後にいかに仏教を建て直すかを考え抜き、さらには世界的な規模で仏教の真の姿を考え続けなければならなかった。世界史的な「内陸探検の時代」は二つの側面をもっている。一つは、中央アジアを舞台にした、剝き出しの帝国主義的な覇権争いである。しかし、もう一つそこには、インド＝ヨーロッパ語族の発見にともなって、「ヨーロッパの諸言語のハイマート（故郷）」を探究するという学術的な営為が重なり合っていた。[*6]

光瑞の活動も必然的に二重性を帯びることになった。「ヨーロッパの諸言語のハイマート（故郷）」は同時に大乗仏教の故郷であり、さらにそこにはいまだ独立を勝ち得ていない二つの巨大な宗教共同体――仏教を中核に据えた宗教共同体――が、ヨーロッパに蹂躙されるがままになっていた。ともに密教的な人神、すなわち「活仏」を統合の象徴とする、チベットとモンゴルである。チベットにはダライ・ラマ一三世が、モンゴルにはジェブツンダンバ・ホトクト八世がいた。光瑞は、政治的かつ学術的に中央アジアの情勢に関わろうとする。辛亥革命を支援し、中国とチベットの間をつなぎ、ロシアとモンゴルの間をつなぎ、チベットとモンゴルの間をつなぐ。ただし、光瑞が主体的に取り組んだのは、そのなかでも特に西蔵（チベット）の問題である。二楽荘はチベットとの中継地点となった。[*7]

つまり、大谷光瑞とは、近代と前近代、世界と日本（そしてアジア）、宗教と政治（そして学問）がせめぎ合い、その狭間でかたちとなった「近代仏教」の可能性と不可能性を最も体現する人物であった。だからこそ光瑞は探検隊を率いて「アジア広域における調査活動」を実施したのだ。そのような「アジア広域における調査活動」を、国家ではなく「大谷光瑞という一個人あるいは西本願寺という一教団」が主宰した、あるいは主宰せざるを得なかったところに、光瑞の栄光と悲惨がともに招き寄せられたのである。

大谷光瑞と折口信夫を結びつけるのも、「ヨーロッパの諸言語のハイマート（故郷）」と重なり合う「アジアの諸言語のハイマート（故郷）」への探究であった。その交点に、内モンゴルからこの列島を訪れた一人の蒙古語の教師が登場してくる。

＊

大正三年（一九一四）一一月、本願寺住職および本願寺派管長を退いた大谷光瑞は、アジア諸国を「放浪」する旅に出る。旅の過程は、逐一手紙で、光瑞の文章の師である徳富蘇峰に報告され、二九編からなるその書簡は『放浪漫記』としてまとめられた。光瑞はまず朝鮮半島に上陸し、次いで満州に向かう。「大正三年十二月十一日」と記された書簡には、奉天での出来事として、次のような一節が残されていた──「夕食は実勝寺大喇嘛の饗を享く。本年八月まで小生の処に在りし、蒙古教師羅先生来り、久濶を叙し、大喇嘛と交話の通訳を為せり」[*8]。光瑞の二楽荘でモンゴル語を教えていたのが、ここに書かれている羅先生だった。羅先生の生徒のなかには、第二次および第三次の大谷探検隊の中心であった文学寮出身の橘瑞超がおり、数名の陸軍将校たちがいた。そして、この羅先生こそ、実に折口信夫が第二歌集『春のことぶれ』に収めた連作「東京詠物集」を構成する一首、「一つ橋」のなかで描き出した頑固な「語学校蒙古語科の旧講師」その人に他ならなかった。

折口は、羅先生の思い出を、こう詠っている[*9]。

この国の語を
　口にせずありし
羅《ラヲ》先生に、
　我も似て来つ

折口信夫は、大学時代にモンゴル語を学んでいたのだ。『古代研究』民俗学篇2の巻末に付された長大な「追ひ書き」にはこうある――「卒業間際になつて、ほんの暫らくではあつたが、外国語学校の蒙古語科の夜学にも通うた」と。[*10]羅先生とは、まさに折口の大学卒業間際、明治四二年（一九〇九）から、当時はまだ東京外国語学校の東洋語速成科の一つであった蒙古語科で教えはじめた外国人教師ロブサンチョイドン（羅卜蔵全丹、一八七五年生まれ、内モンゴルのハラチン左旗出身）のことだった。蒙古語も含め、馬来語、ヒンドスタニー語、タミル語の四学科が東洋語速成科として東京外国語学校に設置されたのが前年の明治四一年（暹羅語を加え、明治四四年に正式の学科となる）。その明治四一年まで東京帝国大学文科大学の教授との兼任で外国語学校の第二代目の校長をつとめていたのが、文学寮出身の高楠順次郎（一八六六―一九四五）だった。その高楠が着任する以前、わずか半年ではあるが、初代と第二代の間、学校長の代理（校長事務取扱）であったのが上田万年（一八六七―一九三七）である。

上田万年はドイツで、インド＝ヨーロッパ語族の「祖語」を探究する比較言語学（比較文法）の体系を、特にその音声学的な比較方法を一つの完成にまで導いた「青年文法学派」の人々から直接に、学んできていた。高楠順次郎もやはりロンドンで、インド＝ヨーロッパ語族の比較言語学にしてインド＝ヨーロッパ語族の比較神話学でもある比較宗教学の体系を確立したマックス・ミュラーに師事した（「宗教学」＝「宗教の科学」Science of Religion という術語はミュラーがはじめて使ったものであると言われている）。上田万年、高楠順次郎と続く、比較言語学にして比較神話学でもある学問の方法が、折口信夫の古代学の起源となったのである。しかも、政治と宗教、政治と学問の二重性は、東京外国語学校の東洋語速成科四学科にもそのままあてはまった。

モンゴル民族は当時も現在も、ロシア（ブリヤート）と中国（内モンゴル自治区）、そしてモンゴルと分割統治されたままである。モンゴルの「活仏」ホトクト八世は辛亥革命に乗じてモンゴル統一を宣言する。モンゴルとチベットは中央アジアの「革命」の源だった。そうした世界情勢は東京外国語学校にも波及する。ロブサンチョイドンが教壇に立った同じ年、ヒンドスタニー語のインド人教師として着任したムハンマド・バラカットゥッラーは、『イスラームの同胞』という英字新聞を公刊するムスリムの過激な独立運動家だった。*[11] 折口の蒙古語科の同級生も、その多くは軍人だったはずである。藤無染と別れ、本荘幽蘭と出会い、『言語情調論』として結実する言語と思想における一元論を突き詰めていた折口信夫は、そのような二重性のなかで政治ではなく学問を、比較言語学を選ぶ。同時期、政治を選んだのが、折口と同世代である後のアジア主義者、大川周明である。ロブサンチョイドンの側には折口が、バラカットゥッラーの側には大川が位置づけられる。そして、その折口の師となったのが、当時外国語学校の韓語学科の教授をつとめながら、国学院大学でも教鞭を執っていた金沢庄三郎（一八七二―一九六七）であった。

先ほど引用した『古代研究』の「追ひ書き」の一節――「卒業間際になつて、ほんの暫らくではあつたが、外国語学校の蒙古語科の夜学にも通うた」――に続けて、折口はこう書いている。「金沢先生の刺戟から、東洋言語の比較よりする国語の研究に、情熱を持つた為であつた」。東洋諸言語を研究対象とした比較言語学的な探究。当時、「比較」とは、比較言語学であれ比較神話学であれ、複数の対象の間に見出される共通項を抽出し、それらの共通の源、共通の祖先にまで遡っていく学問の方法を意味していた。金沢庄三郎が、そして折口信夫が選んだのは、蒙古語、朝鮮語、アイヌ語、琉球語、国語（日本語）を対象として、それらの共通の源にまで遡っていく学問、「アジアの諸言語のハイマート（故郷）」を探る比較言語学だった。第一章「起源」でも取り上げ、そして本章の「蒙古語」学習の件を含む『古代研究』の「追ひ書き」の一節は、そうした観点から読み直されなければならない。

折口は、こう書き残していた。

私は、国学院在学中、四年間、朝鮮語を習ひとほした。手ほどきから見て貰うた本田存先生の後は、金沢庄三郎先生の特別な心いれを頂いた。朝鮮語に就いては、相当の自信もあつた。卒業間際になつて、ほんの暫らくではあつたが、外国語学校の蒙古語科の夜学にも通うた。金沢先生の刺戟から、東洋言語の比較よりする国語の研究に、情熱を持つた為であつた。まだお若かつた金田一京助先生には、あいぬ文法の手ほどきを承つたが、この方はなぜか、ものにならなかつた。

金沢庄三郎も金田一京助（一八八二―一九七一）も、上田万年から音声学と比較言語学の方法を学び、自身の対象とする東洋諸言語を、朝鮮語とアイヌ語として定めた研究者である。それでは、彼らが採用した「方法」とは、一体どのようなものだったのか。折口は『古代研究』の「追ひ書き」に、その方法まで、きわめて印象深い一節とともに記してくれている――「私の学問は、最初、言語に対する深い愛情から起つたものであるから、自然言語の分解を以て、民俗を律しようとする傾きが見えぬでもない」[*12]。

自然言語を分解してゆく。その果てには、一体何が現れてくるのか。言語の「起源」（root）にして「根源」（radical）が、である。比較言語学的な術語に訳し直せば、言語の「語根」（root）にして「基体」（radical）が、である。同様に植物学的な比喩を用いて、「語根」は「語幹」（stem）と呼ばれる場合もある。分かれ出た余計な枝葉を切り落とした後に出現する言語の「幹」、あるいはさまざまな枝を伸ばし、花を咲かせる言語の「根」へと回帰すること。いずれの場合においても「根源」への探究が目指されていることに変わりはない。「根源」はまた、なにものかが発生してくる「起源」の場所でもある。折口のいう「古代」とは、その根源にして起源である場所そのもののことなのだ。逆に言えば、古代とは、言語の「根」を通してはじめて到達できる場所でもある。折口信夫の言語学は、そのまま折口信夫の古代学となる。言語とは、その核となる部分に、古代が刻印されたものなのだ。そうした点に折口学を読み解いていくための秘密の鍵が隠されている。

折口信夫の言語学的な研究は、大学時代に金沢庄三郎に提出されたレポートから、最晩年に残された通信教育用の教科書に至るまで、「語根」の探究という点で首尾一貫している。死の四年前、昭和二四年（一九四九）にまとめられた慶應義塾大学の通信教育講座のための教材、「国語学」はその第二章を「言語の発生的観察」とし、第二節で「語根」が論じられる――「我々が、言語を時間的に溯つて研究すると、多くの場合、大体これ以上進んで行くことが出来ないと言つた形に到達する。つまり、それが語根である。そして、その語根が、或点まで正確に、文法的な様式を分化して、動詞なり副詞なり、或品詞をつくる」[*13]。

折口信夫の国語学、折口信夫の文法学は、名詞、動詞、形容詞、副詞といった品詞による区分を撤廃してしまう。言葉の起源にして根源には、潜在的に無限の音と意味の組み合わせを秘めた言語の「根」が孕まれている。その「根」から、さまざまな茎や枝や葉や花が生み出されてくるように、「語根」が活用することで、あらゆる品詞が生み出されてくる。『言語情調論』をまとめ、柳田國男と出会うまでの大正の前半期、折口信夫は学位論文として独創的な文法論たる『日本品詞論』を書き上げようとしていた。[*14] 結局、折口は『日本品詞論』を書き上げることはできなかった。しかし、その設計図、草稿となったものが残されている。折口は、やはりその冒頭を「語根」とし、本文をこうはじめている——「日本品詞組織の考察は動詞の解体からのを便利とする。先づ其の構造の基礎的要素として語根語尾の二部を対立せしめることに付いては、誰も異存の無いはずである」。この草稿が成ったのは大正四年頃とされている。同じこの大正四年、折口信夫は柳田國男とはじめて出会ったと推定されている。

卒業論文の『言語情調論』から学位論文の『日本品詞論』へ。表現の始まりにして終わりでもある主客の区別が消滅したゼロの地点から、無数の言語の「語根」が生まれ、さまざまな活用を経て、さまざまな品詞としての「実」をつける。それでは、そのような折口信夫の特異な言語学、「語根」論の起源は、一体どこにあるのか。

おそらくそれは、金沢庄三郎が後藤朝太郎の助けを借りて残すことができた自身にとって最大の翻訳、マックス・ミュラーの『言語学』[*15]にある。印欧比較言語学者にして印欧比較神話学者であるマックス・ミュラーは、一般の聴衆に向けた「言語の科学」(Science of Language)についての講義を行う。そして世界の諸言語の比較についての長い話が終わった後、言語のもつ普遍的な構造に話を進めていく。諸言語の体系を比較する上で、なによりも重要なことは、一つの言語の体系を、始まりにして終わりでもある最小の単位にまで分解してしまうことだ。そこに現れるのは言語の「根」(root)にして「根源」(radical)、すなわち「語根」である。

抑も語根(root)とは如何なるものなりや。曰く一国語又は一語族の語詞の出来得る限り単簡にして且つ基本的なる形に還元されたるものこれを語根と云ふ。つまり語根とは最後に達し得る終極の成分にして、それに附着せる部分を悉く取り去りて残りたるものを云ふなり。

折口信夫が、「国語学」で「語根」に与えている定義とまったく同じであることが分かるであろう。マックス・ミュラーの比較の学こそ、折口信夫の言語学にして古代学の起源である。

1　香川默識編『西域考古図譜』(国華社、一九一五年)、引用は一九七二年に柏林社書店から上下二巻で復刻されたものより、上巻、一頁および三―四頁。また、以下、大谷光瑞の生涯に関しては柴田幹夫編『大谷光瑞とアジア』(前章参照)、特に編者である柴田自身の手になる第二部の「大谷光瑞小伝」と巻末の「大谷光瑞年譜」にもとづいている。

2　第一次大谷探検隊に参加した渡辺哲信と本多恵隆については、新資料をもとにした詳細な伝記が書かれている。白須淨眞『忘れられた明治の探険家　渡辺哲信』(中央公論社、一九九二年)と本多隆成『大谷探検隊と本多恵隆』(平凡社、一九九四年)である。探検隊メンバーの生年等の情報は後者に拠った。また文学寮の卒業同期生名簿に堀賢雄の名前だけ見出すことができないが、他の三人は確認できる。渡辺哲信は明治二八年、本多恵隆は明治二九年、井上弘円は明治三〇年三月の卒業である(藤無染の卒業は明治三二年)。なお、白須淨眞には多くの図版とともに大谷探検隊のみならず西本願寺の近代化を論じたコンパクトではあるがきわめて有益な書物、『大谷探検隊とその時代』(勉誠出版、二〇〇二年)がある。直接の引用はしなかったが、つねに参照している。

3　二楽荘に関しては、柴田編前掲書に収録された服部等作の「大谷光瑞と二楽荘」が詳しい。また、エキゾチズムとノスタルジアが異様なかたちで結びついた二楽荘の全貌については、一九九九年と二〇〇三年の二回にわたって芦屋市立美術博物館で開催された「モダニズム再考　二楽荘と大谷探検隊」展において貴重な資料が集大成され、図録化されている。

4　「知られざるアジア主義者の軌跡」とサブタイトルが付された柴田編前掲書の大きなテーマは、大谷探検隊以降あるいは大谷探検隊以外の光瑞を問い直すことであった。柴田は「アジアを中心とした一大ネットワーク」(七頁)の組織者として、光瑞の後半生を捉えている。探検隊以降の二楽荘と将来品の運命を記しておけば、光瑞の手を離れ売却された二楽荘は、一度目は山火事で(昭和六年)、二度目は内部からの不審火(昭和七年)で、本館のほとんどすべてが跡形もなく燃え尽きた。その消滅以前から、収蔵されていた将来品は日本を含むアジア各地の博物館および美術館に散逸していった。

5　白須淨眞「日本国外務省外交記録と大谷探検隊の研究」、柴田編前掲書、五二一頁。この書物のなかで唯一、大谷探検隊を主題とした論考である。

6　同、五二二頁。後述するが、一八世紀後半、古代インドのサンスクリット語と古代ギリシアのギリシア語がほぼ同一の文法構造およびきわめて高い頻度での語彙の相似をもっていることが発見され、古代インドと古代ギリシアに分かれる以前の「共通の言語」、「共通の故郷」が想定されるようになった。インドとヨーロッパ、東洋と西洋は起源を共有していたのである。その起源の地の、一つの重要な候補地が中央アジアだった。以下の記述も、白須「アジアの諸言語のハイマート（故郷）」という言葉以外は、白須の論考からの引用である。五一八および五二三頁。

7　光瑞と大谷探検隊が担わなければならなかった政治的な役割については、白須浄眞編『大谷光瑞と国際政治社会　チベット、探検隊、辛亥革命』（勉誠出版、二〇一一年）に収められた諸論考によって、豊富な新資料が駆使され、多方面から掘り下げられている。

8　『大谷光瑞全集』第九巻（大乗社、一九三五年）、九頁。なお、柴田幹夫「大谷光瑞と大連」の注によれば、羅先生は中国名を「羅子珍あるいは白雲峰」といい、「一九一四年瀋陽に帰り、満鉄でモンゴルに関わる仕事に従事し、その間『蒙古風俗鑑』を著わした」という。柴田編前掲書、一六九頁。西本願寺は満鉄の大株主であり、光瑞もまた満鉄と密接な関係をもっていた。

9　『全集』24・二二二。以下、東京外国語学校、羅先生と蒙古語科、金沢庄三郎と韓語学科（朝鮮語学科）についての情報は、すべて『東京外国語大学史』（東京外国語大学、一九九九年）に拠っている。人名表記も同書に従う。羅先生の『蒙古風俗鑑』（『モンゴル風俗誌』）については、次のような記述がある――「内モンゴル人の書いた最初の民俗学の著作として、今日たいへん高く評価されているが、外国でモンゴルを紹介する仕事に携わったことが、この著作を書かせたひとつの動機になったと考えられる」（一〇〇七頁）。

10　『全集』3・四七四。なお、新版の『全集』の年譜、「明治四十年（一九〇七）」の項（36・四一）には「金沢庄三郎に朝鮮語を習い、外国語学校の夜学で蒙古語を学ぶ」とあるが、明らかに誤りである。羅先生に蒙古語を学ぶためには明治四二年以降、つまり折口が「追ひ書き」に書いた通り、大学の「卒業間際」でなければならないからだ。

11　中島岳志『中村屋のボース』（白水社、二〇〇五年）には、インド人革命家ラース・ビハーリー・ボースの先達として存在したバラカットゥッラーの姿が生き生きと描き出されている。七九―八〇頁。ロブサンチョイドンがアジア主義者たる大谷光瑞と密接な関係をもったように、バラカットゥッラーも玄洋社のメンバーたちと知り合い、頭山満らと密接な関係をもった。

12　『全集』3・四七九。折口信夫と金沢庄三郎の関係はこれまであまり正面から論じられてこなかった。金沢庄三郎には、全集はおろか著作集、さらには生涯と思想をまとめた伝記すら存在しなかった。代表作『日鮮同祖論』（一九二九年）が韓国を併合し、日本への同化を合理化する一つのイデオロギーとして作用したという側面が大きい（ただし、最終節で詳述するように、そのような理解は一面的なものである）。二〇一四年にはじめて、石川遼子の手によって、その生涯を概観した伝記『金沢庄三郎　地と民とは相分つべからず』（ミネルヴァ書房）がまとめられた。折口研究においても、近年になって、柳田の民俗学とは異なったかたちで折口が古代学を創出するにあたって最も影響を与えた人物として、再評価が著しい。主な先行研究として高橋直治「折口信夫の国語論について」（『折口信夫の学問形成』の第二章、前章参照）、伊藤好英「折口学と韓国」（『折口学が読み解く韓国芸能まれびとの往還』のⅡ、慶應義塾大学出版会、二〇〇六年）、保坂達雄「言語学から古代学へ」（『東横学園女子短期大学紀要』四一、二〇〇七年）等がある。

13『全集』16・五五三。この一節が折口信夫の言語学＝古代学のアルファでありオメガである。

14 旧『全集』再版本二七巻の月報に掲載された座談会、「回想折口信夫（上）」における鈴木金太郎の発言。「日本品詞論」という題名は、『言語情調論』と決定される以前に、折口が卒業論文の題目として予定していたものでもあった。草稿は『全集』12・四六七―四七一に収録されている。

15『言語学』上・下（博文館、一九〇六―〇七年）。原テキストは、*Lectures on the Science of Language*,1861-1863。ミュラーの書物よりの引用は、下巻、七九頁。なお、高橋前掲書にはすでに、折口信夫の「語根」論と金沢庄三郎訳のミュラー『言語学』の関係についての指摘がある。なお、前章の注でも引用した通り、『言語情調論』のなかで折口はミュラーの言語論、Nativistic Theory に批判的に言及し、ミュラーの説は江戸期の音義言霊説から「暗示を得たもの」であろうと記している（『全集』12・八一）。少なくとも、折口がミュラーの比較言語学＝比較神話学の体系を知っていたこと、そしてそれを乗り超えようとしていたことが分かる。

折口信夫が、生涯の師として何度もその名前を出すのは、まずは民俗学者の柳田國男であり、次いで国学院大学の恩師にして真の「国学者」と賞讃した三矢重松だった。折口信夫の言語学、すなわち折口信夫の古代学を考える際、三矢重松とその国文法の存在を無視することはできない。[*1] しかし、学位論文として予定されていた『日本品詞論』の草稿を書き上げた大正四年（一九一五）頃まで、折口信夫の学を主導していたのは、三矢重松の国学でもなく柳田國男の民俗学でもなく、金沢庄三郎の比較言語学とその比較文法だった。

後年の私的な会話ではあるが、そうした事実は折口自身の証言からも裏付けることができる。昭和二二年（一九四七）一一月、池田彌三郎とともに「金沢庄三郎博士の特別講義」に出席した折口は、その帰り道で、池田に向かってこうささやいたという――「私は文法は、三矢先生よりも、むしろ金沢先生の影響をうけたんだが、それは人には言わない。あんたはおしゃべりだから、人には言いなさんなよ」。[*2] さらには、折口が最初に書いた「自撰年譜」にも、次のような記述が残されている。まずは大正三年（一九一四）の春、大阪府立今宮中学校の嘱託教員を辞職する際――「三月、生徒六十六人卒業。即日辞職。東上。金沢庄三郎先生の「中学校用国語教科書」編纂の為である」。そして一年後、大正四年の同じく春――「三月、教科書十冊、参考書の一部が出来て、金沢先生の為事を罷める。神経衰弱の甚しくなつた為である」。[*3]

金沢庄三郎のもとでの「言語研究」。それがふたたび東京に戻った折口信夫が目指したものだった。しかし、その夢はわずか一年で潰え去る。柳田國男とはじめて出会ったのも、金沢庄三郎のもとを去った同じ年の六月であったと推定されている。[*4] おそらく、この時点から、折口信夫が確立すべき学の内実は、金沢庄三郎の比較言語学から柳田國男の一国民俗学へと大きな転換を遂げていくのである。ただし、折口はこの後も比較言語学的な方法を捨ててしまったわけではない。柳田國男の民俗学も、ことに大正期全般を通じて、一国民俗学というよりも比較民族学の色合いの方が強い。折口が、金沢と柳田の両者にともに由来する「比較」を手放すことは決してないのだ。逆に、折口信夫の古代学が確立されるのとほぼ同時期に、柳田國男の民俗学もまた、言葉の真の意味で、その体系が確立されるのである。それは、大正末期から昭和初期にかけて刊行された雑誌『民族』での創造的な共同作業と宿命的な確執を経た後のことである。

つまり、折口信夫の古代学は、明治期の金沢庄三郎の比較言語学を基盤とし、その上に大正期の柳田國男の比較民族学を消化することで、昭和初期に独自の「学」として完成したわけである。その経緯は、ほぼそのまま『古代研究』の「追ひ書き」に記されている。前節でも触れた、「私の学問は、最初、言語に対する深い愛情から起つた」からはじまる一節を完全なかたちで引用すれば、次のようになる。

私の学問は、最初、言語に対する深い愛情から起つたものであるから、自然言語の分解を以て、民俗を律しようとする傾きが見えぬでもない。一時は、大変危い処に臨んで居た。併し、語原探究と、民俗の発生・展開との、正しい関係を知る様になつた。だから、言語の分解を以て、民俗の考察の比較の準備に用ゐ、言語の展開の順序を、民俗も履んで居るかを見る様になつて来た。唯、古代生活は、言語伝承のみに保存せられ、其が後代の規範として、実生活に入りこんだから、古代における俗間語原観を考へる語原研究が、民俗の考察に棄てられない方法である事がやつと訣つて来てゐるのである。

「古代」は「言語」にのみ保存されている。だから「古代」に到達するためには、「言語」を分解してゆく「語原探究」の方法を駆使して、その根源に存在するかたち――「語根」――を見出さなければならない。それぞれの民俗は、それぞれの民俗が用いる言語の根源にあるものから発生し、展開してゆく。しかも、固有の民俗は他の民俗との

「比較」によってしか、その特質を捉えることができない。「言語の分解を以て、民俗の考察の比較の準備」に用いる。この一行に折口信夫の古代学の本質、金沢庄三郎の言語学と柳田國男の民俗学の融合といった事態が過不足なくあらわされている。

だから折口信夫の古代学は、その根幹の部分で柳田國男の民俗学とは相容れない。「比較」は、どうしても「一国」には収まりきらないからだ。逆に柳田もまた、終生、折口のマレビトを認めようとはしなかった。しかもそのうえ、折口はまったく同時期、金沢庄三郎が確立しようとしていた「語原探究」、つまり「語根」の比較を主要な手段として導き出される北東アジア比較言語学にして北東アジア比較神話学についても、慎重な距離をとっていた。アイヌ民族、朝鮮半島、満州、モンゴルに見出されるシャマニズム——雑誌『民族』が重要なテーマとして掲げたものでもある——との「比較」について、「追ひ書き」では、こう述べられていたからだ。「朝鮮民族や、大陸の各種族の民俗について、全く実感の持てぬ私ではないと信じる」、しかしながら、「薩満教〔シャマニズム〕が如何に、東方に有力でも、日本・沖縄の古来の巫女を以て、其分派と思ふ勇気もない。其を信じ得る時は、即、私自身が実証し得る時である。豊富な資料を自由に活用出来る時でなくてはならぬ」[*5]。

さらに、日本語（国語）と沖縄語（琉球語）との「同族論」に関しても、「言語の同系は事実」と認めながらも、この「追ひ書き」の段階ではきわめて慎重である。折口が「日琉語族論」によって、正面から日本語と琉球語の「同族」関係、日琉同祖論を論じるのは死の数年前、昭和二五年（一九五〇）になってからのことである。そして、この論考にこそ、折口信夫が金沢庄三郎から得たものが、ほとんどすべて生のかたちで、詰め込まれていた。折口が「日琉語族論」で注目するのは、最初から最後まで「語序」の問題、つまり二つ（あるいはそれ以上）の語（語根）がつながり合って一つの複合的な意味を形づくる順序の問題である。現代の日本語ではほぼ固定されてしまった「語序」であるが、古語のある一部においてはより自由で、しばしばまったく逆であった場合も観察されている。

たとえば、「くつした」（沓下）は「したぐつ」（したうづ、下沓）であり、「かたをか」（片岡）は「をかがた」（岡傍、岡の傍らの地）であり、「たてはし」（竪橋）は「はしだて」（神のために梯《はし》を立てる）である。後者の方が前者よりもより古いかたち（古体）を保っている。さらには語の古いかたち（古体）がそのまま現代まで伝わり、固定されてしまった場合もある。「もがり」（殯）の儀式は、元来の意味は「かりも」（仮り喪）の儀式だったはずだ……。ここまで論が進んできたとき、「日琉語族論」のなかに、突如として、古語における「逆語序」を唱えた人物として、金沢庄三郎の名前が登場する――「今一人の逆語序論者金沢庄三郎先生は、裸（はだか）は赤肌（あかはだ）と言ふ旧来の説によつて、語序の逆になつたものとしてゐられた」[*6]。

「日琉語族論」で折口が注目する逆語序は、特に『古事記』や『日本書紀』などの古代の書に残された神名や人名に著しい。「彦」や「媛」は、名前の末尾だけでなく、名前の語頭につけられる場合も多い。そして折口は、こう結論を下す。古代の「万葉びと」たちが生きていた逆語序の世界を、いまだに生きている人々がいる。それが琉球諸島の人々なのである、と。たとえば「小」を意味する「ぐわあ」や「がま」。琉球語の世界では、「小犬」となるべきところが「犬ぐわあ」（犬小）となり、体の小さな「のろ」（小巫）が「のろがま」（巫小）となる。さらには、人名につけられた「かなし」。「かなし」は「神のかなし人」、神が愛（かな）す人を意味する。通常であれば「かなし何某」となるはずが、琉球では「何某かなし」となる。「按司」や「君」の位置もまた、「彦」や「媛」のような逆語序となる（ただし、折口は「按司」についての考えは、まだうまくまとまっていないとしている）。

語の最小の意味を担う単位である「語根」とその接続の順序である「語序」によって、同じ語族に属する諸言語の分岐、その新旧を推定してゆく。それが「日琉語族論」でとられた方法である[*7]。このような方法を他の「南方諸島」の言語の上にまで拡大していったらどうなるのか――「私は語序の一致を以て、語族圏を描かうとするのではない。が、我々がある点はまだ空想に残してゐる神話民族圏と、相当に一致するものがありさうなのである」。折口は、「日琉語族論」において、「語根」と「語序」を二つの指針として、比較言語学と比較神話学、すなわち語族圏と神話民族圏を、一つに重ね合わせようとしているのだ。折口信夫が「日琉語族論」という、自らの言語学の到達点で確立した方法の起源は、おそらくは、金沢庄三郎の比較言語学の出発点、明治四三年（一九一〇）に単行本――報告書への発表は前年――として刊行された『日韓両国語同系論』にある。その間の隔たりは、実に四〇年である[*8]。

金沢は、決して長くはないこの小冊子、『日韓両国語同系論』によって、日韓の比較文法（comparative grammar）の基礎を築こうとしている。「比較文法」とは、インド＝ヨーロッパ語族の「祖語」探究に由来する、諸言語に共通の「根」（root）を求めるための典型的な方法である。諸言語に共通する意味と音の最小単位である「語根」（root）を抽出し、その「比較」――意味以上に音韻が重視される――によって、構造の同一性と、時間的な分岐の差異性を確定する。金沢は、インド＝ヨーロッパ語族の「比較文法」をもとに、いまだ系統関係が不明であるアジア諸言語を対象として、北はアイヌ、南は琉球を含む日本列島からはじまり、満州、モンゴルにいたるアジア諸言語における「比較文法」を確立しようとしていたのだ。であるならば、「語根」という術語を生涯手放さなかったという点で、折口信夫もまた、比較言語学者であり比較神話学者であったはずである。折口のいう「古代」とは、比較言語学的かつ比較神話学的な起源（root）と別なものではない。

『日韓両国語同系論』において、金沢は韓国語（さらには満州語）のみならず琉球語をも参照している。国語、琉球語、韓国語の「語根」と「語序」をもとに、その新旧を判断しようというのである。否定（あるいは禁止）の副詞「な」（na）は、日本語の古語においては否定（あるいは禁止）すべき語（語根）の前についた（「な行く」）が、現在ではその後ろにつく（「行くな」）。韓国語ではほとんどが前につく。両方式が並立する琉球語の「語序」を参照すれば、この間の推移は明らかになるはずだ。すなわち――「惟ふに、国語「な行き」が後に「行くな」となりたる如く、打消の語は皆「豈まさらめや」［日本の古語の豈 ani は na と同様の位置で同様の働きをする］と同じく、前行したるものなりしを、後転倒して用ひらるゝに到りたるものなるべく、此点に就いても、琉球方言を参照する必要あり。該方言にては否定語の位置二様に分れ、国語 ara-nu（不有）に対して、aran 並に ne-ran の両形式を用ふ」[*9]。

つまり、現行の国語では肯定が「あり」ari、否定が後行の「あらぬ」ara-nu のみとなり、琉球語では肯定が ang、否定が後行の ara-n と前行の ne-ran の二つとなる。それに比して韓国語では肯定が ir、否定が前行の an-ir のみとなる。日本語の古形（古語）は韓国語に保存されており、琉球語はその中間形をあらわす――「されば、日・韓・琉の三語を比較するに韓語は古体を存し、琉球方言は過渡時代を示し、国語は最も変化したる状態にあるものといはざるべからず」。「逆語序」は語族からの分岐の新旧をあらわす。まさに折口の「日琉語族論」の論旨を先取りするものである。

そして金沢は、国語と韓国語の比較から、西欧文法では区別されている品詞間の境界をも撤廃してしまう。国語の古形（古語）では動詞もしくは形容詞から名詞を作る例（名詞法）がきわめて多い。たとえば語尾にiを付けると名詞が作り上げられる場合が多々ある（以下、ローマ字表記は金沢に従う）。たとえば、「謡ふ」（utahu）から「謡」（utah-i）が、「侍ふ」（samurahu）から「侍」（samurah-i）が作られる。韓国語にも同じような名詞法が行われ、動詞のみならず形容詞からも名詞が作られる。つまり、国語の古形（古語）と韓国語を参照すれば、西欧文法にいう名詞・動詞・形容詞という区分は成り立たなくなる――「畢竟国語の動詞・形容詞の活用は一元に出でたるものにて、韓語は基本来の形式を保存せるものといふべし」。

語根（「うた」utah）とその語尾が活用すること（「ふ」-u または「い」-i）によって動詞と名詞、さらには形容詞が生まれ出てくるのだ。だから、金沢は西欧文法に由来する術語である品詞の区分を用いず、日本語の文法の単位を、体言（名詞的なもの）と用言（動詞的なもの）と助辞（体言もしくは用言に附着するもの）の三つにしか区分しなかった。[*10]「用言」である動詞と形容詞は区別されず、『日韓両国語同系論』以前にかたちになった『日本文法論』の段階から、すでに「動詞形容詞一元論」として論じられていた（実際に金沢の論中で「動詞形容詞一元論」という術語が使われている）。

そして実に、折口がまだ大学生であった明治四一年（一九〇八）に発表され、新旧の両全集に収められるとともに、いずれにおいても折口信夫の最も初期の、しかもきわめて重要な国語学関連の論考として位置づけられている「わかしとおゆと」は、金沢の説く「動詞形容詞一元論」を、古語の分析を通して実証しようとしたものであった。つまり、日本語の文法をめぐる最初期の論考（「わかしとおゆと」）から最晩年の論考（「日琉語族論」）に至るまで、折口信夫は金沢庄三郎の文法論の強い影響下にあったわけである。折口は、「わかしとおゆと」の冒頭を、こうはじめている――「動詞形容詞一元論のたちばは、おもに、形式のうへにあるのだが、中には、意味のうへにまでも立入つて、其説を主張する人がある。今いはうとするわかしとおゆとの如きは、其屈強な材料なのである」。[*11]

折口は、まず問題をこう立てる。意味的には完全な対称関係にある「わかし」（若し）と「おゆ」（老ゆ）が、品詞的には不完全な対称関係――「わかし」は形容詞であり「おゆ」は動詞である――に置かれているのは一体なぜなのか。いずれも古語としてよく使われる言葉であるのに、「わかし」と「おゆ」とは「しつくりと、むかひあうては居らぬ」。折口は、「わかし」という言葉を、その意味を成り立たせている最小の部分にまで分解してみる。そうすると……「自分は、わかといふ語の源に溯つて、わ・くといふ動詞に想到した」。つまり「わ」（若）という語根が「わか・し」と活用して形容詞になり、「わ・く」と活用して動詞になるのだ。「おゆ」（老ゆ＝動詞）には「わく」（若く＝動詞）がしっかりと対応していたのである。古語の「わく」は、記紀の神名もしくは人名を成り立たせる「若い」という意味をもった語根「わ」の活用として、その痕跡を見出すことが可能である（わき－いらつこ、わき－いかづち、わく－ご、等々）。この動詞「わく」から、「おゆ」と完全な対称性をもつさらなる動詞「わかゆ」（若ゆ）が発生してくる。それでは「おゆ」の形容詞はどうか。これもまた記紀の神名や人名に痕跡を残している「お・し」（老し）という言葉が想定できるではないか。たとえば、おし－ころ－わけ（忍許呂別）、おし－くま－わう（忍熊王）、おし－は－の－みこ（押歯皇子）、等々。すべて「老い」という最小の意味を担った語根として位置づけられる。極端なものでは、「単に、おしの語根おばかりを用ゐて居る場合」もある。

「わ」（若）という語根から「わ・く」（わか・ゆ）という動詞と「わか・し」という形容詞が分岐し、「お」（老）という語根から「お・ゆ」という動詞と「お・し」という形容詞が分岐してくる。たしかに語根からの発生という点で、動詞と形容詞を一元的に考えることは可能である。この地点が、折口信夫の言語論、「語根」論の出発点である。と同時に、終着点でもある。さらには、金沢庄三郎の比較言語学、体言と用言と助辞に三区分されたその文法を超え出てしまう点でもある。折口信夫による比較文法の要点は、概念の性質をあらわす「語根」＋その概念の具体化である「活用語尾」という基本構造に尽きる。[*12]

それでは、折口がいう「語根」、「わ」や「お」とは一体どのようなものであるのか。おそらくは大学時代の折口が金沢に提出したと推定される「用言の発展」という長文のレポートが残されている。[*13] そこで、折口は、一部の用言

（動詞にして形容詞）の語根のもつ性質について、こう述べている。

むつ、さぐ、あふ、しづ、うる、かぐ、たゝ、いす（いすゝ、すゝ）、うぐ（むく、もこ）、あぶ、うづ、わゝ、の如き名詞ともつかず動詞ともつかず、八品詞のうちでは先づ感嘆詞に近い体言とみるべき語根が其まゝ又は種々の接尾語の連続によつて動詞とも形容詞とも副詞とも又名詞ともなる［後略］

折口が見出した語根は、金沢文法の要である体言と用言という根源的な区別さえ乗り越えてしまうのだ。おそらくそこでは、助辞という独立項さえも語根の「活用語尾」のなかに解消されてしまうだろう。用言の「根」（root）には、限りなく形容矛盾に近い「感嘆詞に近い体言」（！）とでも称すべきものが孕まれている、というのである。しかも、その意味の「根」から、動詞、形容詞、副詞、名詞等々あらゆる品詞が発生してくる。折口は、さまざまな品詞の「根」となるような言葉が話されていた起源の時代、名詞でも動詞でも形容詞でもない語根が「直ちに活用」してさまざまな意味を生み出していた起源の時代を、「渾沌時代」と名づける。「わかしとおゆと」のなかでも、「一元渾沌の時代」と書かれていた。語根の「一元渾沌の時代」を推論し得る者には、動詞形容詞一元論を理解するのは容易い、と。

いまだ学生だった折口が提出したレポートは、教師である金沢庄三郎の理解を超えていたはずだ。[*14] 折口信夫は言語の一元論を極限まで推し進めていこうとしたのである。そのとき、動詞や形容詞や副詞や名詞といった品詞的な区分も、体言や用言や助辞といった文法的な区分も、その一切が跡形もなく消滅してしまう。そこにはただ、発生状態にある「語根」だけしか残らない。まさに「語根」の一元論である。最晩年の「国語学」でも、折口は「用言の発展」とほとんど同じ語彙を用いながら、原初の「語根」をなんとか説明しようとしていた。まずは「あはれ」[*15]――「あはれと言ふ語は、色々な種類の感情を表す場合に通じて、発せられる叫び声で、悦ばれる場合にも、悲しむ場合にも、讃美する場合にも、先立つて発せられる声である。殆ど、意味のないのに近い声である」。

次いで「あな」――「あなと言ふ語も、中世以後は、感動詞のあなだけであるが、古代には、あなにあなにやしと言つた風に、あなを語根として副詞があり、又それと似た形容詞に傾いた語をすら用ゐてゐる。つまりあなは、あゝ或はあはれと同義語と言ふべきものである」。原初の「語根」とは、「あはれ」や「あな」のような、つまりは天岩屋戸で発せられたような、「日本語の中の、最単純な、最自然な感動詞であり、副詞である様な語」を意味している。語根とは、感嘆をあらわすとともにきわめて抽象的なもの、つまり体言と用言の間に立ち上がってくる副詞のようなものなのだ。折口は、そのような「語根」だけが話されていた国語の「語根時代」――まさに「わかしとおゆと」で説かれた「一元渾沌の時代」である――を夢想する。[*16]

けれども、論理的に日本の言語の歴史を考へる時、さうした語根時代があつたと言ふことも出来る。しかし語根ばかりで、どうして我々は意志を表現し、感情を交易したかと言ふ問題につきあたる。さうすれば、必、それに対して出て来る答案は、簡単な語根に近い単語が、複雑な意志感情を代表した時代を考へようとするに違ひない。色々な過程を含んだ感情を、あはれと言ふ一語でもつて述べると言ふ風に、考へることになりさうである。事実神道家で、国語研究をした多くの人達は、神の与へた単純な短い単語、或は句の様なものが、意志感情のひと続きの代表として発言せられたと言ふ風に、説いて来てゐる。

「国語学」に残されたこの荒唐無稽な「語根時代」の情景に、「語根」の在り方に最も近いと評した「副詞」がまとうであろうさまざまな表情を論じた「副詞表情の発生」（一九三四年）に記された一節を重ね合わせるとき、折口が「語根」としてイメージしていたものの輪郭なき輪郭を、かろうじて確定することができる。折口は「副詞表情の発生」において、具体と抽象、具体と象徴との間を揺れ動く歌になる以前の表現言語の有様を、「流動言語」と名づけた――「流動言語とは、世人が半意識の状態で、之を具体化しようとして保つて居るある言語的刺戟で、暗示として、人の心に常に動揺してゐる。之を把握することによつて、新しい思想をもり立てる概念を捉へることになる[*17]」。

折口による「語根」の定義をまとめてみれば、次のようになる。感嘆詞に近い刹那的な叫びのようなものであり、それ故、言葉としてはほとんど無意義に近づき、逆にそのことによって一語にさまざまな感情を包み込むことができるもの（「あはれ及びあな」）、その上、種々の暗示に富むことによって、一つの意味と形式に固定されず、流動することをやめないもの（「副詞表情の発生」）。この「語根」の定義はそのまま、折口信夫が卒業論文である『言語情調論』にまとめた、言語の間接性を脱却し、そこで主客が合一する直接性の言語のもつ性質と等しい。「一概念の中のすべての観念を包括して居る言語」、「意味曖昧あるひは無意味の域に至つて居るもの」、刹那的であり、ほとんど無意義に近づいたがゆえに逆に暗示に富むもの。それは神仏からの託宣に近い、とまで折口は記していた。[*18] 折口の唱える「語根」とは、『言語情調論』で目指された直接性の言語の実現に他ならなかった。折口は、藤無染（と鈴木大拙）から受け継いだ一元論的な地平で、金沢庄三郎に由来する比較言語学を展開しようとしていたのである。

客観的な主題（テーマ）である「語根」を、主観的な感情（ムード）である「言語情調」が包み込み、さまざまな活用を生む。折口信夫のヴィジョンは、時枝誠記が、江戸期以来の「国文法」と明治期に西欧からの刺戟によって成った「日本語文法」の狭間に構築した、客観的な「詞」と主観的な「辞」という文法の区分に、容易に接合され得る。[*19] しかし、それだけではない。マックス・ミュラーの比較言語学と比較神話学の成果を字義通りに受け取り、「根源」（語根）への探究を自身の「詩」の発生と重ね合わせているという点で、折口信夫の営為は、もう一人の詩人にして批評家の営為と「比較」することが可能になる。ステファヌ・マラルメである。[*20]

＊

折口信夫が、「語根」への分解からたどり着こうとした表現言語のユートピアである言語の「語根時代」。実は、この「語根時代」という術語もまた、金沢庄三郎による翻訳に起源をもっていた。金沢は比較言語学者としてのキャリアをスタートさせた最初期、比較言語学のエッセンスをまとめた翻訳書を、連続して三点刊行した。明治三〇年（一八九七）に刊行されたダルメステッテルの『ことばのいのち』[*21]、明治三一年（一八九八）に上田万年との共訳というかたちで刊行されたセースの『言語学』[*22]、そして明治三九年（一九〇六）から翌年にかけて上下二巻、後藤朝太郎との共訳というかたちで刊行されたマックス・ミュラーの『言語学』である。金沢の、ミュラー『言語学』への取り組みは非常に早く、『ことばのいのち』を刊行した直後から、『国学院雑誌』にその一部を訳出し、発表していった。

おそらく、この三点すべてが、折口信夫の比較言語学の土台となった。「語根時代」という言葉があらわれるのは、セースの『言語学』においてである――「語根時代の人間は抽象語のみにて会話せしもの丶の如く」、「所謂アリアン語の語根時代は、果して世人の云ふが如くなるべきか甚だ疑はし」等々。しかし、金沢にとって、セースのこの著作は、ミュラーの比較言語学＝比較神話学の入門としての役割を果たすものとして意図されていた。ミュラーの『言語学』では「語根階級」（Radical stage）と訳語を変更されている。「語根時代」もしくは「語根階級」に属する言語とは一体どのようなものなのか。実は、この「語根階級」論は、ミュラーの大著『言語学』のなかで、インド＝ヨーロッパ諸言語の「祖語」を探究する比較言語学の地平とは位相を異にするかたちで論じられている。

その違いを明らかにするために、さらにはマラルメへの通路をひらくために、まずはミュラーの『言語学』の構成にそって、その比較言語学の全貌を整理しておきたい。ミュラーの『言語学』は上下巻に分かれ、上巻ではそのすべてを使って、ウィリアム・ジョーンズによるサンスクリット語とギリシア語の類似という発見に端を発する、インド＝ヨーロッパ比較言語学の誕生から現在までが論じられる。「語族」は、「語根」の比較によって科学的に確定される。上巻の後半では、近代以前に比較言語学と比較神話学を実践した偉大なる王者として、自身の宮殿にさまざまな宗教を信じる者、さまざまな言語を話す者を集わせたムガール帝国の皇帝アクバルが論じられていた。大谷光瑞の二楽荘は、比較言語学＝比較神話学が明らかにした古代世界の、文字通り縮約模型であったのだ。大谷探検隊もまた、サンスクリットの発見と比較言語学＝比較神話学の進展がなければ存在しなかったはずだ。

ミュラーは、インド＝ヨーロッパ諸言語の「祖語」を話す人々をアーリア民族――「アーリア」はサンスクリットに由来する――とした。そして上巻の最後で、インドとヨーロッパに分裂する以前の、原初のアーリア民族の生活を、五項目にわたって復元した。一、原初のアーリア民族は、おそらくは中央アジアで最も高い場所、高原地帯を

「故郷」としていた。二、アーリア民族が話していたのは、今日、個別の音韻体系と文法体系を推定することができる固有言語（サンスクリット、ギリシア、ラテン、ヨーロッパ諸語……）などではなく、それらすべての起源となった「祖語」である。三、アーリア民族は初期の農耕民である。四、アーリア民族は「親族」と「婚姻」に関する厳格な法を定めていた。五、アーリア民族は、天において光を放ち、生命を賦与する霊的な存在（太陽）に対する信仰をもち、「神」として崇めていた。最後の項目に、ミュラーの比較神話学の核心が示されている。ミュラーは神話を自然現象、太陽をはじめとする天体の諸運動に還元してしまう。インド＝ヨーロッパ諸言語のうちに撒種された「語根」たちは、互いに交響し合いながら、太陽を中心とした天体のドラマを語っていたのである。

大谷光瑞と大谷探検隊が踏破した中央アジアの砂漠地帯は、近代的な政治の舞台にして、古代的な神話の舞台でもあった。そこには言語の、神話の、信仰の「故郷」が存在していた。そして『言語学』の下巻においてミュラーが論じるのは、インド＝ヨーロッパ語族以外の世界、ヘブライ語とアラビア語に代表されるセム語族と、インド＝ヨーロッパ語族の「故郷」である「光明の地」（イラン）とはまったく対照的な、中央アジアの「闇黒の地」（ツラン）を生活の舞台とする遊牧騎馬民族の語族たるツラン語族であった（ミュラーの講演当時も、翻訳の刊行当時も、すでにこのツランという呼称はほとんど使われず、ウラル＝アルタイ語族と読み替えられていた）。

さらにこの下巻において、インド＝ヨーロッパ語族以前の人類の言語発展が、三段階に整理されていた。いわば普遍的な言語進化論である。「語根時代」（語根階級）が位置づけられるのは、その最も初期の段階（stage）である。ミュラーは、今日では発展関係のないことが証明されている言語の三つのタイプ、「孤立語」（isolating language）、「膠着語」（agglutinative language）、「屈折語」（inflectional language）をそのまま人類の言語の発達における三段階としたのである。なお、「孤立語」を人類の原初の言語体系とした見解は、ロマン派の総帥でもあり印欧比較言語学者でもあったフリードリヒ・シュレーゲル（一七七二―一八二九）にまで遡る。

ミュラーは、こうまとめている（以下あくまでもミュラーによるまとめであり、このような見解は現在では否定されている）。「孤立語」の段階とは、ただ語根だけが使われ、自在に結合し、さまざまな意味が生じる（語はまったく文法的な変化をしない)。それが「膠着語」の段階になると、さまざまな意味が生じるためには、語根に活用語尾(接辞)がつかなければならない。ただしその場合でも、語根の部分と活用(接辞)の部分は互いに「膠」でつけられたように、境目をはっきりと識別することができる。語根と活用の部分のつながりは緩やかである。

しかし、「屈折語」の段階になると、さまざまな意味が生じる度ごとに、語根の部分も活用の部分も変化する(語は文法の範疇に応じて変化=屈折する)。語根と活用の部分のつながりは緊密である(というよりも両者は一つに融合している)。インド=ヨーロッパ語族は「屈折語」の段階にあり、日本語を含むウラル=アルタイ語族は「膠着語」の段階にあるとされた。折口がいう「語根時代」とは、ミュラーのこの発展図式をそのまま利用したものである。折口は、語根+活用語尾からなる「膠着語」の世界から、さらなる原初の世界、語根だけからなる「孤立語」の世界を、言語の「起源」として夢想していたのである。まさに「ロマン派」的な夢想である。

原初の文法を再構築するという折口信夫の試みを、時代錯誤的な営為として片付けることは容易い。しかし、折口信夫は文法学者であるとともに、釈迢空という名前をもった詩人でもあった。文法の起源への探究が、詩の起源への探究ともなっているのだ。時間と空間の隔たりを超えて、ただステファヌ・マラルメの営為だけが、詩と文法をめぐる折口信夫の言語学の可能性を解き明かしてくれる。なぜなら、マラルメもまた、マックス・ミュラーに由来する「言語の科学」によって解き明かされる比較言語学=比較神話学の世界を、文法の起源にして詩の起源として夢想していたからである。

マラルメは、金沢庄三郎のように、比較神話学の入門書を翻訳し、「語根」(あるいは「語根」以下)にまで還元されてしまった英単語の辞典を編んだ。すなわち、マラルメがほとんど同時期に刊行した二冊の書物、『英単語』と『古代の神々』である。[*23]『英単語』にも『古代の神々』にも、マックス・ミュラーの名前は登場しない。しかし、マラルメは、ミュラーに由来する比較言語学=比較神話学の体系をほとんど自分のものとするまで消化吸収していたのである。もちろん、それは単純な影響関係ではない。しかし、ここではなによりも折口との類似を優先する。『古代の神々』は、マックス・ミュラーの甚大な影響を受けたイギリスの神話学者ジョージ・コックスの『神話学入門』の

「翻案」であり、『英単語』では、名詞の「基体」（radical）や「語根」（racine=root）および「語幹」（thème=stem）といったインド＝ヨーロッパ比較言語学に固有の術語が使われていた[*24]。

マラルメも、折口同様、インド＝ヨーロッパ比較言語学＝比較神話学が切り拓いてくれた根源の世界に、文法学者として、また詩人として、深く魅惑されていたのだ。折口の語根論を彷彿とさせる、ほとんど錯乱的と称することさえ可能な、マラルメの英単語の分解は、次のように果たされていった[*25]。たとえば「B」――「Bは多くの「縁語」を提供する。各語の頭にあって、あらゆる母音（二重母音の場合はlおよびrとの結合のあとが多い）と結びつく。そして、多様ではあるがすべて生産、分娩、多産、豊饒、膨張、湾曲、自慢、さらに塊、沸騰、ときには善意、祝福などに秘かにかかわる意味を生成する（例外も一つならずあるが）。これらの意味作用は多かれ少なかれ原初的な唇音のもつ特性によるといえる」。

まさしく、折口信夫が言語の「語根時代」に幻視していたような光景である。Bという潜在的な一つの「音」に、さまざまな顕在的な「音」が引き寄せられ、むすび合わされ、ほとんど無限の潜在的かつ顕在的な意味を生み落とす。このような表現言語の楽園で、ミュラーの導きによって、マラルメもまた、原初の演劇、太陽を中心とした天体のドラマが上演されていくさまを、その目にする。「語根」への分解によって純粋化された「音」たちの奏でるドラマを……。マラルメ＝コックスは『古代の神々』の導入部分を、こう閉じている[*26]。

〈太陽〉の一日の、そして一年の周期で繰り返される二重の運動、つまり、春における自然の誕生、夏におけるその生命の充実、秋におけるその死、そして冬におけるその完全な消滅という「季節」の変化と、一日のサイクルでの日の出、正午、日没、夜というその対応物、それが〈神話〉の大いなる、そして常に変わらぬ主題なのです。神話の神々、英雄たちは、その類似性によって互いに比較され、またしばしば光と闇の闘争を物語る主要な特徴のなかのただ一つの特徴において同一視されて、現代の科学の目から見れば、一個の壮大にして純粋なる演劇舞台上の俳優となるのです。その演劇の偉大さと純粋さのなかに、彼らは、やがて我々の眼から姿を消してゆくのです。自然の悲劇、それがこの演劇です。

言語は自然に解消され、自然は言語に解消される。あるいは、言語は自然に孕まれ、自然は言語に孕まれる。このような根源の世界を、折口信夫は古語のなかから見出してきた「妣が国」として定位する。そして、表現言語による〈フィクション〉としての祝祭を、現実の舞台、〈生命の劇場〉で行われているリアルな祝祭と重ね合わせる。折口信夫が真に自立した思想家になるのは、その地点からである。

1　三矢重松の国文法と折口信夫の言語学の関係については、高橋前掲書、特に第二章の第五節「三矢重松から折口信夫へ」が詳しい。三矢もまた西欧文法に並々ならぬ関心をもち、動詞の法および動詞の相を詳細に論じていた（『高等日本文法』、一九〇八年）。折口は、三矢文法入門として、近代の歌人の誤用を正すことによって文法（「てにをは」）を問い直す『作歌と助辞』（一九一一年）を薦めていた。柳田國男の実兄である井上通泰と金沢庄三郎の師である上田万年からの「序説」を付し、「およそ言葉を離れては歌あるべからず」とはじまる『作歌と助辞』の原型（「近代の歌の誤」）は、『言語情調論』の原型（「和歌批判の範疇」）と同じく、雑誌『わか竹』に連載されていた。藤井貞和「文法とうた」（『すばる』、二〇〇四年二月号）も、三矢文法と『言語情調論』の相似を指摘している――この講演原稿は、後に藤井著『人類の詩』（思潮社、二〇一二年）に収録された。

2　「私製・折口信夫年譜」、『まれびとの座　折口信夫と私』（中央公論社、一九六一年）。引用は中公文庫版より、一六五頁。

3　『全集』36・一四―一五。昭和五年に書かれた「自撰年譜」より。後に教科書の数等の詳細や「神経衰弱」云々の記述は削除され、「自撰年譜」は書き直される。

4　『全集』の年譜にはこうある。「六月九日、新渡戸稲造邸での第三十五回郷土会に中山太郎に連れられて出席し、初めて柳田国男に会う。以後、柳田の知遇を得、自らの師と憑み終生その礼をとる」（36・四八）。従来の折口学研究は、ほとんどすべてがこの柳田との邂逅の段階からはじめられていた。前記の池田彌三郎の諸著作、特に「日本民俗文化大系」の一冊としてかたちになった『折口信夫』（講談社、一九七八年）に顕著である。池田は折口学の基礎を築くと同時に、その研究の方向を一つに定めてしまった。もちろん、池田の仕事によってはじめて民俗学者としての折口信夫の業績は体系的に整理され、多くの実り豊かな成果が生み落とされた。しかし今後は、藤無染と新仏教、本荘幽蘭と神風会、金沢庄三郎と比較言語学等々、柳田國男と民俗学以前を視野に入れなければ、思想家としての折口信夫の真の姿を明らかにすることはできないであろう。なお、柳田國男と折口信夫との関係については次章の「祝祭」で徹底的に論じる。

5　『全集』3・四七五および四七七。金沢の代表作『日鮮同祖論』は、「追ひ書き」を巻末に付した『古代研究』民俗学篇2が発行された前年、つまり『古代研究』の刊行が開始された昭和四年に書物のかたちとなった。日本語と沖縄語との比較については、同・四七二―四七三。折口信夫の古代学が、二つのミンゾク学、一国民俗学と比較民族学の浸透と反撥、融合と分裂のなかでかたちを整えていったことが分かる。

6　『全集』12・三五二。結論部分は、『全集』同・三八三。

7　「語根」と「語序」を二つの指針とした古代の探究という方法は、「日琉語族論」のみならず、折口が残した国語学関係を代表する諸論考、前節で取り上げた「国語学」（一九四九）からさかのぼって、「古代中世言語論」（一九四〇）、「熟語構成法から観察した語根論の断簡」（一九三二）にまで共有されている。

8　先ほども記した折口自身の発言、さらには折口信夫の言語論の到達点である「日琉語族論」と金沢庄三郎の言語論の出発点である『日韓両国語同系論』がこのような同形性をもっていることからも分かるように、折口信夫の古代学のエッセンスを理解するためには、なによりも金沢庄三郎の営為を再検討しなければならない。しかし、前節でも述べたように、本格的な金沢庄三郎研究はいまだ端緒についたばかりである。ただし、重要な基礎研究はすでにはじめられている。石川遼子による精力的な研究および三ツ井崇との共編になる「金沢庄三郎著作目録」（『日本史の方法』創刊号、奈良女子大学「日本史の方法」研究会、二〇〇五年）および石川単独の編になる「金沢庄三郎年譜」（『日本史の方法』V、二〇〇七年）である。本稿を書き進めて行くにあたって大きな恩恵を受けている――石川のこれらの論考の成果は、すべて前掲の伝記『金沢庄三郎』に昇華されている。

9　『日韓両国語同系論』（三省堂書店、一九一〇年）、日・韓・琉の「語序」による比較は四九―五〇頁、日・韓の名詞法における「動詞形容詞一元論」は三三―三六頁、副詞法がそれに続く。引用は原文通りだが、実例についてはかなり言葉を補って説明している。

10　金沢は『日韓両国語同系論』を間に挟み、二つの文法書を書いている。『日本文法論』（一九〇三年）と『日本文法新論』（一九一二年）である。体言、用言、助辞の三区分は『日韓両国語同系論』で確立され、『日本文法新論』でより細密化された。『日本文法新論』によれば、体言には名詞、代名詞、数詞、副詞、接続詞が含まれ、用言には動詞と形容詞が、助辞には助動詞、てにをは、感動詞、接頭語と接尾語が含まれている。ただし、「動詞形容詞一元論」は、韓国語との比較から成ったと明記されている『日本文法論』の段階で、すでに論じられていた。大幅に増補改訂された『日本文法新論』では、特にその緒言において、朝鮮語（韓国語）のみならず沖縄方言（琉球語）およびアイヌ語との比較の必要が説かれ、まさにアジア諸言語の比較文法として、この新たな日本語文法の書が企画されたことが宣言されていた。『日韓両国語同系論』と同年（一九一〇年）に刊行された『国語の研究』では、日本語と韓国語のみならず、さらに満州語、モンゴル語との比較の必要が説かれていた（「日韓満蒙語の研究に就いて」）。こうしてみると、大学時代に朝鮮語、モンゴル語、アイヌ語を学んだという折口信夫は、金沢庄三郎の忠実な弟子だったわけである。

11　『全集』12・一五七、一五八。

12　最晩年にまとめられた「国語学」にも、こういう説明がある――「語根の持つてゐる性質を、語尾によつて出来るだけ具体化しようとしてゐる」(『全集』16・五五五)。「わかしとおゆと」から「国語学」まで、折口信夫の「語根論」、すなわち「語根(性質)+活用語尾(具体化)」から、日本語のあらゆる文法の範疇が発生してくるというヴィジョンは一貫している。そのヴィジョンは、ある種の手続きを経れば、金沢庄三郎の営為を高く評価する時枝誠記による「詞と辞」の文法論に接続することが可能である。時枝文法の一つの起源は本居宣長の『詞玉緒』にあり、さらにその一つの展開として現代日本語文法、三上章の「コトとムウド」(命題あるいは主題と、ムードあるいはモダリティ)、そして三上文法を発展させた寺村秀夫の試みがある。折口信夫も、すでに「古代中世言語論」において「むーどとてーま」という術語を使っていた(『全集』12・三〇五)。

13 『全集』12・四二六—四六六。新『全集』にはじめて収録された。学位論文として夢想された『日本品詞論』の原型でもあるだろう。引用は、四五五および四五七。「わかしとおゆと」に記された「一元渾沌の時代」は、『全集』同・一五七。

14 師である金沢庄三郎は、弟子である折口信夫が提出した驚異的かつ支離滅裂(と思われた)レポートに対して、ただこうコメントするしかなかった――「本篇ハ古書ヲ精読シ用例ヲ集メ「名詞語根説」ヲ以テ用言ノ発展ヲ論述シタリ所論往々如何ト思ハル、節ナキニアラズトイヘドモ亦大ニ創見アルヲ認ム著者ガ広ク古典ニ徴シテ其論拠ヲ明カニシタル点ハ確ニ苦心労力ノ存スルヲ見ルナリ」(『全集』12・五〇五)。折口にとって、金沢の主張する体言と用言という区分は必要なかった。ただ「語根」による発生だけが重要であった。この時点で、弟子は師の文法をはるかに乗り越えていた。

15 以下、「国語学」からの引用および参照箇所は、次の通りである。「あはれ及びあな」(『全集』16・五五五—五五六)、「国語史の語根時代」(『全集』同・五五六—五五七)。前者は特に折口信夫による「もののあはれ」論として貴重である。折口の記述を敷衍すれば、「もののあはれ」とは、具体的な「もの」を通して諸感情の源である感嘆の叫び「あはれ」に到達する、ということになる。折口が釈迢空の名前で書き続けた詩(短歌、詩、散文)は、すべてそのような境地に到達することを目標にしていた。折口にとって詩と文法は表裏一体の関係にあった。否、文法をきわめることが詩の発生に直結していた。

16 なお、すでに「形容詞の論」(一九三二年)のなかにも、次のような一節が書き込まれていた――「まだ文法上の拘束を受けない、語根時代の俤」と(『全集』12・一九八)。折口信夫が到達することを目指した究極の「古代」とは、この「語根時代」のことなのである。それは、古語の解釈を通じてしかたどり着くことのできない起源の場所であった。

17 『全集』12・二二六。

18 『言語情調論』、特に第三章の第二節「象徴言語」。『全集』同・五五—六八。

19 時枝誠記の営為を、三上章を経由して引き継いだ寺村秀夫による現代日本語文法の骨格、その最も簡明なまとめは、以下のようなものである――「日本語の文は、基本的には、まず事態を客観的に叙述しようとする部分(以下、「コト」とよぶ)が現われ、次いで、話し手のその事態に対する主観を表わす部分(以下、「叙述のムード」)がきて、そして最後に、全体を包むような形で話し相手に対する態度を表わす部分(以下、「伝達のムード」)が現われて文がしめくくられる、という構成になっている」。折口の「語根」から発生する文法という観点とぴったりと重なり合うものではないが、その「比較」は何ものかを生み落とすであろう。引用は、『言語学大辞典』全六巻＋別巻（三省堂、一九八八—二〇〇一）、項目「日本語」のⅢ－3「現代日本語　文法」より。本章全体を通じて言語学関係の典拠はこの大辞典である。

20　後述するように、マラルメもまた、折口と同様、マックス・ミュラーに由来する比較言語学と比較神話学に「詩と文法」の発生を見ていた。折口信夫論としては異例であり、ごく簡単な素描に留まってしまうが、時間的にも空間的にも隔たった表現者との「比較」をあえてここで試みておきたい。世界が一元化された近代という時代、同時多発的に生起した文学における象徴主義とは一体何であったのか。そのような巨大な問題に近づくための一歩である。なお、「詩語論」の最終節である「二つの『死者の書』」で、マラルメの「イジチュール」と折口の『死者の書』、エドガー・アラン・ポーの『ユリイカ』と平田篤胤の『霊能真柱《たまのみはしら》』を四つの支点として、世界文学としてかたちになった「死者の書」*The Book of the Dead* の系譜を論じている。

21　Arsène Darmesteter, *The Life of Words as the Symbols of Ideas*, 1886. 言葉は一種の生物にして……とはじまるこの書物は、言語学に心理学的知見を導入することを説いたもので、時枝誠記が金沢庄三郎の業績として高く評価する書物である——「言語には、音韻の面と、それに対応する観念・意味の面があるとし、それを扱はうとされたものであります」。言語を、客観的な側面と主観的な側面の二つから捉えようとする試みであり、さらには言語には社会現象の痕跡が刻み込まれているという点においても、折口信夫の『言語情調論』の一つの源泉であろう。引用は、時枝誠記「金沢庄三郎博士の国語学上の業績について」（『国語学』第七〇集、一九六七年）より。

22　Archibald Henry Sayce, *The Principles of Comparative Philology*, 1892. やはり時枝は、「蓋、言語は思想を代表するものにして、国語は社会の反省に外ならざれば、斯学研究の結果は遂に人類過去の歴史及び古代社会の有様を発見し、心意の発達を追跡して思想と外界との関係より宗教心の発達等に至るべし」等の引用を重ね、金沢庄三郎の業績として高く評価する。「語根時代」についての引用は一五五および一六〇頁。ダルメステッテルおよびセースの翻訳とともに、あるいはそれ以上に、時枝が金沢の業績として評価するのが、本格的な現代日本語の大辞典『辞林』の編纂である。明治四〇年（一九〇七）に刊行された『辞林』初版は、ミュラー『言語学』の共訳者である後藤朝太郎をはじめ、金田一京助、まだ学生だった折口信夫らが編纂を手伝った。言語を通じた古代の発見、そして生きている言葉の辞典の編纂。時枝が金沢の業績として評価するその二点を、折口信夫もステファヌ・マラルメも、比較言語学＝比較神話学の地平で独自に実践していったのである。

23　初版の刊行年が記載されていない『英単語』*Les Mots Anglais* は一八七七年末（もしくは翌年の初頭）、「一八八〇」と扉に記された『古代の神々』*Les Dieux Antique* は、実は一八七九年一二月に刊行されていたと推定されている。いずれも抄訳ではあるが、『マラルメ全集』Ⅲ（筑摩書房、一九九八年）に収録されている。マラルメとマックス・ミュラーの比較言語学＝比較神話学の関係——マラルメはミュラーの名前を一切記していない——については、『古代の神々』の邦訳者であり、同巻に付された膨大かつ貴重な解説と注釈の執筆者でもある竹内信夫の所論に詳しい。また近年精力的に『英単語』と『古代の神々』の関係を論じている立花史による二つの論考、「クラチュロス主義の乗り

越え　マラルメの『英単語』の場合」（『早稲田大学大学院文学研究科紀要』第五一輯第二分冊、二〇〇六年）および「マラルメと「自然の悲劇」『古代の神々』についての試論」（『AZUR』第一〇号、二〇〇九年）も大いに参考になった。ただ、本書はマラルメを主題としたものではないので、残念ではあるがごく表面的な引用をもとに、まずはステファヌ・マラルメと折口信夫の営為を並立させるにとどめる。今後を期したい。

24　ただし邦訳では、それぞれ「基本」「根源」「主要」と訳出されてしまい、インド＝ヨーロッパ比較言語学との関連が見きわめがたくなってしまっている。

25　前掲『マラルメ全集』Ⅲ・一九九頁。高橋康也の訳文より。

26　前掲『マラルメ全集』Ⅲ・二三三頁。竹内信夫の訳文より。なお、原文では全文イタリックで強調されているので邦訳では傍点が付されているが、ここでは省略した。

「妣が国」へ

ステファヌ・マラルメが比較神話学の入門書を翻訳し、自身の驚異的な詩作にも通じる英単語の辞典を独力で創り上げたように、金沢庄三郎もまた、比較言語学＝比較神話学の入門書およびミュラーの代表作の翻訳を矢継ぎ早に世に問うのと同じくして、生きている日本語全体を問い直す新たな辞典の編纂に取りかかった。文法の研究が、語彙の網羅的な研究、辞典の作成へとダイレクトにつながっていったのである。時枝誠記が、「先生は、御自分の研究の到達点として、辞書の編著といふことを、考へて居られたのではないかと思ふのです」と評した、『辞林』である。[*1]

時枝がこう記した一九六〇年代末までに、『広辞林』『新版広辞林』と増補と改訂を重ね、六〇年以上にもわたって読み続けられてきた『辞林』は、大槻文彦の『言海』とともに、明治期を代表する国語辞典となった。比較言語学、翻訳、辞典。おそらくこの一連のつながりこそが、折口信夫の古代学成立の基盤となる。事実、『辞林』の編纂作業には、『言海』をぼろぼろになるまで愛読していたという、まだ大学生であった折口信夫も参加していた。『全集』の年譜、明治四〇年（一九〇七）の項には、こうある――「この年、小倉進平・金田一京助・後藤朝太郎・岩橋小弥太らと、国学院大学講師金沢庄三郎の『辞林』の編纂を手伝う」と。[*2]『辞林』の初版は、この年の四月に刊行された。後藤朝太郎はミュラーの『言語学』の共訳者である。つまり、前年の一二月とこの年の五月に上下二巻本として刊行されたミュラーの『言語学』の内容について、折口が熟知していた可能性は高い。

それでは、『辞林』の編纂に集ったのは一体どのような人々だったのか。ミュラーの『言語学』の共訳者である後藤朝太郎、小倉進平、金田一京助はほぼ同世代（折口より五、六歳年長にあたる）で、いずれも東京帝国大学の言語学科の学生であり、後にそれぞれ中国語（後藤）、朝鮮語（小倉）、アイヌ語（金田一）のスペシャリストとなる。岩橋小弥太は折口の天王寺中学時代からの同級生でともに国学院に学び、後に国学院大学教授となる。『辞林』編集に参加した者たちにとっても、折口の存在は印象的だったようだ。金田一京助は、こう回想している――「折口さんの語感のすばらしさには、まだ国大の一年生で「辞林」の初版の校正のお手伝をいっしょにした頃から、私は心ひそかにおそれた人だった。そして、しかも所信を、はばからずどんどん言って、その頃から、おもねらず、顔を冒してハッキリと物を言う勇ましさをも私は熟視した」[*3]。

岩橋小弥太の回想は、より生き生きと若き「語学者」としての折口信夫の言動を伝えてくれる[*4]。辞書の言葉を一語一語丁寧に読み、年中『言海』を手にして、それを「クチャクチャにして読んでいた」こと。さらには折口の比較言語学の出発点、「わかしとおゆと」を学友会の雑誌で読み、「其の鋭い考方に私共をしてヒドク敬服せしめた」こと。そして小倉、後藤、金田一だけでは手が足りず、折口と自分の二人が新たに『辞林』編纂の手伝いに参加するようになったこと、さらにはその内実に至るまで――「新しくそこへ加入して、折口君は縦横に活躍した。私共の仕事は主としては活版校正であるが、相当に自由に訂正する事も許されていたので、折口君は言葉の意義は勿論、品詞や動詞の活用などに、字数や行数におかまい無しに朱を入れて、先生をして其の復原に手を焼かせた程であった。それにしても君の力は辞林の完成に大きに寄与した事であったろうと思う」。

現在のこの列島で話され、読まれている生きた言葉を百科全書的に網羅し、そこに意味として刻み込まれてきた歴史を明らかにする。つまり、言葉の集積として、失われてしまった古代の生活を再構築する。『辞林』に集った金沢庄三郎、金田一京助、折口信夫は、『辞林』刊行後、それぞれ独自の道を歩みはじめる。しかし、いずれも似たような方法を用い、言葉が発生してくる根源の世界、日本語の「故郷」へとたどり着こうとしていた。金沢庄三郎は、朝鮮半島と大陸に断片として残された文献資料を日本語に翻訳し、一つの神話として再構成することによって。金田一京助は、アイヌの人々が口頭で伝えてきた神々と英雄の物語をまずは文字に記録し、さらに日本語に翻訳することによって。折口信夫は、「万葉びと」が残した古代の歌を現在の言葉に翻訳し（『口訳万葉集』一九一六―一七年）、その時代の音と意味の関係をめぐる百科全書的な語彙辞典をまとめ（『万葉集辞典』一九一九年）、表現としての古代を甦らせることによって。

自己の外部（朝鮮半島、大陸、アイヌ）と内部（古代）という対象の差異は存在するが、彼ら三人、師である金沢庄三郎と弟子である金田一京助および折口信夫は、明らかに問題意識を共有していたのである。折口信夫の古代学は、そこからはじまっている。

＊

金沢庄三郎の代表作である『日鮮同祖論』は、韓国併合や同化政策を肯定するイデオロギーとして作用したと、これまで否定的に語られる場合が多かった。たとえばその原型となった『日韓両国語同系論』の最後に記された、次のような一節を読むと、ある部分までは、そのように評価されることもやむを得ないと思われる――「然るに幸なる哉、日韓両国の言語は、その根本において同一なり。若し此間の消息を審らかにせば、彼我国語の学者を容易ならしむること言を俟たず。斯くして日韓両国国民互に国語を了解して、遂に古代における如く再び同化の実を挙ぐるに到らば、真に天下の慶事といふべきなり。余は上下挙つて尚一層の注意を言語の上に加へられむことを切望して止まざるなり[*5]」。

しかし、こう書く金沢は、同時に韓国併合を契機として東京外国語学校が打ち出した「朝鮮語学科廃止」という方針には反対し、「地方語」（もしくは「家庭語」）として朝鮮語が存続され、その価値が認められるべきことを説いた。しかし結局のところ、同系論に固執する金沢は職を失い、朝鮮語学科は廃止されることになった[*6]。マックス・ミューラーの比較言語学＝比較神話学によるインド＝ヨーロッパ語族の「故郷」をめぐる探究がアーリア主義の悪夢を招いたように、金沢庄三郎の比較言語学＝比較神話学によるアジア諸言語の未知なる語族の「故郷」をめぐる探究が大日本帝国の大陸進出とある部分まではパラレルであったことは事実である。

しかし、ミュラーの学が西洋と東洋という自明の境界を解体してしまったように、金沢庄三郎の学も「日本」という自明の境界を解体してしまう[*7]。『日鮮同祖論』を虚心坦懐に読み返してみれば、朝鮮半島にこそ列島では失われてしまった文化の古層が残されており、しかもその起源は大陸の高原、満州から蒙古へと広がる「高天原」――遊牧騎馬民族の語族ツランの「故郷」でもある――にあると主張していることは明らかであるからだ。[*8] 列島、朝鮮半島、大陸の高原。そこでは時を定めて神が天から降りてくる。その地を治めるのは神の子孫たちである。神の子孫が統治する「神国」は帝国日本の他にまずは朝鮮半島に、さらには大陸の高原地帯をはじめ無数に存在していたのだ。神の子孫たちは、卵から鳥が孵るように、蛇が脱皮を繰り返すように、通常の人間とは異なったかたちでこの世界に生み落とされる。神々は何度も降臨し、神の子孫たちに率いられた民族は、蒙古から満州に至る大陸の高原では北から南へ、朝鮮半島でも同じく北から南へと移動を繰り返し、この列島では西から東へと移り住んだ。

こうした事実を考え合わせてみれば、江戸期の学者が、『日本書紀』の「一書」（本文のヴァリアント）に記された新羅に降臨したスサノヲという伝承を、列島から新羅へ渡ったと解するのは根本から無理があるのだ――「畢竟、徳川時代の学者が日本から新羅に渡りましたといふことを無理にも主張したのは、神々が高天原から亜細亜大陸のこの朝鮮半島を経て、我国に渡来したまうたといふ結論になることを快しとせず、極力これを回避したに過ぎないのである」。

神々は高天原（中央アジア）から朝鮮半島を経て、この列島にやって来たのである。それとともに列島の古代史もまた書き換えられる必要がある。神々は、ただ一度だけこの列島に降臨したわけではないからだ。『古事記』と『日本書紀』の神武記に登場する謎の神、物部氏の神典たる『旧事本紀《くじほんぎ》』では天孫ニニギの兄とされるニギハヤヒの存在がその事実を証明する――「天孫降臨より以前に、別の天孫《あめみま》［ニギハヤヒ］のこの大八洲国に天降りたまうたがために、高天原から神々の往来の陸続として絶えなかつたことを立証するものである」[*9]。

戦後、金沢はあらためて、中央アジアの高原に推定される神々の「故郷」を目指そうとする。『崑崙の玉』という小さな書物によって、[*10] 日本語、朝鮮語、中国語、満州語、蒙古語に痕跡を残す「玉」という語の系譜、すなわち「語根」を遡りながら。金沢がそのとき依拠したのは、中国の古代王朝の墓のなかから発見されたさらなる古代、伝説の帝王の生涯を記した「穆天子伝《ぼくてんしでん》」である。穆天子は西域に遠征し、世界の中心に位置する聖なる山、崑崙に到達する。崑崙では、すべての樹木に宝石の実がなっていた。「玉」の起源は、「穆天子伝」にいう、崑崙にある宝石のなる山、群玉山にあったのだ。しかし、「玉」には縁語として「河」や「水」もある。金沢は、大谷光瑞をして大谷探検隊の派遣を決意させた世界規模の「内陸探検の時代」のさまざまな探検家たちが残した資料をもとに、朝鮮語、中国語、満州語、蒙古語の古文献を読解してゆく。そして「玉」の産地である崑崙とは、実際にはどのような場所であったのかを推定する。崑崙とは聖なる山であるとともに、そこからは大いなる河が流れ出す起源の地でもあった。崑崙は黄河の源流と重なり合っていたのである。砂漠のただなかにある大河の源泉、その場所は「星宿海」（星を宿す海）といわれていた。「玉」とは、天と地を一つにつなぐ聖なる山であり、同時に、大いなる河の起源となる「星々の海」から生み出されるものだった。マラルメの『古代の神々』を彷彿とさせる、言語の祝祭にして、自然の祝祭である。

折口信夫は、生涯で唯一完成することができた小説、『死者の書』のエピグラフとして、「穆天子伝」からの一節を付していた。しかし、折口は、雑誌に連載された『死者の書』を単行本として刊行する際に、そのエピグラフを削ってしまう。折口が「故郷」を求めたのは現実の中央アジアの砂漠ではなかった。この列島を舞台にして、古代に書き残されて現代にまで伝えられた虚構《フィクション》としての歌、虚構《フィクション》としての物語のなかに、深い憧憬とともに表現された海のあなたの世界、「妣《はは》が国」としての他界、「常世」であった。『古代研究』のなかで最も早く発売された民俗学篇1の冒頭に、折口信夫は大正九年（一九二〇）に発表された「妣が国へ・常世へ」という論考を据える。まさに、『古代研究』をはじめるために書かれたような論考である。

しかし、この「妣が国へ・常世へ」には原型が存在していた。大正五年（一九一六）に発表された「異郷意識の進展」である。この段階ではまだ、折口は民族の「故郷」を性急に求めようとしていた。そこには、こう書かれていた――「われ／＼の祖先が、この国に移り住む以前にゐた故土、即、其地について理想化せられた物語りが父祖の口から伝へられてゐた、郷土に対する恋慕の心は、強い力を以て、千年、二千年まへの祖々《オヤヽヽ》を支配してゐたばかりでなく、今尚われ／＼の心に生きてゐる」。さらに「妣が国」については、「皆われ／＼の祖先が経来つた故土である」とされていた。[*11]

この一節が、「妣が国へ・常世へ」では次のように書きあらためられている。

われ〳〵の祖《オヤ》たちの、此の国に移り住んだ大昔は、其を聴きついだ語部《カタリベ》の物語の上でも、やはり大昔の出来事として語られて居る。其本つ国については、先史考古学者や、比較言語学者や、古代史研究家が、若干の旁証を提供することがあるのに過ぎぬ。其子・其孫は、祖《オヤ》の渡らぬ先の国を、纔《わづ》かに聞き知つて居たであらう。併し、其さへ直ぐに忘られて、唯残るは、父祖の口から吹き込まれた、本つ国に関する恋慕の心である。その千年・二千年前の祖々を動して居た力は、今も尚、われ〳〵の心に生きて居ると信じる。

「妣が国」については、こうなる――「われ〳〵の祖たちの恋慕した魂のふる郷であつたのであらう」と。つまり、「異郷意識の進展」の段階では、民族の「故郷」はいまだにこの現実の世界に存在していたのだ。「われわれの祖先が経来つた故土」と書かれている。ところが、「妣が国へ・常世へ」の段階では、比較言語学の成果がより客観視され、現実の土地ではなく「魂のふる郷」と変えられている。「故郷」は、もはやこの現実の世界に同定することができない場所として考えられている。「妣が国へ・常世へ」では、「この国に移り住む以前にゐた故土」を直接指し示すことができない。民族の「故郷」たる「妣が国」は、ただ「語部の物語の上」でしか到達できない場所になっている。この地点に、折口信夫の比較言語学者から古代研究者への変貌が刻み込まれている。

そこには「語部」の発見があった。さらには、その「語部」に憑依して一人称で語り出す「神」の発見があった。その発見の媒介となったのが、おそらくは『辞林』編纂以来の同志、金田一京助であった。[*12] 金田一は、『辞林』での折口との出会いを語ったあと、証言をこう続けている。なぜ、神々の物語であるアイヌのユーカラのほとんどすべてが「第一人称説述」であり、その冒頭が「私」からはじまるのかを思い悩んでいたあるとき、折口信夫が近寄ってきて、こう告げた――「わかりました、アイヌ文学の第一人称叙述は、つまり神語……託宣の形なんですね……」と。[*13] 神が人に憑依する。その神の言葉を通してしか「故郷」に、つまりは「古代」に、到達することはできないのだ。

金田一は、『ユーカラ概説』の結論部分に、こう記している。*14

　アイヌの口碑文学が、すべて第一人称に出来ている不思議が、久しい間の私の懸案で、人にも質し、物にも発表してその解釈を待ち望んで居たのであったが、之を託宣の形なのではないかと、一言解釈の曙光を最初に投じた人は、折口信夫氏であった。

折口にとっても金田一は得がたい存在だった。あらためてまた『古代研究』の「追ひ書き」に戻れば、こうある。*15
大学時代、アイヌ語は結局ものにすることができなかった。「でも、この先生〔金田一〕の新鮮な感覚によつて蘇らされたあいぬの文法の講義や、座談には、衝動に堪へぬほど、多くの暗示が籠つてゐた」。学生時代に重野安繹博士による講演会で耳にした古代の「語部」に対する興味が、「我が古代社会の指導力としての詩のあつた」事実が、金田一によって血肉化されたのである。「かうした興味を持つた私が、先生から、あいぬの詞曲ゆからと、其伝誦者なるゆからくるとの存在を聞き出したのである。語部の生活を類推する、唯一の材料を得た訣である」。
詩を外部から分析するのではなく、詩を内部から生きる。それが折口信夫の古代学の核心となっていくのである。

1　時枝前掲論文、一〇二頁。金沢庄三郎の『辞林』と折口信夫の関わりについては保坂前掲論文「言語学から古代学へ」が詳しい。以下に述べる『辞林』の関係者の情報については保坂の調査によるところが大きい。
2　『全集』36・四一。
3　金田一京助「折口さんの人と学問」より。旧『全集』初版の月報を集大成した『折口信夫回想』（中央公論社、一九六八年）所収、二一七頁。金田一のこの回想記は、後に詳述する、金田一のユーカラ研究にとっても折口の「国文学の発生」研究にとっても最も重要な発見となった、神が「一人称」で語りかけてくるという託宣の問題について、どのような経緯のもとで可能となったのかを教えてくれる。
4　岩橋小弥太「語学者折口信夫」より。前掲『折口信夫回想』、二五三―二五五頁。
5　金沢前掲書、六〇頁。
6　この間の経緯は、前掲『東京外国語大学史』、九八三―九八八頁に詳しい。また石川遼子「「地と民と語」の相克　金沢庄三郎と東京外国語学校朝鮮語学科」(『朝鮮史研究会論文集』第三五集、一九九七年)は、「朝鮮語学科廃止問題」のみならず、金沢庄三郎の韓国語(朝鮮語)観、植民地時代における金沢の両義的な生き様についてさまざまなことを教えてくれる。前掲の伝記『金沢庄三郎』の原型である。

7　小熊英二の『単一民族神話の起源　〈日本人〉の自画像の系譜』(新曜社、一九九五年)が明らかにしたように、戦前においては、列島に住みついた人々の起源を「単一民族」よりも「多民族」として考えることの方が当たり前であった。その点のみで金沢を擁護することはできない。折口も同断である。小熊は同書で両者のテクストを批判的に取り上げている。ただし、戦後、「一国」(もしくは「単一民族神話」)のなかで硬直してしまった歴史学や民俗学を破壊する力を、戦前の金沢や折口の暴力的なテクストが秘めていることもまた事実である。一面的な断罪でも一面的な擁護でもなく、両義的なテクストを繊細に読み分けていく作業が、今後、ますます必要とされるであろう。

8　明らかに、戦後の一時期、民族学および文化人類学の分野でもてはやされた「遊牧騎馬民族征服王朝説」の源泉である。「遊牧騎馬民族征服王朝説」の理論的な背景を築いたのが、雑誌『民族』で折口信夫と密接な関係をもつことになる岡正雄であったこと、「遊牧騎馬民族征服王朝説」を耳にした折口が、「心の躍動を感じた」と語っていることは、何ごとかを証し立てていよう。岡は、遊牧騎馬民族が列島にもたらした神を超越的な「一神」、「産霊」の神とした。戦後、折口が主張する「産霊」と無関係ではないと思われる。

9　『日鮮同祖論』(刀江書院、一九二九年)、スサノヲについては七一頁、ニギハヤヒについては七九頁。原文の傍点は省略した。

10　『崑崙の玉』(創元社、一九四八年)。ただし、以下の記述は、実際にはこの書物のなかでは詳しく触れられていない「穆天子伝」の内容紹介も含め、金沢の提出した資料をもとに、あたかも一つの物語を紡ぐようにしてまとめたものである。当然のことながら、金沢の書物は文献読解が主になっている。

11　以下、「異郷意識の進展」からの引用は、『全集』20・一二—一三。「妣が国へ・常世へ」からの引用は、『全集』2・一五。なお、両論考の差異をもう一点だけあげておけば、「祖《おや》」たちの移動が、前者では空想的かつ抽象的であるのに対して、後者では現実的かつ具体的であることにある。共同体を統べる「語部」の発見は、具体的な共同体のモデルの発見をともなっていたと思われる。それは北のアイヌの人々とともに、南の、台湾の「蕃族」と総称される人々であったはずである。その詳細は「列島論」としてまとめている。

12　神が特別の人間を選んで語りかけ(憑依し)、宗教(のみならずさまざまな表現)がはじまるという神学構造は、ユダヤ教、キリスト教、イスラームと続く「一神教」の根本に位置づけられる、神と預言者(神の言葉を預かる者)の関係に典型的にあらわされている(井筒俊彦の所論による)。折口は、藤無染を通じて、一神教の基盤となる神学構造を知っていたはずだ。その知識が、このとき、目の前の現実に受肉したのである。金田一京助の証言によれば、ユーカラの構造を「神の一人称」たる託宣として喝破したのは、あくまでも折口なのである。

13　金田一前掲論考、二一九頁。金田一の回想では「大正七八年頃」、『全集』の年譜(36・五三)では大正八年(一九一九)の項に、「アイヌのユーカラについての講演を聴き、一人称叙述は神語・託宣の形であると金田一に指摘したのは、この頃か」とある。「異郷意識の進展」が「妣が国へ・常世へ」として書き直される直前のことである。

14　『金田一京助全集』八（三省堂、一九九三年）、三三三頁。

15　『全集』3・四七四。

第四章

祝祭

祝祭の論理

藤無染から比較宗教学的な知見をもとに仏教の仏とキリスト教の神の在り方を知り、本荘幽蘭とともに愛欲をも肯定的に捉える神道の新たな神をあらためて選び直し、金沢庄三郎に教授された比較言語学的かつ表現主義的な言語の探究を自身の新たな学の根幹に据えようとしていた折口信夫は、新進気鋭の農政学者であった柳田國男が今まさに生み落としつつあった草創期の民俗学と出会う。その出会いによって折口信夫の学に一つの総合が与えられた。『古代研究』に付された長大な「追ひ書き」には、こうある[*1]——。

学問の上の恩徳を報謝するためには、柳田国男先生に献るのが、順道らしく考へないではない。でも、その為には、もつと努力して、よい本を書いてからにせねばならぬ気がする。其ほど、先生の学問のおかげを、深く蒙つてゐるのである。先生の表現法を摸倣する事によつて、その学問を、全的にとりこまうと努めた。先生の態度を鵜呑みして、其感受力を、自分の内に活かさうとした。私の学問に、若し万が一、新鮮と芳烈とを具へてゐる処があるとしたら、其は、先生の口うつしに過ぎないのである。又、私の学問に、独自の境地・発見があると見えるものがあつたなら、其も亦、先生の『石神問答』前後から引き続いた、長い研究から受けた暗示の、具体化したに過ぎないのである。

あるいは、「私は先生の学問に触れて、初めは疑ひ、漸くにして会得し、遂には、我が生くべき道に出たと感じた歓びを、今も忘れないでゐる」とも。ここに記されている折口の言葉に、ほとんど誇張はなかったはずである。折口にとって、柳田が独力で生み出そうとしていた新たな学問との出会いは決定的であった。しかし、折口は柳田の盲目的な追随者ではなかった。創造的な「言語」の学として民俗学と国文学を一つに融合させた折口古代学の確立は、柳田民俗学からの自立をも意味していた。柳田もそうした折口の側の事情を敏感に察知していたはずだ。折口は、「追ひ書き」でも婉曲に表明していたように『古代研究』を柳田に献じることはしなかったし、民俗学篇1とともに刊行された国文学篇の巻頭には、柳田が雑誌『民族』への掲載を拒否した論考「常世及び「まれびと」」を「国文学の発生（第三稿）」と改題し収めていた。柳田が拒絶した論考から、自身に固有の古代学をはじめようとしたのである。

「国文学の発生（第三稿）」は、折口のマレビト論に一つの完成をもたらした論考として名高い。しかしながら柳田は雑誌『民族』の時代のみならず、この後も、折口のマレビト論を決して認めることはなかった。柳田國男は折口信夫の古代学を断固として否定したのだ。つまり、『古代研究』全三巻が刊行された昭和四年（一九二九）および昭和五年（一九三〇）の段階で、学の在り方、学の目指すべき方向性をめぐって、柳田と折口の両者は袂を分かっていたのである。折口のマレビトは、ホカヒビト（放浪する芸能民）とミコトモチ（天皇）という二つの極をもつものだった。柳田は、折口のマレビトがもつ二つの極、最上層と最下層の階級を排除し、この列島に移り住んだ人々の中間層、定住して大規模な稲作農業にのみ従事する「常民」という階級を自身の学の根幹に据えた。どう考えてみても、マレビトと常民とは相容れない概念だった。もちろん相容れないが故に相補性をもつと言うことも可能であろうし、折口が柳田に対して終生弟子としての態度をとり続け、「師」の学恩に感謝の意を表明し続けたという事実を虚偽であると言うつもりもない。実際のところ、雑誌『民族』以降、劇的に変化していったのは折口の学ではなく、柳田の学の方だったからだ。折口の学の完成は、まったく別の次元で、柳田の学の完成をも導いていったのだ。二人の学は、鏡に映った像のように、お互いに良く似た分身のようでありながらも正反対の姿をもつものだった。

『石神問答』を刊行した明治末から雑誌『民族』を創刊する大正末まで、柳田は一貫して、マレビトのもつ一方の極として折口が抽出してきたホカヒビトたち、つまり放浪する芸能者にして放浪する宗教者への関心を持続させてきた。結局のところ、折口は、柳田の学が初発の段階でもっていた意図を、その帰結に至るまで展開したのである。そういった意味で、『古代研究』の「追ひ書き」に記された「先生の表現法を摸倣する事によつて、その学問を、全的にとりこまうと努めた」という折口の言葉に偽りはない。とするならば、柳田國男が『石神問答』を刊行した時点（一九一〇年）から折口信夫が「常世及び「まれびと」」を発表するに至る時点（一九二九年）までに一体何が生起したのか、あるいは、柳田学と折口学という対照的な二つの学を生み落とすことになった民俗学という新たな学問は一体どのような可能性と限界をもっていたのか、あらためて問い直されなければならないであろう。

これまで、どうしても柳田の側、雑誌『民族』以降の「常民」の視点からのみ民俗学という学問の可能性が検討されることが多かった。その場合、折口の学は、民俗学の正統から派生したサブジャンル、「芸能史」を基盤に据えた特殊な学と捉えられていた。折口の側から民俗学を再検討したとき、そこではじめて「常民」とマレビトがもつ同一性と差異性が明らかになる。同時に、民俗学という学問がかたちになる過程で、折口が柳田から何を得て、柳田が途中で何を捨ててしまったのかが明らかになる。それは民俗学を新たに定義し直すという試みにもつながっていくだろう。そのための一つの特権的なテクストが存在している。第二次世界大戦の終結した直後、その傷跡もまだ癒えない昭和二一年（一九四六）に民間伝承の会が主催した「日本民俗講座」の一つとして講演され、翌年に『民俗学新講』という書物に収録された折口の「先生の学問」である。[*2]

折口は、その講演のなかで、柳田國男の学のもつ本質について、こう語っている――「一口に言へば、先生の学問は、「神」を目的としてゐる。日本の神の研究は、先生の学問に着手された最初の目的であり、其が又、今日においても最も明らかな対象として浮き上つて見えるのです」。さらには、民俗学以前の柳田が探究しようとした学についても、こう述べていた――「さういふ風に文学的教養の深い先生の以前、専門とせられた学問は、一口に言へば経済史学だといふのが、一番当つてゐるでせう。経済史学或は其系統のものは、やはり自由に書いて居られたやうに思ふのは、ひが目でせうか」。だがしかし、民俗学が誕生するためには、柳田が専門とした経済史学だけでは、どうしても足りなかった――「経済史学だけでは、どうしても足りません。其だけで到達することの出来なかつたのは、神の発見といふ事実です。其がつまり、先生をふおくろあに導いたのです」。

折口が「経済史学」という言葉を使って述べているのは、民俗学を確立する以前に柳田が取り組んでいた農政学のことである。柳田の学の基盤には「経済史学」、すなわち農政学が存在していた。しかし、それだけでは充分ではなかった。経済史学を基盤としながら「神の発見」に導かれて、柳田國男はフォークロア（民俗学）に到達したのだ。逆に言えば、民俗学とは、「神の発見」をもとに再構築された経済史学のことを指す。おそらく折口が、「先生の学問」のなかで直接の対象にしているのは、世界大戦が激しさを増す最中に行われた『日本の祭』の講義（一九四一年、翌年に単行本化）を皮切りに、大戦中から書き継がれてきた『先祖の話』の出版（一九四六年）を経て、「新国学談」という総タイトルのもと『祭日考』『山宮考』『氏神と氏子』と、まさに目の前で続々と書物のかたちになっていく柳田の一連の仕事だったはずである。それらのなかでも特に『日本の祭』こそ、柳田の民俗学の起源に直結し、その初発の意図をよりはっきりと理解させてくれる書物であり、さらには折口の古代学との共通点と相違点、両者の間に生じた偏差をあらわにしてくれる書物でもあった。

柳田は、「日本の祭」のもつ特徴を、こうまとめている。[*3] 農民たち、すなわち常民たちは相異なる二つの時間と空間、つまり生産の時空である「常の日」と消費の時空である「祭の日」を交互に生きている。農民たちの共同生活、農民たちの共同作業にとって重要なのは「常の日」にも増して「祭の日」であった――「祭は本来国民に取つて、特に高尚なる一つの消費生活であつた。我々の生産活動は是あるが為に、単なる物質の営みに堕在することを免れたのであつた」。祝祭は人々に生産の倫理のみならず、消費の倫理さえも教えてくれる。祭は、なによりも「神」と人との交流をもとに組織されていた。「常の日」の中心は人間であるが、「祭の日」の中心は神なのである。柳田は、まさに「神の発見」をもとにして、人々の間に結ばれる精神的かつ物質的な絆、つまり人間における経済活動、もしくは人間における経済行為の歴史を再構築しようとしていたのである。

南北に無数に連なる島々から成り立った日本という一つの国家が今まさに滅び去ろうとしていたとき、柳田國男は民俗学を「祝祭」の学として建て直そうとしたのだ。民俗学という学問の核心はどこにあるのか、自他ともに再検討することが求められていた。天上の神々を地上に招く「祝祭」は、柳田國男の民俗学のはじまりに位置していた。二つの世界の交点、二つの世界が交わる境界に生起する「祝祭」こそ、柳田國男の民俗学をそのはじまりから終わりまで、つまり『石神問答』から『日本の祭』とそれ以降に至るまで、貫徹するものだった。折口の古代学も同様である。つまり「祝祭」によって柳田國男の民俗学と折口信夫の古代学は一つに重なり合うのである。

それでは『日本の祭』にまとめられた、柳田による祝祭の論理とは一体どのようなものであったのか、その要点をまとめてみれば、以下のようになる。

祝祭は「神々の降臨」とともにはじまる。神々は地上の聖なる社に常在するものではなかった。目には見えない天上の「霊界」から、神々は時を定めて地上に降りてくる。神々を地上に招く目標とするために聖なる樹木が立てられ、神々を迎える祭の場が浄化される。「祭には必ず木を立てるといふこと、是が日本の神道の古今を一貫する特徴の一つであつた」[*4]。祭は、神社神道として統合される以前の「日本神道の原始形態」を明らかにしてくれる。柳田も折口同様、反-国家神道の徒だった。聖なる樹木を通じて、神々の世界と人々の世界という二つの世界の間に交通がひらかれる。それとともに神々を迎える人々もまた、日常の生活とは異なった非日常の場所に「籠り」、精神と身体を清浄なものへと変成させ、神々を迎える準備を整える。人々は、なによりも聖なる「水」によって身体を清めていく。

天上から降臨してきた神々は、祭の場で、人々と混じり合う。神々と人々はともに語り、歌い、踊り、一体化してゆく。そのとき、森羅万象あらゆるものも聖なる言葉を発し、唱和する。死者もまた夢を通じて甦る。「霊界の人は常に語らうとして居る。鳥でも獣でも草木虫魚でも皆通信して居る」。あるいは、憑依というかたちで神は聖なる言葉を人間のみならず万物に伝える。「日本では特に神霊が人に憑いて語るといふこと、木でも草でも何にでも依るといふこと、この二つが大衆の古い常識であつた」[*5]。神は女を依坐《よりまし》として憑依し、少年を尸童《よりまし》として憑依する。憑依された者は「自然に恍惚として人か神かの境」に入り、神の言葉（「神語」）を語り、神の舞を舞い、神を招く技（ワザオギ＝俳優）を行う。

神を迎えることは貴賓を歓待することと等しい。言葉と身体のみならず、神々と人々は祝祭の最中、食物を通じてより深い次元で一体となる。神々と人々は共通のもの、神々に供えられた贄（「神供」）を共食し、饗宴する。「神と人との最も大切な接触と融和、即ち目には見えない神秘の連鎖が、食物といふ身の内へ入つて行くものによつて、新たに補強せられる」[*6]。祝祭は共同体の起源であり、「マツリゴト」という政治と経済の起源であり、同時に言語、音楽、舞踏、すなわち諸芸術の起源でもあった。柳田國男は『日本の祭』で、祝祭が行われる場、その時間と空間の詳細、さらには祝祭が行われる様態、神と人との交通の詳細をあらためて定義し直していったのだ。『日本の祭』は柳田國男の著作のなかで最も体系的かつ論理的なものとなった。民俗学とは、社会と歴史の起源に位置する「祝祭」を探究する学だったのである。

だがしかし、柳田國男の民俗学の出発点である『石神問答』と、その達成点である『日本の祭』では、祝祭の中心に位置づけられる「神」の性格がまったく異なっていた。『日本の祭』において神は、共同体の内部から生じる先祖の親しい霊、祖霊あるいは「祖霊の力の融合」[*7]として捉えられていたが、『石神問答』では共同体の外部から侵入してくる正体不明の荒ぶる霊、外来神にして雑神として捉えられていた。折口は師である柳田が最初に唱えた説に忠実に、まさに『石神問答』前後から引き続いた、長い研究から受けた暗示」を具体化するようなかたちで、共同体の外部から、定期的に訪れる荒ぶる神によって可能となる祝祭を、マレビト祭祀として抽出してきたのである。

折口古代学の起源を明らかにするためには、『日本の祭』の起源、柳田民俗学の起源である『石神問答』にまで遡り、「経済史学」が「神の発見」によって民俗学へと変貌していく、まさにその地点に立たなければならない。明治が終わろうとする頃、柳田國男が相次いで刊行した三冊の書物、『後狩詞記』『石神問答』『遠野物語』によって民俗学という新たな学問が誕生した。だがそのとき、柳田はまったくのゼロから民俗学を生み落としたのではなかった。当時の柳田は、貨幣経済が広く浸透し、そのことによって疲弊し尽くした農村を救うための実践的な学問である農政学をきわめようとしていた。

有能な官僚でもあった柳田は資本主義を単純に否定し、拒否するのではなく、資本主義を条件としながら、農業に携わる人々がいかに豊かな暮らしを実現していけるのかを模索していった。柳田はきわめて大胆な提言をしていく。

貨幣経済の農村への浸透を歓迎し、小作料を米ではなく貨幣で納めることを推奨した。さらには、農業に従事する人々の数を、全体として減らしていくことさえ主張したのだ。誰もが農業に従事する必要はない。田畑を相続することができない次男、三男は都会に出て、蓄積された貨幣をもとに新たな職業に就けばよい。農村を維持し保護するのではなく、その在り方を根底から変えなければならないのだ。そのためには特に、農村の疲弊を増大させる原因となる二つの階級、広大な土地をもちながら直接農業に従事しない大地主と、直接農業に従事しながら自らの土地をまったくもたず家族を養っていくことさえできない小作人の両者ともが否定されなければならなかった。

「大」でも「小」でもなく、自ら耕作するために充分な農地をもち近代的な農業の在り方に意識的な中規模の農家、「中農」が育成されなければならなかった。「中農」たちは、それぞれの個性に応じて多種多様な作物を生産する。そして互いに生産の計画からその手段、収穫の実施から販売の管理までを協同で行う近代的な「産業組合」を組織するのだ。「産業組合」によって多種多様でありながらも調和のとれた大規模な農業協同体が可能となり、農村は復興する。近代の資本主義にふさわしい方法で、人々の間に新たな絆がむすび直される。柳田が実践しようとしていた農政学には、多様なものを一つにむすび合わせる「組合」の論理が貫かれていた。柳田の農政学を成り立たせている二つの柱は「中農」と「産業組合」である。「産業組合」によって「中農」が育ち、「中農」によって「産業組合」が運営される。*8

「中農」と並ぶ柳田農政学のもう一方の柱、「組合」の論理を突き詰めていくことで柳田國男は農政学から民俗学へと抜け出ていく。若き農政学者であった柳田は、自らの理想とする「組合」の実現を目指し、さまざまな地方に講演に出かけていった。その旅によって、逆に柳田は、この無数の島からなる列島に移り住み、土着した人々が実践していた多種多様な生活の在り方を知ることになった。近代的で画一的な「組合」ではなく前近代的で多様な「組合」、現実の利益によって人々を結びつけるのではなく超現実的な信仰によって人々を結びつけている真の絆を柳田は発見してゆく。その重要な契機となったのが、明治四一年（一九〇八）の五月下旬から八月下旬にかけて行われた九州旅行である。この旅の途上、柳田は山地では平地とはまったく異なった生活が営まれていることを知らされる。さらに山深く「焼畑」を行っている村では、農地共有の思想、いわば「社会主義の理想」であるユートピアが実現されているという噂を耳にし、その地を訪れる。宮崎県の椎葉である。*9

柳田はこの村で、人々が生きる日常の俗なる世界の彼方にもう一つ別の世界、神々が君臨する非日常の聖なる世界が存在していることを知る。椎葉の男たちは、「焼畑」とともに「狩猟」を生業としていた。「狩猟」は一年のうちの決まった期間しか行うことはできず、しかも厳重な作法に則って集団を組織し、「山の神」が治める聖なる場所、山の奥へと入って行く。狩りが行われる土地についても、狩りの手順についても、通常とは異なった特別な名称と「ことば」(詞)が与えられ、それらは神聖なものとされ、日常生活のなかでみだりに口にすることは固く禁じられていた。狩りの獲物は「山の神」からの贈り物であり、だからこそ仕留めた獲物はなによりもまず「山の神」への供物として捧げられなければならなかった。人々と「山の神」の間には神聖な絆が結ばれており、狩猟はその絆をもとにして行われる神聖な労働だった。しかも、その「山の神」は、記紀神話には記されていない正体不明の神だった。

柳田國男は秘伝とされる狩りの詳細と口伝、さらには「山の神」への祭文がまとめられた「狩之巻」を自らの手でまとめ、復刻する。明治四二年(一九〇九)の三月に刊行された『後狩詞記』である。柳田自身が編著者と発行者を兼ねた「自刊」本であり、発行部数は五〇部であったという。『後狩詞記』刊行の数ヵ月前、つまり九州の旅を終え、山人たちが行っている聖なる生活を発見した直後の一一月、柳田のもとを、小説家の水野葉舟に連れられて、岩手県の遠野から上京してきた一人の青年が訪れる。泉鏡花に憧れて「鏡石」という筆名で小説家になることを夢見ていたその青年、佐々木喜善は、故郷で見聞し、自らも体験した奇怪で不可思議な出来事の数々を、柳田の前で訥々と語ってゆく。遠野もまた三方を山に囲まれ、山地と平地の境界に位置する村だった。「境界」に紡がれる物語に登場するものたちは、必然的に二つのものを分離しつつも一つに融合する「境界」としての性質をもっていた。

遠野の青年が語る異形のものたち、山男、山女、天狗、河童、ザシキワラシ、オシラサマ等々は、すべて生者と死者、神と人間、人間と植物、人間と動物、人間と鉱物、大人と子供、男と女の「境界」を生き、両者の性質を兼ね備えたものであった。さらにその地に棲息する猿や狼や鳥たちと人間たちとの距離もきわめて近かった。生と死のみならず種を超えたコミュニケーションが可能となる。柳田國男にとって、人々が生きる日常の世界と神々が生きる非日常の世界という二つの相異なる世界の発見と、遠野に伝わる異界にして他界をめぐる物語の発見はほぼ同時期に果たされていた。このとき、柳田にとって「組合」の意味も「協同労働」の意味も大きく変わってしまった。人々が生きる価値を置いているのは、此方の世界ではなく彼方の世界だった。そして、二つの世界はまったく別個に存在しているわけではなく、「境界」で一つに交わる。その「境界」の地で、人々は、天上の神々を地上に迎え、天と地を一つにつなぐための祝祭を行っていた。「組合」の論理は「祝祭」の論理として完成し、民俗学が誕生したのだ。

柳田國男は『後狩詞記』を刊行した年の夏、はじめて遠野を訪れる。怪異が発生してくる聖なる山との「境界」には、無数の石の神たちが祀られていた。異人の男女、山男や山女たちもまた「境界」にそそり立つ巨大な岩の上に出現した。柳田は、『遠野物語』の完成をいったん先送りにし、記紀神話にも記載されていない神々、仏教以前にして神道以前でもあると推定された列島固有の神々、椎葉の「山の神」や遠野の「山の神」のように各地の「境界」に祀られた、無名かつ無数の小さな神々の事蹟を蒐集していく。石神、荒神、道祖神、宿神、山神、客神等々とさまざまな名をもち境界に祀られていたのは、善悪の両面を兼ね備えた荒ぶる神々であった。荒ぶる神々は、いずれも共同体の外部からもたらされた「蕃人」の神、異族の神であるという伝承をもっていた。

柳田は、「境界」の神をめぐる調査の成果をまとめ、明治四三年（一九一〇）の五月に『石神問答』として刊行する。『遠野物語』が一冊の書物としてまとめられたのはその翌月のことである。『石神問答』の刷り部数は「千五百」、『後狩詞記』と比べて格段に多い。柳田國男がこの書物に賭けていた想いが伝わってくる。それに比して『遠野物語』は「三百五十」、『後狩詞記』と同じく柳田國男を著者兼発行者とする「自刊」本であった。さらにこの年の一二月には、農政学を主題として、これまでに活字化されてきた柳田の主要な講演原稿も集大成され、『時代ト農政』としてまとめられた。柳田國男にとって民俗学の始まりと農政学の終わりは連続していた。

折口信夫が洞察した通り、「経済史学」に基盤を置きながら、「日本の神」の発見によって、柳田國男は民俗学（フォークロア）を創出することができたのである。時代もまた大きな転換点を迎えようとしていた。大逆事件によって強力な中央集権体制が整い、韓国併合によって十全な植民地体制が整った。列島が名実ともに近代国民国家となったとき、民俗学が生み落とされたのである。[*10] 同じこの年、折口もまた国学院大学に卒業論文『言語情調論』を提出し、自らの言語研究にひとまずの終止符を打った。この後、折口の表現言語の探究は、祝祭のなかで生起する「国文学の発生」の問題として磨き上げられ、『古代研究』のなかで一つの総合を与えられることになる。

『後狩詞記』『石神問答』『遠野物語』という三つの著作は相互に密接な関連をもち、柳田國男の民俗学の起源をなしている。農政学からの内容の変更は、民俗学としての形式の変更をも招き寄せる。『後狩詞記』も『石神問答』も『遠野物語』も、著者として柳田の名前だけをあげることは不可能である。『後狩詞記』は、「序」に記されている通り、そのほとんどが椎葉村の村長である中瀬淳から「口又は筆に依つて直接に伝へられたもの」[*11] であり、『石神問答』に至っては、山中笑（共古）を中心に総勢八人と交わした合計三四通の書簡を一冊の書物としてまとめたものであった。『遠野物語』もまた、その序文に記されている通り、佐々木喜善と柳田國男の共作と言っても良い書物である——「此話はすべて遠野の人佐々木鏡石君より聞きたり」、「鏡石君は話上手には非ざれども誠実なる人なり。自分も亦一字一句をも加減せず感じたるまゝを書きたり」[*12]。

現代文学が「作者」の消滅を声高に主張する遥か以前に、柳田國男はそのテーゼを見事に実践し、新たな表現を生み出していたのだ。他者との「協同労働」の成果として、三冊の奇蹟的な書物が可能になった。柳田はこの後も、雑誌『郷土研究』や『民族』を舞台にして、このような「協同労働」を実践し、その結果として、民俗学の体系を構築してゆく。その最も初期からの協力者になったのが折口信夫であった。『石神問答』と『遠野物語』を刊行した後、大正二年（一九一三）三月、柳田國男は高木敏雄を協力者として雑誌『郷土研究』を創刊する（高木は間もなく『郷土研究』の編集から手を引く）。折口が、故郷の近辺に伝わる伝承・伝説を蒐集し、「三郷巷談」と題して『郷土研究』に投稿し、「資料及報告」欄に採用されたのは同じ年の一二月のことであった（しかしこの最初の「三郷巷談」のみ『古代研究』に収められなかった）。「三郷巷談」はこの後、断続的に『郷土研究』に掲載されてゆく。そのなかには、おそらくは藤無染から伝え聞いた「一様に青黒い濁りを帯びた皮膚の色をしてゐる」異形の一族、「しゃかどん」についての話も含まれていた。[*13] 折口信夫は、柳田國男に導かれて、学の新たな次元へと踏み出していったのだ。

しかしながら、このとき、折口は柳田の著作としては、いまだ『石神問答』しか読むことができなかったはずである。[*14] 折口は、柳田の独立した著作の他にも、柳田がさまざまな雑誌に書いた明治「三十五年以降」の諸論考を、熱心に読み進めていたようである。それらのなかでも、「傀儡子考」という一篇の論考が折口に導きの糸を与えた。折口は、こう回顧している――「傀儡子は人形遣いだ。傀儡子は一つの団体で、日本のジプシーのような種族。そのことを書いたもので、名論でもあり、日本の民俗学を進めたものだ。フォークロアとエスノロジーとの分かれ目もここに出ているようだ[*15]」。

折口がここで述べている、柳田の「傀儡子考」とは、明治四四年（一九一一）から翌年にかけて『人類学雑誌』に三回にわたって掲載された「「イタカ」及び「サンカ」」のことであろうと推定されている。『石神問答』では「神」の問題が論じられ、「「イタカ」及び「サンカ」」では神を祀る宗教的な放浪者の「団体」が論じられていた。折口が、柳田から受け取ったのもこの二つの問題、「神」と神を祀る宗教的な放浪者の「団体」という問題だった。しかもそれは二つのミンゾク学、フォークロア（民俗学）とエスノロジー（民族学）が交差する地点に立ち現れてくる。折口の祝祭論、折口の古代学が打ち立てられるのも同じその場所だった。

『石神問答』をまとめ上げ、「「イタカ」及び「サンカ」」を発表したこの時期、柳田國男は日本列島とその周辺地域との「境界」さえ大胆に乗り越えて行こうとしていた。アイヌの人々、台湾の「蕃族」と総称された原住民の人々、朝鮮半島やシベリアでシャマニズムを信奉する人々にまで比較の範囲は広げられ、「日本の神」のなかに仏教や神道のみならず道教との「習合」の可能性さえも探られていた。金沢庄三郎から北東アジア諸地域の比較神話学＝比較言語学を学んでいた折口にとって大きな刺激になったはずである。しかし、山人は列島の先住民の末裔であるというテーゼを実証することの不可能性を覚るとともに、柳田によるそのような大胆な「境界」の比較、「境界」での習合といった主題は影を潜め、昭和初期になされた「一国民俗学」の提唱とともに、外部への視点は閉ざされていく。民俗学という新たな学が完成するとともに、その学は閉鎖されることになったのである。[*16]

折口は柳田に提示された学の起源、政治学、経済学、歴史学、宗教学、文学といった人文諸科学のさまざまな分野を横断しつつ、それらを一つに総合する新たな学のはじまりに絶えず還っていこうとする。折口信夫のマレビト論が完成を迎えるのは、二つのミンゾク学、民俗学と民族学の融合を目指して創刊された雑誌『民族』においてであった。

1 『全集』3・四六五および四六六。

2 『全集』19・二〇九―二二〇。引用は、二一〇、二一七、二一八。

3 以下、柳田國男の著作からの引用は、一九九七年より刊行が開始された筑摩書房版『柳田國男全集』より行い、巻数を算用数字・頁数を漢数字で指示する。柳田國男の生涯については『定本柳田國男集』別巻五（筑摩書房、一九七一年）に収録された「年譜」（鎌田久子作成）にもとづき、『柳田国男伝』（三一書房、一九八八年）を適宜参照している。『日本の祭』からの引用は、柳田『全集』13・四一四。

4 柳田『全集』13・三九三。神を招くために立てられた聖なる樹木、神の「依代」としての「標山《しめやま》」およびその上に立てられた「喬木」を主題として、大正三年（一九一四）に執筆（口述筆記）された「髯籠の話」が、折口信夫にとっては、民俗学の分野でまとまった分量をもったはじめての本格的な論考となった。柳田の主宰する雑誌『郷土研究』に投稿され、柳田の手によって書き直され、微妙な手直しを加えられた上で、翌年および翌々年の『郷土研究』に三回に分けて掲載された。同時期（大正四年）、柳田もまったく同じ主題をもった「柱松考」からはじまる一連の論考を『郷土研究』に掲載していった。実際には「柱松考」以前に書き上げられていた「髯籠の話」を、「柱松考」以降に掲載し、あたかも「柱松考」を参照したかのような記述を加えたのは柳田であったという。この件については池田彌三郎の『私説　折口信夫』（中公新書、一九七二年）の「一〇　髯籠の話を中心に」が詳しい。

5 柳田『全集』13・四〇五。憑依の舞については、四五一。「神語」を語る神に憑依された者、あるいは次段の「神を迎えることは賓客を歓待することと等しい」といった観点は、すべて折口信夫の説く「国文学の発生」およびマレビト論と共通のものである。柳田と折口の相互関係のなかで、祝祭の学としての民俗学が徐々に形づくられていったことが分かる。折口は「先生の学問」の最後に、突如として「先生は言語に非常な情熱をもってゐられた」と語り、「先生の場合、神に対する態度の如く、言語に対する愛も深いのです」と語る。あるいは「祖先の我々に残したものは、きびしく言へば、言語しかない」とも（引用は『全集』19・二一九―二二〇）。神の発見を契機とし、古代から続く言語への愛をもとにして再編成された経済史学。それが折口から見た柳田民俗学の核心であり、実に折口古代学の核心そのものでもあった。折口信夫は柳田國男のことを語りながらなによりも自分のことを語っていたのである。

6　柳田『全集』13・四六六。

7　柳田『全集』同・五〇四。『日本の祭』を土台として、柳田の『先祖の話』がはじまる地点である。それとともに、柳田の民俗学が折口の古代学と完全に分かれる地点でもある。

8　以上に述べた柳田國男の農政学のもつ特徴については、柳田の意思にもとづいた定本著作集には収録されなかった農政学関係の論考を集大成した藤井隆至による所論（特に農政学関係の著作および論文が集大成されたちくま文庫版『柳田國男全集』29および30に付された「解説」）、さらには御茶の水書房から刊行された岩本由輝による二冊の書物、『柳田國男の農政学』（一九七六年）および『論争する柳田國男　農政学から民俗学への視座』（一九八五年）をもとにまとめたものである。筑摩書房から刊行されている新版の『全集』では第1巻に民俗学出発以前に刊行された著作が、第23巻以降に単行本未収録の論考が編年体で収められている。柳田國男が自身の農政学の目標とした、「大」地主と「小」作人の消滅という課題が消極的なかたちで実現したのは、第二次世界大戦後、外部からの圧力と強制によって断行された農地改革によってであった。柳田のヴィジョンは時代に先行しすぎ、そのため柳田の農政学は「挫折」と「中絶」を余儀なくされた。

9　柳田國男の椎葉訪問に至るまでより正確な経緯は、松崎憲三「二つのモノの狭間で　柳田民俗学がめざしたもの」（『現代思想』一〇月臨時増刊号「総特集　柳田國男」青土社、二〇一二年）が詳しい。

10　柳田國男も韓国併合と無関係ではなかった。柳田は内閣の仕事として、併合にかかわる法制作成にあたっていた。『時代ト農政』の冒頭「開白」の末尾には「朝鮮併合後三日」と記されている。柳田を断罪することは容易いが、この時期、柳田は人生においても学問においても、相反する二つの極の間を揺れ動き、二つの極に引き裂かれつつ、なおかつ二つの極を一つに融合させようという両義的な場を、その身をもって生きていた。官にして「公」である立場から近代的な産業組合の確立を目標とした農政学者と、民にして「私」である立場から前近代的な農村共同体の復興を目指した民俗学者と。柳田の民俗学を可能にしたのは、「近代」という時代そのものが課す苛酷な両義性であった。そういった意味で、柳田國男はいまだにわれわれの同時代人なのである。

11　柳田『全集』1・四三四。『後狩詞記』と『石神問答』は『全集』第1巻に詳細な「解題」とともに収録されている。刷り部数、その成立の時期や背景などの情報はすべて「解題」に依っている。

12　柳田『全集』2・九。『遠野物語』は『全集』第2巻に、やはり詳細な「解題」を付し、昭和一〇年（一九三五）に再刊された際に増補された部分（「遠野物語拾遺」）、種々の草稿類とともに収録されている。その『遠野物語　増補版』に「後記」を寄せたのが折口信夫であり、折口は『遠野物語』増補版刊行にあたって主導的な役割を果たしていたと推測されている。「遠野物語拾遺」の「三」には曼陀羅を織る天女の話が収録されており、後に折口が『死者の書』の骨格とした中将姫伝説と響き合う。近代日本文学の重要な課題として、柳田の『遠野物語』から折口の『死者の書』に至る流れがあらためて整理されなければならないだろう。柳田國男は、農政学を自身の学問として選ぶ以前に「新体詩」を書いていた。前近代の文語定型詩（短歌および俳句）と、近代の口語自由詩の狭間で一瞬だけ可能になった詩の形式を用いて、柳田が描き出そうとしたのは、亡き父母をはじめ懐かしい人々が住む死者の国、現実が夢に移り変わり、生者と死者の区別がなくなってしまう昼と夜、光と闇のあわいにその姿を見せる「たそがれの国」の情景だった。柳田にとって新体詩と農政学、農政学と民俗学は非連続のうちに連続している。折口が柳田の営為に惹かれていったのも、柳田の学が夢と現実、詩と科学の間で可能になったものだからであろう。

13 『全集』3・一二六―一二七。

14 「先生の学問」のなかで『後狩詞記』については当時手に入れることができずと記され、『遠野物語』については、昭和一四年（一九三九）に発表された詩「遠野物語」の冒頭で「大正の三とせの冬」、神田神保町の古書の露店で手に入れたことが記されている（『全集』26・四八）。

15 「初期民俗学研究の回顧」より、『折口信夫全集』ノート編追補第三巻（中央公論社、一九八七年）、一二三頁。昭和二四年（一九四九）に行われた慶應義塾大学の研究会での談話であり、次の文章で『石神問答』を「民俗学的労作の出たはじめ」と称賛している。

16 柄谷行人が『遊動論　柳田国男と山人』（文春新書、二〇一四年）で強調するように、柳田の学、一国民俗学の「閉鎖」がマイナスの意味ばかりをもっていたわけではない。アジアへの「開放」を旗印に掲げた比較民族学が大日本帝国の大陸進出と軌を一にしていたのに比し、柳田は、そうした潮流に対して消極的な反抗を貫くことができたからである。

「二色人《ニイルピト》」の発見

柳田國男自身が後に否定してしまう事柄を含めて、草創期の柳田の学が潜在的にもっていた可能性を最も鋭く見抜いていたのが折口信夫である。たとえば「先生の学問」には、こういう一節がある――「先生の学の初めが、平田学に似てゐるといふと、先生も不愉快に思はれ、あなた方も不思議に思はれるかも知れません。けれども、今日考へてみるに平田篤胤といふ人は、非常な学者です」、さらには、「とにかく平田翁の歩いた道を、先生は自分で歩いてゐられたことも事実なのです」[*1]とも。

妖怪のことを調べ、仙人のことを信じ、神隠しにあった少年から話を聞く篤胤の「俗神道」を考慮に入れなければ、「日本の神」を真に理解することはできないとまで折口は断言している。まだ国学院大学の学生だった頃、折口が所属していた「宗派神道教義研究団体」神風会は、篤胤の神学を重要な教義の柱としていた。篤胤の『印度蔵志』の発行元でもあった。柳田國男の「神」と折口信夫の「神」は、その起源において、平田篤胤を通じて互いに交差していたのである。

柳田も、『遠野物語』の完結篇と称することも可能な『山の人生』(一九二六年)で「天狗のカゲマ」仙童寅吉に言及している。しかし『山の人生』の刊行以降、「山人論」の後退とともに、柳田は、篤胤流の「俗神道」に対してきわめて批判的になる。キリスト教の教義を参照し、仏教とヒンドゥー教の両者にまたがるインドの神々の世界を逍遥し、道教の奥義を応用することでかたちをなした篤胤の「俗神道」に対し、仏教を否定し、道教を否定し、習合的な「俗神道」を否定したところに柳田の「固有信仰」論、祖霊一元論が打ち立てられる。折口は、そうした柳田の学の起源に篤胤の「神」があったと言うのだ。

折口の見解は、柳田自身の証言によって裏付けられる。民俗学以前、すなわち『後狩詞記』『石神問答』『遠野物語』刊行以前の明治三八年（一九〇五）に、柳田は「幽冥談」という談話を残していた。国木田哲夫（独歩）が編集する文芸雑誌『新古文林』に掲載されたこの「幽冥談」こそ、正真正銘、柳田國男の「山人論」の起源をなしているとともに、篤胤の神学からの色濃い影響を明らかにしてくれる貴重なテクストであった。柳田は「幽冥談」をはじめるにあたって、こう宣言する。自分は公益を害し、それ故伝道が困難となった「幽冥教」の根本に何があるのかを解明してみたい。さらには、「今日本で幽冥と云ふ宗教の一番重な題目は天狗の問題だ」とも。[*2] そして、こう続けていく――「少しく偏狭な説かも知れぬが僕は平田一派の神道学者、それから徳川末期の神学者、是等の人の事業の中《うち》で一番大きいのは寧ろ幽冥の事を研究した点にあるだらうと思ふ」[*3]。

柳田が理解した「幽冥界」の構造は、次のようなものだった――。

此の世の中には現世と幽冥、即ちうつし世とかくり世と云ふものが成立して居る、かくり世からはうつし世を見たり聞いたりして居るけれども、うつし世からかくり世を見ることは出来ない、例へば甲と乙と相対坐して居る間で、吾々が空間と認識して居るものが悉くかくり世だと云ふのである、それへ持つて来て、かくり世はうつし世より力の強いもので、罰する時には厳しく罰する、褒める時には能く褒める、故に吾々はかくり世に対する怖れとして、相対坐して居つても、悪い事は出来ない、何となればかくり世は此の世の中に満ち満ちて居るからである、

生者の世界と死者の世界、うつし世（現世界）とかくり世（幽冥界）は別々に存在しているわけではなかった。二つの世界には「交通」があった。その「交通」の際、幽冥界から現世界に現れ出てくるものこそが「天狗」であり、日本の「神」だったのだ。柳田は、二つの世界の「境界」に顕現する日本の「神」のもつ性格を、さらにこうまとめる。日本の「神」は天狗として表象されるように、出現の際に強烈な力を発動させる異形のものである。また、さまざまに多様な現れ方をするので「多神」とも考えられるが、相矛盾する善と悪の性格をあわせもった「御一人《ごいちにん》」とも

考えられる。近年の研究によれば——「所が近年の研究の結果に依て見ると、さう言つては恐多いけれども、まがつみの神と正しい神と二つに分れて居ると直《すぐ》に測定することは出来ない、是れは一つ神に両方あつて、或時は人を幸ひし、或時は人に禍《わざは》ひすると云ふやうになつて居るのではないかと思はれる」[*4]。

二つの世界の境界に出現する両義的で強烈な力をもった神。多様でありながらも一つの神。柳田は、さまざまな資料に記録され、現在でも実際に観察することができる、境界に祀られた正体不明の神々の調査を進めながら、境界に現れる人にして同時に神でもあるような荒ぶる存在、天狗や仙人たちを「山人《やまびと》」として捉え直していく。そして『石神問答』と『遠野物語』が刊行される直前、その両著のエッセンスを抽出したような談話、「山人の研究」を発表する[*5]。そこでは、『石神問答』や『遠野物語』では事例の山のなかに埋もれてしまった、柳田國男がこの二つの書物で主張しようとした真の意図が明瞭に示されていた。柳田は言う。「山人」は「我々社会以外の住民、即ち、吾々と異つた生活をして居る民族と云ふことに違ひない」。

江戸中期にまとめられた百科全書、『和漢三才図会』では「山人」は「獣類」の部に入れられているが、明らかに「人類」なのだ——「然るに、今から千年も前には、此の山人と云ふのは日本語では確かに人類を意味して居た。日本人の生活して居る部落から、隔絶した山中に住して居る異民と云ふ意味であつた」。境界に現れる異族の「王」(「台湾の生蕃の頭目《トウモク》」や「南清の苗族」の「酋長」のような存在)を、荒ぶる神と考えていたのである——。

此の山人のことを、古い時代には邪神とか、悪神とか、又は荒神とも書いて、何れも荒ぶる神と云ふ。神と云ふ言葉が今日では、人間でない者と云ふ意味になつたけれども、古い時代には神と人間との区別が、然うはつきりとして居なかつた。例へば人間でも何々の神と云へて、幾らか高い位地の人には皆かみと云ふ名称が付いた。だから、国神《クニツカミ》とか、荒ぶる神とか云ふのは、今の台湾の頭目《トウモク》とか、又は酋長とか云ふやうな意味であつた。

柳田の主張する山人＝先住異民族説は、発表直後から、南方熊楠による激烈な反論、あるいはようやく体系化されようとしていた考古学の発掘調査や歴史学の文献批判によって明らかにされた事実等々から、その信憑性に疑義が示されていた。柳田自身も、大正期を通じて、徐々に山人＝先住異民族説を取り下げるようになる。ただし、それでも、この「山人の研究」で説かれた、境界の地においては人がそのまま神になるというテーゼは、『日本の祭』に至るまで柳田の学全体を貫くものとなっていった。柳田は物理的な「外」を精神的な「外」と読み替えていったのだ。柳田は、「外」を、物理的な外部の限界としてある異なった世界（異族）との「交通」ではなく、「幽冥談」に説かれたような、精神的な内部の限界としてある死（祖霊）というもう一つ別の世界との「交通」として論じ直していく。人間時間の境界と空間の境界が一つに重なり合う祝祭の場で、人はこの世を去った祖先たちの霊と一体化するのだ。人間は「祖霊」という神になる。それが柳田國男の「固有信仰」論の骨格となった。柳田は自身の論考のタイトルともした「人を神に祀る風習」を、「人神論」と名づけた。柳田の「人神論」において、その主題は荒ぶる「御霊」から穏やかな「祖霊」へと転換していった。

折口もまた古代学の最も重要な課題として、祝祭において人が神になるという柳田が提示したテーゼを、生涯をかけて追究していった。しかしながら、折口は柳田と異なり、物理的かつ精神的な「外」という視点を、これもまた生涯捨てることがなかった。しかも折口が重視していたのは人ではなく、「外」から来る神の方であった。柳田の人神論と比較するならば、折口の場合は「神人論」であったと言える。祝祭の場で、人は神になる。あるいは神が人になる。人が変身して成った神を「外」から捉えるのか、「内」から捉えるのか。ただその一点においてのみ柳田の民俗学から折口の古代学が分かれ、二つの異なった学として確立されていったのである。

だがしかし、民俗学を創出した時点での柳田國男は、「外」という視点を固持していた。「外」は死者たちの国、他界であるとともに異人たちの国、異界でもあった。「外」の神を祀る者たちは、必然的に社会の「外」を生きざるを得ない。『石神問答』と『遠野物語』を刊行した直後から取り組まれ、『石神問答』とともに折口に「初めは疑ひ、漸くにして会得し、遂には、我が生くべき道に出たと感じた歓び」を与えた柳田の論考「「イタカ」及び「サンカ」」は、まさに「通例百姓と呼ばるゝ階級[*6]」の外側、つまり常民という階級からは排除され、「外」の世界からこの世界に訪れる荒ぶる神を祀った、放浪する宗教者にして芸能者の「団体」を論じたものだった。神という荒ぶる外部の力と触れ合う者たちは、社会の外部へと放逐されなければならなかった。彼ら、彼女らは、神と直接相見《まみ》えるという栄光とともに、そこ、社会の周縁部で畏怖とともに差別されていた。

イタカは「イタコ」とも呼ばれ、漂泊の生涯を送る聖と娼を兼ねた巫女である「遊行女婦」たちの「団体」を、サンカもまた漂泊の生涯を送り「野外に小屋を作り魚を捕りサ、ラ箒籠草履などを作りて売り又は人の門に立ちて物を乞ふ」セブリという者たちを含む山人たちの「団体」を指す。「傀儡」（操り人形）を舞わせ、「傀儡」を依代にして神を招く芸能者にして宗教者でもあった。[*7] 民俗学の草創期、柳田はなによりもまず、一生定住することなく漂泊の生涯を送る彼ら、彼女らが信奉する「神」を探究していたのである。柳田は雑誌『郷土研究』を創刊すると、創刊号から一年間「巫女考」を、続いて翌年の一年間（一回の休載がある）「毛坊主考」を連載する。柳田にとって、巫女はイタカの後身であり、毛坊主（「聖《ひじり》」）はサンカの後身であった。しかしながら、かなりの分量をもった長篇連載であった「巫女考」も「毛坊主考」も、あるいは両篇の起源に位置する「「イタカ」及び「サンカ」」も、柳田の生前には単行本としてまとめられることはなかった。

姉弟もしくは兄妹のように存在する巫女と毛坊主（「聖」）、イタカとサンカは「対」をなし、記紀の秩序からは外れた、つまりは国家神道の「外」に位置する正体不明の荒ぶる神を祀る。それだけではない。巫女は境界の地で神の子を孕み、神の子を生み落とす。毛坊主（「聖」）は巫女とともに神の子を育て上げていく。巫女と毛坊主の「対」は互いに協力して天上から「神」を招き、神と人間の中間に位置する「神の子」を地上に誕生させるのだ。その「神の子」である「若神子」（ワカミコ）が、イタカの同類であるワカの語原となった。柳田は、「「イタカ」及び「サンカ」」で、そう論じていた――「会津のイタカは口寄せの業を為さゞるが如し。之を業とする者は別に之を「ワカ」と云へり。今日にても福島県にては一般に之をワカと称す。ワカは即ち若神子なり。若神子は若宮と云ふ語と同じく巫覡は神の血統上の子孫なる故に常人よりは一段神に近く神意を仲介するに適すと信ぜし思想に基きたる名称なり。此は主として婦人の職業にして単にミコとも云ひ又梓神子とも称す。梓は古き語なり。或は又大弓とも云ふ。梓の弓を手にして神霊の言を伝ふればなり」[*8]。

『日本の祭』でまとめられる祝祭と依坐との関係、あるいは祝祭と託宣との関係が、この時点ですでに、柳田のなかではほぼ完全なかたちで把握されていたことが分かる。毛坊主と「対」をなし、神の子を生む巫女。柳田も折口も、古代の列島で、神の子を孕む女性たちがもつ神秘的な力によって人々の絆が生まれ、人々の信仰共同体が発生する様を幻視していた。神の憑依から社会が、そして歴史がはじまるのである。柳田は、さらに、列島の中心部ではほとんど失われてしまった巫女たちの力がいまだ生きている場所を求めて旅立つ。

大正八年(一九一九)、貴族院書記官長を辞任した柳田國男は、翌大正九年(一九二〇)、東京朝日新聞社の客員となる。柳田が東京朝日新聞社に出した入社の条件は、自由に旅行をさせて欲しいということだった。東京朝日新聞入社直後から、柳田はその約束を実行に移し、まずは東北に向かう。そして年末から、今度は列島の南の端を目指す。後に『海南小記』としてまとまる旅である。柳田がたどり着いた南島で、宗教的な権威をもっていたのは男たちではなく女たちだった。南島では「姉妹」が神の声を聴き、「兄弟」がその声を現実に翻訳する。「姉妹」によって共同体に超越へのチャンネルがひらかれ、「兄弟」によって共同体にそのチャンネルが内在化される。

つまり、南島において宗教的かつ政治的な支配者は「一」なるものではなく「対」なるものだった。しかも神との接触において主導的な役割を果たすのは、男の王ではなく女の妃だった。あるいは、兄弟ではなく姉妹だった。国家としての形態が整えられた列島の中心では、もはや神話の断片としてしか残されていなかった女性的な「妹の力」(あるいは「姉の力」)が、現実の南島ではいまだに生きていた。柳田は、南島への旅に折口が同行することを強く望んでいた。しかしその願いは果たされなかった。柳田から話を聞き、折口もまた南島への想いに駆られ、大正一〇年(一九二一)の夏、待ちかねたように南島へと単身旅立っていった。

その旅での見聞をもとにして、折口は「琉球の宗教」という論考をまとめる。そこでは、次のような一連の表明がなされていた[*9]。「内地の古神道と、殆ど一紙の隔てよりない位に近い琉球神道は、組織立つた巫女教の姿を、現に保つてゐる」。「巫女を孕ました神並びに、巫女に神性を考へる所」に最も自然なかたちでの巫女教がはじまる。神を孕み、同時に神そのものであるとも考えられていた巫女（「のろ」）たちは神人と呼ばれ、神は海の彼方の楽土から「時を定めて渡つて来る」。その神を迎える際、「神人自身、神と人の区別がわからないので、祭りの際には、尠くとも神自身と感じてゐるらしい」。そして「神と人との間」と題された結論部分、その最後の一節には、こう書かれていた――。

神託をきく女君の、酋長であつたのが、進んで妹なる女君の託言によつて、兄なる酋長が、政を行うて行つた時代を、其儘に伝へた説話が、日・琉共に数が多い。神の子を孕む妹と、其兄との話が、此である。同時に、斎女王を持つ東海の大国にあつた、神と神の妻《メ》なる巫女と、其子なる人間との物語は、琉球の説話にも見る事が出来るのである。

古代の祭祀王、古代の呪術王は男性ではなく、女性だった。つまり列島とは、「斎女王を持つ東海の大国」だったのである。天上の神からの声を直接聴く姉妹と、姉妹から伝えられた神の声を解釈することによって現実の政治を行う兄弟と。折口信夫がマレビトのもつ一方の極として探究していった天皇論が最後にたどり着いた地点、「女帝考」の結論がすでにこの段階で先取りされている。それは柳田國男の民俗学が最初期にもっていたヴィジョンを突き詰めた結果でもあった。しかし、柳田は結局、生涯一度として正面から「天皇」を論じることはなかった。柳田によって胚胎され、折口によって展開された南島の祭祀論を、権力発生論にして幻想生成論として読み直していったのが吉本隆明である。

南島は、『共同幻想論』以降の吉本隆明が、結局のところその死に至るまで一冊にまとめ上げることができなかった幻の書物、「南島論」の主題とした場所でもあった。つまり、南島とは、吉本隆明の思想に一つの完結をもたらす場所だった。柳田國男と折口信夫の「学」の起源と、吉本隆明の「表現」の未来は、南島において一つに重なり合う。それでは吉本が南島に見ていた可能性とは一体どのようなものだったのか。「南島」は列島としてかたちになった近代国民国家たる日本が抱え込んだ限界の場所であり、国家が国家ならざる共同体――あるいは普遍的かつ人類学的な世界――と踵を接する境界の場所であった。

そこでは巨大な祝祭が営まれ、未聞の言語表現にして身体表現が生み落とされていた。人間は、祝祭の只中で人間ならざるものへと変貌を遂げる。祝祭は人間中心主義の思想を打ち砕く。祝祭は表現が発生してくる場所であるとともに共同体の掟、すなわち制度が発生してくる場所でもあった。吉本隆明は、『共同幻想論』を刊行した（一九六八年一二月）直後から、時評の連載に取り組む。『情況』と題されたその試み（単行本刊行は一九七〇年）の終盤、吉本は「異族の論理」とタイトルが付された回で、「沖縄返還の問題」を糸口として、南島のもつ可能性を掘り下げて行く。吉本は言う。[*10]「軍事的や政治的にだけではなく、地理的にも歴史的にも学問的にも風俗や慣習としても、琉球・沖縄が本土や中国大陸や東南アジアや太平洋の島々にたいしてもっている重要な、多角的な意味あい」が、これまで充分に論じられてきたとはとうてい思えない。南島のもつ重要性は、多島海のなかでさまざまな文化が融合しながらも、その「古層」を保ち続けていた点に存在する――。

わたしたちは、琉球・沖縄の存在理由を、弥生式文化の成立以前の縄文的、あるいはそれ以前の古層をあらゆる意味で保存しているというところにもとめたいとかんがえてきた。そしてこれが可能なことが立証されれば、弥生式文化＝稲作農耕社会＝その支配者としての天皇（制）勢力＝その支配する〈国家〉としての統一部族国家、といった本土の天皇制国家の優位性を誇示するのに役立ってきた連鎖的な等式を、寸断することができるとみなしてきたのである。いうまでもなく、このことは弥生式文化の成立期から古墳時代にかけて、統一的な部族国家を成立させた大和王権を中心とした本土の歴史を、琉球・沖縄の存在の重みによって相対化することを意味している。

吉本隆明は、南島にいまだに根強く残る「姉妹」と「兄弟」の間に結ばれる現実的かつ想像的な――ある意味では性的でさえもある――強い絆に、国家以前の共同体の統治原理たる「対幻想」を見出した。そのままでは逆立するしかない個人幻想と共同幻想の間を、姉妹と兄弟の「対」なる幻想が蝶番となって、一つにつなぐのである。『共同幻想論』後半の主題となる『古事記』以前の世界が、そこに存在していた――。

弥生式文化を背景として成立した大和王権は、琉球・沖縄にだけ遺制をとどめている統治形態を、最古の古典である『古事記』や『日本書紀』のなかで、〈神話時代〉として保存するほかはなかった。そして同時にこれを大和王権の統治的な祖形とみなして、〈アマテラス〉という女神と、その弟であり、またわが列島の農耕社会を統治する最初の人物としての〈スサノオ〉という男神に、役割としてふりあてて描いたのである。

アマテラスだけではなく、あるいはスサノヲだけではなく、アマテラスとスサノヲを「対」として考えること。そのとき、万世一系という天皇神話は崩れ去る。スサノヲは折口信夫の起源にも、その終焉にも存在していた。吉本の「南島論」は、折口が第二次世界大戦後はじめて明確に言葉にすることのできた「女帝考」の考察を直接に引き継いだものである。天皇は神ではない。神と人との間をつなぐ「対」なる機能なのだ。吉本隆明にとって、南島の祝祭に体現された「異族の論理」とは、「本土中心の国家の歴史を覆滅するだけの起爆力と伝統」を抱えこんだ女性的で「対」なる関係性を、「理論的に琉球・沖縄における〈姉妹〉と〈兄弟〉のあいだに特別な意味をあたえている祭儀や習俗の遺制」に求めていくことを意味していた。

柳田國男も折口信夫も、南島の祝祭のなかに、吉本隆明が求めたような「対」なる存在が出現する様を幻視していた。しかも、その「対」なる存在は、人間的な形象をはるかに超え出た、荒々しく野性的な「仮面」を身につけていた。折口は柳田に導かれて南島からさらなる彼方へ踏み出そうとする。南島の「古層」はさらなる外部へと開かれていた。大正一二年（一九二三）、折口ははじめての南島調査旅行の成果を「琉球の宗教」としてまとめ、世界聖典全集の一冊である『世界聖典外纂』[*11]に発表する。同じ年の夏、二度目となる南島への旅を実現する。第一回目の調査旅行で折口は沖縄本島だけしか訪れることができなかった。今回の旅の目標としては、本島のみならず、さらにその先、八重山諸島――琉球弧の限界たる「群島」――が目指されていた。[*12]

八重山諸島への旅を経た折口は、「琉球の宗教」を大きく書き替える。最も重要な最終章「神と人との間」の冒頭、ただの一行「生き神とか現つ神とか言ふ語は、琉球の巫女の上でこそ、始めて言ふ事が出来る様に見える」とあった部分は、こう書き直された――「日本内地に於ける神道でも、古くは神と人間との間が、はつきりとしない事が多い。近世では、譬喩的に神人を認めるが、古代に於ては、真実に神と認めて居たのである。生き神とか現つ神とか言ふ語は、琉球の巫女の上でこそ、始めて言ふ事が出来る様に見える。即、神人は祭時に於て、神と同格である」。[*13]巫女という人間的な形象を超えて、焦点は「神」に絞られている。祝祭において、神が人になる。そのとき、神と人との差異は跡形もなく消滅する。折口の古代学の核心、折口の「人神論」の起源であり、マレビト論の起源がここにある。

折口信夫を八重山諸島に導いていったのは、大正一四年（一九二五）にまとめられた柳田國男の『海南小記』に記された旅の見聞である。実際に行われた南島への旅からその記録の刊行まで四年以上の月日が流れている。柳田國男の学の転換、「山人」から「常民」への転換は、この間に果たされていった。大正一〇年（一九二一）の二月下旬、南島への旅がちょうど終わる頃、柳田國男は、外務省から国際連盟委任統治委員就任を打診される。新渡戸稲造の推挽によったという。柳田は受諾し、東京への帰還後、折口たちに沖縄本島と八重山諸島で自らが見聞し体験したことを話すとすぐさま列島を発ち、アメリカを経由してヨーロッパに入り、国際連盟の本部が置かれていたジュネーヴに到着する。

その後、関東大震災の報を受けて急遽帰国し、委員を辞任する大正一二年（一九二三）一二月まで、柳田は日本という国家を代表して、委任統治すなわち「植民地」経営の問題に積極的に取り組むことになったのである（途中、半年近くの一時帰国期間を含む）。柳田はユダヤ問題に高い関心を抱き、パレスティナに出張することを願い出た（結局パレスティナ出張は認められなかった）。さらには、「原住民」（natives）の保護政策についてなされた柳田の報告のなかに、common people および common body という術語が出現する。まさに「常民」である。[*14]民族を外から見たとき、内なる差異――非定住民である芸能の民と祭祀の王――は捨象され、均質の中間層が抽出される。『海南小記』は、その変化の只中で書物のかたちになった。折口のマレビト論は、柳田國男の民俗学の中心が「山人」（異人）から「常民」に移り変わろうとしていたとき、柳田が切り捨ててしまった可能性を極限まで展開することによって可能となった。それ故、折口のマレビト論、「常世及び「まれびと」」によって、柳田と折口は、学においては決裂することになったのである。

柳田國男が列島の南端、八重山諸島の石垣島で出会ったのは、常世（ニィル）の国から、聖なる洞窟を通って、時を定めて地上に訪れてくる神にして人（マレビト）、神と人の間の媒介となる中間的で異形の来訪神、「二色人」（ニィルピト）であった*15――。

ナビントウは路の右手の海際に、僅かの木杜《きもり》を負うた崖の岩屋である。毎年六月穂利祭《ほうりまつり》の二日目の暮方に、赤又黒又の二神は此洞から出て、宮良の今の村の家を巡つてあるく。必ず月の無い夜頃を択ぶことに為つて居る。夜どほし村の中をあるいて、天明には又洞の奥に還つて行くと、次の日は村の男女が此に参詣する。佐事《さじ》と称する六人の警固役が、杖を突いて其途に立つて居り、常々行ひの正しい者で無いと、何と言つても通ることを許さぬ。宮良の人々は神の名を呼ぶことを憚つて、単にこれをニイルピトと謂つて居る。即ち赤と黒と二色の人と云ふことであると謂ふが、ニイルは即ち常世の国で、是も遠くより来る神の意であらう。此村の旧家の前盛某が、平日は神の装束を厳重に預かつて居る。木を削つて作つた怖ろしい面で、赤は黒よりも猶一段と怖ろしいさうだ。茅や草の葉を身に覆うて、人が此面を被ると云ふことだが、自分は信徒に対する敬意から、強ひて拝見を求めなかつた。実際新宮良の住民は、祭の日には人が神と為ることをよく知りつゝ、而も人が神に扮するといふことは知らぬやうである。

「祭の日には人が神と為る」。折口は、柳田のこの宣言を受けるかたちで「琉球の宗教」を書き直し（増補された部分の大半の事例が石垣島での見聞である)、後に「国文学の発生(第三稿)」と改題される「常世及び「まれびと」」を書き上げる。折口はマレビトを、こう定義する――「てつとりばやく、私の考へるまれびとの原の姿を言へば、神であつた。第一義に於ては古代の村々に、海のあなたから時あつて来り臨んで、其村人どもの生活を幸福にして還る霊物を意味して居た」[*16]。古代学を提唱した折口らしく、柳田の「「イタカ」及び「サンカ」」や「巫女考」および「毛坊主考」を引き継ぎ、まずは歴史の上にあらわれた、年があらたまる際に神に扮し祝福の言葉を述べるさまざまな「乞食者」が取り上げられ、検討される。

しかし、冒頭で定義されたマレビトの概念に最も良くあてはまるのは、折口が石垣島で実際に体験し、詳細な情報を仕入れることができた、異界にして他界である海の彼方から時を定めて訪れる異形の神々をめぐる祭祀であった。折口は、こう続けていく。八重山諸島のあちらこちらで、一年に一度、高天原を追放されたスサノヲのように簑笠を着けた二体の神が、「海のあなたにある楽土」である「まやの国」から村々を祝福するために訪れてくる。人々はその二体の神に一年の収穫を感謝し、来たるべき一年の豊作を祈る――「蒲葵《クバ》の葉の簑笠で顔姿を隠し、杖を手にしたまやの神・ともまやの神の二体が、船に乗つて海岸の村に渡り来る。さうして家々の門を歴訪して、家人の畏怖して頭もえあげぬのを前にして、今年の農作関係の事、或は家人の心を引き立てる様な詞を陳《の》べて廻る。さうした上で、又洋上遥かに去る形をする」。人間と植物の性質を兼ね備えた、植物霊の化身のような神々。さらに折口は、より怪物的で「猛貌」の神々の消息を聞く――。

おなじ八重山群島の中には、まやの神の代りににいる人《ピツ》を持つて居る地方も、沢山ある。蛇の一種の赤また、其から類推した黒またと言ふのと一対の巨人の様な怪物が、穂利《フウリイ》祭に出て来る。処によつては、黒またの代りに、青またと称する巨人が、赤またの対に現れるのもある。此怪物の出る地方では、皆海岸になびんづうと称へる岩窟の、神聖視せられて居る地があつて、其処から出現するものと信じて居る。なびんづうは、巨人等の通路になつて居るのだ。

折口がここで説く「にいる人」の伝承は、柳田が『海南小記』に記した「二色人」と同じものである。「にいる」の国、海のあなたの楽土から聖なる岩窟を通り抜けて、収穫を祝い豊作を祈る穂利祭（豊年祭）の夜に、「一対の巨人の様な怪物」が出現する。人間以上にして人間以外の「対」として顕現する、異形の霊的存在。八重山の古記録に「猛貌之御神、身に草木の葉をまとい、頭に稲穂を頂、出現立時は豊年にして、出現なく時は凶年」（読点を付している）と記され、その出現の際の村人たちのあまりの熱狂ぶりに何度も禁止されながらも、現在に至るまで強靱な生命力を保ち続けている草荘神、「赤マタ・黒マタ」と総称される仮面祭祀である。折口は、その仮面祭祀の中心に位置する神にして獣、獰猛でありながら自然の精霊そのものでもあるような一対の神獣を、自らの古代学のはじまりに位置づける。女たちが力をもつ南島の祭祀のなかで、例外的に、「赤マタ・黒マタ」祭祀に参加できるのは男たちだけだった。最も強靱な精神と肉体をもった青年だけが、荒々しい仮面神に変身することができた。

「赤マタ・黒マタ」の仮面祭祀は、八重山諸島の西表島の古見（白マタを加えて三体の仮面神が登場する）、小浜島、新城島、石垣島の宮良に伝わり、いずれも古見部落から段階を経た伝播が想定されている。その古見に伝わる起源譚では、さらなる南の島に起源をもつ「仮面」の由来が説かれていた。仮面の神々は島の境界と国の境界を軽々と超え出ていく。柳田國男も折口信夫も、実際にこの仮面祭祀を見ることはできなかった。しかし、ともに適確に（むろん伝聞ゆえの誤りを含みながらも）、祭祀の本質を抽出している。[*17]「秘密」の祝祭である「赤マタ・黒マタ」祭祀の本質を、柳田と折口がこれほど正確に把握できたのは、おそらくは同一の人物から情報を得ていたからである。柳田と折口の両者とともに、それぞれの南島民俗調査に携わった人物。南島に生まれ、南島に生活しながら、はじめて外部からの学問的な刺戟（伊波普猷の存在）によって、意識的に仮面祭祀の詳細を記憶し、さらには文字に記録してくれた情報提供者にして研究者たる喜舎場永珣（一八八五―一九七二）である。[*18]

喜舎場永珣の「赤マタ・黒マタ」祭祀に関する調査報告は、「赤マター神事に関する覚書」として集大成されている。[*19]その「覚書」によって、現在でも神秘の向こうに隠されている仮面祭祀の核心を知ることが可能になる。まずは赤マタと黒マタの神のもつ特異な相貌が明らかにされる。赤マタは「一尺五寸」（約四五センチ）の木の面を用い、とある家に秘蔵されている。しかも「歯と眼球は貝細工で、耳には香を焚く装置がしてあった」という。赤と黒の二つの仮面に神が宿り、その仮面をつけた人間は神となり、歌う。

その祝祭の一日目――「この旧六月の壬癸の日の夜、丑満頃ともなれば、右二箇の神面を取出して、部落から東南方に六町程隔たった「ナビン洞《どう》」と称する洞穴の中にこっそりと持ち運んでゆく。胴体手足は前夜人目を忍んで採取して来たるハリガネ葛を以て固く編み、神面を被り、葛の衣を胴体手足に纏い、薄《すすき》を頭髪に擬して装飾を整える。その間周囲には警護団（ナビンドウサジ）並に鼓先頭《ちぢんしんどう》等をして厳重に警護せしめ、一切他人を近付けない。強いて覗く者がおったらそれこそ袋叩きにされる」。

洞窟のなかで人間は徐々に神に変身してゆく。聖なる洞窟のなかでは、一体何が起こっているのか。喜舎場が残してくれた小浜島の例では、こうなる。洞窟の奥の最も神聖な場所で、神々の仮面が化粧され、そこで人が神となる。仮面を「仕出す」のだ。それでは、「仕出す」とは、どのような事態を意味する言葉なのか。「赤マタ・黒マタ」祭祀を、その発祥の地とされる西表島の古見や、重要な中継点である小浜島で調査し、きわめて貴重な報告「八重山群島におけるいわゆる秘密結社について」[*20]をまとめ上げた宮良高弘によれば、このとき、赤マタと黒マタの仮面を水で化粧して「シィダス」のだという。「シィディン」はもともと「生れる」「孵える」「脱皮する」という意味をもつ言葉だった。

「人が生まれる」場合に用いられる「マリン」とは異なり、「卵が孵化する」場合や「蛇が脱皮する」場合に用いられるこの言葉、「シィダス」（「すでる」）に、折口信夫もまた、敏感に反応していた。『古代研究』民俗学篇1にはじめて収録された草稿「若水の話」は、全編をあげてこの言葉「すでる」が可能にする死と再生の思想を論じたものだった。折口は、こう述べていた――「すでるは母胎を経ない誕生であったのだ」、「或は死からの誕生（復活）とも言へる」。「すでる」ことができるのは、聖なる水の儀式によって「異形《イギャウ》身」として他界に転生する王だけだった――「畢竟卵や殻は、他界に転生し、前身とは異形の転身を得る為の安息所であった」[*21]。卵から生まれた蛇が、その後も何度も皮を脱いで生まれ変わるように、王もまた「外」から力を得て何度も甦る。

猛々しい仮面をつけ、美しく力強い若者たちは、不死の王たちのように、あるいは不死の動物たちのように再生し、神として復活する。その奥に聖なる水をたたえた洞窟自体が、新たな誕生のための母胎となる。島に穿たれた根源的な母胎から、赤マタと黒マタが轟音とともに地上に出現する。そのとき、島全体が、祝祭のための巨大な劇場となる。[*22] 喜舎場によって描き出されたその情景（以下、一部注記を省略して引用している）――「この赤マター・黒マターの両神が「ナビン洞」から踊り出てくるときには、旗持二人を先頭に立てて現われる。この旗持には、本年十五歳となって一人前の大人仲間に入った者すなわち「新チキヤー」の中から選ばれることになっている。そしてこの二人は陣羽織と襦袢袴下を着け、脚絆で身を固め、左右の足を交互に上げ、歌と鼓に合わせて旗竿を持ったまま跳ね飛んでくる」。続いて「鼓先頭」の八人が、その後に赤マタと黒マタの神が、さらには村の古老・青壮年・婦女子らが……。神々も人々も入り混じり、歌い、踊り、舞い、飛ぶ。

神々の仮面には、この列島の果てのさらなる南の楽土からもたらされたという「外来神」としての伝承と、聖なる山に向かって消息を絶った少年がそのまま神となってふたたび村を訪れてきたという「祖霊神」としての伝承が、相矛盾するまま一つに結びついていた（古見の例）。外部と内部、マレビトと「祖霊」、蛇の化身にして稲の化身、柳田國男の民俗学と折口信夫の古代学はこの両義的な存在、あるいは、神と人と動物、さらには森羅万象が一つに交わり合うこの両義的な場所によって、一つに接合されると同時に二つに切り裂かれる。

柳田國男と折口信夫の探究が並行し、共振するのはこの地点までだった。関東大震災、さらには第二次世界大戦という無数の死者を生み出した厄災を経て、両者はほとんど正反対の方向に向かって、それぞれの学をその帰結まで展開していくことになったからだ。南島民俗調査の後、柳田國男は「人間」の世界を選び、共同体の内部から人間たちを内在的に統合する原理を探究してゆく。共同体の外部に存在する神は、次第に人間化されて「祖霊」となる（『先祖の話』）。折口信夫は「神」の世界を選び、共同体の外部から人間たちを外在的に統治する原理を探究していく。共同体の内部に存在する人間は、次第に異形化、もしくは神化されて「人外身」をもったマレビトとなる（「民族史観における他界観念」)。

柳田國男と折口信夫はある場合にはきわめて良く似た分身として、ある場合にはまったく異なった正反対の鏡像として、それぞれの学を練り上げていった。あたかも、その共通の起源となった相互に矛盾する両義的な相貌をもった南島の仮面神のように。

1　『全集』19・二一三および二一四。折口は篤胤の「俗神道」を「一方は古い書物としてあつかひ、他方ではさうした現実を別に考へてゐたので、二つは並行してゐて交叉しなかつたから駄目でした」と考察しているが、折口が確立することを目指した古代学こそ「古い書物」に記録された祝祭の「文」と現実の祝祭で歌われている「言」を交叉させる学だった。ここでも折口は平田篤胤のことを語りながら、自己のことを語っている。

2　柳田『全集』23・三九三。この他にもハイネの『諸神流竄記』の読後感なども語られ、後に民俗学としてかたちが整えられる以前の柳田國男の学の原型がどのようなものであったかが分かるきわめて重要なテクストである。独歩が聞き手であった可能性も充分に考えられる。しかしながら、柳田の意を汲んだ定本著作集には収録されなかった。「先生の学問」で、民俗学以前、「仙人の事などに先生が興味を持つて居られるといふやうな話を始終聞いてゐました」(『全集』19・二一三―二一四)と折口が語っていることから、少なくとも折口はこのようなテクストの存在に意識的であり、だからこそ、柳田の学の起源として篤胤の名前を挙げることができたのであろう。平田派の神学は、明治維新以降急激に国家神道の中枢から排除されていった。

3　柳田『全集』23・三九五。うつし世（現世）とかくり世（幽冥）からなる「幽冥界」の構造については、同・三九六。平田篤胤が自身の神学にして宇宙生成論としてまとめた『霊能真柱《たまのみはしら》』（一八一三年）で説いた構造そのものである。柳田は、平田派の「神道家」であった実の父と、なによりも歌の師であった松浦辰男（号萩坪）から、可視の現実界とは異なるもう一つ別の世界、不可視の「幽冥界」の在り方を学んだと思われる（もちろん篤胤の書物も読み込んでいた）。明治四二年（一九〇九）にこの世を去った松浦辰男への追悼文「萩坪翁追懐」のなかに、松浦が語ったとされる「幽冥界」の構造について、ほぼ同様の記述が見出されるからだ。

4　柳田『全集』同・三九九。

5　引用は柳田『全集』同・六九二および六九三。「山人の研究」は明治四三年（一九一〇）四月一日発行の『新潮』に掲載された。やはり定本著作集には収録されなかった。

6　柳田『全集』24・七五。

7　イタカ、サンカ、傀儡子たちが本当に柳田の考える通りの存在であったのか、ここでは正否の判断を下すことはしない（多くの批判も提出されている）。本章では、あくまでも柳田の論理の展開を追っている（折口についても同様である）。ただし、この時期、柳田は厳密な文献読解者であったこともまた事実である。柳田は無責任な空想だけで論を組み立てているわけではない。引用は柳田『全集』同・七一、六六。

8　柳田『全集』同・六一—六二。柳田がここに述べている「神子降誕の思想」（『妹の力』に収録され、「母の神と子の神」というサブタイトルを付された論考「雷神信仰の変遷」より）もまた柳田の民俗学をはじまりから終わりまで貫くものである。しかしその前半期と後半期では、担っている意味を一八〇度変えてしまう。前半期では、「神子」は、外側の異世界との交通の結果二つの世界を結び合わせるために生み落とされるものであったが、後半期では、人が祖霊となるために内側から必要とされる機関たる巫祝の家の始祖としての役割を果たすものとなった。

9　以下の引用は順に、『全集』2・四八、七三、五五、七六、八一。「琉球の宗教」が発表された直後、大正一二年（一九二三）の夏、折口は南島に向けて二度目の旅に出る。その二度目の旅での見聞をもとに、『古代研究』に収録される際、「琉球の宗教」は大幅に増補された（章立てだけでも「六」から「一〇」へと二倍近くに増える）。ここに引用した箇所はすべて増補以前の「琉球の宗教」、その原型の段階ですでに書かれていた部分ばかりである。

10　『情況』（河出書房新社、一九七〇年）より、引用は一九一—一九二、二〇一、二〇三、二〇二頁。なお、個人的な見解を挟ませてもらえば、乏しい経験ではあるが何回か南島を訪れたことのある者の実感として、柳田、折口、吉本と続く南島に「古層」が保存されているという見解は素直に受け入れることはできない。その「古層」は交通に開かれ、変容してしまっている。南島は、「古」と「新」に区別をつけることができないような、さまざまな要素が入り混じり、融合した「雑」なる世界である。吉本が『共同幻想論』の後半で論じる『古事記』も、列島の歴史のなかで本格的に読み直しがはじめられるのは中世の神仏習合的な環境のなかからであった。『共同幻想論』の前半では『遠野物語』が論じられていた。『石神問答』と『遠野物語』の時代の柳田にとって、特に『石神問答』で検討された境界の神は、神道、仏教、道教などあらゆる神を習合する外来の神だった。「古代」とは、あるいは「古層」とは、時間的な過去の事実として、純粋な状態で存在するものではなく、あらゆるものが入り混じる中世的かつ神仏習合的な環境を条件として、その外部として抽象されたものであろう。逆に、そのような観点からこそ、今後、民俗学および古代学の再構築を行うことが可能になるはずだ。

11　『世界聖典外纂』の巻頭には高楠順次郎が「世界宗教概説」を執筆し、その他にも鈴木貞太郎（大拙）が「スエデンボルグ」を、第二次世界大戦後折口が「死者の書　続篇」で取り上げることになる唐にまで伝道されたキリスト教異端「景教」の教義の詳細を佐伯好郎が執筆していた。「琉球の宗教」は「新仏教家」藤無染と浅からぬ関係をもった人々の間で書かれ、そこから抜け出ていく契機となったのである。『世界聖典外纂』刊行の直前には、同全集の一巻として金田一京助訳による『アイヌ聖典』も上梓されていた。

12　二度の南島調査旅行については、西村亨『折口信夫とその古代学』（中央公論新社、一九九九年）の、特に第六章から第八章に詳しい。南島のみならず、折口が行った「旅」について多くの貴重な情報を得ることができる。「琉球の宗教」の執筆が「国文学の発生」の導きになったという池田彌三郎に向けて語られた折口の言葉も紹介されている（二六〇―二六一頁）。
13　『全集』２・七九。なお、折口の古代学、折口による「民族論理」を「琉球の宗教」からはじまる「人神論」として読み解いていった論考に、修士論文として書き上げられた島薗進「折口信夫における「民族論理」論の形成」（単行本未刊行、一九七四年）がある。著者の厚意により拝読する機会を得、多くの示唆を得た。そのエッセンスは島薗進『日本人の死生観を読む　明治武士道から「おくりびと」へ』（朝日新聞出版、二〇一二年）にまとめられている。
14　岩本由輝『もう一つの遠野物語』追補版（刀水書房、一九九四年）による。
15　柳田『全集』３・三一三。
16　『全集』１・一三、以下の引用は二五―二七。「まやの神」の事例は、石垣島川平の節祭に出現するマユンガナシと呼ばれる来訪神の儀礼である。折口は実際には見ていない。
17　「赤マタ・黒マタ」祭祀は現在でも写真撮影や記録が禁じられている。そのため詳細な比較研究を行うことはできないが、二〇一二年の夏から合計三回、宮良の祭祀実見した印象から言っても、柳田と折口の両者による報告は、もちろん細かい相違点は存在するとはいえ、それほど的外れではないと思われる。折口が実際に参加することができたのは、翁と媼の仮面をつけた二対の神が、覆面の楽器奏者、覆面の舞踊者たちの一団を率いて練り歩く登野城の盆アンガマである。折口に「祖霊の群行」というイメージをもたらし、「翁の発生」の一つの源泉となった。
18　喜舎場の他にもう一人、柳田と折口の民俗調査に協力した人物として岩崎卓爾（一八六九―一九三七）がいる。「赤マタ・黒マタ」を蛇の化身として捉えているのは、岩崎の著書『ひるぎの一葉』（一九二〇年）である。このとき、仙台出身の岩崎は石垣島の測候所につとめ、石垣島登野城出身の喜舎場は宮良地区にある小学校の校長をつとめていた。つまり喜舎場は、外部の研究者のなかで、「赤マタ・黒マタ」祭祀の詳細を、最も内部に近い視点から把握することが可能であった。
19　『八重山民俗誌』上巻（沖縄タイムス社、一九七七年）に収録。宮良村の事例は三〇八―三一一頁。小浜島の事例は三一六―三二二頁。ナビン洞は「洞窟」とともに「窪地」をも意味しているようである。
20　叢書わが沖縄第五巻『沖縄学の課題』（木耳社、一九七二年）に収録。特に「小浜島の秘密結社」の章、二三四―二四三頁。
21　引用は『全集』２・一二〇および一二二。「若水の話」という草稿は、「水の女」論とも密接な関係をもち、「大嘗祭の本義」によって完成する折口の王権論の基盤となった。
22　突然の事故によって若くして世を去った小山田咲子が、新城島の「赤マタ・黒マタ」祭祀を論じた貴重な論考、「沖縄県・新城島の祭祀　異形の神アカマタ・クロマタをめぐって」（『演劇映像』第五〇号、二〇〇九年）のなかで使っている表現。南島の祝祭は、島全体を一つの劇場と化し、村人全員が参加し、演じられる。

民俗学を超えて

祝祭のなかで、人は神となる。

まとめてしまえばただ一言、そうした事態を分析し解明することだけが、折口信夫の学問全体を貫く主題であった。マレビトという、折口信夫が創り上げた概念もまた、一年に一度、祝祭をもたらすために共同体を訪れる、神であるとともに人でもあるような存在を指す。一年で最も厳しい季節を迎え、世界がやせ衰え「死」に直面したとき、神であり人であるマレビトが訪れ、時間も空間も生まれ変わり、世界は豊饒な「生」を取り戻す。世界が死に、世界が再生される瞬間、激烈な力が発生し、解放される。それまでの世界が破壊され、新たな世界が創生されるからだ。人々は、その瞬間を、あるいはそうした瞬間をもたらす存在を、畏れまた敬う。マレビトは、自然の生命がもつサイクルと人間の生活がもつサイクルを一つにむすび合わせ、死を生に転換する役割を果たしていた。

マレビトは、人々に「死」の恐怖と「生」の祝福をもたらす。

だからこそ、マレビトは中間的で両義的な存在、善と悪、もしくは構築と破壊を兼ね備えた、霊的であるとともに異形のものでなければならなかった。精霊にして「鬼」でもあるような……。人々はマレビトを地上に迎えるために、自分たちが生きる時間と空間を、あるいは自分たち自身を、徹底的に清め、浄化する。日常の生活から離れ、母胎にして墓地でもあるような「境界」の場所、隔離された非日常の場所に籠もり、神を演じながら神自身と成るのにふさわしいように精神と身体の状態を整えていく。さらには、奥深い森のなかから聖なる樹木が切り出され、一本の巨大な柱として祝祭の場に立てられ、天上から神を招くための「標《しるし》」となる。空間の始まりにして空間の終わりでもある神の聖域が画定されたのだ。その「標」を目がけて神が降臨してくるのは、変化の象徴である月が中天にかかる、時間の終わりにして時間の始まりでもある真夜中のことである。

時間も空間もゼロに還り、そこに聖なるもの、すなわち神が出現する。

真夜中、最も遠く離れた外部の超現実世界に存在していた聖なるものが、最も身近で親密な現実世界の内部に顕現してくる。外と内、超越する神と内在する自己が通底する。しかしながら、祝祭の場に降臨してきた神の姿は、誰も見ることができなかった。ただ、その気配を感じ取ることができるだけだった。まずその気配を感じるのは、自分のなかに何かを迎え、何かを生み出す器官を備えた女たちである。聖なる存在が孕まれる祝祭の場所、聖なる母胎そのものとなった時間と空間のなかで、女たちは神の声を聴く。その声は明瞭に区切られ、確かな意味を伝達してくれる非連続の粒子のようなものではない。不明瞭ではあるが身体にダイレクトに伝わる揺れ動くリズムのようなもの、連続し流動する波動のようなものである。女たちはそのリズムに合わせて歌い、舞う。男たちは女たちから教えられたリズムを模倣し、踊る。女たちは聖なる言葉を聴き、男たちはその聖なる言葉に具体的なかたちを与える。南島では、女たちは憑依のなかで神との聖なる婚姻を果たし、マレビトとしての「神の子」を孕む。「神の子」は動物や植物や鉱物と交感し、森羅万象あらゆるものに変身することが可能になる。

神の言葉、神の動作を「真似」し、反復を重ねることから芸能が生まれる。

ゆっくりと旋回しながら「舞う」女たち、そこから垂直に飛び上がり大地を「踏む」男たち。水平の運動と垂直の運動が交わるところに舞踏が生まれ、音楽が生まれる。「自己」という固有性は消滅し、「神」という普遍性が出現する。だからこそ、「神」となって舞踏するために人は仮面を被るのだ。仮面は「自己」という固有性をあとかたもなく消滅させてくれる。仮面を付けた瞬間、人は神になり、神は人になる。そして神の言葉と、神の動作を「真似」し――折口信夫は「芸能」という言葉の原義（能＝態）に「ものまね」を見出していた――徹底的に反復する。過剰な反復によって、祝祭の場では、オリジナル（「翁」）とコピー（「もどき」）、本物と贋物、悲劇と喜劇の区別が消滅してしまう。

芸能によって、人間は宇宙にひらかれた存在となる。

度重なる芸能の反復とともに、聖なる宇宙樹を通して天上の世界と地上の世界は一つにつながり、始まりと終わりをもった地上の有限の時間は、円環を描いて永遠に回帰する天上の無限の時間と交わる。人間は人間の限界を超えて、神的な領域にまで到達する。そのとき神は自然そのものとなり、大宇宙の運行と区別がつかなくなる。祝祭は人間を宇宙的な存在に変えるのだ。満ち欠けを繰り返す月と、彼方の世界から通じてくる水は「不死」の象徴となる。人々はマレビトによってもたらされた世界の更新を繰り返し、二つの別々の時間、直線として流れる水平の時間と、円環を描いて回帰してくる垂直の時間を交互に生き抜いていく。時間と空間は祝祭によって螺旋状に展開する。そのなかで人々は、過去の親たちの死を現在の自分たちの生として反復し、現在の自分たちの死を未来の子供たちの生として反復する。「死」の世界に去った祖先たちは、祝祭によって「生」の只なかへ、未来の子供として甦ってくるのだ。

＊

折口信夫のマレビト論の骨格を抽出してみれば、以上のようになる。[*1] 柳田國男が『日本の祭』で提出した祝祭の論理と響き合う芸能の論理である。折口の探究は、マレビト論確立以降、祝祭という場、芸能という場で、神となる「人」の問題と、人がなる「神」の問題の二つに絞り込まれていく。柳田の学とは異なった、折口の学のもつ独創性は、その二つの問題をめぐって展開されていくことになる。

「人」の問題については、この列島において外部からもたらされる神の荒ぶる力を直接に取り扱う技術をもった二つの極、放浪する芸能の民たちと祭祀の王たる天皇の問題として整理されていった。芸能の民たちも天皇も、ともに、この列島においては、外部に超越する力を内部に取り入れ内在化する技術を磨き上げてきた。あるいは、外部の力に直接触れるため、社会の内部に安定した地位を占めることができず、社会の最下層と最上層と方向はまったくの正反対ではあるが、ともに社会の外部へと排除されてきた。技術においても、地位においても、両者の存在の様相は等しい。あるいは柳田國男と折口信夫のように、よく似てはいるが正反対の姿をもっている。

折口は、芸能の民と天皇に共通する技術として、外部からやってくる神の聖なる霊魂を取り扱い、神の聖なる言葉を取り扱う技術を見出す。神の霊魂（「外来魂」）と神の言葉（「神語」）は折口のなかで表裏一体をなすものだった。ちょうど芸能の民たちと天皇の存在が表裏一体であるように。折口は、神の聖なる霊魂と神の聖なる言葉を「乞う」（ホカフ）という点から、芸能の民たちを「ホカヒビト」と総称し、神の聖なる霊魂であり神の聖なる言葉でもある「御言」（ミコト）を自らのうちに「保持」（モチ）するという点から、天皇を「ミコトモチ」と名づけた。マレビトとして祝祭の場に関与できるのは、ホカヒビトもしくはミコトモチのいずれかであった。あるいは、マレビトは、ホカヒビトとミコトモチという二つの極をもっていた。[*2]

当然のことながら、芸能の民たちも天皇も、常民論以降の柳田が直接言及することを避けた存在である。柳田の常民は、社会階層全体のなかから最も上の階級と最も下の階級、つまり折口がマレビトとして抽出してきた二つの極を取り除くことで確立されたからだ。逆に折口の学が成立するにあたって、互いに通底し合う、社会の最下層に位置して芸能を生業として放浪する「乞食」たちと、社会の最上層に位置して神的な権力を行使する「王」は、絶対の条件であった。ホカヒビトたちは神の聖なる霊魂を招喚する芸能によって神の祝福を乞い（ホカヒ）、ミコトモチは神の聖なる言葉（ミコト）を行使し、一方的に命令を下す。折口にとって、詩と権力の問題もまた表裏一体の関係にあった。だからこそ、国文学と民俗学、「古代」に残された神の聖なる言葉を解釈する学（国文学）と神の聖なる言葉が生み落とされる祝祭の「現在」を記録する学（民俗学）が一つにむすび合わさり、折口の学が可能になったのである。詩という文学発生の起源も、天皇という権力発生の起源も、祝祭という場に出現するマレビトに集約される。折口のマレビト論は、文学論と権力論を一つに総合するものだった。

「神」の問題についても、折口は、人間的な「祖霊」ではなく、森羅万象あらゆるものに聖なる霊魂を賦与し、聖なる言葉を賦与する根源的な存在を求めていた。神の聖なる言葉とは自然のもつ力そのもののことである。さまざまな霊魂を互いにむすび合わせ、自然のもつ諸力を互いにむすび合わせ、あらゆる生命を発生させる「産霊」が、折口が最終的にたどり着いた「神」の姿である。マレビトを生涯認めることのなかった柳田國男は、第二次世界大戦後に折口が正面から主張するようになる「産霊」に対しても、きわめて否定的な見解を抱いていた。[*3] 柳田國男が最終的にたどり着いた人間的かつ人格的な霊魂を一つに融合する「祖霊」に比して、森羅万象あらゆるものに霊魂を賦与し生命を発生させる折口信夫の「産霊」は、あまりにも非人間的かつ非人格的な存在だった。

折口信夫は、キリスト教のもつ超越の論理に関しても、神道のもつ内在の論理に関しても、さらには両者を矛盾するがまま一つにつなぎ合わせる仏教の禅、鈴木大拙が『金剛経』に見出した「即非」の論理に関しても、充分な理解をもっていた。超越と内在を、すなわち彼方の普遍的な神と此方の固有の私を、矛盾するがまま一つにつなぐ。だがしかし、折口は、非連続が連続となるそうした両義的な場を、一つの神学として抽象的に思考したのではない。より具体的に、人々の生活の場のなかに探って行ったのである。柳田國男の民俗学はその導きの糸となった。人々は、祝祭の場で、天上の神を地上に招く。超越と内在を、自らの手で創り上げた神の「標山」および神の「依代」によって、一つにつなぎ合わせている。超越は、具体的な「もの」を媒介として内在に転化する。

柳田國男との出会いの場であった雑誌『郷土研究』に掲載された「髯籠の話」には、こう記されていた――「神の標山には必神の依るべき喬木があつて、而も其喬木には更に或よりしろのあるのが必須の条件であるらしい」。古代の人々は天上に存在する太陽神を地上に招くために、太陽神を象った「依代」、「太陽神の形代」を天高く掲げる。[*4]「もの」を媒介とした神と人との関係は、南島の仮面祭祀の発見を契機として、より直接的な神と人との関係に変化する。というよりも、神と人と「もの」との区別が無化されてしまう領域に、折口は踏み込んでいった。その結果として、柳田國男との別れの場となってしまった雑誌『民族』に「常世及び「まれびと」」が紆余曲折の末に発表され、折口信夫の研究者としての代表作、『古代研究』がまとめられることになった。

折口は、自身の進むべき道について大きな示唆を与えてくれた柳田の「傀儡子考」、すなわち「「イタカ」及び「サンカ」」が二つのミンゾク学、エスノロジー（民族学）とフォークロア（民俗学）の交点で可能になったと考えていた。雑誌『民族』は、国際連盟委任統治委員を経験した後の柳田國男自身の強い希望、あらためて二つのミンゾク学、エスノロジーとフォークロアを一つに統合するという意図のもとに創刊された。雑誌『民族』の編集を実質的に担っていた岡正雄は、こう回想している――「この頃エスノロジーを専攻しようという僕に対する先生の寛容な態度からも忖度されるように、先生はエスノロジーとの関連を考えておられたこともあったと思うのです」、あるいは、「その頃、先生はフォクロア、民族学、人類学、考古学、言語学、歴史学にわたる広い総合的な雑誌を頭に描かれていたと思います[*5]」。

柳田國男は雑誌『民族』に、『妹の力』や『神樹篇』の中核となる論考、さらには「人神論」の系譜に連なる論考を矢継ぎ早に発表していった。折口もまた、「外来魂」を論じ「天皇霊」(雑誌掲載時は「天皇魂」)に言及した「餓鬼阿弥蘇生譚」「小栗外伝」「餓鬼阿弥蘇生譚梗概」という一連の霊魂論、さらには「女帝考」の起源となった貴種を聖なる水で復活させ再生させる「水の女」論、そして「常世及び「まれびと」」を掲載した。いずれも『古代研究』の中心となる論考である。つまり、雑誌『民族』によって、折口の古代学の基礎が形づくられていったのである。柳田や折口の他にも、論考「をなり神」で南島における姉妹と兄弟の関係を論じた伊波普猷や、「若水の話」がなるにあたって折口に多大なインスピレーションを与えたニコライ・ネフスキーの論考「月と不死」、金田一京助や知里真志保によるアイヌ関係の論考、折口と同世代の赤松智城や宇野円空など仏教者にして宗教学者であった「ブッディスト・アンソロポロジスト」たちの手になる呪術論や霊魂論が、次々と掲載されていった。シャマニズムに関する長文の論考も、複数紹介されていた。そのなかでも最も注目すべきは、エミール・デュルケームやマルセル・モースなどによるフランス宗教社会学の成果が、岡の友人として『民族』に参加した田辺寿利や、柳田と折口の両者と深い関係をもちモースに直接師事した松本信広らによって、同時代的かつ本格的に紹介されたことである。

柳田は『日本の祭』で「祭の日」(ハレ)と「常の日」(ケ)を対比させ、神との共食による一体化を説き、祭を「高尚なる一つの消費生活」と定義していた。聖と俗の対立から社会を論じ「供犠」(神との共食)による聖俗の一体化を説いたのはデュルケームであり、そこに生産の論理ではなく神からの――あるいは神への――贈与による消費の論理を説いたのはモースであった。海外の研究者から受けた影響について、柳田自身は、「私が陶酔するような気持ちで本を読んだのはフレイザーの『金枝篇』The Golden Boughだけです[*6]」と語っている。しかし、デュルケームやモースのフランス宗教社会学に高い関心をもっていたことも、岡の証言やそれを裏付ける柳田の蔵書目録などによって明らかである。

当時の柳田國男の自宅の書斎の様子を、岡は、こう回想している――「書棚にはぎっしり洋書が並んでいる。その中に僕が読みたいと思っていたエスノロジーの新刊本が、ずらりとあるんですね。特に卒業論文に利用しようと思って利用できなかった、デュルケームやモースの『社会学年報』が、そろってあるんですよ。それには驚きました。当時、僕もそれを見たいと思っていましたが、東大の社会学研究室にもなく、知人にももっている人はいなかった」[*7]。柳田國男のうちで、ジェイムズ・ジョージ・フレイザーの『金枝篇』とマルセル・モースの『贈与論』が一つに総合されようとしていた。それは柳田國男の『日本の祭』の基本構造となっただけでなく、「大嘗祭の本義」として結晶する折口信夫の天皇論の基本構造ともなったはずである。

折口は、南島調査旅行で得た「実感」によって可能となったマレビト論を基盤として、柳田と同じくフレイザーとモースの「理論」から大きな刺激を受け、「大嘗祭の本義」を祝祭の論理にして消費の論理としてまとめることができたと推定される。しかし影響は一方的なものではなかった。折口のマレビト論もまた、岡の手を経て、そのエッセンスがヨーロッパの学界に紹介されることによって、思いもかけなかった書物の連鎖を引き起こすことになったからである。「祝祭」をめぐって極東の列島とヨーロッパには奇妙な共振関係が生じることになった。その起源には、折口信夫の「常世及び「まれびと」」と、その源泉となった赤マタと黒マタによる仮面祭祀が存在していた。

柳田國男は、雑誌『民族』に折口信夫が書き上げた「常世及び「まれびと」」の掲載を拒否する。柳田の目には「実感」からあまりにも遊離した抽象的な「理論」に映ったのかもしれない。あるいは、自らが確立しようとした「理論」を先取りされてしまった焦りと嫉妬があったのかもしれない。真相は不明である。だが、柳田のその決断が一つの遠因となって雑誌『民族』は瓦解する。柳田と岡の対立は修復不可能になる。折口の「常世及び「まれびと」」は、柳田が雑誌『民族』から手を引いた後、第四巻第二号（昭和四年一月）、すなわち休刊直前の号にようやく発表される。原稿が仕上げられたのは昭和二年（一九二七）の一〇月頃であったと推定されている。原稿が仕上げられ、雑誌に掲載されるまでの期間、「常世及び「まれびと」」は岡正雄の手元にあった。岡は「常世及び「まれびと」」を傍らに置いて、柳田國男の山人論と折口信夫のマレビト論を、「異人」という術語をもとに「古代経済史」の観点――贈与と交換の発生――から一つに総合しようとした。[*8] 岡なりに民俗学と民族学の融合を目指そうとしていたのだ。

贈与と交換という原初の経済行為は、「同」じ者たちの内側ではなく、外側の「異」なった者たち、「異人」たちとの遭遇によってはじまる。岡は、「古代経済史研究序説草案の控へ」と副題が付された「異人その他」を雑誌『民族』第三巻六号（昭和三年九月）に発表する。しかし「原始交易」の発生を論じる予定だった論考は、「異人」の章を経て、折口の「常世及び「まれびと」」に記録された「赤マタ・黒マタ」祭祀のさらなる起源と考えられるメラネシアおよびポリネシアの男性「秘密結社」とその仮面祭祀に関心が集中していく。岡は、折口のマレビト論をメラネシアの事例から再検討し、日本文化の重層的な起源の一つとして位置づけ直した。「赤マタ・黒マタ」祭祀をもとに日本文化の古層に年齢階梯社会の痕跡、母系的な「秘密結社」の存在を想定したのである。以降、「秘密結社」の問題は、岡の日本文化論の一つの中心となっていく。

岡は、メラネシアの「異人」と列島のマレビトに共有される二三もの項目をあげる。岡は、「自」民族だけを「単」一の対象とし「内」側の「同」質な環境に閉じ籠もろうとする民俗学を、「他」民族を「多」元的に比較する民族学の知識をもとに「外」側の「異」質な環境に開こうとした。折口にとって柳田の傀儡子論が民族学と民俗学の交点に位置していたように、岡にとっては折口のマレビト論こそが民族学と民俗学の交点に位置していたのだ。岡の手によって、「赤マタ・黒マタ」祭祀のより生々しい起源の一つと想定された、メラネシアのニュー・ブリテン島に存在する秘密結社ドゥク・ドゥクに伝えられた「仮面」の生成譚にして生殖譚が明らかにされる[*9]――。

> こゝの結社は、他と比べて極めて興味ある特徴を有つてゐる。男子のみが結社員となる事は、変りないが、然し或る儀式には少数の老女が参加するのである。Duk-duk 及び tubuan といふ二種の仮面がある。前者は細長いが後者は短い。トゥブアンは、女性にして、ドゥク・ドゥクの母と考へられ、北西の季節風の終期に於て毎年ドゥク・

ドゥクを産むのだといふ。ドゥク・ドゥクは次の季節風の始まる際に死んでしまうが、彼女は決して死なない。毎年々次の年に於てドゥク・ドゥクを産むのである。そして之は時々、タライウの叢林の中から黒い仮面をつけて出てくる。彼等は叢林の中に住んでゐると信じてゐる。

折口のマレビト論が、さらなる外へとひらかれたのだ。仮面は人間ではなく仮面の母から生み落とされていた。まさに仮面が仮面を再生させる、仮面は仮面によって「すでる」のである。神は人間ではなく仮面に宿る。仮面を通じて人は神と成る。「異人その他」は、一九三三年に岡がウィーン大学民族学研究所に提出した本文五巻、写真図版一巻からなる博士論文『古日本の文化層』*Kulturschichten in Alt-Japan* の原型となった。結局のところ、岡の生前はドイツ語でも日本語でも発表されなかったこの博士論文は、日本文化を成り立たせている複数の文化の流れを腑分けし、その重層・混合・併存の諸相を論じたものであったが、その核心は、南島の男性秘密結社による仮面祭祀にあった。博士論文提出の翌年、ロンドンで開催された第一回国際人類学民族学会議に出席した岡の報告は、「琉球＝日本における秘密結社組織」と題されていたからだ。

岡がそこで論じていたのは、正真正銘、折口のマレビト論のエッセンスである。邦訳され、『異人その他』に収録されたその報告の冒頭にはこう記されていた[*10]――「日本と琉球では冬から春への替り目に、仮面仮装したムラの若者たちによって演じられる精霊・神々が出現する。木の葉、ワラ、仮面で異装し、棒を手にして、騒音を立てる人々はオキナとオウナ――妣の国から来た祖先――を表わしている。特に琉球では沢山の祖霊をひき連れている。彼らは女、子供を叱り、こらしめ、そして豊饒を約束する。さらに彼らは、ムラの慣習を守るためにムラ人の行為を批判し、イニシェーションを行う。彼らは人里離れた場所へ行き、人々からおどし取った食べ物でにぎやかな宴会を開く」。岡は続ける。このような仮面祭祀こそ、アメリカ北西部から南洋まで広がる「環太平洋における文化的連関の存在」を証し立てている、と。岡の報告にはマルセル・モースも興味を示していたという。

折口のマレビト論は、岡を経由して「環太平洋における文化的連関の存在」を証明する特異な男性秘密結社論としてヨーロッパで受容されていった。岡の助手として、『古日本の文化層』の完成を手伝ったアレクサンダー・スラヴィクは、同時期（一九三四年）に刊行されたオットー・ヘフラーの『ゲルマン人の秘密結社』を読んで驚愕する。岡が論じていた南島の男性秘密結社とヘフラーが紹介する古代ゲルマンの男性秘密結社の間に驚くべき類似が存在していたからである。スラヴィクは、岡の博士論文とヘフラーの書物を二つの典拠として、一九三六年、「日本とゲルマンの祭祀秘密結社」という論文を書き上げる。[*11]

極東の列島でも、古代のゲルマンでも、定められた「時」、すなわち太陽の力が最も弱まる真冬（あるいは正反対の真夏）、聖なる「来訪者」に導かれて死者たちが甦ってくる。聖なる「来訪者」は仮面仮装の者が演じているが、その者はすでに人ではなく神である。生者ではなく死者である。仮面の神は荒ぶる力を解放し、奇怪な形相をした「巨人」のような、あるいは草に覆われた「植物神」にして角と牙をもった「動物神」でもあるような、異形の外見をもっている。聖なる仮面の「来訪者」によって、時間と空間が一つに交わる境界の地で、生者の世界と死者の世界が一つに交わる祝祭が執り行われる。聖なる仮面の「来訪者」による祭祀は、男性たちの秘密結社によって担われている。秘密結社のなかで行われる「密儀」を体現するのは、暴力と破壊の神、冥界の主にして放浪する死者たちを率いる神、すなわち、極東の列島であればスサノヲ、古代のゲルマンであればヴォーダン（オーディン）である。「正月および謝肉祭《カーニバル》におこなわれる仮面仮装の行列、乱舞、祝福、訓戒、歓待の行事、とくに子供が家々を廻って物乞いする行事、鬼と翁（ニコロ）、スサノオとヴォーダンとの或る程度の類似（暴れること、英雄であること、仮面仮装）」等々の諸要素が、極東の列島と古代のゲルマンにおいて、ともに男性秘密結社によって行われる仮面祭祀に共通している。岡とスラヴィクはそう確認し合ったという。

ナチスによって権力が掌握され、古代と現代を一つにつなぐ悪夢の「第三帝国」が実現されようとしていたこのとき、古代のゲルマンに実際に存在していたと推定された男性秘密結社を主題とした書物が続々と刊行されていった。そうした流れのなかで、印欧比較神話学者ジョルジュ・デュメジル（一八九八―一九八六）もまた、一九三九年、『ゲルマン人の神話と神々』と題された一冊の書物を刊行する。[*12]「魔術的主権の神話」「軍事力と征服の神話」「活力・豊饒・富の神話」と、後に印欧語族に共有される神話と神々の「三機能」として抽出される三要素をいち早く指摘したこの書物のなかで、デュメジルが問題とするのは、ゲルマンの神話と神々は「軍事的な方向にずれて」発達し、結果として、そのすべてが「軍事的色彩」を帯びているという点にある。デュメジルはなによりも「戦士」の問題に注目する。荒ぶる神オーディンに率いられた凶暴戦士、ベルセルクたちの集団は、他の地域では分かたれている、軍事的な力によって一つに結ばれる「戦士結社」と、魔術的な力によって一つに結ばれる「仮面結社」の二つの役割を兼ね備えていた。

デュメジルは、ヘフラーの書物を一つの典拠としながら、こう記す――戦場あるいは祝祭の場で、オーディンに率いられた凶暴戦士たち、ベルセルクたちは「その力と凶暴さを狼や熊などに喩えられているが、むしろ彼らはある意味ではそうした動物そのものになっているのである」、「彼らはエクスタシー状態に陥り、自分の内にある第二の自己を出現させるのである」[*13]。古代ゲルマンの凶暴戦士たちは、一人の人間のなかに複数の霊魂が存在することを信じ、その霊魂に応じてあらゆるものへ変身することが可能であると信じていた。祝祭と戦争は霊魂を再生させ、戦士たちを動物＝神、神獣へと変身させるのである。

デュメジルのこの一節に深い感銘を受けた比較宗教学者のミルチャ・エリアーデ（一九〇七―八六）は、原型とその反復というサブタイトルが付された一冊の書物、『永遠回帰の神話』の第一章でデュメジルの名前を引くとともに、こう記す――「激怒せる荒らあらしき戦士（北欧伝説の勇士）、獰猛果敢な戦士は、太初の世界の神聖なる狂暴の状態（Wut, menos, furor）をまさしく体現せるものであった」[*14]。エリアーデは、魔術的な仮面祭祀を担い、現実の戦争をも担う秘密結社を組織する凶暴戦士たちによって、過去に存在した聖なる世界と現実に存在する俗なる世界が一つにむすばれ合う様をありありと幻視していた。始まりと終わりをもった一つの直線として流れる歴史の有限な時間は、円環を描き回帰する神話の永遠の時間によって断ち切られる。二つの異なった時間は「ヒエロファニー」（聖なるものの顕現）によって一つにむすばれ合う。

「ヒエロファニー」は祝祭によって可能になる。エリアーデは、ヘフラーの著作、デュメジルの著作、さらには岡正雄の名前とともにスラヴィクの論考を引きながら、現実の歴史に抗う「永遠回帰の神話」の諸相を浮き彫りにしていく。エリアーデが、岡＝スラヴィクの見解から引くのは、なによりも祝祭の参加者にイニシエーションを施す「来訪者」への信仰であり、さらには祝祭の際、遊離してしまう「霊魂」に対する信仰である。極東の列島では、季節が移り変わる際、霊魂が遊動しやすくなり、その霊魂を肉体にあらためて固着するために祝祭が行われる。祝祭は霊魂と肉体の結合を更新し、人を神として復活させ、再生させる。ここで論じられているのは、明らかに岡を経由して伝えられた折口信夫のマレビト論であり、さらにこの後、マレビト論を基盤として折口が展開していく霊魂論にして天皇論、「大嘗祭の本義」に描き出されたその核心に他ならない。エリアーデは、岡＝スラヴィクの論考をシャマニズム論（『シャーマニズム』）においても、イニシエーション論（『加入札・儀式・秘密結社』）においても引用し、参照している。折口信夫のマレビト論は、ミルチャ・エリアーデの「ヒエロファニー」論として、神話論の新たな地平に再生したのである。

1　折口信夫が祝祭と芸能をめぐって書き残したさまざまな論考からエッセンスを抽出してモデル化したものである。折口が繰り返し説いたマレビトとそのモデル化の問題については、鈴木満男による先駆的な論考「マレビトの構造」折口学における神話と歴史の論理」（『マレビトの構造　東アジア比較民俗学的研究』三一書房、一九七四年所収）がある。サブタイトルに明らかなように、鈴木は、そもそも折口自身がマレビトのもつ二つの性格、神話的側面と歴史的側面を混同しているのではないかと指摘し、前者を第一次モデル、後者を第二次モデルとして分類し直した。確かに、マレビト祭祀は、原型としての神話を反復する円環構造を示しており、直線として進む歴史に根底から抗する。折口は明らかに、神話としてのマレビトを抽出した上、その姿を歴史の上に現れる種々のホカヒビトたちに投影している。円環とその反復として演じられるマレビトの神話と、資料に刻み込まれ直線として配列されるマレビトの歴史と。神話のマレビトと歴史のマレビトの接合は、『古代研究』以降、折口自身が悪戦苦闘しながらも果たせなかった難問である。ここでは、二つのマレビトのモデル、神話と歴史の接合という観点は考慮に入れていない。ただ、祝祭の場においてマレビトがもつ性質のみを抽出した。

2　前述した鈴木の論考にある通り、折口はホカヒビトたちが神話として演じるマレビトと、マレビトとして歴史に登場するホカヒビトたちを区別していない。故に、ホカヒビト論は考慮すべきさまざまな要素が混在し、容易に整理がつけられない。ここではミコトモチと相対する類型としてホカヒビトを用いている。

3　折口との対談で柳田はこう述べている――「少なくとも私の請合うことのできるのは、現在の日本の神道の、宗派神道は別として、普通の人民が社を拝んでいる関係にムスビということを考えていないことは確かだ」（宮田登編『柳田國男対談集』ちくま学芸文庫、一九九二年）。引用は二四一―二四二頁。折口の『全集』では別巻3・五六一。折口の「産霊」もまた複雑な過程を経て理論化されていった。

4　『全集』2・一七八―一八〇。太古の「太陽神」という考え方には、言語学の師である金沢庄三郎から受け継いだ、比較言語学者にして比較神話学者であったマックス・ミュラーが主張した自然神話学の残響を聞くことが可能であろう。朝鮮半島に残された古代神話との親近性もまた。「髯籠の話」執筆時、折口はまだ金沢庄三郎と密接な関係を保っていた。

5　「柳田国男との出会い」より。以下、岡の著作およびインタビューからの引用は、『異人その他　日本民族＝文化の源流と日本国家の形成』（言叢社、一九七九年）より行っている。三七七―三七八頁。雑誌『民族』は、大正一四年（一九二五）一一月に刊行された第一巻第一号から昭和四年（一九二九）四月に刊行された第四巻第三号まで、隔月刊で合計二一冊が世に出た。

6　前掲『柳田國男対談集』、三〇四頁。『全集』別3・六〇七。しかし、柳田は、岡正雄が翻訳したフレイザーの『王権の呪術的起源』に序文を寄せることを拒否した。

7　岡前掲書、三七六頁。マルセル・モース（一八七二―一九五〇）と柳田國男（一八七五―一九六二）はほとんど同時代を生きた。それだけでなく、二人とも「組合」（モースの協同組合と柳田の産業組合）に興味をもつとともに民族学と民俗学における「祝祭」の論理の確立を目指していった。モースの『贈与論』からジョルジュ・バタイユの『呪われた部分』が生まれたとしたなら、柳田の山人論を起源として天皇論を構築した折口信夫とバタイユの営為を比較することもそれほど的外れではあるまい。モースの残した多面的な業績についてはモース研究会による『マルセル・モースの世界』（平凡社新書、二〇一一年）が詳しい。なお、ハレとケという、デュルケーム派宗教社会学の聖と俗、非日常と日常などと重なる対概念は、柳田の手によって創出されたものである（福田アジオの所論による）。

8　山人論、マレビト論、異人論をめぐる柳田國男、折口信夫、岡正雄の交錯と葛藤については、晩年の岡と親しかった田中基による「異人論のふたり　岡正雄と折口信夫の邂逅」（『縄文のメドゥーサ』現代書館、二〇〇六年の第三章として収録）に詳しい。

9　岡前掲書、一三九頁。なお、折口に「赤マタ・黒マタ」祭祀の詳細を教授したと推定される喜舎場永珣も、南洋の「秘密結社」が行う仮面祭祀との驚くべき類似を認めていた（「八重山の音楽と舞踏」他より）。「自」「単」「内」「同」からなる民俗学を「他」「多」「外」「異」からなる民族学に接合し、学の拡充を目指した岡の試みについては、刊行された書物が少なすぎる点もあり、現在でも不当に評価が低い。もちろん、大東亜共栄圏構想のもとで「自」と「単」を掲げた柳田は消極的な反対を貫くことができ、「他」と「多」を掲げた岡の方こそが「大東亜民族学」を主張して積極的に荷担したという逆説的な事実も忘れてはならないであろうが――「大東亜に於て、これら二つの民族学の発展興隆を約束する客観的現実条件が已に充分に準備せられてゐることは贅言を要しないであらう」、あるいは、「大東亜民族学はそれ故に大東亜個々民族の自己認識の学問であると共に大東亜民族としての自己認識、実証究明の学問としての性格を具有せしめなければならないであらう」（「東亜民族学の一つの在り方」、岡前掲書、一一一および一一二頁）。

10　岡前掲書、一五五頁。

11　現在は、住谷一彦とクライナー・ヨーゼフの共訳による単行本『日本文化の古層』（未来社、一九八四年）に収められ、日本語で読むことができる。以下の引用およびまとめは同書による。四三頁。

12　松村一男による邦訳と詳細な解題が、『デュメジル・コレクション2』（ちくま学芸文庫、二〇〇一年）に収録されている。以下、引用は同書による。一六四および九六頁。ヘフラーは明らかにナチスの体制に荷担していた。デュメジルは熱狂的なナチス信奉者ではないが、ある種の関心を抱いていたことに間違いはないであろう。「結論」の一節には、こう書かれていたからだ――アドルフ・ヒトラーは、オーディンによる伝説的な統治の時代以来「ゲルマンのいかなる支配者も経験しなかったような支配形態を考えつき、捏造し、行使するに至った」と。ヘフラーの著作の詳細な分析からゲルマンと日本の祭祀秘密結社論が出会う場所を「精神史と政治史」に探った著作として田中純による『政治の美学　権力と表象』（東京大学出版会、二〇〇八年、特にⅢ「男たちの秘密　結社論」）がある。

13　松村訳、前掲書、九六頁。ヘフラーの見解を敷衍したものである。南島の秘密結社に惹かれた折口信夫と、古代ゲルマンの秘密結社に惹かれたジョルジュ・デュメジルとの両者をつなぐもう一つの共通点は「同性愛」にある。ディディエ・エリボンによれば、まだまったく無名であったミシェル・フーコーをウプサラに呼んだデュメジルも、フーコーと同様、友人たちを一種の「秘密結社」のように、男性結社に所属する同志のように考えていた。クロード・モーリアックも、デュメジルの「若き日の同性愛的な秘密結社」について語っている。Didier Eribon, *Michel Foucault et ses contemporains*, Fayard, 1994, p.125.

14　柳田國男の娘婿となり折口信夫とも密接な関係をもっていた堀一郎によって、日本語としてはじめて邦訳されたエリアーデの著作でもある。『永遠回帰の神話　祖型と反復』（未来社、一九六三年）、引用は四三頁、折口のマレビト論と霊魂論が岡＝スラヴィクを介して紹介されているのは、九四―九五頁。島薗進はいち早く折口信夫の「民族論理」をエリアーデが主張する「ヒエロファニー」と近似のものとして論じていた（前掲、未刊行修士論文）。エリアーデの「ヒエロファニー」から折口のマレビト論が分析できるのではなく、折口のマレビト論がエリアーデの「ヒエロファニー」の一つの起源となっているのである。

第五章

乞食

魂のふるさと

折口信夫は、自身の学を代表する著作として『古代研究』全三巻を刊行した。まず書物のかたちになったのは、民俗学篇1と題された一巻である。昭和四年（一九二九）の四月一〇日のことであった。次いでほぼ同時期の四月二五日に刊行された国文学篇、さらには一年以上の時間をおいて翌年の六月二〇日に刊行された民俗学篇2が続く。各巻のサブタイトルからも明らかなように、折口信夫の古代学は、民俗学と国文学という二つの学が一つに融合した地点から立ち上がってくるものだった。

その『古代研究』のはじまり、つまり民俗学篇1の冒頭に据えられたのが、「異郷意識の起伏」と副題が付された「妣が国へ・常世へ」である。おそらく、この小篇から折口信夫の古代学が真にはじまる。藤無染の新仏教、本荘幽蘭の神風会、金沢庄三郎の比較神話学＝比較言語学、そして柳田國男の民俗学を一つに総合し、そこからさらなる一歩を踏み出そうとした折口信夫の独創的な学のエッセンスが、短く、特異なスタイルをもったこの論考＝エッセイに凝縮されている。

その中心には、十数年前に折口自身が体験した、忘れがたい光景が書き込まれていた。客観的な学を、主観的な経験から創り上げようというのである。折口の学を称賛するためであれ、批判するためであれ、頻繁に引用される一節である[*1]——。

十年前、熊野に旅して、光り充つ真昼の海に突き出た大王ヶ崎の尽端に立つた時、遥かな波路の果に、わが魂のふるさとのある様な気がしてならなかつた。此をはかない詩人気どりの感傷と卑下する気には、今以てなれない。此は是、曾《かつ》ては祖々の胸を煽り立てた懐郷心（のすたるぢい）の、間歇遺伝（あたるずむ）として、現れたものではなからうか。

すさのをのみことが、青山を枯山《カラヤマ》なす迄慕ひ歎き、いなひのみことが、波の穂を踏んで渡られた「妣《ハヽ》が国」は、われ／＼の祖たちの恋慕した魂のふる郷であつたのであらう。いざなみのみこと・たまよりひめの還りいます国なるからの名と言ふのは、世々の語部の解釈で、誠は、かの本つ国に関する万人共通の憧れ心をこめた語なのであつた。

熊野への旅が行われたのは、明治から大正に元号が変わった直後、一九一二年の八月のことであった。その旅は、当時、折口が教鞭を執っていた今宮中学校の生徒二人をともなってのものだった。八月一三日から二五日まで、志摩から熊野をめぐり、途中の山中では道に迷い遭難しかけたとも伝えられている。困難でありながらも得がたい経験を重ねていったその間、折口は一七七首の歌を詠み、私家版の歌集『安乗帖』としてまとめた。さらに折口は、それらの歌を釈迢空の筆名で、「海山のあひだ」（「うみやま」と表記される場合もある）と題した一連の連作として発表していった。一度きりではなく、何度も、である。釈迢空の名で刊行された最初の歌集『海やまのあひだ』（一九二五年）の、これもまた真の原型となったものである。*2

『安乗帖』から『海やまのあひだ』にまで一貫して、折口自身がその目で見、その身体全体で感知した光景、「妣が国へ・常世へ」に刻み込まれた光景が詠われ続けることになった。『安乗帖』に残された素朴な一首「青海にまかゞやく日の　とほ／＼し母が国べへ　船かへるらし」は、『海やまのあひだ』の洗練された一首「青うみにまかゞやく日や。とほ／＼し　妣《ハヽ》が国べゆ　舟かへるらし」にまで磨き上げられていくが、折口が反芻し続けた「海」の体験、その質と強度に変化があったわけではない。熊野への旅は、折口信夫の起源であるとともに、釈迢空の起源でもあった。あるいは、こう言うことも可能であろう。折口信夫の学も釈迢空の表現も、「妣が国」という「魂のふるさと」を探究することから生み落とされたものである、と。

いままさに古代学を確立しようとしていた折口信夫は、「妣が国へ・常世へ」で、古代に到達するための方法とその核心までも明記してくれている。古代に到達するためには、「間歇遺伝（あたゐずむ）」を発動させ、「懐郷心（のすたるぢい）」を今ここに喚起させる必要があったのである。現在の知覚を導きの糸として過去の記憶をよみがえらせる。そう言い換えてもよいのかもしれない。自身の外側へと広がっていく海は、自身の内側へと深まっていく記憶と一つにむすび合わされる。空間と時間が幸福な結婚を遂げ、「魂」（たましひ）に生命が吹き込まれる。無限に広がる海からさまざまな波が生じてくるように、無限に深まる記憶からさまざまなイメージが発生してくる。「魂」とは、現実の「もの」であるとともに過去の記憶だった。あるいは、自己の外部にある無機的な「もの」に生命を吹き込む、内部の有機的な記憶だった。もしくは、あらゆるものを一つに溶け合わせる海のようなイメージだった。「魂のふるさと」は、現在と過去が、物質と記憶が、自己の外部と内部が、一つに溶け合ったイメージの海として今ここに甦ってくる。*3

古代は、現代と切り離されて存在するものではない。今ここに生き生きとよみがえってくる過去の記憶なのである。しかも、その古代という過去の記憶は、個人の体験、個人の記憶を軽々と乗り越えてしまっている。個体を超え、種族全体に広がり、種族全体に担われた過去の記憶。それこそが、折口が追い求めた古代の真の姿なのである。「間歇遺伝（あたゐずむ）」は、「本つ国」つまり「魂のふるさと」への祖先たちの想い、「万人共通の憧れ心」を一つに集約してくれる。「妣が国」は、個体の記憶と種族の記憶が交差する地点にその姿を現す。だから、古代と現代は断絶していない。古代とは、現在を知覚する身体の条件と過去の記憶を想起する精神の条件が一致したところ、あるいは、生きている個体が現在体験しつつある事物と死に絶えてしまった種族が過去に体験した事物が一致するところに、おのずから立ち上がってくるものなのだ。

古代とは、生命を取り戻した過去の記憶なのである。その過去の記憶をよみがえらせる鍵は、「間歇遺伝（あたゐずむ）」という言葉に秘められている。「隔世遺伝」あるいは「先祖返り」とも訳されるアタヴィズム（atavism）は、明治から大正、昭和のはじめにかけて文学者たちに取り憑いて離れない、一つの流行病のようなものであった。先祖からの記憶が遺伝し、その記憶が子孫たちの間に間歇的によみがえってくる。個人の記憶を乗り越えた種族の記憶の発現、種族がかつて体験した過去の記憶が、個人が現在生きつつある記憶と直結しているという考えである。[*4]

「記憶の遺伝」説、あるいはただ単に「記憶説」とも称された学説であり、その主題は、ラフカディオ・ハーンの諸作、夏目漱石の「趣味の遺伝」（一九〇六年）、森鷗外の「青年」（一九一三年）、そして夢野久作の『ドグラ・マグラ』（一九三五年）に共有されている。夢野久作は、記憶説の本質を「胎児の夢」と表現した。この世に生まれ出てくるまでのわずか一〇カ月の間に、胎児は、母胎のなかで、人間に至るまでの生物の進化全体を体験し、その夢を見ている。夏目漱石は、「趣味の遺伝」つまり「愛の遺伝」と表現した（森田草平に宛てた書簡によれば、「趣味」とは男女の相愛を意味する）。漱石は作中で、こう述べていた[*5]――「父母未生《ふもみしょう》以前に受けた記憶と情緒が、長い時間を隔てて脳中に再現する」。ロミオがジュリエットと出会って「愛」の悲劇が生起するように、あるいはランスロットがエレーン（エレイン）と出会って「愛」の悲劇が生起するように、「愛の遺伝」は時間と空間の隔たりを超え、一瞬の出会いによって成就されてしまう。「愛の遺伝」が「胎児の夢」を形づくり、「胎児の夢」が「愛の遺伝」を成就するのである。

折口信夫がそのような文学者たちの営為と無関係だったとは思えない。もし気がついていたのなら、深い関心を抱いてそれらの諸作を読み込んだはずである。しかし、折口のアタヴィズムの起源は、おそらくそこにはない。折口のアタヴィズムに対する執着は、他の作家たちと較べてやや度を超えている。折口は、何度も「間歇遺伝」の体験を反復しようとしていた。「妣が国へ・常世へ」は大正九年（一九二〇）五月に『国学院雑誌』に掲載されたものである。しかし、その時点でのオリジナルではなく、実は、大正五年（一九一六）一一月の段階で『アララギ』に発表していた「異郷意識の進展」を、大幅に書き直したものだった。「のすたるぢい（懐郷）とえきぞちずむ（異国趣味）とは兄弟の関係にある」という後に削除されてしまう興味深い一節が記された「異郷意識の進展」にも、すでにその段階で、熊野の旅で得た「海」の体験と、「これはあたゐずむから来た、のすたるぢい（懐郷）であつたのだと信じてゐる」という一節が残されていた。[*6]

高橋直治の調査によれば、「異郷意識の進展」が発表された前年の三月に、折口は、国学院大学内の「国文学会例会」において、同じく「異郷意識の進展」という題のもとで口頭発表を行っていた。『国学院雑誌』に掲載されたその要旨の冒頭は、次のようなものであったという――「折口氏のは不日何れかの紙上に於いて発表せらるべく、又、茲に概括して記さむは至難なれども、要するに、人類の現在に満足せざる念慮は、或は夢により或は想像により、或は遺伝により、はた磯べに漂ひ寄る物などによりて、小天地に跼蹐して単調に飽きたる心は、茲に日常生活して実験せる境域以外に異郷を描きたり」[*7]。夢、想像、遺伝がすでに同一の地平から論じられていることが分かる。金沢庄三郎の比較神話学＝比較言語学に代わって、柳田國男の民俗学を受容しはじめた時期である。しかし、折口の「記憶の遺伝」説は、柳田國男以前にさらに遡っていく。「あたゐずむ」という言葉は直接記されてはいないが、遠い先祖の記憶の甦り、あるいは古代人の記憶の復活という観点から書かれたと思われる一節が、大正三年（一九一四）に、釈迢空の名前で相次いで発表された小説「口ぶえ」と小説的な断章「零時日記」に残されていたからである[*8]。

まず「口ぶえ」では、敬愛する祖父の生家、折口の心の故郷でもあった飛鳥に降り立った主人公の安良の前に現れた二人の少年、その内の一人に「古い昔」の面影が顕現する。「十六七」の年長の少年の、じっとこちらを見つめるその顔――「どうも、あの顔には見おぼえがある。いつ見た人だらう、と記憶に遠のいてゐさうな顔を、あれこれと、胸にうかべて見た。しかしものごゝろがついてから、逢うた顔ではない、といふ心もちがする。もつと〳〵、古い昔に見たのだ。或は、目をあいて夢を見たねんねいの瞳におちた、その影ではなかつたらうか、とも疑つた」。この後、安良は祖父の故郷にある古社を訪れ、長谷寺に宿を取る。翌日、安良は「淡紅色《トキ》」の蛇に導かれるように、「野番小屋」で「愚鈍なおもゝちに、みだらなゑみを湛へ」、がっちりとした身体をもった山番が行う「あさましいもの」を見る。安良が目を閉じると、「淡紅色の蛇が、山番の裸体の肩や太股に絡みついてゐるのが、まざ〳〵と目にうつゝた」。「口ぶえ」では、「間歇遺伝」の発動と、野生の男の自慰（もしくは性交）を幻視するという、性的なヴィジョンの奔出がほぼ連続して描かれている。

より決定的なのは、「零時日記」に残された一節である。月が毎晩血のように曇って見えた五月のある晩、突如として天の一方から、「世界の滅ぶべき時至れり」という声が上がった。その声に応えた「ある処の僧侶」は、こう振る舞ったという――「ある処の僧侶は、発狂して天地が滅びるのだ、われ〳〵の罪の酬いらるべき時が来た、と叫んで走り廻つたのを巡査がとり押へたとも聞いた。天地の大事に当ると蘇る原始人の心は、警察官や新聞記者の目には、狂的の発作とほか見えまい。しかし自分には、「基督来れり」の声を耳にした程に感動した彼が、天啓を示す前に、既に累紲が身に加へられてゐた。けれども、今の世にも尚黙示を感得する祖先の強い直観力が、遅鈍になつた社会の何処かに潜んでゐることを知つて、心強く感じた」。こうした僧侶の振る舞いを知った折口は、こう叫んだという。「神はいまだ弑虐に遭はず」と。

「天地の大事に当ると蘇る原始人の心」、あるいは、神による世界の滅亡、つまり神の黙示を感知する「祖先の強い直観力」。現代という時代によみがえった野生の荒ぶる「直観力」は、そうした力とまったく関係のない赤の他人にとっては、日常生活からの隔離を要請するような「狂的の発作」としか思われない。折口の「間歇遺伝」は、漱石のような「愛」の力ではなく、恐怖の力、滅亡の力を生起させる。自らの内部から目覚めた古代の力は、破壊の暴力や狂気の発作、あるいは性的な幻想の発露とダイレクトに結びつく。アタヴィズムは、太古の野生が秘め隠していた荒々しい破壊の力を、今ここに甦らせるものだった。

　このように整理してみれば、「妣が国へ・常世へ」を書き上げた後、折口が取り組んだ「万葉びとの生活」に描き出された、古代人が理想とする異様な神の姿も充分に納得することができるであろう。[*9] 古代人である「万葉びと」が理想とするのは「出雲びとおほくにぬしの生活」である。そこでは、「愛も欲も、猾智も残虐も、其後に働く大きな力の儘即《まますなはち》「かむながら……」と言ふ一語に籠って了ふ」。残虐であり、猾智である倭成す神「おほくにぬし」においては、「智慧・仁慈・残虐は、ぱらどっくすではなく」、一つの徳のなかに溶け合っているのだ。「おほくにぬし」の背後には、「善悪に固定せぬ面影」をもった「すさのを」が控えている。「妣が国」に還ることを求めて泣き叫ぶ「すさのを」は、折口自身の自画像でもあった。折口は古代人の記憶をアタヴィズムによってよみがえらせ、自ら「すさのを」そのものとなって、「万葉びとの生活」を語っているのである。

　それでは、折口信夫のアタヴィズムの起源は、一体どこに存在していたのか。哲学、生物学、心理学、生理学、力学、そして「犯罪人類学」などさまざまな学の潮流が、「一元論」という総称のもとで一つに混じり合おうとしていた一九世紀末のアメリカにこそ、その起源が存在していたのである。

＊

折口信夫のアタヴィズムの起源。

まずそこに登場するのは、まったく思いもかけなかった人物である。折口が使っている意味で、アタヴィズムという言葉をはじめて学術的な術語として用いたのは、なによりも「アタヴィズムの理論」(theory of atavism あるいは atavistic theory) を提唱し、「犯罪人類学」――「犯罪心理学」をそのなかに含む――という新たな学問分野の体系を樹立することを目指していたイタリアの精神生理学者チェーザレ・ロンブローゾ (Cesare Lombroso,1835-1909) だったからである。ロンブローゾは動物、古代の野蛮人（現在であれば「野生人」と記すところであろうが、あえて語のもつ荒々しさを優先した）、現代の文明人を、断絶ではなく一つの連続のうちに考える。人間は胎児の段階から子供の段階を経て大人の段階へと成長していく。あるいは、異常者（および犯罪者）と正常者を、一つの連続のうちに考える。その個人的な成長と並行して、動物の段階から古代の野蛮人の段階を経て現代の文明人の段階にまで、種族的にも成長していっているのである。

個人の成長の過程は、種族の成長の過程を繰り返している。だから文明人の段階でも、胎児は動物であり、子供は野蛮人なのだ。ごくまれに、その成長のプロセスが停止し、「先祖返り」(atavism) してしまう場合がある。そのとき、文明人の間に「犯罪者」が生まれ出てくる。「犯罪者」は、「先祖返り」によって文明人たちの間によみがえってきた古代の野蛮人、あるいは動物だったのである。言い換えれば、現代の「犯罪者」は、古代の野蛮人の間であれば、罪に問われるようなことはなにもしていない。しかも、やっかいなことに、「先祖返り」をして犯罪者の気質を十二分にもった「狂人」たちは、自然に対する鋭敏な感覚を保持し続けているという点で、「天才」という存在に限りなく近いのである。ロンブローゾの「犯罪人類学」は後に「人種学」という悪夢を生む。しかし、その初発の意図としては、ダーウィンの進化論に端を発する生物進化の理論を、心理学的もしくは生理学的、さらには社会学的に応用することが考えられていた。

ロンブローゾが依拠したのは、ダーウィンの進化論を換骨奪胎して特異な「一元論」を主張したドイツの生物学者エルンスト・ヘッケル（Ernst Haeckel, 1834-1919）が提出したテーゼ、現代においても多くの議論を引き起こし続けている「個体発生は系統発生を繰り返す」というテーゼである。[*10]「反復説」とも称されている。あらゆる生物は、胎児の段階で、それまでその種が積み重ねてきた進化の過程を反復し、この世に生まれ出てくる。そして新たな環境に適応し、その「記憶」を次の世代に伝える、というものである（当時はいまだ遺伝子も発見されておらず、記憶と遺伝がほとんど等しい概念と考えられていた）。「記憶の遺伝」によって個体発生（＝個体の進化）と系統発生（＝種の進化）が一つにむすび合わされ、それが反復され、生命の進化――より正確には生命の「変化」――が進展していく。反復によって、生命に秘められていた潜在的な多様性が開花するのである。だから、生命の進化に終わりが訪れることはない。ヘッケルの思想は、「自然淘汰と最適者の生存」を進化論の原理として唱えたダーウィンよりも、「獲得形質の遺伝」を進化論の原理として唱えたラマルクに近い。

生命の体験した記憶はすべて生殖細胞（germ-cell）に保存されているのである。重層的かつ融合的に、ある場合には「反響」や「振動」として。ヘッケルはエコロジーという術語を創出した人物でもある。生命にとって内的な環境（生態）と外的な環境（生態）を分離して考えることはできない。それが生命体である限り、外的な環境から内的な環境へ、養分をはじめさまざまな「なにものか」を取り入れ、逆に、さまざまな「なにものか」を排出している。外界と内界は、吸収し排泄する身体を媒介として一つにむすび合わされている。身体は外部にひらかれた「もの」であると同時に、内部に重層的かつ融合的に種族の記憶を保持している精神でもある。生命の外的な環境と内的な環境は、生命の「記憶」によって緊密につながり合っている。フランスの哲学者アンリ・ベルクソンは、『物質と記憶』（一八九六年）において、身体の内部と外部を一つにつないでいる「なにものか」を、「イメージ」として定位した。[*11]

ベルクソンもまた、ある部分までは、完全に「反復説」の徒だった。『物質と記憶』に付された「第七版への序言」

に、ベルクソンはこう記している――物質とは「イメージ」の集合体である。だから、世界もまたイメージの集合体として考えられる。イメージは「もの」であるとともに「生命」であり、互いに連結し、融合し、流動することを決してやめない。世界とは、そのような生きたイメージの総体を指す。人間をはじめあらゆる生命体もまた、それぞれ、世界の一部を構成するイメージが一つのかたちをなしたもの、一つのかたちに結晶化したものである。身体も大脳もイメージなのだ。しかし、イメージとしての身体＝大脳は、その外部に自然として存在する豊かなイメージの総体とは根底から異なっている。身体も大脳も、世界というイメージの全体から、人間という種に可能な範囲でイメージの一部分を切りとって個体化している。つまり、イメージの一部分を選択しているに過ぎないのだ。

独自の世界論＝イメージ論にもとづいて、『物質と記憶』の第一章で、ベルクソンは、人間の知覚について、こう整理している――「わたしが物質と呼ぶものは、イメージ群の全体集合である。そして、物質と呼ばれるイメージ集合が、ある一つの限定されたイメージつまりわたしの身体の可能的な行動に関係付けられたとき、それを物質世界の知覚と呼ぶ」。外界と内界のゆるやかな境界地帯である身体という場で、現在の知覚と過去の記憶は「イメージ」によって一つにむすび合わされる。身体という知覚の場となる物質には、記憶という精神が重なり合っている。あたかも、身体全体が、記憶を遺伝する一つの生殖細胞のように考えられている。『物質と記憶』の第四章では、イメージにさらに美しい比喩が与えられる。知覚と記憶の場に出現するイメージは――もちろんそのイメージは人間という種の限界に応じて、世界を構成するイメージのごく一部分ではあるが――堅牢な物質という表層の下、その深層では、生きて震え続けているのである。あたかも物質という繭のなかで、変身へのさまざまな運動を繰り広げている蛹のように。イメージは、物質という繭を突き破って、変身の可能性そのものとして、知覚と記憶の場に出現してくるのだ。

イメージは「もの」であるとともに「生命」である。ベルクソンは、『物質と記憶』から一〇年という歳月をかけて、世界というイメージの総体のなかから「生命の飛躍《エラン・ヴィタル》」によってさまざまな種が生成されてくるヴィジョンを、『創造的進化』（一九〇七年）としてまとめ上げた。その際、ベルクソンに対して最も重要な示唆を与えたのが、アメリカの古生物学者エドワード・ドリンカー・コープ（Edward Drinker Cope, 1840-1897）が刊行した最後の大著、『有機的な進化の主要因』（*The Primary Factors of Organic Evolution*, 1896）であった。ベルクソンは、コープのことを「当代におけるもっとも注目すべき博物学者の一人」と称賛し、ラマルクの学説つまり「獲得形質の遺伝」説を主張する「もっとも卓越した代表者の一人」として位置づけていた。[*12]

コープの書物は、アメリカの出版社、オープン・コート社から刊行された。おそらくそこに、アンリ・ベルクソンの「イメージ」の進化論と、折口信夫の「間歇遺伝」の古代学に共有される一つの起源が存在している。当時、オープン・コート社を経営していたのがポール・ケーラスである。ケーラスは独自の「一元論」哲学の確立を目指し、雑誌『モニスト』（一元論者）を編集していた。一八九〇年に創刊された『モニスト』に、ケーラスは、全世界から、生理学的、心理学的、生物学的、宗教学的、哲学的な「一元論」の確立を目指して思索を続けている表現者たちを集結させた。[*13]日本人の鈴木大拙と、大拙の師である釈宗演もそのうちの一人である。オーストリア人のエルンスト・マッハも、アメリカ人のチャールズ・サンダース・パースも、イタリア人のチェーザレ・ロンブローゾも常連寄稿者のうちの一人だった。さらにはマックス・ミュラー、エルンスト・ヘッケル、エドワード・ドリンカー・コープなども……。『モニスト』は、「記憶の遺伝」説によった研究者たちが集う一大センターだったのである。

折口信夫が「自撰年譜」にわざわざその名前を記した若き僧侶、「新仏教家」の藤無染は、大学に入学したばかりの折口と生活を共にし、その短い期間に、一冊の書物『英和対訳　二聖の福音』を編纂し、一篇の論考「外国学者の観たる仏教と基督教」を残していた。いずれも鈴木大拙の営為を介して、ポール・ケーラスの思想を紹介したものである。折口信夫がケーラスの「一元論」哲学の詳細を知っていた可能性は、きわめて高い。少なくとも卒業論文である『言語情調論』、「零時日記」、そしてアタヴィズムは、その「一元論」哲学に一つの起源をもっている。

ケーラスは時間と空間の差異、個体と種族の差異、身体と精神の差異を無化しつつ、それら対立する二項を一つにむすび合わせる「記憶の遺伝」説を、一元論哲学の土台に据えようとしていた。だからケーラスは、『モニスト』の最初の二巻に、次のような一連の論考及び記事を掲載していったのである。第一巻（一八九〇―一八九一年）には、エルンスト・マッハの「感覚の分析」（単行本版『感覚の分析』の「序章」）、チャールズ・サンダース・パースの「理論の構築」、チェーザレ・ロンブローゾの「犯罪人類学の実例研究」（全三章、『モニスト』第一巻の段階で三章分が紹介され、そのうちの第一章でゾラの『獣人』を論じ、atavism の概念が使われている）、マックス・ミュラーの「思考と言語について」（原初の言語を形づくる語根を意識の発生から論じている）などを。第二巻（一八九一―一八九二年）には、エルンスト・ヘッケルの「われわれの一元論」、長文の書評としてテオドール・チーヘン（ツィーエン）の『生理学的心理学講義』（ツィーエンは、折口信夫が『言語情調論』で取り上げた「感情の射光作用説」の提唱者である）の紹介などを。その他、第三巻にはエドワード・ドリンカー・コープの「有神論の基礎」（まだ『物質と記憶』を刊行する以前のベルクソンが熱心に読み進めていたという論考である）が、第四巻には蘆津実全の「仏教の基本的な教義」と釈宗演の「真の世界性」が、第五巻にはケーラス自身の「仏教とキリスト教」（藤無染の論考「外国学者の観たる仏教と基督教」の最も重要な源泉となったものである）が掲載されていた。

　一九世紀末のアメリカでは、生物学的な一元論と宗教学的な一元論が過激に混じり合っていたのである。ケーラスが手がけた、そうした「記憶の遺伝」説をめぐるさまざまな試みのなかで、最も重要なものの一つが、「記憶の遺伝」説そのものの起源、ドイツの神経生理学者エヴァルト・ヘリング（Ewald Hering, 1834-1918）が一八七〇年に行った講演を「記憶について」（*On Memory*）として英語に翻訳し、オープン・コート社から刊行したことであろう。[*14] コープの大著が出版される前年、一八九五年のことである。ほぼこの段階でケーラスによる「記憶の遺伝」説の大枠が定まったといえる。ヘリングの講演はエルンスト・マッハにも大きな感銘を与え、『感覚の分析』英語版刊行の際に長い注を書かせることになった。それだけではなく、アンリ・ベルクソンの試みがどのような源泉をもつものだったのか、さらには折口信夫のアタヴィズムのもっていた正の側面――ロンブローゾの負の側面と比較して――さえも明らかにしてくれるはずである。

　生理学と心理学の融合を掲げていたヘリングは、自らの試みの意図を、「物質の科学」と「意識の科学」を一つにむすび合わせることにあると主張する。あるいは、精神と身体を相互に関係づけている法則を探り出すことにある、とも。そしてヘリングは結論を下す。物質と意識、からだ（ボディ）とこころ（マインド）を一つにむすび合わせているものこそが「記憶」なのである、と。「記憶」は意識と無意識の二つの領域にまたがっており、「記憶」を強化するのは無意識的となった習慣の力なのだ。まさにベルクソンの『物質と記憶』を先取りする見解である。さらにヘリングは、こう述べている――「有機的に組織されて存在するあらゆるものは、親の世代の有機体が個として生活することから獲得した次の世代に伝えるべきものを生殖質のなかにもち、それを種全体が保持している遺伝的な財産目録の全体につけ加えている」。あるいは、「個体が発展していく歴史全体は、その動物の祖先に連なる系統に属するすべての存在が進化していく歴史と、連鎖する記憶の想起によって、一つに結びつく」。個体の歴史と種族の歴史は「記憶」によって一つにむすばれ合うのだ。

ヘリングは、生殖細胞のなかに種族の記憶が保存されていることを想定していた。さらにその記憶を保存する機能を、大脳内の物質にまで敷衍しようとしていた。ベルクソンは、記憶が大脳内の物質に局在しているという見解を認めなかった。ベルクソンによる「イメージ」の一元論が真にはじまるのは、その地点からである。先駆者ヘリングの思想には、当然のことながら限界がある。しかし、「記憶について」の講演の最後、ヘリングが口承伝承および書記伝承と生命の「記憶」の相互関係について論じている箇所は、そのまま、折口信夫が自らの古代学の理念として考えていたヴィジョンを明らかにしてくれているかのようだ。ヘリングは、こう述べている。語られた伝承、書かれた伝承は、人類の記憶と称されている。そうした見解は正しい。しかし、それらとは別のもう一つの記憶、大脳内の物質に保存されている生命の記憶がある。なにものかを今ここにあらためて再生（再生産）してくれる記憶は、後者の方なのである。生殖を通じて種族に伝わっていく生命の記憶がなければ、後続の世代にとって、語られ、また書かれた言語による伝承は空虚なものであり、無意味なものとなってしまうであろう。言語による記録と生命による記憶が、一つに結びつかなければならないのだ。言語の記録は伝達という機能を果たすだけだが、生命の記憶は再生という機能を果たしてくれる。いくら高尚な理念であろうとも、ただ繰り返し記録されるだけでは、つまり語ることと書くこと、話し言葉と書き言葉の能力を通してだけでは、世代から世代へと伝えられない。内部からも外部からも、細胞という物質として保存されている生命の記憶を活性化し、その潜在的な能力を拡大していかなければならない。そしてヘリングは、「記憶について」をこう閉じる――「人間の意識的な記憶は、その死とともに滅び去ってしまう。しかし、自然の無意識的な記憶はより強固なものであり、決して滅び去ることはない。自然の無意識的な記憶の上に自らの痕跡を残すことに成功したものであれば誰であれ、永遠にその事実を想起してもらえるのだ」。折口信夫の古代学もまた、人間の意識的な記憶を乗り越え、自然の無意識的な記憶に直接触れ得た野生の人々の営為を、いまここに再生することを意図した学であったはずである。

1　『全集』2・一五。

2　熊野への旅が折口信夫の学と釈迢空の表現にもった意味については、長谷川政春の「『海やまのあひだ』を読む〈折口学〉の相貌」(『清泉女子大学紀要』第五三号、二〇〇五年)が大きな参考になった。迢空が何度も「海山のあひだ」という標題のもとで発表した一連の短歌の変異と変遷についても、同論考で詳細に論じられている。

3　折口信夫の古代学の最も大きな課題となったのが、「たましひ」(霊魂)の問題である。折口にとって「たましひ」は、自己の内部(こころ)と外部(からだ)を自由に往き来し、具体的な物であるとともに抽象的な力でもあるという相反する二面性をもっていた。その「たましひ」こそが折口信夫にとっての神であり、「生命を吹き込まれた石」(あるいは「成長する石」)という矛盾する形容をもってしか表現できないものだった。「妣が国へ・常世へ」で提起された「たましひ」の問題には、最晩年の論考である「民族史観における他界観念」で一つの解答が与えられる。マレビトは、「たましひ」という神と人間の媒介となる者だった。ここではあえてアンリ・ベルクソン(Henri Bergson,1859-1941)の『物質と記憶』(一八九六年)の語彙を使って折口のいう「たましひ」の姿を描写してみた。ベルクソンは『物質と記憶』の第一章で、物質と記憶、知覚と想起、身体と精神をむすび合わせるものを「イメージ」として提出している。後述するように、折口の「間歇遺伝」とベルクソンの『物質と記憶』は一つの起源を共有している。

4　これまで何度も参照してきた高橋直治の労作『折口信夫の学問形成』は、その第三章全体(「『異郷意識の進展』について」)を使って、折口の「妣が国へ・常世へ」とその原型である「異郷意識の進展」を論じている。文学者たちの atavism 受容について以下に述べること、さらには「異郷意識の進展」がまとめられた経緯については、すべて高橋の調査に依拠している。ただ、高橋は、折口の atavism 受容に関してフランスの心理学者テオデュール・リボ(Théodule Ribot, 1839-1916)を特権的に取り上げているが、おそらくその推定だけは誤りである。誤りというよりは充分ではない。リボをその仲間の一人として含む「記憶説」が形成されていく起源の場所のごく近くに大学時代の折口は位置しており、その詳細を折口は知っていたはずだからである。なお、ヨーロッパにおける「記憶説」の形成と展開については、金森修の『フランス科学認識論の系譜　カンギレム、ダゴニェ、フーコー』(勁草書房、一九九四年)、特に第六章「記憶と遺伝　概念の奇形学のために」が詳しい。リボを中心に「記憶説」が論じられている。

5　引用は『倫敦塔・幻影の盾』(新潮文庫改版)より、二五三頁。大野淳一による「注解」も参照している。漱石はリボから大きな影響を受けている。漱石が「趣味の遺伝」として結晶させた記憶説全般、その源泉、さらには『文学論』などとの関わりについては、斉藤恵子の「『趣味の遺伝』の世界」(『比較文學研究』二四号、一九七三年)が詳しい。

6　『全集』20・一二および一三。

7　高橋前掲書、一八三頁。

8　「口ぶえ」からの引用は『全集』27・五三、五八、五九より。「零時日記」からの引用は『全集』33・一九より。「口ぶえ」が実際に執筆されたのは前年の大正二年(一九一三)秋と推定されており、ほぼ同時期に、折口は「海山のあひだ」と題された短歌の連作を発表している。「海山のあひだ」も「口ぶえ」も、宮武外骨が主宰していた日刊新聞『不二新聞』に発表された。また、「口ぶえ」および「零時日記」からは時間的にも主題的にもやや離れるが、「小説にあらず」とわざわざ注記された短篇「家へ来る女」(一九三五年)のなかに、折口は「「未生以前」の父恋しさ」(『全集』27・一四一)という一節を記している。ありえたかもしれない、もう一つの家族をめぐるささやかな断章である。「母」をめぐる主題とも微妙にクロスしている。

9　「万葉びとの生活」からの引用は『全集』1・三〇八、三一六、三一二。

10　ヘッケルが提唱した「個体発生は系統発生を繰り返す」というテーゼの源泉、その同時代的な影響関係、さらには後代の自然諸科学および人文諸科学にまで波及したインパクトの強さを広範に論じた著作として、一九七七年に原著が刊行されたスティーヴン・J・グールドの『個体発生と系統発生　進化の観念史と発生学の最前線』(仁木帝都・渡辺政隆訳、工作舎、一九八七年)がある。以下のまとめについても多くを参照している。ロンブローゾの「犯罪人類学」についても一節が割り当てられて論じられているが、原文では atavism および atavistic theory と記されている術語が一貫して「先祖返り」「先祖返り説」と訳出されているため、折口信夫の「間歇遺伝」説との関係は見きわめがたくなっている。また、折口の「間歇遺伝」説の起源に位置するアメリカの「一元論」哲学についての詳細、さらにはその「一元論」哲学を消化吸収することによって、『物質と記憶』という基盤の上に『創造的進化』(一九〇七年)という大著を完成することができたベルクソンの哲学についての記述は存在しない。

11　ベルクソンの『物質と記憶』に関しては、竹内信夫による新訳ベルクソン全集第二巻(白水社、二〇一一年)を参照し、引用している。引用は一二(「第七版への序言」)、二八、二七七頁(「繭と蛹」の比喩)。ただし、ここにまとめた見解は、ベルクソンの精緻な思想をきわめて私的な解釈によって要約したものである。折口同様、ベルクソンもまた、当時最新の「霊魂の科学」である心霊学に対して大きな関心を寄せ、密接な関係をもっていた。折口信夫による「霊魂の科学」の全貌を解き明かすためにも、アンリ・ベルクソンの思想は最大の参照基準になると思われる。

12　ベルクソンの『創造的進化』に関しては、やはり竹内信夫による新訳ベルクソン全集第四巻（白水社、二〇一三年）を参照し、引用している。コープに関しては、五三および九八頁。なお、この新訳全集では、厳密な本文校訂を施し詳細な註釈を付したLe Choc Bergson版全集から、読解にあたって必要だと思われる註釈も竹内の手で要約され、紹介されている。ベルクソンとコープの関わりについては、第一章の原注一三に付された解説、同じく第一章の訳注六五が詳しい。グールドの前掲書でも、コープの思想についてはかなりの頁数が割かれて説明されている。特に「アメリカのネオラマルキズム」の節、邦訳一三八―一五二頁。

13　ケーラスは『モニスト』とともに、もう一つ別の雑誌『オープン・コート』を並行して刊行していた。両誌の記事を比較対照すれば、ケーラスの「一元論」をより深く理解できるはずであるが、個人の能力を超えている。本章では『モニスト』に絞って、さらに論旨に関係する研究者たちの最も初期の主要論考の一部を紹介するにとどめた。『モニスト』は現在でも刊行が続いており、初期の巻もリプリント版として復刊され、電子情報としても複数のデータベースから容易にアクセスが可能である。折口信夫とベルクソンのみならず、鈴木大拙と西田幾多郎、さらにはプラグマティズムを推進していったアメリカの哲学者たち（ジェイムズ、パース、デューイなど）の思想の起源、同時代的な相互交流（必ずしも当人同士が出会っている必要はない）の軌跡を追うことができる特権的な資料である。総合的な共同研究が望まれる。

14　各図書収蔵施設によって、この書物のタイトルに不統一が見られるのは、独立した二つの講演、「有機的に組織された物質の一般的な機能としての記憶」（Memory as a General Function of Organised Matter）と「神経システムに流れる特殊なエネルギー」（The Specific Energies of the Nervous System）があわせて一冊になっているからである。以降、前者の講演を「記憶について」と表記する。両講演をあわせても五〇頁に満たない入門書である。それ故、そこに述べられているヴィジョンはきわめて明確に伝わる。ヘリングのこの書物が収められた「科学の信仰」叢書（The Religion of Science Library ――単語を逆にしてScience of Religion とすると「宗教学」の意味になる）には、テオデュール・リボの四冊の書物も次々と収められることになった。ただし、リボがそれらの著作のなかでatavism に触れているのはただの一箇所、ロンブローゾに言及した部分だけである。なお、ラフカディオ・ハーンの蔵書にもリボの著書が七冊収められており（いずれも日本時代に購入したもの）、そのうちの三冊がこの叢書のものである。ヘリングの講演からの翻訳はドイツ語の原文ではなく、この英語版から行った。引用は、p.16、p.21、p.27。最後の一節を除いて、いずれもかなり意訳し、一部は要約したものである。グールドの前掲書でもヘリングらの動向は詳細に論じられている。「ラマルキズムと記憶のアナロジー」の節、邦訳一五三―一五八頁。

弑虐された神々

折口信夫の古代学の基盤には、「間歇遺伝」(atavism)という原理が据えられていた。

しかし、その「間歇遺伝」が発動するにあたっては、大きな危険がともなった。「零時日記」には、こう書かれていた――「天地の大事に当ると蘇る原始人の心は、警察官や新聞記者の目には、狂的の発作とほか見えまい」と。「零時日記」のなかで折口は、おそらくは藤無染をモデルにしたと思われる「ある処の僧侶」を、神の啓示が下る前に捕縛(「累紲」)されてしまった狂人として描き出している。現代によみがえった古代人は、狂人としてしか、あるいは「犯罪者」としてしか、認識されない。しかし、自然に対する動物的な感覚を現在においても保持しているという点で、「間歇遺伝」を発動させる狂人とは、「天才」の同義語でもあった(それがロンブローゾによる「天才論」の主旨である)。

現代において「間歇遺伝」を発動させ、古代の力を甦らせる狂人にして天才。おそらく折口は、そのようなタイプの人間たちを身近に知っていたはずなのだ。神の声を聞き、神の黙示を感知する天啓者たち。その天啓者たちが現代に伝えてくれた古代の神々は、すでに「弑虐」に遭っている。弑虐された古代の神々を、自らの身体を容器(「やしろ」)として現代に甦らそうとしていた一群の人々がおり、大学時代の折口信夫はそうした人々の営為に深い共感を寄せていた。折口信夫の古代学とは、弑虐されてしまった古代の神々を復活させるための学であった。そうまとめてしまうことも許されるであろう。現代の列島日本において、「間歇遺伝」によって再生される古代とは、ただ「神憑り」(憑依)によってしか可能にならない。藤無染からアタヴィズムという原理を受け取った折口信夫は、本荘幽蘭とともに所属した神風会において、「神憑り」によって古代の神々を甦らせる女性たちの力を、ごく間近で見知っていたはずなのである。折口にとって、彼女たちこそが人間の原型、〈古代〉の人にして〈野生〉の人であった。野生の詩人にして野生の王だった。

神の言葉を聞き、神の言葉を自らの手で書き残した女性たち。神の言葉を聞く（「託宣」）という観点からは金沢庄三郎に由来する比較言語学と比較神話学の知識が、女性たちの憑依（「巫女」）という観点からは柳田國男に由来する民俗学の知識が一つに総合され、折口信夫の古代学が確立されたのである。その「時」とは、大正一〇年（一九二一）のことであり、その「場所」とは、ごく身近な学生たちに向けて語られた私的な講義において、であった。「妣が国へ・常世へ」を発表した大正九年（一九二〇）の末から翌年のはじめにかけて、折口信夫は、国学院大学の内部に組織された郷土研究会で、四回にわたって、自身が受けもった学生である水木直箭、牛島軍平、杉本舜一らの卒業へのはなむけとして「民間伝承学講義」を行った。折口信夫の古代学を構成するほとんどすべての要素が、その四回の講義で語り尽くされている。[*1]

大正九年一二月四日という日付が記された一回目の講義では、フォークロア（民間伝承学）の研究を進めるにあたって重要な位置を占めている記憶の問題、「間歇遺伝」の問題が取り上げられる――「民族の記憶のありさまは、一個人の記憶力とは違うて、だんだん忘れてゆくうちに、俄然として記憶の復活すること、間歇遺伝、隔世遺伝とも言うべきことがある。忘れてゆくのにもいろいろな状態があって、それが調和した状態にあるのだから、普通の物忘れとは違い、どこかに種が残っていて、それが五百年、千年とたって、俄然として芽を出すのである。一個人にはないことだから、民族にもそんなことがあるはずはないと思うだろうが、事実あるのだから仕方がない」。折口自身による、古代学の原理としての「間歇遺伝」の確認である。

大正一〇年一月二八日という日付が記された三回目の講義では、「妣が国」がもつ現実的な背景が語られている。折口にとって「妣が国」とは、個人の記憶と種族の記憶の交点から立ち上がってくる生きたイメージであると同時に、圧倒的な存在感をもって存在する、現実の物質的な基盤をもった具体的な場所でもあった――「妣ノ国というのは、こういうことになる。父の国と母の国との違う国同士の結婚（異族結婚）の場合、母を父の国へ連れてくることも、連れてこぬこともあり、また、連れてきても何人子を生めばもとの国に帰すということを条件としてくる場合もある。また、反対に母権時代というものも考えられるから、もとの国という意味で、妣ノ国と言うたとも思われる。つまり妣ノ国は自分たちのいるのとは別の所で、しかも自分たちと非常に関係の深い国である。おそらくは異族結婚と関係があるのであろうという証拠には、とよたま姫は帰ってしまわれることである」。

折口の視点は列島のはるかな外部へとひらかれている。列島の外部、「異族」たちのふるさとから渡ってくる異神にして蕃神という神の在り方は、折口の神道論および芸能論の核心をなしている。異族たちが残していった「妣が国」の想い出を、「間歇遺伝」を通して今ここによみがえらせる。そして、その有様を生き生きと表現する。そうした魂の技術をもった「語部」という存在について、折口がまとめて語るのは、「民間伝承学講義」の最後の回においてであった。

大正一〇年二月一四日という日付が記された四回目の講義で、折口は、古代の「語部」について、こう述べていた――「大昔のもとの語部は神憑りの状態に落ちて部落の話をし、その話を覚えていて、次の神憑りのときに増補せられ増補せられて変わっていったものであった。語部の語る文句が律文的になっているのは、神憑りの状態にあって啓示を受けて語ったからなのである。だから日本でも昔の語部は女であった。神さまに近づいているものが神さまから聞いたもの（つまり人間の経験でないもの）、伺いを立てて神が乗り移ってきておっしゃったものを、歴史だと思うている点がたくさんあるはずである」。

「啓示」とは、神から下された聖なる言葉と聖なるヴィジョンの総体である。一般的には、この地上を超越した唯一の神から、その神の預言者にして使徒――神の言葉を預かり、その神の言葉をもとにして神の教えを宣教し、信仰の共同体を組織する者――に下されたもの、つまりユダヤ教、キリスト教、イスラームと続く唯一神教の教義の根幹となった概念である。唯一神教は「啓示宗教」と総称されている（以上は井筒俊彦の理解にもとづく）。折口信夫は、草創期にあった比較宗教学、さらには現代的かつ世界的な宗教学の基礎知識をもっていたと推定される。折口は、極東の列島に住みついた人々の固有信仰の発生を、世界宗教の発生という観点から論じようとしていた。しかし、折口がそのような前人未踏の試み、「神道の宗教化」を正面から論じられるようになるのは、戦後になってからのことである。

折口が、最終回の講義で語っている内容は、『古代研究』国文学篇の半分近くを占める「国文学の発生」を論じた一連の論考のはじまり、「国文学の発生（第一稿）」（一九二四年）に述べられた憑依と「語部」についての見解を先取りするものであった。しかも、折口はここで、古代の「語部」は女であったと断言している。「語部」とは「神憑りの状態で踊り狂うてよい」巫女である。さらには、巫女たちの肖像をきわめて具体的に描き出してもいる。「巫女の神道」とも述べている。その巫女は、「あっちこっちへ神の種を配って歩く」、「各部落をさまようて歩く一種の気違いと言うてよい」。神の「種」とは神の「記憶」のことである。そのような放浪する「気違い」の巫女たちこそが、古代の神道に一つの総合を与える「自覚者」となっていくのである――「社会全体が宗教的な経験をしているうちに、ある一人の自覚者が起こる。その自覚者は今日考えられている耶蘇などのようなものでなく、群衆の勢力に動かされているという意味の深い自覚者である」。

この講義が行われた大正一〇年二月一四日の段階では、折口信夫はいまだ南島に旅立っていない。折口が南島にはじめて足を踏み入れるのは、その年の夏のことである。柳田國男もまた、いまだ南島の旅から帰還していない。柳田が東京に戻るのは、「民間伝承学講義」の最終回から約二週間が経った、三月一日のことである。つまり、「国文学の発生」の起源にして折口信夫の古代学のひとまずの完成は、折口の南島の体験以前に遡るのだ。それでは一体、誰をモデルにして、折口は古代の「語部」の姿と「巫女の神道」の成立を描き出しているのであろうか。おそらく、そのモデルのうちの一人は、「民間伝承学講義」の最終回の講義が行われる二日前、二月一二日に、幹部たちが一斉に警察に襲撃され勾留された皇道大本の教祖、出口なお（一八三六―一九一八）の生涯と教説であろう。そしてそこにもう一人、なおが磨き上げた「神憑り」の思想の原型と称することも可能な天理教の教祖、中山みき（一七九八―一八八七）の生涯と教説が重ね合わされていたと思われるのだ。

少なくとも、折口の師である柳田國男は「巫女の神道」の再生について、そのような考えを抱いていた。昭和五年（一九三〇）に、中山太郎の著書『日本巫女史』の書評として発表された原稿のなかで、柳田自身が次のように記しているからだ――「日本最近の二つの宗教運動、二つの民間信仰団の根柢にたゞの二人の老女の異常心理が働いてゐたことは誰でも知つてゐる。それが突発とはいひながらも、やはり日本の村の婆であつた故に、かういふ現象も起つたのだといふまでは、認めない人は無いのであるが、さて然らばその径路はと考へて見ると、これに答へるだけの材料は中山君しか持合せてゐない」。[*2] 柳田がここに言う「二つの民間信仰団」を創唱した「二人の老女」とは、天理教の教祖である中山みきと大本の教祖である出口なおのことを指していると考えてほぼ間違いない。柳田は、この「巫女の神道」の甦りこそが「日本の神道の元の姿」を明らかにするとまで書いている。

中山みきも出口なおも初老にさしかかった頃から本格的な布教活動を開始した。その教義の根幹には、神仏習合的な、つまり前近代的な「神憑り」があった。二人の老女はいずれも、天地を創造し天地を再生させる「元《はじめ》」の神に憑依され、その神の厳しい教えに従うために「乞食」のような境遇に身を堕としながら、「神の種」をさまざまな場所へと配り歩いていった。中山みきも出口なおも神の言葉をただ聞いているだけでなく、神の言葉を自らの手で文字に書き残し（みきの「おふでさき」となおの「筆先」）、国家神道とはまったく異なったかたちの古代神話の体系を築き上げていった。その過程で、「狂人」として周囲から激しい誹謗中傷を浴び、「危険人物」として何度も国家権力の介入を招いたが、決して自らの信念をまげることはなかった。先行者である中山みきが伝えた神の言葉をもとにして組織された天理教は、明治の末に国家から神道の「教派」として公認されたが、後行者である出口なおの大本は、結局のところ戦前は、国家から神道の「教派」として公認されることはなかった。[*3]

柳田國男は、古代の「巫女の神道」から現代の「神憑り」による新宗教発生までの通史を書き上げられるのは、『日本巫女史』を書いた中山太郎くらいしかいないだろうと記している。しかし中山太郎とは逆の方向から、つまり現代の「神憑り」から「日本の神道の元の姿」を復元し、その原理をもとに民俗学と国文学が一つに融合した古代学を確立したのは、折口信夫だった。若き折口信夫は、天理教が神道の「教派」として公認され、その天理教を追うようなかたちで大本が本格的に宣教運動を開始した現場に立ち会っていたと推測される。折口信夫と教派神道、すなわち折口信夫の古代学の核心と教派神道の一派の教義の根底に据えられた「神憑り」との間には、ある種の同形性、ある種の本質的な関係性が存在している。それを明らかにするためには、なによりもまず折口信夫の戦後の神道論を再検討しなければならない。国家神道が表面的には消滅した戦後になってはじめて、折口は、教派神道について青年期から抱き続けていた想いを、誰憚ることなく十全なかたちで語ることが可能になったからである。

折口信夫は、第二次世界大戦敗戦の直後から、突如として一連の神道宗教化論を発表しはじめる。「神道の友人よ」「民族教より人類教へ」「神道宗教化の意義」「神道の新しい方向」という、ほぼ同時期になされた四つの連続する論考および講演が代表的なものである。[*4] その一連の論考および講演で一貫して主題となっているのは、「教派」神道――「宗派」神道と称される場合もある――の問題であった（折口は宗派神道という名称を使う場合が多いが、以下、折口からの引用以外は教派神道とする）。明治維新によって近代国民国家として生まれ変わった大日本帝国は、神道を国教化することに失敗する。その結果として、神道を「宗教」の枠組みから外し、神道を国民の「道徳」とするのである。いわゆる「国家」神道が成立するわけである。神道は近代的な国民のための「道徳」であるのだから、そこから前近代的な要素は一掃されなければならない。「梓巫市子並憑祈禱狐下ケ抔ト相唱玉占口寄等ノ所業」は禁止される。神道は「神憑り」による祈禱や占い、さらには病直しや「死」を取り扱うことができなくなる。しかし、明治維新以前から山岳信仰と結びついてかたちをなしていた種々の「講」（御嶽講や富士講）、さらには「神憑り」によって多くの人々の信頼を集めていた種々の信徒集団（黒住、天理、金光）、そして古い伝統をもった神社（出雲大社および伊勢神宮）への崇敬をもって結集した人々の力を、大日本帝国は無視することができなかった。国家は順次、それらの人々が信仰する教えを、神道の「教派」として公認していったのである。[*5]

折口信夫は、そうした「教派」の神道のなかにこそ、「来るべき未出生の宗教」への芽生えがあったのだという。その「来るべき未出生の宗教」への芽生えを潰えさせてしまったのが、明治政府と「国家」神道であったとさえ暗に述べている――「近代の宗派神道の教祖・教徒たちの苦悩は、来るべき未出生の宗教に対する憧れではなかつたか。さうして、それがとつた中間の形が、現存の各教派なのではないだらうか。此過程から、まう一歩踏み出す発足が、各教派の人々に待たれるのである。かうした中間の休止をつくつたのが、明治文化であつた」。[*6]

一連の「神道の宗教化」をめぐる論考および講演のなかで、折口は、これもまた一貫して、「民間伝承学講義」で述べた「自覚者」という言葉を、「教派神道」の教祖たちを指すものとして使っていた――「室町の後、江戸の末期に自覚者が現れたが、其等の人々は、教養の乏しい人であつた為に、自分の説くことが、仏教的なのか、神道的なのか訣らなかつたので、明治になつて適当にその分類に入れたものがある。かういふ事実に於ても、宗派神道といふものが、世の中の交替時期に起つて来てゐる。つまり、維新の事業の前に、宗教家だけがある自覚を起して、その時代の空虚を埋める精神を生まうとした[*7]」。

「民間伝承学講義」を通して、宗教の「自覚者」という名の下で、折口信夫が本当は何を言いたかったのか、明瞭に分かる一節である。この講演で指摘されている江戸末期に自覚者となり、維新前後にその教義をまとめた人物たちこそ、天理教の中山みきであり、金光教の赤沢文治（金光大神）であった。金光教は大本が生み落とされる母胎となった教えである。折口信夫は、教派神道の教義を土台として、その上に国文学的な研究――神社神道（国家神道）の基盤となった記紀万葉などの古典研究――と民俗学的な研究――南島に現存する「巫女の神道」と森羅万象へと変身する可能性をひらく仮面祭祀――を総合することによって、言い換えれば、神社神道、教派神道、民俗学を一つに総合することによって[*8]、この列島に住みついた人々の集団を遠い過去から現在まで貫く、宗教発生にして文学発生の原理、すなわち〈野生の思考〉を抽出したのである。おそらく、折口が見出した宗教発生の原理は、列島というローカルに限定された個別性を超えて、世界という限定をもたないグローバルな普遍性にまで届いていたはずである。

――。

折口信夫が、戦後の神道宗教化論で抽出した宗教発生の原理は、次のような力強い宣言としてまとめられている[*9]

宗教には何よりもまづ、自覚者が出現せねばなりません。神をば感じる人が出なければ、千部万部の経典や、それに相当する神学が組織せられてゐても、意味がありません。いくらわれ〳〵がきびしく待ち望んだところで、さういふ人がさういふ状態に入るといふことは、必しも起つて来ることでもありません。しかし、たゞわれ〳〵がさうした心構へにおいて、百人・千人、或は万人、多数の人間が憧憬をし、憧れてゐたら、遂にはさういふ神を感得する人が現れて来るだらう、おそらくさういふ宗教が実現して来るだらうと信じます。其ばかりではない。おそらく最近に、教養の高い人の中から、きつと神道宗教の自覚者をば出すことになるだらうと思ひます。それには、われ〳〵は深い省みと強い感情とをもつて、われ〳〵自身の心から、われ〳〵自身の肉体から、迸り出るやうに、さういふ人が、啓示をもつて出て来るやうにし向けなければなりません。極端な言ひ方をすれば、われわれ幾万の神道教信者の中に、最も神の旨に叶つた預言者たり得るものありやといふことに帰するのです。

神の「啓示」――神の言葉とヴィジョン――を自らのうちに受け取り、その啓示をもとに宗教としての新たな神道の教義を打ち立てる「自覚者」。折口は、そうした存在を、宗教神道の「教主」、「世の曙の将来者」とさえ呼んでいる。[*10] 折口のいう「自覚者」は、神と神の啓示、さらには神から啓示を下された預言者の三点を成立の条件とするという点で、ユダヤ教、キリスト教、イスラームと続く「唯一神教」の預言者とほとんど等しい存在である。折口信夫は、明らかにこの一連の神道宗教化論で、グローバルに広がっていく超近代的な世界宗教の発生と、ローカルに深まっていく前近代的な土俗宗教の発生を、一つに重ね合わせて考察しようとしていた。おそらく折口学の未来の可能性は、そのような場所にしか存在しないであろう。教派神道という固有信仰発生の一つの起源は、世界宗教の発生から考察することが可能になるのである。前近代的な土俗宗教にしろ、超近代的な世界宗教にしろ、近代国民国家が国民を統治する原理として定めた「道徳」とだけはうまく折り合うことができない。土俗宗教も、世界宗教も、それぞれ下と上から近代国民国家に抗い、近代国民国家を解体してしまおうとする。もちろん、その運動には光の部分だけでなく闇の部分も存在する。容易に下と上からの全体主義、ウルトラ・ファシズムに変貌を遂げてしまう危険性も孕んでいるからだ。大正から昭和にかけての大本は、多くの民衆を熱狂させる広範な宗教運動を組織すると同時に、超国家主義のさらにその先を行こうとする先鋭的な政治運動を組織しようとしていた……。

教派神道という新たな宗教を確立しようとする運動自体が、近代にアンチを突きつけ、近代の社会を根底から変革してしまおうとするラディカルな宗教改革運動としての一面をもつものだった。しかし、その代表ともいえる天理教も金光教も、国家から神道の「教派」としての独立を勝ち得るために、その教義の根本を、国家神道（神社神道）の教えに相反しないようなものに変更せざるを得なかった。[*11] ただ大本だけが、「教派」としての独立を国家から認められない代わりに、国家神道の基盤となった記紀神話の体系とはまったく異なった、あるいは記紀神話の体系を根本から覆してしまうような「神の啓示」を、社会全体に向けて解き放つことができたのである。その代償として、大本は大正と昭和の二度にわたって国家から大規模かつ徹底的な弾圧を受け、ほとんど壊滅寸前にまで追い詰められてしまう。その第一次大本弾圧事件が生起した直後、折口信夫は「民間伝承学講義」の最終回で、宗教の「自覚者」とその「自覚者」が甦らせる「巫女の神道」について語ったのである。

出口なおは、第一次大本弾圧事件（大本不敬事件とも称されている）が起こる以前、大正七年（一九一八）にこの世を去っている。しかし、なおに下された「神の啓示」が、広く――つまり大本という教団の外部に位置する普通の人々のもとにまで――知れ渡ったのは、なおの死の後のことであった。なおの死の翌年である大正八年（一九一九）、なおに憑依した古代の荒ぶる神、「艮《うしとら》の金神《こんじん》」が下した託宣の全貌が、『大本神諭』天の巻という一冊の書物にまとめられて刊行された。その冒頭には、なおに憑依した古代の神がはじめて自らの使命を一人称で語った「託宣」が、すなわち社会変革のヴィジョンが、生々しく記されていた[*12]――。

三ぜん世界一度に開く梅の花、艮の金神の世に成りたぞよ。梅で開いて松で治める、神国の世になりたぞよ。日本は神道《しんだう》、神が構はな行けぬ国であるぞよ。外国は獣類《けもの》の世、強いもの勝ちの、悪魔ばかりの国であるぞよ。日本も獣の世になりて居るぞよ。外国人にばかされて、尻の毛まで抜かれて居りても、未《ま》だ眼が覚めん暗がりの世になりて居るぞよ。是《これ》では、国は立ちては行かんから、神が表に現はれて、三千世界の立替へ立直しを致すぞよ。用意を成されよ。この世は全然《さつぱり》、新《さら》つの世に替へて了《しま》ふぞよ。三千世界の大洗濯、大掃除を致して、天下泰平に世を治めて、万古末代《まんご》続く神国の世に致すぞよ。神の申した事は、一分一厘違はんぞよ。毛筋の横巾ほども間違いは無いぞよ。これが違ふたら、神は此の世に居らんぞよ。

古代の荒々しい力を「間歇遺伝」によってよみがえらせた、年老いた巫女の生々しい言葉。それは同時に、古代の荒ぶる異貌の神が発動した、変革に向けた聖なる命令でもあった。そして、この古代の荒ぶる神の「啓示」を公表したことによって、大本に一回目の破滅がもたらされる。『大本神論』天の巻に続いて、なおの「筆先」をまとめた『大本神論』火の巻は、大正九年（一九二〇）七月末に刊行されるが、はやくもその翌月、「不敬」と過激思想を理由に発売が禁止され、押収される。この二冊の『大本神論』の刊行こそが第一次大本弾圧事件の直接の契機になった、とも言われている。古代の荒ぶる神の復活が、現実の社会を揺り動かしたのである。以降、なおの「筆先」は封印されざるを得なかった。

＊

第一次弾圧に至るまでの大正期、大本は驚異的とも思われるスピードとスケールで、その規模と勢力を拡大していった。その主要な要因として、なによりもまず、古代の神からの荒々しい啓示をそのままに伝える、出口なおによる力強い「筆先」があった（他の「教派」は国家神道の枠内にとどまらざるを得なかった）。しかし、それだけではない。なおの言葉の真意を聞き取り、なおの膨大な「筆先」を一つの教義の体系にまでまとめ上げることができた卓越した能力をもった、もう一人の人物が大本に存在していたのである。「神憑り」を、「鎮魂帰神法」という霊魂を操縦する技術によって理論化した上田喜三郎、後になおの娘婿となり出口家に養子として入った出口王仁三郎（一八七一―一九四八）である。[*13]

折口信夫の古代学が、前近代的な教派神道の教えと超近代的な「一元論」哲学が一つに結びつくことによってその独創的な学のかたちを整えたように、大正期の大本も、出口なおによる前近代的な「神憑り」と出口王仁三郎による超近代的な「霊魂の科学」（王仁三郎自身は「霊学」と称していた）が一つに結びつくことによって未曾有の繁栄を迎えることになった。王仁三郎の霊学もまた、近代に再発見された古神道の教義と近代科学の鬼子である心霊学が一つに融合したところに生み落とされたものだった。出口王仁三郎と折口信夫と、両者の類似は表面的なものにとどまらない。[*14]折口信夫の古代学も、出口王仁三郎の霊学も、その中心には、具体的な目に見える「もの」であるとともに目には見えない抽象的なエネルギーでもある「霊魂」が据えられていた。森羅万象あらゆるものに「霊魂」は遍在しており、生命は「霊魂」というエネルギーを宿すことによって、さまざまな「もの」のかたちを生成してゆく。あるいは、生命の根元には「霊魂」という「もの」のかたちを生成するエネルギーが孕まれている。霊魂は「もの」の内部と外部を自在に往き来し、互いにむすび合っては離れ去る。決してやむことのない離合集散の流動的な運動を繰り広げている。ある場合には、複数の「霊魂」が重合することさえある。

折口信夫の古代学と出口王仁三郎の霊学は、明らかに一つの起源の場所を共有していた。そしてそこでは、江戸の末から明治の半ばにかけて一人の老女による「神憑り」から教義の体系が整理された天理教の「教派」としての完成と、明治の半ばから大正の初めにかけてやはりもう一人の老女による「神憑り」から教義の体系が整理されようとしつつあった大本の「教派」からの排除と「皇道」としての完成が、一つに重なり合っていたのである。大本は「教派」として認められなかったので、神道を名乗ることはできず、消極的な意味においても、あるいは積極的な――神道の「教派」を超えるという――意味においても、皇道を名乗らざるを得なかった。

明治三一年（一八九八）に出口なおとはじめて出会い、翌年からなおの教えに帰依した上田喜三郎にとって、大本を独立した「教派」に所属させることと、その教義の内実を整えることは喫緊の課題だった。そうしなければ、警察権力の際限のない介入を招いてしまうからである。ある種の改革性をもった教義確立の過程で、なおが主張する復古的で排外的な古神道との軋轢が生じた上田王仁三郎――すでに名前だけはあらためていた――は、いったん大本を離れる。明治三九年（一九〇六）、京都に設立された皇典講究所の分所に入り、伝統的な神道の教義とその実践の方法を身につけ、神職の資格を得る。折口信夫は、その前年、やはり東京の皇典講究所から分立した国学院大学に入学していた。伝統的な神道の教義の体系を学び、それと同時に当時の神道界の人間関係をも把握した王仁三郎は、天理教が神道の一派として独立を果たした明治四一年（一九〇八）、いまだ機構としては未熟で不充分であった自分たちの金明霊学会——なおの「艮の金神」（金明）の教えと王仁三郎自身の霊学の融合を意味していた——を「大日本修斎会」に改組し、規約と会則を定め、教義の基盤を整えた。

そのとき、王仁三郎の導きの糸となったのが神風会の関係者たちであった。[*15] 明治の末、後に古代研究者となる折口信夫と、後に大本の「聖師」と呼ばれる出口王仁三郎は、神風会という一つの組織を介して出会っていたのである。神風会は、道徳を説くことしかできなくなってしまった国家神道ではなく、国家神道の枠からはみ出てしまった、それ故いまだに宗教発生の原初の姿を伝えてくれる教派神道の教義を「研究」する団体だった。実際には神道以外の各宗派（特にキリスト教各派と東西両本願寺）さらには国家神道や仲間であるはずの教派神道の各教派までをも執拗かつ徹底的に攻撃する「実践」が主であったのだが……。神風会の機関誌である『神風』に残された記録によれば、折口信夫の名前がはじめて登場するのが明治三九年（一九〇六）一二月、国学院大学内に結成された「神国青年会」を組織した発起人の一人として、である。翌年から折口は神風会での活動を本格化させる。しばしば街頭布教の演壇に立ち、[*16] その演説原稿を『神風』に寄稿する。『神風』に掲載された記事によれば、明治四一年（一九〇八）の一年間、折口は大学での学習および研究よりも神風会での活動を優先させていたようである。その結果、折口は大学を一年留年するとともに、明治四二年（一九〇九）の初頭には、神風会の創始者である宮井鐘次郎と並び、幹部のような位置に達していたと推定される。

一方、出口王仁三郎と神風会の関係を直接的に追っていけるのは、明治四五年（一九一二）に王仁三郎が残した日記である。[*17] このとき王仁三郎は出口家に養子縁組し、なおの娘すみとの婚姻届を提出して正式な夫婦となっていた。つまり名実ともに「出口王仁三郎」となったわけである。日記の二月二〇日には「「神風」来ル」という記述が、次いで二月二五日には「神風会へ支部設置ニ付照会状ヲ発ス」という記述が、さらに計一二日間に及ぶ東京への旅に出発する二日前の三月一一日には「神風会行決定」という記述が、そして四月二日には「神風支部長辞令来ル」という記述がある。王仁三郎は、「大日本修斎会」を神風会の支部として位置づけ、神風会から支部長として認められていたのである。この事実は、明治四五年四月一五日に発刊された『神風』一二三号の巻末に付された「神風資料及寄付報告」に「金五円　京都　出口王仁三郎」とあることから裏付けられる。さらには、大正への改元があった同じ年の年末（大正元年一二月二五日）に発刊された一三一号には、「諒闇中につき歳末年始の礼を缺く」として、宮井を筆頭に神風会の各地の支部を代表する者たちが一頁大の広告を出している。王仁三郎の名は、そのなかの「宮本支部」に「出口仁三郎《ママ》　外職員一同」として見出すことができる。明治四二年の初頭に折口信夫が占めていたのと同様の地位を、このときは出口王仁三郎が占めていたわけである。神風会での折口の活動は明治四二年の半ば過ぎまでは確認することができる。数年の時間差が存在するとはいえ、折口信夫と出口王仁三郎は、神風会という場を共有していたわけである。

それでは、出口王仁三郎が率いていた神風会宮本支部はどうなったのか。大正三年（一九一四）の四月二〇日に発刊された一四七号では、神風会宮本支部が「神風会本教京都本部」に改称され、改組されたとある――「京都府下神風会宮本支部事先般来布教伝道の結果非常に会員を増加し兵庫県大阪府其他各県に支部を設置することに相成候に付今回〈神風会本教京都本部〉と改称致し候條此段会員諸氏に謹告候成」（〈　〉内は大活字）。この告知に続いて「寄付」の筆頭には「一金五円　出口王仁三郎」とあり、さらには「神風百四十七号紙料報告」にも「金貮拾円　出口王仁三郎氏」とある（いずれも寄付の最高金額である）。王仁三郎の神風会宮本支部は東京の神風会本部と並び立つような、関西を拠点とした一大集団、神風会本教「京都本部」を形成しつつあったのである。続く一四八号（大正三年五月二〇日）には、「神風会本教京都本部通信」として、この京都本部を構成する各支部――五四もの支部が記載されている――の代表者の名前が記されている。たとえば、八木支部に「福島寅之助」――出口なおの三女ひさの夫である――とあるように、これらはすべて大本の古参幹部たちである。つまりこのとき、神風会を内側から食い破るようなかたちで、出口なおと出口王仁三郎による新たな教団、大本が誕生しようとしていたわけである。神風会は、大本が誕生するための母胎であった。

同じこの大正三年の九月、王仁三郎は「直霊軍」を結成して本格的な街頭宣伝活動を開始した。折口信夫が、神風会に入会したそもそもの理由は、当時、プロテスタントの宣教を軍隊の形式を借りて展開していた「救世軍」に対抗した唯一の団体だったからである。神風会にとって「救世軍」は、最初の、そして最大のライバルだった。王仁三郎の「直霊軍」は、神風会と救世軍の対抗関係からヒントを得て発想された可能性が高い。さらに前年の大正二年（一九一三）の二月に刊行された第一三七号から、『神風』では、「神社中心と国民精神」という数号にわたる連載が始まっており、一方で「救世軍」を批判し、もう一方で神道の実践的な宣教を忘れた神社神道と教派神道の双方を批判していた。その際、やはり国家から公認されることがなかった神風会が掲げたスローガンが、「皇道」だった――「乱臣賊子の宗徒を排斥して日本特有の皇道を宣伝せよ」。なおと王仁三郎の教団が「皇道大本」を名乗るのは大正五年（一九一六）からである。

王仁三郎と神風会の関係を間接的に追っていけるのは、明治四一年（一九〇八）一一月三日の日付をもつ王仁三郎の湯浅斎次郎にあてた書簡である。そこには、こう記されていた――「小職事八木にて袂別以来京都本庁［御嶽教］へ帰山、文学博士井上先生、宮内省掌典長宮地先生等に面会之上、綾部丑寅金神の神勅委敷物語り致候処、上聞に達する迄少々時機早き感あり、因而云々の手順詳細承り候故、前途神威宇内に振ふ可く実に楽しみ多き事に御座候　大日本修斎会の趣旨は全く神意に合一し猶結構なりとの教示有之、小職も非常に喜び居り申候　天の時到るを待ち、直霊大本修斎等の会名にて満天下を動かす目的成就眼前にあり[*18]」。

大本の教義の詳細を述べ、大日本修斎会の趣旨を述べている。王仁三郎は、一体いつ、誰に向かって、教団の根幹であるこのような重要な機密事項を説明し、相談しているのか。そのとき、神道界では一体どのような動きがあったのか。明治四一年一一月二七日、合計五回にも及ぶ請願書の提出の末、足かけ一〇年という歳月をかけて、天理教が神道の独立した一派（「教派」）として認められたのである[*19]。国家に公認された教派神道はこれで合計一三派となり、いわゆる神道一三派が形成され、以降、第二次世界大戦の敗戦によって宗教団体法が廃止されるまで、教派神道として国家から新たに公認される神道教派は出現しなかった。天理教は、教派神道として国家に公認された最後の「教派」だった。そして、その神道の一派としての独立を果たすため、天理教の幹部たちが頼ったのが、神風会の顧問として名を連ねる人物たちだった。この時期の神風会への寄付も、天理教の各教会からのものが、質量ともに圧倒的に多い。

第一回の請願にあたっては井上頼囶《よりくに》、逸見《へんみ》仲三郎らが協力し『天理教教典』、いわゆる明治教典の編纂がはじめられ、第二回の請願の後には同じく井上の他、神崎一作、宮地厳夫らが顧問となって『天理教教典』が完成した。いずれも神風会の顧問として名前があげられていた人物たちである。王仁三郎が、書簡のなかに記している「文学博士井上先生、宮内省掌典長宮地先生」とは井上頼囶と宮地厳夫のことだった。つまり、この「時」、王仁三郎は天理教をモデルとして、大本の「教派」としての独立を計画していたわけである。おそらく、その折衝の舞台となったのが神風会だった。折口信夫が大学生活をなげうって神風会の活動にのめり込んでいる「時」でもあった。折口信夫は「神憑り」を古代学の主題に据え、学問的に研究していった。出口王仁三郎は、「神憑り」を霊学の主題に据えて、宗教的に実践していった。研究と実践と、古代学と霊学と、大学教授と教団教主と。これ以降は決して相交わることのない二人の人生の軌跡は、その起源の場所で劇的に交差していたのである。

そして折口信夫も出口王仁三郎も、古代学と霊学の根本的な原理をあらわす言葉として「鎮魂」を用いた。[*20] その場合の「鎮魂」とは、ただ単に、死者の魂を鎮めるという意味だけをもつものではない。「鎮魂」とは、なによりも浮遊している霊魂を相手の身体に附着させるという意味で使われる、霊術に固有の用語だった。出口王仁三郎が大本にもち込み、「神憑り」(憑依)を一つの宗教発生の理論にまで高めた「鎮魂帰神法」に由来する。その「鎮魂帰神法」を実践するためには、二人の人物を必要とする。「神憑り」する被憑依者たる「神主」と、「神憑り」を含む憑依の全過程を制御する「審神者《さにわ》」である。「神主」に霊魂を憑依させることを「鎮魂」と表現し、逆に、霊魂に憑依されることを「帰神」と表現したと推定されている。つまり、帰神するとは鎮魂されることに他ならない。「帰神は鎮魂の受動態」なのである。王仁三郎は、きわめて有能な「審神者」だった。さまざまな人々に、容易に「神憑り」を発動させることができた。浮遊する霊魂を相手に附着させる卓越した技術をもっていた。その王仁三郎が、強力な霊が憑依する「神主」たる出口なおと出会ったのである。

王仁三郎は「審神者」として、「神主」たるなおに憑依した神の声を聴く。そしてその神の声の真意を判定していくのである。折口信夫は、「国文学の発生（第一稿）」のなかで、大本系の「鎮魂帰神法」に特有の術語である「審神者」を使って、神の声（＝神語）を聴く者とその真意を判断する者との関係を描き出している――「神語即託宣は、人語を以てせられる場合もあるが、任意の神託を待たずに、答へを要望する場合に、神の意思は多く、譬喩或は象徴風に現はれる。そこで「神語」を聞き知る審神者――さには――と言ふ者が出来るのである」*21。

出口なおと出口王仁三郎による大本の教義の完成と、折口信夫による古代学の完成は、完全に並行していた。「鎮魂」は、折口信夫の天皇論においても芸能論においても、その中核を占める。折口は、『日本書紀』から「天皇霊」という概念を導き出し、「外来魂」としての「天皇霊」がもつ性質を、こうまとめている――「此は、天子様としての威力の根元の魂といふ事で、此魂を附けると、天子様としての威力が生ずる」。さらには中国起源の「鎮魂」という術語にも同じような意味があることから、霊魂を附着させる「たまふり」を「鎮魂」と訳したのだ、とも述べていた――「その大元は、外来魂を身に附ける事が、第一義」なのである、と*22。

一方、王仁三郎は、「神主」であるなおと「審神者」である自分を、厳《いず》の霊《みたま》クニトコタチノミコトが憑依した男霊女体の変性男子《へんじようなんし》（なお）と瑞《みず》の霊《みたま》トヨクモヌノミコトが憑依した女霊男体の変性女子《へんじようによし》（王仁三郎）であるとした。両性具有の神主と両性具有の審神者である。王仁三郎はトヨクモヌノミコトをスサノヲノミコトと読み替える。この関係性を、女神アマテラスと男神スサノヲ、つまり神の声を聴く姉妹とその真意を判定する兄弟といった関係性に重ね合わせることは容易である。柳田國男と折口信夫が南島に見出した原‐神道、「巫女の神道」を成り立たせている構造そのものでもある。「一」なる原理が「二」なる機能によって担われるのだ。出口王仁三郎は、折口信夫がそうしたように、「憑依」という観点から、前近代的な土俗宗教と超近代的な世界宗教に共通する宗教発生の原理を抽出したのである。

出口なおの「筆先」が死と弾圧によって禁じられた後、王仁三郎は自ら大本の新たな聖典となる『霊界物語』の口述をはじめる。そのとき、王仁三郎が参照したのが、鈴木大拙によってはじめて日本語に移されたエマヌエル・スウェーデンボルグの『天界と地獄』だった。さらにその宗教的な一元論、世界のあらゆる宗教が根底では一致するという「万教同根」の原理と、アジアの他の宗教諸派との実際の交流を求めて、モンゴルに向かう。日本列島、朝鮮半島、満州、モンゴル高原には、憑依という宗教原理、つまりシャマニズムが貫かれていた。折口信夫の師、金沢庄三郎がウラル＝アルタイ語族の比較言語学にして比較神話学の体系をうち立てようとした場所でもある。王仁三郎と同じように、神風会もまた、神道を世界宗教へと高めることをその大きな目標としていた。きわめて粗く、またきわめて暴力的な言説でもあるが、明治四四年（一九一一）の五月に刊行された『神風』一一二号では「純神道は唯一神教なり」という論説が掲載され、神道は多神教ではなく一神教的な原理をもっていると説かれ、翌月の『神風』一一三号では、その原理をもとにして「神道をして世界的宗教ならしめよ」という論説が掲載されていた。さらに宮井鐘次郎は、『古事記』の冒頭に登場する三柱の独神たちを唯一神教としての神道を成り立たせる原理として取り出してくる。

大正四年（一九一五）二月に刊行された『神風』一五七号では、『古事記』の冒頭に記された天之御中主神こそが宇宙の最初の存在、唯一の存在であり、「天地万物の本体《おおもと》」あるいは「物心を統一したる宇宙唯一の大本元《おおもと》」であると説かれていた。その唯一神の活力が物と心の二元に分かれ、森羅万象を「生成」する根源になる。それが天之御中主神に次いで現れた二柱の産霊の神である。折口信夫もまた戦後の神道宗教化論のなかで、こう述べていた――「一体、日本の神々の性質から申しますと、多神教的なものだといふ風に考へられて来てをりますが、事実においては日本の神を考へます時には、みな一神的な考へ方になるのです」[*23]。折口信夫は、宮井鐘次郎と異なって、天之御中主神を斥け、産霊の神の働きに注目する。そして一と多の対立を無効とするような、霊魂の新たな論理を構築していこうとする。

しかし、「神道の宗教化」を主張するはるか以前、「民間伝承学講義」を発展させた「国文学の発生（第一稿）」の段階で、折口信夫の古代学の構造はすでに完成しており、その構造は前近代的な土俗宗教にも、超近代的な世界宗教にも応用することが可能になっていた。そうした事実は、折口信夫の理論を受け継ぎ、唯一神教の最後に位置し、唯一神教の教義を純粋化したイスラームの起源に、やはり「憑依」を見出していた井筒俊彦のヴィジョンと較べてみれば一目瞭然である。井筒俊彦は、おそらく最も深く折口信夫の古代学の可能性を読み解いた人間である。折口信夫の古代学は、井筒俊彦の手によって完成するのだ。

『古代研究』の国文学篇に集大成された「国文学の発生（第一稿）」に、折口信夫は、こう記していた[*24]——。

一人称式に発想する叙事詩は、神の独り言である。神、人に憑《カ》つて、自身の来歴を述べ、種族の歴史・土地の由緒などを陳べる。皆、巫覡《ふげき》の恍惚時の空想には過ぎない。併《しか》し、種族の意向の上に立つての空想である。而も種族の記憶の下積みが、突然復活する事もあつた事は、勿論である。

其等の「本縁」を語る文章は、勿論巫覡の口を衝いて出る口語文である。さうして其口は十分な律文要素が加つて居た。全体、狂乱時・変態時の心理の表現は、左右相称を保ちながら進む、生活の根本拍子が急迫するからの、律動なのである。神憑りの際の動作を、正気で居てもくり返す所から、舞踊は生れて来る。此際、神の物語る話は、日常の語とは、様子の変つたものである。神自身から見た一元描写であるから、不自然でも不完全でもあるが、とにかくに発想は一人称に依る様になる。

まさに教派神道、神社神道、そして民俗学が一つに融合してかたちになった「憑依」の論理である。井筒俊彦は後に折口学を大成する池田彌三郎、さらには折口自身と複雑な愛憎関係を取り結んだ加藤守雄と慶應義塾の同窓であり、折口のみならず柳田國男にも同時代のフランス民族学の動向を伝えた松本信広の下で、言語のもつ呪術的機能を論じた英文著作『言語と呪術』*Language and Magic; Studies in the Magical Function of Speech* を書き上げた（一九五六年）。井筒はその直後から『コーラン』の全訳に取り組み、イスラームの起源、アラビアに生まれた預言者ムハンマドの召命体験を「憑依」から捉え直す[*25]——。

井筒によれば、ムハンマドもまた、その起源においては、憑依の時空から生み落とされたシャマンの一人だった。だから、砂漠の民に向かってムハンマドが語る言葉も、絶対的な他者にひらかれた巫者の口から洩れる、憑依の言葉そのものとなる。その憑依の言葉は「散文と詩の中間のようなもの」となり、そこでは「著しく調べの高い語句の大小が打ち寄せる大波小波のようにたたみかけ、それを繰り返し繰り返し同じ響きの脚韻で区切って行くと、言葉の流れには異常な緊張が漲って、これはもう言葉そのものが一種の陶酔」となったような世界が展開されていった。そして最後には「語る人も聴く人も、共に妖しい恍惚状態にひきずり込まれ」てしまう……。

こんな異様な文体が『コーラン』の文体の基礎をなしている。そしてこのことは直ちにまた、『コーラン』の内容そのものに関してもある重大な示唆を与えるのである。何故にマホメットはその教説を伝統的な神霊的言語形式に託したのか？　いうまでもなく、彼が説き弘《ひろ》めようとする事柄そのものの性格がそれを要求するのではないか。神憑《かみがか》りの言葉。そうだ、『コーラン』は神憑りの状態に入った一人の霊的人間が、恍惚状態において口走った言葉の集大成なのである。だからそこに説かれているのはマホメットの教説ではない。マホメットではなくて、マホメットに憑《の》りうつった何者かの語る言葉なのである。その「何者か」の名をアッラー Allāh という。唯一にして至高なる神の謂《い》いである。

この地点こそ、折口信夫の古代学の出発点であり到達点である。

1　「民間伝承学講義」は『全集』ノート編第七巻（中央公論社、一九七一年）に収録。「間歇遺伝」については一四頁、「妣ノ国」については六一頁、「語部」については四五頁、四二頁、四五頁、四三頁、「自覚者」については四一頁。

2　柳田のこの書評は『退読書歴』（一九三三年）に収録された。引用は柳田『全集』7・二二九―二三〇。なお、柳田國男の民俗学は大本の教えとまったく無関係ではない。『遠野物語』の語り手である佐々木喜善は後に大本の信者となり、その支部を開設する。さらに柳田は、熱心な大本の信者であった岡田蒼溟（建文）の著書『動物界霊異誌』（一九二七年）を、自身が深く関与した郷土研究社から刊行し、その懇切丁寧な書評も執筆した。岡田と柳田のつきあいは戦中まで継続する。『動物界霊異誌』の書評もやはり『退読書歴』に収録されており、そのなかには、次のような興味深い一節がある――「昨年周防の天行居から、幽冥界研究資料の第二巻として刊行した『霊怪談淵』は文字通りの驚くべき書であつて、私は泉鏡花君等と共に頻りにこれを愛読した」（柳田『全集』7・二二六）。岡田の『霊怪談淵』を刊行した天行居（神道天行居）は、大本から分かれ出た友清歓真が創設した教団である。『幽冥界研究資料』の第一巻には、平田篤胤が聞き取り調査を行った天狗にさらわれた少年、仙童寅吉に関する資料が集大成されていた。柳田が『山の人生』を書き進める際に大いに参照した書物である。また後に、この友清がまとめた「鎮魂帰神法」をもとに三島由紀夫が「英霊の聲」を執筆することになる。

3　中山みきの生涯と思想については池田士郎・島薗進・関一敏『中山みき・その生涯と思想　救いと解放の歩み』（明石書店、一九九八年）を、出口なおの生涯と思想については朝日選書版の安丸良夫『出口なお』（朝日新聞社、一九八七年）を、それぞれ参照している。本文中にも記したが、天理教は神道の「教派」として公認されたが、大本は公認されなかった。それ故、以降も大本に関しては「大本教」とは記さず、現在の教団名でもある「大本」を使用する。

4　いずれも『全集』20に収録。引用の際にはそれぞれのタイトルを付す。

5　教派神道全体に関する総合的な研究として井上順孝の『教派神道の形成』（弘文堂、一九九一年）がある。さまざまな来歴をもった信仰集団が教派神道として独立していくプロセスを明らかにしてくれている。ただし、折口が青年時代から関心を抱き続けていたのは教派神道のすべてではない。「神憑り」によって「自覚者」としての教祖が誕生し、その教祖がまとめ上げた神の言葉をもとに教義の体系が整理されていった諸派である。具体的な教団名を挙げれば黒住教、天理教、金光教となる。そのなかでも天理教と金光教の形成過程こそ、折口の宗教論のみならず芸能論にも重要な示唆を与えてくれるはずである。大本は金光教を内側から食い破るかたちで世に出た。折口のそういった志向は、当然のことながら、大学時代に折口が所属していた神風会の創設者である宮井鐘次郎にも共有されていた。宮井がまず評価したのも黒住教、天理教、金光教の三派であり、そのなかでも特に天理教と金光教に対する信頼は大正期を通じて持続されていった。

6　「神道の友人よ」（『全集』20・二七五）。

7　「神道宗教化の意義」（『全集』同・二九五）。

8　日本宗教学会の大会で講演された「神道」（一九五一年）のなかで折口自身が、神社神道、教派神道、民俗学を総合する必要性を説いている――「ほんたうに、宗教神道と認められるものは、これから出て来るのでありませう。神社・宗派・民俗、さうした綜合の上に、大きな自在な宗教が出て来るのではないかと思ひます」（『全集』同・三五六）。

9　「神道の新しい方向」（『全集』同・三一〇）。ただし新全集では「予言者」と直されてしまった部分は旧全集の通り「預言者」のままとした。宗教学的な見地から考えれば、「予言者」と「預言者」は異なった存在である（もちろん二つの性質を兼ね備えた存在も可能であることは言うまでもない）。「予言者」とは未来を予言する者であるが、「預言者」とは神の言葉を預かる者である。

折口の理解としては後者の方がふさわしい。

10 「神道の友人よ」(『全集』同・二七八)。

11 天理教では、いわゆる明治教典、『天理教教典』の編纂が行われた。素朴であるが故にきわめて強い喚起力をもった中山みきの「おふでさき」も「みかぐらうた」も、さらには「おふでさき」によって暗示され、さまざまなヴァリアントからなる異形の創生神話たる「こふき」(「泥海古記」)も、近代的で無残な権力の言葉に置き換えられてしまった。折口信夫は、そうした天理教の近代化について批判的な見解をもっていたと思われる。「神道宗教化の意義」に、次のように記しているからだ――「仏教も、きりすと教も、その自覚者がうち立てたのではなく、その子や子孫が神学的に改造を加へてゐる。それは我々の文化が進まない時に、さういふ風になつたから尊敬されるので、天理教などは、我々の文化を追ひかけて来たから軽蔑されてゐるのだ。だから我々はさうした自覚者が出て来た時に、それをうち立てるべき神学の為に勉強しなければならぬ」(『全集』同・三〇〇)。これを逆に考えれば、折口は天理教の最初の「自覚者」である中山みきが幻視した生々しいヴィジョンを知っており、そのヴィジョンと直結する「神学」の樹立を夢想していた、と言うことも可能であろう。

12 明治二五年旧正月という日付をもった最初の「筆先」である。なおの「筆先」は、大本の機関誌『神霊界』に、大正六年から本格的に活字化されはじめた。現在では、それまで未発表だったものも含めて、池田昭編の『大本史料集成』Ⅰ思想編(三一書房、一九八二年)の第一部「出口なおの思想」に、年代別に集大成されている。ここに引用したものとは若干の相違がある。引用は、村上重良校注『大本神諭　天の巻』(平凡社東洋文庫、一九七九年)より行っている。三頁。なお、ルビの多くは省いた。巻末に付された村上による「解説」も参照している。

13 出口王仁三郎の生涯と思想については村上重良の『評伝　出口王仁三郎』(三省堂、一九七八年)を参照した。

14 出口王仁三郎と折口信夫の思想の同形性を論じた先駆的な論考に、鎌田東二の「神話的想像力と魂の変容　出口王仁三郎と折口信夫をめぐって」がある(『神界のフィールドワーク　霊学と民俗学の生成』所収、現在はちくま学芸文庫、一九九九年)。また、津城寛文にも画期的な二冊の書物、『鎮魂行法論　近代神道世界の霊魂論と身体論』(春秋社、一九九〇年)および『折口信夫の鎮魂論　研究史的位相と歌人の身体感覚』(同)がある。出口王仁三郎と折口信夫が、「霊魂」の附着というほとんど同じ意味で「鎮魂」という術語を使っていることを実証したものである。本章は、津城の先行研究がなければ成り立たなかった。

15 村上の前掲『評伝　出口王仁三郎』には、次のような記述が残されている――「大日本修斎会の「会則」は十三章七十五条にのぼる詳細なもので、王仁三郎がこれまで関係してきた神風会などの神道主義団体の規則にならったものといわれる」(九三頁)。村上のこの「推測」が、どのような資料にもとづいたものか明らかにされてはいないが、この時期、王仁三郎が神風会の顧問たちと会っていたのは事実であり、やや時期が遅れるが、王仁三郎が残した日記に神風会と『神風』が登場するのもまた事実である。そして、それは『神風』に掲載された記事によって裏付けられる。実際に面識があったかどうかまでは分からないが、折口信夫の思想と出口王仁三郎の思想の起源、その貴重な出会いの場となった神風会とその機関誌『神風』についての調査は、ほとんど為されていない。『神風』は、神戸大学附属図書館に明治期のものと大正期のものが所蔵されており、国学院大学図書館には明治四四年（一九一一）の一一〇号から昭和四年（一九二九）の五五五号まで断続的に収蔵されている（何度かの大きなブランクがある）。

16　大学時代の折口とともに神風会に参加した重松宏房による談話をもとに新全集の年譜に記された言葉（『全集』36・四〇）。この年譜で神風会のことを「宗派神道教義研究団体」と記しているのも、重松の証言にもとづくと思われる。

17　王仁三郎のこの日記は、出口王仁三郎著作集第五巻『人間王仁三郎』（読売新聞社、一九七三年）に「明治の日記（抄）」として収録されている。引用は三一九―三二二頁。

18　『大本七十年史』上巻（宗教法人大本、一九六四年）、三〇〇―三〇一頁。

19　以下の記述は、『改訂　天理教事典』（天理教道友社、一九九七年）の項目「一派独立」をもとにまとめたものである。

20　以下の記述は、津城前掲『鎮魂行法論』、四三頁および一四八―一四九頁にまとめられた見解を要約したものである。「鎮魂帰神法」を信者たちに実際に体験させたことから、大本の信者数は爆発的に増加したが、なおは当初から、後には王仁三郎自身も、「鎮魂帰神法」の行使には慎重な態度をとるようになった。

21　『全集』1・七二。

22　「大嘗祭の本義」『全集』3・一八二―一八三。なお、この「大嘗祭の本義」という論考は、『古代研究』民俗学篇2が刊行された段階ではじめてその全貌をあらわしたものである。『国学院雑誌』の昭和三年（一九二八）一一月号には、その一つの草稿となったと推定される「大嘗祭の本義ならびに風俗歌と真床襲衾」が掲載されている（新全集未収録、拙編著『初稿・死者の書』国書刊行会、二〇〇四年に全文を復刻）。そのなかには、次のような興味深い記述が見られる――「天皇陛下が大嘗を行はせられる原義は、報本反始（親友星野掌典も同意）の意味からなさることでないのは明らかで」（二五四頁）、あるいは「星野兄の話では、大嘗宮に於ける稲の神格扱ひに就いて、面白い話があるが、神秘を漏らす恐れがあるから茲には言はぬ」（二五六頁）。折口がここで言及している掌典の「星野兄」とは、王仁三郎の書簡に登場する神風会の顧問、宮地厳夫の直弟子である星野輝興のことである。星野については石川公彌子の『〈弱さ〉と〈抵抗〉の近代国学　戦時下の柳田國男、保田與重郎、折口信夫』（講談社選書メチエ、二〇〇九年）でも言及されている（一六八―一六九頁）。星野は、その動向が『神風』でも大きく紹介されていた。たとえば明治四四年五月に刊行された一一二号には、星野によって「神職青年団」が結成されたとある。折口は「親友」と記している。星野は中山太郎の『日本巫女史』（国書刊行会、二〇一二年）に付された柳田の渡欧を記念して撮られた集合写真にも、柳田、折口らとともにその姿を見せている。星野輝興を介して出口王仁三郎の霊学と折口信夫の古代学が接近した可能性も充分に考えられる。

23　「神道の新しい方向」（『全集』20・三〇八）。折口の霊魂論、折口の「産霊」論についてはは章をあらためて詳述する。なお、折口信夫、出口王仁三郎を自らの近くに置いていた宮井鐘次郎は、そうした事実にまったく無自覚であったようだ。大正期の神風会は大本に対する批判を強めるが、そこには過去の王仁三郎に関してなんの言及もない（折口に対しても同様である）。明治末から大正初の神風会も、天理や大本のような教団になることを模索していたようである。幼稚園経営に乗り出し、教団本部建設に乗り出している。
24　『全集』１・六九―七〇。
25　井筒俊彦訳、『コーラン』上（岩波文庫、一九五七年、改版一九六四年）、「解説」三〇〇―三〇一頁。ルビを省いた部分もある。なお、「詩語論」に収録した「言語と呪術」において、また別の角度から折口信夫と井筒俊彦の言語論を論じ、二人に共通する憑依にもとづいた〈野生の思考〉の基本構造を抽出している。

乞丐相《こつがいそう》

きわめて鋭敏な頭脳と政治感覚をもった出口王仁三郎は、自分たちの教団が、教派神道の歴史のなかでどのような位置を占めているのか、完全に把握していた。「神主」であるなおから神の啓示の整理をまかされた「審神者」である王仁三郎は、「艮の金神」から下された最もはじめの警告、「三千世界の立替へ立直し」をまとめた直後に、段落をあらためて、こう記しているからだ――「天理、金光、黒住、妙霊、先走り、とどめに艮の金神が現はれて、世の立替を致すぞよ」。[*1] 妙霊教会は教派神道の御嶽教に属し、王仁三郎の父方の叔父が熱心な信者であり、王仁三郎の父も信者であった。王仁三郎自身もまた密接な関係をもっていた。金光教は、なおに「金神」という「荒ぶる祟り神」の概念を授けた大本の母胎である。それらの教えの前に天理教を位置づけているのである。つまり、天理教からはじめられた太古の神の新たな啓示を、大本が完成する、というわけである。折口信夫も、柳田國男も、現代によみがえった「巫女の神道」の連鎖を、ほぼそのようなかたちで理解していたはずである。

大本の神が世界の破滅をもたらすのに対して、天理の神は世界の発生をもたらす。[*2] 天理の神、親神天理王命は、一人称でこう語り出す（第一章「おやさま」冒頭）――「我は元《もと》の神・実《じつ》の神である。この屋敷にいんねんあり。このたび、世界一れつをたすけるために天降つた。みきを神のやしろに貰い受けたい」。神が、一人の老女を、自らが宿る「やしろ」に選んだのである。まさに憑依した「神の独り言」から、新たな世界創生神話が紡ぎ出されていくのである。それは異様な物語であった。大本の出口なおに下された神の啓示が、世界の終わりを「泥海」（「この世は一旦泥海に成る所であれども」）と表現したことに対応するかのように、天理の中山みきに下された神の啓示も、世界の始まりを「泥海」と表現していた。そこには無数の「どぢよ」（泥鰌）がおり、そのなかに夫婦の原型となる「うを」（魚）と

「み」（巳）とが混じっていた（第三章「元の理」）——。

この世の元初《もとはじま》りは、どろ海であつた。月日親神《つきひおやがみ》は、この混沌たる様を味気なく思召し、人間を造り、その陽気ぐらしをするのを見て、ともに楽しもうと思いつかれた。

そこで、どろ海中《うみなか》を見澄《みすま》されると、沢山のどぢよの中に、うをとみとが混つている。夫婦の雛型にしようと、先ずこれを引き寄せ、その一すじ心《ごころ》なるを見澄ました上、最初に産みおろす子数《こかず》の年限が経つたなら、宿し込みのいんねんある元のやしきに連れ帰り、神として拝をさせようと約束し、承知をさせて貰い受けられた。

この「うを」と「み」という夫婦の雛型に男女の器官を発生させるために、親神は、男女の身体を構成する各要素（「道具」）をもった、乾の方から「しやち」（鯱）を、巽の方から「かめ」（亀）を引き寄せ、食べて、味わい尽くす。食べて味わうことでその性質を消化し雛型に仕込む、つまり産みつける。同じく、それぞれの身体の運動をつかさどる各要素（「道具」）をもった、東の方から「うなぎ」（鰻）を、坤の方向から「かれい」（鰈）を、西の方から「くろぐつな」（黒蛇）を、艮の方から「ふぐ」（河豚）を引き寄せ、同じように食らい、雛型に仕込む。雛型と道具が揃い、人間の創造が始まる——。

かくて、雛型と道具が定り、いよいよここに、人間を創造されることとなった。そこで先ず、親神は、どろ海中のどぢよを皆食べて、その心根を味い、これを人間のたねとされた。そして、月様は、いざなぎのみことの体内に、日様は、いざなみのみことの体内に入り込んで、人間創造の守護を教え、三日三夜《かよ》の間に、九億九万九千九百九十九人の子数を、いざなみのみことの胎内に宿し込まれた。それから、いざなみのみことは、その場所に三年三月《つき》留り、やがて、七十五日かかつて、子数のすべてを産みおろされた。

「泥海」は生命発生の現場であった。そこでは生殖と消化吸収の区別、性欲と食欲の区別がつけられない。神と人間と動物たちの区別も、また。記紀神話に登場する神々も野生化され、動物化されてしまう。「元の神」の消化吸収作用と重なり合った生殖作用によって、無数の生命が産み落とされる。まず「どぢよ」が人間の種になる。その後、何度も消化吸収と生殖が繰り返され、その度ごとに「虫、鳥、畜類」などに生まれ変わり（「生れ更り」）が果たされ、徐々に人間のかたちが整ってくる。まさに野生の「創造的進化」論である。そうした情景が、「元の神」から直接教示された世界創造の真実だというのである。みきのヴィジョンは、記紀神話の体系を根底から解体し、再構築してしまうものだった。記紀神話は、逆に、世界創造の真実を歪めたものとして位置づけられるだろう。[*3]

『天理教教典』に「元の理」としてまとめられている「こふき」（「泥海古記」）は、明治一四年（一八八一）から明治二〇年（一八八七――みきの死の年）にかけて、和歌体と説話体をまじえて、合計で三二種以上の筆録本が作られたという。そのはじまりの翌年にあたる明治一五年、つまり「教派」として認定されるはるか以前に、初期天理教は最大の危機を迎えようとしていた。世界が創造された聖地である「ぢば」（地場）を定め、その中心に建立されつつあった「甘露台」が、その建設の途中で、警察権力によって跡形もなく破壊されたからである。甘露台は月日親神が甘露（聖水）を与えてくれる聖なる台である。上には平鉢がのせられ、神楽勤めが行われると、平鉢のなかに入れられた大麦に天から甘露が注がれ、聖なる「ぢきもつ」（食物）に変成される。神楽勤めとは、信徒の男女が「親神」を守護する一〇柱の神の姿を象った動物の仮面――「こふき」の泥海に出現するものたちでもある――をかぶり、鳴物にあわせて神楽を舞うことである。食べることを通じて神と人間が一体化する。しかも、その「神人合一」は、芸能の場で果たされるのである。

国家権力による現実の宗教施設の破壊が、現実の国家権力を乗り越えていく想像の世界での創生神話と教義の完成を導いたのである。しかも、その教義の根幹には、独自の「一神」教的な世界観、あらゆるものは「親神」から生まれ出るという思想が据えられていた（『天理教教典』、第四章「天理王命」冒頭）――「親神を、天理王命とたたえて祈念し奉る。／紋型ないところから、人間世界を造り、永遠《とわ》にかわることなく、万物《よろづのもの》に生命を授け、その時と所とを与えられる元の神・実の神にていります」。この親神思想は金光教にも共有されていた。折口信夫も、戦後の神道宗教化論のなかで、「事実においては日本の神を考へます時には、みな一神的な考へ方になる」（前出、「神道の新しい方向」）と説いていた。

天理教の教祖となった中山みきも金光教の教祖となった赤沢文治——後に金光大神と改名するが本章ではその発生の地点に限って論じるためこの表記を使う——も、「生神」として信者たちからの熱烈な信仰を集めていた。しかし、中山みきも赤沢文治も自身が「神」であると宣言したわけではない。あくまでも神の言葉、神の教えを人々に伝える媒介者として自身のことを位置づけていた。赤沢文治は、自ら「取次」と称した。神からの教えを人々に「取り次ぎ」、人々の願いを神に「取り次ぐ」のである。『大本神諭』のなかで、出口なおも、自身のことを、金光教に由来する「取次」として位置づけている。

生神とは、「神に選ばれた唯一の媒介者」なのである。あるいは、「教祖は神から特別な委託を受け、神の意志を現出させ、この世に救けのわざをもたらした。ここに神と人間との間を取り結ぶ唯一の通路があり、救けの力の根拠がある。救けのわざに託された人間の願いは、究極的には生神教祖という唯一の媒介者を通して神に届くのである」と、まとめることも可能である。[*4] この生神の在り方は、折口信夫が古代学を成り立たせる一つの原理として抽出した、天地の媒介者マレビトの在り方と等しい。また、折口信夫が天皇の在り方を定義したミコトモチという概念も、赤沢文治のいう「取次」とほぼ重なり合う。折口は、ミコトモチの本質を、こうまとめている——「みこともちとは、お言葉を伝達するもの丶意味であるが、其お言葉とは、畢竟、初めて其宣を発した神のお言葉、即「神言」で、神言の伝達者、即みこともちなのである」、つまり、「最高位のみこともちは、天皇陛下であらせられる」。[*5]

天皇は神ではない。神の言葉を人々に「取り次ぐ」媒介者、神の聖なる御言葉（ミコト）を自らのうちに預かり（モチ）、その聖なる言葉を人々に伝えてくれる聖なる媒介者だった。そういった意味であれば、天皇を生神、あるいは「現人神」——神が人のかたちをとって現れたもの——と称してもかまわない……。天理教、金光教、そして大本、あるいは折口信夫の天皇論は、原初の一神教あるいは〈野生の一神教〉と称することも可能な教義と神話の体系をもつものだった。それが列島に根づいた、「神憑り」によって発動する〈野生の思考〉の基本構造なのである。教派神道各派が整備してきた「神憑り」の教祖論の骨格、唯一の親神→「取次」としての生神教祖→一般の信徒の人々という構造は、折口信夫の「神憑り」の天皇論の骨格、神の発したミコト→ミコトモチとしての天皇→ミコトを授かる臣下たちという構造と、ほぼ等しい。そして折口信夫の天皇論と芸能論が、なぜ一つに重なり合っていかなければならなかったのか、その謎を解くための大きな示唆を与えてくれるのも、金光教と大本に共有される親神にして「元の活《いき》神《がみ》」（『大本神論』）、現代によみがえった古代神道の中心に据えられた「一神」、正体不明の強力な祟り神である「金神」という存在だったのである。

折口信夫は、神道宗教化論の要となる一篇のなかで、こう語っていた――「つまり、一般に宗派神道は陰陽道の神、方角をおそれる金神の信仰などが基礎になつてゐる。必ずしも金光教に限らず、教派神道の多くは金神にふれ、金神をおそれて、自覚状態に入つた教祖が多い。金神は神道でもなく、仏教や儒教でもなく、日本人が昔から持つてゐた生活上に於ける陰陽道の祟避様式の変化だ。しかしともかく出来上つた上では、宗派神道として存在してゐることは、宗派神道の信者にとつては幸福である。さういふ信者が少しでも世間をゆたかにするなら、我々にとつても幸福なのに違ひはない。大本教を信じてゐた人々も、その周囲の人に幸福をもたらしたに違ひない。あの時のことは、何万人の人を不幸にしたに違ひない。だからあの調査の時、どちらが悪いか良いか訣らないで、結局今では、あの調べを再確認する必要がある」[*6]。

折口信夫が大本についてシンパシーを抱き続けていたことが分かる一節であると同時に（大本の教えは信者たちに「幸福をもたらしたに違ひない」とまで書いている）、折口が金光教と大本に共有される「金神」について充分な理解をもっていたことも分かる一節である。出口なおの「神憑り」は、三女のひさの「発狂」、すなわち「神憑り」（明治二三年七月）に誘発されて引き起こされたものだった。ひさは夫の福島寅之助とともに、その「神憑り」を金光教の教師の祈禱によって治癒され、夫婦で金光教の信者となった。それとともに、なおもまた金光教の教義とその実践について深く知ることになった。さらに、なおの長女よねの「発狂」（明治二四年一二月）が直接の契機となって、翌年の旧正月、出口なおに「艮の金神」が取り憑いたのである。大本が金光教を母胎にするというのは、そういった意味である。上田喜三郎と出会うまで、出口なおを中心とした信仰集団は金光教の教会に属していたのである。「審神者」喜三郎との出会いが、なおを独立した信仰共同体の「神主」、教主としたのだ。

「金神」とは、折口が的確に述べているように、もともとは陰陽道の神を指していた。つまり記紀神話には起源をもたない、道教的な要素を多く習合してかたちになった神である。金神は周期的に遊行し、その方位を犯すと激しい祟りがあると恐れられていた。「艮」は北東を指し、鬼門の方角を意味する（村上重良が『大本神諭』に付した注より）。しかし、金光教を創唱した赤沢文治が数え年一二歳で移り住んだ環境においては、金光教における「元」の神、すなわち「金神」は、折口が述べているように「日本人が昔から持つてゐた生活上に於ける陰陽道の祟避様式の変化」として、さらに他のさまざまな神々のもつ性質を一つに習合するようなかたちで成立したものだった。

一体どういうことなのか。赤沢文治が育った備中国浅口郡大谷村（現在は岡山県浅口市金光町）では、一年を通じてさまざまな神々が祀られていたからである。[*7] 一月の「荒神様」、春の「山の神様」、六月の「祇園様」、七月の「石鎚様」と「精霊様」、八月の「氏神様」とふたたび「荒神様」、九月の「客人神様」と「賀茂様」、等々。小さな精霊のような神々が満ち溢れていた空間だった。荒神、山神、客人神などは柳田國男の『石神問答』の主題となった神々である。つまり、教派神道の発生と民俗学の発生は、完全に重なり合っていたわけである。しかも、この大谷村の人々にとって、最も重大な行事こそ、一月の「二八日」に行われる「荒神」講だった。「金神」には、明らかに「荒神」のもつ性質が重なり合っている。「金神」からは教派神道が生まれ、「荒神」からは民俗学が生まれたのである。

備前・備中・備後、つまり岡山県を中心とした一帯は、荒神信仰が非常に盛んな地域である。ほとんどすべての信仰が荒神という、三面六臂の異形をもち、正体不明である荒ぶる祟り神に集約されている。人々は月ごとの「二八日」に荒神の怒りを静めるための講を組織し、全員で籠もる。さらに、その荒神講では、ある年数ごとに、大規模な荒神神楽が営まれる場合が多かった。荒神神楽のクライマックスでは、現在においても、荒神による「神憑り」と「託宣」が行われている。荒神の信仰をもたらし、荒神神楽を組織したのは修験道の行者たち、つまり「山伏」たちだったと推定されている。[*8] 修験道も荒神も、渡来文化からの甚大な影響、さらには神仏習合的な環境によって可能となった行法であり、その神であった。まさに折口信夫のいうところの異族の神である。折口は「山伏」という存在に、能から歌舞伎まで連続して発展していく芸能、すなわち「無頼の徒の芸術」の一つの起源を見出している。「国文学の発生（第一稿）」を書き上げた折口にとって、そこで明らかになったヴィジョンを芸能論として一つに総合していく際、南島の仮面祭祀とともに最も重要かつ貴重な実例となったのが、奥三河の花祭り、雪祭り、西浦田楽である。それらの神楽＝田楽のすべては、その成立にあたって、荒神神楽ときわめて類似した背景をもっていた。神仏習合的な環境と修験道の教理にもとづいたその組織化である。この二つの要因は、折口信夫の芸能論の発生だけではなく、金光教の発生においても、天理教の発生においても、特権的な役割を果たしていた。天理教の親神である「天理王命」もまた、みきが信仰していた浄土信仰と伊勢信仰（「おかげまいり」と伊勢神楽）が一つに融合した神仏習合的な環境から生み落とされたと推測されている。さらには、中山みきも赤沢文治も、山伏の「神憑り」を直接に体験する、あるいは身近で体験することによって、「教祖」として覚醒する機会を得たからである。[*9]

出口王仁三郎が大本にもたらした「鎮魂帰神法」も、その起源の場所に位置する本田親徳（一八二二—一八八九）が、霊魂操縦の技術の基盤となった種々の材料を、「記紀神話や「狐憑き」の実見、社寺巷間の口寄せ、稲荷降ろし、行者の所説——素朴なものであったろうが——等に求めながら、それらをかなり体験的な試行錯誤で自己流に体系化したもの」と考えられている。[*10] 天理教の始祖・中山みき（一七九八—一八八七）、金光教の始祖「金光大神」こと赤沢文治（一八一四—一八八三）、そして鎮魂帰神法の始祖・本田親徳は、ほぼ同時代を生き、同じような環境から、霊魂発生の宗教原理と霊魂操作の宗教技術を生み出していたのだ。それらの巨大な流れが、一方の方向、宗教的な実践としては出口なおと出口王仁三郎による大本の教学として結晶し、もう一方の方向、宗教的な研究としては折口信夫の古代学として結晶したのである。

精霊たちが満ち溢れる時空間から「一神」が立ち上がり、歌と踊りを通してその「一神」と一体化することによって、新たな宗教と新たな芸能がともに可能になったのである。折口信夫もまた、大正一〇年一月二八日、「民間伝承学講義」の第三回目で「妣が国」を論じる前段として、精霊たちの満ち溢れる、まさに「魂のふるさと」の原型を描き出してくれている。折口は繰り返しその「魂のふるさと」に立ち帰ることで、自身の学と表現を鍛え上げていったのだ[*11]――。

精霊のいる所というと、まず言わねばならぬのは、現《うつ》し世、現《うつ》し身に対して、隠り世、隠り身ということを、日本の古いところで考えていたことである。それはつまり精霊の世界で、精霊の仲間入りすることが隠り身になることであった。霊魂だけを考えるとき、隠り世、隠り身である。人間の魂も、場合によっては生きている間でも、隠り世に行くことがあり、死ねばもちろん隠り世へ行く。生きている人間の魂が遊離した場合、隠り身なのだが、それとあっちこっちに散らばって存在する隠り世と考えが一つになる。

第二次世界大戦後、この素朴な精霊の世界から「隠り身」としての「一神」、「隠り身」としての産霊の神を立ち上げられたとき、折口信夫の「神学」は完成する。しかし、そのためには折口自身が「乞食」の身に堕ち、放浪する芸能者の立場からこの世界の光と闇、権力と表現の根幹となる両義的な「霊魂」の力を捉え直す必要があったのである。

＊

中山みきも出口なおも、神から下された啓示をもとに独自の教えの体系を確立するために、「乞食」のような境遇に堕ちなければならなかった。折口信夫も、つねに自らの境遇を「乞食」に重ね合わせていた。「乞丐相《コツガイサウ》」という一篇の異様な「詩」が発表されるのは、スサノヲ詩篇を書き継ぎ、神道宗教化論を語り続けた、第二次世界大戦の敗戦直後のことである。そこには、こういう一連があった[*12]――。

いにしへの祝言者《ホカヒ》の如く
　国々を　流離《ウカ》れも行かず、
近き世の乞食《コジキ》さびして
漂泊《サスラヒ》の門には立たず、
　こと足らぬ日々を　悲観《ワ》びつゝ

古代の栄光に充ちた漂泊芸能者（ホカヒビト）のように国々を放浪する旅に出るわけにもいかず、その漂泊芸能者の末裔である「乞食」のように、ただ破壊の跡に立ち尽くすことしかできない……。折口信夫が定型の短歌ではなく、このような非定型の破格の「詩」を書きはじめたのは関東大震災の直後から、である。折口は処女歌集『海やまのあひだ』の「この集のすゑに」に、こう記していた――「私は地震直後のすさみきつた心で、町々を行きながら、滑らかな拍子に寄せられない感動を表すものとしての――出来るだけ、歌に近い形を持ちながら――歌の行きつくべきものを考へた。さうして、四句詩形を以てする発想に考へついた」[*13]。

その「歌の行きつくべきもの」である詩のはじまり、「砂けぶり」と題された二篇の詩は、大震災の翌々日に横浜に上陸した折口が見た、「朝鮮人虐殺」が行われた後の光景を描き出したものである。この「時」にも、やはり破壊の後の廃墟が広がっていた。しかしながら、その廃墟は、折口の「詩」にとって生成の母胎ともなった。「砂けぶり」の両篇とも、『アララギ』を離れた折口が北原白秋らと創刊した同人誌『日光』に相次いで発表された。同じこの『日光』という同人誌に、折口は、現在では「国文学の発生（第一稿）」および「国文学の発生（第二稿）」とタイトルがあらためられた「日本文学の発生」をめぐる諸論考を発表し、処女歌集『海やまのあひだ』の冒頭の一首に続いて掲載された短歌の連作「島山」をはじめとする短歌の代表作を発表し、後の芸能論につながる「江戸歌舞妓の外輪に沿うて」を発表していた。折口信夫の学としてのはじまりの場所であるとともに、釈迢空の表現としてのはじまりの場所でもあった。

それらのなかでも、『日光』に掲載された「砂けぶり」には、後に削除または変更されてしまう折口信夫の怒りに満ちた肉声が生々しく記されていた。折口は、異族であり異族の神の「つかはしめ」（すなわち「ミサキ」）としての「朝鮮人」を詠い、その「朝鮮人」たちを虐殺した人々が讃えた「天皇」（「陛下」）を詠った[*14]――。

井戸のなかへ
毒を入れてまはる朝鮮人――。
われ／＼を叱つて下さる
神様のつかはしめだらう。

おん身らは、誰を殺したと思ふ
陛下のみ名においてー。
おそろしい咒文だ。
陛下万歳　ばあんあざい

異族の「朝鮮人」を詠い、「天皇」を詠った釈迢空は「乞食」にまで堕ち、さらにその廃墟から最後の表現をはじめた。折口信夫もまた、異族が列島にもたらしてくれた芸能を論じ、その芸能の場から立ち上がる異形の王である古代の天皇を論じた。そして戦後の廃墟から神道宗教化論を立ち上げた。戦後の神道宗教化論の最後の課題となった「霊魂」の行方を論じるためには、その前にまず、「魂のふるさと」ではなく折口信夫の現実の故郷、大阪の四天王寺と奈良の飛鳥坐神社に戻り、そこに集っていた芸能の民たちに折口が見ていた可能性と不可能性を、あらためて浮き彫りにしなければならないであろう。
そのとき、折口信夫の目に立ち現れるのは、「砂けぶり」の最後に出現する異族の祟り神であったはずである[*15]――。

太初からの反目を
だれが　批判するのか。
代々《ダイゞ》に祟《タヽ》る神。
根強い　人間の呪咀《ジュソ》——

1　前掲『大本神諭　天の巻』、引用は三頁。世界の終わりを「泥海」と表現しているのは一二頁。出口なおのヴィジョンにおいて、世界は「艮の金神」による破壊を経て、「泥海」から「水晶」に生まれ変わる。この他にも、『大本神諭』には天理教の教えに起源をもつ語彙が散見される。金光教に由来する語彙についても同様である。天理教と金光教の教えを一つに総合し、それらを基盤として、彼方に超出しようとした。大本が占める位置を、そう捉えることは可能であろう。

2　以下、天理教の教義に関しては、第二次世界大戦敗戦後、明治教典に代わって新たに編纂された『天理教教典』（天理教道友社、一九四九年）にもとづく。引用は三頁、二五—二六頁、二七—二八頁、三六頁（「親神」としての天理王命）。みきの「おふでさき」および「みかぐらうた」——両者をもとに『天理教教典』が編纂されている——は、村上重良校注『みかぐらうた・おふでさき』（平凡社東洋文庫、一九七七年）にまとめられている。

3　こうした理解から、必然的に、記紀神話を統治の基盤とする現行の天皇制を否定する動きが生じてくることになる。しかも、それは天理教の起源、みきの「こふき」に還るという原理主義的な運動がもとになっている。みきを継ぎ、自分こそが親神を宿した次なる「天啓者」であると唱えた大西愛治郎（一八八一—一九五八）による「ほんみち不敬事件」である。ほんみち——天理研究会から天理本道を経て改称——もまた大本と同じく、昭和三年（一九二八）と昭和一三年（一九三八）の二度にわたって大規模な弾圧を受けた。しかし、大西は、記紀神話は虚偽であり、天皇は簒奪者であるという主張を決して曲げなかった。大西自身こそが、みきのように、万物を生み出した太古の真の「親神」と直接結びついているからである。事情は『大本神諭』の場合でも同じであっただろう。『大本神諭』を虚心坦懐に読めば、現行の天皇制の否定にたどり着かざるを得ないからだ。折口信夫の「大嘗祭の本義」も同様の危険性をもっていたはずである。ただ、折口は、天皇の権威の源泉となった「天皇霊」という概念を導入することによってのみ「不敬」をまぬがれたのである。松本清張がいちはやく「ほんみち不敬事件」に興味を示し、『昭和史発掘』の「天理研究会事件」としてまとめている（単行本初版一九六五年——現在は文春文庫『昭和史発掘』新装版2、二〇〇五年に収録）。資料の復刻、みきの「こふき」との関わりなどは村上重良

『ほんみち不敬事件　天皇制と対決した民衆宗教』（講談社、一九七四年）が詳しい。以下の記述も同書を参考にしたものである。

4　いずれも島薗進「生神思想論　新宗教による民俗〈宗教〉の止揚について」（宗教社会学研究会編『現代宗教への視角』所収、雄山閣出版、一九七八年）からの引用である。島薗がこの論考で考察の対象としているのは、天理教と金光教である。なお、島薗には天理教と金光教の発生をめぐって次のような個別の所論がある。天理教については、「神がかりから救けまで　天理教の発生序説」（『駒澤大学佛教学部論集』第八号、一九七七年）、「疑いと信仰の間　中山みきの救けの信仰の起源」（『筑波大学哲学・思想学系論集』昭和五二年度、一九七七年）、金光教については、「金光教学と人間教祖論　金光教の発生序説」（同第四号、一九七八年）、「金神・厄年・精霊　赤沢文治の宗教的孤独の生成」（同第五号、一九七九年）、「民俗宗教の構造的変動と新宗教　赤沢文治と石鎚講」（同第六号、一九八〇年）。天理教においても金光教においても、「神憑り」に至るまで、さらには「神憑り」から教義が整備されるまで、複雑な要因と複雑な過程（「葛藤」）があったことが分かる。本章では、そのような見解までをあわせて論じることはできなかった。

5　いずれも『古代研究』民俗学篇2に収録された「神道に現れた民族論理」より（『全集』3・一五〇）。なお、折口信夫の芸能論と天皇論の相互関係については、「翁の発生」と「大嘗祭の本義」を両極として次章の「天皇」で詳述する。

6　「神道宗教化の意義」（『全集』20・二九五）。

7　金光教の内部からも金光教の発生について考察した論考が書かれている。以下の記述は、金光真整「大谷村における年中行事などについて（一）（二）」（『金光教学』第三集および第四集、一九四八および一九四九年）をもとにまとめたものである。

8　以上の見解は、三浦秀宥による『荒神とミサキ　岡山県の民間信仰』（名著出版、一九八九年）をもとにしてまとめたものである。「荒神」と「ミサキ」は荒ぶる祟り神としてほぼ同一の意味をもっているが、「ミサキ」は神の先触れとしての動物神——蛇、狐、猿など——を意味する場合が多い。三浦がこの書物をまとめた直接のきっかけは柳田國男との出会い、特に昭和三〇年（一九五五年）に発表された柳田の「みさき神考」にある。その論考の冒頭に、柳田はこう記していた——「石神問答という一書を公けにした頃から、私はこの問題に注意しているのだが、あれからもう四十年、ちっとも研究が進まずにいるのは、面目も無いことである」（柳田『全集』33・八〇）。正体不明の境界の神、異族の神でもある「荒神」は、柳田國男の民俗学と折口信夫の古代学の交点を明らかにしてくれるはずだ。

9　中山みきの場合、中野市兵衛という山伏の先達が行った「寄加持」の「加持台」（よりまし）となり、そこに憑依した霊が「元の神・実の神」を名乗ったことから天理教が始まった。赤沢文治の場合、文治自身の大患（「喉痺《のどけ》」）の原因を探り治療するために行われた祈禱の席で、義弟の古川治郎に「金神」が憑依し託宣したことが金光教の始まりとなった。古川治郎もまた山伏、石鎚講の先達だった。

10　津城前掲『鎮魂行法論』、一三八頁。

11　前掲『全集』ノート編第七巻、五〇頁。折口が戦後に正面から論じる「産霊」の原初のかたちでもある。第八章で、同じこの引用部分を異なったかたちで、あらためて取り上げる。

12　『全集』26・二〇。

13　『全集』24・一二四—一二五。

14　「朝鮮人」という言葉が記された「砂けぶり」は、『日光』第一巻第五号（大正一三年八月）、「陛下」という言葉が記された「砂けぶり」は第一巻第三号（大正一三年六月）に発表された。後に単行本に再録された際、「朝鮮人」も「陛下」も削除された。
15　『全集』26・四七八。初出誌と現行の全集収録版にほとんど差はない。

［付記］

以上に述べてきたように、折口信夫の古代学が確立されるにあたって、藤無染を介したポール・ケーラスの一元論思想と、神風会を介した教派神道の教義は、ともに重要な位置を占めていたと思われる。しかし、折口信夫と藤無染の関係を「同性愛」と表現したことについて、保坂達雄から一貫した批判が提出されている。最近も「折口信夫藤無染同性愛説　批判」と題された論考が発表された（『東京都市大学人間科学部紀要』第四号、二〇一三年）。保坂の論考の主題は、富岡多恵子が『釋迢空ノート』で行った折口の短歌解釈への批判である。結論として、「無染について論証がなければ、折口信夫藤無染同性愛説は富岡が創り上げたどこまでも独自のストーリーとしか読めないのである」とある。ただし、その要旨の部分には富岡説に安易に立脚し「自説を展開する批評家」と記され、本論冒頭では「中でも安藤礼二はこの富岡説に立脚して一連の論文を発表し続け、折口信夫藤無染同性愛説は今や折口信夫研究のメインストリームとなりつつある」と名指しで記されてもいるので、ここで返答しておきたい。

まず第一に、保坂の述べるように、折口信夫と藤無染の「同性愛」は、折口の残したテクストを読み込んだ上での主観的な「解釈」から導き出されている。だから折口信夫と藤無染の間に「同性愛」的な関係があったのかなかったのかを客観的に証明することはできない。なので、これ以上論争しても水掛け論となってしまう可能性が高く、時間の無駄である。しかし、「同性愛」という観点を一切考慮しなかったとしても、藤無染という人物の生涯を客観的な資料からはじめて明らかにしたのは富岡の功績である。また、私が藤無染という人物が折口信夫の思想形成にきわめて重要な役割を果たしたと述べ続けているのも、主観的な「解釈」からではなく、検証可能な資料から導き出された客観的な「事実」から、である。折口信夫が「自撰年譜」にわざわざ無染の名前を残したこと、折口と生活をともにしていたときに無染は一冊の編著書と一篇の論考を書き上げ、いずれもポール・ケーラスの思想を下敷きにした上で仏教とキリスト教の教義の一致を説いていること、折口は無染の論考と一緒に五首の短歌を発表しており、最晩年に残された『死者の書』の続篇を意図した草稿では空海を通してキリスト教異端ネストリウス派の教義と真言密教の教義の融合が語られようとしていたこと。これらはすべて検証可能な資料から導き出された「事実」である。無染が果たした役割は決定的であろう。その関係性に、ある種の情動的なものが含まれていなかったはずはないと、私は考えたまでである。

第二に、保坂は私の名前を出した後、「これが折口像のスタンダードとなってしまったならば、これまでの折口研究はいったい何だったのかということになってしまう」と書き、あたかも自身のことを折口信夫研究の専門家のように自称しているが、藤無染関係の資料にしろ、神風会関係の資料にしろ、とうの昔にその自称「折口信夫研究の専門家」が見つけ出していなければならなかったものである。私は専門の研究分野をもたない、一介の「批評家」に過ぎない。藤無染と神風会に関して、富岡と私以前に調査を行っているのは保坂自身なのである。保坂の先行研究「青年折口信夫の精神的遍歴」は、保坂の著書『神と巫女の古代伝承論』(岩田書院、二〇〇三年)に収録されている。この著書が刊行された時期であればすでに情報検索システムも完備されており、それほど苦労せずに諸資料を発見できたはずである。過去に行った自己の調査をまったく再検証せず、他者が発見した新たな資料の追跡調査しかなされていない。もし、このような資料調査能力しかもたない人物が専門家を自称し、新たな研究成果の検討を拒否し続けるならば、折口信夫研究に未来などないであろう。まさに「これまでの折口研究はいったい何だったのか」と問い返したいところである。

第六章

天皇

大嘗祭の本義

折口信夫は、昭和三年（一九二八）に発表された講演筆記「神道に現れた民族論理」で、次のように発言している。[*1]「私は、日本人としての優れた生活は、善悪両者の渾融された状態の中から生れて来てゐるのである、と思ふ」。あるいは、「とにかく私としては、日本民族の思考の法則が、どんな所から発生し、展開し、変化して、今日に及んだかに注目して、其方向から探りを入れて見たい。いゝ事ばかりを抽象して来て、論じたのでは、結局嘘に帰して了ふ」、とも。

そして、高らかにこう宣言する——。

私は此民族論理の展開して行つた跡を、仔細に辿つて見て、然る後始めて、真の神道研究が行はれるのであると考へる。卒直に云ふならば、神道は今や将に建て直しの時期に、直面してゐるのではあるまいか。すつかり今までのものを解体して、地盤から築き直してかゝらねば、最早、行き場がないのではあるまいか。

神道という列島古代の民族論理を解体して、列島現代の民族論理として再構築する。つまり、ジャック・デリダが使ったまさにその通りの意味で、神道を「脱構築」してしまおうとするのだ。しかも、日本に閉じられた「民俗論理」（folk-logic）ではなく、世界に開かれた「民族論理」（ethno-logic）として。折口信夫にとって、善悪が一つに渾融した、神道という「日本人の民族的思考の法則」の核心、民族論理を「脱構築」する際の中心に位置づけられたのが、天皇という存在だった。「神道に現れた民族論理」のなかでも言及されているが、折口信夫が「民族論理」という術語を使って神道の解体＝再構築をまず宣言したのは、この講演に先立ち、前年の昭和二年、『国学院雑誌』の一一月号に掲載された「巻頭言」においてだった。

その巻頭言を間に挟むようなかたちで、折口信夫は、『国学院雑誌』を舞台として、一気呵成に自身の天皇論の骨格を整えてゆく。[*2]「貴種誕生と産湯の信仰と」（昭和二年一〇月号）、「巻頭言」（昭和二年一一月号）、「高御座」（昭和三年三月号）、「大嘗祭の風俗歌」（昭和三年八月号）、「大嘗祭の本義ならびに風俗歌と真床襲衾《まどこおふすま》」（昭和三年一一月号）。これらの諸論考で提出された主題を一つに総合するようにしてまとめ上げられたのが、昭和五年（一九三〇）に刊行された『古代研究』の、結局のところ最終巻――『古代研究』を続刊する意志は折口本人にも周囲にもあった――となってしまった第三巻「民俗学篇2」に、「神道に現れた民族論理」を序論とするようなかたちで発表された「大嘗祭の本義」である。

「大嘗祭の本義」には、「昭和三年講演筆記」と注記されているが、活字化されたものとしての初出は、この『古代研究』の完結篇である。つまり、『古代研究』をいったん閉じるにあたって、自らが構築しつつあった「民族論理」の要として意図されたものこそ、「大嘗祭の本義」に他ならなかった。つまり「大嘗祭の本義」とは、折口信夫の古代学に秘められた謎と直結し、その謎を解き明かしてくれる特権的な論考だった。

折口信夫は、昭和天皇の即位の実際を目にしながら「大嘗祭の本義」をまとめていった。そのポイントは二つに絞られる。一つは天皇の権威の源とされた「天皇霊」という存在であり、もう一つは、その「天皇霊」を身体に受け入れ、新たな天皇として死から復活してくるための装置となる、つまりは王権が更新されるための装置となる「真床襲衾」という存在である。「大嘗祭の本義」は霊魂論にして王権論だった。あるいは、霊魂論と王権論が交錯するところ、「天皇霊」と「真床襲衾」の交点に、「大嘗祭の本義」が位置づけられる。

それは、まさに異形の天皇論だった。なぜなら、折口信夫は、「天皇霊」という概念とともに、まずは〈血と肉〉による万世一系の皇位継承を否定してしまったからだ。皇位継承とは、なによりも神聖な〈霊〉によるのだ。つまり、王の身体とは「魂の容れ物」に過ぎない[*3]――。

恐れ多い事であるが、昔は、天子様の御身体は、魂の容れ物である、と考へられて居た。天子様の御身体の事を、すめみまのみことと申し上げて居た。みまは本来、肉体を申し上げる名称で、御身体といふ事である。尊い御子孫の意味であるとされたのは、後の考へ方である。すめは、神聖を表す詞で、すめ神のすめと同様である。すめ神と申す神様は、何も別に、皇室に関係のある神と申す意味ではない。単に、神聖といふ意味である。此非常な敬語が、天子様や皇族の方を専、申し上げる様になつて来たのである。此すめみまの命に、天皇霊が這入つて、そこで、天子様はえらい御方となられるのである。其を奈良朝頃の合理観から考へて、尊い御子孫、といふ風に解釈して来て居るが、ほんとうは、御身体といふ事である。魂の這入る御身体といふ事である。

「天皇」という肉体は滅びてしまうが、「天皇霊」という霊魂——権威の源泉——は滅びないのだ。王とは、その身体としては代替わりする有限のものであるが、その精神としては永遠のもの、無限のものなのである。天皇は、「天皇霊」によって不滅の存在となる。それでは、王の身体に、「天皇霊」は、どのようにして憑依するのか。あるいは、どのようにして身体に「附着」するのか。折口はさらにその「秘儀」の内奥に迫ろうとする。大嘗祭の際、天皇がただ一人で籠もる悠紀殿と主基殿には「御寝所」が設けられている。天皇は、「此御寝所に引き籠つて、深い御物忌みをなされる」。その神聖な「褥」、聖なる寝具である「衾」にして聖なる衣服でもある「裳」こそ、天孫降臨の際、天孫ニニギがそのなかに包み込まれて地上に降臨した「真床襲衾」に他ならない。「裳」は「喪」に通じ、死を再生へと変化させる道具でもある。そうした「真床襲衾」に包み込まれ、「天皇霊」が附着することによって、王は死から復活するのである。つまり天孫降臨を、天皇の代替わりの度に反復しているのである。「真床襲衾」とは、王権を更新するための聖なる装置なのだ——。

此重大な復活鎮魂が、毎年繰り返されるので、神今食・新嘗祭にも、褥が設けられたりする事になる。大嘗祭と、同一な様式で設けられる。復活を完全にせられる為である。日本紀の神代の巻を見ると、此布団の事を、真床襲《マドコオ》衾《フスマ》と申して居る。彼のにゝぎの尊が天降りせられる時には、此を被つて居られた。此真床襲衾こそ、大嘗祭の褥裳を考へるよすがともなり、皇太子《ヒツギノミコ》の物忌みの生活を考へるよすがともなる。物忌みの期間中、外の日を避ける為にかぶるものが、真床襲衾である。此を取り除いた時に、完全な天子様となるのである。

「天皇霊」は、外からやってくる権威の源泉である。この「天皇霊」を身体に附着させる技術を「鎮魂」という。大学で古代を研究する教授である折口信夫と「神憑り」を教義の基盤として成立した新興宗教「大本」の教祖である出口王仁三郎は、「鎮魂」という言葉を、ほとんど同じ意味で使っていた。外部に存在する霊魂を身体に附着させる技術、つまり「神憑り」（「憑依」）を可能とする技術として。折口信夫と出口王仁三郎は、折口が青春をささげた神風会という「宗派神道教義研究団体」を、それぞれの神道をより深く理解するための研究＝実践のための組織として共有していた。

出口王仁三郎は大正のはじめ、自身が率いる信徒の団体を神風会の下部組織として位置づけ、それを内側から食い破るかたちで、真の信仰共同体たる「大本」を確立したのである。民俗学の研究と心霊学の実践を深める過程で、折口信夫も出口王仁三郎も、王位継承の絶対不可視の「秘儀」を可視化してしまった。外在する霊魂の憑依という「秘儀」の核心を、白日の下に曝してしまった。一方では神道の研究者として、またもう一方では神道の実践者として。[*4]

その結果、出口王仁三郎が率いる「大本」からは無数の「天皇」たち、つまり「神憑り」を教義の基盤に据えた神道系新興宗教団体の教祖たちが次々と生まれ出てくることになった。大本が二度にわたって国家から弾圧を受け、最終的には国家が独占する暴力装置たる警察権力によって徹底的な抹殺が図られたのも、おそらくは、この地上に、唯一の天皇ではなく複数の天皇を生み落としてしまう可能性を、万人にひらいてしまったからであろう。折口信夫が不敬罪を免れたのは、ただ「天皇霊」という術語を、『日本書紀』のなかから再発見してきたからに過ぎない。

しかしながら、折口信夫が確立することを目指した「民族論理」としての神道もまた、それが完全に実現された暁には、現実の天皇を限りなく相対化してしまうものであった。「憑依」を根幹に据えた理論である以上、「天皇霊」がとり憑いて王として即位する可能性をもつ者は、現実の天皇の血を引く一族に限られないからだ。〈血と肉〉は皇位継承にほとんど意味をもたない。ただ強力な〈霊〉の憑依とその継承だけが最も重要な意味をもっている。「憑依」の儀礼を実践しているあらゆる人々に、未来の、未知なる天皇になる可能性がひらかれてしまう。

「国家神道」の軛が解かれた第二次世界大戦敗戦直後、折口信夫が行った「神道の宗教化」をめぐる講演をその場で聴いていた神社本庁の岡田米夫は、後年、当時のことをこう述懐している——「神社界で衝動を受けたことがある。それは神社本庁の会合で折口信夫氏が〝天皇と手を切つてゆかないと神社は自由な発展が出来ない〟と講演された事である」。[*5] 現実の天皇とは「手を切」り、現実とは異なったもう一つ別の天皇、未来の天皇、すなわち「神憑り」から生まれ出てくる新たな宗教的な自覚者に、宗教として、あるいは「民族論理」として、神道が再生する希望を託す。折口が「神道の宗教化」論として考えていたヴィジョンを具体化すれば、そうなるはずである。

それは折口自身の発言によって裏付けられる。やはり戦後の同時期、「神道とキリスト教」をテーマとした座談会で、折口はこう発言しているからだ——「神道そのまゝでは宗教ではない。宗教にしなければならない。一番難儀なことは宗教の地盤が出来てゐないことです。宗教的な自覚を起す人がないのです。宗教の自覚ではなくて宗教の教祖になるやうな人がない。教祖なしでは宗教は起きないと思ひます。抽象的に、哲学的に考へる神学的なものばかりで、宗教とは成らないと思ひます。璽光さんみたいなものが茲に沢山出て来なければいけない」。国家の政治的な権力や警察的な権力に抗ってでも、とも。[*6]

折口信夫があえてここで名前を出している「璽光さん」、すなわち璽光尊とは、「大本」的な環境から生まれた新興宗教団体「璽宇」を率いることになった女性である。天皇の人間宣言以降、天皇の神性を引き継いだことを宣言し（「天皇制」の組み替え）、政治と経済のシステムを独自のかたちに再構築し（私造紙幣の発行）、現実とは異なったもう一つ別の「皇居」（「璽宇皇居」）を中心とした世界を造り上げようとした。折口は、そのような教祖たち、すなわち「天皇霊」を継承した異貌の「天皇」たちが続々と出現すべきだ、と説いているのである。折口信夫が抱いていた危険なヴィジョンに明確な言葉を与えたのは、折口がこの世を去ろうとしていたまさにそのとき、この世に生を享けた一人の小説家である。

折口信夫が残した諸著作と格闘しながら独自の表現原理を磨き上げていった小説家の中上健次は、複雑な被差別者として生きざるを得なかった自身を育んだ故郷をめぐる特異なルポルタージュである『紀州　木の国・根の国物語』（朝日新聞社、一九七八年）の「伊勢」と題された章で、折口信夫の小説『死者の書』を引き合いに出しながら、こう述べていた[*7]──。

「天皇」を廃絶する方法は、この日本において一つもない。ただ、かつての南北朝がそうであったように、「天皇」を今一つ産み出す方法はあると思う。たとえば差別者は被差別者であるテーゼ。集約された文化において、被差別者は差別するという事を免れているのは、被差別者と、闇と光を同時に見る不可能な視力を持った神人（天皇）のみであろうが、それなら「天皇」を無化する事は被差別者に可能である。闇の中から呼《おら》ぶ声に導かれて、目を覚まし氷粒の涙を浮かべているのは誰か、と思った。私は、そんな『死者の書』をその神社の森を見て、読んでいた。

天皇を廃絶するのではなく、天皇をいま一つ産み出す方法、あるいは、天皇を無数に産み出す方法が、確実に存在している。近代的な天皇制を外側から破壊するのではなく、内側からまったく別のものへと変容させてしまうこと。近代的な天皇制を、前近代的であるとともに超近代的でもある〈野生の天皇制〉へと解体し、再構築してしまうこと。すなわち、天皇を「脱構築」してしまうこと。それこそが、「大嘗祭の本義」を最初の総合として、その後の生涯をかけて「民族論理」としての天皇と神道の問題を探究した折口信夫の営為を説明するのに最もふさわしい言葉であったはずである。

＊

昭和天皇の即位とともに形成された折口信夫の「大嘗祭の本義」が、次に生々しく甦ってきたのは昭和天皇の死とともにであった。そのとき賛否両論を引き起こし、激しい議論の対象となったのは、当然のことながら、折口が抽出してきた「大嘗祭の本義」を成り立たせている二つの柱、「天皇霊」と「真床襲衾」であった。「天皇霊」も「真床襲衾」も、もちろん折口の創作ではない。いずれも『日本書紀』に記された術語である。しかしながら、その「天皇霊」と「真床襲衾」を、大嘗祭という場に持ち込んできたのは、あくまでも折口信夫の恣意的な「解釈」の結果である。中世から近世にかけて、さまざまな人々が記録として残してきた大嘗祭という場には、「天皇霊」も「真床襲衾」も登場しないではないか、と。

平成の大嘗祭とともに書物のかたちとなった岡田莊司の『大嘗《おおにえ》の祭り』（学生社、一九九〇年）は、折口信夫が「大嘗祭の本義」で繰り広げた議論を真っ向から否定する。[*8] いわく、「私の理解する大嘗（新嘗・月次の神今食を含めて）の祭儀の本旨は天皇親祭による神膳の御供進と共食にあり、いわゆる〝真床覆衾〟にくるまる秘儀はまったくなかったと考えている。秘儀とは前者のみをさしていう」。したがって、折口信夫が「大嘗祭の本義」で明らかにした見解を受け容れる余地はまったくなく、「真床襲衾」は六〇年間にわたる（刊行当時の表現、現在に置き換えれば八〇年以上に及ぶ）「幻想」に過ぎない。

折口信夫の「民族論理」の代わりに、岡田が依拠するのは柳田國男の「祖霊論」、つまりは「民俗論理」である。「あとがき」に、岡田は柳田の名前を出し、こう記している――「代替りごとに、古代の形式のままに生活空間を再現して天皇親祭が斎行されてきたことは、ここに祖霊の来臨を仰ぐ農民の家の信仰とも共通点が認められ、天皇祭祀の本源的形態は祖霊との結びつきを意識したものであった」。岡田は、断じて、天皇（人）と神（祖霊）を合一させない。人は神を迎えるのであって、神になるわけではない。大嘗祭に出現する「寝座」もまた、そう捉えられる――「大嘗祭は東または東南の伊勢の方角に向って天照大神をお迎えし、神膳供進と共食儀礼を中心とする。そして第一の神座（寝座）にお移りいただき一夜休まれる。ここは天皇といえども不可侵の「神の座」である」。

大嘗祭によって、天皇は神（「現人神」）になるのではない。岡田は、自らの学説について次のようにまとめている。

自分がここまで述べてきた「大嘗の祭り」論は、確実な文献史料にもとづき、折口信夫以前の穏健な「大嘗祭」の「解釈」に回帰するものである。折口信夫が「大嘗祭の本義」で行っている「解釈」の方こそ、きわめて過剰で異常なものなのである、と。

『大嘗の祭り』以降に刊行された『祭儀と注釈』（吉川弘文館、一九九三年）において、その著者である桜井好朗は、『大嘗の祭り』で採用された岡田の方法に異議を申し立てている。*9「大嘗祭」は時間の流れのなかで、ある時期には中断され、その結果、大きな変容を蒙ってきた。その起源に秘められた祭儀の「核心」を考察するためには、折口信夫の「大嘗祭の本義」もいまだその有効性のすべてを失ってしまったわけではない。折口信夫の説、および折口説の構造をより明確に浮かび上がらせた西郷信綱の説には、「実証的には不確かなことも目につくが、そういうことをやたらに強調してみても、実証的と称する論述それ自体も、大嘗祭が変質した時期の文献史料を用いての「実証」にとどまるわけで、むしろ「実証」的であることに頼り過ぎ、七世紀後半から八世紀へかけての大嘗祭の核心をとらえそこねる危うさがありはせぬかと懸念される」。

さらには、折口信夫の「大嘗祭の本義」は、起源の「大嘗祭」がもっていた「構造」をあざやかに抽出することに成功している、とも――「折口の説くところは飛躍し、ゆれ動く。本文の抄出にとどめ、要約を避けたのは、そのせいでもある。しばしば世をはばかって婉曲になったり、もどかしくて性急になったりもする。部分的には首肯しがたい、恣意的な解釈も目につく。しかし、当世風に「構造」といったらよいであろうか、ある種の観念作用の図式、もしくはかくされた意味の仕組のごときものに裏づけられた問題点が、あざやかに抽出されており、賛否を問わず、まずはその辺を見とどけておかねばなるまい」。

それでは、大嘗祭の「核心」とは、一体どこにあるのか。それは、天皇が神（「現《あき》つ神《かみ》」）として出現してくる点にある。大嘗祭とは、「「現つ神」である「君主」を創造する祭儀」のことなのである――。

天皇は生まれながらにして「現つ神」になるわけではない。皇子・皇女のうちだれが天皇になるかは、前の代の天皇の意志にもよるが、政治的状況によっても左右され、むろん予見することはできない。皇祖神の子孫という神話をひきあいに出しても、天皇家の人々がみんな「現つ神」であるはずがなく、貴い人である皇太子が即位して、はじめて「現つ神」になるのである。したがって、天皇が「現つ神」に変身する秘密は、広義の即位儀礼のうちにかくされていることになる。むろん、実際に神になってしまうわけではない。「現つ神」＝ホノニニギになり、瑞穂の国などと呼ばれる国家に君臨するという、神聖な演技をおこなうのである。それは天皇制の核心をなす、すぐれて演劇的な秘儀であったといってよい。その秘儀はどこで営まれるか。

桜井がここで提出した問いに、六〇年以上前に、折口信夫は、こう答えていたのである。天皇が神に変身する「演劇的な秘儀」が行われる場こそ、大嘗祭の「真床襲衾」なのである。折口の「民族論理」論のはじまりに位置する「貴種誕生と産湯の信仰と」には、こうある[*10]――。

皇子御誕生にあたつては、たゞの方々と皇太子との間に、区別のありやうはなかつた。御誕生後、後代の日嗣御子がお定まりになつて、其中から次の代の主上がお定まりになつたのである。出現せられた貴種の御子の中、聖なる素質のある方が、数人日つぎのみ子と称へられた。此は正確には皇太子に当らぬ。飛鳥・藤原の宮の頃から、皇子・日つぎのみ子の外に皇子《ミコ》ノ尊《ミコト》と言ふ皇太子の資格を示す語が出来たらしい。だが、もつと古代には日つぎのみ子の中から一柱が日のみ子として、みあれせられたのであつた。其間の物忌みが厳重であつた。此が所謂真床襲衾を引き被《カヾフ》つて居られる時である。此物忌みに堪へなかつた方々に、幾柱かの廃太子がある。

天皇は、神として「みあれ」する。「みあれ」は「あらわれる」の原形で、「うまれる」の敬語に転義したものである。神、あるいは神となる人には、人間的な誕生はあてはまらない。ただ、永遠の「出現」（復活）があるだけである。しかし、その際には厳重な物忌みが課される。その試練を乗り越えた者だけが、王として、あるいは神として

「みあれ」することができる。人が神として「みあれ」（復活＝出現）する場こそが、大嘗祭の「真床襲衾」だった。「みあれ」とは、折口信夫が「貴種誕生と産湯の信仰と」の原型ともいえる草稿「若水の話」のなかで、南島の方言として抽出してきた「すでる」とほぼ等しい意味をもった言葉である。[*11]「すでる」は「母胎を経ない誕生」であり、死からの「復活」ということも可能な言葉であった。「すでる」ことができるのは、なによりも王（「君主」）であり、その他にはある種の動物たち、脱皮することで成長する蛇や、卵から孵化する鳥たちであった。

「みあれ」＝「すでる」とは、人が、人ならざるものへと変身し、復活することであった。そういった意味であれば、折口信夫が「真床襲衾」を大嘗祭の場に重ね合わせたことも、それほど恣意的な選択ではない。なによりも列島最初の神話創作者たち、『日本書紀』の編纂者たちこそが、「真床襲衾」を、そのような機能を果たすものとして捉えていたからである。『日本書紀』の「神代」の巻、そのなかでも特に神と人、人と人ならざるものとの交流（コミュニケーション）を表現するために「真床襲衾」（正確には「真床追衾」もしくは「真床覆衾」であるが、以下、漢字の使い分けは煩雑になるので「真床襲衾」に統一する）が登場してくる。まずは「神」であるニニギが人の世界に降臨してくる際（「第九段」本書および一書第四・第六）、次いでニニギの子であり山幸という特別な力をもった「神にして人」であるヒコホホデミが異界である海神の宮を訪れた際（「第一〇段」一書第四）、さらには、ヒコホホデミと海神の娘である八尋大鰐《やひろわに》の化身・トヨタマヒメが結婚して生まれた「神にして人にして獣」ウガヤフキアエズの産屋のなかに（同）、「真床襲衾」はその姿を現す。最後の「神にして人にして獣」ウガヤフキアエズの息子が初代の天皇、神武として即位する。[*12]

神話の本文（「本書」）とそのヴァリアント（「一書」）という相違はあるが、神が降臨し、その神と人と異類とが交わることによって初代の天皇が即位するまで、神と人間、人間と人間ならざるものの境界が無化され、変身が可能になる際には、絶えず「真床襲衾」が神話のテクストに登場してくるのである。レヴィ＝ストロースのように自然から文化へ移行する「時」と言ってもよい。それは神話の、あるいは、フィクションの真実である。[*13]さらには、折口が憑かれたように見続けていた芸能の場、「翁の発生」が主題とする荒神神楽の場に、「真床襲衾」は禍々しいその姿を現す。それはフィクションではなくリアルである。リアルな真実である。

大嘗祭の場で、あるいは芸能の場で、人は、人ならざるものへの変身を可能にする装置である「真床襲衾」に包み込まれることによって、神にして獣となる。ただし、折口はその「神人合一」の瞬間、人がそのまま神になるとも、前述した桜井のように、人が「神聖な演技」を反復することによって神を演じるとも、言っていない。その点に、折口信夫の天皇論の独創性がある。もしくは、文献としても実感としてもほとんど再検証することが不可能であるという致命的な欠点を生じさせている。折口は、つねに「神の聖なる言葉」を通じて、人は神になると主張していたのである。

問題は、本章の冒頭に掲げた折口信夫の講演筆記である「神道に現れた民族論理」に戻る。そこで折口は天皇のことを、「神の聖なる言葉」（「ミコト」）を自らのうちに預かる者、すなわち「神の聖なる言葉」を自身のうちに保持する（「モッ」）人間として定義している[*14]——。

まづ祝詞の中で、根本的に日本人の思想を左右してゐる事実は、みこともちの思想である。みこともちとは、お言葉を伝達するもの〻意味であるが、其お言葉とは、畢竟、初めて其宣を発した神のお言葉、即「神言」で、神言の伝達者、即みこともちなのである。祝詞を唱へる人自身の言葉其ものが、決してみことではないのである。みこともちは、後世に「宰」などの字を以て表されてゐるが、太夫をみこともちと訓む例もある。何れにしても、みことを持ち伝へる役の謂であるが、太夫の方は稍低級なみこともちである。此に対して、最高位のみこともちは、天皇陛下であらせられる。即、天皇陛下は、天神のみこともちでお出であそばすのである。だから、天皇陛下のお言葉をも、みことと称したのであるが、後世それが分裂して、天皇陛下の御代りとしてのみこともちが出来た。それが中臣氏である。

折口信夫にとって、人が神になる、すなわち「神人合一」とは、つねに「神の聖なる言葉」（神言あるいは神語）を通してしか実現されないものだった——「此みこともちに通有の、注意すべき特質は、如何なる小さなみこともちでも、最初に其みことを発したものと、尠くとも、同一の資格を有すると言ふ事である。其は、唱へ言自体の持つ威力であつて、唱へ言を宣り伝へてゐる瞬間だけは、其唱へ言を初めて言ひ出した神と、全く同じ神になつて了ふ」。

神と人との間、あるいは、無限者と有限者との間には、「神の聖なる言葉」という最小の差異、あるいは最小の距離が存在している。ある場合には、その最小の差異、最小の距離は、「最小」であるがゆえに「最大」となる。つまりは、乗り越えることが困難なほどの深淵にまで広がってしまう。その最小にして最大の深淵を埋めるために召喚されたのが「天皇霊」だった。「神道に現れた民族論理」と「大嘗祭の本義」をあわせて読んでみれば、誰もが「神の聖なる言葉」である「御言葉」（ミコト）と、天皇の権威の源泉となる「天皇霊」が、ほとんど同じ役割を果たしていることに気づくであろう。折口信夫にとって、言葉とは霊魂であり、霊魂とは言葉なのだ。「天皇霊」もまた、そのような存在である。折口が述べている「天皇霊」を十全に理解するためには、それを「言霊」と捉えるしかない。[*15]しかも、伝統的な「言霊」概念から遠くはみ出してしまう言語＝霊魂として。

「天皇霊」とは言葉であるとともに霊魂である。「もの」であるとともに力である。天上と地上、他界と現実界、あるいは時間と空間の差異を無化してしまうものである。それは、大学時代の折口信夫が表現として実現することを夢見ていた「直接性」の言語と別のものではない。『古代研究』の「追ひ書き」に記された一文、「私の学問は、最初、言語に対する深い愛情から起つたものである」[*16]を、文字通り実践したところに折口信夫の古代学の体系が築かれたのである。

それでは、「直接性」の言語が実現されてしまったとき、そこにはどのような風景がひらかれるのか。折口信夫は、「高御座」に即位する天皇として、その風景を描ききる。[*17]「高御座」とは、「神の聖なる言葉」が下される場所である。そこでは、誕生と即位が同時に執り行われる。「高御座」に登った天皇は、即位の祝詞、「神の聖なる言葉」を発する――「畢竟、即位のりとは、神自体《カムナガラ》にして、神人なる天子の産声であり、また、毎年復活して、宣り下し給ふ詔旨でもあつたのである」。天皇誕生の言葉は神復活の言葉となる。生への誕生は死からの復活となり、無限の天上世界が有限の地上世界に顕現する。そこに、生と死、天上と地上の差異を消滅し、時間と空間をゼロにしてしまうような激烈な力が解放される――「高御座は、天上に於ける天神の座と等しいもので、そこに神自体と信ぜられた大倭根子［「大和の最高位の神人」を意味する］天皇の起つて、天神の詔旨をみこともたせ給ふ時、天上・天下の区別が取り除かれて、真の天《アメ》の高座《タカクラ》となるものと信ぜられてゐたのである」。

時間と空間をゼロへと更新してしまう力をもった「天皇霊」。言葉にして霊魂とは、一体どのような性質をもつものだったのか。「民族論理」を成り立たせる蝶番として、あらためて、その存在の謎が解き明かされなければならない。

1　『全集』3・一四一―一四三。

2　残念ながら、旧『全集』においても新『全集』においても、以下の一連の論考は各巻に分散されて収録されており、天皇をめぐる折口信夫の思考の軌跡を追っていくことが難しくなっている。「貴種誕生と産湯の信仰と」および「高御座」は『古代研究』の「民俗学篇1」に収録されたので『全集』2に、「巻頭言」は「民族精神の主題」として『全集』19に、「大嘗祭の風俗歌」は新『全集』ではじめて復刻されて『全集』18に、私見によれば「大嘗祭の本義」を読解する上で最も重要な情報を提供してくれる「大嘗祭の本義ならびに風俗歌と真床襲衾」は、「記者による筆記が粗」という理由で、結局のところ新『全集』にさえ収録されなかった。前掲・拙編著『初稿・死者の書』に、一連の論考を発表順にすべて復刻している。

3　「天皇霊」については『全集』3・一八六、「真床襲衾」については同・一八七、一八八。

4　前章の「乞食」でも簡単に触れたように、神風会には、宮内省の掌典長をつとめた宮地厳夫が「顧問」として参加し、宮地の忠実な弟子として同じく宮内省の掌典をつとめ、折口信夫が「大嘗祭の本義ならびに風俗歌と真床襲衾」で「親友」と称した星野輝興も深い関係をもっていた。宮地には出口王仁三郎も接触を試みている。折口信夫はその星野から、大嘗祭の「神秘」、すなわち「大嘗宮に於ける稲の神格扱ひ」について面白い話を聞いたと記している。折口信夫の「大嘗祭の本義」も出口王仁三郎の「鎮魂帰神法」も、現実の天皇制の外側に創り上げられた単なる「虚構」（フィクション）ではなく、現実の天皇制の内側とも交響する、ある種のリアリティを兼ね備えていたと推察される。

5　『神社新報』、一九六六年二月二六日号。引用は、西村亨編『折口信夫事典　増補版』（大修館書店、一九九八年）、五二二頁より。

6　『全集』別巻3・五二二。鶴岡八幡宮の機関誌『悠久』第三号（一九四八年六月）に掲載された座談会であり、『悠久』の同人たちが神道研究者の折口信夫とキリスト教研究者の小林珍雄《よしお》を招くかたちで行われた。最後の部分の正確な引用は次の通りである――「たゞ日本では警察とか政治家とかが非常に宗教に対して理解が尠ない。出て来ると押へる。その習慣をなほさなければ宗教はどうにもならない」。なお、折口信夫が共感を隠さない宗教団体、教派神道の天理と金光、新興宗教の大本と璽宇などはすべて「神仏習合」的な環境から生まれ、なかでもきわめて密教的な「神人合一」を教義の中心に据えた教団ばかりである。後に詳述するが、折口信夫が熱狂した芸能、愛知・長野・静岡という三県の境界の地で現在でも行われている「霜月神楽」、花祭りや雪祭り、さらには西浦田楽もまた同様の構造をもっている。神仏「習合」と神人「合一」が一つに融合した宗教＝芸能の流れは、折口信夫の時代のみならず、現代のオウム真理教の問題にまでつながってゆくはずである。

7　引用は、小学館文庫版『中上健次選集3　紀州　木の国・根の国物語』（一九九九年）、二一九頁より。

8　以下、同書からの引用は、三二頁、二二二頁、一一六頁。

9　以下、同書からの引用は、四九頁、四三頁、三六頁。

10　『全集』2・一四二。

11　『全集』同・一二〇、一三〇など。この草稿には「昭和二年八月頃」と注記されているが、活字としての初出は、『古代研究』の「民俗学篇1」が刊行された昭和四年（一九二九）のことである。折口信夫が南島の現在、共同体の仮面祭祀のなかに見出した真実（「芸能論」の核心）と本土の古代、天皇の即位儀礼のなかに見出した真実（「宗教論」の核心）が、この草稿「若水の話」で一つに接合される。後に「天皇霊」として読み替えられる「外来魂」を、ヨーロッパの民族学に由来する「マナ」として、あるいは南島の民俗学に由来する「稜威」（イツ）として並置している点においても、折口信夫の「民族論理」論にとって決定的な位置を占めている。

12　『日本書紀』のテクストとしては、新編日本古典文学全集2『日本書紀①』（小学館、一九九四年）を参照した。「段」「一書」などの表記は同書に従った。「正文」は前出にあわせて「本書」とした。

13　もちろん聖典の「解釈」だけでなく、先述した通り、折口信夫は宮内省の内部でささやかれている「秘密」の情報を知ることのできる立場にあった。さらに、石川公彌子の『〈弱さ〉と〈抵抗〉の近代国学』（前章参照）によれば、実際に昭和の大嘗祭に参列した新渡戸稲造も、岡田莊司が否定した「寝座」における「聖婚」（つまりは「神人合一」）の秘儀が存在したことを匂わせている（一五八頁）。つまり、「大嘗祭の本義」に説かれた「真床襲衾」説は、折口の論理の飛躍を多分に含みながらも、皇位継承のもつある種のリアルを、間違いなく描き出している。問題は「天皇霊」に絞られる。

14　『全集』3・一五〇および一五一。おそらく折口の見解は、「日本的無責任」と評される思想の根本にあるものを鋭く抉り出す。また、折口の天皇論を「天子即神論」と「天子非即神論」の間で引き裂くものでもある。戦前は「即神論」であったが戦後は「非即神論」へ転向したという折口自身の発言に惑わされて、折口信夫の天皇論に断絶を見る論者も多いが、ミコトモチとしての天皇という折口古代学の「構造」には、戦前と戦後を通じていささかの変化も見られない。神と「神の聖なる言葉」（ミコト）、「神の聖なる言葉」と人間としての天皇を同一視するのか、同一視しないのかという観点の相違に過ぎない（もちろんその原因としての最小の差異が、結果としての最大の差異をもたらすものではあるのだが……）。いずれにしても、折口信夫の「民族論理」は、この時点で完成を迎えているのである。

15　「言霊」として存在する「天皇霊」という理解をはじめて明確に説き明かしたのは、津城寛文の『折口信夫の鎮魂論』（前章参照）である。特に第二章第二節「言霊としての天皇霊」に詳しい。

16　『全集』3・四七九。

17　『全集』2・一六六および一六八。

折口信夫が『日本書紀』から見出してきた「天皇霊」とは、文字通り、「異形」の古語だった。[*1]

折口の論考のなかに、「天皇霊」がはじめてその姿を現すのは、大正一五年（一九二六）、雑誌『民族』に発表された「小栗外伝」である。[*2]そこでは、古代日本人の霊魂観が概観され、「大嘗祭の本義」の原構造とでもいうべき、「年に一度、冬季に寄り来る魂」を身体に固着させる儀礼について述べられていた。「真床襲衾」――この段階では『日本書紀』の原文通りの「真床覆衾」――説についても、すでに十全なかたちで論じられていた。折口信夫は、古代の文献に散見される数種の「寄り来る魂」を「外来魂」と総称し、最高の神人として「神の生活」を送った天子（天皇）と「外来魂」の関係について、こう記している――「だが、奇魂・幸魂の事は、天子の御代には見えて来ない。唯、荒魂を意味するらしい「天皇霊」なる語が、敏達十年紀に見えて居るのが、異例と思はれる位である」。

「天皇霊」とは、折口が述べている通り、『日本書紀』のなかでは、きわめて「異例」な出現の仕方をする術語だった。『日本書紀』ではただこの一例のみ、折口が参照している敏達天皇十年条にしか記されておらず、しかも同盟を結び臣下となった朝敵（「蝦夷」）をあらためて制圧するという、強力な霊威を発動する荒ぶる「霊魂」の意として用いられていた。盟を違えれば、「天皇霊」によって、臣らの種族を絶滅させる、とある。もちろん折口は、「天皇霊」という術語を、『日本書紀』の他の箇所にも見出される「天皇」の霊あるいは「皇祖」の霊という表現を代表する一つの典型的な事例として用いていたことは確実である。類型としての「天皇霊」概念である。しかも、それらのほぼすべてが、戦争ないしはそれに準ずる状況で、天皇および皇祖の霊が敵方を圧倒し、味方に霊的な保護をあたえるという意味で使われていた。[*3]

「天皇霊」とは、不吉で禍々しく、しかも圧倒的な力をもった「霊魂」であった。折口信夫は、そのような意味をもった「霊」を「大嘗祭の本義」の中核に据えたのである。折口は、「大嘗祭の本義」のなかで、「天皇霊」をこう説明していた[*4]――「日本紀の敏達天皇の条を見ると、天皇霊といふ語が見えて居る。此は、天子様としての威力の根元の魂といふ事で、此魂を附けると、天子様としての威力が生ずる。此が、冬祭りである」。折口のこの表明には、あきらかに論理の飛躍が認められる。「大嘗祭の本義」を成り立たせているもう一方の柱である「真床襲衾」説とは完全に異なったレベルでの飛躍が、である。あるいはそれを、折口の論理の破綻、とあえて言い換えた方がよいのかもしれない。そもそも「天皇霊」とは、大嘗祭とはまったく関係をもたない術語であり、折口自身が述べているように、『日本書紀』のなかに記された類語のなかでもきわめて「異例」なものだったからだ。

「大嘗祭の本義」で折口信夫が行っているのは、「天皇霊」を定義するというよりは、「天皇霊」を他のいくつかの概念として読み替えていく作業なのである。より正確に言えば、他のいくつかの概念に相当する古代の術語として「天皇霊」を再発見していく作業、とまとめた方がよいかもしれない。「大嘗祭の本義」で折口がまず定義するのは、「冬祭り」とともに「外から来る魂」、すなわち威力の根源としての「外来魂」である（以下に読まれる一節は、「小栗外伝」で提出された論理をより精密化したものでもある）――「日本の古代の考へでは、或時期に、魂が人間の身体に、附着しに来る時があつた。此時期が冬であつた。歳、窮つた時に、外から来る魂を呼んで、身体へ附着させる、謂はゞ、魂の切り替へを行ふ時期が、冬であつた。吾々の祖先の信仰から言ふと、人間の威力の根元は魂で、此強い魂を附けると、人間は威力を生じ、精力を増すのである」。

さらにこの「外来魂」は「マナ」（mana）であると読み替えられる――「此魂は、外から来るもので、西洋で謂ふ処のまなである」。「天皇霊」という異様な古語が、「大嘗祭の本義」のなかに登場するのは「外来魂」および「マナ」が定義された後のことである。つまり、折口信夫が「大嘗祭の本義」で述べたかったのは、王の権威の源泉として「外来魂」なるものが存在し、ヨーロッパでは――これも正確に記せば、ヨーロッパの「民族学」では、となるであろう――その「外来魂」は「マナ」と名づけられて分析されている、ということである。少しだけ先回りして述べておくならば、「外来魂」もまた、ヨーロッパの「民族学」（特にフレイザーの『金枝篇』）に起源をもつ術語――「外在する魂」(external soul)――を、折口なりに一部改変して形成されたものであると推測される。単に外に「在る」のではなく、外から「来る」という能動性を強調した術語になったのである。「外来魂」であり「マナ」であるもの、あるいはその両者にともにあてはまる概念を、古代の聖典のなかから、現在では滅び去ってしまった古語として探し出してくるとすれば、「天皇霊」という異形の言葉が最もふさわしい、というわけである。折口信夫の「民族論理」の展開を追っていけば、必ずそういう理解になるはずである。

つまり、折口信夫は「大嘗祭」を、ヨーロッパの「民族学」の視点から読み解いているのだ。だからこそ、「民俗論理」ではなくて「民族論理」を標榜したのであろう。*5 なかでも、「マナ」という特異な術語は、折口信夫のテクストのなかできわめて特徴的な出現の仕方をし、きわめて特徴的な分布を示す。『古代研究』全三巻のなかで、「マナ」という術語があらわれるのは次の六篇である。民俗学篇1では「琉球の宗教」の増補部分と「若水の話」と「花の話」、国文学篇では「万葉集研究」、民俗学篇2では「大嘗祭の本義」と「古代人の思考の基礎」。このなかで初出がはっきりしているものは、「万葉集研究」の「昭和三年九月」と「古代人の思考の基礎」連載第一回の「昭和四年一一月」だけである。残りのものはすべて、活字としての初出が『古代研究』となる。

注目すべきは、「琉球の宗教」の増補部分では、「出現＝誕生」を意味する南島の方言「すでる」とも関係をもつことが推定される「すぢ」（守護霊）を論じるなかで、「柳田国男先生は、此すぢをもつて、我国の古語、稜威《イツ》と一つものとして、まな信仰の一様式と見て居られる」と書かれ、「昭和二年八月頃草稿」と注記された「若水の話」でも、「柳田国男先生は、まななる外来魂を稜威《イツ》なる古語で表したのだと言はれたが」と同様のことが記されている点である。*6 柳田國男は自身の著作のなかで、「マナ」という外来語を使ったことはほとんどない。ということは、折口信夫が「マナ」という新たな概念を知ったのは、昭和二年（一九二七）の夏以降、柳田國男本人というよりは柳田國男のごく近くにいた人々からだった。そういうことになるだろう。

もう一つ、「大嘗祭の本義」の真の原型と推定される「大嘗祭の本義ならびに風俗歌と真床襲衾」には、大嘗祭に献上された稲穂を「稲魂」と書き、「ウカノミタマ」と読むのは、そこに「国の精霊《モノ》」が宿るからで、「稲によつて最も威力的に現はれる外来魂が、天子の大御体《オホミマ》に入ることを根本に、考へてゐるのである」という注目すべき一節とともに、次のように記されていた[*7]――。

稲は単に神のための供物でなく、天子に来りよる新しい外来魂であるといふ扱ひは、事実いまだに行はれてゐるやうである。つまりは、稲が天皇陛下の威力の素なる外来魂（マナア）であつたのである。このマナアを完全に、天皇陛下に触らしめるために、風俗舞が行はれ、風俗歌が奏せられたのである。完全にマナアを癒着せしめるためには、このふりが第一条件だつたのである。

折口信夫は、ここで、稲（穀物）に「国の精霊《モノ》」が宿り、その「穀物の精霊」こそが天皇の権威の源泉たる「外来魂」であり「マナ」となるのだ、と述べている。「穀物の精霊」という言葉は、折口自身が早くも大正七年（一九一八）に、ジェイムズ・ジョージ・フレイザー（James George Frazer, 1854-1941）の『金枝篇』（第三版）の一部を邦訳し、「穀物の神を殺す行事」として発表する際に、「穀霊」（corn-spirit）の訳語として採用したものであった[*8]。まず、この段階で、折口信夫の「大嘗祭の本義」の一つの源泉としてフレイザーの『金枝篇』（初版一八九〇年、第三版一九一一―一九一四）が存在することを確認することができる。さらには、きわめて重要な一点を除いて、「大嘗祭の本義ならびに風俗歌と真床襲衾」が『国学院雑誌』に公表された昭和三年一一月の時点ですでに、「大嘗祭の本義」を成り立たせる基本構造がほとんどすべて揃っていたことも理解される。つまり、昭和二年から三年の間に、折口信夫にとって「外来魂」と「マナ」は等値とすべきものである、と了解されたわけである。

しかしながら、『国学院雑誌』に掲載された「大嘗祭の風俗歌」においても「大嘗祭の本義ならびに風俗歌と真床襲衾」においても、「外来魂」と「マナ」を包括する概念としての「天皇霊」は、折口のテクストのなかにいまだ登場していない。三つの概念、「外来魂」、「マナ」、「天皇霊」の間に有機的な連関が成り立っていないのである。つまり、「大嘗祭の本義」を成り立たせているのは、なによりもまず、「外来魂」＝「マナ」という等式であって、「天皇霊」ではないのである（もちろん「天皇霊」によって「大嘗祭の本義」が真の完成を迎えることも間違いないのであるが……）。その等式の両項、「外来魂」も「マナ」も民俗学の用語ではなく、完全に民族学の用語であった。民俗学的な現地調査と民族学的な文献調査の交点、具体的な事物観察と抽象的な理論構築の狭間で、「大嘗祭の本義」は可能になっていったのである。

折口信夫に二つのミンゾク学の総合、つまり「民族論理」としての天皇論の完成をもたらしたのは、柳田國男が主導的な役割を果たした雑誌『民族』とそこに集った人々だったはずである。折口信夫は、「外来魂」と「天皇霊」を並列させた「小栗外伝」を雑誌『民族』に掲載した。「小栗外伝」とその序論となる「餓鬼阿弥蘇生譚」、およびその破格の結論となった「餓鬼阿弥蘇生譚梗概—終篇—」という三篇の霊魂論、二回にわたって掲載された「水の女」という王権論、そして霊魂論と王権論を芸能論として一つに総合した「常世及び「まれびと」」（後に「国文学の発生（第三稿）」と改題）など、折口信夫の古代学の基盤となる重要な論考は、すべてこの雑誌『民族』に発表されていた。

折口信夫が『古代研究』をまとめるにあたって、大正の末期から昭和の初期にかけて発行された雑誌『民族』は決定的な役割を果たしていた。[*9] 雑誌の名称として、「民俗」ではなくて「民族」を主張したのは柳田國男である。柳田國男は、この時点では、明らかに二つのミンゾク学、エスノロジー（民族学）とフォークロア（民俗学）の融合を目指していた。折口信夫が「民族論理」として自身の天皇論をまとめ上げようとしていたとき、そこに「民族学」の視点から、という意味を含ませていたことはほぼ間違いないであろう。戦後の柳田國男との対話でも、折口はこう述べていた[*10]——「私のように民俗学に古代的の立場をおこうとするものは、どうしても、民族学と接近してきます。事実民族学の畠にはいってしまっているという気のすることもあります」。

雑誌『民族』では、エミール・デュルケームとその甥であるマルセル・モースが主導的な役割を果たしたフランスの『社会学年報』派（デュルケーム学派）の研究成果が、ほぼ同時代的に紹介されていた。「マナ」に関しても、折口と同世代で先駆的なイスラーム研究から朝鮮半島および満州のシャマニズム研究に研究対象を移しつつあった赤松智城

（一八八六―一九六〇）が「古代文化民族に於けるマナの観念について」を四回にわたって連載し、折口より若い世代に属し後にデュルケーム派社会学研究の第一人者となる田辺寿利（一八九四―一九六二）が「デュルケム派の宗教社会学」をやはり四回にわたって連載していた（いずれも大正一五年）。折口信夫が、トーテミズムと「マナ」の関係について直接学んだのはおそらく後者からである。

大正一五年五月に発行された雑誌『民族』に掲載され、「四　トーテム制度の解釈・マナ」と付された田辺寿利の連載「デュルケム派の宗教社会学」の一節と、「昭和三年六月」の講演筆記と注記のある折口信夫の「花の話」の一節を比較してみれば、以下のようになる。

田辺寿利の「デュルケム派の宗教社会学」――田辺はまずトーテムを次のように定義する。「これ等の事物の中に、共通に存在して然かもそれ等と混同されることなく、且つそれ等の事物に先存してそれ等を残存せしめ、更に宗教感情を起させる一種の力が存在すると見ねばならぬ。この力は無名且つ非人格的のものであつて、僅に氏族の成員や動植物の形を採つて表はれるのである」、あるいは、「トーテム礼拝は特定の動植物若しくは特定の動植物の類に対してなされるものでなく、諸物を通じて散在する一種の漠然たる力に対してなされるものであることを知るのである」とも。[*11] 田辺は、デュルケーム学派の教えに忠実に従い、この諸物に遍在する「無名且つ非人格的」で「漠然たる」力を「マナ」として比定するのである。

折口信夫の「花の話」――「私は、とうてみずむは、吾々のまなの信仰と密接して居るもの、とするのである。吾々と同一のまなには、動物に宿るものもあり、植物に宿るものもあり、或は鉱物に宿るものもある。そして、吾々と同一のまなが宿る植物なり、動物なりを使用すれば、呪力が附加すると信じて居たのだ」。[*12] トーテムとしての動物・植物・鉱物を「ふる」（「振る」）と、その「もの」に宿ったマナの力が体内に這入って「成る」、すなわち呪力が内在化される。折口信夫は、田辺寿利によるデュルケーム学派の「マナ」についての見解を、芸能の場で、より能動的かつ主観的に捉え直しているのである。

そこには、見えない力――「マナ」にして「霊魂」――によって森羅万象あらゆるものが一つにむすばれ合う「呪術的な世界」が出現していた。万物が霊的な力に満ち、霊的な力を存在の基盤としているという点で、「呪術的な世界」および「呪術的な思考」を、霊魂一元論的な世界および霊魂一元論的な思考と言い換えることも可能であろう。あるいは、〈野生の思考〉とも。デュルケーム学派の人々にとって「呪術的な世界」は、客観的な研究の対象──「野蛮」にして「未開」の世界──として自分たちの外側に存在するものであったが、柳田國男や折口信夫にとって、あるいは現在のわれわれにとっても、「呪術的な世界」つまり「呪術的な思考」とは、自分たちの内側に存在し、主観的に生きなければならないものだった。

雑誌『民族』に掲載された諸論考から「大嘗祭の本義」に向けて、さらに「民族論理」を磨き上げていこうとしていた折口信夫の前に、「呪術的な世界」に働く論理の体系をよりクリアに理解させてくれる一つの導きの糸になったのではないかと推定される二冊の書物が刊行された。雑誌『民族』を発行していた岡書院から、昭和二年(一九二七)四月に刊行が開始された「原始文化叢書」である。「原始文化叢書」は、折口と同世代であり、近代日本の「宗教学」の起源に位置する、仏教者であり人類学者＝民族学者でもあった二人の研究者、宇野円空(一八八五─一九四九)と赤松智城が監修をつとめていた。宇野と赤松が「原始文化叢書」をはじめるにあたって選んだ二冊の書物は、いずれも「呪術的な世界」を貫徹する論理を抽出しようと試みたものであった。すなわち、エドウィン・シドニー・ハートランド(Edwin Sidney Hartland, 1848-1927)の『原始民族の宗教と呪術』とアルフレッド・コート・ハッドン(Alfred Cort Haddon, 1855-1940)の『呪法と呪物崇拝』である。

ハートランドもハッドンも、折口信夫の問題圏と密接な関係をもっていた。それゆえ、折口がこの二冊の書物に目を通していることはほぼ確実であろう。ハートランドは、折口が「マナ」と並んで、あるいは「マナ」以上に偏愛した「ライフ＝インデキス」(life-index もしくは life-token)という概念を自身の研究の中心に据えた研究者である。折口は、「ライフ＝インデキス」について、昭和三年に慶應義塾大学で行われた芸能史の講義で、先述した「花の話」と同様に、トーテミズムとマナの関係から説明を加えている。トーテミズムの根拠はマナという「外来魂」にある──「その考えがだんだん育ってくると、人間と共通している点があるために特別な関係を生ずることになる。そうなるとライフ・インデキスというものになる。人間の魂の源が他の動・植物のなかにはいっている。その品物をライフ・インデキス（Life-index）という。つまり英雄とか妖怪とかいうものの生命の源は、ある特定の動・植物のなかにはいっているから、そのもの自身を傷つけてもその魂の預けどころを絶やしてしまわねばならぬと考えた」[*13]。

折口信夫は、後にこの「ライフ＝インデキス」という概念を、説話の型（タイプ）を説明するためにではなく、「枕詞」の謎を解き明かすために活用することになる。つまり「枕詞」とは、その土地の霊魂、あるいは「土地の精霊」を言葉に込めたものだったのである。折口信夫は完全に「呪術的な世界」に生き、「呪術的な思考」にもとづいて表現を続けていったのである。折口にとって、「ライフ＝インデキス」とは、言葉にも「もの」にも宿る霊魂だった。あるいは、「ライフ＝インデキス」とは、言葉に意味を賦与するとともに「もの」にも生命を賦与し、両者をともに形態化する力を宿すものであった。その力の根底には「マナ」がある。なお、ハッドンについては、大正七年、折口はフレイザーの『金枝篇』を自ら抄訳した「穀物の神を殺す行事」に続いて、自身が主宰する雑誌『土俗と伝説』に、やはりその論考を自ら抄訳した「独楽の話」を掲載していた。折口信夫はフレイザーの邦訳者にしてハッドンの邦訳者だった。折口にとって「翻訳」がもっていた意義は、これまで充分に論じられてこなかった。「天皇霊」とは重層的な翻訳――外国語から日本語へ、さらには古代語から現代語へ――によって生み落とされた言葉でもあったわけである。

自然のなかには、言葉と「もの」に生命を与え、言葉と「もの」に形態を授ける霊的な力が存在している。あるいは自然は、そのような霊的な力に満ちている。それが、「呪術的な世界」の真実なのである。その霊的な力を自在に操る技術をもった者が「呪術師」となり、その霊的な力が集約される特異点、さまざまな霊的な力の結節点となるのが共同体の首長、つまり「呪術王」だった。フレイザーにはじまり、モースで一つの頂点を迎える「呪術的な世界」の探究とは、ひとえに、森羅万象すべてを一つにむすび合わせる、このような霊的な力の探究に他ならなかった。

ハートランドの『原始民族の宗教と呪術』（*Ritual and Belief*, 1914）は、二つの講演を通じて、ヨーロッパにおける「呪術的な世界」の探究の歴史を詳述したものである。そのなかには、「マナ」という概念をはじめてヨーロッパに紹介し、フレイザーに『金枝篇』を増補改訂させ、モースに「呪術論」――正確には「呪術の一般理論の素描」(Esquisse d'une théorie générale de la magie) であるが、以下「呪術論」とする――を準備させたイギリスの宣教師であるロバート・H・コドリントンによる大部の報告書、『メラネシア人』(*The Melanesians : Studies in their anthropology and folk-lore*, 1891) の核心部分も邦訳されていた[*14]――。

メラネシア人の心は、殆ど一般にマナと呼ばれてゐる超自然力に対する信仰に全く支配せられてゐる。このマナは普通の人力を超越し、普通の自然過程以外のことを悉くなしとげる作用を有するものであつて、それは生命の雰気となつて存在し、人間や事物に附著し、且その作用に基くものとしか考へられない結果に依て表はされてゐる。人はこのマナを手に入れたならば、それを使用したり左右したりすることができるのであつて、而もこの力は何か異常な点のあるところに発するのであるから、証拠によつてその存在を確めることができる。

「マナ」は人間や事物に「附著」することでその力をあらわす。古神道の教義を実践的に分析することによって見出された土俗的な「鎮魂」の――霊魂を身体に附着させる――技術を、「呪術的な世界」の論理を科学的に探究する学問の方法として考察していくことを可能にする道が、折口信夫にひらかれたのである。そして折口信夫は、実践的な宗教者ではなく、科学的な研究者になる道を選んだ。列島の〈野生の思考〉を抽出する独創的な学問をうち立てた。

折口信夫は、民族学、すなわち「呪術的な世界」の科学的な研究から一体何を学んだのか。おそらくは、ジェイムズ・ジョージ・フレイザーの『金枝篇』からは「マナ」という「外在する魂」を身につけて即位する「呪術王」の概念を、そしてマルセル・モースの「呪術論」(一九〇四年) からはその「マナ」という概念の詳細を学んだのである。モースは「マナ」を、言葉にして力そのものである、と理解していた。まさに折口の言うところの「天皇霊」である。さらにモースは、その言葉にして力でもある「霊」こそが人々の社会を可能にする、すなわち人々の間に祝祭をもたらし、経済というコミュニケーションを発生させると説いた。マルセル・モースが『贈与論』(一九二五年) によって「供犠論」と「呪術論」を、あるいは宗教学と経済学を一つに総合したように、折口信夫は「大嘗祭の本義」（一九三〇年）によって霊魂論と王権論を一つに総合し、宗教の根源であるとともに経済の根源でもある「天皇霊」、神の聖なる言葉にして神の聖なる霊魂を見出したのである。[*15]

＊

折口信夫にとって、天皇とは「呪術王」（magical-king）だった。そうした信念を、折口自身、大学の講義のなかで表明していた[*16]――。

国々の君主は、みな教権と政権とをもっていた。つまりマジック・キングである。大和の君主もその意味で政権をもっておられた。マジック・キングに関しては、フレーザーの本がある。日本では禁書であるが、かえって読ましたほうが、天子にたいする高い情愛が生まれてきて、よいと思う。日本ではマジック・キングの色彩が濃い。天子もその資格をもたれた方のお一人で、宗教上の権力をもって世の中を治めておられる。

折口信夫がこの講義で参照しているのは、フレイザーが『金枝篇』をはじめるにあたって冒頭に据えた「呪術王」の神話、旧い王を惨殺することが即位の条件とされた「人間神」（man-god）たる「森の王」を論じた部分である。古代のイタリア、聖なる森とその森を治める「森の王」の生命力は互いに密接な関係をもっていた。旧い王の生命力が衰えてくると、森もまた滅びに瀕する。そのとき、新たな王となる徴《しるし》、天と地の中間、森の奥に存在する聖なる樹木に宿る「黄金の枝」を携えた若者が現れ、旧い王に戦いを挑む。旧い王を残忍に殺すことができた血に飢えた若き挑戦者だけが、新たな王として即位し、聖なる森に君臨することができる。王を殺すとは、王のもつ力を解放し、その力を自らのうちに取り入れること、すなわち、新たな王として即位するために必要不可欠な儀式だった。神を殺し、神を食した者だけが新たな神として再生することができたように。「森の王」とは、森のもつ神秘的な力と合一した人間にして神、神ながらの人間、つまりは「人間神」だった。

新たな「森の王」が即位するとともに森の生命力もまたよみがえる。そして、若き王は勝利の証しとして、森と湖を支配する大女神と聖なる婚姻を遂げる。王とは、あるいは王のもつ力とは、自然のもつサイクルのように、死と再生の循環を繰り返すものだった。フレイザーは、複数の神話の断片をつなぎ合わせることで「黄金の枝」を主題とした一つの巨大な物語を創り上げた。物語の前半、聖なる「森の王」の分身として神権政治を実現した日本の「ミカド」が参照され、物語の後半、聖なるものを殺すことによって聖なるものと同一化する儀礼の典型としてアイヌの「熊送り」(イオマンテ)が参照されていた。フレイザーの『金枝篇』もまた、「日本」との共振からかたちになったものなのである。影響は一方的なものではなかった。

『金枝篇』の初版および第二版では全体の第一章だった「森の王」は、最も巨大化した『金枝篇』の第三版では全二巻からなる第一部「呪術と王の進化」となる。『金枝篇』第三版の刊行が開始されるに先だって、この第一部のエッセンスをまとめるかたちで一冊の書物になった『王権の呪術的起源』(一九〇五年)こそ、岡正雄が邦訳を志し、そこに「序文」を寄せることを拒否した柳田國男によって日本語として刊行することが反対されたものだった。

『金枝篇』は初版刊行以来、無数の新たな事例を消化吸収しながら成長を続ける怪物的な書物となった。一八九〇年に全二巻からなる初版が刊行されてから、一九〇〇年には全三巻からなる第二版が、そして一九一一年から一九一四年にかけて、結局本文だけで全一一巻にまで膨れあがった第三版が刊行された。しかしながら、フレイザーの意図が最も明瞭に読者に伝わるのは、当然のことながら、最もコンパクトなかたちにまとめられた初版である。[*17]

フレイザーが『金枝篇』の主題としたのは、「霊魂論」と「王権論」がそこで劇的に交錯する「人間神」の問題、古代の王にして未開の王たちの問題だった。古代の王にして未開の王たちは、自らが率いる民、すなわち普通の人間が普通にもっている力、人間に内在する力を信じられないくらい高いレベルで享受し、行使できると周囲から信じられ、自分でも信じている者たちのことだった。そうしたタイプの「人間神」たちは、逆に自然に限りなくひらかれた存在でもあった。「呪術的な世界」では、人間と自然の間に断絶はないのだ。つまり、王とは「自然とのある種の物理的な共感を通じて、そこから超自然的な力を引き出す」ことができる者だった。王は古代の世界、「呪術的な世界」を生きる最も原型的な存在だった。人間を超自然の領域に向けて乗り越えていこうとする「人間神」は、宇宙それ自体と交響しているのである[*18]――。

人間神たる王の全存在は、その身体も精神も含めて、世界が奏でる和音（ハーモニー）に繊細かつ正確に調音（チューニング）されているので、王の一挙手一投足が、万物に秩序を与えている宇宙的な規範に、大きな動揺を与えてしまう。それゆえ逆に、王を形成する神聖な肉体組織は、普通の死すべき人間にはまったく影響を与えないような、ごくわずかな環境の変化にも、鋭敏で感覚的な反応を示す。

だからこそ、「人間神」たる「森の王」の生命と森自体の生命、さらには森羅万象あらゆるものの生命は連動してしまうのである。森が滅びに瀕する前に、王を滅ぼし、王のもつ生命の力を更新しなければならない。フレイザーは「自然とのある種の物理的な共感」を身につけ、その「共感」をもとにして自然に働きかける技術を「呪術」とした。「呪術」は、「類似」の法則と「接触」の法則をもち、あたかも人類が普遍的にもつ言語のように構造化され、体系化されていた。そのような人間と自然の関係性の根底に、フレイザーは霊的な力を想定した。霊的な力は関係性そのものを表現すると同時に、物質的な基盤をもった「霊魂」として把握されていた。しかもその「霊魂」は、人間の内と外という境界を無化してしまう、ただ「外部」としか形容することができない時空に存在していたのである。フレイザーは『金枝篇』の初版の最後で、「外在する魂」というヴィジョンに到達した[*19]。

コドリントンの『メラネシア人』が刊行されたのは、『金枝篇』の初版が世に出てから間もなくのことであった。フレイザーはコドリントンがヨーロッパにもたらしてくれた「マナ」という概念こそ、「外在する魂」として自分が抽出してきた未開社会、「呪術的な世界」に瀰漫している霊的な力、死と再生を繰り返す「森の王」の権力の源泉を過不足なく説明してくれるものであると考え、『金枝篇』の第二版に早速取り入れる。「マナ」がフレイザーに『金枝篇』の書き直しを強いた、とも言える。つまり、人間たちの外部に存在する「外在する魂」を、「呪術王」が即位するために必要とされる権力の源泉としての「マナ」であると提示したのは、なによりもフレイザーの『金枝篇』だったのだ。『金枝篇』第三版の第一部、「呪術と王の進化」(*The Magic Art and the Evolution of Kings*, vol.1)には、コドリントンの著作を引用し、フレイザー自身がその見解を要約した、次のような箇所が存在していた[*20]——。

「実際、これまでのところ首長たちの権力(the power of the chiefs)とは、彼らが霊的な交わりを結んだ精霊たちや死霊たちから引き出された超自然的な力を信じることに拠っていた」。さらには、「メラネシア先住民たちの説明によれば、首長たちの権力の起源は、首長たちが強い力をもった死霊たち(ティンダロ tindalo)とコミュニケーションすることができ、なおかつ死霊たちの威力を発揮させるような超自然的な力(マナ mana)をもっているという信仰に全面的に依拠していた」とも。「霊的な交わり」にはあからさまに性的な含意がある。マルセル・モースの「呪術論」と折口信夫の「大嘗祭の本義」は、ともにこの地点、「マナ」による「呪術王」の即位、に起源をもっていた。

　マルセル・モースが最初の大きな主題としたのは、フレイザーが『金枝篇』に描き出した、聖なるものを破壊することで聖なるものの力を取り込み、その力によって、隔絶した二つの世界、神々の世界と人間たちの世界、無限の世界と有限の世界の間に交通の道をひらく「供犠」だった[*21]。モースは一神教の起源であるユダヤ教の教義、多神教の起源であるヒンドゥー教の教義の中核に「供犠」が存在することから、一神教と多神教の双方を生み出した〈起源の宗教〉として「供犠」を捉えようとしていたように思われる。以降、モースの関心は、神々の世界と人間の世界、天上と地上を一つにつなぐもの、その「媒介」となるものに絞り込まれていく。「呪術」とはまさに、人間たちが見ることができる可視の世界と人間たちには決して見ることができない不可視の世界の間に関係性を発見する技術だった。モースはフレイザーの見解を引き継ぎ、「呪術」と言語の間の類似点をより精緻に分析してゆく。

　その鍵となったのが「マナ」だった。モースは「マナ」を、「呪術の一般理論」の中核を占める概念にまで磨き上げてゆく。モースは、『社会学年報』第七巻(一九〇四年)に、アンリ・ユベールとの共著として「呪術論」を掲載する。その論考のなかでは、フレイザーが「王権の呪術的な起源」に見出した「外在する霊魂」である「マナ」の概念が、言語論のある種の限界にまで拡張され、こう述べられていた[22]――「マナとは一つの力であるばかりでなく、一つの存在である。それはまた、一つの作用であり、質であり、状態である」。だからマナという言葉は「同時に、名詞であり、形容詞であり、動詞である」。さらに、その言葉の意味は「曖昧かつ不分明であるが、しかしその使用法は不思議なことに決定されている」。つまり「マナ」とは、「抽象的で一般的でありながら、具体性に満ちた」ものなのだ。折口信夫が「天皇霊」や「直接性」の言語に与えた定義そのものである。折口が、「天皇霊」や「直接性」の言語の定義に苦心惨憺したように、モースもまた「マナ」を定義するために多くの言葉を費やし、結局、言語による「定義」そのものを乗り越え、いわば超‐言語の領域にまで到達してしまっている。マルセル・モースと折口信夫と。このとき、グローバルであることとローカルであることの境界はもはや消え失せる。

「マナ」とは超自然的であると同時に自然的なものであり、超越の世界の異質性を保持したままこの感覚可能な世界に内在しているものでもある。モースはこの後、「呪術論」で提示した「マナ」こそ、「祝祭」で解放される力であると論じていく。「祝祭」において解放された「マナ」は、政治・経済・社会・宗教を貫く「契約と交換」の原理、すなわち「贈与」をもたらす。『社会学年報』の新シリーズの第一巻（一九二五年）に掲載されたモースの代表作『贈与論』（*Essai sur le don : Forme et raison de l'échange dans les sociétés archaïques*）でたどり着いた結論である。「マナ」が解放されたとき、さまざまなものが混淆する。物質と霊魂は混じり合い、神々と死者がそこに降臨する[23]――「結局のところ、それは混じり合うことなのだ。物質のなかに霊魂が浸透し、霊魂のなかに物質が浸透する。生命同士が混じり合い、さらには人間たちと物たちが、それぞれの占める場所から逃れ出て、互いに混じり合う。その状態こそが、言葉の真の意味で、契約と交換をあらわすのである」。

「契約と交換」は、死者たちが住む不可視の霊界と生者たちが住む可視の現実界に通路をひらくことであり、敵対する共同体の間には親密な交易を、逆に親密な共同体の間には敵対的な闘いをもたらしてしまうものでもある。「祝祭」においては、あらゆるコミュニケーションの可能性が現実化される。「マナ」は霊的なものであるとともに物質的なものであり、力であるとともに言葉である。人間の共同の労働、つまり人間の共同体とは、このようなマナの解放、

「祝祭」のために組織されているのである。[*24]

モースの『贈与論』から、ジョルジュ・バタイユ(Georges Bataille, 1897-1962)は『呪われた部分』を導き出した。「贈与」とは、バタイユの著作で展開されていったように労働と経済さらには政治の問題であるとともに、言語表現それ自体の問題でもあったのだ。文化人類学者クロード・レヴィ=ストロース(Claude Lévi-Strauss, 1908-2009)は、「呪術論」や『贈与論』が収められたモースの著作集『社会学と人類学』の「序文」で、こう述べていた。[*25] 民族学とは、一言でいってしまえばコミュニケーションの問題に帰着する学なのである。そしてモースが「呪術論」で見出したマナという概念こそ、『贈与論』で大きな総合を与えられるモースの全業績を貫いて、そのコミュニケーションとしての民族学を支える重要な原理となるのだ。マナとは、人間がそのなかで生きなければならない「言葉」という自然、すなわち象徴的な思考が成り立つための条件を提示し、その謎を解くための鍵となる。

「言葉」をもち、「共同体」のなかに生まれ落ちた時点——つまり人間が自然から文化へと移行した「瞬間」——から、人間は「意味の過剰」に取り憑かれることになった。名詞であり形容詞であり動詞である「マナ」、力であり存在であり作用である「マナ」とは、その言葉自体は意味論的に「ゼロ」の価値しかもたないがゆえに、逆に人間が処理しなければならないあらゆる意味の過剰を引き受けることができる「純粋状態にある象徴(シンボル)」となった。「マナ」は、あらゆる意味をもとめて浮遊していく「意味するもの」(signifiant)、すなわち贈与を引き起こす「贈与の霊」なのだ。

「マナ」の考察を通して、共同体の起源のみならず、言語の起源を類推することが可能になる。レヴィ=ストロースは続ける。人間にとって「言語」が出現したとき、その契機や状況がどのような動物的な段階にあろうとも、ただ一挙にしか(tout d'un coup——賽の一振りのようにしてしか)与えられなかったことは確実である。しかし、〈全宇宙〉が、ただ一挙に(tout d'un coup——賽の一振りのように)意味するものとなっても、それがより良く認識されるようになったわけではない。言葉と生命、つまり人間と世界の間には根源的な異和が存在し続けている。「マナ」はその隔たりを埋めるのだ。「マナ」は祝祭を可能にする思考の基盤となるばかりではなく、意味を可能にする思考の基盤ともなる。

世界のあらゆる場所で人々が神を迎えるために執り行っている現実の祝祭にして、言葉によって執り行われている表現という「虚構」（フィクション）の祝祭。その二つの祝祭の交点に、折口信夫の営為もまた位置づけられる。

1　前掲『折口信夫事典　増補版』には津田博幸の執筆になる「天皇霊」の項目がある。「天皇霊」の初出、『日本書紀』での類例、折口信夫によるモデル化等々、本章執筆の上での指針となったものである。以下、「天皇霊」について述べた記述も、基本的には津田による情報にもとづいている。また、伊藤好英の執筆になる「ライフ＝インデキス」の項目も折口信夫の霊魂観を知る上で非常に有益である。本章の主題となる折口信夫の「天皇霊」の問題、「大嘗祭の本義」とマルセル・モースの諸著作、特に『贈与論』との関係については、拙著『神々の闘争　折口信夫論』（講談社、二〇〇四年）の第四章および第五章でもかなり詳しく論じている。

2　以下、「小栗外伝」からの引用は、『全集』2・三四二および三三九―三四〇。ただし雑誌の初出時では「天皇霊」ではなく「天皇魂」となっていた。

3　津田博幸による調査を整理したものである。折口信夫自身も「天皇霊」がもつこのような性格をはっきりと認識していた。

4　以下、「大嘗祭の本義」からの引用は、『全集』3・一八二―一八三。

5　おそらくこれまで、折口信夫が残した膨大な業績を、熱烈に称賛するにしても激烈に非難するにしても、ほとんどすべての論者が「日本」の――あるいは「民俗学」もしくは「国文学」の――視点からしか論じてこなかった。それは折口の「大嘗祭の本義」を権力理論として分析している一部の社会学者たちも同断である。折口信夫は、同時代のフランスの民族学＝社会学が主題とした諸問題、つまり『社会学年報』派の動向をよく知っていたと推定される。当時最先端の権力理論を自家薬籠中のものとしていたのである。折口のテクストに出現する「マナ」が、そうした事実を指し示している。柳田國男にとっても同様である。折口信夫の業績を「世界」から――クロード・レヴィ＝ストロースやピエール・クラストル、あるいはジョルジュ・バタイユやロジェ・カイヨワの思想の源泉となった「民族学」から――再検討する必要がある。しかも、折口の場合、その「民族論理」は列島土着の土俗的な宗教のなかで育まれてきた〈野生の天皇制〉と直結するものでもあった。外側と内側と、折口は二つの視点が交錯する地点から「天皇」を見ていたのである。

6　「琉球の宗教」からの引用は『全集』2・五二、「若水の話」からの引用は『全集』2・一二三―一二四。

7　前掲『初稿・死者の書』、二五五および二五六頁。

8　前掲『折口信夫事典　増補版』の「精霊」の項目（執筆は保坂達雄）のなかで、折口信夫によるフレイザー受容についてまとめられている。折口は、いまだ「神」にまで至らない霊的な力を「精霊」として理解している。折口の霊魂論にとってフレイザーの『金枝篇』が重要な源泉だったことが分かる。フレイザーにとって「穀霊」もまた「外在する魂」すなわち折口言うところの

「精霊」が、穀物という「もの」に受肉し、「もの」のかたちをとったもの、である。

9　第四章の「祝祭」で、雑誌『民族』と折口信夫の関係については概観してある。以下、本章の主題となる「民族学」からの影響についても、柳田國男自身の発言としてジェイムズ・ジョージ・フレイザーの『金枝篇』から決定的な影響を受けたこと、雑誌『民族』を実質的に編集していた岡正雄の発言として柳田の蔵書のなかにフランスの『社会学年報』が揃っていたこと、などにも触れている。

10　『柳田國男対談集』(第四章参照)、二四〇頁。『全集』別3・五六〇。

11　雑誌『民族』からの引用は、岩崎美術社から刊行された複製版より行っている。第一巻下、第四号、一一三および一一五頁。なお、この号の田辺の連載の末尾には、マルセル・モースの『贈与論』とともにフランスの『社会学年報』が第一次世界大戦による中断を経て復刊されたことが記されている。

12　『全集』2・四五四。

13　『全集』ノート編第五巻、五八頁。

14　中井龍瑞訳、九七頁。なお、この「原始文化叢書」では続巻としてマルセル・モースの『呪術の一般理論』(「呪術論」)の刊行が予告されていた(結局は未刊行)。大正から昭和にかけて二つのミンゾク学、民俗学と民族学は、「呪術的思考」――後に文化人類学者のレヴィ゠ストロースはそれを「野生の思考」と読み替える――を再考する(そこに「再興する」という意味を重ね合わせることも可能であろう)という点で共振し、一つに融合しようとしていたのである。

15　二〇一三年五月より、多摩美術大学芸術人類学研究所において宗教学者の江川純一とともに、フレイザーの『金枝篇』、モースの「呪術論」、レヴィ゠ストロースの『野生の思考』の可能性を再検討する公開研究会「〈野生の思考〉再興」を行った(「〈野生の思考〉再興」は「〈呪術的思考〉再考」と読み替えることが可能である)。本章は江川純一の用意した精緻なレジュメおよび口頭発表から多くの示唆を得て執筆が可能となったことを、ここに明記しておきたい。

16　『全集』ノート編第三巻、一五六―一五七頁。折口信夫がこの講義をしたのは、昭和五年から翌年にかけて、つまり『古代研究』のひとまずの完結直後のことである。折口が主張したミコトモチとしての天皇は、現実の天皇の身体を権威の源泉としてのミコトの「容れ物」として考えるという点で、戦後の「象徴」としての天皇を、ある意味では先取りするものだった(折口自身そう述べている)。戦前と戦後をつなぐ「象徴」としての天皇を、折口は前近代的な、いわゆる「未開社会」の「呪術王」と捉えているのである。折口の透徹した見解にもとづくならば、「呪術王」としての天皇を戴いているという点で、われわれはいまだに前近代を、すなわち「未開社会」を生きている、ということになる。これはおそらく客観的にも主観的にも真実を突いており、また列島を生きる人々の長所にも短所にもなるであろう。言葉と「もの」が完全に分離せず、人々と自然の間には見えない力を通じて親密な関係が保たれている。その裏面では、この列島にヨーロッパ的な「近代」が根付いたことなど、実にこれまで一度としてなかったのだ。そうした地点からすべての思索と実践をはじめなければならない。

17　邦訳として吉川信訳『初版　金枝篇』上・下(ちくま学芸文庫、二〇〇三年)がある。日本ではまず南方熊楠が『金枝篇』の初版を「霊魂論」として読み込み、ちょうど『金枝篇』第三版が刊行されはじめる直前から文通を開始した柳田國男にその存在を教えた。折口信夫が『金枝篇』を読みはじめたのは、柳田國男に「訓され」たからだという（前掲『柳田國男対談集』、三〇五頁）。

18　引用は初版原文より、かなり言葉を補って訳出した。一二頁。また以下に述べる『金枝篇』の要約は、『金枝篇』の複雑かつ繊細な全体像を、論旨に沿うよう、かなり恣意的に刈り込んだものであることをあらかじめお断りしておく。

19　フレイザーは「外在する魂」を最も良く説明する事例として、インドに伝わる「パンチキンという魔術師」をめぐる物語を取り上げている。岡正雄が翻訳し、折口信夫も大きな影響を受けたと推測されるC・S・バーンの編になる『民俗学概論』で、「生命指標」（ライフ＝インデキス）のモチーフをもつ最も典型的な物語の例として分類されたものである。

20　引用は第三版原本より、三三八―三三九頁。より正確に言うなら、マルセル・モースの「呪術論」はフレイザーの『金枝篇』第二版の刺激を受けてかたちになった。「マナ」はその第二版から登場する。ハートランドの『原始民族の宗教と呪術』においても、コドリントンの原文から引用として、該当部分が訳出されている。

21　いわゆる「供犠論」、つまり『社会学年報』第二巻（一八九九年）にアンリ・ユベールとの共著というかたちで発表された「供犠の本質と機能についての試論」のことである。小関藤一郎訳『供犠』（法政大学出版局、一九八三年）を参照してまとめた。モースにとって「供犠論」がもっていた重要性については、溝口大助「一八九九年のモース『供犠論』と「社会主義的行動」」（モース研究会編『マルセル・モースの世界』平凡社新書、二〇一一年に所収）が詳しい。モースもさまざまなルートを通じて当時の「日本」と共振していた。なお、以下に続くモースについての記述は、以前に同様の問題を探究した拙著『祝祭の書物　表現のゼロをめぐって』（文藝春秋、二〇一二年）の第六章の後半部分と一部重なり合うところがあることをお断りしておく。

22　モースの「呪術論」と『贈与論』、さらにはモースの著作集の巻頭に付されたレヴィ＝ストロースの「序文」については、有地亨・伊藤昌司・山口俊夫による共訳『社会学と人類学Ｉ』（弘文堂、一九七三年）、吉田禎吾と江川純一による共訳『贈与論』（ちくま学芸文庫、二〇〇九年）を大きく参照しながら、フランス語の原本である *Sociologie et anthropologie*, PUF, 1950 に直接あたっている。以下、原著の頁数を指示する。一〇一―一〇二頁。

23　モース原著、一七三頁。

24　以上のように整理してみれば、フレイザーの『金枝篇』とモースら『社会学年報』派の交点に、柳田國男の『日本の祭』を位置づけることも可能になるであろう。柳田は「日本の祭」について、次のようにまとめていた。祭とは「成年式」（すなわち通過儀礼）の役割を果たす。そして「神々の降臨」から祭がはじまり、神を招くために祭の場所に「聖なる樹木」が立てられる。その際、種々の禁忌のもとで精進のために「籠もる」ことが重要である。祭の場では神は死者のみならず森羅万象さまざまなものに「通信」（すなわちコミュニケーション）の道がひらかれる。神と人々が「共食」することによって、その絆があらたまる。故に、祭とは「最も高尚なる消費事業」である、等々。ヨーロッパの民族学と日本の民俗学は間違いなく共振していたのである。

25　モース原著、XLI-LII より抜粋。

折口信夫が、「民族論理」の要として抽出してきた天皇は、つねに二重性をもっていた。民俗学（フォークロア）の主題として、極度に具体的かつ実践的な主体として論じられたかと思えば、民族学（エスノロジー）の主題として極度に抽象的かつ科学的な対象として論じられ、その威力の源泉についても「鎮魂」という前近代的な古神道の技術から考察されたかと思えば、「外来魂」という近代的な人類学の手法からも考察されていた。外部からの眼差しと内部からの眼差しが交錯する地点から天皇が論じられていた。

折口信夫が抽出した天皇のもつ二重性は、天皇を国家統合のシンボルにして国家の主権者とした列島の近代そのものが孕まざるを得なかった二重性と対応しているように思われる。ヨーロッパでは長期的な持続のなかで果たされた近代化が、列島ではきわめて短期間で成されなければならなかった。そのため、明治には前近代と近代のアナーキーな「混淆」が生じる。列島の近代化は、天皇という前近代的かつ「非理性」的な存在を統合のシンボルとしながら、近代的で「理性」的な国家を目指すという地点で完成を迎える。呪術的な祭祀の長が、そのまま、近代国民国家――あるいはその近代国民国家を超えていこうとする帝国――の主権者となったのである。

資本主義的な「熱い時間」を生きなければならない社会の中心に、古代的な「冷たい時間」を体現する主権者が据えられたのだ。近代的で異形の天皇のもと、理性と非理性、「熱い時間」と「冷たい時間」は共犯関係を結び、システム（社会進化論）とイデオロギー（国体論）は癒着する。明治の可能性も不可能性も、おそらくはその一点にかかっている。[*1] しかしながら、明治の「混淆」に見出されるのは、破滅的な権力の発生だけではない。前近代と近代が一つに混じり合った創造的な表現の発生もまた見出される。折口信夫は自らその二重性を生きたのだ。折口信夫の学と釈迢空の表現、ミコトモチの権力とホカヒビトの詩とを。

　折口信夫が見出した天皇がもつ最大の二重性といえば、ミコトモチとしての天皇の裏面にはホカヒビトとしての芸能民がいる、ということである。「王者」と「乞食」が、表裏一体の関係にあったのだ。[*2] 厳密に言えば、折口信夫がまず考察の対象としたのは、実は「乞食」の方である。「乞食」たちが行っている「霊魂」を取り扱う表現技術の分析から、「王者」が行っている即位儀礼の謎が解き明かされていったのだ。列島の〈野生の思考〉は「乞食」たちが担っていたのである。「神道に現れた民族論理」としてまとまる講演をする以前に、折口信夫は、後に「国文学の発生」と総称され『古代研究』国文学篇の前半部分に収録される四つの長大な論考を、ほぼ書き終えていた。[*3]

「国文学の発生」の最も大きな主題となったのは、「神憑り」を芸能として担う「乞食」（ホカヒビト）たちだった。折口信夫のテクストのなかにはじめてミコトモチが登場する「国文学の発生（第四稿）」は、同時にホカヒビト論の完結篇という趣があり、その最後はこう閉じられていた[*4]――「ほかひを携え、くゞつを提げて、行き／＼て又行き行く流民の群れが、鮮やかに目に浮んで、消えようとせぬ。此間に、私は、此文章の綴《トヂ》めをつくる」。宗教も芸能も、つねに移動を繰り返す漂泊布教者にして巡遊伶人たるホカヒビトたち、「流民の群れ」に担われて列島の各地へと拡散していったのである。それではホカヒビトたちが行っているホカヒという技術はどのようなものなのか。「国文学の発生（第四稿）」での議論に沿いながら、まとめてみたい。

　折口信夫はまず、自らの文学発生論の骨格を確認する。「私は、日本文学の発生点を、神授（と信ぜられた）の呪言《ジュゴン》に据ゑて居る」。さらには、「呪言は元、神が精霊に命ずる詞として発生した。自分は優れた神だと言ふ事を示して、其権威を感銘させる物であつた」。森羅万象にやどる「精霊」――フレイザーいうところの「スピリット」――は、神の命令にしたがって自身のもつ力の象徴である「ほ」――「ほ」とは何かが発生してくるための神秘的な「標兆」である――を外にあらわす、つまり沈黙を破って「開口」させられる。「ほ」とは、森羅万象に宿った「精霊」が外にもらす始原の言語であり、始原の霊魂であった。この「ほ」という語根が活用することで動詞「ほぐ」（「ほむ」）が生まれ、その動詞が再活用することで「ほがふ」となる。[*5]

折口信夫は、あたかもステファヌ・マラルメのように、象徴的な言語の祝祭劇として、自らの文学発生論を素描しているのである。その中心には意味が発生してくる起源の語根であり霊魂が発生してくる起源の「外来魂」である「ほ」が据えられていた。ホカヒビトとは、祝祭の場で、その原初の「外来魂」たる「ほ」を呼び覚ます動作であるホク――「ほくは外来魂の寓りなるほを呼び出す動作で、呪言神が精霊の誓約の象徴を徴発する詞及び副演の義であつた」[*6]――を、演劇的な反復、つまり「もどき」として実現する人々であった。ホカヒビトとは、言葉の職人《アーティスト》＝芸術家であるとともに霊魂の職人《アーティスト》＝芸術家でもあった。「乞食者は祝言職人である。土地を生業の基礎とせぬすぎはひ人の中、諸国を流離して、行く先々でくちもらふ生活を続けて居た者は、唯此一種類あつたばかりである」、つまり、ホカヒビトとは、「ほかひによつて口すぎをして、旅行して歩く団体の民を称したのである」。

ホカヒビトは、ホカヒという技術によって生計を立てていた。ホカヒは神の聖なる言葉を取り扱う技術《アート》＝芸術であるとともに、神の聖なる霊魂を取り扱う技術《アート》＝芸術でもあった。そのため、ホカヒビトは神の聖なる霊魂を、神の聖なる霊魂が宿る「器」に容れてつねに持ち歩いていた。ホカヒとは、神の聖なる霊魂を収めるための容器（行器）をも意味していた。ホカヒビトは神の霊魂とともにあった。神の霊魂を、頭に戴いた冠たる「霊笥《たまけ》」に容れて諸国を旅していた。おそらく「国文学の発生」全編を通じて、ホカヒビトについてなされた最も美しい描写を、折口信夫は残してくれている[*7]――。

ほかひ人の一方の大きな部分は、其呪法と演芸とで、諸国に乞食の旅をする時、頭に戴いた霊笥《タマケ》に神霊を容れて歩いたらしい。其霊笥は、ほかひ（行器）――外居・ほかゐなど書くのは、平安中期からの誤り――と言はれて、一般の人の旅行具となる程、彼等は流民生活を続けて居た。手に提げ、担ぎ、或は其に腰うちかけて、祝福するのがほかひゞとの表芸であつた。

ホカヒビトもミコトモチも、神の聖なる言葉にして神の聖なる霊魂たる「外来魂」を取り扱う、言葉と霊魂の職人である。しかし、なぜ「乞食」たるホカヒビトの集団のなかから「王者」たるミコトモチが生まれてきたのか。折口信夫がその権力発生の謎を、明快に解き明かすことは、残念ながらなかった。[*8] それでは「乞食」と「王者」が同様の機能を果たしているという、折口信夫の古代学のテーゼはまったくの幻想なのか。おそらく、そうではない。「乞食」も「王者」も、祝祭のただなかで「神」となる。だからこそ、「乞食」と「王者」は等しい存在なのだ。それは、折口信夫自身が実際にその目で見て、実際にその身体を使って参加した「芸能」が明かしてくれた真実である。象徴的な言語の祝祭劇は、具体的な身体の祝祭劇として「芸能」の場に受肉する。列島の〈野生の思考〉は、「芸能」を通してはじめてその全貌が明らかになる。

折口信夫にとって「天皇」の問題は、「芸能」の問題を経由することで「神」の問題へと接合される。そこに至るためには、ホカヒビトとミコトモチに共有されている同一の「機能」であるマレビトとは一体どのような存在であったのかが、あらためて問い直されなければならない。マレビトは、折口信夫が「民族論理」の構築をホカヒビト論からはじめ、ミコトモチ論として完成をみる過程で見出された一つの類型なのである。マレビトとは、祝祭の場に「来訪する神」であり、マレビトを祝祭の場に招いた人々によって演じられ、人々を「神」へと変身させる「霊物《モノ》」であった。フレイザーが『金枝篇』でいう意味での「人間神」であり、天と地の「媒介者」となる存在であった。ホカヒビトもミコトモチも、いずれもマレビトとしての性格をもっている。

折口信夫のマレビトの直接のモデルになったのは、柳田國男が『海南小記』のなかに書き残した南島の仮面祭祀である。しかし、それだけではない。南の島々だけではなく、今度は、北の半島から突如として報告された「春来たる鬼」の事例が総合されて、折口信夫のマレビト論は十全なかたちを整えたのである。「春来たる鬼」、秋田県の男鹿半島に現在でも行われているナマハゲ祭祀である。折口信夫の芸能論の最初の集大成ともいえる「翁の発生」（一九二八年一・三月）には、こう書かれていた。[*9] 二度目の南島採訪旅行を終えた翌年、大正一三年（一九二四）の初春、東京朝日新聞が特集した諸国の正月行事への投書のなかに、「なもみ剝げたか。はげたかよ」「あづき煮えたか。にえたかよ」という文言を唱えて家々に躍り込んでくる「東北の春のまれびと」に関する報告が交じっていた――。

私は驚きました。先生の論理を馬糞紙のめがふおんにかけた様な、私の沖縄のまれびと神の仮説に、ぴつたりしてゐるではありませんか。雪に埋れた東北の村々には、まだ、こんな姿の春のまれびとが残つてゐるのだ。年神にも福神にも、乃至は鬼にさへなりきらずにゐる、畏と敬と両方面から仰がれてゐる異形身の霊物《モノ》があつたのだ。こんな事を痛感しました。私はやがて、其なもみの有無を問うて来る妖怪の為事が、古い日本の村々にも行はれてゐた、微かな証拠に思ひ到りました。かせ・ものもらひに関する語原と信仰とが其であります。此事は、其後、多分、二度目の洋行から戻られたばかりの柳田先生に申しあげたはずであります。

なぜ、この発言の最後に柳田國男への言及が存在するのか。実は、折口信夫が「翁の発生」を講演し、雑誌にこの発言を記載した第二回の原稿が掲載される直前に、柳田國男が『雪国の春』を刊行していたからである（一九二八年二月）。『雪国の春』には、折口より一足先に——この時点で折口のマレビト論である「国文学の発生（第三稿）」は、雑誌への掲載が柳田によって拒否され宙に浮いていた——そのマレビト論の核心を突いたかのような記述が、複数見受けられたのである。折口は、柳田の『海南小記』から受けた恩恵に深く感謝しながらも、マレビト論の総合には自分にプライオリティが存在することを暗に主張しているかのようである。

たとえば冒頭の「雪国の春」では、年があらたまる際に村々を訪れる「神」について、八重山諸島と東北地方に残る行事について比較され、次のように書かれていた[*10]——「それが今一つ北の方に行くと、却つて古風を存することは南の海の果に近く、敬虔なる若者は仮面を被り、藁の衣裳を以て身を包んで、神の語を伝へに来るのであつて、殊に怠惰逸楽の徒を憎み罰せんとする故に、之をナマハギともナゴミタクリとも、又ヒカタタクリとも称するのである」。あるいは、「男鹿風景談」と副題が付された「をがさべり」では——「ところが海を越えて遥か南の、八重山群島の村々に於ては、又北の果の男鹿半島と同じやうに、至つて謹厳なる信仰を以て、之を迎へて一年の祝ひ言を聴かうとする習がある。此ことは曾て海南小記の中に些しばかり述べて置いたが、其は変化の色々の階段が地方的に異なるといふのみで、本来一つの根原に出づることは、比較をした人ならば疑ふことが出来ぬ。即ち一年の境に、遠い国から村を訪れて遥々と神の来ることを、確信せしめんが為の計画ある幻しであつた」。

柳田國男が『雪国の春』に述べていることは、ほとんど折口信夫のマレビト論そのものである。北の半島と南の島々には、一年に一度、他界から地上に降臨してくる「畏と敬と両方面から仰がれている異形身の霊物」があらわれる。この「常世神」、「神と人間との間の精霊の一種」[*11]への信仰こそ、「国家以前」に列島に住みついた人々の間で保ち続けられた仏教以前、神道以前の固有信仰だった。柳田國男と折口信夫は、ほぼ同時にそのような認識に到達していた。しかし、この後、柳田國男は列島の固有信仰を「祖霊」の方向に突き詰め、折口信夫は「鬼」と表裏一体である正体不明の外来神にして異神である「翁」の方向に突き詰めていった。その地点で、柳田國男の「民俗論理」と折口信夫の「民族論理」は二つに分かれる。

折口信夫は、「鬼」がいまだ生きている祝祭、ちょうど南の島々と北の半島の中間地帯、愛知、長野、静岡の県境で行われている仮面祭祀である「花祭り」「雪祭り」「西浦田楽」に、芸能の発生に直結する「翁」を見出す。「国文学の発生（第三稿）」、そして「翁の発生」は、そうした祝祭のフィールドワークによって可能となった。その「翁」こそ、神仏「習合」的な環境から生まれ、神人「合一」を可能にする芸能の神であった。それとともに、原初の天皇、原型としての天皇そのものであった。

＊

折口信夫のマレビト論は「翁」というかたちに結晶する。「翁」は、折口に原初の舞台、原初の演劇というヴィジョンをもたらしてくれた。その原初の舞台、原初の演劇では、宗教の発生と権力の発生に区別をつけることはできなかった。だからこそ、乞食と天皇を二つの極として、宗教の発生と権力の発生をともに射程に収めた折口による芸能の発生学は、折口自身の手によって「翁の発生」と名づけられたのだ。

折口古代学の構造を過不足なく提示した『古代研究』全三巻の核心は、それぞれ各巻に収められた三つの論考に代表させることが可能である。民俗学篇1（一九二九年四月一〇日）に収録された芸能論の「翁の発生」、国文学篇（一九二九年四月二五日）の巻頭に据えられたマレビト論の「国文学の発生（第三稿）」、そして民俗学篇2（一九三〇年六月）に収録された天皇論の「大嘗祭の本義」という三篇である。芸能、マレビト、天皇が折口古代学の主題なのである。

三篇の論考が発表された順序も、『古代研究』全三巻の刊行順の通りである。「翁の発生」は昭和三年（一九二八）、「国文学の発生（第三稿）」は昭和四年（一九二九）、「大嘗祭の本義」は昭和五年（一九三〇――「昭和三年講演筆記」とあるが初出は『古代研究』である）となる。しかし、「翁の発生」と「国文学の発生（第三稿）」は、相互に微妙で複雑な関係をもっていた。折口は、「国文学の発生（第三稿）」を書き上げたまさにその直後から、あるいは時には同時並行するようなかたちで、「翁の発生」に取り組んでいったと推定されるからだ。

『全集』の解題および初出誌の注記によれば、「国文学の発生（第三稿）」については、執筆の開始が大正一四年（一九二五）から、また草稿が成ったのは昭和二年（一九二七）の「十月」と記されている。一方、「翁の発生」については、「第十章までの前半部分は、昭和二年十一月十二日に行われた、民俗芸術の会第三回談話会での四時間に亘る発表の速記録（北野博美筆記）を基に、筆者自身が書き下ろしたものである」とある。[*12]

「国文学の発生（第三稿）」を一〇月に書き上げ、「翁の発生」の前半部分のエッセンスは早くもその翌月に語っている。両者は完全に連続する一連の考察だった。しかも、両者の骨格が成った昭和二年の段階までに、折口は、自身の古代学を完成するために必要とされたフィールドワークのほとんどすべてを体験していた。もちろん、昭和二年以降も、折口は精力的に列島各地へとフィールドワークに出かけ、古代学をより深め、より磨き上げていく。しかしながら、「国文学の発生（第三稿）」と「翁の発生」の基礎が築かれたこの昭和二年までに、折口は、列島の南端、北端、中央部のそれぞれに現在に至るまでも残存し、生命を更新し続けている仮面祭祀の詳細を知ることができたのだ。

そのことによって、折口の古代学は一つの完成を迎えることになった。なぜなら、列島の周縁部である南と北、さらには奥深い中央部に残存している祭祀に共通点が見つかるのならば、その共通点こそが、列島の歴史の古層に存在していたと推定される固有信仰に直接つながっていくものであることに疑問の余地はなくなるからだ。「国文学の発生（第三稿）」も「翁の発生」も、折口が実際に体験した列島の南、北、中央に現在でも存続している仮面祭祀、異界にして他界から今ここに顕現してくる仮面の来訪神、あるいは、その仮面の来訪神を歌と踊りによって迎える祝祭に、一つの総合を与えるために書かれたものだった。

折口は、仮面の来訪神をまずはマレビトと名づけ、さらには「翁」と読み替えた。マレビトから「翁」へ。その過程を整理してみれば、以下のようになる。折口の古代学が完成へと向かう軌跡そのものでもある。

大正一〇年（一九二一）、第一回沖縄採訪旅行。折口は、そこで、聖なる女たちが海の彼方から聖なる神を招くマレビト祭祀の詳細を知る。折口が実際に訪れた沖縄本島の北端、山原《やんばる》地方で現在も行われているウンガミ（海神）祭祀やシヌグ祭祀に甚大な関心を抱きながら旅を続けていたことはほぼ間違いない。

大正一二年、第二回沖縄採訪旅行。折口は沖縄本島のみならず八重山諸島の中心である石垣島を訪れ、翁と媼に率いられた「祖霊の群行」（旧盆のアンガマ祭祀）を実際に体験し、簑笠姿の異形の神が他界であるマヤの国から各戸を訪れるマユンガナシ祭祀（マヤの神祭祀）、あるいは厳しい成年戒をすませた若者たちが赤と黒の巨大な仮面を着けることで二対の異形の「巨人」へと変身して祝祭が組織される仮面祭祀（赤マタ黒マタ祭祀）の詳細を、旅の同行者にしてインフォーマントたる喜舎場永珣から直接耳にしたはずである。

大正一三年、秋田男鹿半島採訪旅行。この年の一月、折口は、東京朝日新聞に掲載された正月行事の特集で、秋田に残る「奇習」、南島と同じくやはり仮面を着けた異形の巨人たる「春の鬼」たちが、小正月の深夜、集落の各戸を訪れるナマハゲ祭祀が存在することをはじめて知る。簑笠に身をつつみ異形の仮面を着けた「春の鬼」ナマハゲたちが跳梁する男鹿半島もまた列島の北、日本海へと突き出した突端部分にあった。列島の南と北に見出された仮面来訪神をめぐる祭祀が細部まで一致したのである。同じ年の八月、折口は男鹿半島の付け根に位置する船川に友人の澤木梢（四方吉）を訪ねる。ナマハゲ祭祀の詳細について尋ねたと推定されている。[*13]

大正一五＝昭和元年、「花祭り」と「雪祭り」の見学——なお、折口がこれらの祭祀が行なわれていることを知ったのは南島調査以前の大正九年にまで遡る。大正一五年の一月、折口は、地元に生まれた画家にして民俗学を志した早川孝太郎に導かれて三信遠（三河＝愛知、信濃＝長野、遠江＝静岡）の境界に近い奥深い山間部、愛知県北設楽郡の村々に伝わる霜月神楽、「花祭り」をはじめてその目にする。年が窮まった真冬の深夜、巨大な鉞をもった「山の神」たる巨大な鬼が出現し、祭りを主催する禰宜と問答を繰り広げ、「反閇《へんばい》」を踏むことによって祭りの境域を浄化する。夜を徹して歌と踊りが繰り広げられる独特な仮面祭祀が執り行われていた。

「花祭り」をはじめて目にしていた折口は、山を一つ越えた長野県下伊那郡の新野で営まれているもう一つ別の仮面祭祀、伊豆権現で行われる「雪祭り」を連続して見学する。その行程は「雪祭り」から「花祭り」へ、「花祭り」から「雪祭り」へという過酷なものであった。同行した早川が、「極端な自己虐待」の採訪旅行、と評したほどである。[*14]「雪祭り」では、「花祭り」と同様、明け方に鬼たちも頼りなげなその姿をあらわすが、深夜、大松明に火が灯されてまず登場するのは、鬼とはまったく異なった存在、「神ともお化けとも説明の出来ない」不可思議な仮面、「生産を豊かにする力のある霊的なもの」を象徴する仮面を着けた「さいほう」であった。「さいほう」は、おそらくは男根をあらわす棒をもち、頭からも細長い棒を突き立てていた。そして、ただひたすら、明らかに性的な含意をもった豊饒の踊りを、これでもかこれでもかと繰り返していく。「さいほう」がようやく姿を消すと、今度は、「さいほう」と良く似た「もどき」――字義通り「真似する者」の意である――があらわれ、「さいほう」の踊りを模倣しながらも徐々に崩していく。そして「もどき」もまた、延々とその滑稽な踊りを繰り返す。

さらには、「花祭り」にも「雪祭り」にも、鬼とともに翁もまた、その姿をあらわしていた。鬼と翁、あるいは「さいほう」と「もどき」。折口の前には、分身のように良く似ていながら、鏡像のようにまったく正反対でもある存在が、繰り返し、出現しては消え去っていったのである。折口は、芸能の本質に、「差異と反復」にして「反復と差異」を見出したのだ。

「国文学の発生（第三稿）」と「翁の発生」は、ここにあげたすべての仮面祭祀、列島の南、北、中央で見出された仮面祭祀のすべてを総合的に論じようとしていた。ただし、折口の「花祭り」と「雪祭り」体験以前から書き始められた「国文学の発生（第三稿）」では、当然のことながら、南島の来訪神マレビトによる仮面祭祀の方にやや重点が置かれ、「花祭り」と「雪祭り」体験以降に書き始められた「翁の発生」では、列島中央山間部の鬼と翁による仮面祭祀の方により重点が置かれていた。「花祭り」と「雪祭り」を一つに総合したような「もどき」の芸能、静岡県浜松市水窪《みさくぼ》の「西浦《にしうれ》田楽」の発見も大きい（昭和二年一月）。さらに「翁の発生」は、その内部にも一つの切断線が引かれていた。

昭和二年の一一月、民俗芸術の会で四時間にもわたって折口が論じた「翁」は、「翁の発生」の前半部分を構成するものでしかなかった。講演筆記に手を入れて成ったその論考は、雑誌『民俗芸術』の創刊号（昭和三年一月号）の巻頭に掲載される。しかし、折口はそれに満足することなく、第三号（同年三月号）に続篇を発表する。その冒頭、現行では「翁の発生」の後半部分のはじまりである第一一章「ある言ひ立て」に、折口は、こう書き残していた[*15]――「以上の夜話の後、私どもは、山崎楽堂さんの「中楽の翁」を聴かして貰ひました。其理会と愛執とから出て来る力には、うたれないでは居られませんでした。此続き話なども、大分、其影響をとり込んで来さうな気がいたします」。

折口が「翁の発生」の後半部のはじまりに記した言葉を引き継ぐようなかたちで、山崎楽堂の講演筆記、「中楽の翁」もまた、『民俗芸術』の第五号、第六号、第七号、第九号、第一二号の五回にわたって掲載されることになった。山崎楽堂（一八八五―一九四四）は、各流派の能楽堂の建築を手がけた建築家であるとともに能楽の研究者であり、能楽の実践者でもあった。もちろん民俗芸術の会の会員でもある。折口が、能楽が確立される遥か以前の古代から「翁」の発生に迫ろうとしたのとは対照的に、楽堂は能楽が確立されて変容した現在の「翁」（中楽の「翁」）からその起源に迫ろうとした。

折口の「翁の発生」と楽堂の「中楽の翁」は、連続する二つの講演だった。折口は、楽堂が「中楽の翁」で述べた見解をも消化吸収するかたちで、「翁の発生」の後半部分にあらためて取り組んでいったのである。「翁」は、世阿弥以来、能楽の起源に据えられた特異な演目だった。楽堂はその「翁」のもつ特異性を抽出することに成功した。「翁」は能楽以前に位置づけられる。そこでは能楽以前のさまざまな対立が一つに調停されている。シテとワキ、白い翁と黒い翁、聖なる能楽と俗なる狂言、神の仮面と人間の肉体、舞いと踊り、天空と大地、足と手、静と動、等々が。

折口は、楽堂によって抽出された「翁」のもつ特異性を、「花祭り」に出現する鬼と翁から、あるいは「雪祭り」と「西浦田楽」に出現する「もどき」から、解釈し直そうとしたのだ。「翁」は、能楽だけではなく、文楽においても、歌舞伎においても、そのはじまり――現在では初春――に演じられている。つまり列島に存続している伝統芸能すべての起源に位置づけられる演目だった。折口が、大学の講座としてはじめて「芸能史」を開講する者となったのは偶然ではなかった。折口の古代学は芸能の発生学として完成したのである。その芸能の発生学が同時に権力の発生学でもあった点に、折口信夫の思想のユニークさが存在する。そして柳田國男は、おそらくはその点を、最も許し難く思っていたはずである。

折口信夫の二度に及ぶ沖縄採訪旅行は、柳田國男が『海南小記』に記した見解を、創造的に反復するものだった。柳田は、海の彼方から「遠く来る神」を論じ、祝祭のなかで祖霊たる「二色人」に変身する若者たちを論じていた。折口は二度とも沖縄本島北部の山原地方（「国頭」）に足を踏み入れている。現在でもそれほど交通の便が良いとは言えない場所である。当時はより困難をきわめたはずだ。後の「花祭り」や「雪祭り」の採訪のように、折口は、同行した者たちがあきれ果てるほどの情熱をもって、山深い山原地方を走破していった。柳田とは異なった折口らしい「旅」の方法である。

折口が訪れた大宜見《おおぎみ》村の塩屋は、内陸に海が深く入り込み、巨大で複雑な湾をなしていた。柳田が『海南小記』に記した汀間をより大規模にしたような環境である――「汀間の入江の岸には、歌で名高い汀間の神アシアゲがある。壁も簀子も無い森閑たる建物で、二列に繞つた沢山の柱の間から、遠い大洋の水が眺められる。初夏の暁の静かな海を渡つて、茲に迎へらるゝ神をニライ神加奈志と島人は名づけた」[*16]。汀間のちょうど反対側に位置する塩屋では、旧盆明けの「亥」（猪）の日、聖なる女（神人）たちが、その湾の奥に位置する集落の聖地（神アシャゲ）で聖なる山の獣である猪を狩る儀礼を執り行うとともにウンガミ（海神）を迎え、さらに海へとむけて、三つの集落の三つの聖地（神アシャゲ）を順に経めぐる行進を開始する。聖なる女たちの行進と並行して、集落の男たちもまた、それぞれの舟

（爬龍船）に乗り込み、湾の入口への到達を競う。集落の女たちは湾の入口となる水のなかに身を浸しながら男たちの舟を迎える。そして最後に、聖なる女たちは浜へと出て、聖なる海の獣である鯨を捕獲する儀礼を執り行うとともに、おそらくは山で迎えた神を海へと送り返す。山と海が、動物と人間と神が、聖地を構成する樹木と石が、山から神を迎え海へと神を送る祝祭のなかで一つにむすばれ合う。

折口はさらに国頭村の安波《あは》と安田《あだ》も訪れている。この両地でも、旧暦七月のやはり「亥」の日、シヌグという独特の祭祀が執り行われていた。安田のシヌグ祭祀は、次のような一連の儀礼を経る。海に面した集落の中心にある聖地（神アシャゲ）から、藁で編んだ縄を頭に巻いた集落の男たちが三つの組に分かれ、それぞれの集団で山へと入って行く。山から海へと流れ出る川を何本か越え、森のなかの聖なる広場に到達した男たちは、そこで全身に草をまとい、木の杖をもち、太鼓の音に合わせて旋回しながら歌い踊る。森の精霊へと変身した男たちは、それぞれの方向から集落へと戻って来る。集落に入る手前の橋で合流した男たちは、橋のたもとで男たちの山からの帰還を待ち望んでいた女たちを、聖化された杖で叩き、浄化する。男たちは、さらに聖なる女（神人）たちが待つ聖地へと向かい、海へと向かう。浜辺に勢揃いした森の精霊たる男たちは山々を拝し、海を拝し、海のただなかへと入って行く。海のなかで身にまとった草を流し去る。男たちは山で神に変身し、女たちに迎えられ、海へと送り出される。男たちが山に入って帰還してきた日の夜、今度は女たちだけが、何ものかを招くように、歌と踊りの環をつくり、それを繰り返す。シヌグの夜の舞い、「ウシンデーク」である。

折口は、ウンガミ祭祀やシヌグ祭祀を実際に見ることはできなかった。しかし、折口が残した採訪手帖のなかにはウンガミ祭祀を行う比地《ひじ》や塩屋、シヌグ祭祀を行う安波や安田といった地名が記され、それらの地に深い関心を抱き、実際にも訪れていたことが分かる。また、後に折口は、古老の伝える通りにシヌグの扮装をしてもらった、つまり全身に草をまとって森の精霊となった安波と安田の青年たちの写真（大正一三年一月という日付が記されている）を送ってもらい、大切に保管していた。

ウンガミ祭祀とシヌグ祭祀が一つに重なり合った地点に、折口信夫のマレビト論の起源が築かれた。それは、いまだに儀礼の細部が神秘のヴェールに包まれている赤マタ黒マタ祭祀の秘密、祝祭のなかで人が神と成ることができる秘密、「聖なるもの」が今ここに顕現してくる秘密を解き明かしてくれるものでもあるだろう。何度も繰り返すようであるが、少なくともこの地点までは柳田國男と折口信夫の目指すところは同じであり、研究の主題や方法においても足並みを揃えていた。誰もが、折口が提出したマレビト論は柳田の山人論を補完するものになると考えていた。

だがしかし、柳田國男は折口信夫のマレビト論、自らの学説の最も創造的な「もどき」を否定したのだ。柳田による否定の裏にはさまざまな要因が考えられる。その最大のものは、おそらくは、柳田が折口の駆使するアナロジー的な思考方法、異なった事物同士の間に「類似」を鋭く探りあてていく直観的な「類化性能」[*17]に危険性を感じたためであろう。アナロジー的な思考方法は芸術家にとって必要不可欠なものではあるが、研究者にとってはまったく不用なもの、あえて捨て去らなければならないものだった。

アナロジー的な思考方法だけでは、学問は決して成り立たない。フィールドワークによって列島の南端と北端に発見された仮面祭祀同士の比較ならば可能であろう。しかし、その仮面祭祀の在り方と、現在も列島の山間部で行われている神楽や田楽、さらには中世末期に芸術的に極度に抽象化されて完成した能楽までをも同一の地平で比較し、そこに「類似」を見出すのは、もはや学問ではない。能楽、そして神楽や田楽でさえも、文献資料に拠る限りは、その起源を近世まで、あるいは中世末期の神仏習合の時代にまでしか遡っていくことはできない。折口のいう「古代」までには、あるいは固有信仰までには、とうてい届かない。

柳田はこの「時」、民俗学という新たな学問の基盤を整備しようとしていた。そのためには、折口が駆使する「類化」の方法は、有益な部分もあるが危険な部分の方が大きいと判断していた。柳田自身が後にそう述懐している。柳田の研究対象も、初期の「山人」から後期の「常民」へと転換しようとしていた、まさにその「時」でもあった。山地の非日常を生きる狩猟採集民の末裔たる「山人」ではなく、平地の日常を生きる稲作農耕民の末裔である「常民」へと。「山人」は日常の社会体制の外側に位置し、その芸能は、やはり日常の社会階級の外側――天皇と乞食――を通して伝えられていった。柳田による山人論の放棄と、折口の提出したマレビト論の否定は完全にパラレルになっている。[*18]

ウンガミ祭祀もシヌグ祭祀も、明らかに「山人」たちが行っていた狩猟儀礼の痕跡を色濃く残すものだった。新進気鋭の農政学者であった柳田國男が民俗学という新たな学問を創出するきっかけとなったのは、宮崎県の奥深い山中、椎葉村で狩猟と焼畑に従事している「山人」たちが創り上げたユートピア的な共同生活を知ったことにあった。「山人」たちは人間が属する俗なる世界、平地の日常の生活と、「山の神」が支配する聖なる世界、山地の非日常の生活の境界を生きていた。人と神は二つの世界の境界で出会う。その境界の地において、山の神は「山人」たちに聖なる獲物を贈与し、「山人」たちは山の神に絶えずその聖なる獲物の贈与に対する「返礼」、精神的かつ物理的な供物を捧げ続けなければならなかった。

椎葉村の「山人」たちの狩猟儀礼の詳細をまとめた『後狩詞記』から『石神問答』、『遠野物語』へと一気に書き上げられていった一連の著作のなかで、柳田が一貫して探究していたのは、「山人」と「山の神」との関係である。「山の神」は、記紀神話で決して正面から語られることのない正体不明の神である。しかも不可視の非日常的な聖なる世界と、可視の日常的な俗なる世界の境界に、その姿をあらわす。境界は両義的な場所である。その境界に出現する神もまた両義的な性格をもっている。境界を守護し幸福をもたらしてくれるとともに、善悪という基準では判断することのできない両義的な力を解放してしまう荒ぶる神であった。「山の神」は「荒神」と呼ばれることも多かった。「山人」たちは、そうした荒ぶる「山の神」を鎮めるための祝祭を、季節が移り変わる境界の時――太陽の力が最も強くなる夏至か太陽の力が最も弱くなる冬至――に組織していた。祝祭のなかで「山人」たちは荒ぶる「山の神」に変身するとともに、その荒ぶる「山の神」が解放してしまう両義的な力を鎮めるための方法、歌と踊りからなる原初の演劇、「神楽」を編み出していた。柳田が『後狩詞記』で考察の対象とした宮崎県の椎葉村の「山人」たちも、『遠野物語』で考察の対象とした岩手県の遠野郷の「山人」たちも、そうした「神楽」の伝統、椎葉神楽と早池峰神楽を現代にまで伝えてくれる集団であった。

椎葉神楽も早池峰神楽も、その中核には、荒ぶる「山の神」である「荒神」を鎮めるための作法、力強く大地を踏みしめる「反閇」が位置づけられていた。折口が「鎮魂」とともに列島の芸能の根幹に据えた作法である（『日本芸能史六講』）。椎葉神楽や早池峰神楽に見られる、土地の精霊を圧倒するために外から招かれた「異神」であるとともに、ある部分までは土地の精霊そのものでもあるという二重性をもった「山の神」という構造が、「花祭り」にも「雪祭り」にも共有されていた。「山の神」は神であるとともに「もどき」なのだ。彼方から招かれた聖なる神が、土地の精霊を屈服させる。折口が、「神と精霊の対立」というマレビト論のさらなる展開を提示するのも、「花祭り」と「雪祭り」を見学した直後からのことだった。その最も早い例が、雑誌『日光』の大正一五年三月号に発表された「歌舞伎芝居の成立」であろう。[19]折口は、歌舞伎の起源に、猿楽の「もどき」を見出している——「猿楽では多くの場合、「もどき」が狂言或は「をかし」と称へ替へられて居る。畢竟、わが国古代の信仰に現れた「神」と「精霊」との問答の演劇化したもの」である、と。

折口が「花祭り」や「雪祭り」に熱狂したのに対して、柳田はきわめて冷淡な態度をとり続けた。それは山人論を放棄し、マレビト論を否定したことと完全に対応している。もちろん、椎葉神楽も早池峰神楽も、あるいは「花祭り」や「雪祭り」も、その起源を「古代」まで遡っていくことは不可能である。きわめて古い要素がそのなかに残存しているかもしれないが、きわめて新しい要素を取り込んでかたちをなしていることもまた疑いようのない事実だからだ。ただ、そのなかでも、椎葉神楽には狩猟儀礼と通じ合う要素がいまだに生々しく残っていた。猪を解体して神に捧げ、その肉を参加者で共食するからだ。神と、神に捧げられた聖なる獣と、人間が一体化する。つまり、「ヒエロファニー」が祝祭として組織されていたのだ。しかし、そうした椎葉神楽にしても、その中核を担っていたのは、中世の神仏習合期に生み落とされた新たな山の宗教、山岳修験と密接な関係をもった人々であった。修験道との関係は、早池峰神楽においても、「花祭り」や「雪祭り」においても、同様に、非常に濃厚である。あるいはナマハゲ祭祀においても。[20]折口にとっては、「美的な乱暴を創始した」無頼の徒の芸術、歌舞伎の発生においても。[21]

折口信夫の古代学、あるいは折口信夫の「類化性能」にもとづいたアナロジー的な思考方法は、果たして、事物の純粋な「古代」あるいは事物の純粋な起源を求めるために適したものであったのだろうか。おそらく、そうではあるまい。南と北に大きくひらかれた無数の島の連なりからなるこの「列島」において、純粋な「古代」や純粋な起源を探ることはそもそも不可能なのだ。列島では、あらゆるものが一つに入り混じる。そうした習合状態のなかから、ある種の「原型」的なものが立ち上がってくる。宗教の原型、あるいは芸能の原型、さらには権力の原型。折口信夫のアナロジー的な思考方法は、そうした原型的なものを探るためには最も適した方法であった。

諸芸能の起源を探るためにアナロジー的な方法を駆使したのは折口信夫だけではない。能楽の大成者である世阿弥もまた、そうであった。世阿弥は、能楽の始原、あるいは能楽者たちの祖に「荒神」を据えたのである。列島の「山人」たちが現在でも執り行っている神楽の中心に据えられた「荒神」と同じものである。また折口が記紀神話では神学化されて失われてしまった「古代」を探るための特権的な資料とした風土記、特に柳田國男の生地をそのなかに含んだ『播磨国風土記』のあちらこちらに記された境界の地、「峠」に鎮座するという荒ぶる神（「荒神」）と同じものである。さらには柳田國男の手になる『播磨国風土記』の注釈書と考えることも可能な『石神問答』で抽出された境界に立つ石神、サカ（シュク）の神である「荒神」と同じものである。

世阿弥は、これまでの猿楽の歴史を概観した『風姿花伝』の「第四神儀云」において、猿楽の起源を、まずは神代の岩戸神楽に求める。次いで、天竺に求める――「仏在所には、須達長者、祇園精舎を建てゝ供養の時、釈迦如来、御説法ありしに、提婆、一万人の外道を伴ひ、木の枝・篠《ささ》の葉に幣《しで》を付けて踊り叫めば、御供養伸べがたかりしに、仏、舎利弗に御目を加へ給へば、仏力を受け、御後戸にて、鼓・唱歌をとゝのへ、阿難の才覚、舎利弗の智恵、富楼那の弁舌にて、六十六番の物まねをし給へば、外道、笛・鼓の音を聞きて、後戸に集り、是を見て静まりぬ。其隙に、如来供養を伸べ給へり。それより、天竺に此道は始まるなり」[*22]。

踊り叫ぶ外道たちを従わせ、釈迦の説法を可能にするために「後戸」[*23]から鳴り響く笛や鼓の音。さらには仏弟子たちによって行われる「六十六番の物まね」。そこから猿楽がはじまったのだ。そして世阿弥は、天竺にはじまった猿楽をはじめてこの列島に伝えてくれた自分たちの祖、秦の始皇帝の生まれ変わりであり、洪水の大河を漂う壺から地上に再臨した秦河勝の生涯の軌跡を語ってゆく。河勝は最後に、境界の地で荒れ狂う「荒神」に変貌を遂げるのである——「彼《かの》河勝、欽明・敏達・用明・崇峻・推古・上宮太子に仕へ〔奉り〕、此芸をば子孫に伝へ、〔化人〕跡を留めぬによりて、摂津国難波の浦より、うつほ舟に乗りて、風にまかせて西海に出づ。播磨の国坂越《しゃくし》の浦に着く。浦人舟を上げて見れば、かたち人間に変（れ）り。諸人に憑き祟りて奇瑞をなす。則、神と崇めて、国豊也。「大きに荒るゝ」と書きて、大荒大明神と名付く」。

この「荒神」の子孫たちによって、一日では勤めがたい「六十六番の物まね」は「式三番」（「翁」）として集約されることになった。世阿弥が述べているのは、ここまでである。秦河勝、坂越（サコシ＝シャクシ、すなわち「坂」）という境界の場所でさまざまな人に憑依し荒れ狂う神。その正体不明の神はおそらく列島の外に出自をもっている。なぜなら、秦河勝とは、帰化人のなかでも最大の集団を率いていた者だったからだ。芸能の起源は列島の外、朝鮮半島もしくは中国大陸にあり、それが列島の内で変容し、成熟したのだ。

世阿弥の女婿となった金春禅竹は、長らく秘伝の書であった『明宿集』のなかで、神話の象徴論理とアナロジー的な思考方法を突き詰め、驚くべき結論を下す。生と死の中間地帯である境界——坂（サカ）にして宿（シュク）——に宿る神こそ、能楽者たちの守護神たる「宿神」（シュクジン）だったのである、と。「荒神」は「宿神」であり、「翁」でもある。禅竹にとって「荒神」「宿神」「翁」はすべて等しい存在であった。そのことが猿楽の起源に隠されていた秘密だった。禅竹はさらに続ける。「翁面」と「鬼面」は等しい。つまり、「翁」は鬼と一体であり、永遠の生命、「父母未生以前、本来ノ面目」を象徴する。そうした「翁」こそ、万物の中心に位置している。だから、この世界のありとあらゆるものは「翁」の分身としてあり、それゆえまた、動物・植物・鉱物など森羅万象のすべては「翁」を介して相互に密接な関係を取り結び、互いに「変身」することが可能になる——「真実翁ノ理相ニ於キテワ、アルトアラユル所、百億ノ須弥、百億ノ日月、山河大地・森羅万像・草木瓦石等ニ至ルマデ、ミナコノ分身・妙用ナラズト云事ナシ」[*24]。

折口が確立することを目指した、無限に多様なるものの種子を自らの内に孕み、さらに森羅万象あらゆるものを一つにむすび合わせる「神」の姿を先取りするものでもあるだろう。折口の芸能史を最も創造的に引き継いだ服部幸雄は、その起源の神を、禅竹の『明宿集』の力を借りて、翁の力と鬼の力を兼ね備えた「後戸」の神、摩多羅神とした。摩多羅神の名は、折口の「花祭り」論、「雪祭り」論のなかにすでに記されている。折口は、『明宿集』を読むことができなかった。『明宿集』が発見されたのは、折口没後の昭和三九年初夏のことだったからだ。しかし、その本質は、驚くほど正確に把握していた。フィールドワークにもとづいた自身のアナロジー的な思考方法と、山崎楽堂の「申楽の翁」を通して。*25

楽堂は、「申楽の翁」をはじめるにあたって、すでにこう記すことができた。「翁」は昔から神聖視されてはきたが、その成立の謎を解く手がかりはほとんどないに等しかった。ただ、「世阿弥の語り遺したこと、若しくは金春禅竹（これは世阿弥の娘婿です）の書いて置いたもの」などに頼る他には、と。楽堂は続ける。私は、「翁を以つて、能楽の最も古い型だとはしない」。そうではなく、「翁は翁以前の色々な芸術の断片が流れ集つてからいふものになつた、即ち申楽以前の芸術の最後のものであるとします」と。「翁」は、あらゆる芸能のアルファにしてオメガとして存在するものだった。

それでは、「翁」（古くは「式三番」）とは、一体どのような演目だったのか。流派によって細かな差異は存在するが、最大公約数的に要約するならば、こうなる。「翁」では、まず面を着けない（直面）の千歳が、若々しい謡と舞いで舞台を清める。その後、舞台の上で白い翁面（白式尉面）を自ら着けた「翁」が立ち上がり、ゆったりとした祝福の舞いを続けてゆく。「翁」の舞いが終わると、舞台で面を取り、千歳も「翁」も、ともに退場してゆく。その後、狂言方がつとめる三番叟《さんばそう》が舞台中央に出て、まずは面を着けずに激しい舞（揉ノ段）を舞う。その舞が終わると、三番叟は黒い翁面（黒式尉面）を着け、面箱持ちと滑稽なやり取りを交わし、やがて鈴を手にもつと、またも激しい舞（鈴ノ段）を舞う。舞が終わると三番叟もまた舞台で面を取り、退場する。

白い翁の静かな舞いを、黒い翁が激しく反復する。白が能だとすれば、黒は狂言。そしてこの「翁」という演目のみ、役者たちは面を舞台の上で、自ら着ける。「翁」は、能とも狂言とも異なった古型の舞い、両者の祖型となった豊饒を祈る祝禱の芸能であった。楽堂は、そう主張したいかのようだ。楽堂は、さらにこう指摘する。この「翁」という演目で最も重要なのは「翁」の面なのだ――「翁面は一つの仮面であると共に、それが翁といふ一つの神格そのものでもあるのであります。即ち仮面が仮面でなく、直ちにそれが神霊であり、神格であります。故に、翁面といふこと其事が、取りも直さず祝福の神魂を意味してゐます」。だからこそ――「かく、箱の内に秘め蔵められたる翁面――神魂が、そのまゝまづ舞台に持ち出される、人の手に捧げられて持出される。これ即ち翁が渡るのでなくて、翁が渡されるといふ所以であります。／さてそれより、その翁面が箱から取出され、秘められた神魂が外界に顕れ、人間の顔に着られて、シテが翁となり、人が神となる」。

翁とは仮面そのもののもつ生命であり、その生命の仮面は、神という霊魂そのものでもある。仮面を舞台で着けるたびごとに、人は神となり、時間も空間も始原へと回帰する。世阿弥と禅竹が強調した芸能の真実であり、また、折口が南島の仮面祭祀に見出した芸能の真実でもある。マレビトは翁として再生するのだ。楽堂は、白い翁と黒い翁の関係に、あらゆるものの「対立と和合」を見出す――「斯く対立とは申すものゝ、半面には和合の意味を備へてゐることを決して見逃がしてなりません。それを見逃がしては黒と白との別ちが不都合になります。言ひ換へれば、黒白とは陰陽の義に外ならないと解するのであります。然れば、対立といふよりも対応でありまして、対照と応合、これ表裏和合の意であります」。

白と黒、翁と鬼、能と狂言……。「翁」はあらゆる対立を一つにむすび合わせる。

折口は、その「翁」の舞台に、「雪祭り」から抽出した「もどき」の過剰な反復を重ね合わせる[26]――「信州新野《ニヒノ》の雪祭りに出るしょうじっきりと言ふ黒尉は、其上更に、もどきと言ふ役と其からさいほうと称する役方とを派生してゐます。此は、多分才の男系統のものなる事を意味する役名なのでせうが、もどきの上に、更に、さいほうを重ねてゐるなどは、どこまでももどきが重なるのか知れぬ程です。畢竟、古代の演芸には、一つの役毎に、一つ宛のもどき役を伴ふ習慣があつたからなのです」。折口は黒い翁の側、「もどき」の側に芸能の起源を幻視していた。

「もどき」が「もどき」に重なり合う。「翁」の起源は芸能の起源に通じる。しかしながら、その起源の場所には、ただ差異を生み出す反復だけしか存在していなかった。反復によって起源は徹底的に粉砕されてしまう。過去も未来も存在しない、ただ現在にだけ回帰してくる未知なる「もどき」の演劇、未知なる「もどき」の舞台だけが存在していた。「始原のもどき」*27——建築家の磯崎新が伊勢神宮を評した言葉がそのまま「翁」にもあてはまるようだ。権力は隠された始原を反復することによって、その力を得る。

伊勢神宮とは、天照大神を祀る皇大神宮（「内宮」）と豊受大神を祀る豊受大神宮（「外宮」）という二つの巨大な宮から成り立っている。それぞれの宮には複数の建物が付属する。その二つの宮は、付属する建物群とともに、二〇年に一度行われる式年遷宮によって、現在の正殿に隣接する空虚な地に新たに構築し直される。二つの鏡像のような宮が「空」を経て転生し、さらにまた、その「空」へと壊滅していく。一対の分身から、無数の鏡像が生まれ、無数の鏡像は一対の分身へと回帰する。過去と未来は現在という一点に縮約され、差異性と同一性は混交し、起源（オリジナル）をもたない模像（コピー）たちが乱舞を繰り広げ、そのすべてが起源に存在する「空」の反復によって消滅させられる。

しかもその伊勢の起源には、父たる天皇から権力の源泉である祖霊を憑依させられ、都を追放された娘たちが存在していた。崇神天皇は娘である豊鍬入姫《トヨスキイリビメ》にアマテラスを憑《つ》け（「託《つ》け」）、重仁天皇はそのアマテラスをあらためて自らの娘である倭姫《ヤマトヒメ》に憑《つ》け（「託《つ》け」）、都を追放する。倭姫は「常世の波」が打ち寄せる伊勢にたどり着き、アマテラス自身の託宣により、そこにアマテラスを鎮座させる。「反復」の起源には「憑依」があった。王と娘たち、あるいは兄弟と姉妹という「対」に担われた「憑依」が。天皇はその「憑依」を自ら切り捨てたのだ。列島の「をなり神」を祀る斎官制がはじまるのはそこからだった。

折口信夫が、「翁」の「もどき」として抽出してきた芸能の原型は、ミコトモチの「天皇」として抽出してきた権力の原型と深く共振する。さらに、折口が何ものかに取り憑かれたように見続けた「花祭り」の起源には、芸能と権力がよりダイナミックに交錯する一つの装置が隠されていた。そこでは天皇の即位儀礼とほぼ同様の儀礼が「鬼」たちによって執り行われていたのである。折口が「花祭り」をはじめて見学したのは大正一五年（一九二六）の一月のことであった。そのとき折口を、自身の故郷で行われている「花祭り」に案内した早川孝太郎は、数年後、二巻からなる大著『花祭』を刊行する（一九三〇年）。折口は、その巻末に長文の解説を寄せる。[*28]

『花祭』の前編では、現在も一晩を通じて実際に行われている「花祭り」の詳細が記録され、後編では、現在では廃絶してしまった「花祭り」の源泉、数年ないし数十年に一度、数日数夜をかけて行われる「大神楽」の詳細が復元されていた。「大神楽」では舞台の中心に「白山」という装置が作られ、そこで人生に四度出会う「大事」を無事に乗り切るための秘密の儀式が行われていた。「鬼」は「白山」を切り開くために登場する。なおかつ「花祭り」の一つの源泉となったと推定される伊勢大大神楽でも閉ざされた「山」を模した神座が造られ、そこには「真床襲衾」と名づけられた天蓋が吊されていたのだ。「真床襲衾」とは、折口が天皇の再生＝復活のために見出した装置そのものである。それが「芸能」を成り立たせる場の中心に立ち現れたのだ。

折口信夫は、「山の霜月舞」で、「大神楽」について、こう述べていた――「此神楽で、先注意しなければならぬものは、伊勢の神楽の真床襲衾にあたるものを、こゝでは白山《シラヤマ》と言うてゐる事です。此に這入つて生れ出る式があつたのです」。そこで行われているのは山伏たちが行っている「魂を身に著ける、復活の儀式」、すなわち「鎮魂」であった。「鎮魂」と「反閇」は、折口の芸能論の核であり、同時に天皇論の核であった。

山本ひろ子は、大神楽の「白山」をあまりにも安易に民俗学的な死と再生の装置と捉えることを強く批判している。[*29]山本は、『花祭』後編に復刻された「花の本源」という祭文を読み直す。そして、そこに神仏習合的な時空がひらかれていたことを確認する。「白山」は極楽浄土をこの地上に顕現させる「黄金の曼荼羅堂」でもあった。アマテラスが死と再生を体験した天の岩戸は、密教的な宇宙の母胎、胎蔵界曼荼羅に重ね合わされていた。「白山」では「水」による神仏習合的な復活の儀式、「神祇灌頂」が行われていたと推定される。「神の子」は「白山」で擬死を体験し、胎蔵界である母の胎内に入り、「仏の子」として再生するのである。

「神の子」は、このような重層的な母胎のなか、黄金の曼荼羅の中心で、天と地をつなぐ聖なる樹木として、さまざまなものを一つにむすび合わせ、さまざまなものに変身する「大法蓮華の花」として育てられる。そして中世の天皇たちもまた、「神祇灌頂」と等しい密教的な「即位灌頂」を通じて強大な王者となっていった。天皇がその「灌頂」

を受けて変身するのは、男身と女身が一体化した「双身」であり、あるいは、ダキニ天として崇められている「異類」であった。天皇は両性具有者として、あるいは神にして獣でもある存在として、芸能という舞台に、そして権力という舞台に、その姿を顕すのだ。「花祭り」の「神の子」として再生する芸能者＝乞食と、「双身」にして「異類」である天皇の背後には、「異神」として列島に伝えられた「宿神」としての摩多羅神、すなわち猿楽の起源に位置する「翁」が存在していたのである。[*30]

1　松浦寿輝『明治の表象空間』（新潮社、二〇一四年）の主題をまとめたものである。

2　後に歴史学者の網野善彦が、中世日本における「非農業民と天皇」の関係として提起した問題でもある。網野がいう「非農業民」とは広義の「職人」、海民・山民をはじめ、商工民・芸能民を指している。土地に定住をせず移動を重ねる「職人」たちと「天皇」は密接な関係をもっていた。最もポピュラーな著作としては『異形の王権』（平凡社、一九八六年）があり、最も専門的な著作としては『日本中世の非農業民と天皇』（岩波書店、一九八四年）がある。いずれの著作においても網野は「民俗学」を、歴史学が参照すべき最も重要な学として位置づけている。網野の歴史学は厳密な史料読解にもとづいたものである。しかし、その源泉に折口信夫的な直観、あるいは折口信夫の営為そのものを想定することも、それほど的はずれではないと思われる。

3　執筆順に整理してみれば、以下の通りである。「国文学の発生（第一稿）」（大正一三年四月発表）、ホカヒの初出。「国文学の発生（第二稿）」（大正一三年六・八・一〇月発表）、ホカヒビトとマレビトの初出、実質的にはホカヒビト論。「国文学の発生（第三稿）」（「昭和二年十月草稿」、実際には大正一四年から昭和二年にかけて執筆されたと推定）、いわゆるマレビト論。「国文学の発生（第四稿）」（昭和二年一・二・一一月発表）、ミコトモチの初出、ホカヒビト論の完成。「神道に現れた民族論理」（「昭和二年十一月、講演速記」、ただし疑義が提出され実際には昭和二年の一〇月頃までに執筆と推定）、いわゆるミコトモチ論。折口信夫の考察のなかで、ホカヒビトからマレビトを経てミコトモチが生まれ出てくる軌跡を確認することができる。前掲『折口信夫事典　増補版』には吉田修作の執筆になる「ほかひ・ほかひびと」の項目があり、大きく参照している。

4　折口信夫の論述には、ときとして前後で相矛盾するような見解が述べられることがある。ホカヒビトとホカヒについては、混乱を避けるため「国文学の発生（第四稿）」に限定して引用し、その類型を抽出しておく。引用箇所は『全集』1・二一〇、一二五、一三六。なお、最後に述べられている「神と精霊の対立」が成立した時点に折口学の画期をみる論者がいる。中村生雄の著書『折口信夫の戦後天皇論』（法藏館、一九九五年）、特にその第Ⅱ部である。中村は「神と精霊の対立というパラダイム」と整理しているが、そのモデルとなったのは、おそらく「花祭り」をはじめとする「山人」たちの神楽である。折口が、「空想」によって創り上げた抽象的な「構造」ではなく、明らかに現実のモデルが存在していたのである。なお、井上隆弘によれば、折口が「大嘗祭の本義」にいう、一夜のうちに「秋祭り・冬祭り・春祭り」が行なわれていたという説も、長野県天龍村の「坂部の冬祭」に想を得た可能性がある。井上隆弘「花祭研究の課題　折口信夫の花祭・霜月祭論を中心として」(『藝能』第二〇号、二〇一四年)。

5　この箇所の引用は、新『全集』にはじめて収められた草稿、「「ほ」・「うら」から「ほがひ」へ」(『全集』4・四四七)より、執筆は大正一三年頃と推定されている。折口信夫は、ステファヌ・マラルメのように、マックス・ミュラーの語根論を、独創的な詩的発生論として読み直しているのである。このヴィジョンは、研究者の科学的な分析ではありえず、あくまでも詩人の直観である。ただし、そこにリアリティが皆無であるわけではない。折口信夫は、現実の祝祭に二重写しとなるように言語の祝祭を見ているのである。先ほどの「神と精霊の対立」という問題を含め、そうした点に折口信夫「研究」の難しさが存在する。

6　「国文学の発生(第四稿)」より、引用箇所は順に、『全集』1・一四二および一四九。

7　「国文学の発生(第四稿)」より、引用は『全集』同・一七七。なお、神の聖なる霊魂を収める「箱」について、マルセル・モースも『贈与論』において、非常に印象的な一節を残している(吉田禎吾と江川純一による邦訳、一一一頁)。ポトラッチ、精霊に捧げる「供犠」すなわち聖なる消費が究極的には破壊にまで至ってしまう祝祭、を執り行っているアメリカ北西部の人々が「聖なるもの」としている財産は「箱」に収められている――「あらゆる部族において貴重品はすべて霊的な起源に由来し、霊的な性格を備えている。さらにこれらの貴重品は紋章のついた大きい箱に収められており、箱自体にもそれぞれ霊力が付与されており、装飾した内壁も生命ある存在である。所有者の魂を宿し、しゃべると言われている」。折口信夫のホカヒビト論は、マルセル・モースが『贈与論』の対象として取り上げたアメリカ北西部とメラネシアおよびポリネシア、つまり太平洋の北と南を無数の島々からなる巨大な一つの贈与の「環」として完成させる可能性を秘めている。

8　呪術的な詩から究極の権力が発生する様を幻視していたのは井筒俊彦である。「詩語論」、特に「言語と呪術」においてそのメカニズムを詳述する。

9　『全集』2・三七六。なお、折口のいうマレビトは南と北の仮面祭祀からのみ抽出されたものではなく、その起源には列島の「外」を生きる〈野生の人々〉、台湾の「蕃族」と総称される人々も存在していた。その詳細は「列島論」としてまとめた。

10　柳田『全集』3・六二七―六二八および七三三―七三四。

11　「翁の発生」より、『全集』2・三五〇。

12　「翁の発生」解題、『全集』同・四七五。

13　西村亨『折口信夫とその古代学』、三二八頁。西村によれば、折口の男鹿半島採訪旅行の日時の特定は、澤木四方吉の姪にあたる穂積生萩の考証にもとづく、とのことである。西村のこの著書は、『古代研究』刊行までになされた折口の旅、フィールドワークの実情を徹底的に追求した貴重な試みである。同じく西村の手になる「折口信夫の沖縄採訪」が収められた芸能学会編『折口信夫の世界　回想と写真紀行』(岩崎美術社、一九九二年)とともに、折口のフィールドワークを再検討するための第一級の参考文献である。

14　「雪祭り」の命名者は折口自身であるとも伝えられている。以下の引用は、最晩年の折口が岩波映画のためにシナリオを担当した「「雪祭り」しなりお」より、『全集』28・二四七。

15　『全集』2・三七四。

16　柳田『全集』3・二七七。

17　折口自身、自らの方法がもつ危険性をよく理解していた。『古代研究』に付された長文の「追ひ書き」には、こう記されていた――「比較能力にも、類化性能と、別化性能とがある。類似点を直観する傾向と、突嗟に差異点を感ずるものとである。この二性能が、完全に融合してゐる事が理想だが、さうはゆくものではない。／私には、この別化性能に、不足がある様である。類似は、すばやく認めるが、差異は、かつきり胸に来ない。事象を同視し易い傾きがある。これが、私の推論の上に、誤謬を交へて居ないかと時々気になる」（『全集』3・四七〇）。柳田の批判は核心を突いていたのだ。

18　柄谷行人は、前掲『遊動論』で、柳田が「山人」研究から「常民」研究へ転向したという通説を批判している。確かに、柳田の「常民」は「山人」を総合するようなかたちで成り立っており、柳田自身も「山人」的なものに対する関心を生涯失うことがなかったということは事実であろう。しかし、ここで述べたように柳田学の展開において、狩猟採集民たる「山人」から稲作農耕民である「常民」への力点の変化が存在したという従来の理解は、概ね正しいと考えている。

19　現在は「江戸歌舞妓の外輪に沿うて」の「二」として『全集』に収録されている（『全集』22・三三四）。折口の歌舞伎論としても最初期にあたる論考である。

20　ナマハゲ祭祀が行われている男鹿半島も、本山と真山という二つの山岳信仰の中心をもち、天台宗系の修験道が栄えた場所だった。しかしながら、柳田國男は、『雪国の春』のなかで、そうした神仏習合の宗教のなかにも、地方の固有信仰が姿を変えて生き残っていると述べていた。それは折口信夫が抱いていた想いでもあったはずだ。

21　「江戸歌舞妓の外輪に沿うて」をさらに展開させた「ごろつきの話」（一九二八年）で折口は、「かぶき」の起源に「ごろつき」を位置づけ、「花祭り」を維持している人々を参照しながら、「野ぶし・山ぶし」の集団からの発展を説いている（『全集』3）。

22　世阿弥の『風姿花伝』からの引用は、日本思想史大系24『世阿弥　禅竹』（岩波書店、一九七四年）から行う。ルビは一部だけ採用している。三八頁、三九頁。

23　能がはじまるこの「後戸」という場所をめぐって、一九七三年から書き継がれ、結局は没後に一冊の書物のかたちになった服部幸雄の『宿神論　日本芸能民信仰の研究』（岩波書店、二〇〇九年）によって、猿楽の起源、「翁」をめぐる研究は新次元に入った。服部は猿楽の起源に位置する「後戸」に祀られる正体不明の外来神である魔多羅神から論をはじめ、その異神を、世阿弥が『風姿花伝』に説いた「荒神」、禅竹が『明宿集』に説いた「宿神」、さらには「翁」と同定していった。柳田國男の『石神問答』についても多くの頁を割いて論じられている。『風姿花伝』と『明宿集』、さらには『石神問答』を一つにむすび合わせたのだ。真に独創的な民俗学的な芸能史の体系が築き上げられた。以下の論述も、服部の著書からの示唆にもとづいたものである。なお、現在における「翁」論の達成は、梅原猛と観世清和の監修になる『能を読む①翁と観阿弥　能の誕生』（角川学芸出版、二〇一三年）に示されている。

24　禅竹の『明宿集』からの引用も、前掲『世阿弥　禅竹』から行っている。ルビは省いた。四〇三頁、四一三頁。

25　以下、「申楽の翁」からの引用は初出誌である『民俗芸術』から行い、巻数を算用数字で、ページ数を漢数字で指示する。5・三、5・四、6・四五―四六、9・三〇。

26　『全集』2・三八六。

27　磯崎新「イセ　始原のもどき」、『始原のもどき』（鹿島出版会、一九九六年）の巻頭論文として収録。なお、以下に記した伊勢神宮の式年遷宮の有様は、あらためて断るまでもなく、三島由紀夫が『文化防衛論』で述べた見解をパラフレーズしたもの、「もどいた」ものである。

28　折口信夫の「花祭り」論である「山の霜月舞」は、雑誌『民俗芸術』に掲載された後、増補訂正の上「一つの解説」と改題され、早川孝太郎の『花祭』後編の巻末に収録された。以下、引用は『全集』21・三〇六、三〇七。

29　山本ひろ子の『変成譜　中世神仏習合の世界』（春秋社、一九九三年）には、「花祭り」の「神祇灌頂」を論じた「大神楽「浄土入り」　奥三河の霜月神楽をめぐって」と中世の天皇の「即位灌頂」を論じた「異類と双身　中世王権をめぐる性のメタファー」が収録されている。折口信夫がいう乞食と天皇の関係を解き明かす一つの鍵となるものである。網野善彦が「異形の王権」として論じた後醍醐天皇は、「即位灌頂」を極限にまで展開した一つの例である。

30　山本ひろ子の『異神　中世日本の秘教的世界』（平凡社、一九九八年）は、猿楽の起源に位置する摩多羅神、すなわち「翁」（宿神）から派生したさまざまな異貌の「神」について詳述したものである。服部幸雄の『宿神論』に対する最も実り豊かな応答であろう。

第七章

神

決して短くはないその生涯で唯一完成することができた小説『死者の書』を一冊の書物として刊行した直後、折口信夫は大阪の四天王寺に立ち、その場所こそが『死者の書』のみならず自らが書き進めてきた小説世界のすべてを貫くたった一つの主題が育まれた特権的なトポスであることを明らかにした。

『死者の書』の後の刊本では巻末の解説として付されることになる「山越しの阿弥陀像の画因」の執筆である。それを読み終えた誰にとっても不可思議な感慨をもたらすこの小論を第二次世界大戦終結の一年ほど前に発表してから、折口は一〇年と生きることはできなかった。戦争で死にゆく者たち、あるいは自身へのレクイエムとして構想されたものだったのかも知れない。

折口信夫は、「山越しの阿弥陀像の画因」でこう述べていた。[*1]『死者の書』の根本には、古代から受け継がれてきた「日の神」への憧れが秘められている。原初の「日の神」への信仰に外来のさまざまな要素が「習合」し、彼岸中日のめくるめく落日に極楽浄土を観相する、浄土教にいう「日想観」として磨き上げられてきたのである、と。

浄土真宗の家に生まれた折口が、多感な青春時代を送ったのがまさにこの四天王寺の界隈だった。その四天王寺こそ中世における日想観信仰の中心地であった。難波の海を見下ろす広大な丘陵の一角に存在する四天王寺の西門は極楽の東門と向かい合っている。そういう伝承が残されていた。人間は彼方の世界へと憧れ、海に向かう。海は人間のもつ生命力を純化して「霊《たま》」となし、「日の神」と合一させる。その瞬間、死の恐怖と生の喜悦は一つに重なり合う——。

しかも尚、四天王寺には、古くは、日想観往生と謂はれる風習があつて、多くの篤信者の魂が、西方の波にあくがれて海深く沈んで行つたのであつた。熊野では、これと同じ事を、普陀落渡海と言うた。観音の浄土に往生する意味であつて、淼々たる海波を漕ぎゝつて到り著く、と信じてゐたのがあはれである。一族と別れて、南海に身を潜めた平維盛が最期も、此渡海の道であつたといふ。

日想観もやはり、其と同じ、必極楽東門に達するものと信じて、謂はゞ法悦からした入水死《ジユスキシ》である。そこまで信仰におひつめられたと言ふよりも寧、自ら霊《タマ》のよるべをつきとめて、そこに立ち到つたのだと言ふ外はない。

「自ら霊《タマ》のよるべをつきとめて」と記されている。折口信夫にとって、「霊《たま》」とは「神」そのもののことだった――「日本の「神」は、昔の言葉で表せば、たまと称すべきものであつた。それが、いつか「神」といふ言葉で飜訳せられて来た」[*2]。神とは、古代人が、霊魂という物質であるとともに力でもあるとみなした生命の根源に存在する「もの」、いわば自然が孕みもつ生命力それ自体であるような根源的な物質から抽象してきた理念だった。

「たま」は海から打ち寄せられた石や貝や骨に宿って「たましひ」となる。あるいは、さまざまな伝説に残されているように、浜辺の石に宿ってその石を大きく成長させるとともに内側から打ち破って無数に増殖させる。もしくは、「かひ」（蚕を包み込む外皮）や「卵」に宿って生命を内側から「生成《なら》」せ――果実が「なる」とは生命が内的に発生して成長するという意味である――神聖なものを外側へと出現させる。

「たま」とは物質に宿る生成の力である。否、生命の始まりにおいて根源的な物質と生成の力という区別を立てることはできない。その後の分化や変化の可能性のすべてを潜在的な諸種子（いわば生きた設計図）として自らのなかにあらかじめ含み込んだ卵細胞のようなものとして「たま」は存在している。「たま」とは、森羅万象あらゆるものに生命を宿らせ、森羅万象あらゆるものを生成させる自然の生殖力そのものであるような根源的な物質なのである。

そこから「霊魂《たましひ》」が産出されてくる。その「霊魂」のもつ力が解放されたときに時間も空間も生まれ変わる。人間もまた人間を超えたものへの変身が可能になる。村々に「祝祭」をもたらす放浪芸能者たるホカヒビトたちも、「祝祭」のなかで神そのものへと変身する王たるミコトモチも、いずれも自らの外部に超越して遍満している「霊魂」（外来魂）をその身に附着すること、つまり自らの内部に「霊魂」を内在化して生命の活力とすることを可能にする技術をもった「霊魂の技術者」を意味していた。ホカヒビトもミコトモチも「霊魂」（外来魂）が内に秘めている根源的な力を解き放つことによって、世界を再生させるのである。

折口信夫は霊魂を操作するホカヒビト＝ミコトモチの技術を『古代研究』の段階では「鎮魂」としてまとめ、第二次世界大戦後に正面から主張することになる神道宗教化論では「むすびの術」としてまとめていた。「鎮魂」から「むすび」へ。その変化の過程で、折口信夫は森羅万象を産出する根源的な生命＝物質である原初の神を、「むすびの術」を可能にする「産霊《ムスビ》」の神として定位していった。原初の神は同時に原初の「霊魂《たま》」であると定義した「霊魂の話」を収録した『古代研究』民俗学篇2を書物として刊行してからわずか一年の後（一九三一年）、折口信夫は「霊魂の話」の主題を展開させた「原始信仰」という、短くはあるが重要な論考を発表する。

その論考には、こう記されていた[*3]——「此たましひが単なる魂としてばかり考へられずに、肉体に結びつく力、同時に、それが生命《イノチ》を生ぜしめる力の考へにまで延長せられて、産霊《ムスビ》の信仰が出来た。高御産霊・神産霊の神は、実は、神となる原の形である。むすびの名を持つ他の幾多の神名を合せ考へると、此神々は、どうしても、人間の肉体の内容となるべきたましひだといふ考へに達する」。

高御産霊《タカミムスビ》および神産霊《カミムスビ》は、『古事記』の冒頭、天地のはじまりのとき、虚空のただ中に位置する「高天原」に天之《アメノ》御中主《ミナカヌシ》とともに三位一体のかたちで発生してきた原初の神々である。『日本書紀』では完全に傍系として取り扱われる「産霊」の神を、天地を創造し、森羅万象あらゆるものに生命を与えて「生成」させる（つまり自然を「成《な》り生《ま》せる」）根源的な神としてはじめて見出してきたのは江戸期の国学者、本居宣長であった。

折口信夫はこの「原始信仰」という論考で、明らかに、本居宣長によって組織された極度に抽象的な「産霊」の神学を、古代人がもっていた〈野生の思考〉——「古代人の思考の基礎」——としてさらに読み替えていこうとしているのである。いわば「国学」の脱構築である。そうした試みが戦後の神道宗教化論の原点になったことは疑い得ない。[*4]折口は「原始信仰」に、こう書き残していた。神道の教義が国家の始原を語る神話として整理されてくると――折口はそうした時代を「神道時代」としている――「神集《カンツマ》るところなる高天原の信仰」となるが、その初期において、つまり「神道時代」以前には、やはりただ単に「たましひが集中すると思つて居たのである」。

人間的で神聖な神々は非人間的で無個性的な「霊魂」に還元されてしまうのだ。だから、神々が集う高天原とは、「たましひ」の集中する場所であるに過ぎない。折口信夫は「原始信仰」発表以前からただひたすらそうした場所を海の彼方に存在する「常世の国」、あるいはより端的に言ってしまえば「他界」として考え続けていた。「たましひ」は他界の「もの」のなかに宿る。『古代研究』全体の巻頭に据えられた「妣が国へ・常世へ」の原型であり、折口が自立した思想家としての第一歩を記した「異郷意識の進展」（一九一六年）から、死の直前に悪戦苦闘の末かたちになった「民族史観における他界観念」（一九五二年）に至るまで、折口はただそのこと、つまり「他界」とそこに発生してくる「霊魂」の問題だけしか論じていない。

折口信夫の古代学においてマレビトは第二義的な意味しかもたない。もちろん、私は、折口古代学においてマレビトという概念がもつ重要性を全面的に否定しているわけではない。折口の芸能論は、なによりもマレビトという「折口名彙」を中心として成り立っている。しかしながら、折口がまとめ上げたマレビトという概念は、その内部にホカヒビトとミコトモチという二つの相反する極をもっていた。

『古代研究』全体を見渡してみれば、折口がまず「乞食」としてのホカヒビトという問題に取り組み、その機能を南島のフィールドワークを通してマレビトとしてまとめ、最終的には「天皇」としてのミコトモチという問題にたどり着いたという軌跡は明らかであろう。ホカヒビトとミコトモチは「霊魂の技術者」としての性格は共有しながらも、階級としては下層と上層という対極に位置づけられる。折口信夫の古代学において第一義的な意味をもつものは、ホカヒビトとミコトモチというこの対照的な存在にともに下される力の源泉、すなわち霊魂としての神なのである。

マレビトは神と人との媒介となる。折口信夫の古代学が最も重視するのは媒介者としてのマレビトではなく、あくまでも「神」である。そして折口にとって神とは、ここまで論じてきたように、なによりもまず「霊魂《たま》」であった。

その「霊魂」は、生命の源であるとともに言語表現の源ともなるような「もの」であった。ミコトもホカヒも、この霊魂として生成されてくる根源言語――『言語情調論』(一九一〇年)にいう「直接性」の言語であり、あるいは折口独自に解釈し直された「言霊」でもあり、さらには「天皇霊」として理解された「外来魂」にして「マナ」でもあるようなもの――を取り扱うための技術である。

折口自身もまた、当然のことながら、自らの学の根底に存在するものをよく理解していた。なぜなら、死の二ヵ月ほど前に文部省から課せられた「日本科学者名鑑」に掲載するための調査票の「現在の研究課題」という欄に、次のように記していたからだ。自身の「研究課題」として、まずは「万葉集の基礎的研究」、さらには「日本における霊魂信仰の研究」と。[*5] そこにマレビトという言葉は登場してこない。「研究課題」としてここに掲げられた二つの主題は、まったく別のものでもない。「万葉集の基礎的研究」が「日本における霊魂信仰の研究」を導き出しているのだ。そして、折口が『万葉集』という聖なるテクストを解釈する鍵として見出した「霊魂」こそ、まさに折口が「神」として定義しようとしているものであった。折口にとって『万葉集』は、旧約や新約や『コーラン』のような大文字の書物、宇宙そのものを体現する唯一の聖なる書物、神的なテクストであった。

折口信夫は柳田國男が創り上げた学の中心に「日本の神」の探究を位置づけていた。折口はそこで、柳田の民俗学のエッセンスを語るというよりは、柳田の民俗学を一つの起源としながら、その学からの強大な影響に抗うようなかたちで自身があらためて創出しなければならなかった古代学のエッセンスをこそ語っている。柳田のみならず、折口もまた自らの学の中心に「神」すなわち「霊魂」を据えていたからだ。

「霊魂」は、ある場合には人間の外部と内部を通底させる浸透する物質である「たま」となり、ある場合には森羅万象に生命を与える発生の原理である「産霊」という力となる。浸透する物質にして発生する力。折口信夫の神は「たま」と「産霊」という二つの対照的な、ある意味では相矛盾するような形態をもっている。両者の間に総合的な解釈を、すなわち「霊魂」の論理学にして「産霊」の神学を打ち立てることができなければ折口古代学は瓦解してしまう。

折口信夫の説く「神」＝「霊魂」は、自己と他者という対立、さらには時間と空間をはじめとするありとあらゆる対立が消え去った「憑依」の地平に顕現してくるものだった。「霊魂」の論理学は「憑依」を解明することによってはじめて可能になる。折口は、そのような場を、ある一面では徹底的にローカルな視点から、またある一面では徹底的にグローバルな視点から、探っていったのである。

ローカルとグローバルが交錯する折口信夫の特権的な場所《トポス》。その詳細を知るためにも、いま一度、折口信夫の学の起源とその「故郷」に戻らなければならない。折口にとって現実の故郷である四天王寺は、文字通り「霊魂《たましひ》」の故郷であり、彼方の世界である「他界」への入り口だった。四天王寺の西門は極楽の東門、つまり「霊魂」たちが集う他界に直結している。両者を通底させるのは海である。折口にとっては海そのものが「根の国」であり「幽冥界《カクリヨ》」であった。[*6]

だからこそ、折口は繰り返し自身の故郷であり、日想観の故郷である四天王寺に還っていったのだ。釈迢空の名前で書かれたはじめての小説「口ぶえ」には、少年から青年に移り変わろうとしていた折口が実際に目にしたであろう四天王寺界隈の文物が、生き生きと描き出されていた。「口ぶえ」の主人公である安良は、物語のはじまりに『新古今和歌集』の撰者の一人である藤原家隆が日想観往生を求めてたどり着き、そこで滅したという夕陽丘に独りたたずむ。

柳田國男との出会いのあと、「史論の効果は当然具体的に現れて来なければならぬもので、小説か或は更に進んで劇の形を採らねばならぬ」[*7]という考えを具体化した小説「身毒丸」は、四天王寺を舞台とした謡曲「弱法師」、説経節「信徳丸」、浄瑠璃「摂州合邦辻」などと共通する物語を、自らの手で現代に甦らせようとした作品である。残念ながら途中で断ち切られるようなかたちで終わっているが、父から不治の病を引き継いでしまった身毒丸が四天王寺にたどり着き、そこで行われている「祝祭」の直中で「水の女」がもつ力によって再生するという物語が、折口のなかでは構想されていたはずである。

海を望む小高い丘陵の一端に位置する聖地である四天王寺では、現在でも海の彼方の永遠の世界、つまり極楽浄土に向けて音楽と舞踊が捧げられ続けている。毎年、創建者である聖徳太子の命日（旧暦二月二二日）に行われる、法要と舞楽が一体となった「聖霊会《しょうりょうえ》」の舞楽大法要である。「聖霊会」のクライマックスでは、まだ幼い少年たちが極楽の霊鳥に扮した「迦陵頻《かりょうびん》」と、やや年を経た青年たちが霊魂そのものである蝶に扮した「胡蝶」という二つの童舞が相次いで奉納される。少年たちは鳥になり、青年たちは蝶になる。折口のやや錯乱の域に近づいた語源探究によれば、鳥も蝶も「たましひ」を体現するものである。折口の同性愛もまた、ある一面では、島や蝶へと変身してしまう小さな精霊たちのような存在への「愛」だったように思われてならない。

説経節「信徳丸」の主人公も、四天王寺聖霊会の石舞台で誰よりも美しく「稚児の舞」を舞うことができる少年だった。四天王寺の「聖霊会」をはじめ日本の舞楽（「雅楽」）とは、古来の神道系の歌舞と、アジア大陸各地から伝来した多種多様の音楽と舞踊が一つに融合することでかたちになったものである。大陸、半島、そして列島。その間に広がる無数の島々を人々が行き交う。折口信夫は、そのような人々の遊動性のなかから列島の固有信仰を考えていった。四天王寺は、アジアの各地を移動していく人々に担われて広がった物語が一つに収束する場だった。

謡曲「弱法師」、説経節「信徳丸」、浄瑠璃「摂州合邦辻」の起源もまた、極東の列島を遥かに超え出た中央アジアに残された仏教説話にあった。玄奘の『大唐西域記』に記されたヒマラヤの鳥のように美しい目をもった少年、阿育王《アショーカ》の太子、拘拏浪《クナーラ》の物語に。美しい目をもった少年は継母の讒言によって視力を失い、乞食となって各地を放浪する。やがて自らの誤りに気がついた父のもとで少年に視力が戻る、もしくは盲目のまま。より高次元の新たな視覚がひらかれる……。その物語のなかでは、あるいはその物語を可能にした交通の場では、時間を原型へと遡ってゆくノスタルジーと、空間を極限まで拡大していくエキゾチズムが一つに融け合っていた。

折口信夫は他界論のはじまりに位置する「異郷意識の進展」に、「のすたるぢい（懐郷）とえきぞちずむ（異国趣味）とは兄弟の関係にある」と記していた。[*8] その直後には、「数年前、熊野に旅して、真昼の海に突き出た大王个崎の尽端に立つた時、私はその波路の果に、わが魂のふるさとがあるのではなからうか、といふ心地が募つて来て堪へられなかつた」とも。日想観は、異界であると同時に他界でもある「妣が国」への憧憬を核として形成された折口信夫の古代学全体に、深く静かに響き続ける通奏低音として存在している。折口は生涯、海という彼方の世界を望むことができる「故郷」、つまりは起源の場所に立ち続けたといえる。その起源の場所は、一方では人間以前の遥かな古代に通じ、もう一方では音楽と舞踊によって晴れやかな「祝祭」が行われる現代に通じていた。そしてなによりも、この列島の外部への通路がひらかれていた。[*9]

折口信夫は宗教と文学の起源に、神に捧げられた音楽と舞踊、あるいは両者が渾然一体となった「祝祭」の直中から立ち現れてくる原初の「歌」――その原型は神自身から下されたものである――を見ていた。折口信夫の古代学は、宗教の発生学にして文学の発生学としてかたちになったものだった。その発生の起源には「たま」が存在していた。「たま」の力を解放する「祝祭」は、歴史という直進する時間だけでなく、生と死のサイクルを繰り返す自然のように永遠に循環する時間を人々にもたらしてくれる。そこでは、「憑依」によって、時間と空間の隔たり、あるいは時間と空間の軛から解き放たれた森羅万象あらゆるものに宿る「霊」が一つに混淆し、一つに融合する。

折口信夫の霊魂論は、「憑依」という主観的な体験を学問の対象として客観的に捉えていこうとする動きのなかから本格的に始動していった。そのきっかけとなったのは柳田國男による問題提起である。雑誌『民族』の創刊号（一九二五年一一月）に、柳田は「ひだる神のこと」という短い記事を執筆した。[*10] 柳田は「ひだる神」という問題を、こう整理する――「山路をあるいて居る者が、突然と烈しい飢渇疲労を感じて、一足も進めなくなつてしまふ。誰かゞ来合せて救助せぬと、そのまゝ倒れて死んでしまふ者さへある。何か僅かな食物を口に入れると、始めて人心地がついて次第に元に復する。普通はその原因をダルといふ目に見えぬ悪い霊の所為と解して居たらしい」。

旅人に憑依するこの目に見えない悪霊である「ダル」は、ある場所では「餓鬼」と呼びならわされているらしい。あるいは「ダニ」とも、さらには「ダリ」とも。柳田は、この憑依する精霊を「ひだる神」と総称し、記事の末尾にこう記す――「右の如く名称は各地少しづゝの差があるが、便宜のために分り易いヒダル神の名を用ゐて置く。少しでもこれに近い他の府県の実験談と、若しこの問題を記載した文献があるならば報告を受けたい。理由又は原因に関しても意見のある方は公表せられたい」。おそらく柳田のなかでは、民間伝承のデータベース、「妖怪種目」の一つのサンプルとして、列島全域における「ひだる神」についての民俗語彙集のようなものを作成したいという思惑があったと推定される。

事実、たちまち各地から詳細な報告が集まり、雑誌『民族』では次号から「資料・報告・交詢」という欄を設け、その一つの主題として「ひだる神のこと」を取り上げ、それらの報告を順次紹介していった。柳田にとっても「憑依」は列島の固有信仰を理解する上できわめて重要な位置を占めていた。しかしながら、柳田は「憑依」という現象をできるだけ外側から、客観的に捉えていこうとする傾向が強い。そうでなければ、列島の固有信仰を探究していく柳田の試みは学として成り立たなくなってしまう。だが、柳田の意図に反して「憑依」を内側から、主観的に捉えていこうとする論者が、相次いで雑誌『民族』に自らの体験を投稿することになった。

一人は折口信夫であり、もう一人は南方熊楠である。折口は『民族』の次号に「餓鬼阿弥蘇生譚」を寄せ、南方は次々号に「紀州田辺より」を寄せ、いずれも自身の体験をもとにして「ひだる神」の憑依を論じていった。号数が前後してしまうが、まずは熊楠の体験を検討してみたい。熊楠は、こう述べていた[*11]——。

> 予、明治三十四年冬より二年半ばかり那智山麓におり、雲取をも歩いたが、いわゆるガキに付かれたことあり。寒き日など行き労れて急に脳貧血を起こすので、精神茫然として足進まず、一度は仰向けに仆れたが、幸いにも背に負うた大きな植物採集胴乱が枕となったので、岩で頭を砕くを免れた。それより後は里人の教えに随い、必ず握り飯と香の物を携え、その萌《きざ》しある時は少し食うてその防ぎとした。

折口もまた、「餓鬼阿弥蘇生譚」のなかで、熊楠と同じく熊野の森で起きた、ほぼ同様の体験を記している[*12]——。

> 私自身も実は、たに（た清音）に憑かれたのではないかと思ふ経験がある。大台个原の東南、宮川の上流加茂助谷

での事である。米の字を手の平へ書けば、何でもなかつたのにと、後で木樵りから教へられた。

南方熊楠は憑依の体験を「意識」の発生を突き詰める方向に進め、折口信夫は憑依の体験を「文学」の発生を突き詰める方向に進めた。しかしながらすべての発端となった柳田國男自身は、両者が進む方向をともに批判し、独自の固有信仰論、後の「祖霊論」の基礎を築いていくこととなった。この時点で、柳田國男の祖霊論は南方熊楠の曼陀羅論および折口信夫の産霊論と完全に袂を分かった。それは民族学（エスノロジー）から民俗学（フォークロア）が切り離された瞬間でもあった。*13

折口信夫は自らの憑依の体験を、四天王寺がその流行の中心地であった説経節に描かれた主人公たち、乞食たちの死と再生の体験に重ね合わせようとしていた。*14 説経節の代表作である「山椒太夫」の厨子王も「信徳丸」の信徳丸も、四天王寺で心身のよみがえりを体験する。信徳丸は「引声堂の背後である後戸の縁の下」、つまりは猿楽の起源の場所たる「後戸」でよみがえるのだ。それは「日想観往生」を求めて四天王寺の西門近くに集まり、説経節を現代にまで伝えてくれた真の担い手である現実の乞食たち――家を捨てざるを得なかった不治の病者たち――の願いの結晶だったのかも知れない。「餓鬼阿弥蘇生譚」および続篇である「小栗外伝」が主題として取り上げる説経節「小栗判官」の主人公もまた、地獄からよみがえってきた不完全な亡者であり、全身を病に蝕まれた半分は生体、半分は死体のような「餓鬼阿弥」であった。「餓鬼阿弥」は自ら歩くことさえできず、土車に乗せられ、許嫁にして生命の再生をつかさどる「水の女」の化身でもある照手姫に引かれて、聖なる水、常世からの水である「湯」が湧き出ている聖地・熊野を目指す。

折口は幼かった頃、「餓鬼阿弥」の姿からすぐに俊徳丸（信徳丸）を連想したという。さらに「小栗外伝」においては、土車に乗る「餓鬼阿弥」に、説経節の担い手である現実の乞食たちの生活を重ね合わせ、さらにそこに虚構の物語の主人公である俊徳丸の面影を重ね合わせている*15――「土車に乗るのは、乞食が土着せず、旅行した為である」、あるいは「かうして、無数の俊徳丸が、行路に死を遂げたのである」とも。

生と死の中間を生きる「餓鬼阿弥」。折口は、柳田の提起した憑依する精霊である「ひだる神」を「餓鬼」として読み替える。

折口は「餓鬼阿弥蘇生譚」に、こう記していた[*16]――。

私は餓鬼についての想像を、前提せなければならぬ。餓鬼は、我が国在来の精霊の一種類が、仏説に習合せられて、特別な姿を民間伝承の上にとる事になつたのである。北野縁起・餓鬼草子などに見えた餓鬼の観念は、尠くとも鎌倉・室町の過渡の頃ほひには、纏まつて居たものと思はれる。二つの中では、北野縁起の方が、多少古い形を伝へて居る様である。山野に充ちて人間を窺ふ精霊の姿が残されて居るのだ。

折口信夫は、この地点から憑依の論理を打ち立てていく。折口は列島の「神」を、生と死の中間を生きる「餓鬼」、すなわち「山野に充ちて人間を窺ふ精霊」から思考していこうとする。そこには一体どのようなヴィジョンがひらかれるのか。あるいは折口信夫の「神」は、前近代（近世）と近代を不連続のうちに連続させる特異な思想史の上で、一体どのような位置を占めようとしているのか。そのような問いに答えていくことこそが、折口信夫の古代学がもつ核心へと通じる唯一の道なのである。

1　『全集』32所収。「日の神」については三一、「習合」については三三、引用した「日想観往生」については二二―二三。

2　この一節は、『古代研究』全三巻のひとまずの完結篇である民俗学篇2に収められた「霊魂の話」の冒頭近くに記されたものである。『全集』3・二四八―二四九。折口古代学の根幹をなす見解である。

3　『全集』19・一五および一四。すでに『古代研究』の段階でも、折口は「産霊」の神がもつ特質を過不足なくまとめている。「古代人の思考の基礎」には、こうある――「日本の信仰には、どうしても、一種不思議な霊的な作用を具へた、魂の信仰があつた。其が最初の信仰であつて、其魂が、人間の身に著くと、物を発生・生産する力をもつと考へた。其魂を産霊《ムスビ》と言ふ（記・紀）。産霊は、神ではない。神道学者に尋ねても、産霊神と、神とを一処にする人は、まづあるまい。此神は無形で、霊魂よりは一歩進んだもので、次第に、ほんとうの神となつて来るものである」（『全集』3・三九〇―三九一）。

4　関口浩は「折口信夫による産霊神解釈」（『宗教研究』三七四号）において、折口の「産霊」理解をより民俗学的、つまり柳田國男の『先祖の話』と直結するような「産育習俗」の観点から解釈し、本居宣長に淵源をもつ「創造神」としての「産霊」理解の系譜から切り離している。しかし、折口が「むすびの術」と考える「霊魂を体内に入れる」という技術は「鎮魂」とほぼ等しい意味で使われており（関口はその点は否定していない）、折口がその「鎮魂」という概念をまずどこから把握してきたかと考えれば、明らかにそれは、後に出口王仁三郎も参加した神風会である可能性が最も高い。神風会は「神憑り」によって教主が生まれ教義が整えられた金光や天理などの教派神道に近く（大本も含めいずれも教義の基本構造としてきわめて一神教に類似した部分がある）、折口の神道宗教化論を明治期に先取りしていた団体である。「神風会」が思想的な背景としてもっていたのは、本居宣長の「産霊」理解をより創造神の方向に解釈し、しかもその「産霊」から霊魂の生成を論じた平田篤胤の神学である。「産霊」に関して折口が残した論考や発言に微妙な揺れが存在するのは事実である。だが、「産霊」を創造神の側、つまり「一神」の側から解釈することには充分な妥当性があると考える。もちろん、折口は宣長の「産霊」を乗り越えていこうと志向していたわけではあるが。

5　池田彌三郎による証言。上野誠『魂の古代学　問いつづける折口信夫』（新潮選書、二〇〇八年）による（三六―三七頁）。折口信夫にとって、『万葉集』にあらわれる読解不能な「枕詞」は「生命の指標」（らいふ・いんできす）そのものであった。「生命の指標」とは霊魂が宿る「もの」のことである。つまり、『万葉集』とは無数の霊魂からなる「詞」を集大成した、いわば「古代」の宇宙を体現した書物だった。神話や地誌そしてさまざまな物語は、そのような一冊の宇宙としての「魂」の書物から産出されてくる。解釈と創作が一体となった折口信夫による『万葉集』読解については、はなはだ不充分なものではあるが、次章の「宇宙」で論じる。

6　「古代生活の研究」、『全集』2・三八―三九。折口がこの論考で直接の対象としているのは南島の他界観念である。しかしながら、可視の「顕明界《ウツシヨ》」と不可視の「幽冥界《カクリヨ》」の対立および並立という主題は平田篤胤の神学に固有のものである。折口にとって南島のフィールドワークもまた「他界」への憧れに導かれてのものだったと言える。南島で折口が調査のために立ち寄った場所の多くも、海と山の間にひらかれた聖地だった。海と山は、山頂から海岸へと流れ下っていく大きな川あるいは内陸に深く入り込んだ海によって一つにつながり合っていた。神は、彼方の世界からそのような海と山の交点としての場所に招かれるのである。

7　「身毒丸」の巻末に付された「附言」より、『全集』27・九七。四天王寺の「聖霊会」については寺内直子の『雅楽を聴く　響きの庭への誘い』（岩波新書、二〇一一年）の、特に第三章が詳しい。

8　『全集』20・一二および一三。

9　折口信夫にとっての特権的なトポスとは、海に面し、そのところどころから清らかな泉が湧き出ている小高い丘である。四天王寺も南島の聖地もそのような場所である。さらに折口が昭和三年（一九二八年）からその死（一九五三年）に至るまで四半世紀にわたって住み続けた品川区大井出石町もまた、その景観の在り方としては類似している。「大井」は聖なる泉の水脈と密接な関係をもった土地の名前であり、眼下にはこの列島にはじめて定着した人々が残した生活の痕跡である縄文時代の「貝塚」（大森貝塚）が存在していた。「出石」もまた記紀神話において唯一朝鮮半島起源であることがはっきりと明記されたアメノヒボコを祖先とする人々が定着した土地の名前である。折口は「異郷意識の進展」の段階から「常世」と密接な関係をもった「出石人」に深い共感を寄せていた。朝鮮半島で王は「卵」から生まれる。謡曲「弱法師」を書いた世阿弥は、能という芸能をこの列島にもたらした自身の祖を渡来集団の長である秦河勝とした。河勝は、洪水の折に「壺」とともに漂着し、「うつぼ舟」に乗せられて難波の海から去っていく。いずれも「たま」を象徴し、「たま」を発生の起源にもっていた。折口がいう「妣が国」とは、海によって一つにつながり合う大陸、半島、列島を移動してきた人々に共有されていた霊魂の「故郷」を指していたのである。

10　「ひだる神」論争については、柳田國男、南方熊楠、折口信夫ともそれぞれの『全集』から引用する。この箇所の引用は、柳田『全集』20・三二七および三二九。

11　南方『全集』3・五六七。熊楠は一〇年以上前に発表されたもう一つ別の報告である「睡眠中に霊魂抜け出づとの迷信」においても、同じ那智山での体験、自己の内側と外側あるいは自己と他者の区別が消失してしまう「精神変態」について論じていた――「七年前厳冬に、予、那智山に孤居し、空腹で臥したるに、終夜自分の頭抜け出で家の横側なる牛部屋の辺を飛び廻り、ありありと闇夜中にその状況をくわしく視る」（南方『全集』2・二六〇）。熊楠は自らの体験をフレイザーの著書『金枝篇』と心霊学者マイヤーズの著書『人間の人格』から考察しようとしていた（熊楠はフレイザーの『金枝篇』をなによりも霊魂論として読んでいたのだ）。熊楠は、心霊学者マイヤーズの導きによって、一つの顕在意識の下には無数の潜在意識が蠢いていることを知る。一なる顕在意識は多なる潜在意識から生まれ、なおかつ、一なる顕在意識は多なる潜在意識のもとへと滅していく。熊楠が見出した顕在意識と潜在意識の構造は、熊楠の特権的な研究対象であった、生命体の起源に位置すると考えられた「粘菌」のもつ生態と等しい。熊楠は一なる動物の生のサイクルと多なる植物の生のサイクルを繰り返す「粘菌」をいわば生命の原型と見て、その流動する原初の物質から独自の「曼陀羅」を構想していった。南方熊楠の「曼陀羅」と折口信夫の「産霊」は、ほぼ等しいプロセスを通じて見出された世界認識のための二つの方法だったのである。

12　『全集』2・三二四。折口がここに描き出した憑依の体験は、海の彼方に「妣が国」の存在を感得した熊野の旅の途上で起こった。

13　折口信夫は「餓鬼阿弥蘇生譚」の続篇として、はじめて「天皇霊」「天皇魂」という術語が登場する「小栗外伝」を雑誌『民族』に発表する（一九二六年一一月、通算では第七号）。折口にとって文学の発生は権力の発生に通じていた。雑誌『民族』の同じ号に、柳田國男は南方熊楠の方法、折口信夫の方法をともに批判しながら、後の祖霊論の原型となるような長文の論考、「人を神に祀る風習」を書き上げて発表する。そこではこう論じられていた。親しい死者の霊を神として祀り、死者としての神、すなわち祖霊にさまざまなことを祈り願うということは「日本民族の常の習はし」であった。しかしながら「是まで学者の此問題に臨まんとした態度は、二通りあつたが二つとも誤つて居た」、「其一つは近鄰の或民族の中から類似の習俗を見出して、伝来を尋ね関係を問ふべしとする者、他の一つは朝廷最古の記録に拠つて、必ず其意味を説明し得と、予断してかゝる学風である」。前者には南方熊楠、後者には折口信夫の営為が最もよくあてはまる。引用は柳田『全集』27・一六三―一六四。

14　大正期の折口は「刈萱」「信徳丸」「愛護若」「小栗判官」「信太妻」と説経節の代表作を集中的に論じ、その成果を「身毒丸」という小説に結晶させようとしていた。信徳丸の「後戸」でのよみがえりについては服部幸雄『宿神論』（前章参照）で論じられている（四七頁）。

15　『全集』2・三四六。

16　『全集』同・三二五。神の始原として存在する「山野に充ちて人間を窺ふ精霊」というヴィジョンは、列島に移り住んだ古代の人々の他界観念として「祖霊」だけでなく「人間に禍ひするでもん・すぴりつと」や野山に充ちる「無縁亡霊」＝「邪悪の精霊」を論じた最晩年の「民族史観における他界観念」まで一貫している。「民族史観における他界観念」は、折口信夫の霊魂論にして他界論の集大成である。

憑依の論理

折口信夫は、「憑依」に対してある種の親近性をもっていた。もしくは、「憑依」に対するある種の肉体的な感受性を備えていた。「餓鬼阿弥蘇生譚」では、自ら「たに」（ひだる神）に取り憑かれたという体験を語り、それが霊魂論の重要な起源となった。一つのスキャンダルとして取り上げられることも多い、折口のコカイン常用についても、そうした観点からあらためて考え直してみる必要がある。[*1]

折口信夫は「陶酔」を体験として知っていたのである。もちろん「憑依」や「陶酔」を体験として知っていることが、そのまま古代学という独創的な学問体系の樹立につながったなどと言いたいわけではない。折口は自身の主観的な体験を、多くの客観的な事例から再検討することによって、一つの原理にまで磨き上げていったのである。「陶酔」による直観、「陶酔」による潜在意識の発動だけでは、決してあのような厳密な論理の体系を築くことなどできはしない。

折口信夫は、宗教の発生と文学の発生を「憑依」の論理から捉えようとしていた。「憑依」の体験を論理にまで磨き上げていくためには、自己の体験のみならず他者の体験もまた深く理解する必要がある。その際、直接的な見聞のみならず、間接的な見聞――つまりはさまざまな「読書」――も、折口にとっては大きな位置を占めていたはずである。「憑依」の論理を完成するにあたって、つまり『古代研究』が刊行されるに至るまでに、折口の人生の上では、二つの大きな画期があったと思われる。一つはこれまで誰も正面から取り上げることのなかった折口信夫の大学時代であり、もう一つは柳田國男に導かれるようにして出かけていった南島のフィールドワークである。

大学時代の折口信夫は、言語学的かつ宗教学的な研究者を目指しての研究と情熱的な宗教者としての実践との間で大きく揺れ動いていたと推測される。折口は「新仏教家」の藤無染を窓口として当時の仏教改革運動の諸相を知ることができた。それとともにマックス・ミュラーに代表されるヨーロッパで勃興した比較神話学＝比較宗教学の体系、あるいはポール・ケーラスがアメリカで組織しようとしていた一元論哲学の詳細もほぼ確実に知っていたはずである。折口信夫が藤無染から受けたさまざまな恩恵のなかでも最大のものこそ、イエスという一神教における「救世主」の在り方を、その生涯と教説とともに知ることができたということであろう。

「救世主」は、神と人との間に生まれる。だから神と人との間をつなぐ媒介者となることができる。まさに折口のいうマレビトと等しい機能を果たしている。さらに比較宗教学的な知見があれば、キリスト教的な「救世主」の概念が生まれる以前と以降、つまりキリスト教以前であるユダヤ教とキリスト教以降であるイスラームにおける「預言者」の概念との比較も可能になったはずである。「預言者」は、神でも、ましてや神の子でもない。ただ神の言葉を聴き、自らのうちに神の聖なる言葉を預かり、人々にその教えを伝達することができる人間のことをいう。モーセやムハンマドのような存在であり、マレビトのもつ二つの極、ホカヒビトとミコトモチに共有される概念規定がそっくりそのままあてはまる存在でもある。[*2]

もちろん私は、折口信夫が、古代学を構成する重要な要素であるマレビト、さらにはホカヒビトやミコトモチという概念を、一神教の「救世主」や「預言者」という概念をただ単に民俗事例に応用することによって創り上げた、などと主張したいわけではない。逆に大学時代の折口信夫は、グローバルな世界宗教とローカルな固有信仰——土俗宗教——に共有されている、いわば宗教の普遍的な起源を「憑依」という側面から把握することができていたのではないのか、と考えているのだ。折口が抱いていたそうしたヴィジョンは、藤無染との別離を経た後、本荘幽蘭とともに所属し、熱心な活動を続けていた神風会という組織が可能にしてくれたはずである。

神風会は、国家によって近代的な「道徳」として管理される神社神道ではなく、前近代的な生々しい「神憑り」によって教主が生まれ、教義が整えられた教派神道各派と密接な関係をもっていた。仏教改革運動と並行する神道改革運動を志向した団体であった。折口は一時期、この神風会の幹部のような地位にあったと思われる。折口とは数年の差が生じるが、出口王仁三郎も同じく神風会に参加し、自らが率いていた草創期の大本教団を神風会の下部組織として位置づけていた。出口王仁三郎が整理した「神憑り」の論理である「鎮魂帰神法」にいう「鎮魂」と、折口信夫の天皇論の核となる「鎮魂」は、外在する霊魂を身体に附着させ内在化させるという、ほとんど同じ意味で使われていた。

ここまでが折口信夫が「憑依」の論理を完成するに至るまでに体験した第一の画期である。明治期の大学生としての時代に位置づけられるとともに、論理的な側面だけを考えてみれば、この第一の画期までで、折口古代学を成り立たせているほぼすべての要素が出揃っていることが分かる。少なくともこの段階で、折口にとっての古代学の基本構造はほぼ固まっていた。大正期の少壮の民俗学者としての時代に位置づけられる第二の画期は、古代学の骨格となった抽象的な論理をより現実的なものへと、具体的に肉付けしていく作業になったはずである。第二の画期へと折口を導いた柳田國男は、折口に先立って南島にフィールドワークに出かけていたが、そこでマレビトを発見することもなかったし、折口の死に至るまでマレビトという概念を認めることもなかった。ホカヒビトについても、ミコトモチについても、同様である。

だからといって、これもまた何度も繰り返すようだが、私は、折口古代学の完成にあたって柳田國男がもっていた影響力を否定しているわけでもないし、無視しているわけでもない。逆にその影響関係は決定的なものであったと思っている。折口は、柳田がその学の初発にもっていた意図を、おそらく最後まで貫徹したのである。ある意味では柳田國男の最も忠実な弟子であったということも可能であろう。しかしながら、あるいはそれ故、両者が接近すればするほど、両者が学のはじまりに立っていた位置の相違によって、柳田國男の民俗学と折口信夫の古代学との差異はより際立ってしまうのである。

＊

「憑依」の論理の確立という観点から、折口信夫が体験した二つの画期の内実を最も体現すると思われる二つの事例の検討を通して、折口が「憑依」に見出したものの輪郭を確定していきたい。第一の画期として取り上げるのは一冊の書物、「神々の死」という副題が付されたドミートリイ・セルゲーエヴィチ・メレシコーフスキイ（Dmitrij Sergeevich Merezhkovskij, 1866-1941）の『背教者ユリアヌス』である。第二の画期として取り上げるのは一つの体験、南島のフィールドワークの過程で折口がその詳細を知ったであろう「女帝考」の起源、「水の女」の即位式でもある聞《きこ》得《え》大君《おおきみ》の「御新下《おあらお》り」である。

メレシコーフスキイについて折口信夫自身が言及しているのは、『死者の書』の雑誌連載をはじめる半年ほど前に、いわば『死者の書』の序論のようなかたちで同じ雑誌（『日本評論』一九三八年五月号）に発表された「寿詞をたてまつる心々」においてだった。そこには、こう記されていた[3]――「故人岩野泡鳴が『悲痛の哲理』を書いたと前後して、『背教者じゆりあの―神々の死』が、初めて飜訳せられた。此二つの書き物の私に与へた感激は、人に伝へることが出来ないほどである。私の民族主義・日本主義は、凛として来た」。

さらには「じゆりあん皇帝の一生を竟へて尚あとを引く悲劇精神は、単なる詩ではなかつた。古典になじんでも、古代人の哀しみに行き触れない限りは、其は享楽の徒に過ぎない」、また、「私一己にとつては、じゆりあん皇帝を扱つためれじゆこふすきい氏の文学は、文学と言ふよりは、生活として感じられた。精神として感じられた。つまり史学よりも、もつと具体的な史学として、我が大和・寧楽に対する比較研究の情熱を促したのであつた」とも。折口にとって、古代ローマに実在した皇帝ユリアヌスの短い生涯を、文学的な想像力を交えて描ききったフィクションこそが、なによりも歴史の真実を顕わにしてくれたのである。つまり虚構（フィクション）は現実（リアル）に充分拮抗し得るのだ。折口が生涯、釈迢空というもう一つの名前を捨てなかった理由でもあるだろう。

岩野泡鳴が「悲痛の哲理」を雑誌に発表したのが明治四三年（一九一〇）一月、英文学者の島村苳三が雑誌『ホトトギス』の増刊として『背教者ジゥリアノ』を英語から抄訳して刊行するのが同年一一月のことである。その間に折口は大学を卒業することになる。折口が大きな感銘を受けたのは、若き皇帝ユリアヌスが体験することになる、古き異教の「神々の死」[4]とその新たな復活である。ユリアヌスはローマの国教であったキリスト教を廃し、オリエント起源の太陽神ミトラを崇拝し、わずか三二歳で、ペルシア軍との戦いの最中にこの世を去った。「背教者」として生き抜いた皇帝であった。

折口信夫が、「神々の死」を主題としたこの物語のなかに読みとったものとは一体何だったのか。一つは新たな「神」の姿である。メレシコーフスキイはキリスト教をただ単に否定しているわけでも、また、古代の異教をただ無条件に称揚しているわけでもない。『背教者ユリアヌス』は「神々の死」を経て「神々の復活」(『レオナルド・ダ・ヴィンチ』)さらには「反キリスト」(『ピョートル大帝』)と続く、「キリストと反キリスト」と名づけられた三部作の第一作にあたるからだ。[*5]

「反キリスト」の出現とともに、メレシコーフスキイは、ユダヤ教の『旧約聖書』にもとづいた「父の国」、キリスト教の『新約聖書』にもとづいた「子の国」に続いて、根底から改革された東方正教会の教えにもとづいた「聖霊の国」が出現してくる様をまざまざと幻視していた。つまり、現代の静謐なキリスト教と古代の荒々しい異教が一つに結びついて、あるいは、キリストと反キリスト(黙示録の獣)が一つに結びついて、未来の世界に新たな「神」が生み落とされるのである。その来たるべき「神」の姿を最も生き生きと描き出すことに成功したのが、三部作の第一作にあたる『背教者ユリアヌス』であった。

物語のなかでユリアヌスがキリスト教を捨てて帰依するミトラの神は、イランのゾロアスター教に起源をもつ「太陽神」(島村苳三は「日之神」「日之御神」と訳出している)であり、ギリシア神話に登場する太陽神ヘリオス、さらには陶酔をつかさどる舞踏神ディオニュソスを一つに習合したものだった。東方の異教と古代ギリシアの神話は通底していたのである。メレシコーフスキイは、『背教者ユリアヌス』のなかで、異教の「太陽神」と背教の「皇帝」が一つに交わり、新たな王として即位する神秘的な儀式の詳細を描き尽くす。折口が震撼させられたのは、新たな「神」の姿とともに、血にまみれた残酷な儀式のなかで古代的であるとともに未来的でもある「日の神」と神秘的な合一を果たす皇帝の姿だったはずだ。折口が「山越しの阿弥陀像の画因」のなかで、古代の「日の神」との霊《たま》を通じた合一こそが『死者の書』の真のテーマであると述べていたことを思い出して欲しい。

諸宗教の神々が一つに習合することによって姿を現す新たな「神」。そして、その神と神秘的な合一を果たすことによって未来の世界に即位する新たな「王」。折口信夫が『背教者ユリアヌス』に見出したのは、そのようなヴィジョンであった。ここでも問題は「神」と「王」との関係性に絞られる。「王」はどのような儀式を経ることによって神と合一することが可能になり、即位することが可能になるのか。またそのとき「王」の前に姿を現す神はどのような姿をしているのか。物語の前後を入れ換えることになってしまうが、そうした順序に従って、『背教者ユリアヌス』をあらためて読み直してみたい。[*6]

皇帝ユリアヌスはエフェソスの魔術師マクシムスに導かれ、「日の神ミトラの秘法」が行われている森の奥の洞窟のなかへと入っていく。洞窟のなかの闇に包まれた小部屋に案内されたユリアヌスは、頭上で屠られた七頭の聖なる牛の血を全身に浴びる。「日之神に捧げた牛を屠るのは、異教の秘法中の極秘なのである」。そのとき、神に捧げられた聖なる獣を通して人間は神と一体化することが可能になる。神と聖なる獣と人間は混淆し、混じり合う。マクシムスはユリアヌスに、こう問いかける。「日之御神の清き血汐もて爾が魂を濯げ、赫々たる日之神の御胞の、清き血汐もて濯げ、朝《あした》、夕《ゆふべ》の御光もて清めよ。——爾はなほ恐るゝものがあるか」。ユリアヌスは、いまだあると答える。マクシムスは、さらに問いを続ける。「爾が魂を日之御神に奉れ。ミトラの大神は爾を迎ふるぞ。爾なほ恐るゝか」。ユリアヌスは、答える。「もはや地上に恐るゝものは無い」、「我は神に等しいのだ」。そしてユリアヌスはマクシムスから授けられた地上の王としての冠を投げ棄てて、こう宣言する。「我《わ》が冠は日之神だ、只日之神だ」。

太陽神と一体化したユリアヌスが目にするのは、一神教の超越する神（「一神」）と古代異教の万物に内在する神（「汎神」）の性質を兼ね備えたような新しい「神」の姿だった。神は自然そのものであり、自然は神そのものであった。一神にして汎神、つまり、神は宇宙を根底から否定する究極の一者——「一」を超えた「無」——であるとともに、その宇宙に存在するありとあらゆるものが生成されてくる基盤となるような「全」でもあった。ユリアヌスは、ソフィストにして新プラトン主義の哲学者ヤンブリコス（一般的にはイアンブリコス）から新たな「神」のヴィジョンを授けられる。[*7] ヤンブリコスは、ユリアヌスに、こう説く。「神は宇宙と異《ことな》つて万物の否定である。『彼』は『無』であり、又『凡《すべて》』でもあるのだ」、「万物は神となり、神は万物に宿るのだ」、さらには、「宇宙の万物は、星といひ、海といひ、地球といひ、動物といひ、植物といひ、人類といひ、凡て皆、自然が結ぶ神の姿の夢である。その夢のまに〱物は生れ物は死ぬ。自然は夢の如くに自《おのづか》ら万物を創るのだ」。

そして――「此の星の世界を何に譬へやうか。海に投げた漁師の網と思ふてもよい。水が網を充たす如く神は宇宙を充たす。網は動く、されど網は水を保つ事が能ぬ。宇宙も其の網の目に神を保つ事が能ぬ。網を揚げれば神は外にある。宇宙が動かねば神は顕はれない、何者をも創らない。神は何所に行かるゝか。彼所《かしこ》の永遠の母の国には、静穏の精神《こゝろ》には、過去と現在と未来の『種子《しゅうじ》』があるのだ、『形式』と『観念』とがあるのだ」。神とは、過去と現在と未来に存在する森羅万象あらゆるものの可能性を「種子」、あるいは形態以前の「形式」や「観念」のかたちで孕んでいる「永遠の母の国」そのものだった。

「母なる永遠の国」として存在する神。霊魂論と他界論はすでにこの段階で一致していたのである。折口信夫が柳田國男に出会う遥か以前、仏教改革運動と神道改革運動の交点で、折口にもたらされた「神」の姿として。その「神」の姿は、最晩年の折口が「産霊」という言葉を使って説明しようとした特異な「神」の在り方とほぼ等しい。『背教者ユリアヌス』の神を、その原型として考えることに誰も異存はないはずだ。

折口信夫が、「憑依」の論理を確立するにあたって第二の画期となった南島のフィールドワークを通して確認していったのは、このような「神」と一体化することができる「王」とは男性に限らない、という事実である。「一」にして「全」として存在する自然としての神は万物を産出し続けている。そうであるならば、「産出」という機能を身体のなかに秘めている女性の方が、明らかに男性よりも神と一体化することは容易であり、またふさわしいはずだ。そう考えるのは至極当然のことである。事実、南島では、聖なる水の力によって「すでる」のは男性の王ではなく、王の姉妹である聞得大君だった。神により近いのは男性ではなく女性なのである。『古代研究』に収録された一連の「水の女」論、その帰結として、第二次世界大戦の終戦直後に書き上げられた「女帝考」の核心でもある。

それでは神と「水の女」が合一を果たしたとき、そこには一体どのような光景が広がるのか。折口信夫の「憑依」

の論理における第二の画期は、そのような問いに答えていくことからはじまった。

折口信夫が南島のフィールドワークに向かう前後から、政治的な権威は男性の王が担い、宗教的な権威は王の姉妹である聞得大君が担うという、琉球王朝すなわち第二尚氏が採用した特異な統治の体制について、さまざまなことが論じられてきた。王が代替わりする際、大がかりな就任の儀式が行われるのは男性の王ではなく、王の姉妹である聞得大君の方なのである（後になると聞得大君という位には王の姉妹ではなく王の妃がつくことになる）。しかしながら、聞得大君の就任の儀式である「御新下り」については「秘儀」とされ、それ故、儀式の目的の詳細、あるいは儀式の具体的な細部についてはほとんど知られていなかった。

聞得大君の就任の儀式、「御新下り」についてはじめて本格的な論考を発表したのは島袋源七（一八九七―一九五三）である。島袋のその論考、「沖縄の民俗と信仰」は第二次世界大戦後の昭和二五年（一九五〇）に発表されている。*8 当然のことながら、折口信夫が「憑依」の論理を完成するにあたって直接参考にすることはできなかった。しかしながら、島袋は、折口の第一回南島調査旅行にあたって、その献身的なアシスタントをつとめた人物である。折口は、島袋の著書『山原の土俗』（一九二九年）の巻頭に、「琉球の宗教」を改題して冒頭に島袋との思い出を書き加えた「続琉球神道記」を寄せている。

その結論部分には、こうある*9――「神託をきく女君の、酋長であつたのが、進んで妹なる女君の託言によつて、兄なる酋長が、政を行うて行つた時代を、其儘に伝へた説話が、日・琉共に数が多い。神の子を孕む妹と、其兄との話が、此である。同時に、斎女王を持つ東海の大国にあつた、神と神の妻《メ》なる巫女と、其子なる人間との物語は、琉球の説話にも見る事が出来るのである」。この一節は、明らかに戦後に発表される「女帝考」の結論を先取りしたものである。

古代の天皇（「酋長」）とは宗教的な力をもった女性（「女君」）だったのである。やがてそれが宗教的な権威を受けもつ女性と、政治的な権威を受けもつ女性の兄弟にあたる男性という「対《ペア》」に分かたれた。南島ではその「対」の構造がある時期まで維持されていたが、列島では男性一人が「対」の構造を引き受けるようになっていた。

「琉球の宗教」は折口が第一回南島調査旅行から帰国した後、第二回南島調査旅行に出かける直前に発表されて以降、「続琉球神道記」を含め、二度に及ぶ増補が施されている。しかしながら、この結論部分には変更はない。つまり、島袋源七とともに行った第一回南島調査旅行において、折口は聞得大君の就任の儀式である「御新下り」の詳細について、少なくともその大枠は把握していたと考えられる。島袋自身、「沖縄の民俗と信仰」のなかで、「御新下り」については、「もう故人になった私の伯母（根神）と、久高島外間ノロから聞いた話を根拠にして、その真相を明らかにしておきたいと思う」と記している。[*10]

南島では、基本的に女性たちが祭祀を担う。祭祀を担う女性たちは「神人」（ノロ）と呼ばれ、聞得大君を頂点としてピラミッド型に組織されていた。つまり村々の「神人」たちが行う就任の儀式と、国家の「神人」である聞得大君が行う就任の儀式はパラレルであり、「秘儀」の核心もまた共有されていたのである。島袋は故郷の村の「神人」であった伯母と、沖縄本島最大の聖地、かつては広大な森と巨大な石の迷宮であった斎場御嶽《せーふぁうたき》の「神人」であった久高島の外間《ほかま》ノロから「秘儀」についての話を聞き出し、一つに総合したのである。島袋の証言によれば、外間ノロから話を聞き出したのは大正一四年（一九二五）のことである。[*11] この外間ノロは、折口信夫の『古代研究』国文学篇の口絵にその写真が掲載され、久高島に残る婚姻習俗について、おそらくは折口自身が直接話を聞いている女性である。[*12] つまり折口は、聞得大君の「秘儀」の核心を充分に知り得る位置にいたのである。

それでは聞得大君の「秘儀」とは、一体どのようなものだったのか。

島袋源七は、まず明治四〇年頃に行われた「神人」（ノロ）の就任儀礼、その式典の詳細を記している。[*13]「秘儀」が営まれる斎場で行われるのは、次のような一連の儀礼である。まず「水撫《ウビナ》で」。聖なる水を四回、ノロの額につける。島袋によれば「祓いをかねて、神に通う新しい生命力を注ぎ込む作法のようである」。次いで「神霊《セジ》づけ」[*14]。洗米を三粒ほどつまんで頭にのせ、神名を唱えることを繰り返す。これは神の「神霊《せじ》」を注ぎ込む作業であり、「ここで始めて神の霊を身に宿すことができる」。さらには「神酒もり」。神人たちによる饗宴である。最後に「神と共に寝る」。島袋は、こう説明している――「[午前]三時頃になると、神人等と共に夜食を済すと、御嶽の中で一泊するのである。筵を二枚敷き左の御座にノロは寝る。一枚の筵は神の座といわれている。君テズリの神霊を宿して神となり、天神と結婚をする意味の行事であることが窺われる」。

聞得大君の「秘儀」の核心にも、この「神と共に寝る」という儀式が存在していた。「御新下り」の際、斎場御嶽の入り口に「御待御殿」がつくられる。新任の聞得大君は、午前三時頃までにすべての儀式を済ませて、「御待御殿」に戻る――「部屋は金屏風を立廻し、二箇の金の枕が準備されている。一つは神の枕で、一つは大君の枕だといわれている。大君はここに一泊するのである」。聖なる水によって生命力を更新し、次いで聖なる霊魂を附着させて神の資格を得て、さらに彼方から神を迎えて性の交わりを行う。それは南島の聞得大君が実際に行っている「秘儀」の核心であるとともに、折口信夫が天皇の即位儀礼である大嘗祭の「真床襲衾《マドコオフスマ》」のなかに幻視した「秘儀」の核心でもあった。天皇は「真床襲衾」のなかで聖なる霊魂を附着されるとともに女性へと変身し、悠紀・主基の両殿のなかに設けられた「御寝所」のなかで神と交わるのである。列島では男性にのみ許されている皇位継承システムが、南島では女性にのみ許されていた。*15

しかし、折口信夫はこの地点で立ち止まってしまったわけではない。さらに考察を突き詰めていく。神と交わるとは一体どういう事態を意味しているのか。性的な交わりの他に、ある場合には神を喰らうことで、その神と一体化することもあり得るのではないだろうか。折口に、そのような格好の事例を提供してくれたのが久高島の北に位置する、やはり聖なる島と称されていた津堅島に残されていた伝承である。この島の人々は儒艮《ザン》（じゅごん）と特別な絆で結ばれていると固く信じていた。儒艮は祖先なのだ。だがしかし、島で行われる特別な祭りでは、その儒艮を喰らい尽してしまうのである。「其頃、恰《あたかも》寄り来る儒艮《ザン》を屠つて、御嶽々々に供へる。其あまりの肉や煮汁は、島の男女がわけ前をうけて喰ふ」。*16

神と交わるとは、祖先であり神でもある聖なる獣を殺し、喰うことでもあった。

折口は、こうまとめている――「属性の純化せなかつた時代の神は、犠牲料《イケニヘ》と一つであつた様に考へられる」。神と、神に捧げられた「生け贄」なる聖なる獣と、その「生け贄」を喰らう人間たちと。祝祭の瞬間、「憑依」の瞬間、それらの差異はすべて消滅してしまう。人間は神への「生け贄」を喰らうことで、「生け贄」と一体化し、神と一体化する。「生け贄」となる聖なる動物や聖なる植物は、その存在自体が神という聖なる力が這い入る「神座」なのである。人間もまた然り。神と聖なる「生け贄」と人間たちと。すべてが混淆し、入り混じる。「憑依」はそのような時空が存在することを明らかにしてくれる。折口が、こうした見解を述べることができたのは第二回南島調査旅行を終えた後、大正一三年（一九二四）に発表された「信太妻の話」においてだった。説経節に描き出された人間と動物の交わりを探究するという主題が、南島のフィールドワークを経ることによって大きく変貌を遂げたのである。人間と動物の交わりが可能であるならば、人間と動物の間には共通する何ものかが存在しなければならない。それが「霊魂」であり、「神」である。「神」すなわち「霊魂」は森羅万象あらゆるものに生命を与えるとともに、森羅万象あらゆるものを相互にむすび合わせ、変身を可能にする。折口は第二回南島調査旅行で、八重山諸島に出現する、人間的な形象を遥かに超え出た怪物のような「神」の話を耳にしていた。

神と一体化する「王」は「女性」へと変身し、いまここで、人間ならざる「怪物」へと変身しようとしていたのである。

＊

折口信夫が到達した「憑依」の論理の可能性を、最もクリアなかたちに整理してくれているのが、井筒俊彦の『神秘哲学』（一九四九年）である。折口が見出した「憑依」の論理は、井筒が提唱する「神秘」の哲学として完成する。折口信夫が幻視した「神」の真の姿を知るためには、井筒俊彦による助力がどうしても必要なのである。井筒俊彦は、メレシコーフスキイの『背教者ユリアヌス』に心奪われた二人、折口信夫と大川周明のいずれとも密接な関係をもっていた。さらには井筒自身、メレシコーフスキイの『トルストイとドストエフスキイ』を読み込んでおり、『ロシア的人間』を書く際の重要な参考文献の一つとして本文のなかに挙げていた。

まずは井筒自身による回想を聞いておこう。慶應義塾大学の学生として教壇に立つ折口を前にして[*17]――「もともと西脇順三郎先生の斬新な詩論にひかれて文学部に移った私だったが、折口先生にだけは少なからず関心があった。さっそく講義に出てみた。伊勢物語の講読。異常な経験だった。古ぼけた昔のテクストが、新しい光に照らされると、こうまで変貌してしまうものか。私は目をみはった。が、それよりも、どことなく妖気漂う折口信夫という人間そのものに、私は言い知れぬ魅惑と恐怖とを感じていたのだった」。

さらにはイスラームへの主体的な関心を共有していた大川との出会い。それは戦争中であり、後に『神秘哲学』の第一部となる「ギリシア神秘思想史」の講義を、井筒はすでにはじめていた[*18]——「大川周明が私に近づいて来て、私自身も彼に興味をもったのは、彼がイスラームに対して本当に主体的な興味をもった人だったからなんです。知り合いになった頃、これからの日本はイスラームをやらなきゃ話にならない、その便宜をはかるために自分は何でもすると、私にいっていました」。

井筒俊彦は、折口信夫とも大川周明とも、ある種の距離を置いて付き合っていた。だがそのような関係性をもったことは、井筒自身が「私の無垢なる原点」と称する『神秘哲学』という巨大な書物のもつ破格な構成と、決して無関係ではないように思われる。『神秘哲学』は、ギリシアにおける哲学の発生を論じた書物である。通常であればプラトンとアリストテレスという偉大な師弟に主題の大部分が絞り込まれるはずである。もちろん『神秘哲学』においても、それぞれ一章を立ててプラトンとアリストテレスの営為が論じられている。

しかしそれは第二部に至ってからである。一冊の書物として独立して刊行されたこともある第一部は、プラトンとアリストテレス以前の「自然神秘主義」(いわゆるソクラテス以前の「自然哲学」)の発生が徹底して論じられていた。しかも、井筒俊彦はギリシアにおける「自然哲学」発生の起源にディオニュソスの「憑依」を据えるのだ。まさに折口信夫の古代学と共振する試みである。

また第二部においても、最も分量を費やして論じられているのは、アリストテレスでもプラトンでもなく、「アリストテレスを越えてプラトンへ」還ることを実践し、新プラトン主義の哲学を大成したプロティノスの思想だった。まだ大学生だった大川周明も注目したように、プロティノスの著作はアラビア語に翻訳され、イスラーム神秘主義思想を成り立たせる基盤となった。この点において『神秘哲学』は、大川周明のアジア主義とも共振している。
つまり井筒俊彦にとって、ギリシアに発生した「神秘哲学」とは、ディオニュソスの憑依からはじまりプロティノスの光の哲学──そのエッセンスの一部は『背教者ユリアヌス』の登場人物であるヤンブリコスが過不足なく説明してくれている──でひとまずの完成を迎えるものだった。しかしながら、「憑依」から哲学の発生を論じることなど本当にできるのだろうか。おそらく近代的な学問の体系からは不可能である。[19] しかし、折口信夫は果敢に「憑依」という体験に飛び込んでいった。井筒俊彦も、また。学問の論理としては成立しないのかもしれない。だが、そこから一歩を踏み出さなければならないのだ。
紀元前七世紀から六世紀にかけてギリシア全土を「ディオニュソスの狂乱」が襲う。井筒俊彦は、エウリピデスの「神憑の女群」(『バッコスに憑かれた女たち』)を引いて、ディオニュソスの「憑依」の様子を次のように描写している。ディオニュソスは、なによりも女たちに憑依する神だった[20]──。

おどろにふり乱した長髪を肩に流した女達──家事を棄て、「聖なる狂気」に陥った若妻、老女、処女達が野鹿の皮を身にまとい、蔦と蔓草を頭に巻き、狂憑の鋭声ものすごく山野を突風のごとく駆けめぐる。頸には蛇がまきからまって彼女らの頬を舐め、腕に抱かれた仔獣が彼女らの乳を吸う。その悽愴な叫喚に催されて、大地は水を噴出し、到るところから酒が流れ乳が湧く。そして彼女らが手に手に打ち振る聖杖からは滴々と蜜がしたたり落ちて、甘い匂いが風に薫る。このもの狂おしい彷徨の途次、附近の山野に草食む牧牛の群に彼女らの眼がとまれば、突風のようにこれに襲いかかって、肉を引き裂き、骨をうち折り、ところ嫌わず彼女らの投げ散らす肉片は生きの身の温気消えやらぬ鮮血に紅く染って木々の枝に懸り、砕き割られた肋骨や蹄や地上に散乱して惨虐酸鼻の極をつくす。

井筒俊彦はディオニュソスの「憑依」によって生起した血まみれの「祭礼」がもつ思想史的な意義を次のようにま

とめている――。

この祭礼の情景はあまりにも有名であって、もはや子細に描写する必要もないであろう。まことに、それは狂燥の限りを尽したものであり、その野性の憑気は想像するだに戦慄を禁じ得ない光景であった。蕭索たる深夜、あやめもわかぬ漆黒の闇の中を、手に手に炎々と燃えさかる炬火をふりかざした女達が、髪をおどろに振りみだし、狂乱の姿ものすごく、異様な叫声を発しながら騒擾の音楽に合わせ、嵐のごとく舞いくるう。彼女らの踏みしめる足音と、夜のしじまをつんざいて飛響する恐ろしい狂憑の叫喚に、山野は鳴動し、木々も不思議な法悦の共感に包まれておののき慄える。かくて信徒の狂乱陶酔はいよいよ激しく、いよいよ凄じく、その熱情の奔流はあらゆるものを異常な緊張の渦中に熔融させなければやまなかった。そしてこの興奮の極、彼らは神に捧げられた犠牲の聖獣めがけて一せいに跳りかかり、生きながらその四肢を引き裂き引きちぎり、鮮血したたる生肉を啖う。ここに忘我荒乱は極限に達し、信徒らは人でありながら人であることをやめ、「自分自身の外に出て」（エクスタシス）神のうちに還滅するのである。

この祭礼のクライマックスで、ディオニュソスの信徒たちは神に憑かれ、自ら神そのものとなって、神に捧げられた聖獣を、神そのものとして喰らう。そのとき「神に捧げられた聖獣は神自身と区別されない」。すなわち、この狂乱の祝祭を通じて「神と犠牲獣と人間とは完全に融合帰一する」。つまり、「犠牲獣の鮮血滴る生肉を呑下することによって、人はそのまま聖獣と化し、聖獣となることによって神と合一する」。神や人や獣といった区別は廃棄され、森羅万象あらゆるものが通じ合う。

神的なものの憑依が生起させる「脱自」（エクスタシス）の裏面では、あとかたもなく消滅してしまった有限な自我のあったその場所に、森羅万象あらゆるものが浸透してきて一つに入り混じる。そして……「限りを知らぬ狂燥乱舞の恍惚のうちに、神・人・獣は各々その個性の辺際を超絶して差別を失い、全ては一となり、一が全てとなる」。有限の自我が消滅してしまったその場所では、森羅万象あらゆるものが無限の神的な様相を呈する。「全ては一となり、一が全てとなる」。井筒は、古代のギリシア人たちに、この「全即一」かつ「一即全」の体験をもたらしてくれたディオニュソスの憑依を、一種の「原始的シャマニズム」と考えていた。まさに「憑依」の原型である。井筒は、その憑依の原型から、二つの原理を抽出してくる。先に述べた「自らの外に出てしまうこと」（エクスタシス＝脱自）の体験と、ここに述べた「あらゆるものが神に充たされること」（エントゥシアスモス＝神充）の体験である。両者は表裏一体の関係にあった。

ディオニュソスの憑依、つまりは原初のシャマニズムは、それを体験する者たちに「霊魂の肉体脱出」であるエクスタシスと「神の充満」であるエントゥシアスモスを同時にもたらしたのである。そこから原初の宗教と原初の哲学が発生した。少なくとも井筒は、そう考えていた。井筒は、さらに、「脱自」の方向に霊魂不滅の原理の確立とその原理にもとづいた密儀宗教の発生を幻視し、「神充」の方向に全即一の——森羅万象あらゆるものが「一」なるものへと動的に帰一する——原理の確立とその原理にもとづいた自然哲学（自然神秘主義）の発生を幻視していた。密儀宗教からはパルメニデスを経てプラトンのイデア論が生まれ、自然哲学からはヘラクレイトスを経てアリストテレスの流動的宇宙論、能動的知性を中心に据えた宇宙生成論が生まれる。

密儀宗教と自然哲学、プラトンの静謐なイデア論とアリストテレスの動的な宇宙生成論は、「アリストテレスを超えてプラトンに帰る」と井筒がその立場を位置づけたプロティノスによって一つに総合される。井筒は、プロティノスに、ギリシア神秘哲学の一つの完成を見出した。ディオニュソスの憑依は、プロティノスの光の哲学として完成するのである。憑依の闇から光の哲学が生まれたのだ。憑依によって有限の自我が破壊される。自我から解放されて無限の「霊魂」そのものとなった存在は、森羅万象あらゆるものが光となり、一つに融け合いつつ、そこからさまざまなものの姿と形を産み出し続けている光景をその眼にする。井筒は、自らの「無垢なる原点」と称する『神秘哲学』から、遺作となった『意識の形而上学』に至るまで一貫して、プロティノスの体験——言葉にできない、すなわち言葉を超えているという点で「神秘体験」と名づけられる——に、プロティノスが実際にその眼で見た光景に、こだわり続ける。

『神秘哲学』が書き上げられたとき、井筒が目指していたのは西方の極である。プロティノスによってはじめて統一された二つの原理、エクスタシスとエントゥシアスモスの総合はギリシアのヘレニズム的な世界だけでは完結せず、一神教の教えを伝えるヘブライズム的な世界と合流して、中世キリスト教が可能にした神秘主義思想、アビラの聖テレジアと十字架のヨハネで真の完成を迎えるという構想を、井筒は抱いていた。しかし、カール・グスタフ・ユングとルドルフ・オットーによって創出されたエラノス会議は、そうした井筒に対して、西方とはまったく異なった東方においても、憑依から導き出される二つの原理が成り立つことを充分すぎるほど教えてくれたはずである。井筒はエラノス会議に招かれる。井筒の前にエラノスに招かれたはじめての日本人は、鈴木大拙であった。井筒は、エラノスで大拙の営為を引き継ぐようなかたちで東洋思想を論じ、さらにはシャマニズムの根幹に「ヒエロファニー」(聖なるものの顕現)を据えるミルチャ・エリアーデと出会った。井筒は、そのエラノスで、一九八〇年に華厳的な世界認識の方法について論じている(「事事無礙・理理無礙」)。そこで華厳的な世界を表現するために井筒が選んだのが、『神秘哲学』以来、井筒が引用し続けるプロティノスのヴィジョンである。プロティノスは観想の果て、根源的な一者を遠くに望む、彼方の世界にたどり着く[*21]——。

あちらでは、すべてが透明で、暗い翳りはどこにもなく、遮るものは何一つない。あらゆるものが互いに底の底まですっかり透き通しだ。光が光を貫流する。ひとつ一つのものが、どれも己れの内部に一切のものを包蔵しており、同時に一切のものを、他者のひとつ一つの中に見る。だから、至るところに一切があり、一切が一切であり、ひとつ一つのものが、即、一切なのであって、燦然たるその光輝は際涯を知らぬ。ここでは、小・即・大である故に、すべてのものが巨大だ。太陽がそのまますべての星々であり、ひとつ一つの星、それぞれが太陽。ものは各々自分の特異性によって判然と他から区別されておりながら(従って、それぞれが別の名をもっておりながら)、しかもすべてが互いに他のなかに映現している。

「光」が「光」を貫き、すべての「光」は一つに融け合うとともに、無数の「光」となって発出される。透明に輝きわたる「光」の珠が無限に重なり合う。無限は無限に重なり合い、同時に「一」でもある。この地点が、憑依からはじまった哲学の帰結である。折口信夫も『背教者ユリアヌス』を通して新プラトン主義の哲学、その光のヴィジョンを知っていたはずだ。井筒俊彦にとってその地点は、同時に、憑依からはじまった宗教の帰結でもあった。井筒は、一神教の最終形態でありその純粋化であるイスラームの起源、預言者ムハンマドに下された神の啓示を、憑依の体験として捉えていた。神の「憑依」からはじまった宗教であるイスラームは、ユダヤ教とキリスト教の教義を一つに総合しつつ、さらにそこに、やはりプロティノスで一つの完成を迎えるギリシアの哲学を組み込んでゆく。自我を内部へと、あるいは外部へと遠く乗り超え、「神」へと至るために。

ムハンマドに下された神の啓示が『コーラン』としてまとめられ、さらにその教えがギリシアの光の哲学を取り込みながらアラビア半島を出でてアジアに広がり、井筒が最終的に選んだ約束の地——「光の高原」を意味するイラン——で「神秘」の哲学として一つの完成を迎えるプロセスは、この極東の列島で、やはり折口信夫をその末裔とする国学者たちが古代の聖典として選んだ『古事記』が編纂され、その冒頭に据えられた宇宙開闢神話が解釈によって再構築されていく過程とほとんどパラレルであった。[*22] ムハンマドがこの世を去ったのが六三二年、『コーラン』が現行のかたちに整理されたのは、第三代カリフとなったウスマーンの時代である（六五一年）。『古事記』が、「序」に登場させる天皇は六八二年にこの世を去った天武である。そして、「序」に記された編纂が完成した「時」とは、七一二年である。後述するように、実はそうした事実を確認する術はない。しかしながら、『古事記』に集約されているのが、『コーラン』と同様、この列島で七世紀にひとまずの完成を見た宗教＝政治の体制であることは間違いない。

井筒俊彦は、ギリシア哲学をそのなかに取り込んだイスラーム哲学の発展史を、大きく三期に分けている。第一期の終わりに位置するのがイブン・ルシュド（ラテン名アヴェロエス、一一二六—一一九八）である。アヴェロエスはイスラームにギリシア哲学を移植し、ヨーロッパで発展する一神教（キリスト教）スコラ哲学の基礎を築いた。イスラーム哲学史の第二期のはじまりを飾るのはアヴェロエスと同時代を生きたスフラワルディー（一一五五―一一九一）とイブン・アラビー（一一六五―一二四〇）である。スフラワルディー、イブン・アラビーともアラビアのスンナ派、いわゆるイスラームの顕教ではなく、アジアのイスラームであるペルシアのシーア派、つまりはイスラームの密教的な環境ではじめて発展することが可能になった神秘主義思想、スーフィズムを自らの哲学的な探究のはじまりとした。この地点でイスラームのヨーロッパ的な展開とアジア的な展開は二つに分かれる。

さまざまな信仰が習合するなかで「憑依」が哲学化され、さらに神秘主義的な実践と結びつくことで、アジアのイスラームに独自の哲学が創り上げられていったのである。その根本には、神秘的な修練を重ねることによって、人間の意識の奥底に「神」へと至る道がひらかれるという確信があった。プロティノスの営為はその導きとなった。人間は自らの内（「内在」）を突き詰めることによって、自らの外（「超越」）へと出ることができる。神は世界に超越するだけではなく、世界に内在するものでもあった。人は、「私」を乗り越え、「私」を無化した場所で、神と出会う。一神教が一神教である限りでの、ぎりぎりの場所、極限の場所である。『古事記』があらためて注目を浴びるのも、列島の諸神混淆時代たる中世の神仏習合期、アジアのイスラームにおいてスーフィズム的実践が哲学化されるのと同じ頃のことである。列島で神仏習合を促す原動力となったのは、やはり神人合一を教義の核心とする秘密の教え、仏教における神秘主義思想たる「密教」だった。

井筒俊彦は、イスラーム哲学史の第二期、スフラワルディーの「光」の哲学とイブン・アラビーの「存在」の哲学を一つに総合し、完成した人物としてモッラー・サドラー（一五七一あるいは一五七二―一六四〇）の名前をあげ、コンパクトではあるがその哲学の全貌を明らかにしてくれる代表作『存在認識の道　存在と本質について』を自らの手で日本語に翻訳する[*23]（一九七八年）。モッラー・サドラーが大成してくれた遺産を糧としてイスラームの現在、第三期の哲学がはじまる。

スピノザの完全な同時代人であるモッラー・サドラーの死と、本居宣長（一七三〇―一八〇一）の生の間には一〇〇年近い時間の隔たりがある。しかし、世界が一元化されはじめた時代を生き抜き、一方はイスラーム、一方は神道という、ともに一〇〇〇年を超えようという長い歴史を経た宗教をいかに純粋化していくのかという課題を担ったことにおいて、この二人が果たした役割に変わりはない。彼ら二人が成し遂げた解釈学においては、古代に還ることがそのまま未来を切りひらくことに通じていた。そこに出現するのは、世界の一元化に対抗するようなかたちで組織された、一元化された宗教の神だった。

モッラー・サドラーは「憑依」が可能にした一元論的な地平――自己と他者、主体と客体という区別が無化されてしまった場所――に顕現してくる神が、解釈学を積み重ね、「秘密」の修練を経ることによって、どのような姿をまとうようになったのか、きわめて明晰に、しかもまた同時にきわめて美しいヴィジョンのうちに描き出してくれる。その神の姿は、本居宣長が最晩年の仕事である『古事記伝』によって、また、折口信夫がやはり最晩年の神道宗教化論のなかで見出そうとした、神道の中心に位置すべき神の真の姿を教えてくれる。だからこそ、井筒俊彦は自らの手で、その神の姿を日本語の表現として定着しなければならなかったのだ。

モッラー・サドラーは、スフラワルディーの静的な「光」の世界、イデア的な本質の世界と、イブン・アラビーの動的な「存在」の世界、現実に個物が存在している世界を一つにむすび合わせる。エクスタシスとエントゥシアスモスの最も創造的な融合でもある。神は万物に「光」を与え、「存在」を与える。神とは唯一の実在であるとともに、神の存在の内部には、「無限に異る様相」、あるいは「無限に異る実在性の濃淡の度合」がある。モッラー・サドラー自身の言葉では、こうなる――。

かくて、唯一なる絶対者以外の全ての存在は、絶対者自体の十方に発散する光耀の一閃にすぎず、絶対者の数限りない側面の一側面にすぎない。すなわち、一切の存在者を通じて唯一の根源があり、それこそあらゆる実在を実在化し、あらゆるものをものとして成立せしめ、あらゆる本体を本体たらしめるものである。それこそ真のリアリティーであって、他はことごとくそれの様相にすぎない。それこそ真の光であって、他はことごとくその光映にすぎない。それこそ太源であり、それ以外の一切のものはそれの様々に異る顕現であり自己示現である。それこそ最初にして最後なるもの、外なるものにして内なるものである。

外なるものと内なるもの、神の内在と超越は一つにつながる。光源とそこから発した無数の光のように、鏡とそこに映る無数の映像のように、海とそこに荒れ騒ぐ無数の波のように、唯一なる存在と無数の存在者は一つにむすび合わされて、今ここに現成している。そこで、人は、一であるとともに多である世界の真実、世界の真のリアリティに出会う。折口信夫が『死者の書』の末尾に記した、「唯一人の色身《シキシン》の幻」から生み出される「数千地涌《スセンヂユ》の菩薩の姿」、唯一の光源から発生してくる無限の光線——それら無限の光線は唯一の光源へと回帰する——とほとんど等しいヴィジョンである。世界大戦の予兆のなかで『死者の書』を発表した折口信夫は、そこで得たヴィジョンを、世界大戦の後、「神道の宗教化」を目指した一連の講演で、『古事記』の冒頭に出現する「産霊」の神として解釈し直していく。そこに最後の折口信夫が立ち現れる。

1　折口のコカイン常用については、最晩年になされた柳田國男との対話「民俗学から民族学へ」のなかで折口自身が述べている言葉を引くのが最も適当であろう。柳田から、折口が駆使している直観的（つまり演繹的）な民俗探究の方法は、自らが慎重に組織している帰納的な方法とは違うという表明を受けて、折口はこう答えている——「民俗学に関する情熱の盛んな時代には、コカインがあれば書くといふやうなことで、書く時は四十八時間位続けて書いた」、つまり「神がゝり」のようなものであるが、コカインによる陶酔のなかで自らのうちに「潜在してゐるものが出てくる」ようでもあった、と（『全集』別3・六一一）。当然のことながら、柳田は、折口が実践していたそのような方法については否定的な見解をもっていた。折口の告白を受けて、「実際ひどい状態だった。あれは本当に危なかった」と柳田は返している（『全集』同・六一二）。
2　さらにもう一つ、イスラームの教義との親近性をもつキリスト教異端ネストリウス派の問題がある。折口信夫が『死者の書』の続篇として書き続けていた物語は、弘法大師・空海が唐の都・長安で「景教」と名づけられていたネストリウス派の教義を真言密教の教義のなかに溶かし込むようなかたちで列島に将来したという説にもとづいていた。明治三〇年代から雑誌『新仏教』の周辺で囁かれはじめた説である。ネストリウス派は、イエスの母マリアのもつ聖性を否定したことによって異端宣告を受け、中央アジアから東方へと布教の場を移さざるを得なかった。真の救世主は人間的な母胎を経由することなく神から直接生み落とされる。

折口信夫は、南島のフィールドワークによって見出された「すでる」という蛇の脱皮などをあらわす言葉を、「母胎を経ない誕生」あるいは「死からの誕生（復活）」として理解していた（「若水の話」、『全集』2・一二〇）。王は「すでる」のである。

3　『全集』17・四二四および四二五。なお前掲「民俗学から民族学へ」のなかでも、最も大きな影響を受けた「外国の本」は何かという問いかけに、折口はこう答えている。「外国の本」はあまり読んでいないが、「その傾向のあるもので確かに影響を受けた本は、一冊読んでゐる。メレジュコフスキの『神々の死』です。普通ならば歴史の方からの影響を受ける筈なのですが、あれは不思議にフォークロア風な刺戟が働く本でした」（『全集』別3・六〇八）。ちなみに柳田國男は、折口の発言の直前に、こう答えていた。私が陶酔するような気持ちで読んだ「外国の本」はフレイザーの『金枝篇』だけです、と。折口にとって『背教者ユリアヌス』は『金枝篇』以上の影響力をもった書物だったのである。『背教者ユリアヌス』と折口信夫の関係および岩野泡鳴と折口信夫の関係については、拙著『光の曼陀羅　日本文学論』のなかですでに充分な分量を使って論じている。本章ではそのエッセンスのみを提示する。

4　『背教者ユリアヌス』のサブタイトルである「神々の死」は、折口古代学においても重要な主題となった。折口は『古代研究』に収録された「国文学の発生（第二稿）」、そして戦後の「神道の宗教化」論の一環をなす講演「神道の新しい方向」のきわめて重要なポイントに「神々の死」という言葉を書き込んでいる。「神々の死」とその復活という課題は折口古代学を一つに貫くものだった。

5　メレシコーフスキイの「キリストと反キリスト」三部作は米川正夫と米川哲夫によって河出書房新社から邦訳が刊行されている。メレシコーフスキイの生涯および思想については邦訳三部作それぞれの巻末に付された米川哲夫および米川良夫の手になる「解説」に詳しい。以下、『背教者ユリアヌス』の登場人物名については米川正夫による邦訳（河出書房新社、一九八六年）に準じ、引用は島村苳三訳より行う。なお、メレシコーフスキイにはトルストイを「肉の預言者」、ドストエフスキイを「霊の預言者」として対比的に論じた長文の評論『トルストイとドストエフスキイ』があり、この大著は井筒俊彦の『ロシア的人間』の重要な参考文献となっている。

6　以下、「ミトラの秘法」については、島村苳三訳一四四―一四五頁、「ヤンブリコスの神」については、同四〇―四一頁。

7　メレシコーフスキイが『背教者ユリアヌス』で提示した「神」の姿に震撼させられたのは折口信夫だけではない。折口と同時代を生きた大川周明もまた島村苳三訳『背教者ジゥリアノ』を所蔵しており、自らの手で「ヤンブリコスの神」の部分の翻訳を手がけ、「ヤムブリクスとジュリヤヌス」と題し、白川龍太郎の名義で「道会」の機関誌である『道』の第八〇号（一九一四年一二月号）に発表していた。大川周明と藤無染は多くの人間関係を共有していた。『中央公論』から分かれて『新公論』を創刊した櫻井義肇、その分身にして新公論の「影の社主」であるとさえ称された高楠順次郎、高輪仏教大学の学長をつとめるとともに東京帝国大学で大川を教えた前田慧雲、「道会」に心霊学を導入した平井金三、さらには彼らの学問上の師であるマックス・ミュラー。大川は、折口が『背教者ユリアヌス』の刊行に衝撃を受けた明治四三年（一九一〇）、やはり雑誌『道』（第二五号）に、「神秘的マホメット教」という小論を発表している。大川はそこでイスラームの神秘主義思想スーフィズムを論じ、その核心に人間と「神との神秘的合一」を見出し、その源泉としてプロティノスによって大成された「汎神的」な新プラトン主義の哲学を位置づけている。マックス・ミュラーの著書から示唆を受けたことが末尾に記されている。

8　初出は『民族学研究』第一五巻第二号、現在は谷川健一編、『叢書わが沖縄』第四巻『村落共同体』（木耳社、一九七一年）に収録。以下、この叢書版の頁数を指示する。なお、この巻には「聞得大君と御新下り」についてのさまざまな情報が集大成されている。

9　この箇所の引用は『全集』より行っている。『全集』2・八一。

10　前掲叢書版、三〇四頁。

11　「大正十四年、久高島外間ノロから直接採集した聞得大君おあらおりの儀式も、殆ど同一の形式をもって行われているので、その大略を摘録しておくことにする」、前掲叢書版、三一六頁。

12　「最古日本の女性生活の根柢」より。久高島では、花嫁は婚礼当夜から家を遁げ出して島のあちらこちらに隠れて夜は決して姿を見せない――「長く隠れ了せた程、結構な結婚と見なされる。「内間《ウチマ》まか」と言ひ、職名外間祝女《ホカマノロ》と言はれて居る人などは、今年七十七八であるが、嫁入りの当時に、七十幾日隠れとほしたと言ふが、此が頂上ださうである」（『全集』2・一五五）。なお、この「最古日本の女性生活の根柢」には、「女帝考」に先だって「中天皇《ナカツスメラミコト》」――霊的に強い力をもち、神と天皇の間に立って神の声を天皇に伝える役割を果たした女性――として存在したであろう古代の女帝について論じられており、さらには、「沖縄本島では聞得大君を君主と同格に見た史実がない。が、島々の旧記には其痕跡が残つて居る」（『全集』同・一四八）等々の記述が残されていることから、「女帝考」の真の起源が聞得大君という存在にあったことがわかる。折口は、聞得大君の「御新下り」をモデルとして「大嘗祭」関係の論考を構想していたと推定することも許されるだろう。また、「女帝考」に至る折口の一連の「水の女」論、「中天皇」論の背景として、大正天皇の皇后（貞明皇后）の存在を考えることも可能であろう――原武史他、前掲討議「折口信夫に出会い直す」。

13　以下に続く記述は、前掲叢書版の三一三―三一六頁の記述を、引用を交えながら要約したものである。

14　「神霊《せじ》」について、「琉球の宗教」の最終増補版（『古代研究』に収録されたもの）で、折口はこうまとめている――「すぢ・せぢ・ますぢなどを、接尾語とした神語がある。柳田国男先生は、此すぢをもつて、我国の古語、稜威《イツ》と一つものとして、まな信仰の一様式と見て居られる」（『全集』2・五二）。まさに「大嘗祭の本義」での考察がはじまっていく一節でもある。折口にとって「すでる」という言葉も、「せぢ」を受けて復活するという、ここに述べられている一連の「神語」と密接な関連をもった縁語である。

15　だからと言って、列島では失われてしまった古代が南島ではいまだ生きているということが言いたいわけではない。聞得大君を頂点とするピラミッド型の権力システムが南島で整備されたのは一五世紀から一六世紀にかけてであり、列島に存在していた皇位継承システムを応用したという可能性も高いからだ。しかしながら、これだけ鮮やかに男女の役割が逆転してもシステム自体が成り立っていることを考えれば、男性のみを通じた万世一系という皇位継承システムの方が一つのフィクションに過ぎないことも同時に判明するであろう。

16　以下、いずれも「信太妻の話」からの引用である。『全集』2・二七一および二八二。

17　「師と朋友」より、『読むと書く　井筒俊彦エッセイ集』（慶應義塾大学出版会、二〇〇九年）、五九〇—五九一頁。

18　司馬遼太郎との対話、「二十世紀末の闇と光」のなかでの発言。『井筒俊彦著作集』別巻（中央公論社、一九九三年）、三七九頁。また以下、井筒の『神秘哲学』からの引用はすべてこの著作集の第一巻『神秘哲学』（同、一九九一年）から行い、頁数のみ記す。

19　井筒自身そのことははっきりと認識していた。『神秘哲学』の第一部第一章には、こう明記されている——「本書は古代ギリシアの自然学の発展を平面的歴史的に叙述しようとするものではなく、身をこの一種独特な世界観生成の渦中に投じ、西欧哲学史の発端に蟠踞して全宇宙を睥睨する巨大な哲人達の自然体験を親しく追体験し、もってギリシア哲学の発生の過程を主体的に把握しようとするものである。すでに主体的把握である以上、それがきわめて主観的であることは言をまたない。そしてもし客観的であることが一般に学的認識の根本条件であるならば、このような主観的叙述は学ではあり得ないかも知れぬ」（二三頁）。

20　エウリピデスの翻訳については一〇七—一〇八頁、井筒の解釈については一一二—一一三頁。

21　『井筒俊彦著作集』第九巻（中央公論社、一九九二年）、一二三頁。

22　以下、日本史関連の典拠は吉川弘文館の『国史大辞典』、イスラーム関連の典拠は黒田壽郎の編になる東京堂出版の『イスラーム辞典』を主に用いている。

23　以下、『存在認識の道』からの引用は、『井筒俊彦著作集』第一〇巻（中央公論社、一九九三年）、二五二—二五三頁、一八二頁。

民族史観における他界観念

第二次世界大戦の終戦後、折口信夫は神道を宗教化することを唱え、連続する四つの講演（そのうちの一つは新聞記事としての執筆）を行った。[*1]「神道の友人よ」「民族教より人類教へ」「神道宗教化の意義」「神道の新しい方向」である。それらのすべてにおいて教派神道の問題が深く論じられていた。折口が「産霊」の神をあらためて正面から取り上げるのは、これら一連の「神道宗教化」論のなか、特に「神道宗教化の意義」と「神道の新しい方向」においてであった。「神道宗教化の意義」には、こうある——。

天照大神が何か重大なことをなされる時は必ず、高産霊神や神産霊神が出現してをられる。生物の根本になるたまがあるが、それが理想的な形に入れられると、その物質も生命を持ち、物質も大きくなり、霊魂も亦大きく発達する。その霊《タマ》が働くことが出来、その術をむすぶといふのだ。むすぶは霊魂を物に密着させることになる。霊魂をものゝ中に入れて、それが育つやうな術を行ふことだ。つまりむすびの神は、それ等の術を行ふ主たる神だ。この神の力によつて生命が活動し、万物が出来て来る。だからその神は天地の外に分離して、超越して表れてゐるのだ。神をつくる神、それから分化した人をつくる神は、それが我々の生命をこの世に齎したことになり、それが高産霊神・神産霊神であらうが、これを祖先神だと考へることは、第一義的ではない。

つづいて「神道の新しい方向」では、「事実においては日本の神を考へます時には、みな一神的な考へ方になるのです」と記され、「神々の死」に言及し、こう述べられる——「われ〳〵は、日本の神々を、宗教の上に復活させて、千年以来の神の軛《クビキ》から解放してさし上げなければならぬのです」と。「産霊」は『古事記』の冒頭に出現してくる神である。おそらく折口のこの表明には、「産霊」を『古事記』以前、すなわち「国家」を神話的に基礎づける記紀神話以前へと遡り、「産霊」に列島の根源的な神としての相貌を取り戻させるという強い意志が込められている。しかも、その実現不可能な試みを、「産霊」をはじめて発見した本居宣長の解釈学とは異なった方法を用いて実現しようというのである。

折口信夫は、「神道宗教化の意義」と同様に「神道の新しい方向」でも、「産霊」の神を「霊魂を与へるとともに、肉体と霊魂との間に、生命を生じさせる、さういふ力を持つた神」と捉えており、「魂を植ゑつけた神で、人間神ではない」と断言している。そして「産霊」の神のもつ性格について、こうまとめている——。

われ〳〵はまづ、産霊神を祖先として感ずることを止めなければなりません。宗教の神を、われ〳〵人間の祖先であるといふ風に考へるのは、神道教を誤謬に導くものです。それからして、宗教と関係の薄い特殊な倫理観をすら導き込むやうになつたのです。だからまづ其最初の難点であるところの、これらの大きな神々をば、われ〳〵の人間系図の中から引き離して、系図以外に独立した宗教上の神として考へるのが、至当だと思ひます。さうして其神によつて、われ〳〵の心身がかく発育して来た。われ〳〵の神話の上では、われ〳〵の住んでゐる此土地も、われ〳〵の眺める山川草木も、総て此神が、それ〴〵、適当な霊魂を附与したのが発育して来て、国土として生き、草木として生き、山川として成長して来た。人間・動物・地理・地物皆、生命を完了してゐるのだといふことをば、まう一度、新しい立場から信じ直さなければならないと思ひます。

折口信夫にとって、「産霊」の神は森羅万象あらゆるものに霊魂を附与する「技術」を体現する神であるとともに、森羅万象あらゆるものの「発生」をつかさどる根源的な神であった。「産霊」のもつ機能は、「技術」と「発生」に分かれている。まずは「産霊」の神を「発生」の側面から論じてみたい。最も重要なのは、折口にとって根源的な神とは、天皇の「系図」につながる「祖先神」ではなかったということである。天皇は神ではなく、神の末裔でもなかった。「産霊の神は、天照大神の系統とは系統が違ふ」のだ。[*2] 折口にとってアマテラスとは、列島の根源神（「日の神」）に仕える「水の女」にして「神の嫁」、つまり南島の聞得大君および古代列島の女帝たちがもっていた力を抽出して概念化した存在（「水の神」）に過ぎなかった。[*3] 列島の根源神は「人間神」ではなかったのだ。

「祖先神」でもなく「人間神」でもない根源的な神。戦後の折口信夫が柳田國男の「祖霊」概念に根本から異議を唱えなければならなかったのは、いわば必然だった。死の前年に発表された霊魂論にして他界論の集大成である「民族史観における他界観念」で、折口は、こう記すことになる[*4]――「この世界における我々――さうして他界における祖先霊魂。何と言ふ単純さか。宗教上の問題は、祖・裔即、死者・生者の対立に尽きてしまふ。我々は、我々に到るまでの間に、もつと複雑な霊的存在の、錯雑混淆を経験して来た。祖裔二元とも言ふべき考へ方は、近世神道家の合理観よりも、もつと甚しく素朴である」。

痛烈な柳田祖霊論への批判である。人間的な祖霊論に対する折口の批判は、「国家」によって組織された「祖先神」を頂点にいただく「宮廷神道」に対する批判へとつながっていく。折口にとって、霊魂を「祖裔関係」によって組織し、列島で最も力をもった神道の教義を確立したものこそが「宮廷神道」であった。この「宮廷神道」を徹底的に解体することから、根源的な神道、つまり「神道以前の神道」へと至る道がひらかれる――「之〔宮廷神道〕を解放して、祖先と子孫とを、単なる霊魂と霊魂の姿に見更めることが、神道以前の神道なのだと思ふ」。霊魂を「人間」から解放して、より「自由な状態」において考えていかなければならない。霊魂に祖先と子孫という関係は存在しない。ただ生命を発生させる根源的な神、力の源泉にして物質の源泉である「たま」が存在するだけなのだ。

折口信夫のこうした考え方は戦後に生まれたわけではない。折口はすでに『古代研究』の段階で天皇をミコトモチであると定義していたし、霊魂を形成する根源的な力＝物質を「たま」とし、その発生の力をつかさどるものを「産霊」としていた。根源的な神から権威の源泉である「ミコト」（御言葉）――折口の議論を素直に追っていけばその神の聖なる言葉こそが「天皇霊」である――を下され、「ミコト」を自らのうちに「モツ」、神の聖なる言葉を自身で聴くと同時にその聖なる言葉を人々に向かって宣り伝えることができる存在が天皇なのである。生身の天皇は「ミコト」（天皇霊）の「容れ物」に過ぎない。天皇は、肉体的な〈血〉によってではなく、精神的な〈霊〉によって選ばれる。だから天皇は男性である必要さえない。逆に女性の方がふさわしい。強大な霊的力（「たま」）に「憑依」される資質をもった者こそが王として即位することができるのである。しかも列島の原初の王は、おそらくは共同体あるいは国家の公的な権力の外側に存在していた。南島の聞得大君を頂点とした巫女たちの公的なピラミッド組織を構成する「ノロ」（あるいは「ツカサ」）たちではなく、そうした組織の外側に排除され、しかしながら強烈な神憑りによって突如として聖なる存在となる「ユタ」たちのように。中山みきや出口なおのように……。「ノロ」は神憑りを行わないのだ。

霊魂を人間的な祖霊とのみ考えることは、人間から、動物や植物や鉱物、さらには森羅万象あらゆるものとむすばれ合う可能性を奪い取ってしまう。折口信夫は、第二回南島調査旅行の最後に、その年の収穫を祝福し、来たるべき年の豊穣を祈願する「祝祭」の直中で、他界（「ニィル」）から出現してくるという二体の巨大な聖なる「怪物」の話を耳にしていた。厳重に封鎖された秘密の洞窟のなかで、若者たちは全身に草をまとい、聖なる水によって再生した仮面を身につけ、神へと変身する。仮面も、若者たちも、ともに神として「すでる」のである。つまり若者たちは人間的な死を経ることによって神として生まれ変わる。聖なる洞窟のなかでは根源的な生殖が行われている。そのとき、神と、神に捧げられた聖なる獣と、人間は一つにむすばれ合う。

折口信夫は、「信太妻の話」で報告した、聖なる島では人間の祖となった儒艮を犠牲に捧げて「神と村人との相嘗《アヒナメ》に供へた」[*5]という伝承を、「民族史観における他界観念」では「沖縄式とてみずむ」の問題として、あらためて論じ直していく。ごく近しい存在を喰らうことによって自己のなかに生かすという「食人習俗」とも重なり合ってくるこうした習慣がもつ真実は、「霊魂信仰」からのみ考察することが可能である。すなわち――「海獣の中なる霊魂は、われ〳〵と共通の要素を持つてゐる。さうして人間身は現ずることをせぬが、変ずることなき他界身の中に、共通のものを持つてゐる。霊魂観が更に一転すれば、又更めて、海獣の霊魂が、人身を現ずると言ふやうな考へ方を持つやうになるのである」。

人間と海獣が同じ「霊魂」をもっているからこそ、種を超えて通じ合うことができるのである。さらに、人間と海獣が共通の「霊魂」をもっているとするならば、現実界の人間身は容易に幽冥界の他界身（海獣）へと変身することが可能となる。その逆もまた然りである。現実界の人間は他界の聖なる獣へと変身し、聖なる獣もまた人間へと変身する。そのとき、聖なる洞窟から出現する二体の「怪物」たちのように、他界身と人間身を兼ね備えるものもあるだろうし、ただ単に「人外身」をもつだけのものもあるだろう。列島の根源的な信仰である「霊魂《たま》」にもとづいた「とてみずむ」によれば、そうした関係を植物や鉱物にまで広げていくことも可能なのである。「祖先神」でも「人間神」でもない根源的な神である「たま」によって種を超えた変身が可能になるのだ。

折口信夫は「民族史観における他界観念」の最終章の冒頭で、列島の根源的な信仰として「らいふ・いんでくす」（生命指標）への信仰を取り上げ、こう論じている――「遠処にある動物・植物・鉱物が、人の霊魂を保有してゐる。其人を左右するには、現身に手を加へることは無意味である。そのらいふ・いんでくすなる獣・鳥・石・木などに内在する霊魂を自由にする外はない。此外存物と霊魂と、人間現身との関聯が、生命指標の信仰とてむとを繋いでゐると言はねばならぬ」。浸透する物質であり生成する力でもある霊魂《たま》を通じて森羅万象あらゆるものが混淆し、森羅万象あらゆるものが発生してくる。そして折口は、そうしたヴィジョンを、ただ机上の論理として組み立てていたわけではない。

海岸の聖なる洞窟から出現する獰猛な二体の仮面神による祭祀の詳細な報告を耳にした第二回南島調査旅行で、折口信夫は、八重山諸島の中心地である石垣島の市街で旧盆の行事「あんがまあ」（折口の表記に従う、以下同）に遭遇する。「あんがまあ」は、「後生」（「後世」とも、つまりは「後の世」、死後の世界のことである）から、やはり仮面をつけた「対」である翁と媼の二人に率いられた顔を隠した集団が、村の家々を次々と訪れ、掛け合いや歌や踊りを披露してまた「後生」に戻っていくという行事である。顔を隠した集団は全員が女装している。「念仏踊り」と深い関係をもっているのではないか、と推定されている。「あんがまあ」は折口が実際に目にすることができた唯一のマレビト祭祀である。

折口信夫のマレビト論を代表する「国文学の発生（第三稿）」においても、芸能論を代表する「翁の発生」においても、「あんがまあ」はマレビト＝翁を説明するための特権的な例となっていた。[*6]「翁の発生」では、「あんがまあ」の在り方から「神と人間との間の精霊の一種」という存在が導き出され、「国文学の発生（第三稿）」ではそれがそのままマレビトの定義となる。マレビトは「来訪する神」であり「人にして神なるもの」であった。すなわち――「てつとりばやく、私の考へるまれびとの原の姿を言へば、神であつた。第一義に於ては古代の村々に、海のあなたから時あつて来り臨んで、其村人どもの生活を幸福にして還る霊物を意味して居た」。

さらに折口は、翁と媼に率いられた「あんがまあ」の集団について、現在見られるようになる以前の姿を、こう述べている――「盆の三日間夜に入ると、村中を廻つて、迎へられる家に入つて、座敷に上つて饗応を受ける。勿論若い衆連の仮装で、顔は絶対に露さない。元は、芭蕉の葉を頭から垂れて、葉の裂け目から目を出して居たと言ふが、今は木綿を以て頭顔を包んで、其に眉目を画き、鼻を作つて、仮面の様にして居る」。まさに樹木の精霊である。[*7]聖なる洞窟から出現する獰猛な仮面神である赤マタおよび黒マタと親近性をもった存在であるとともに、「翁の発生」と「国文学の発生（第三稿）」にいう「神と人間との間の精霊の一種」、山野を跋扈する野生の精霊たち、つまりは来訪する「霊物」の姿そのものであろう。

翁と媼という一対の老人が「眷属の精霊を大勢引き連れて、盆の月夜のまつ白な光の下を練り出して来る」という「あんがまあ」の集団を、折口は「国文学の発生（第三稿）」の段階では「祖霊の群行」と捉えていた。しかし、実は「あんがまあ」たちが自分たちの分身としてこの世にもたらしてくれるものは、穏やかな「祖霊」たちの「善」だけではない。さまざまに荒ぶる「邪霊」たちの「悪」もまた、あの世から引き連れてきてしまうのだ。折口が見た「あんがまあ」の真の姿は、実は「民族史観における他界観念」の「念仏踊り」に描かれたものに近い。

「村を離れた墓地なる山などから群行して、新盆の家或は部落の大家の庭に姿を顕す」その念仏踊りの集団について、折口は、「民族史観における他界観念」のなかで、こう描写していた[*8]――「念仏踊りの中に、色々な姿で、祖霊・未成霊・無縁霊の信仰が現れてゐることを知る。墓山から練り出して来るのは、祖先聖霊が、子孫の村に出現する形で、他界神の来訪の印象を、やはりはつきりと留めてゐる。行道の賑かな列を組んで来るのは、他界神に多くの伴神――小他界神――が従つてゐる形として遺つた祖先聖霊の眷族であり、同時に又未成霊の姿をも示してゐる。而も全体を通じて見ると、野山に充ちて無縁亡霊が、群来する様にも思へるのは、其姿の中に、古い信仰の印象が、復元しようとして来る訣なのである」。

他界から来訪する神とその眷族とは、祖霊だけではないのだ。幼くして死んでしまったために他界に転生することができず山野を彷徨し続けている「未完成の霊魂」――「祖霊」に収まりきらないそのような霊魂が存在する真意を探ることが「民族史観における他界観念」のそもそもの出発点だった――や「荒ぶる御霊」となって人々にさまざまな害をなす「無縁亡霊」も、他界から群れをなして訪れてくる。末裔たちに祝福をもたらす祖霊ではなく、「野山に充ちて無縁亡霊が、群来する様」の方が、列島ではより古い信仰のかたちなのである。来訪する「神や伴神《トモガミ》」たちの姿を、それ以前の「霊魂及び霊魂群」の姿に戻してやらなければならない。折口のそうしたヴィジョンは、霊魂論のはじまりに位置する「餓鬼阿弥蘇生譚」に記された一節、「山野に充ちて人間を窺ふ精霊」と見事に呼応している。

第一回南島調査旅行で折口とともに沖縄本島の北端である山原《やんばる》地方を旅した島袋源七も、折口が序文を寄せた『山原の土俗』のなかで、旧盆の儀礼についてこう記していた[*9]――「△祖先の祭又は焼香の時は器にミンヌクとて米の粉を水に溶かしたものを入れ、盆祭には甘蔗、瓜、牛蒡、昆布等七種の品を刻みて重箱に入れ七度水で洗ひ、米の粉をふりかけて戸口に置く。○祖先の霊に供へたものを食ひに来る鬼にふるまふためのもの［△と○は原文にあらわれる区切りの記号］」。祖霊とともに「鬼」、つまりは折口が「民族史観における他界観念」にいうところの「でもん・すぴりつと」たちもまた、群れをなして彼方の世界から訪れてくるのである。折口は、ほぼ間違いなく、そうした感覚を大正期の二度にわたる南島調査旅行で身につけることができたはずだ。それに対して、柳田國男は南島の豊年祭も、あるいは旧盆における精霊たちの群行も、体験していない。

旧盆に訪れてくる精霊たちはどこからやって来るのか。海から訪れ、また海へと還っていくのだという。[*10] 海には、善も悪も含めて無数の精霊が一つに溶け込んでいるのだ。おそらく死に至るまで折口信夫が探究し続けた列島固有の「神」とは、さまざまな精霊が一つに溶け合って存在している、この「海」のようなものであるだろう。海からさまざまな波のかたちが生まれてくるように、「たま」からもさまざまな生命のかたちである「霊魂《たましひ》」、つまりは精霊たちが生まれてくる。海は、過去と現在と未来の波のかたちを潜在的にすべて孕んでいる。それ故、海は無限であり限界をもたない。「たま」もまた現在と過去と未来の「霊魂」のかたちを潜在的にすべて孕んでいる。それ故、「たま」もまた無限であり限界をもたない。海と波が無限に異なる度合いをもちながら一つのものであるように、「たま」と「霊魂」もまた無限に異なる度合いをもちながら一つのものである。

折口信夫は、すでに『古代研究』に収録された「古代生活の研究」の段階で、海を「根の国」であるとも「幽冥界」であるとも述べていた。さらにそこでは、「あんがまあ」が紹介され、「ニイル人」（赤マタと黒マタ）が紹介され、本島と先島（宮古諸島と八重山諸島）における他界観の違いについても、述べられていた[11]——「にらいかないは本島では浄土化されてゐるが、先島では神の国ながら、畏怖の念を多く交へてゐる。全体を通じて、幸福を持ち来す神の国でもあるが、禍ひの本地とも考へて居るのである」。こうした「常世の国」（ニライカナイ）の認識は、「民族史観における他界観念」で述べられた次のような見解に直結していく。古代人にとって他界とは——「歓びに裂けさうな来訪人を迎へる期待も、獰猛な獣に接する驚きに似てゐた。楽土は同時に地獄であり、浄罪所は、とりも直さず煉獄そのものであつた訣である」。

他界を発生させ、他界から発生してくる原初の神（「たま」）は善でも悪でもない。あるいは善にも悪にもなる。他界は、さまざまな「たま」が一つに混淆し、一つに融合している大海原のようなものとして存在している。そのような霊魂の海から森羅万象あらゆるものが生成されてくる。折口信夫の世界観を一言でまとめるとするならば、それは霊魂一元論的な世界である。折口は、そうした「霊魂一元論的な世界」を、近代的な宗教家としてではなく、「蒙昧なる霊魂の原野」を生きる古代人として考えようとした。その「霊魂の原野」に普遍的な宗教の起源、あるいは普遍的な宗教の発生を見ようとした。そのためには、万物に霊が宿るというアニミスティックな世界認識だけでは足りないのである。

霊魂の海を生成させ、霊魂の海から生成してくる「産霊」の神を、折口信夫は「祖先神」でも「人間神」でもなく「一神」の方向から考えていこうとしていた。「神道宗教化の意義」でも「産霊」の神は「天地の外に分離して、超越して表れてゐる」と書かれていた。折口のなかには、明らかに列島の根源神を一神教的な「超越神」として思考していこうという傾向がある。しかし、折口はその「超越神」に「産霊」という名は与えなかった。折口は古代神話のなかから抽出することができる「超越神」を、「既存者」と名づけたからだ。折口信夫の「一神」は、「既存者」と「産霊」という二つのペルソナをもつことになった。

「道徳の発生」（一九四九年）のなかで、折口は、列島にあらわれた原初の「一神」を、こう定義していた[*12]――まずは「創造者の位置に据ゑられた元《ハジメ》の神――既存者」、さらには「天地の意志と言ふ程抽象的ではないが、神と言ふ程具体的でもない。私どもは、之を既存者と言ふ名で呼んで、神なる語の印象を避けようとする」と。元《はじめ》の神たる「既存者」は、部落に天変地異のようなかたちで、すなわち「大風・豪雨・洪水・落雷・降雹など」で、罰を下す神である。「原始基督教的にえほばを考へる時も、此研究の為のよい対照になる」と折口自身が記していることから、「既存者」には明らかに一神教的、旧約的な怒れる神の側面が存在する。しかし折口が「既存者」に近い存在として挙げているのは「えほば」だけではない。

「えほば」に言及する直前に、折口は「支那の天帝信仰の形を充てはめて見ると、考へ易くなる」と記している。さらには天変地異によって部落を襲ふ「神以前の既存者」と書いた直後には、「而も天帝も、えほばも亦、かうした威力ある既存者であつたのである」と続けている。折口信夫は大学生の頃から一神教的な神に対する深い知識をもっていた。しかし、戦後のこの段階で折口がいう「一神」は、ユダヤ的な「えほば」をそのなかに含み、中国的な「天帝」をさえそのなかに含む、より広い概念であった。折口は、そうした「一神」を「至上神」とも言い換えている[*13]――「わが国の神界についての伝承は、其［既存者］から派生した神、其よりも遅れた神を最初に近い時期に溯上させて、神々の伝へを整理した為に、此神の性格も単純に断片化したものと思はれる。だから、創造神でないまでも、至上神である所の元の神の性質が、完全に伝つてゐないのである」。

この既存者＝至上神を日本の古代神話にあてはめてみれば、『古事記』において高皇産霊（タカミムスビ、以下、漢字表記とその読みは折口に従う）および神皇産霊（カミムスビ）という二つの「産霊」の神とともに出現する「造化三神」の一柱、天御中主（アメノミナカヌシ）の神が最もふさわしい――「所謂造化三神は、創造神らしい資格を伝へてゐぬが、「天御中主」の名から見ても、至上神・既存者としての素朴な考へを持つて見てゐたことが察せられる」。折口が「道徳の発生」で述べている至上神＝既存者という概念は、列島という枠を大きく超え出ている。実は、その概念は、当時最新の比較宗教学に由来するものだった。そう推定されている。折口のいう「至上神」は、イタリアの宗教学者ラッファエーレ・ペッタッツォーニ（Raffaele Pettazzoni, 1883-1959）が、「文化圏説」を唱えるとともにその最も古層の文化において「原始一神教」が存在することを想定したヴィルヘルム・シュミット（Wilhelm Schmidt, 1868-1954）との論争のなかで抽出してきた、「最高存在」とほぼ等しい。

シュミットもペッタッツォーニも、世界のさまざまな宗教の起源に、原初の「一神」が存在することを確信していた。雑誌『民族』に集った宇野円空や岡正雄はヨーロッパに相次いで留学し、ペッタッツォーニの論争の相手であるシュミットに師事した。それ故、シュミットとペッタッツォーニの論争、古代文化のなかに見出される「最高存在」はいかなる性質をもつ神だったのかという論争の詳細は、すでに昭和初期から、折口の周辺で、日本語を用いて報告されていたのである。その際、「最高存在」はつねに「至上神」と訳されてきた。[*14]

しかしながら、ペッタッツォーニの著作はおろか膨大なその論考の一部でさえ、日本にはまったくと言っていいほど紹介されていない。現在までのところ日本人が参照することができるほとんど唯一の論考である「至上者　現象学的構造と歴史的発展」[*15]のなかで、ペッタッツォーニは、世界のあらゆる「未開民族」のなかに見出される「至上神」のもつ概念を分析するために、まずは旧約の神ヤーヴェ（「えほば」）と比較する。ヤーヴェのような「魔的なあるものさえも持った敵意のある嫉妬深い神」、「おこりやすくまた容赦なく罰するという性質」をもった神さえも、「至上神」のもつ一つのヴァリエーションとして考えられている（アステカの神等々）。さらにはヤーヴェがもつ「世界の創造者、洪水を伴う処罰者、虹をもたらす調停者」という姿は、ギリシア神話のゼウスとも、あるいは「中国の天帝」とも、さらにはモンゴルの遊牧民がもつ「タングリ(Tangri)」(唯一の「天」)などとも比較することが充分に可能なのである。まさに折口信夫の「道徳の発生」に描き出された、「至上神」であるとともに「えほば」であり「天帝」でもあるという「既存者」の原型であろう。

折口信夫は、列島の原初の神の姿を、フィールドワークを通して土俗的な祭祀から、あるいは文献読解を通して最新の比較宗教学的な見地から、立体的に描き出そうとしたのである。それが、折口古代学がたどり着いた一つの結論である。しかし折口が最終的に見出した根源的な神は「既存者」と「産霊」という二つのペルソナをもっていた。『古事記』の冒頭に出現する「造化三神」が、「既存者」であるアメノミナカヌシと「産霊」の神であるタカミムスビ、カミムスビが相互に分かちがたい「三位一体」としてあったように。「既存者」は明らかに「超越神」としての性格を帯びている。しかし、「産霊」はそうではない。「民族史観における他界観念」によれば、「産霊」は、「獣・鳥・石・木などに内在する霊魂」を生成する神、つまり万物にその内部から生命を附与する「内在神」でなければならなかったはずだからだ。

「既存者」が上方の天空へと超越する「至上神」であるならば、「産霊」は天空ではなく下方へ、大地そのもの、あるいは大地を成り立たせている大海へと超越していく神だった。そう推定することも可能であろう。あるいは、万物を超越するような「一」ではなく、万物の基盤となるような「一」である、とも。折口信夫は「至上神」という、宗教を普遍から考察するための手段としての「一」を、当時最先端の学問的な成果として手に入れることができた。それだけでは満足せず、そこからさらに根源的な「一」を目指して飛躍しようとしていたのだ。[*16]

折口信夫が「至上神」の彼方に見出そうとした「産霊」は、あらゆるものの生成の基盤となるような根源的な「一」、もはやその時点では「一」を乗り越えた「一」、つまりは「無」あるいはゼロとしか言いようがない存在、絶対的な「一者」である。無限の「たま」を産出する、限界をもたない海として存在する「産霊」。もはやただ一つとしてそれを超越するものをもたないという点で、「産霊」とは内在の極限であり、あらゆるものの産出の原理となっていという点で、その外延は「自然」と等しい。神即自然として存在し、万物を産出する究極の物質にして究極の「内在神」。おそらくそれが、折口信夫が幻視した「産霊」の神の真の姿だった。

森羅万象あらゆるものは「たま」という「一」なる性質をもっている。それゆえさまざまな変身が可能になる。「たま」は神という力であり、神という物質である。折口信夫が、自らの古代学の結論として導き出した「産霊」を、一元論的にして汎神論的[*17]、あるいは一元論的にして唯物論的な体系として提示しておきたい。折口にとって汎神論と唯物論は等しいのだ。「憑依」とは、人間的な条件を破壊して、直接そのような神的な領域へと至るための手段だった。

1　いずれも『全集』20に収録。活字として発表されたものの間では時間的な前後が生じてしまっているが、すべて昭和二一年（一九四六）から翌年にかけて行われたものである。『全集』への収録順に記した。「神道宗教化の意義」からの引用は、『全集』同・三〇二より。この一節に続けて、「系図につながつてゐる神と、それにつながらぬ神とを区別して考へねばならぬ」とある。「神道の新しい方向」からの引用は、『全集』同・三〇八、三〇九、三一二、三一三より。ただし、折口が「産霊」の神を取り上げるのはこの「時」がはじめてではない。折口は『古代研究』の段階から一貫して「産霊」の神について考え続けてきた。

2　折口信夫がこの世を去る前年（一九五二年）に行われた特別講義「産霊の信仰」より（『全集』19・一四四）。

3　折口霊魂論の戦前における集大成である「石に出で入るもの」には、こうある——アマテラスの別名「大日孁貴と言ふのは、水の神といふ事になります」、「天照大神の仕へてゐられる神を日の神と見たのです」、「水の神が日の神に変つて来て居る訣です」（『全集』19・六四）。

4　以下、引用は『全集』20・二二、五〇、四九。折口信夫は戦争によって自身を「祖霊」に祀ってくれる「裔」となるはずの折口春洋を亡くしていた。しかも信夫と春洋は実際には「血」がつながっていない。祖霊論は、信夫と春洋のように「家族」の外を生きざるを得なかった者たちになんら救いをもたらさない。もちろんそうした関係性——異性愛にもとづいた血縁家族ではなく同性愛にもとづいた霊的共同体——だけが折口に「神道の宗教化」を強いたわけではない。しかしながら折口の特異な学は、折口の特異な生と表裏一体の関係にあることもまた事実である。折口古代学は自明の家族中心主義にアンチを突きつける。

5　「信太妻の話」からの引用は『全集』2・二七二、以下、「民族史観における他界観念」からの引用は『全集』20・六九、七〇、七一。

6　「翁の発生」からの引用は『全集』2・三五〇、「国文学の発生（第三稿）」からの引用は『全集』1・一三（マレビトの定義）および二九（原初の「あんがまあ」と「祖霊の群行」について）。

7　石垣島に在住する民俗学者の石垣博孝によれば、原初の「あんがまあ」には翁と嫗は存在しなかったのではないかと推測されているそうである。つまり、草の仮面を被った「樹木の精霊」たちが彼方の世界から訪れてくることが祭祀の原型なのである。沖縄本島の山原地方では、現在でも、旧盆の前後、集落の男たちが山の聖地で「草荘神」（草や木の葉をもって身を装った神――『宮古島旧記』による）へと変身するシヌグ祭祀、女たちが海から神を迎えるウンジャミ（ウンガミ）祭祀が「対」になるようなかたちで行われている。折口信夫は両祭祀に深い関心をもち、両祭祀が行われる聖地を訪れている（祭祀自体は見ていない）。男は「森の神」を迎えて変身し、女は「海の神」を迎えて変身する。ある場合には両者は入り混じる。折口が残した「沖縄採訪手帖」（『全集』18収録）には、「樹木の精霊」であるキジムナーについてのメモも多い。

8　『全集』20・三二および三三。なお前掲「沖縄採訪手帖」には、放浪する芸能者であり、それ故ある場合には差別の対象となる南島の「念仏者」についてのメモも目につく。次のパラグラフ末尾の「神や伴神」については『全集』同・五六。

9　引用は、昭和四年（一九二九）に郷土研究社から刊行された『山原の土俗』の復刻版（名著出版、一九七七年）より、二三六頁。現在でも島袋が記したものとほとんど同様のしきたりが存続している（二〇一三年七月、石垣島大浜地区での聞き取りによる）。

10　盆の精霊が海から訪れ、海に還っていくということは前掲の聞き取りによるが、以下に述べる神と海との関係は、山内志朗の『存在の一義性を求めて　ドゥンス・スコトゥスと13世紀の〈知〉の革命』（岩波書店、二〇一一年）の記述（一〇二―一一〇頁）をパラフレーズしたものである。中世のスコラ哲学が生み出した知の巨人の一人であるスコトゥスは、神を「無限なる実体の海」とすることで、神と「私」と「もの」を、ともに一なるもの（「存在の一義性」）から思考することに成功した。山内の思索の源泉の一つに井筒俊彦の営為が存在する。井筒はスコトゥスが依拠した「存在の一義性」を、数としての一を超えた絶対的かつ根源的な一、すなわち「無」としている――「井筒俊彦先生は「無性」と表現する場合もあります。しかし、『意識と本質』において十二分に示されたように、そして既に何度も触れてきたように、無性の世界は何もない世界ではなくて、森羅万象が現れ出る源泉、多様性の源泉としての『無性』でした。スコトゥスは、存在を「無限の実体の海」と表現しました。一なるものの中に無限に多様なものが溶け込んでいる姿なのです」（一七三頁）。この一と無と無限の関係は、きわめて素朴なかたちではあるが、メレシコーフスキイの『背教者ユリアヌス』においてもヤンブリコスが説く新プラトン主義的な「神」の姿として提示されていた。井筒俊彦の営為を、その原点である『神秘哲学』から最晩年の「東洋哲学」樹立への試みまで貫いているのもまた、プロティノスによる新プラトン主義の「光の哲学」である。

11　「古代生活の研究」からの引用は『全集』2・三五、「民族史観における他界観念」からの引用は『全集』20・四五（歓喜と畏怖が入り混じる他界観念について）、『全集』同・六五（「霊魂の原野」について）。

12　『全集』17・四〇〇および四〇三。「元の神」という呼称は教派神道、特に天理と大本に共通する根源神の名でもある。いずれも教主の「神憑り」のはじまりにそう名告っている。

13『全集』同・四〇一および四〇二。なお以下に述べる、折口の「既存者」とペッタッツォーニの「至上神」（「最高存在」）の関係について、私に最初に注意を喚起してくれたのは島薗進である。その後、ペッタッツォーニの宗教論を博士論文の主題とした江川純一から直接多くのことを学ぶことができた。江川によれば、そもそもペッタッツォーニが「至上神」（「最高存在」）という存在を考えるきっかけになったのは二〇代のはじめに行った日本研究、特に『古事記』の冒頭に登場する「天御中主」（アメノミナカヌシ）に導かれてであったという。日本の民俗学と世界の民族学は共振していたのである。ペッタッツォーニをはじめヨーロッパの宗教学と折口古代学の関係を論じた最も重要な論考として、江川純一「折口信夫における宗教学的思考　ライフ・インデクス論と最高存在論」（前掲の現代思想臨時増刊収録）がある。

14　最高存在すなわち「至上神」について日本語でなされた、おそらく最も早い報告は、宇野円空によって昭和六年（一九三一）に発表された「宗教起源説と至上神の問題　シュミット著『比較宗教史綱要』について」（『宗教研究』新第八巻第四号）である。しかし、折口のテクストに、「至上神」が登場するのはそれよりも早い――「列島論」の「折口信夫と台湾」を参照。以降、折口の「道徳の発生」が書かれる直前（一九四八年七月）に発表された宇野の直弟子の棚瀬襄爾による「原文化の至上神の属性について　シュミットとペツタツオーニの学説を中心として」（『民族学研究』第一三巻第一号）に至るまで、「宗教民族学」の重要な課題として「至上神」の問題は論じ続けられてきた。折口は雑誌『民族』の時代から戦中さらには戦後にかけて宇野円空と密接な関係を保ち続けてきた。宇野円空は、藤無染も所属した同人誌『仏教青年』の最も若い同人の一人であった。シュミットとペッタッツォーニの「最高存在」に対する見解の相違についてまとめておけば、シュミットがあくまでも「論理的因果的思考」を重視して人類の文化の古層に「一神教的な神」の姿を見出そうとしたのに対し、ペッタッツォーニは「神話的想像力および神話的空想力」を重視して「非一神教的な神」、すなわち自然現象の崇高さ（折口がいうところの天変地異の原因となる自然のもつ荒々しい神聖さ）のなかにその起源を探っている点にある（江川純一による）。

15　M・エリアーデとJ・M・キタガワの編になり、岸本英夫が監訳をつとめた『宗教学入門』（東京大学出版会、一九六二年）に収録、引用は八七、九〇頁より、「至上者」は「至上神」と、「中国の天」は「中国の天帝」と読み替えている。ペッタッツォーニが書物のかたちで本格的に「最高存在」を論じるのは一九二〇年代までさかのぼる（一九二二年に刊行された『神　宗教史における一神教の形成と発展』）。ペッタッツォーニが「最高存在」の一類型とした、モンゴルの遊牧民が崇める唯一の「天」を、『古事記』の冒頭にあらわれる唯一の「神」である「産霊」としたのは「騎馬民族征服王朝説」を神話論的に裏づけようとした岡正雄である。

16　折口古代学において「既存者」よりも「産霊」を重視する見解は、あくまでも個人的な解釈による。折口は「道徳の発生」では、明らかに「至上神」を「産霊」以前のものとして位置づけていた。また「道徳の発生」発表と同年に行われた柳田國男との対話「日本人の神と霊魂の観念そのほか」においても、こう述べていた――「霊魂［産霊を指す］を神より先に考へてゐたからだと思ひます。尤も霊魂が入つて出来る神以前に神観念がある。それが「既存者」といふべきもので、天御中主がそれに当る」(『全集』別3・五五七―五五八)。ここでも「既存者」＝至上神の「産霊」に対する先行性が考えられている。ただし、折口のテクストに「既存者」という言葉があらわれるのが戦後の一時期であるのに対して、「産霊」は『古代研究』以来一貫して論じ続けられている。私が、折口信夫の根源神として「産霊」を置く根拠である。

17 私はこの概念を、一九〇七年に鈴木大拙が英文で刊行した『大乗仏教概論』に記した一節、「宇宙は一元的にして汎神論的体系(monisticopantheistic、一即多)となる」から導き出している(佐々木閑訳、岩波書店、二〇〇四年、八二頁)。大拙は、一元論哲学が勃興するアメリカの地で列島の仏教哲学の根本をなすと考えた『大乗起信論』を英訳し(一九〇〇年)、その成果にもとづいてこの書物を出版した。大川周明も大拙訳の『大乗起信論』を所蔵していた。井筒俊彦の遺著となったのも、『『大乗起信論』の哲学』とサブタイトルが付された『意識の形而上学』(一九九三年)である。折口信夫による「産霊」の神学もまた、そうした近代日本思想史一〇〇年の流れのなかから考察しなければならないであろう。

第八章

宇宙

生命の指標

折口信夫が最後に到達した地点、「民族史観における他界観念」には、霊魂一元論的とでも称すべき野生の——つまりは「未開」であるとともに「古代的」（アルカイック）でもある——荒々しくも豊饒な世界が広がっていた。人間たちは、自分たちの祖先であり神でもある聖なる生贄を、祖先であり神でもある存在のために捧げた祝祭の最中に殺戮し、共食する。生贄は動物である場合もあり、植物である場合もあった。生きている場合もあり、死んでいる（収穫されている）場合もあった。

生贄の破壊は、生贄のなかに宿っている霊魂、生命の根源にある力を解放することでもある。解放された霊魂は、人間のみならず、森羅万象あらゆるものの生命を更新し、再生させる。人間と生贄と神、人間と動物と植物、生者と死者、つまり人間と森羅万象あらゆるものは霊魂によって一つにむすばれ合っていた。あるいは、生命の根源に霊魂という物質であるとともに力でもあるものを共有することで、人間と神、人間と森羅万象あらゆるものは一つに混じり合い、一つに溶け合うことが可能であった。すなわち、祝祭を通して人間は動物に、植物に、鉱物に、そして神に、変身することが可能であった。

折口信夫は、この世を去る一年ほど前の夏に、苦心惨憺の末にまとめ上げた「民族史観における他界観念」のなかで、そうした森羅万象を一つにむすび合わせる霊魂に対する信仰を、「らいふ・いんでくす」（生命指標）の信仰と呼び直していた[*1]——。

其［霊魂信仰］を無生物の上におしひろめると、植物・鉱物のとてむ観が生じる。一面から言へば、此観念はらいふ・いんでくすの信仰の根元となつてゐる。遠処にある動物・植物・鉱物が、人の霊魂を保有してゐる。其人を左右するには、現身に手を加へることは無意味である。そのらいふ・いんでくすなる獣・鳥・石・木などに内在する霊魂を自由にする外はない。此外存物と霊魂と、人間現身との関繋が、生命指標の信仰ととてむとを繋いでゐると言はねばならぬ。

折口がここで「らいふ・いんでくす」と言い、さらに「生命指標」と言い換えている概念の直接の起源は、昭和二年（一九二七）に、雑誌『民族』を刊行していた岡書院から、岡正雄が翻訳、出版したシャーロット・ソフィア・バーン（Charlotte Sophia Burne, 1850-1923）の編になる『民俗学概論』の巻末附録の一つとして付された「印欧民譚型表」にあると推定されている。民譚（民話）を分類する上での類型《タイプ》、その「六」として、「パンチキン或は生命指標型（Punchkin or Life-Index type）」が紹介されている。その民話は、次のような連続する五つのシークエンスからなっていた。[*2]

「霊魂を或る外物（「生命指標《ライフ・インデックス》」）中に隠匿してゐる巨人が、愛人の有る或る女と結婚する」→「女の愛人は女を捜索し、且見出す、そして夫たる巨人を殺すことを迫まる」→「女は「生命指標」の在所を発見しようと試みる、巨人は屢〻その試みをうまく外してしまふ。然し遂に秘密を語る」→「女は「生命指標」を破毀する、従つて巨人は死ぬ」→「女は愛人と駈落する」。

ただし、この「パンチキン」の物語は、バーンより以前に、J・G・フレイザーがいち早く『金枝篇』初版の結論部分で、呪術がいまだ生きている「未開社会」に特有な「外在する魂」信仰を典型的にあらわす例として取り上げていた。つまり、折口の天皇論の核となる「外来魂」概念の起源に直結するものだった。当然のことながら、折口もまた、岡の翻訳書刊行以前から、ライフ＝インデキス、すなわち生命指標としてまとめられる概念に深い関心を抱いていたと思われる。フレイザーやバーン、あるいは「印欧民譚型表」を作成したベアリング・グールドと並行し共振するようなかたちで、ヨーロッパの研究者が客観的な研究対象としてしか考えることができなかった霊魂信仰の諸相を、折口信夫は主観的に生きていたのである。

だからこそ、折口信夫は、ライフ＝インデキスを外在する「霊魂」として捉えるのみならず、ある場合には歌の発生に結びついた「呪詞」あるいは「枕詞」として、またある場合には「神」そのものとして捉えようとしたのであろう。ライフ＝インデキスという概念を介して、霊魂と言葉――直接性の言語もしくは表現性の言語――と神は、折口のなかで一つにむすび合わされていたのである。晩年の折口が記した自身の研究課題、「万葉集の基礎的研究」と「日本における霊魂信仰の研究」は、二つの別々のものではなく、相互に密接に関係し合った、表裏一体のものだった。

折口信夫が、ライフ＝インデキスを「枕詞」あるいは短歌発生の核である「呪詞の神髄」として論じるのは、昭和二二年（一九四七）に単行本として刊行された『日本文学の発生　序説』を構成する二つの章として収められた「文学様式の発生」と「声楽と文学と」においてである。「文学様式の発生」でまず論じられるのが、大嘗祭の際に天皇に捧げるために謡われる「風俗歌《フゾクウタ》」の問題である。「風俗歌」の根幹には古代の「地名」およびその「地名」に対しての深い信仰がある。なぜなら、「地名が、それの歴史と、歴史を伝へた古い詞章との、極端に圧搾せられたものとして、暗示深く、古代の心に沁みて居た」からである。[*3]

土地の名のなかには、人々がその土地に至るまでの、あるいはその土地に住みついた後の時間と空間の諸相、すなわち歴史が、一つに折り畳まれていたのだ。歌を詠むとは、土地の名のなかに幾重にも包み込まれていた時間と空間の諸相、すなわち歴史を、いまここに折り開いていくことなのである。そのとき、複雑に重なり合った過去の時間と空間が、現在の時間と空間と一つに溶け合い、甦ってくる。折口は、こう続けていく――。

語らずとも、詞章の内容は、其『生命の指標（らいふ・いんできす）』とも言ふべき地名を聞くと共に、具体化して胸にひろがつたのである。だから、之が歌によみこまれてゐると言ふことは、生命の指標をそのまゝ、其歌の中に、活してゐることになるのである。大嘗会の屏風歌が、さう言ふ信仰から出たものであり、さう固定して後も、尚昔どほりに、風俗歌として謡はれてゐた。歌の中に活かされたらいふ・いんできすが——或はらいふ・いんできすとしての歌自身が——、聖躬に入り申すもの、と考へて居たのである。

「枕詞」とは、ライフ＝インデキスすなわち霊魂によって発動される土地の名、もしくは土地の名そのものとなった霊魂、あるいはその土地の名の先触れとして、原初の「音」のようにして存在する何ものか、だった。もともと「枕」とは、神霊が一時的に寓《よ》るための神聖な場所を意味していた——「祭時に当つて、最大切な神語を託宣する者の、神霊の移るを待つ設備が、まくらである」[*4]。歌においてもまったく同じである——「人間に枕ある如く、歌の頭部に据ゑるからの名だと感じたりする類である。歌の生命標となるものなるが故に、歌枕であり、生命標として据ゑられる語なるが為に、枕詞であり、歌にとつて生命とも見える大切なものなるが故に、まくらごとと謂はれたと説けば、まづ誤りなく、此等の歌の用語の意義が解ける次第である」。

『万葉集』とは、このような枕詞、霊的な言葉、あるいは霊魂そのものとしての言葉が各所にちりばめられた霊的な書物だった。だから、折口信夫にとって『万葉集』として集大成された霊的な歌を残した「万葉びと」の生活を復元するためにまず参照されなければならなかったのが、土地の名、その古代からの由来が語られた『風土記』であった。「万葉びと」は、過去の記憶が幾重にも積み重ねられた枕詞を口ずさみ、それに続けて現在の土地の名を口ずさむ。枕詞、すなわち過去の記憶が、目の前の土地の名、すなわち現在の記憶として反復されながら一つに溶け合い、そこから次なる言葉、未来の詩語、未知なる記憶が導き出されてくる。歌とは、そのようにして発生してくるものだった。過去の記憶によって現在の記憶が導かれ、音によって意味が導かれる。そして、その反復と融合の最中に、新たなものが到来する。

折口信夫は「呪詞の生命標《ライフインデキス》」という一節が記された「声楽と文学と」のなかで、自身が『古代研究』をはじめるにあたって、民俗学篇1の巻頭論文「妣が国へ・常世へ」に据えた「間歇遺伝」（アタヴィズム）の方法も、単に心理状態の変化だけでは発動されず、ライフ＝インデキスとしての「呪詞」を実際に唱えているときにこそ発動されると説いている。[*5] 霊魂として存在する原初の「音」に導かれ、はじめて古代という「記憶」が甦るのである。「呪詞」は記録され、ただそこに存在しているだけでは歌としての生命をもたない。詩人によって実際に口ずさまれるとき、はじめて生命をもった歌となり、過去を甦らせる――「呪詞の命は、単に記憶せられ羅列せられた無生命の言語群の上にはなかつた。之が唱へられる時、言語と声音との間に発動するものこそ、詞章自身の命なのである」。

現在の音と現在の記憶に導かれて過去の意味と過去の記憶が甦る。詩語の生命とは、音と意味の間に、音と意味の「差異」そのものとして、つまりは現在の時空と過去の時空の「差異」そのものとして孕まれる。古代とは、霊魂として存在する「呪詞」、歌を発生させるライフ＝インデキスとしての詩語に宿るのだ。だからこそ、折口信夫は釈迢空というもう一つの名前、おそらくは「死者」の名前を使って、生涯歌を創り続けなければならなかったのである。歌が詠まれる度ごとに、古代が甦り、「死者」たちが甦ってくる。「発生」とは原初のとき、起源のときに行われたただ一度のものには限られない。歌とともに「発生」は繰り返され、過去と現在の記憶が一つに溶け合い、そこから新たな表現が生み落とされる。「声楽と文学と」のなか、「短歌の発生」と名付けられた節の冒頭に、折口は決定的な一言を記す[*6]――。

一度発生した原因は、ある状態の発生した後も、終熄するものではない。発生は、あるものを発生させるを目的としてゐるのでなく、自ら一つの傾向を保つて、唯進んで行くのだから、ある状態の発生したことが、其力の休止或は移動といふことにはならぬ訣である。だから、其力は発生させたものを、その発生した形において、更なる発生を促すと共に、ある発生をさせたと同じ方向に、やはり動いても居る。だから、発生の終へた後にも、おなじ原因は存してゐて、既に在る状態をも、相変らず起し、促してゐる訣なのだ。

「発生」は終熄しない。「発生」は繰り返され、その度ごとに新たな「発生」が続いていく。発生の「反復」が、「差異」の発生という新たなものを生み落とす。折口が祝祭に見ていたものも、歌に見ていたものも、絶えず反復される

「発生」であった。それゆえ、折口が求めていた神もまた、「発生」をつかさどり、「発生」の直中で新たなものを絶えず産出していくような神でなければならなかった。だからこそ、折口信夫の学問、釈迢空の表現は、霊魂をめぐって、詩の言葉をめぐって、さらには神をめぐって磨き上げられたのである。折口信夫にとっても、また釈迢空にとっても、霊魂、詩語、神はすべて等しい存在だったからだ。

折口信夫がライフ＝インデキスとして存在する神を論じたのは、昭和六年（一九三一）、すなわち『古代研究』の最終巻が刊行された一年後に発表された「原始信仰」においてであった。その論考にはこう記されていた[*7]――。

> とにかく、所謂生命の指標（Life Index）と謂はれて居るものは、我が国の原始信仰に於ては、とうてむであり、同時に、外来魂の常在所といふ事になるのである。これが、神道時代に這入ると、最平凡に考へられて、所謂神集《カンツマ》るところなる高天原の信仰になつたのである。

「生命の指標」に宿る原初の神、「神道時代」以前の神を、折口は「たましひ」とし、その「たましひ」は、いわゆる「魂」としての働きをもつばかりではなく、「肉体に結びつく力、同時に、それが生命《イノチ》を生ぜしめる力」をもつと定義する。つまり森羅万象の「発生」をつかさどる神として「たましひ」が存在していたのである。折口は、その発生をつかさどる原初の神、原初の「たましひ」を、「産霊」とした。『古事記』の冒頭、「造化三神」、すなわちアメノミナカヌシとともにタカミムスビおよびカミムスビ（高御産霊・神産霊）として出現する「産霊」の神である。言葉と霊魂の発生をつかさどる根源神としての「産霊」、その「産霊」から権威と表現の源泉である言葉と霊魂を受け取るマレビトとしての王（ミコトモチ）と乞食（ホカヒビト）。それが折口古代学を成り立たせている基本構造である。その構造を、客観的に研究していくことで折口信夫の学問が生まれ、主観的に表現していくことで釈迢空の短歌が生まれた。

さらに、この「産霊」という語を選択することによって、折口信夫は、近代を乗り越えて前近代、つまりは近世にまで遡る聖典解釈学の系譜の末端に位置づけられるとともに、その聖典解釈学の系譜を未来にひらいたのである。本居宣長（一七三〇—一八〇一）にはじまり、平田篤胤（一七七六—一八四三）によって展開させられた「国学」の最後の継承者になると同時に、「国学」を解体して、未知なる学として再構築してしまったのである。[8]「国学」を志す者は、古代に残された「意《ココロ》と事《コト》と言《コトバ》」が集約された「古語」（古言）を深く研究するとともに、その「古語」に新たな生命を吹き込むような歌を詠み続けなければならない。宣長も篤胤も歌を詠み、「古語」を解釈し続けた。その地点に、折口信夫の学と釈迢空の歌が位置づけ直されなければならない。

*

折口信夫が到達した「産霊」の神を十全に理解するためには、「産霊」という神の概念が提示された、起源の場所にまで遡っていく必要がある。その起源の場所は、本居宣長の『古事記伝』のなかに存在している。[9]『古事記』は、列島に残された最古の神話＝歴史の書と称されている。しかし、その「最古」である証しは、『古事記』自体に付された「序」にしか存在しない。宣長が『古事記』の価値を再発見し、『古事記』の解釈学を徹底して押し進めていかなければ、ひょっとしたらいまだに『古事記』は『日本書紀』を理解するための一つの特異なヴァリアントとして読まれ続けていたかもしれない。『古事記』に記録された神話群のなかには、列島の固有信仰の古層にダイレクトに到達する部分が存在するのは確かかもしれないが、逆に、その大部分は後世、さまざまな神話の断片をコラージュすることで一つの物語として形づくられていった可能性も捨て去ることはできないからだ。

宣長以前、つまりは『古事記伝』以前、列島の「正史」としての扱いを受けていたのはただ『日本書紀』のみである。『日本書紀』は国史として、他の「公」の文章にもその名が記載され、続篇も書き継がれていった。その結果として、『日本書紀』を含めて「六国史」が成立する。しかしながら、『古事記』は中世になるまで「私」の領域に孤立し、そこに付された「序」以外に成立を語るものはなかった。『日本書紀』が三〇巻から成るのに対して、『古事記』はわずか三巻である。『日本書紀』が本文（「本書」）の他に、ある場合には本文と矛盾するヴァリアント（「一書」）を無数に併録しているのに対して、『古事記』はただ一つの神話的な物語だけを過不足なく語ってゆく。

公的な歴史の多元論的な起源か、私的な神話の一元論的な起源か。その対立および対抗関係は、『古事記』の編纂時から中世における再発見時、さらには『古事記伝』以降、近代あるいは現代に至るまで続いていく。『古事記』が「序」に登場させる天皇は天武である。『日本書紀』の最後が天武・持統朝で終わることを考えれば（『古事記』は推古朝で終わる）、『古事記』の「序」を編纂した者たちが、『日本書紀』に対抗し、それとは異なった世界観を表現するものとして『古事記』を位置づけようとしていたことが分かる。

『古事記』があらためて──「はじめて」と言うことも可能であろう──注目を浴びるのは、列島の諸神混淆時代たる中世の神仏習合期である。折口のマレビト論の直接のモデルとなった「花祭り」や「雪祭り」などの神楽をはじめとする諸芸能の体系の基盤が築かれていったと推定される時代でもある。『古事記』に関する現存する最古の注釈を、卜部兼文（多くの部分を北畠親房が述作したとも考えられている）が『古事記裏書』として残すのが文永一〇年（一二七三）。『古事記』全体の伝存する最古の写本は、それよりも一〇〇年近く遅れて応安四年（一三七一）から翌年にかけて書写されたと記録されている真福寺本である。宣長も『古事記伝』を書き進める際、この真福寺本を参照している。

つまり、諸事実を考え合わせてみれば、列島において『古事記』が真の相貌をあらわにしはじめたのは、実に中世のことだった。そのとき、神仏習合思想およびその習合思想をもとにして形づくられた諸芸能の論理の根幹となったのは、神と人間との「合一」──つまり祝祭の場に顕れる「人間神」を可能とする論理──を教義の核心とした秘密の教え、仏教における神秘主義思想たる「密教」であった。顕かな「公」の歴史では満足できなかった人々を、密やかな「私」の神話が惹きつけたのである。宣長は中世的かつ神仏習合的な伝統のなかから『古事記』を再発見していったわけである。

さらに『古事記』には、死者たちが集う「黄泉の国」、つまり出雲神話の詳細が語られていた。『日本書紀』には出雲神話のほとんどが記載されておらず、逆に『古事記』にはまったく記載されていなかった伊勢起源譚が残されていた。『古事記』の出雲と、『日本書紀』の伊勢と。その対立は近代まで持ち越される。宣長は出雲を体現するスサノヲを「悪」の起源と捉えていた――ただし宣長は出雲を否定しているわけでも、スサノヲの「悪」を一面的に断罪すべきものであると考えていたわけでもない。『古事記』の出雲を誰よりも重視したのは篤胤であり、折口はさらに『古事記』の出雲を乗り越えて『風土記』の出雲にまで到達しようとした。それとともに「産霊」のもつ意味も微妙に変化してゆく。

『日本書紀』には「陰陽のコスモロジー」が貫かれ、『古事記』には「ムスヒ〔産霊〕のコスモロジー」が貫かれているという。[10] とはいえ、『古事記』の冒頭に出現する「産霊」の神を含む造化三神は、『日本書紀』のヴァリアント（一書）のなかにも記載されている。もちろん『日本書紀』の「本書」に描き出された正史とは異なった、あくまでも正史を補完するための傍系の宇宙開闢神話の一例としてではあるが。つまり『日本書紀』は『古事記』的な宇宙観までをも包摂したものとして成立していたのだ。さらに、『古事記』の内部においても「産霊」の神は一つではなく、二つ出現している。『日本書紀』においては「産霊」の神は目立った働きをしない。「産霊」の神の働きの有無、そして二つの「産霊」の神。そうしたさまざまな対立が重層的に重なり合うなか、宣長は『日本書紀』ではなく『古事記』を選び、二柱の「産霊」の神のもつ働きを「一」なるものとして統一したのである。

その点に、宣長による解釈の革命の核心がある。宣長は、相互に矛盾する「多」なる歴史の母型（マトリックス）ではなく、純粋な「一」としてそこから屹立してくる神話としての物語を選んだのだ。宣長は、この列島に生まれた人間としてはじめて、明確な意志をもって宗教的な一元論を選択したのである。[11] 人間ではなく神がつかさどる真の歴史は「一」なるものから始まり、「一」なるものが貫徹され、「一」なるものが展開してゆく。宣長が確立した神学を引き継いだ平田篤胤が、そこにキリスト教の教義から換骨奪胎した「一」神教的世界観を統合することができたのも、そのためである。

『古事記』には世界の「はじまり」が明確に記されている。その「はじまり」の神々、世界の「一」なる起源にまで、神の子たる「天皇」が語った言葉、「古語」を通じて遡っていくことができるのである。『古事記』には「はじまり」の神々に直接連なる「聖なる言葉」の痕跡が、「古語」として刻みつけられていたからだ。宣長は、『古事記』を文字通りの聖典――神々の聖なる言葉が記された大文字の「書物」――と捉えていた。宣長が、当時から「偽書」の疑いを濃厚にかけられていた『古事記』の「序」を重視するのも、そのためである。『日本書紀』に残された文は、明らかに漢文の素養をもった書記官たちによって書かれたものであるが、『古事記』に残された文は、まずは天皇の口から直接語られ――「勅語は、天皇の大御口づから詔ひ属《ツク》るなり」[12]――稗田阿礼《ひえだのあれ》という生きた人間の語部の「口に移《ウツ》して」後にはじめて文字化されたものだった（『古事記伝』二之巻）。

だから『古事記』には、歌や祝詞や、なによりも神々の命令である「ミコト」が生きている。『古事記』は「ミコト」の体系として成り立ったものだった。神の命令である「ミコト」を承けたものたちが「ミコトモチ」となってその使命を果たしていく。宣長は言う（『古事記伝』四之巻）。「命」（ミコト）というのは「御言」のことである。だからこそ「命以」（ミコトモチテ）というのは、「命《ミコト》を承《ウケタマ》はりて負持《オヒモツ》こゝろ」を意味するのだ、と。これ以降、『古事記伝』は「命以」のシステムを強調し、反復してゆく。天地のはじまりに神々が生まれ、その天なる神々から「国を修り固めよ」とはじめての命令を受けたイザナギとイザナミが、「神」から「命」になるのは、そのためである――宣長自身はそこまで断言しているわけではないが、現在流通している複数の神道辞典の「ミコト」もしくは「ミコトモチ」の項はそろって『古事記』のこの箇所を参照している。もう一つ、「ミコト」に天皇の御言（詔命）を意味する「命」の字のみを用いているのは、なによりも『古事記』である。『日本書紀』では「命」とともに「尊」もまた用いられている、と。

おそらく、そうした宣長の「ミコト」の理解こそ、鈴木重胤の祝詞論、さらには重胤の祝詞論を換骨奪胎することでかたちをなした折口信夫のミコトモチ論の直接の起源となったものであろう。宣長が行ったのは「古語」がいまだに生命を保っている巨大な聖なる書物を解釈し、「古語」の発生、すなわち神々の発生を、自らの言葉で表現し直すことだった。『古事記伝』という解釈の革命のはじまりにして、その革命の内実を集約するものとして、宣長は『古事記』の冒頭の一節を選ぶ――「天地初発之時　於高天原成神名　天之御中主神　次　高御産巣日神　次　神産巣日神　此三柱神者　並独神成坐而　隠身也」。

そして、こう読み下す――「天地初発之時（あめつちのはじめのとき）於高天原成神名（たかまのはらになりませるかみのみなは）天之御中主神（あめのみなかぬしのかみ）次（つぎに）高御産巣日神（たかみむすびのかみ）次（つぎに）神産巣日神（かみむすびのかみ）此三柱神者（このみばしらのかみは）並独神成坐而（みなひとりがみなりまして）隠身也（みみをかくしたまひき）」（『古事記伝』三之巻）。

宣長にとって『古事記』という聖なる書物の可能性は、この一節に尽きている。そして宣長は、文字通りこの一節を自ら「読む」ことからはじめたのである。生命を失い、単なる死んだ文字の連なりとなってしまった「古語」に息を吹き込み、その「古語」が生きていた時間と空間を甦らせるのだ。「古語」に息を吹き込むことによって「音」として再生させる。そのためには「音」に正確な「読み」を与えるとともに、その「古語」が生きていた時空の「意味」も回復させなければならない。意味が分からなければ、読むことなどできはしないからだ。だから宣長は「古語」を定義していく。

「産霊」を論じるにあたって、宣長は、まず「神」をこう定義する。「迦微《かみ》」（神）とは、自然の森羅万象に浸透し、活動を続けている力のことをいう。神とは自然の力そのものである。神という力には強いものもあり弱いものもある、さらには善いものも悪いものもある……。「迦微《かみ》」（神）とは古典に記された天地の神々のみならず、神々を祀る社、人、さらには海山の鳥獣草木あらゆるもののなかで「尋常《ヨノツネ》ならずすぐれたる徳《コト》のありて、可畏《カシコ》き物」を「迦微」という。宣長自身の言葉によれば、こうなる――「すぐれたるとは、尊きこと善きこと、功《イサヲ》しきことなどの、優れたるのみを云に非ず、悪《アシ》きもの奇《アヤ》しきものなども、よにすぐれて可畏《カシコ》きをば、神と云なり」、あるいは、「迦微は如此《カクノゴト》く種々《クサグサ》にて、貴きもあり賤《イヤシ》きもあり、強きもあり弱きもあり、善きもあり悪きもありて、心も行《シワザ》もそのさまざまに随《シタガ》ひて、とりどりにし」ある、と。自然の力そのものとして活動する神は、善悪の彼岸に存在し、自然のように突発的に荒ぶる力と穏やかに憩う力を兼ね備えている。自然がもつ無限の属性を兼ね備えている。「一」にして一切である神が、ここに成立する。

その「一」にして一切である神という力の源泉、神という力を発生（生成）させるものこそが「産霊」なのである

――「さて世間《ヨノナカ》に有《ア》りとあることは、この天地をはじめて、万《ヨロヅ》の物も事業《コト》もことごとに皆、この二柱の産巣日大御神の産霊《ムスビ》によりて成り出るものなり」。「むすび」の「むす」は「生《ムス》」であり、苔などがむすように「物の成出《ナリイヅ》る」ことを意味する。「むすび」の「日（び）」は「霊」がふさわしく、「物の霊異《クシビ》」を意味する。つまり「産霊」とは、自然というすべての「物」を「生成《ナ》す霊異なる神霊《ミタマ》」の原理をいうのである。宣長は霊魂と物質の間に差異を設けない。神々を含めた自然はすべて「産霊」の力によって生成され、分解される。破壊され、再構築される。スピノザが『エチカ』で述べた神即自然とほとんど等しい「神」の概念を、宣長は、『古事記伝』のはじまりの部分ですでに提示し終えている。

さらに宣長は『古事記』を逐語的に注釈し、天地のはじまりを、生命がもつさまざまな形態が、一つの卵細胞から発生してくる諸段階であるように捉え直していく。しかもその起源には「虚空」がある。はじまりのゼロにして、森羅万象へと生成されてくる可能性のすべてを潜在的に孕んだ無限のゼロが。水の上の「浮脂《ウキアブラ》」のような、水中を漂う「海月《クラゲ》」のような、あるいは、いまあたかも萌え出でようとしている「葦牙《アシカビ》」のような、宇宙のすべてをそのなかに潜在的に孕んだ卵細胞のような根源的な物質、根源的な「物」が「虚空中《オホソラ》」を、ゼロのなかを漂っているのだ。その「物」とは、一体どのようなものなのか。宣長は、『日本書紀』に残された記述を参照して、[13]こう答えている――「天《アメ》地《ツチ》に成るべき物にして、その天に成るべき物と、地に成るべき物と、未だ分かれず、一つに淆《マジ》りて沌《ムラ》かれたるなり」。「一」にして、すべてが混じり合った「混沌」としたもの。その「物」に「産霊」の力が働き、あらゆるものが産出されてくる。そのとき、根源的な物質と森羅万象を生成させる根源的な力を分けて考えることはできない。折口信夫のいう「たま」もまた、おそらくは宣長が抽出してきた根源的な「物」と等しい性質をもっている。「物」は同時に、一神教的な「無」からの創造の原動力となり、しかもこの地上に存在するありとあらゆる生命のかたちを形成する根源的な力となる。宣長は、そうした「物」にして力を「神」としたのだ。ゼロにして無限、宇宙の根源的な卵細胞として「虚空中」に満ちわたっていく生成の力を。さらにこの一つの「物」から天と地が分かれ、角《つの》が形成され、骨格が整う。宣長は、『古事記』冒頭に描き出された造化三神からの神々の発生を、ほとんど胎生学的な言葉で記していく。「国土《クニ》の初《ハジメ》と神の初《ハジメ》との形状《アリサマ》を、次第《ツギツギ》に配り当てて負せ奉りしものなり」。神々と宇宙は、生命が卵細胞から一つ一つ徐々にかたちを整えていくように、生態学的な秩序に従って一つ一つ徐々に形成されてくるものだった。

宣長による「産霊」の胎生学から国学的な宇宙論がはじまる。宣長の弟子、服部中庸は、宣長が『古事記』のみならず『日本書紀』の宇宙開闢神話をも一つに総合するようなかたちで整理した生命発生にして宇宙発生のヴィジョンを、『三大考』としてイメージ化する。[*14] 根源的な「物」から太陽、地球、月、すなわち高天原、葦原中国、黄泉が分かれ出てくるのである。中庸の描いた生命発生にして宇宙発生でもある一連のイメージは、あたかも、南方熊楠が「曼陀羅」を見出した粘菌のイメージ、動物の生と植物の生を交互に生きる粘菌のなかに生命の発生と宇宙の発生を捉えた一連のイメージと、重なり合うように思われる。「曼陀羅」は粘菌のような生態をもち、「産霊」は苔にして黴のような生態をもち、いずれも自らのなかに宇宙を宿し、自らのなかから宇宙を生成させるのである。

　平田篤胤の宇宙生成論にして霊魂生成論がはじまるのは、この地点からである。と同時に、同じこの地点から、宣長の宇宙論と篤胤の宇宙論は分かれていく。篤胤は、『古事記伝』からさらなる一歩を踏み出す。篤胤は、宣長の「聖なるテクスト」の解釈をもとに、「聖なるテクスト」を創り直してしまったからだ。宣長の『古事記伝』、そして宣長の弟子である服部中庸の『三大考』のなかで連続するイメージとして描き出された宇宙発生のヴィジョンをもとに、篤胤は、『古事記』や『日本書紀』、各種の『祝詞』、各地の『風土記』などに残された神話の断片をコラージュし、一つの総合的な神話として編集し直した「古史」を創り上げる。宣長の解釈（批評）が篤胤の創作につながっていったのである。折口が、繰り返し、限りのない親愛の情を込めて自身の学の先達として位置づけているのは、宣長ではなく篤胤の方である。

　篤胤の「古史」は、宇宙の発生と生命の発生を、宣長以上にダイレクトにむすび合わせる。もちろんその中心には「産霊」の働きが位置づけられている。篤胤は、『霊《たま》の真柱《みはしら》』（『霊能真柱』）で「産霊」一元論と称することも可能な、宇宙発生論にして生命発生論をまとめ上げる。篤胤は言う。[*15] 宇宙の生成および生命の発生、「これらのこと、すべて神の産霊《むすび》の、奇《くす》しく妙なる理《ことわり》」による。篤胤は、いまだ天地が生《な》る以前に広がっていた虚空に、造化三神――天之御中主神、高皇産霊神、神皇産霊神――が自ずから「成る」瞬間から『霊の真柱』をはじめている。造化三神が成った虚空に一つの「物」が生じてくる。産霊の働きによって、この一つの「物」から、森羅万象あらゆるものが生成分化してくる。

一つの「物」から、澄み切った天と、重く沈む泉《よみ》（夜見）が分かれる。天は「日」（高天原）となり、泉は「月」（根の国）となり、天・地・泉、すなわち太陽・地球・月という三つの世界が、今ここに産み出される。その世界では自然を構成するあらゆる要素、つまり風・火・水・土はすべて産霊の働きからなる。「産霊」の神の命を受けた伊邪那美は、伊邪那岐とともに四柱の神、「風の神・火の神・水の神・土の神」を産む。人間は、天と泉の「中間」の地、「天の善きと根の国の悪《あし》き」とが相混じり、相兼ねられたところで、この四柱の神の産霊の相互作用から生み落とされることになる。篤胤は続ける――。

まづ人の生れ出づることは、父母の賜物なれど、その成り出《い》づる元因《もと》は、神の産霊の、奇しく妙なる御霊によりて、風と火と水と土、四種《よくさ》の物をむすび成し賜ひ、それに心魂《たましひ》を幸《さちは》ひ賦《くま》りて、生まれしめ賜ふことなる［中略］神《た》魂《ま》はもと、産霊神の賦《くま》りたまへる［後略］

風と火と水と土が一つにむすばれて身体をなし、そこに「産霊」の神が生命の源泉である霊魂を賦与することで生命が発生する。篤胤は「産霊」を神であるとともに技術であると捉える。そこから篤胤の実践的な「霊学」が可能になる。篤胤の「霊学」は、明治維新期前後に数多く生み落とされた神道系の新興宗教（宗派神道とも教派神道とも言われる）の理論的な基盤となった。折口信夫の営為も、そうした流れと無関係ではない。折口もまた、「産霊」を万物に霊魂を賦与する神であるとともに霊魂を賦与する技術でもあると述べていたからだ。篤胤が宣長のヴィジョンにもとづきながら宣長を乗り越えていったように、折口も篤胤のヴィジョンにもとづきながら篤胤を乗り越えていった。その乗り越えは、篤胤を通して宣長の「古語」の読みを変更するという仕方で果たされた。

第二次世界大戦敗戦後、「神道の宗教化」を提唱した折口信夫は、教鞭を執る国学院大学で「神道概論」という講義をはじめる。その講義を聴講した岡野弘彦は驚愕したという。折口は、『古事記』の冒頭を、宣長とは異なったかたちで読み下したからだ。認識のシステム全体を変革するためには、まずは具体的な「読み」を変更しなくてはならない。折口は、『古事記』の冒頭の一節、その最後の部分をこう読んだというのだ――「並独神成坐而（みなひとりかみとなりて）隠身也（こもりみなり）」と。岡野は続ける。宣長の読み方は正統であり、折口の読み方は完全に異端だ。宣長は「産霊」をまず神（「独神《ひとりがみ》」）と考え、その神が身を隠したと説く。折口は「産霊」を神とは考えないで、あくまでも神に成る「もの」として考え、その「もの」は「隠《こも》り身」（本体が隠されていて見えないもの）として存在していると説いたのだ。[*16]

「隠り身」として存在する、「もの」としての神々。折口信夫はすでに大正期から、つまり、折口古代学が十全に確立される以前から、そのような自然の精霊として存在するような「神」を求めていた。自らの納得できる「他界観念」と重なり合うかたちで。折口自身の言葉を借りれば、こうなる[*17]――「精霊のいる所というと、まず言わねばならぬのは、現《うつ》し世、現《うつ》し身に対して、隠り世、隠り身ということを、日本の古いところで考えていたことである。それはつまり精霊の世界で、精霊の仲間入りすることが隠り身になることであった。霊魂だけを考えるとき、隠り世、隠り身である。人間の魂も、場合によっては生きている間でも、隠り世に行くことがあり、死ねばもちろん隠り世へ行く。生きている人間の魂が遊離した場合、隠り身なのだが、それとあっちこっちに散らばって存在する隠り世と考えが一つになる」。

折口がここで述べている「隠り世」とは、明らかに、篤胤が師である宣長に逆らうかたちで提起した死者たちの国、アマテラスが治める伊勢ではなく、スサノヲさらにはオホクニヌシが治める出雲を中心とした「幽冥界」の思想から導き出されたものである。折口は伊勢ではなく、篤胤とともに出雲を選んだのだ。折口は神という抽象的な存在ではなく、「もの」という具体的な存在から思考をはじめている。しかもその「もの」は「魂」と別のものではなく、死者たちの世界と生者たちの世界を一つに「むすぶ」ものなのだ。

折口信夫にとって「産霊」の神学とは、唯物論的に組織されなければならない神道の学だった。国学院大学で戦後にはじめられた折口の講義、「神道概論」は、その貴重な筆記ノートが復刻されている。その講義の第一回の最後で、折口は「むすびの神」は「たま」だと言う。そしてその「たま」とは、たとえば荒れ果てた海岸のそこかしこに見出されるものだと、続けていく[*18]――。

古い文学に出てくる「たま」は、その辺に「たま」が散らばっているように印象する。海岸へ行くとある種の霊魂がしじゅう来る。それが海岸の物質の中にはいる。後にははいったままの物質が到着することもある。石でも貝でも霊魂を含んでいる物質は「たま」である。それで海岸の歌を作ると直ぐ「たま」を歌う。のちの人は文学的に考えて珠玉の歌を作る。しかし本当の「たま」は違う。霊魂のはいった石、貝、骨を空想している。発見されると空想している。

霊魂は物質となり、物質は霊魂となる。そして、そこ、一元論的な霊魂の地平からこそ未知なる表現が生まれ出てくる。世界の神秘は「もの」を通じてしか顕現しない。「私」の目の前に存在する、この石、この貝、この骨は、すべてこの「私」と「霊魂」を通じて等しくなる。折口信夫は霊魂一元論を徹底しているのだ。そのとき、生と死という区分もまた無化されてしまう。しかもそうした世界は「古い文学」のなかにすでに充分に描き尽くされているのである。折口が、ここで述べている根源的な物質にして力、霊魂としての「たま」の在り方を文学として記したものこそ、『万葉集』をはじめとする古代歌謡であった。

やはり戦後、「神道概論」の講義とそれほど間をおかない時期の談話筆記、「万葉集に現れた古代信仰」のなかで、折口はこう語っていた[*19]――「万葉集に限つたことではなく、平安朝の民謡の中にも、玉が海辺に散らばつてゐる様に歌つたものが沢山あります。此は我々の経験には無い事だけれど、本たうに阿古屋《アコヤ》貝か鮑珠《アハビダマ》を歌つてゐるのだらう。其に幾分誇張を加へて歌つたのだらうと思はれる位、玉の歌はうんとあります」。折口は、さらにこう続けていく。

「万葉びと」は玉を通して「霊魂」を見る特殊な能力をもっていたのである――「宗教的特質を持つてゐる人は、我々には認める事の出来ぬ神霊のあり場所をつきとめる能力を持つてをり、又霊魂の在り所を始終探してもゐます。日本人は霊魂をたまといひ、たましひはその作用を云ふのです。そして又、その霊魂の入るべきものをも、たまといふ同じことばで表してゐたのです」。

折口信夫は、自然のなかに「たま」を見出し、その「たま」を歌として表現することのできた「万葉びと」の故郷を出雲に定位した。そのことによって、本居宣長とも平田篤胤とも異なった折口信夫の「宇宙」が完成するのである。

1　『全集』20・七一。前章の「神」でも参照した箇所だが、折口の「ライフ＝インデキス」論を再検討するに際して外すことができないので、あらためて引用する。なお「マナ」の項目と同様、『全集』37の総索引ではこの「生命指標（らいふ・いんできす）」の項目も完備されていない。ただし、折口の見解の変遷を追っていくことは充分可能である。そこで取り上げられているのは、発表順に「原始信仰」（一九三一年）、戦後に単行本としてまとめられた『日本文学の発生　序説』に収録された「文学様式の発生」と「声楽と文学と」（ともに一九四二年）、「神道」（一九五一年）、そして「民族史観における他界観念」（一九五二年）である。本章では取り上げなかった講演原稿「神道」では、ライフ＝インデキスは「生活の指標」とされ、広い意味での古代生活の知恵、神の心にして神の教えとされている（『全集』20・三五八）。

2　引用は同書巻末附録、五八頁より。なお折口の論考のなかでLife-index がはじめて登場するのは、岡の翻訳書の刊行以前、王の権威の源泉としての外来魂を本格的に論じた「餓鬼阿弥蘇生譚」（一九二六年）において、である。

3　『全集』4・一三八、以下も同。

4　『全集』同・一四八、以下も同。

5　『全集』同・一九四、以下の引用は一九二。折口信夫はここで、マルセル・プルーストが『失われた時を求めて』で描き出したのとほとんど等しい方法で記憶の甦り、記憶の再生を論じている。プルーストが『失われた時を求めて』を執筆するにあたって、『物質と記憶』をはじめとするアンリ・ベルクソンの諸著作が決定的な役割を果たした。折口の「間歇遺伝」による方法も、その一部は、ベルクソンと共有されている。

6　『全集』4・一八二―一八三。

7　『全集』19・一四。「原始信仰」で「産霊」を説いた部分は、すでに前章の「神」で全文を引用している。ここではエッセンスだけを示す。なお、「産霊」は、現在の『古事記』研究では「ムスヒ」と発音されるのが一般的であるが（つまり「むすぶ」という意味はもたない）、折口は一貫して「ムスビ」と記しているので、本章では折口の読みに従い「ムスビ」と表記する。折口は、宣長と篤胤の「読み」を創造的に引き継いでいるのだ。

8　当然のことながら「国学」という思想運動にして表現運動をはじめたのは本居宣長ではない。ただ、『古事記』を徹底的に解釈することによって「産霊」という理念をはじめて提出したのは宣長である。「宣長にはじまり篤胤が展開した」と記した「国学」とは、なによりも、そのような「産霊」の神学、復古神道のことを指している。また、『古代研究』の段階で折口信夫が最も評価していた国学者は宣長でも篤胤でもなく、『祝詞講義』をあらわした鈴木重胤（一八一二―六三）である。折口は「神道に現れた民族論理」で、重胤のことを「神道学者の意義に於ける国学者の第一位に置きたい」とまで記している（『全集』3・一五六）。残念ながら、宣長、篤胤、重胤の系譜を十全なかたちで論じることは現在の私の能力では不可能である。重胤は篤胤の学に震撼させられ、しかしながら伝統的な聖典解釈学の枠をはみ出してしまう篤胤の学を乗り越えて、聖典解釈学の純粋な原点である宣長の学へと還ろうとしたまさにそのとき、暴漢の刃に倒れた。いわば宣長の学と篤胤の学を一つに総合しようとした表現者＝解釈者であった。重胤の『祝詞講義』が基盤となって折口の祝詞論および鎮魂論が形作られたことはすでに島薗進も津城寛文も指摘している（いずれも本書中で参照した既出書による）。折口の姉が入門し、まだ十代前半であった折口も入門しようとした国学者の敷田年治（一八一七―一九〇二）は重胤の直弟子にあたる。以下、重胤と折口と、双方の学の起源となっている宣長と篤胤の「産霊」概念を検討することに主題をしぼりたい。なお、宣長に関しても篤胤に関しても、現在に至るまで膨大な研究が積み重ねられている。私が参照できたのはそのごく一部に過ぎない。それらのなかでも、特に私の導きの糸になってくれたのは斎藤英喜による直接的および間接的な教示である。もちろんその「誤読」の責任はすべて私にあるが、記して深謝したい。

9　以下、宣長の『古事記伝』と「産霊」の神についての論述は、先に発表した拙稿「産霊論　日本的「一」なるものの系譜」（山下久夫・斎藤英喜編『越境する古事記伝』森話社、二〇一二年に収録）から要点を抽出した上、全体にわたって大幅に加筆訂正を加えてなったものであることをお断りしておきたい。

10　神野志隆光『古事記と日本書紀　「天皇神話」の歴史』（講談社現代新書、一九九九年）をはじめとする、神野志による『古事記』理解の核心である。このような「産霊」理解に対して、三浦佑之は『古事記』に出現する二柱の「産霊」を区別する必要を説く。タカミムスビは伊勢の太陽信仰と結びついた神概念であり、カミムスビ（カムムスヒ）は出雲の地母神信仰と結びついた神概念である。折口信夫は、当然のことながら三浦のように明確に二柱の「産霊」を区別しているわけではない。ただし、折口の「産霊」を三浦の説く方向で解釈していくことは、宣長との差異を考える上できわめて有効であると思われる。次節では三浦の見解に従いながら、折口の「産霊」を出雲の祖神であるカミムスビとして考察していきたい。

11　宣長は決して頑迷な復古主義者ではなかった。一方では中世の列島に固有の神仏習合的な環境に身を置きながら、もう一方では近世の世界史的な動向も同時代的に視野に入れていた。宣長の一元論的な宇宙論は、ヨーロッパの天文学の知識をも吸収しながらかたちになっていった。その間の事情は、斎藤英喜『古事記はいかに読まれてきたか　〈神話〉の変貌』（吉川弘文館、二〇一二年）が詳しい。

12　以下、宣長の『古事記伝』からの引用は筑摩書房版『本居宣長全集』の巻数・頁数を指示するが、内容は倉野憲司が校訂した岩波文庫版『古事記伝（一）』（一九四〇年）を参照しながら、一部読みやすいかたちにあらためている。ルビも取捨選択した。本居『全集』9・七二—七三、一五八、一二一、一二五、一二九、一三五、一五一。なお、折口が使っている意味、「天皇の御言《ミコト》を持《モ》つ人」という意味で「宰」（ミコトモチ）という言葉がはじめて記されたのは、『釈日本紀』第一一巻においてである。

13　宣長の『古事記伝』は、『古事記』のみを利用して、その本文を厳密かつ純粋に校訂しただけのものではない。宣長自身が否定的な見解をもっていた『日本書紀』のみならず、他のさまざまな史料にあたり、文字通り創造的な解釈、つまりは批評的な作品として『古事記』を再構成したものである。主題的に取り上げることはできなかったが、小林秀雄が批評として『本居宣長』を書き上げなければならなかった理由も、そうした点にあるだろう。小林秀雄の『本居宣長』は、その冒頭、折口信夫が小林に述べた「小林さん、本居さんはね、やはり源氏ですよ、では、さよなら」という印象的な一言からはじまり、折口の言葉を反復するようなかたちで「古語」を解釈し続けた宣長の営為が浮き彫りにされている。

14　『三大考』については、金沢英之『宣長と『三大考』　近世日本の神話的世界像』（笠間書院、二〇〇五年）が詳しい。『三大考』がなるにあたって残されたさまざまなイメージを概観することができる。

15　以下、篤胤の『霊の真柱』からの引用は名著出版版『平田篤胤全集』の巻数・頁数を指示するが、内容は子安宣邦が校注した岩波文庫版『霊の真柱』（一九九八年）を参照しながら、一部読みやすいかたちにあらためている。ルビも取捨選択した。平田『全集』7・一五四、一一四、一五九、一六五—一六六。

16　二〇〇八年五月二四日、多摩美術大学で行われたシンポジウム「折口信夫、戦争と平和」における発言、後に同大学芸術人類学研究所『Art Anthropology 02』（二〇〇九年）に収録。

17　大正九年から翌一〇年にかけて行われた「民間伝承学講義」、『全集』ノート編第七巻、五〇頁。

18　『全集』ノート編追補第一巻、一九頁。

19　『全集』6・八〇および八一。

万葉びとの生活

折口信夫は、大正一一年（一九二二）に発表された「万葉びとの生活」という論考を、こうはじめていた[*1]――「飛鳥の都以後奈良朝以前の、感情生活の記録が、万葉集である。万葉びとと呼ぶのは、此間に、此国土の上に現れて、様々な生活を遂げた人の総べてを斥《さ》す」。折口のいう「万葉びと」とは、列島の歴史以前を生きた古代人の原型とでも称すべき存在を指していた。ただし、『万葉集』自体は、その成立に関してはいまだに定説がない。折口は「万葉びと」の理想を、『古事記』や『日本書紀』では一つの神学として組織されてしまう以前、『出雲国風土記』に記された「出雲びと」の王にして神、オホクニヌシ（「出雲の大神」なる大穴持命）の生のなかに見出している。

折口は、高らかにこう宣言する[*2]――。

> 彼ら「万葉びと」にとつては、殆ど偶像であつた一つの生活様式がある。彼らの美しい、醜い様々の生活が、此境涯に入ると、醇化せられた姿となつて表れて居る。
> 其は、出雲びとおほくにぬしの生活である。出雲風土記には、やまと成す大神と言ふ讃め名で書かれて居る。出雲人の倭成す神は、大和びとの語では、はつくにしらす・すめらみことと言うて居る。神武天皇・崇神天皇は、此称呼を負うて居られる。倭成す境涯に入れば、一挙手も、一投足も、神の意志に動くもの、と見られて居た。愛も欲も、猾智も残虐も、其後に働く大きな力の儘《まま》即《すなはち》「かむながら……」と言ふ一語に籠つて了ふのであつた。倭成す人の行ひは、美醜善悪をのり越えて、優れたまことゝして、万葉人の心に印象せられた。おほくにぬし以来の数多の倭成した人々は、彼らには既に、偶像としてのみ、其心に強く働きかけた。

折口信夫にとって、「万葉びと」とは、まずは「出雲びと」のことだったのである。しかもその生活は美しく、同時に醜い。善悪の彼岸に存在する荒ぶる神の崇高な意志に従い、「愛も欲も、猾智も残虐も」一つに兼ね備えた神聖な力に貫かれた生活を送る人々のことだった。折口自身もまた、その生涯を通して、自らをオホクニヌシら「出雲びと」たちの祖、荒ぶる「異神」にして「異人」の典型、「善悪に固定せぬ面影」をもったスサノヲになぞらえ続けてきた。しかしながら、そこまで深い想いを抱いていながら、結局のところ折口は、現実の出雲の地には一歩も足を踏み入れたことがなかったという。

晩年の折口と生活を共にした岡野弘彦は、こう述懐している――「折口信夫の年譜を見ていて何よりも不思議に思うのは、出雲を訪れた記録の無いことである。その研究の中には当然、さまざまな形で古き出雲が出てくる。殊に戦後、日本の神話の神々に関して、神道を宗教化する意識を持って神道概論を説くことが多かった。すると「すさのを」や「おほくにぬし」など、出雲系の神が格段に、愛の神としての要素や人間的な性格を多く持っていて、大和の神々より魅力ある面を多く持っていた[*3]」。

折口信夫にとって出雲とは、現実においては、決して到達することのできない魂の故郷であった。『古代研究』にあえて収録しなかった初期の万葉論のなかで、折口は『万葉集』の成立を、薬子の変を引き起こした平城上皇の時代においている。平安の新都に安住することのできなかった上皇は、奈良の旧都への強引な遷都を試み、破滅する。折口は、その間の経緯を、こうまとめる[*4]――「父帝の崩御に慟哭して起つことの出来なかつた平城天皇は、激情の人であつた沢山の事例を残して居られる。のみならず、其血は、皇孫行平・業平（在原）に伝つたのである。旧都を喜び、古風を愛でた此大同上皇（平城）を中心にして、起つた薬《クスリ》ノ子《コ》の乱も、実はやはり、故家の里の執着に根ざして居るのである」。

そして折口は、こう続ける。「此平城天皇が、寧楽の世の文献の保存・整理を企てられたと言ふ想像は、私にとつて、順調な論理の結果である」と。失われてしまった故郷の記憶、それはもはや古代の「書物」のなかにしか残されていない。あるいは、古代の「書物」のなかでのみ、人は魂の故郷に帰還することができる。いずれも奈良朝（平城京）の初期に成ったと伝えられる『古事記』や『日本書紀』、そして各『風土記』には、歴史が文字で記される以前、つまりは「古代」――無文字社会である「未開」社会――の神話や地名の記憶が保存されている。激情の人である平城上皇にとって、そして、荒ぶる神スサノヲを自身の分身のように考えていた折口信夫にとって、『万葉集』とは、そうした「古代」に到達するための手段であった。

折口信夫が執着した祖父の故郷、飛鳥とはまさに奈良朝（平城京）以前の「古代」の首都であった。しかも、その祖父が守っていた――実際には折口家に入るにあたってまずその養子となった人ではあるのだが――古代の社には出雲の神が祀られていたのである。『万葉集』全篇を口語訳するという列島ではじめての試みとなった『口訳万葉集』の「はじめに」に、折口は、こう記している[*5]――「わたしの祖父は、大和飛鳥の神南備の飛鳥ニ坐ス神社の神主の末子であつたのが、養はれて大阪の商人の子になつたので、其家は、天ノ事代主ノ命の後で、飛鳥ノ直という家筋である。今も、飛鳥氏を名のつて、其家の祖神たる、飛鳥四座の神を、氏子といふ、経済上の責任を分担する者もなく、唯一軒の手で、支へ祀つてゐる。此事が、如何に、わたしの万葉に対する、執著を深からしめてゐるか、知れないのである」。

コトシロヌシ（事代主）はオホクニヌシの子であり、出雲すなわち「古代」を、天孫すなわち「歴史」に譲り渡す役割を果たした。実際に足を踏み入れることがなかったからこそ、出雲は、折口信夫の魂の故郷になり得たのであろう。その魂の故郷の記憶は、古代の宇宙を一冊の書物に封じ込めたと称することも可能な『出雲国風土記』のなかに秘められている。『出雲国風土記』は折口の万葉論の一つの起源であるばかりでなく、他界論の一つの起源ともなった。「常世の国」というサブタイトルが付され、『古代研究』民俗学篇1に「妣が国へ・常世へ」に次いで収められた「古代生活の研究」[*6]は、まさに「万葉びと以前及び万葉人の生活」、つまり列島の固有信仰における他界観の真の姿を探ったものだった。大正一四年（一九二五）に発表されているので、このとき、折口はすでに二度に及ぶ南島のフィールドワークを経験していた。

南島では、海の彼方に「幸福を持ち来す神の国でもあるが、禍ひの本地とも考へて居る」死者たちの楽土が推定されていた。その楽土は、ある場合には「死の島」、「村の人々の死後に霊の生きてゐる海のあなたの島」であることもあった。この海の彼方の「死」の世界と、海の此方の「生」の世界は、完全に隔絶したものではなかった。彼方と此方、海と陸の境界に穿たれた洞窟によって一つにむすばれ合っていた。その洞窟からは、一年に一度、子孫の人間たちを祝福するために、異形の他界身へと変身した祖先の神々が訪れてくる。他界と現実界、海と陸は、聖なる洞窟によって一つにつながれていたのだ。

他界への、常世への、黄泉への通路として存在する聖なる洞窟。南島では現在でも生きている「常世」への信仰が、この列島でも過去に確かに存在していた。その証しとして、折口信夫は『出雲国風土記』を参照する。「出雲の郡」の宇賀の郷の後半に記された、脳《なづき》の礒にある「窟《いはや》」に残された伝説を[*7]——。

すなはち北の海の浜に礒あり。名は脳の礒といふ。高さ一丈《つゑ》許《ばか》りなり。上に生ふる松、蕪《しげ》りて礒に至る。邑人《むらびと》の朝《あさ》夕《よひ》に往来《ゆきかよ》へるごとく、又、木の枝は人の攀《よ》ぢ引けるがごとし。礒より西の方の窟戸は、高さ広さ各《おのもおのも》六尺《さか》許りなり。窟の内に穴在り。人入ること得ず、深き浅きを知らず。夢に此処の礒の窟の辺《ほとり》に至らば必ず死ぬ。故《かれ》、俗《くに》人《ひと》、古より今に至るまで、黄泉の坂・黄泉の穴と号《い》ふ。

「脳《なづき》」は「脳髄」を意味する。折口によれば、さらに「礒」とは「大巌石」を指すという。巨大な巌石に穿たれた聖なる洞窟。この脳の「窟」の候補となる場所は一つではない。現在でも、複数考えられている。つまり、出雲の「大海」（日本海）に面した海岸には、死者たちが「霊の国」に至るための入り口が無数に穿たれていたのである。「窟」は黄泉の「坂」であり、黄泉の「穴」でもあるという。つまり、「坂」や「穴」として存在する「窟」とは、もう一つ別の世界、死者たちが群がり集う異界にして他界へと移行するために設けられた「境界」でもあった。人間たちの外部に現実の場所として存在する「境界」は、同時に、人間たちの内部に超現実（「夢」）の場所として存在する「境界」をも意味していた。人は、脳の「窟」を夢に見ることで現実に死んでしまうからである。現実と超現実の「境界」に、彼方の世界への通路がひらかれているのだ。

折口信夫にとって出雲とは、現実に訪ねることができる場所ではなく、夢のなかではじめて訪ねることが可能になる場所だった。しかも、出雲という夢の場所は、『出雲国風土記』という一冊の書物のなかに封じ込められている。だから、折口にとって『出雲国風土記』を読み直すということは、古代人の見た夢を生き直すこと、古代人の「脳髄」を生き直すことと等しい。折口は、「古代生活の研究」をさらに続けていく。古代人にとっては海こそが「他界」であり、死者たちの霊が集う不可視の「幽冥界《カクリヨ》」そのものだった。[*8]「窟」はその入り口、つまり、可視の現実世界たる「顕明界《ウツシヨ》」と不可視の超現実世界たる「幽冥界」の境界に位置している。こうした海の彼方に存在する「幽冥界」である他界への信仰こそが、海に囲まれたこの列島を生きた古代の人々、「万葉びと」たちの間に育まれた仏教以前、神道以前の固有信仰なのだ。

あらためて確認するまでもないことであるが、この「幽冥界」という言葉は平田篤胤の「古史」、そのはじまりにしてその真髄を結晶させた『霊の真柱』に由来する。篤胤は、本居宣長、さらには服部中庸によって解釈され、提示された『古事記』の冒頭に描き出された生命生成神話にして宇宙生成神話だけでは満足しなかった。「産霊」の力によって、風と火と水と土とが「むすび」あわされ、霊魂という生命を吹き込まれた人間は、その「むすび」が解かれた後、つまり「死」を体験した後、一体どうなるのか。「産霊」の神とともに、霊魂もまた不滅である。そうであるならば、この身が死んだ後の「わが魂の往方」、その「魂の安定」を、一体どこに求めたらよいのか。篤胤は、それを「常世国」――篤胤自身の表現である――たる出雲に求める。

篤胤は、出雲の国譲り神話を「生」の世界である「顕明界」と「死」の世界である「幽冥界」の分離として捉え直す。国譲りの際、天孫（皇孫）に譲られたのは生の世界、現実の世界たる「顕明事」の支配権である。死の世界、超現実の世界たる「幽冥事」の支配権は出雲の支配者オホクニヌシに、国譲りの後も永遠に帰属する。「顕明界」は「大倭《ヤマト》びと」の祖である天孫（皇孫）が治め、「幽冥界」は「出雲びと」の祖であるオホクニヌシが治める。人間は

「死」を体験すると不可視の霊魂——神——となり、オホクニヌシの支配下に入るのである。[*9]

可視の顕明界から不可視の幽冥界を見ることはできないが、二つの世界は一つに重なり合うようにして存在している。篤胤が残した一節から柳田國男の民俗学がはじまり、折口信夫の古代学がはじまっている。篤胤のこうした一連の「幽冥」の解釈学は、宣長の神学から完全に逸脱するものである。折口はそちら、宣長ではなく篤胤を選んだのである。

折口信夫は自らのことをコトシロヌシの子孫、つまりオホクニヌシの子孫、さらにはスサノヲの子孫と位置づけていた。『出雲国風土記』では、その「幽冥」を治める神々の祖神として、やはり「産霊」の神の名が記されている。しかし、その神は『古事記』の冒頭に出現する二柱の「産霊」の神の一方、タカミムスビではなく、カミムスビの方だった。『出雲国風土記』において、カミムスビは「神魂」と記される。霊を産む働きにして、「魂」そのものでもある神。出雲は、そうした神にして魂、ムスビの力が満ち溢れた場所だった。『出雲国風土記』には女神たちの出産が、他の風土記や記紀神話などと比較して例外的に数多く描き出されている。

つまり出雲とは、神々を産み、「霊」を産出する女性的な聖域、まさに古代の「妣が国」だった。折口が南島の現在に幻視した「妣が国」は、出雲の古代に実在していたのである。その「妣が国」の中心に、原初の「産霊」、母的なるものの根源として存在した大地母神たる「産霊」の姿がある。タカミムスビは権力をつかさどり、カミムスビは生成をつかさどる。タカミムスビはカミムスビのもつ生成の力を強奪したのだ。「母」としての「産霊」はタカミムスビではなく、カミムスビなのである。

宣長が、古代の記憶を蔵した聖なる「書物」のなかからはじめて抽出してきた根源神、生命生成にして宇宙生成の神である「産霊」を、「妣が国」たる出雲に奪回しなければならない。「顕明界」の支配原理を、天皇の祖神であるアマテラスとともに補完するタカミムスビから、「幽冥界」の支配原理であるカミムスビを切り離し、その真の相貌を明らかにする。そうした試みは、近年、『古事記』研究の最前線に立つ三浦佑之によって精力的に展開されている。以下、三浦の「カムムスヒ考　出雲の祖神」[*10]に沿いながら、出雲の「産霊」のもつ特異性をまとめてみたい。

三浦は、まず、『古事記』に出現する二柱の「産霊」の神を、宣長のように同一視すべきではないと宣言する。『古事記』の冒頭を除くと、二柱の「産霊」の神は、明確な棲み分けがなされている——「タカミムスヒは、場面によってはタカギ（高木）の神と同一神とされ、アマテラスとともに高天の原の中心に位置する神として、天つ神系の神々を牽引する役割を果たしている。それに対してカムムスヒは、いずれも出雲の神々とかかわる場面に登場する」。

それでは、カミムスビが登場するのは、一体『古事記』のどのような場面なのか（ちなみに『日本書紀』でカミムスビが単独で登場することはほとんどない）。まずはスサノヲが地母神の性格をもつオホゲツヒメを殺害し、その死体から五穀の種が生まれるところ。次いでオホアナムヂ（オホクニヌシの別名）が兄弟神である「八十神」たちに殺され、復活するところ。そのとき、カミムスビはキサ貝（赤貝）の女神とウム貝（蛤貝）の女神を遣わし、オホアナムヂを「母の乳汁」によって再生させる。さらにはオホアナムヂ（オホクニヌシ）のもとに「小さ子神」であるスクナビコナの神が遣わされるところ。カミムスビはスクナビコナを自らの子であると告げる。オホアナムヂとスクナビコナは国作りを成し遂げ、スクナビコナは常世国へと還ってゆく。最後に、カミムスビは国譲りの場面に姿をあらわすとともに、それ以降は『古事記』のなかには登場しない。[*11]

『古事記』のなかで出雲の神々は、カミムスビを必ず「御祖《みおや》」と呼ぶ。「御祖」とは明らかに「母」、あるいは母的なものを指し示している。その事実は『出雲国風土記』でも変わらない。三浦は『出雲国風土記』から八つの例を抽出している。その大部分が母神カミムスビから、子である女神の誕生を示唆している。『古事記』でオホクニヌシの復活をつかさどったキサ貝の女神もウム貝の女神も、『出雲国風土記』ではカミムスビの子であることが語られ、さらにその出生譚——自身のあるいは自身のさらなる子の——がそのまま地名起源譚として語られていた。なかでも、『古事記』においてオホアナムヂ（オホクニヌシ）を「母の乳汁」で復活させたキサ貝の女神の出生譚は、『出雲国風土記』において折口信夫が見出した「死」の洞窟とは対照的な、「生」の洞窟についての伝承を形づくっている。[*12]

海に面して、あるいは海の直中から屹立する「窟」は、古代の出雲において神々が生まれるとともに人々が死ぬ場所であった。「窟」において、生殖と消滅は表裏一体の関係にあった。『出雲国風土記』のなかで、その土地にまつわる伝承とともに記録に残された「窟」は二つしかない。一つは人々の死を象徴し、もう一つは神々の誕生を象徴していた。「死」の洞窟はもう一つ別の「生」へとつながり、「生」の洞窟のすぐ隣には「死」の洞窟が存在していた。死には誕生が重ね合わされ、誕生には死が重ね合わされる。
『出雲国風土記』で「脳の儀」と並んで取り上げられる、もう一つの聖なる洞窟。「嶋根の郡」、加賀の郷には、こう記されていた——。

加賀の神埼。すなはち窟あり。高さ一十丈《つゑ》許り、周《めぐ》り五百二歩《あし》許りなり。東と西と北は通ふ。謂はゆる佐太の大神の産《あ》生れませる処なり。産生れまさむ時に臨みて、弓箭亡《う》せ坐《ま》しき。その時、御祖神魂《みおやかむむすび》の命の御子、枳佐加比《きさかひ》売《め》の命、願《ね》ぎたまひしく、「吾が御子、麻須羅神《ますらがみ》の御子に坐さば、亡せし弓箭出で来」と願ぎ坐しき。その時、角の弓箭、水の随《まにま》に流れ出でき。その時、取らして詔《の》りたまはく、「此は非《あら》ぬ弓箭そ」と詔りたまひて、擲げ廃《う》て給ひき。又金の弓箭流れ出で来。すなはち待取らし坐して、「闇鬱《くら》き窟なるかも」と詔りたまひて、射通し坐しき。すなはち御祖支佐加《きさか》比売の命の社、此処に坐《いま》す。今の人、是の窟の辺を行く時に、必ず声磅礚《とどろか》して行く。若し密かに行かば、神現れて、飄風《つむじ》起り、行く船は必ず覆る。

加賀の「窟」は、記紀神話には決して記されることがなかった出雲の大いなる神、佐太の大神——おそらくは海からの来訪神であり、具体的には「海蛇」を指すと推定されてもいる[*13]——が、枳佐加比売の命——キサ貝の女神——から生まれた場所だった。闇に閉ざされた洞窟のなかで女神は祈願する。自分がこれから産む神が、猛々しい神の子であるならば、この洞窟の闇を切り裂く弓矢よ、流れ出でて来い、と。最初に女神のもとに流れ着いたのは獣の角で作られた弓矢だった。女神は、これらは自分が求めているものではないと、その弓矢を投げ棄てる。すると今度は黄金で作られた弓矢が流れ着く。女神はその黄金の弓矢を手に取り、闇に閉ざされた洞窟の壁を、東と西と北に射通す。洞窟のなかには光が満ち溢れ、佐太の大神が誕生する。このとき、女神の夫たる男神はほとんど何の役割も果たしていない。女神は異形の来訪神を自らの力だけで産み落としたのである。このキサ貝の女神を祀る社が洞窟のなかに据えられている。そして今でも人々は、その近くを通るときには大声を轟かさなければならない。さもなければ洞窟から神が顕現して突風が起こり、船は転覆してしまう。

「窟」は女神の子宮、女神の「胎」そのものであった。『出雲国風土記』に描き出された加賀の「窟」は、加賀の「潜戸《くけど》」として、現在でも、誰もが訪れることができる。しかもそこには、生と死をそれぞれ象徴する二つの「窟」が存在していた。一つは『出雲国風土記』に記された女神の出産に結びついた「新潜戸」。もう一つは、いつの頃からか、この世に生まれることなく死んでいった子供たちの「霊」を祀るようになった「旧潜戸」である。女神の生と子供たちの死をそれぞれ体現した「窟」が二つ、互いの分身のように、あるいは互いの鏡像のように、存在していた。女神の「胎」を体現した光が燦然と差し込む「新潜戸」は海から屹立し、子供たちの「墓」を体現した闇に包まれた「旧潜戸」は海に面している。光の回廊たる「新潜戸」の天井近くの岩からは、その岩の白さと同じように白く濁った雫が滴り落ちている。キサ貝の女神がウム貝の女神とともにオホアナムヂを復活させたような「母の乳汁」、「旧潜戸」に集められた子供たちの「霊」が飲むという地蔵——両性具有の女神の——の乳汁、「地蔵の泉」である。

折口信夫はこの加賀の「窟」を主題的に取り上げることはなかった。しかし、この加賀の「窟」を実際に訪れ、その訪問記を珠玉のエッセイに残したもう一人の「異人」、文字通り異邦人の文学者がいる。小泉八雲ことラフカディオ・ハーン（Lafcadio Hearn, 1850-1904）である。[*14] ハーンは、出雲の「窟」に、死者たちの霊が集う海の彼方のもう一つ別の世界を幻視し、「加賀の潜戸」探訪記たる「子供たちの霊の窟で」（In the Cave of the Children's Ghosts）を書き上げ、上下二巻からなる巨大な書物、『知られぬ日本の面影』（*Glimpses of Unfamiliar Japan*, 1894）に収録する。

ハーンは、加賀の新旧二つの「窟」を経めぐる。ハーンがなによりも心惹かれたのは「子供たちの霊の窟」、「旧潜戸」である。ハーンはそこで無数の小石が積み上げられて形をなした、無数の石の塔を目にする。小石を集め、石の塔を築くのは死んだ子供たち、子供たちの「霊」の仕事である。子供たちの「霊」は海からやって来る。だから、洞窟の床がいまだ天井から滴り落ちた雫や露で湿っているとき、つまり真夜中から明け方にかけて、子供たちの「霊」

は、その上に足跡を残す。ハーンはその子供たちの「霊」が残した足跡を見つめながら、誰にともなくこう問いかける。「なぜ子供たちは海から来るのか」。ハーンが提出したその疑問について、結局納得できるような解答は得られなかった。ハーンはただこう記す。「あらゆる水は海へ注ぎ、その海はまたはるか遠くの地下の国へ通じる」……。ハーンもまた、「霊」を海のようなものと考えていた。

柳田國男はハーンの著作に深い関心をもっていた。[*15]『郷土研究』を創刊した柳田は、天上の神が地上の女性を母として生み落とした人間神（現人神）という問題の解明を、一つの研究課題として追求していた。「人を神に祀る風習」、すなわち後に祖霊論としてまとまる探究のはじまりにあたる試みである。柳田は、地下から甦ってきた「赤子」（あるいはその場所をあらわす「赤子塚」）という各地に散在する説話――ハーンもその一つを『知られぬ日本の面影』に収録された「神々の国の首都」のなかに記している――に、人間神の問題が集約されていると説く。「旧潜戸」のような「境界」に存在する「賽の河原」とは、死が再生に転換するための一つの場所だった。柳田が大正九年（一九二〇）に刊行した『赤子塚の話』のなかにハーンの名前は出てこない。しかし、柳田がその最終章、この世に生まれなかった子供たちの霊が「石」として象られた「賽の河原」を論じた一節、「我々は皆、形を母の胎《たい》に仮《か》ると同時に、魂を里の境の淋しい石原から得たのである」は、明らかにラフカディオ・ハーンから受け取ったバトンを折口信夫に受け渡していると思われる。[*16]

それでは、折口信夫は、己の内なる出雲をどのように昇華させたのか。

おそらくは生涯で唯一完成することができた小説、『死者の書』として、であろう。もちろん、『死者の書』には、折口信夫の出雲だけが昇華されているのではない。そこには折口信夫としての学の主題、釈迢空としての表現の主題が集大成されている。[*17]たとえば、柳田國男が提起した、天上（あるいは他界）の神と、地上の女性の聖なる結婚という主題を、折口もまた、その生涯をかけて追求していった。天上と地上の聖なる結びつきから生まれる神の子としての王、さらにその王を死から再生させて新たに即位させる「水の女」としての后という構造は、折口古代学の根幹を形づくる。

異形の身体をもち、それゆえ周囲に壊滅的な暴力をまき散らす荒ぶる死者。その死者に光り輝く新たな身体を与え、神として復活させることを可能にする少女。このような、「対」がもつ権力の——あるいは表現の——発生の詳細を解き明かしてゆくこと。それが折口の『古代研究』を貫く唯一のテーマである。また、折口の天皇論の基本構造でもある。たとえば、「餓鬼阿弥蘇生譚」「小栗外伝」そして「霊魂の話」と展開していった折口の霊魂論には、すべてこの死者と少女の物語が貫かれている。餓鬼阿弥という怪物のような身体をもつに至った生ける屍たる小栗判官と、その異形の死者を生命の湧き出ずる泉、熊野の「湯」による再生にまで導いてゆく「水の女」たる照手姫。そうした「対」の構図は、説経節「信徳丸」のクライマックスで四天王寺の「後戸」で出会う、盲目の癩者である信徳丸と、清水での再生の同行者である乙姫との関係と無理なく重ね合わせることができる。

さらに折口は、『古代研究』における霊魂論のひとまずの完結篇として、「「餓鬼阿弥蘇生譚」終篇」と銘打たれ、しかしながら時間の切迫から、無数の断章群をそのまま提示しただけに終わった「小栗判官論の計画」において、こう記すのである——「神の国から来た不具神を育てた巫女、中将姫の物語が、てるて姫を作つた」と。[18]『死者の書』は、河内と飛鳥——いずれも折口自身の故郷でもある——の境界、あるいは生と死の境界の地で、蓮から取り出された強靭かつ繊細な糸で浄土曼陀羅を織り上げた中将姫の伝説を換骨奪胎することによって成り立っている。折口は、その中将姫が「小栗判官」の照手姫の原型になったというのである。つまり『死者の書』とは、折口信夫が『古代研究』で探究した死者と少女をめぐる根源的な物語を、釈迢空という「死者の名前」を使って、自らの作品として書き直したものだったのである。

それでは、『死者の書』の出雲は一体どこにあるのか。

まずはその一方の主人公たる死者、滋賀津彦——大津皇子——に折口は一体何を託したのか。物語のなかで、滋賀津彦は、何度も転生を重ねるようにしてこの地上に出現した反逆者の原型であることが示唆されている。[19]「この中申《ヂユウ》し上げた滋賀津彦《シガツヒコ》は、やはり隼別でもおざりました。天若日子《アメワカヒコ》でもおざりました。天《テン》の日《ヒ》に矢を射かける——。併し、極みなく美しいお人でおざりましたがよ」。大津皇子は、記紀神話や伊勢の斎宮などの諸制度（政治においても信仰においても）が整えられたと推定されている天武・持統朝の完成者である持統天皇によって謀反の疑いをかけられ死を賜った。天孫降臨神話は、アマテラスとその孫であるニニギに、持統とその孫である文武の姿が重ね合わされている、ともいわれている。

仁徳天皇の弟でもある隼別皇子は、仁徳からの求愛を断った女鳥王《めどりのみこ》とともに仁徳に反旗を翻し、伊勢を目指し（『古事記』）、あるいは伊勢の地で（『日本書紀』）、仁徳の軍に討たれた。そして天若日子は、天孫降臨に先立って地上に遣わされ、出雲のオホクニヌシの娘を娶って後八年間復命せず、事の次第を問うためにやはり天上から遣わされた使者である雉を矢で射殺し、その返し矢で命を奪われた。滋賀津彦の起源には、天上世界に反逆する地上世界の英雄、出雲の英雄の姿が秘められていたのである。

もう一方の主人公たる郎女（中将姫）は、女人禁制の結界を犯した罪を償うために幽閉された当麻の小さな庵で、鶯の声を聞きながら、自らのことを「物語りの出雲の嬢子」のようであると思う――「ほゝき鳥《ドリ》―鶯―になつて居た方がよかつた。昔語り《ムカシガタ》の嬢子は、男を避けて、山の楚原《シモトハラ》へ入り込んだ。さうして、飛ぶ鳥になつた。この身は、何とも知れぬ人の俤にあくがれ出て、鳥にもならずに、こゝにかうして居る」。

この前後、『法華経』の功徳説話としても読み替えられている出雲の物語、郎女が反復しようとしている「物語りの出雲の嬢子」の原話は、『出雲国風土記』の「嶋根の郡」、法吉の郷の地名起源譚に由来する――「神魂の命の御子、宇武賀比売の命、法吉鳥と化《な》りて飛び度《わた》り、此処に静まり坐しき。故《か》れ、法吉と云ふ」[*20]。宇武賀比売の命とは、『古事記』においてキサ貝の女神とともにオホナムヂを復活させたウム貝の女神のことである。カミムスビなる母神から生まれた貝の女神の物語と、曼陀羅を織る少女の物語が、一つに重ね合わされているのだ。

『死者の書』の主人公の二人とも、出雲にその起源を追っていくことが可能であった。それだけでなく、『死者の書』という物語全体が、『出雲国風土記』に記録された二つの窟、生殖の洞窟と消滅の洞窟の性質を兼ね備えた他界への通路、さらにはその他界である「妣が国」の中心に位置する原初の「産霊」の神そのものの姿を表現しているように思われてならないのだ。『死者の書』を書き上げた折口信夫にとって、曼陀羅とは、森羅万象あらゆるものの種子を潜在的に孕んだ宇宙の母胎を意味していた。宣長に端を発し、篤胤とともにその意味を読み替え、さらには独自のかたちに磨き上げられてきた折口信夫の「産霊」の神、その「宇宙」を表現するのに最もふさわしい概念である。『死者の書』は、闇に包まれた洞窟に始まり、光へとひらかれた曼陀羅で終わる物語だった。折口信夫の手によってそう作り直された。物語の冒頭、洞窟の闇には、ただ「音」だけが響いていた――。

　彼《カ》の人の眠りは、徐《シヅ》かに覚めて行つた。まつ黒い夜の中に、更に冷え圧するものゝ澱んでゐるなかに、目のあいて来るのを、覚えたのである。

　した　した　した。耳に伝ふやうに来るのは、水の垂れる音か。たゞ凍りつくやうな暗闇の中で、おのづと睫と睫とが離れて来る。

三人称から一人称へ、「私」と記すことなく自然に移行していく。「音」は「私」と「彼」の、主観と客観の区別を廃棄し、一つに融け合わせる。物語の冒頭で闇に包まれていた洞窟、生と死の「母胎」は、物語の末尾では、少女が織り上げ、描き出した光の曼陀羅、一つのものが千になり、千のものが一つになる表現の母型（マトリックス）へと変貌を遂げる――。

　姫の俤びとに貸す為の衣に描いた絵様《ヱヤウ》は、そのまゝ曼陀羅の相《スガタ》を具へて居たにしても、姫はその中に、唯一人の色《シキ》身《シン》の幻を描いたに過ぎなかつた。併し、残された刀自・若人たちの、うち瞻《マモ》る画面には、見る〳〵、数千地涌《スセンヂユ》の菩薩の姿が、浮き出て来た。其は、幾人の人々が、同時に見た、白日夢《ハクジツム》のたぐひかも知れぬ。

少女は曼陀羅を織り上げるために、一体どのような体験を経なければならなかったのか。物語の中盤、毎夜毎夜、自らのもとを訪れてくる死者、その死者のもつ「白玉の並んだ骨の指」に誘われて、少女の前には、現実でも夢でもないような、あるいは現実でも夢でもあるような、超現実の世界がひらかれる。死者の手は、「海の渚の白玉のやうに、からびて寂しく、目にうつる」。やがて少女は、その「白玉」の手に導かれて、非現実の「海」に到達する――。

姫は――やつと、白玉を取りあげた。輝く、大きな玉。さう思うた刹那、郎女の身は、大浪にうち仆される。浪に漂ふ身……衣もなく、裳《モ》もない。抱き持つた等身の白玉と一つに、水の上に照り輝く現《ウツ》し身。ずん〳〵と、さがつて行く。水底《ミナソコ》に水漬《ミツ》く白玉なる郎女の身は、やがて又、一幹《ヒトモト》の白い珊瑚の樹《キ》である。脚を根、手を枝とした水底の木。頭に生ひ靡くのは、玉藻であつた。玉藻が、深海のうねりのまゝに、揺れて居る。やがて、水底にさし入る月の光り――。

洞窟の闇を、光の曼陀羅に変貌させるために、少女は、死者と生者が聖なる婚姻を遂げる非現実の「海」で、「たま」そのものへと変身する必要があった。「たま」は霊魂であり、神でもあった。個体であるとともに群体であり、動物であるとともに植物であり、鉱物でもある「珊瑚」であった。闇の洞窟と光の曼陀羅は、「たま」が満ち溢れる非現実の「海」を通して一つにむすび合わされる。そこに生まれるのは死者と少女の子供、未来の未知なる存在である。そしてまた、それこそが、折口信夫が夢見た「産霊」の神そのものでもあるだろう。現実と虚構が入り混じるその世界では、神々も人々も純粋感情を表出して泣き叫び、神々と人々の間が限りなく近い。神々と人々のみならず、海に生きる貝や鮫（ワニ）、山に生える樹木や薬草、そして聖地に安置されるさまざまな「石」たちの間さえも、限りなく近い。森羅万象は「霊」によって一つにつながり合っているのである。『出雲国風土記』に描かれた古代の世界のように。

しかしこれでもまだ、折口信夫の「宇宙」のすべてを描き尽くせたわけではない。『死者の書』には、時間と空間の限定を超えた原型的な物語、曼陀羅としての物語だけが語られていたのではない。そこにはもう一つ、時間と空間に限定された物語が語られていた。『万葉集』が編纂されるにあたって大きな役割を果したと推定される「近代人」

大伴家持の物語が。[*21] 時間と空間を超える「曼陀羅」は、時間と空間に限定された「歌」として表現されなければかたちをなさなかったのである。

1　『全集』1・三〇七。「万葉びと」は、この後折口自身が何度も強調するように、折口の手になる造語である。用例の初出は「髯籠の話」（一九一五年）にまで遡るが、論考のタイトルとして「万葉人の生活」が用いられたのは、短歌雑誌『アララギ』の大正九年（一九二〇）一月号に掲載されたもののほうが早い。折口は『古代研究』に雑誌『アララギ』に発表された論考は一切収録しなかった。また『万葉集』全篇をはじめて口語訳した書物は、折口の『口訳万葉集』――正確に述べれば「国文口訳叢書」というシリーズのなかで大正五年（一九一六）から翌年にかけて全三巻として刊行された『万葉集』――である。品田悦一『万葉集の発明　国民国家と文化装置としての古典』（新曜社、二〇〇一年）によれば、近代以前、一部の研究者を除き、『万葉集』は決して広範に読まれた古典ではなかった。それが「上は天皇から下は潮汲む海女、乞食まで」すべての階級の「民族的の歌」（いずれも島木赤彦の言葉）を集大成した「国民歌集」と捉えられるようになった画期は、一八九〇年前後、列島に名実ともに近代国民国家が形成された時期にある。印刷技術の飛躍的な発展とともに、この時期から一般の読者のもとへ『万葉集』というテクストが届きはじめたのである。折口の『口訳万葉集』も、そうした流れのなかで可能になった。雑誌『アララギ』に歌人としての釈迢空が招かれたのも、『口訳万葉集』の著者であり、「万葉びと」という理念を提唱した「古代」研究者としての折口信夫であった、ということが大きい。雑誌『アララギ』で「万葉びと」は普通名詞になる。品田は折口の営為を「万葉びとの創成」と捉え、その内実を次のように批判的に総括している――「折口の〔「万葉びと」という〕構想は、明治末期の国文学に孕まれた〈民族の固有性〉への志向を増幅したものと見ることができる。文明開化の合言葉が古びつつあったとき、未開と文明の関係を逆転させるような着想の持ち主が現われ、谷間に陥った国文学の本流を尻目に、自らの構想を着々と鍛え上げていったのだった」（二三一―二三二頁）。品田の評言はある一面では完全に正しい。しかしながら、折口が『万葉集』の歌のなかで一貫して評価するのは「未開」（「ますらを」）ではなく、「文明」（「たをやめ」）、高市黒人から大伴家持へと続く「近代歌」の流れである。なおかつ、折口は「万葉びと」の故郷を列島の「異族」である「出雲びと」や「出石びと」に見ていた。折口は野生人であるとともに近代人であった。「万葉びと」にもそのような相矛盾する二つの性格がそのまま付与されている。本章では、折口が『万葉集』というテクストをいかに読み、そこからどのような刺激を受け、自身の創作の源泉としたかという点に主題をしぼる。

2　『全集』1・三〇八。

3　岡野弘彦『折口信夫伝　その思想と学問』（中央公論新社、二〇〇〇年）、二二四頁。

4　『全集』6・三三。『古今集』真名序の記載（「昔、平城天子、

侍臣に詔して万葉集を撰ばしむ」）にもとづく説であるが、現在では主流ではない。折口も後に撤回している。しかし、ここに記された心情こそが折口の万葉論のはじまりにあることは疑い得ない。

5　『全集』9・八。なお、この「はじめに」の冒頭で、まず自分に『万葉集』を手引きしてくれた人物、「今尚、其一つくが、力強くわたしの心に生きてゐる語を以て、わたしを教へて下さつた」人物として、折口は天王寺中学校教諭の亀島三千丸の名前をあげ、こう記している――「先生は、明治での国学者、敷田年治翁の子飼ひの門人で、国学といふものに対して、確かにある自覚を摑んでゐられたので、実際、かいなでの国語漢文の先生とは、違ふ処があつた」（『全集』同・七）。先述したように敷田年治は鈴木重胤の直弟子である。折口の聖典解釈学の系譜は、亀島三千丸、敷田年治を介して鈴木重胤、さらには平田篤胤、本居宣長へと遡っていくことが可能なのである。それに比して、国学院大学で『万葉集』を講義していた教授たちへの評価には、実に冷淡なものがある。

6　以下、「古代生活の研究」からの引用は、『全集』2・三〇、三五、三七。

7　以下、『出雲国風土記』をはじめ『風土記』からの引用は、新編日本古典文学全集5『風土記』（小学館、一九九七年）より行う。二一三頁。ただし、その解釈については、荻原千鶴全訳注『出雲国風土記』（講談社学術文庫、一九九九年）に負うところが大きい。折口も正確にこの箇所を引用している。

8　『全集』2・三九。折口の言葉を引用すれば、「何にしても、出雲びとも、大倭びとも、海と幽冥界とを聯絡させて考へて居たと思うてもよい様である」となる。「顕明界」という術語も、折口自身によって「幽冥界」と対比させるかたちで述べられている。

9　篤胤自身が残した記述を引けば、こうなる――「さて顕明事《あらわにごと》と幽冥事《かみごと》との差別《けじめ》を熟《つらつら》想ふに、凡人《ただびと》も如此《かく》生て現世《うつしよ》に在るほどは、顕明事にて、天皇命の御民とあるを、死《しに》ては、その魂《たま》やがて神にて、かの幽霊・冥魂などもいふ如く、すでにいはゆる幽冥に帰《おもむ》けるなれば、さては、その冥府を掌《し》り治《しろし》めす大神は、大国主神に坐《ま》せば、彼《かの》神に帰命《まつろ》ひ奉《まつ》り、その御制《みおきて》を承け賜はることなり」。平田『全集』7・一四三―一四四。

10　三浦佑之「カムムスヒ考　出雲の祖神」（『文学』一―二月号、岩波書店、二〇一二年）。この論考と密接な関係をもった三浦の他の論考に「〈出雲〉世界へ　古事記をどう読むか」（『現代思想』五月臨時増刊号「古事記　一三〇〇年目の真実」、青土社、二〇一一年）、「出雲と出雲神話　葦原中国、天之御舎、神魂命」（前掲『現代思想』二〇一三年一二月臨時増刊号）がある。本章での引用は「カムムスヒ考」に限定する。また、本章で私が行なおうとしてている試み、折口のいう「産霊」を三浦の説く「カムムスヒ」として読み解いていくことには、あきらかに論理の飛躍がある。折口は、宣長のように、あるいは篤胤のように、ただ「産霊」としか記していない。しかしながら、折口が「万葉びと」を説く際、あるいはそれ以外でも、『出雲国風土記』をはじめ「出雲」をきわめて重視していることは動かすことのできない事実である。あえて出雲の方向に折口の「産霊」を読み込んでいくことで折口古代学の未来がひらけていくことを信じ、書き進めていく。

11　いずれも折口古代学で繰り返し取り上げられる場面でもある。「万葉びとの生活」のなかでも「復活の信仰」、すなわち「死を自在に扱ふ」力にして「復活」の力をもったオホクニヌシの性格が重視されている（『全集』1・三一四）。

12　以下の記述は三浦の所論ではない。加賀の「窟」の引用は、前掲『風土記』、一八一―一八二頁。

13　アマテラスとスサノヲの血を引くアメノホヒを祖とし、祭儀においてはオホクニヌシそのものともなる出雲の「国造」。その第八二代を継いだ千家尊統は、折口古代学の見解がちりばめられた『出雲大社』（既出）のなかで、こう書いている。「出雲の地域に幸福をもたらす霊異とは、この海から憑りくる霊威ではなかったか」と（二四三頁）。具体的にここで述べられているのは北九州宗像の「海神」であるが、出雲大社および佐太神社では現在でも海から寄り来る「竜蛇」（海蛇）を祀る秘儀が伝えられている。出雲の祭祀と南島の祭祀の類似をあげる研究者も多い。

14　ラフカディオ・ハーンと折口信夫をつなぐのは「出雲」だけではない。ハーンもまた、折口同様、生涯、「記憶の遺伝」説に取り憑かれた表現者だった。「前世の観念」に、ハーンはこう記していた。人間の個人としての感情のごく深い部分は「祖先たちの生命の海」から生まれてくる。現代の心理学で、本能とは「有機的に組織された記憶」を意味する。記憶それ自体が「はじまりの本能」、すなわち生命の連鎖のなかで次の世代の個人に遺伝される印象の総体なのである。だから、個人の霊魂を、祖先の霊魂との無限の複合体と考えなければならない。ハーンは、そうした「全」と「一」が等しくなってしまう事態を、多様なものの一元論、「多元的一元論」（a pluristic monism）とした（「涅槃」）。まさに折口が「妣が国へ・常世へ」で描き出したヴィジョンそのものである。これまでハーンの「記憶の遺伝」説は、ハーン自身が「前世の観念」や「涅槃」で大きく参照しているハーバート・スペンサーの著作に起源をもつと考えられてきた。しかし、ハーンの「記憶の遺伝」説は、スペンサー受容よりも遡る。現在、富山大学付属図書館に「へるん文庫」として収められているハーンの蔵書のなかには、明らかにスペンサー以前に読み込まれたと推定されるエルンスト・ヘッケルの著書、全二巻からなる『人間の進化』（*The Evolution of Man*, 1879）がある。ハーンと折口は、生物学的な「一元論」もまた共有していたのだ。ハーンの「一元論」に最も早く、また最も鋭く反応したのが西田幾多郎である。西田はハーンの営為をこうまとめている。「氏に従へば我々の人格は我々一代のものでなく、祖先以来幾代かの人格の複合体である、我々の肉の底には祖先以来の生命の流が波立つて居る、我々の肉体は無限の過去から現在に連るはてしなき心霊の柱のこなたの一端にすぎない」（西田『全集』1・三二六）。

15　ラフカディオ・ハーンと柳田國男の接近、あるいは遭遇の可能性については、平川祐弘「祭りの踊り　ロティ・ハーン・柳田国男」（平川編『小泉八雲　回想と研究』講談社学術文庫、一九九二年に収録）に詳しい。ここまで述べてきたハーンの著作についても同じく平川の編になる『神々の国の首都』（講談社学術文庫、一九九〇年）を参照している。

16　柳田『全集』3・三七。柳田國男が残したこの一節を、福永武彦は小説『忘却の河』のエピグラフに掲げ、入沢康夫は自身の体験、ハーンのテクスト、福永のテクスト等々を創造的に反復するようなかたちで加賀の「潜戸」を舞台とした長篇詩篇『死者たちの群がる風景』（河出書房新社、一九八二年）を書き上げた。生と死の洞窟は、近代日本文学史において特権的なトポスを占めている。

17　私はこれまで何度も『死者の書』について語ってきた。自説を繰り返し反復することに忸怩たる思いもあるが、以下に述べる所論の主要な部分も、拙著『光の曼陀羅』および『霊獣』（いずれも既出）、注解と解説を担当した折口信夫作『死者の書・口ぶえ』（岩波文庫、二〇一〇年）等で提出した見解を一つに総合したものである。

18　『全集』3・四二八。こうした物語の構造を、折口は「貴種流離譚」としてまとめている。折口にとって列島に残された「貴種流離譚」の最大のものが『源氏物語』であった。『源氏物語』は、「もののけ」が跋扈する世界を基層としてもっている。その基層の上に、「神」のような貴種に生まれながら罪を犯して追放された王（光源氏）の物語と、王を死から再生させる「神に仕へる最高最貴の巫女」（紫の上）の物語が一つに結びつくことによって、中世最大のこの物語が可能になった。「尊い神の如き主人公・美しい巫女の如き女主人公が結婚して、其から又物語は、連綿として続くのである」（「日本の創意」、『全集』15・二七三―二七四）。しかもその「王」、つまり『源氏物語』の主人公である光源氏は、光り輝く「神」の境地に近づこうとして、その過程でさまざまな「あやまち」を犯し、重い「贖罪」が科されている（「反省の文学源氏物語」、『全集』15・三〇二―三〇三）。折口は「人間悪の衝動」とも記している（同・三〇九）。折口が『源氏物語』を本格的に論じていくのは戦後になってからである。そこには間違いなく、同時期に詩として書き継がれた、「贖罪」を科されて追放された荒ぶる神スサノヲの面影が重ね合わされている。

19　以下、『死者の書』からの引用は、『全集』27・二四九、二〇七、一四三、二五四、二一九―二二〇。

20　引用は、前掲『風土記』より、一六三頁。何度も繰り返すようだが、このとき、『死者の書』を書きつつあった折口信夫自身も、夢を通して女性的な存在、すなわち物語の主人公たる郎女（中将姫）に変身していた――「何とも名状の出来ぬ、こぐらかつたやうな夢をある朝見た。さうしてこれが書いて見たかつたのだ。書いてゐる中に、夢の中の自分の身が、いつか、中将姫の上になつてゐたのであつた」（「山越しの阿弥陀像の画因」、『全集』32・一九）。

21　最後に一言だけ作品への評価を述べておけば、私は『死者の書』において、大伴家持の物語は不用であったと思う。その部分が作品としての純粋性を損なっている。しかし同時に、古代の研究者であり短歌の表現者であった折口信夫にとって、『死者の書』が現行のようなかたちで仕上げられることもまた必然であった、とも考えている。

折口信夫は、「万葉びと」のなかに野生人と近代人の双方を見出していた。それは折口の万葉研究のなかにも、折口の「宇宙」を体現した小説『死者の書』のなかにも、さらには折口自身の生き方のなかにも、共通して認められる二面性であった。「万葉びと」の野生人としての側面の探究は、折口信夫の学を文化人類学や民族学に接近させるであろうし、「万葉びと」の近代人としての側面の探究は、釈迢空の歌を現代の文学に接近させるであろう。折口は未開と文明の狭間に立って、未開から文明を見、文明から未開を見たのである。

前近代の野生と近代の文明と。その二つの領域は、折口にとって分断されているわけではなかった。「歌」によって一つにむすび合わされていた。折口は、「歌」の発生の条件を野生の領域に定位し、しかしながら自らは近代の「歌」を詠んだのだ。研究の対象としての『万葉集』、表現の実例としての『万葉集』は、そのどちらをも可能にした。しかも折口には、『万葉集』以前から『新古今和歌集』以降に至るまでの和歌の歴史に対する知識と見通しがあった。「叙景詩」という独創的な観点から和歌の歴史を古代から通観し、現代の歌人として独創的な「叙景詩」の数々を生み出していった。おそらくその点に、折口信夫と釈迢空という二つのペルソナをもった研究者＝詩人の複雑さ、あるいは可能性と不可能性の双方が存在しているはずである。

まずは折口信夫が見出した「万葉びと」の野生人としての側面をまとめておきたい。

折口信夫は「万葉びと」の理想を「出雲びと」の代表、オホクニヌシに見出していた。しかしそのオホクニヌシの真の姿をうかがうことができるのは『出雲国風土記』に限られないのだ。『出雲国風土記』よりも、列島の文化、あるいは、その文化を可能にした民族の状況をより鮮明に伝えてくれる貴重な史料が存在していた。『播磨国風土記』

である。折口は、「万葉びとの生活」の冒頭で『出雲国風土記』に見出される「出雲びと」オホクニヌシを論じた後、こう続けている。『出雲国風土記』は記紀神話以前を垣間見せてくれるが、『播磨国風土記』には、さらにそれ以前、神学以前の断篇からなるオホクニヌシの「不統一」な面影が残されている——[*1]。

出雲には、おほくにぬし以上の人格を考へる事が出来なかつたから、其風土記にも知られ過ぎた神としての彼の生活は、其輪廓さへも書く必要がなかつたのである。処が播磨風土記に現れたおほくにぬしは、まだ神学の玉の緒に貫かれない玉の様に、断篇風に散らばつてゐる。あまりに、記・紀を通して見たおほくにぬしと距離があり過ぎる。

『播磨国風土記』に出現するオホクニヌシは、『出雲国風土記』に出現するオホクニヌシよりも野生的であり、「醜悪であり幼稚」である。折口は、こう述べている——「すくなひこなとの競走に、糞ではかまを汚した童話風な話があり、あめのひほことの国争ひに、蛮人でもし相な、足縄投げの物語りを残してゐる。醜悪であり幼稚であることが、此神の性格に破綻を起さないのである」。『播磨国風土記』に登場した「出雲びと」の王オホクニヌシは、但馬に本拠をおく「出石びと」の王アメノヒボコと喜劇的かつ悲劇的な闘いを繰り広げる。アメノヒボコは記紀神話で唯一朝鮮半島の出自が明記された、異人たちが奉った異邦の神である。折口は、『播磨国風土記』のなかに「異神」たちの闘いを見ていた。

だから折口信夫は、こうまとめるのだ。オホクニヌシの裔としての「出雲びと」とアメノヒボコの裔としての「出石びと」とが存在する。疑いもなく「出雲びと」は半島系であり、「出石びと」は大陸系である、と。[*2]古代の列島では「異族」同士が相争っていた。しかも『播磨国風土記』には、峠などの「境界」の地に鎮座する「荒神」（荒ぶる神）が、その「境界」の地を旅する人の半数を殺す、という記事も複数記録されていた。アメノヒボコは「客神」と記され、その他にも、正体不明の「石神」などの記録も多く残されている。古代の列島では、さまざまな異族と異神たちが闘争を繰り広げていたのである。その闘争が焦点を結ぶのは「境界」の地である。『播磨国風土記』のなかには、柳田國男の故郷も含まれていた。当然のことながら、柳田の兄である井上通泰も、弟である松岡静雄も、『播磨国風土記』の注釈書を書いている。柳田自身は結局、『播磨国風土記』の注釈書を書くことはなかった。しかしながら、この列島の「境界」に、古来から祀られていた正体不明の神々、石神、荒神、客神などを論じた柳田の『石神問答』は、かたちを変えた『播磨国風土記』の注釈書だったのかもしれない。だからこそ、折口信夫は、『石神問答』に震撼させられたのだ。『播磨国風土記』の注釈者のなかには、若き折口信夫が入門を志した国学者、敷田年治もいた。「境界」を舞台とした荒ぶる神々、あるいは「異神」たち、「異族」たちの闘いをめぐって、柳田國男と折口信夫が出会うことは必然だったのかもしれない。

折口信夫が評価する『風土記』は、まず出雲、そして播磨、最後に常陸である。いずれの『風土記』にも祖先たちの移動と「地名」の移動、さらには「異人」の神に対する信仰が刻み込まれていた。[*3] 出雲、播磨、常陸の各『風土記』に共有されているのは巨人伝説である。そして『常陸国風土記』では、「土窟《つちむろ》」を掘ってその穴（いわゆる竪穴住居）に住み、「狼の性《さが》、梟の情《こころ》」をもつ異形の「荒ぶる賊」たち、国巣《くず》、土蜘蛛、八束脛《やつかはぎ》、佐伯などの生態が描き出されていた。おそらくは、列島の先住民として存在した狩猟採集民の集団であろう。少なくとも柳田國男や折口信夫は、そう解釈した。

その戦闘的な先住民の集団がいまだに跋扈する、この東の「常世の国」――巻頭の「総記」にそう記されている――を支配したのが、やはり放浪を運命づけられた荒ぶる英雄、ヤマトタケルの「天皇」であった。折口信夫が「無邪気な残虐性」をもち、「すさのをの善悪に固定せぬ面影」をもつと「万葉びとの生活」で評したヤマトタケル[*4]は、『常陸国風土記』では一貫して「天皇」と呼ばれ、住民はその支配に服していたのである。そうした東の「常世の国」、野生の地において、男たち、女たちは互いに「歌」を贈り合っていた。

『常陸国風土記』の「筑波の郡」には、こう記されている[*5]――「坂より已東の諸国の男も女も、春の花の開く時、秋の葉の黄《もみ》たむ節《をり》に、相携《たづさ》ひ駢闐《つらな》り、飲食《をしもの》を齎賷《もちき》て、騎《うま》より歩《かち》より登臨《のぼ》り、遊楽《たの》しみ栖遅《いこ》ふ」。足柄の坂から東にある諸国の男たちも女たちも、春の花の咲く頃、秋の葉の色づく頃、手に手を取り合って連なり、飲食物をもって、馬に乗ったり歩いたりしながら山を登り、楽しみ憩うのである。そこでひらかれる男女の宴では「歌」がやりとりされ、その数はあまりにも多く、とてもすべては載せることができない。『常陸国風土記』を書き残した人物は、そうつけ加えている。いわゆる「歌垣」のことである。

柳田國男も折口信夫も、『播磨国風土記』および『常陸国風土記』に描き出された列島の古代の状況を、現在の列島の状況に重ね合わせていた。列島の北端、北海道から北の島々にはアイヌの人々が、列島の南端、台湾華麗島から南の島々には当時「蕃族」と総称された人々が、いまだ古来以来の「アルカイック」な生活を営み、定住しながらも稲作農耕を採用せず、「遊動性」を濃厚に残した畑作と狩猟採集に従事していた。[*6] 柳田も折口も、列島の古代と現在のそれぞれに、「未開」と「文明」の対立と相互浸透を見ていた。柳田はそこ、古代と現代のいずれにおいても「文明」に抗って残存している「未開」のなかに、人間にとっての共同社会の発生を幻視し、折口は同じ場所に、人間にとっての共同表現——すなわち「歌」——の発生を幻視した。

柳田國男が、列島の山岳地帯に先住民たる狩猟採集民社会の後裔を見出そうとした草創期の民俗学を代表する二篇、『後狩詞記』の舞台である宮崎県の椎葉村、『遠野物語』の舞台である岩手県遠野郷の早池峰山には、古形を保っていると推定される神楽がいまだに残されている。その神楽では、折口信夫が「風土記の古代生活」に言うところの「山の神と里の神との争ひを象徴した」[*7] 原初の神聖演劇、異界にして他界から訪れる異形の山の神が、土地の精霊と喜劇的かつ悲劇的な対話を交わし、鎮圧するというパフォーマンスが、土地の人々の歌と踊りによって、一夜の「宴」として執り行われていた。その「宴」の場では、いまだに、男と女の美しい歌の掛け合い、贈り合いを目にすることができる。

折口信夫は、「万葉びとの生活」に次いで『古代研究』に収められた「万葉集の解題」で、原初の「歌」が発生してくる「神祭り」の構造を、次のようにまとめていた。[*8] 神が時を定めて村々を訪れ、「ことば」を語っていく——「思ふに単に神が、実利的のことばを言うて行くのではなく、神現れて、神自身の来歴を告げて去る。そして、村人を脅す家なり村なりの附近に住んで居る低い神、即、土地の精霊と約束して行く。其は、自分はかう言ふ神だぞ。だからお前は自分の言ふ事を聴かねばならぬ、と言ふ意味のことばであつた。約束をした後、神は村を去る」。

神が訪れ、精霊たちが騒ぎ、男たちと女たちが「宴」を繰り広げている祝祭の場には、さまざまな「音」が鳴り響いている。「音」とは森羅万象に共有され、それゆえ、森羅万象を一つにむすび合わせることができる「魂」のことだった。「魂」のなかには過去の時間と過去の空間が重層的に折り畳まれている。その「音」、ライフ＝インデキスとしての「音」に導かれるようにして「歌」が発生してくる。「音」は、あるいは「歌」は、過去を現在に接続し、さらには現在を未来にひらく。折口信夫にとって「音」とは、古代と現代、野生と近代を一つにむすび合わせるものだった。だから、折口にとって「歌」とはまず耳に聞こえてくる「音」でなければならず、決して目で見られる「物」ではなかった。『死者の書』の冒頭、闇に包まれた洞窟のなかに、ただ非人称の「音」が鳴り響いていたように。した　した　した。こう　こう　こう。ほゝき　ほゝきい　ほゝほきい。つた　つた　つた。ちよう　ちよう　はた　はた。『死者の書』には冒頭から、このような「音」が満ち溢れている。しかも、一つの意味として焦点を結ぶ以前の、いまだなにものでもなく、それゆえ、今後なにものにもなることができる原初にして無垢なる「音」たちが[*9]。

見ることではなく聞くこと、絵画ではなく音楽。その点に、同じ『万葉集』に短歌創作の範を仰ぎながら、折口信夫が短歌雑誌『アララギ』と袂を分かたなければならなかった一つの原因がある。雑誌『アララギ』を舞台に、正岡子規に端を発する「写生」の理論を『短歌に於ける写生の説』として磨き上げていった斎藤茂吉にとって、歌とは、なによりも見ることによって生まれるものだったからである。「写生」とは絵画に由来し、外にある現実の「物」を徹底的に見ることによって可能になる。自己の外部にある現実の「物」と一体化したときにはじめて、真の「写生」が成立する。あまりにも有名な一節であるが、その真髄は、こうまとめられる。「実相に観入して自然・自己一元の生を写す。これが短歌上の写生である[*10]」。

しかし、折口信夫＝釈迢空にとっては違うのである。歌とはまず聞こえてくるものだった。そしてその「音」は、現実の「物」から遊離してしまう場合もあった。つまり、「音」にとって、現実と虚構の分割、客観と主観の分割、外部と内部の分割は、なんの意味ももたないものだった。「音」は、現実的であるとともに虚構的でもあり、客観的であるとともに主観的でもある「像」（イメージ）を呼び起こす。「像」が先にあって「音」があてはめられるのではなく、「音」に導かれて「像」が生起するのだ。そのとき生起した「像」と現実の「物」とは直接の関係をもたない。釈迢空にとって、「自然・自己一元」とは現実でも虚構でもない地平で、外部にも内部にもない「音」の進展、つまり「音」による外界と内界のリズムの同調として果たされる。

だから、釈迢空の短歌には句読点、「自身の呼吸や、思想の休止点」をあらわす切れ目が入れられ、歌に「内在して居る拍子」が誰の目にも明らかになるように示される必要があった。[*11] 迢空にとって、そうした作業こそが歌を「自在なる発生」に導き、「歌の生命」を解放し、短歌から「次の詩形」が生まれ出て来ることを助けるのだ。ただ「音」を通じてのみ、「古典としての歌」から「自在な詩形の生れて来る事」が信じられるのである。雑誌『アララギ』で、迢空は歌に句読点を入れることを許されなかった。

歌は「音」に導かれて発生し、その「像」すなわち意味は、外界と内界のリズムが同調するところに生じる。そのために人は、一つの場所に留まることなく移動、つまり「旅」を続けなければならない。迢空の短歌創作にとって導きの糸になったのは、『万葉集』のなかに「旅」の歌、あるいはその旅で出会った光景を「叙景詩」として残してくれた一群の歌人たちであった。[*12] しかも、その「叙景」は「内外の現象生活がぴつたり相叶うてゐる」ところで実現されなければならなかった。優れた「叙景詩」は、自らの内なる「情」と、自らの外なる「景」が、歌として一致していなければならないのだ。折口は、こう記している――「情景が融合して、景が情を象徴するばかりか、情が景の核心を象徴してゐる様に見えるのである」と（柿本人麻呂と高市黒人の場合）。この情景の融合は、なによりも「聴覚」によって導かれる――「聴覚から自然の核心に迫らうとしてゐる」（山部赤人の場合）。

折口信夫にとって、理想の歌とは、「音」のもつ根源的なリズムによって自己の内なる「情」が導き出され、自己の外なる「景」と合一する、というものだった。そういった境地にこそ「「写生」の本髄」があるという。しかも、その場合の「写生」とは、現実の風景を、その場で見ている必要はない。歌を生み出す「宴」が、一夜をかけて行われるように、夜が更けた頃、ただ一人で「音」の記憶をたどりながら、「瞑想」するなかでも充分に果たされるものだった。折口にとって、そうした瞑想的な叙景詩を、まず『万葉集』のなかで実現することができたのが高市黒人であった。

旅の途中、廃墟となった旧都（「漣」の滋賀の宮）を詠んだ黒人の二首を、折口は、同じ情景を詠んだ人麻呂の二首よりも高く評価する――。

古の人に我あれや、漣の古き宮処《ミヤコ》を見れば　悲しも
漣の国《クニ》つ御神《ミカミ》の心荒《ウラサ》びて、荒れたる宮処《ミヤコ》見れば　悲しも

打ち捨てられた旧都の荒廃と心の荒廃が一つに重ね合わされ、それが「悲しも」という言葉に集約される。折口信夫は『万葉集』のなかに、叙景詩とともに、かなしさ、さびしさ、しずけさを発見する。「ますらを」ではなく「たをやめ」を、なによりも「細み」を発見する。そして、黒人から家持をへて磨き上げられた万葉の「細み」が「短歌の本質」を形づくっていること、さらにその万葉の「細み」が古今、新古今を経て、折口自身が短歌の理想とした『玉葉和歌集』と『風雅和歌集』の二歌集で完成したのだ、と高らかに宣言する。その短歌の歴史を概観した「短歌本質成立の時代」で、折口は激したようにこう記す[*13]――「古今無名氏の歌に還れ、万葉の家持に戻れ、更に、黒人の細みを回復せよ、と言ひたい」と。

折口信夫にとって、内界と外界のリズムが一致した歌が完成するためには、「作家」という特権意識は余計なものだった。最晩年、大伴家持が残した歌を近代に直結するものだとあらためて評価した「評価の反省」の末尾、折口が取り上げた二首の歌は、家持の父、旅人の旅に付き従った無名の者たちが詠んだものだった。そのうちの一首[*14]――「家にてもたゆたふ命。波の上に漂《う》きてしをれば、奥所《オクカ》知らずも」。そこに付された折口の評価――「自分は家に居て

も、人間の生命と言ふものの浮動して、定《さだま》りなく漂流してゐることを感じてゐる。それがかうして、大海の波の上に漂流してゐて思ふと、ましてさきの見当がつかなくなつてしまふ」。

旅によって風景が揺れ動くとともに言葉もまた揺れ動く。その運動は生命のもつ運動と直結し、人が生きるということは一体どういうことなのか、あらためて考えさせてくれる。「情」と「景」のそれぞれのリズムが合致し、「生」の意味が問い直される。折口が理想とする歌の境地である。

それでは、このような内界と外界のリズムが一致した歌、瞑想的な叙景詩を詠むためには、一体どうしたらよいのか。ライフ＝インデキスとしての「音」、「枕詞」のような「音」に導かれながら、ただ狂人のようにその「音」のリズムを反復し、そこから新たな「音」を生み出し、「像」として結晶化させていけばよいのだ。目の前の「物」を詠むことでかたちになった「枕詞」（あるいは「序歌」）を、「でたらめ」[*15]に繰り返す。そのことによって意識の深層がひらかれ、それとともに己の内界もまた外界にひらかれる。「情」は「景」と一つに溶け合う。古代人は、「音」の反復による「歌」の発生を、意識的に行っていたわけではないのだ[*16]――「併し古代には、此等の努力が意識せられた技巧でなく、無意識に口から出任せに出て来たのである。其は、狂ひの力が、技巧を超越するからである」。

狂気と叙景。最後に、まったく同じ主題で詠まれた斎藤茂吉の短歌の代表作と、釈迢空の短歌の代表作を比較対照し、迢空短歌の独自性をまとめておきたい。いずれも処女歌集である『赤光』と『海やまのあひだ』から選ばれたものである。

茂吉――「ダアリヤは黒し笑ひて去りゆける狂人は終《つひ》にかへり見ずけり」[*17]。
迢空――「うづ波のもなか　穿《ウ》けたり。見る／＼に　青蓮華《シャウレングェ》のはな　咲き出づらし」[*18]。

茂吉も迢空も、狂人と花を詠んでいる。ただし茂吉は精神科医としての日常生活で出会った現実の狂人、迢空は旅の途中、山奥の、しかも「海」というわずか家三軒からなる集落で出会った想像の狂人である。「海」の狂人は、いつの頃からか狂い出し、河原から石を集めてきてはそれぞれ仏に見立てて集落の境に並べているという。

茂吉は狂気を客観的に捉え、現実の「物」の世界に、真紅がきわまって黒く見えるダリアの花と並列させる。迢空は狂気を主観的に捉え、自ら狂人となって、その虚構の世界に、青い蓮華の花を咲かせる。ダリアの花は「物」の色となり、蓮華の花は「音」のリズムとなる。どちらが優れているのかと問いたいわけではない。『万葉集』という古代の書物から、二つのまったく異なった花が咲き出でたのである。しかも釈迢空の歌集のタイトルである「海」と「山」の間とは、この幻想の青蓮華が咲き出ずる非現実の場所であるとともに、折口信夫が古代学の主題とした、神を招く祝祭が古代から行われ続けている場所でもあった。海と山の間で、海の神と山の神が相争い、あるいは海の神と山の神が聖なる婚姻を遂げる。そして、その海と山の間を永遠に旅する。狂ったように彷徨しながら、狂ったように歌を詠む――ステファヌ・マラルメが自らの書物のタイトルとした『ディヴァガシオン』（動詞 divaguer の名詞化）にも、そのような二つの意味が重ね合わされていた。それが折口信夫の「宇宙」の核心であった。

1 『全集』1・三一〇。以下も同。

2 「古典に現れた日本民族」より、『全集』5・八九。「古典に現れた日本民族」は昭和一三年（一九三八）に発表された。しかし、折口が「出雲びと」および「出石びと」を、列島の「大和びと」とは「異族」であると考えていたことは、柳田國男との直接の出会い以前にまで遡る。大正三年（一九一四）に発表された「国民詩史論」にすでに「出石民族・出雲民族の根拠地」という記述が見出される（『全集』同・一五）。この論考は、折口がはじめて書いた民俗学的な詩語発生論と言っても良いものである。以降、『古代研究』に集成された諸論考を通して、折口は一貫して「出石びと」の起源を大陸（「南方支那」）におき、その「出石びと」こそが常世国の信仰を列島にもたらしたのだと説き続けた。折口自身、自らのことを、つねに「出石びと」に喩えていた。

3 「風土記の古代生活」、『全集』5・二五九、二六〇。なお、折口の風土記論の核心が述べられた「風土記の古代生活」は、昭和七年（一九三二）六月に岩波講座『日本文学』第一三輯「風土記に現れた古代生活」として小冊子のかたちで発表されたものである。同年四月の第一一輯「日本文学の発生――その基礎論――」、翌年一月の第一九輯「大和時代の文学」（正式には「日本文学史概説（一） 大和時代――古代文学序説――」）と密接な関係をもち、これら連続する三篇の論考が、幻の『古代研究』第四巻、国文学篇2の巻頭に据えられるはずであった。そのエッセンスは戦後に刊行された『日本文学の発生　序説』に引き継がれている。「歌」の発生を中核に据えた古代文学論にして古代文学史である。その「古代」は一国に閉じられたものではなく、「外国」にひらかれたものであった――「私は肯《あ》へて、大和時代の文学が、外から内から外国文学の影響によつて開発せられた所の多いことを言ふ」(「大和時代の文学」、『全集』5・七六)。折口の史観によれば、列島の神話も歌も「異族」との闘争＝交流を通してかたちが整えられてきたのである。

4『全集』1・三一二。「国巣」たちの生態がまず描き出されるのは、『常陸国風土記』の「茨城の郡」においてである。前掲『風土記』、三六七頁。

5　前掲『風土記』、三六三頁。

6　柳田國男と折口信夫による「未開」の発見、両者の学の成立にあたってアイヌの人々、台湾の「蕃族」の人々が果たした役割については、「列島論」としてまとめた。折口信夫も、その万葉論の最初期にあたる大正五年から七年にかけて、雑誌『アララギ』に発表した「万葉集私論」で、原初の「歌」を伝えてくれるとともに文字をもたなかった古代の「語部」の在り方を推測するために、アイヌの人々との比較を求めている。金田一京助による書物を参照しながら、折口はこう述べる――「今日古事記程の長物語が、頽齢の老人に諳誦せられて居た事について、疑ひを挟む人もあるが、其は思はざるも甚しいもので、彼《かの》あいぬの物語りですら、一英雄譚ばかりで四五千句に及ぶ長篇がある」(『全集』6・二二)。

7『全集』5・二九二。『播磨国風土記』の一節を論じた部分である。「山の神と里の神との争ひを象徴した」神楽の構造は、椎葉神楽、早池峰神楽ばかりでなく、折口信夫が憑かれたように見続けたという「花祭り」および「雪祭り」にも共通している。これらの神楽のほとんどで、『播磨国風土記』に描き出されたような「境界」に出現する「荒神」を鎮めるための儀礼が確認される。ただし、いずれの神楽も、文献史料による限り、その成立は中世の神仏習合期、あるいは近世にまでしか遡っていくことができない。そのなかでも、明らかに狩猟儀礼との習合が見受けられ、「荒神」も重要な役割を果たす椎葉神楽の存在は、折口の古代学とともに柳田國男の民俗学を再考していくための重要なサンプルになると思われる。しかも椎葉神楽は「村」を構成する各集落ごとにさまざまなヴァリエーションをもっている。「村」は多様なものの集合(アンサンブル)として成り立っているのである。共同体というものの再検討にもつながるであろう。

8『全集』1・三二四。いわゆる「神と精霊の対立」である。この論考のもとになった講演が行われたのは、大正一五年(一九二六)五月のことである。その直前、すなわちこの年の一月、折口信夫は早川孝太郎にともなわれて「花祭り」と「雪祭り」をはじめて見学している。「神と精霊の対立」という構造は、「花祭り」および「雪祭り」から導き出された可能性が高い。

9　吉増剛造、中上健次、松浦寿輝ら現代の文学の意識的な担い手たちが注目するのもまた、折口信夫のテクストに満ち溢れる「音」である。

10　以下、斎藤茂吉の著作からの引用は、岩波書店から一九七三年に刊行が開始された『斎藤茂吉全集』(全36巻)より行う。その際、旧字を新字に直し、圏点(。)は省いている。斎藤『全集』9・八〇四。茂吉の「短歌に於ける写生の説」がはじまるのは、雑誌『アララギ』の大正九年(一九二〇)四月号からであり、単行本としてまとまるのは昭和四年(一九二九)四月のことである。その間、大正一〇年末、釈迢空こと折口信夫は雑誌『アララギ』の選者を辞し、『アララギ』と袂を分かつ。釈迢空のはじめての歌集にしてその代表作『海やまのあひだ』が刊行されるのが大正一四年、それまでの万葉論を集成した『古代研究』の国文学篇が刊行されるのは、茂吉の『短歌に於ける写生の説』と同じく、昭和四年四月のことであった。釈迢空の短歌、折口信夫の万葉論はともに『アララギ』の「写生」に対抗するかたちで整えられていった。

11 以下、すべて処女歌集『海やまのあひだ』の巻末に付された長文の「この集のすゑに」からの引用である。『全集』24・一二三―一二五。

12 以下の引用は、「叙景詩の発生」より、『全集』1・四二二（人麻呂と黒人）、同・四二四（赤人）、同・四二〇（「写生」の本髄と黒人の歌）。

13 『全集』1・二三九。なおこの「短歌本質成立の時代」は、こう終わっている――『玉葉集』『風雅集』において「万葉の細みは可なりの歪みは含んで居ても、かうして完成せられたのである」（同・二五四）。

14 『全集』6・三八六。なお、折口は『口訳万葉集』で、万葉の歌を口語訳するだけでなく、そこに評価を記している。「評価の反省」の末尾に取り上げられた二首はいずれも「傑作」とされ、この歌にはさらに「此歌思想に於て優れて居る」と書きつけられている（『全集』10・二七二）。

15 「万葉集の解題」、『全集』1・三三〇。

16 「日本文章の発想法の起り」、『全集』同・四八九。

17 斎藤『全集』1・一二八。

18 『全集』24・四〇。「海」という集落も、この狂人も実在する。ただし、折口信夫がこの集落を訪れたのは、この一首を含む連作につけられたタイトルでもある「夜」ではなく、昼のことだった。折口にとって、この一首は、まさに瞑想的な叙景詩として詠まれたものだった。折口の残した広義の「詩と詩論」については「詩語論」としてまとめた。

列島論

国家に抗する遊動社会——北海道のアイヌと台湾の「蕃族」

柄谷行人が書き上げた『遊動論　柳田国男と山人』（文春新書、二〇一四年）は、あらためて「民俗学」とはそもそもどのような学問であったのか、という問いに想いを馳せさせてくれる。明治四二年（一九〇九）に刊行された『後狩詞記』、翌明治四三年（一九一〇）に刊行された『石神問答』と『遠野物語』という連続する三つの著作で、柳田國男はたった一人の力で「民俗学」という新たな学問を創り上げてしまった。

連続するこの三つの著作は、いずれも同一の主題をもっている。ここで確認するまでもなく「山人」である。柄谷行人が強調するように、「山人」はロマン主義的な空想の産物ではない。もちろん柳田國男自身が「山人」に列島の先住民の面影を重ね合わせ、そこに一つのロマンス（幻像）を見ていたことも事実である。しかしながら、少なくとも『後狩詞記』『石神問答』『遠野物語』の段階での「山人」には、実在するモデルがあった。柄谷が指摘する通り、平地に定住して稲作を行う人々ではなく、山地を移動して畑作を行い、狩猟採集に従事する人々、すなわちいまだ「遊動性」を失うことのなかった人々である。

「遊動性」といっても、この列島に純粋な移動民、純粋に狩猟採集のみで生計を営んでいた人々が存在したわけではない。そうではなく、客観的な生活の条件、あるいは主観的な共同の意志によって、大規模で集約的な水田耕作、つまり稲作農耕を採用しなかった人々が存在していたのである。そして多くの場合、そのような「遊動性」を維持していた人々は「国家」（ステート）を形成しなかった。あるいは、「民族」（ネーション）という概念をもたなかった。もちろん人間は個としてのみ生きることはできない。だから「山人」たちもまた集団、つまり共同体を形成する。当然のことながら、共同体には、集団の構成員たちに生活のための指針を示す指導者（首長）が生まれることとなる。しかし、共同体の首長と国家の主権者では「権力」の在り方がまったく異なっている。「権力」の差異は「経済」の差異として明確に示される。「国家」を形成せず、「民族」という意識をもたない共同体はほぼ自給自足の社会を達成しており、交易は「贈与」にもとづく。それに反して、「国家」を形成し、「民族」という意識にもとづいた国民＝国家は「資本」制のもとでただひたすら利潤を追求する。「贈与」は余剰を消滅させ、「資本」は余剰を増殖させる。一般的に、「国家」を形成せず、「民族」の意識をもたず、「贈与」にもとづいた経済活動を行っている共同体は「未開社会」と呼ばれている。

「未開社会」は、多くの場合、固有の文字をもたない。つまり「歴史」をもたない。否、「歴史」に抗う社会なのだ。しかしながら、書くための文字をもたないということは、表現が貧困であることを意味しない。「未開社会」は、語るための豊かな言葉をもち、そのなかで始原の時を創造的に繰り返しているのである。「未開社会」に流れる時間は、始点と終点をもった直線状に進む時間ではなく、円環を描き、絶えず反復される時間なのである。文化人類学者クロード・レヴィ＝ストロース（Claude Lévi-Strauss, 1908-2009）は近代社会を歴史意識が沸騰状態にある「熱い社会」、未開社会を歴史意識がほとんどゼロに近い「冷たい社会」とした。「冷たい」社会といっても、未開社会は祝祭の熱気によってつねに始原に還ろうとする運動をつづけ、逆に「熱い社会」がもつ熱気は、ただひたすら到達し得ない終末にむけてしゃにむに進行していくことに費やされる。

柳田國男は、列島に、文明にいまだ飼い慣らされることのない「未開」を発見したのだ。『後狩詞記』では、列島の直中、九州南部の奥深い山中に位置する椎葉村で「山の神」からの贈り物である猪を狩る「狩人」の末裔たちに。『石神問答』では、列島の南端に位置していた台湾華麗島の奥深い山中で「首狩り」を行っていた「蕃人」たちに。そして『遠野物語』では、列島の北端に位置していた北海道の奥深い山中で「神」からの贈り物である熊を「神」へ送り返す供犠を行っていたアイヌの人たちに。柳田が注目していたのは近代社会と未開社会、「熱い社会」と「冷たい社会」が接触し、その衝撃が「痕跡」として残された境界の地である。境界の地には未開の「地名」が残され、二つの社会の闘争を物語る記念碑である「石」が立てられていた。柳田が境界の地、遠野に残された数々の「地名」を理解するために特権的に参照するのは、アイヌの人々が大地のもつ特徴をそこに刻みつけるために行った命名行為である。『遠野物語』をはじめるにあたって、柳田は、すでにこう注記していた――「遠野郷のトーはもとアイヌ語の湖といふ語より出でたるなるべし、ナイもアイヌ語なり」（以下、柳田の著作からの引用は筑摩書房の最新版『全集』より行う、柳田『全集』2・一四）。

全世界規模で「未開」という概念の再検討が行われ、水田稲作農耕を採用することのなかった狩猟採集民の生活の再検討が行われるはるか以前に、柳田國男は「未開」の可能性を発見し、それとともに「遊動民」の可能性を発見していたのである。柄谷行人の『遊動論』は、あらためて柳田國男の「起源」に遡り、その可能性を再検討する可能性をひらいた。そこには、「民俗学」と「民族学」、さらには文化人類学を接合する道がひらかれていた。それだけではない。「未開」の概念を再検討することで「野生の思考」の可能性を導き出したクロード・レヴィ＝ストロースの『野生の思考』（一九六二年、邦訳＝みすず書房、一九七六年）、レヴィ＝ストロースのもとで狩猟採集民の世界を「始原のあふれる世界」として定義し直したマーシャル・サーリンズ（Marshall Sahlins, 1930-）の『石器時代の経済学』（一九七四年、邦訳＝法政大学出版局、一九八四年）、さらにはレヴィ＝ストロースの見解とサーリンズの見解が一つに交わる点で『国家に抗する社会』（一九七四年、邦訳＝書肆風の薔薇、一九八七年）を書き上げたピエール・クラストル（Pierre Clastres, 1934-1977）と、柳田の営為を直接比較することが可能になる。柳田國男という列島の近代を生き抜いた固有の存在から現代を照射し、現代から柳田國男を照射することが可能になる。

一九六六年四月、アメリカのシカゴ大学で狩猟採集民の生活を再検討する巨大なシンポジウム、「マン・ザ・ハンター」（Man The Hunter）が開催された。その記録は同名の書籍として二年後に刊行される。タイトルの「マン」には、一般に狩猟採集社会で狩猟に従事する「男性」と、狩猟採集社会をより普遍的な「人類」の視点から考えていくという二重の意味が込められていた。システムとしての「男性」の狩猟と、「人類」の普遍的な在り方としての遊動性を探るということである。世界のさまざまな地域から多くの民族学者、人類学者、歴史学者たちが参加した。当時ミシガン大学に所属していたサーリンズも、後に『石器時代の経済学』の最も著名な第一章となる「始原のあふれる社会」の原型となる報告をし（Original Affluent Society, pp.85-89）、討議に参加した。さらにシンポジウム全体の記録をまとめた書籍の末尾、その結論部分には、レヴィ＝ストロースが「未開性という概念」という論考を寄せていた（The Concept of Primitiveness, pp.349-352）。

このシンポジウムから、サーリンズの『石器時代の経済学』が生まれ、その『石器時代の経済学』を理論的な基盤としてクラストルの『国家に抗する社会』が書かれることになる。さらに、このシンポジウムの場には、一人の日本人がいた。「マン・ザ・ハンター」のシンポジウムに日本から唯一招かれた人類学者の渡辺仁（一九一九―一九九八）である。渡辺は、アイヌの人々の事例を特権的に参照しながら、北方狩猟採集民の「生存と生態学」を論じた（Subsistence and Ecology of Northern Food Gatherers with Special Reference to the Ainu, pp.69-77）。渡辺は、この列島において、アイヌの人々こそ、定住はしているが（報告の冒頭でアイヌの人々を「半―遊動民」semi-nomadismのなかでも最も定住化が進んだグループと定義している）、「始原のあふれる世界」を生態学的な秩序に従って現代まで生き抜いてきた「遊動民」の典型として考察したのである。渡辺はこの後、アイヌ社会への考察を応用して、縄文時代の人々の生活を再検討してゆくことになる。縄文時代を生き抜いた人々もまた、生活全般に「遊動性」を維持し続けた、アイヌの人々のような、定住型の狩猟採集民だったのである。「熱い社会」の基盤が築かれた新石器時代において、縄文は一万年以上もその歴史の変化に抗った「冷たい社会」の貴重な実例となる。

渡辺仁が成し遂げた仕事を媒介とすることで、柳田國男の「山人論」と、マーシャル・サーリンズの狩猟採集民論（『石器時代の経済学』）、そしてピエール・クラストルの「国家」に抗する政治人類学（『国家に抗する社会』）を同一の地平から考察することが可能になる。柳田が「山人論」に取り組みはじめたとき、列島には「国家」以前の社会（北海道のアイヌと台湾の「蕃族」）、「国家」の萌芽期を推測することが可能な社会（南島の琉球「王国」）、「国家」以降の超―国家を目指そうとした社会（大日本「帝国」）が存在していたのである。国家に抗する社会、国家を生み出そうとする社会、国家を乗り越えていこうとする社会。あるいは、非―国家、原―国家、超―国家。

柳田國男は、あるいは折口信夫もまた、近代日本という特異な場所の突端に立ち、人間たちが創り上げてきた共同体の変遷を、国家以前から国家以降に至るまで、そのすべてを自身の目で見て、「民俗学」もしくは「古代学」という独創的な学に結晶させたのである。だからこそ、「民俗学」も「古代学」も、近代を条件としながら、近代を相対化してしまえる可能性を秘めている。折口信夫の「古代学」は柳田國男の「民俗学」がその起源にもっていた可能性を極限まで追求したものである。換言するならば、折口の「古代学」は柳田の「民俗学」がなければ、かたちを整えることはなかった。

そうであるならば、ここでまたあらためて柳田國男の「民俗学」の起源にまでさかのぼり、その秘められた可能性を、折口信夫の「古代学」の帰結に至るまで展開し直さなければならないであろう。

＊

「熱い社会」である資本主義社会に巻き込まれ疲弊し荒廃した地方の農村を建て直すために、自然主義文学の導入者にして詩人であった松岡國男は文学を棄てて農政学を選んだ。それとともに柳田家に養子に入り、柳田國男となった。柳田國男が農政学者として、あるいは官僚、もしくは柳田自身の言葉を借りれば「政治家」として実現を目指したのが、一軒一軒の農家を充分な生産高をあげられるだけの耕作地と技術をもった「中農」——「大」地主でも「小」作人でもない「中」規模の自作農家——として自立させることであった。「中農」たちは生産から流通まで独自の「組合」を組織し、多様でありながらも調和のとれた自給自足が可能である小宇宙である地方を再生させる。

柳田國男が提唱した「中農」育成は、現実の政策としては受け入れられなかった。しかし、その過程で、柳田は、資本主義という「熱い社会」とはまったく異なった原理で組み立てられた「冷たい社会」の可能性、あるいはその痕跡を列島のなかに発見する。「熱い社会」では不平等が増進されて貧富の差が生み出され続けているのに対して、「冷たい社会」では平等を原則として貧富の差の発生が極力抑制されているように思われた。柳田は、水田で稲作を行う平地ではなく斜面で畑作（焼畑農業）を行う山地において、土地はすべて共有されるとともに公平に分割され、生み出された富は均等に分配されていることを知る。柳田は、その出会いの衝撃を次のように記している（柳田『全集』23・六二八）――。

此共有地分割の結果を見ますと、此山村には、富の均分といふが如き社会主義の理想が実行せられたのであります。『ユートピヤ』の実現で、一の奇蹟《きせき》であります。併し実際住民は必しも高き理想に促されて之を実施したのではありませぬ。全く彼等の土地に対する思想が、平地に於ける我々の思想と異つて居《を》るため、何等の面倒もなく、斯《か》る分割方法が行はるゝのであります。

この奇蹟のユートピアこそ、柳田國男が農政学者から民俗学者へと転身する最初のきっかけとなった『後狩詞記』の舞台、宮崎県の椎葉村であった。そこで人々は公平かつ平等な移動式の焼畑農業を行いながら、「狩猟」（猪猟）に従事していたのである。焼畑が日常の俗なる世界に属するならば、「狩猟」は非日常の聖なる世界に属していた。だから、獲物はすべて「山の神」からの贈り物であり、狩人たちはその神からの贈り物を受け取るために、狩りの前には厳重な物忌みに服さなければならなかった。さらに山に入る際には、集団で独自の作法を守り、また日常とは異なった秘密の言葉（呪文）を用いる必要があった。そして獲物を得たならば、すぐさま「山の神」に丁重な返礼をなさなければならなかった。特に獲物の解体（解剖）には慎重かつ繊細な注意を必要とした。なぜならば、そのすべてが「神に供ふる厳重の儀式」であったからだ。狩人たちは獲物の生態を熟知し、つまり、獲物とほとんど同化し、獲物を与えてくれる「山の神」と秘密の言葉を交わし合っていたのである。

焼畑を行い狩猟に従事する山地の人々。人々の聖なる生活のすべてを律する正体不明の「山の神」。柳田國男は、そうした現実の「山人」たちのなかに、列島の古代的《アルカイック》で固有の生活と信仰の在り方がいまだに生き残っていることを発見した。おそらくその始原の社会では、労働と快楽の間に区別をつけることはできなかった。あるいは生と死の間の区分さえも。柳田は、狩猟の快楽を存分に味わっていたであろう古代の狩人たちの末裔である中世の戦士（「武士」）

たちの生活について、『後狩詞記』の「序」にこう記している（柳田『全集』1・四三二、ただし原文の句点の大部分は読点に変えている）――「［武士たちが］年の代るのを待兼て急いで故郷に帰るのは、全く狩といふ強い楽があつて、所謂山里に住む甲斐があつたからである。殺生の快楽は酒色の比では無かつた。罪も報も何でも無い。あれほど一世を風靡した仏道の教も、狩人に狩を廃めさせることの極めて困難であつたことは、今昔物語にも著聞集にも其例証が随分多いのである」。

聖なる労働にして聖なる遊戯でもある「狩猟」に従事する狩人たちによって、山中に築き上げられた小さな共同体。そこで人々は土地を共有し、富の分配は平等になされていた。柳田國男は椎葉の狩人たちの住まいを、このときすでに「甚しくアイヌの小屋に似てをる」と記している（柳田『全集』同・四三七）。椎葉の「山人」たちの生活に、「半－遊動民」たるアイヌの人々の生活が重ね合わせられていたのである。いずれの遊動民たちの住居も、その小さな共同体への遠来の客をもてなすための構造にもとづいて設計されていた。遠来の客とは、現実の人間であるとともに、動物のかたちに姿を変えた神であり、あるいは不可視の存在へと変貌を遂げた死後の動物および人間たちの霊魂でもあった。

狩人たち、すなわち狩猟採集民の間では、神からの獲物の贈与と神への供物の返礼――神からの贈り物たる獲物の殺害――は表裏一体の関係にあった。贈与され、殺害される神からの贈り物、神への供物は、動物である場合もあったし、人間そのものである場合もあった。「始原のあふれる社会」においては、人間と神と動物は「霊魂」を通じて一つにつながり合っていたからである。贈与されるものは現実の物質だけではない。それは同時に超現実的な力、霊的な力でもあった。狩猟とは、物質と霊魂、すなわち可視の具体的な物質と不可視の抽象的な力を一つに混淆し、解放するのである。物質には霊的な力が宿り、狩人たちは物質を引き裂くとともに、物質に孕まれていた霊的な力を、その場に、十全に発現させるのである。

柳田國男は、列島の中心部においてはすでに消滅に瀕している社会の古代的な様相が、列島の周縁部、北と南の端、北海道からさらに北方の諸島、そして台湾――台湾は明治二八年（一八九五）から大日本帝国に全面的に領有されていた——からさらに南方の諸島ではいまだに生きていることを知っていた。おそらく、椎葉の「山人」には、列島の極限、その北端と南端に見出された荒ぶる「野蛮人」、国家の統制から逃れ出る「野生人」たちの姿が二重写しにされていた。そこに柳田國男の民俗学の今日的な可能性が存在する。柳田が民俗学の創出に取り組んでいたとき、「近代」に圧倒されつつあったとはいえ、列島の北端と南端では、「未開」が超近代的な帝国に対して最後の抵抗を試みていたのである。

『後狩詞記』をまとめ上げた柳田國男が次に取り組んだのは、「近代」と「未開」の境界、平地人と山人の境界の問題である。列島の中心部では遠い過去、現住民たる平地人と先住民たる山人が相争っていた境界の地、そして列島の周縁部では現在でも「近代」と「未開」が闘争を重ねている境界の地。そこでは一体どのようなことが起こっているのか。その境界の地には正体不明の「未開」の神、国家に抗う狩猟採集民たちが崇める荒ぶる神、巨大で異形の「石の神」が祀られていた。「石の神」は異族の神であるとともに、異族が治める領土たる「異界」との境界そのものを意味していた。柳田が『石神問答』で探ろうとしたのは、そうした「蕃人」たちの神、「異神」がもつ諸相だった。『石神問答』の核心は、柳田國男が山中笑（共古）に宛てた手紙の一節に尽くされている（柳田『全集』1・五一六）——。

佐久と申す地名は信濃の佐久郡を始め諸国に有之　尾張の海上に佐久の島　下野那須野に佐久山も有之　又安房其他に佐久間と申す地名も　其意義今以て不明に候へ共　多分は佐久神と同源かと愚考仕候　日本語にて「遠ざくる」のサクなりとも可申も　現代アイヌ語にてもサクは隔絶の義有之かと存じ候　恐くは古代の生蕃即ち所謂荒ぶる神と新に平野に居を占めたる我々の祖先とを隔絶する為に設けたる一の隘勇線ならんかと愚考致候が　御意見如何承り度候

ここで柳田國男が使っている「生蕃」、そして「隘勇線」とは、いずれも当時、大日本帝国下の皇民として取り込まれつつも、いまだ全面的には服従していない台湾の「原住民」とその状況をあらわす典型的な術語であった。「原住民」とは、後に「蕃族」自身が採用し、現在では台湾の憲法でも規定されている公的な呼称である（以下、あくまでも大正期の歴史的な事例を論じるので、括弧つきの「蕃族」を用いる）。

「生蕃」とは、台湾の中央部から東部、さらには南部にかけて広がる険しい山岳地帯（厳密には山岳部だけではなく海岸部と島嶼部も含む）で、漢族に決して同化することなく、先祖伝来の焼畑と狩猟に従事し、「首狩り」――「出草」――を行っていた「原住民」の集団を指す（当然のことながら一部の例外も含む）。生業としての焼畑と狩猟とは、柳田國男が椎葉に見出した「山人」の生活形態とほぼ等しい。椎葉の「山人」たちをより野生化した、というよりも、『石神問答』に明記されている通り、アイヌの人々とともに柳田にとっての「山人」の真のモデルとなった人々であった。もちろん現在では「首狩り」などは行われておらず、生業も大きく変化しつつある。なお台湾の西部から北部にかけての平野で漢族との同化が進み、漢族にほとんど同化されてしまった「原住民」の集団は、「生蕃」に対して「熟蕃」と呼ばれていた。いずれも清国時代からの呼称に準じたものであった。

「生蕃」は後に「高砂族」、「熟蕃」は「平埔族」と呼ばれるようになった。この「蕃族」のいずれも、オーストロネシア語族（南島諸語、マライ＝ポリネシア語族とも）に属している。東南アジアから南太平洋、さらにはマダガスカル諸島、イースター島に至るまでを範囲として含む広大な語族である。台湾島は、その広大な語族の起源であるとも、また帰結であるとも考えられている。各部族には、それぞれの集団がいかにして現在の地までたどり着いたのかを詳細に伝えた神話と伝承が残されていた。

大日本帝国統治下の台湾では、「漢」族と「蕃」族、すなわち近代と野生、現住民と先住民が激しく対立していたのだ。「隘勇線」もまた、文字通り「漢」と「蕃」の境界線をあらわす言葉だった。柳田國男の「山人」と台湾の「蕃族」との関係を論じた先駆的な論考「南の島の山人」（『華麗島見聞記　東アジア政治人類学ノート』思索社、一九七七年に収録）を書き上げた鈴木満男は、「隘勇線」について、こうまとめている（前掲論文の注9より）――「隘勇線は「隘路」と「隘寮」から成っていた。隘寮は三町ごとに木・竹・土・石などを用いて築造し、銃眼を穿った。周囲には木柵と掩保を設けた。電話や鉄条網の設けを施した所もある。このような隘寮と隘寮とを結びつけるのが隘路である。前方数十間のあいだ草木を取除いて見通しをよくし、「蕃人」の接近に備えた」。この隘寮に、「隘勇」――「平地民の自衛組織」――が置かれたのである。

「蕃族」と「隘勇線」は、柳田國男の『石神問答』のみならず、折口信夫の『古代研究』民俗学篇1の巻頭に据えられた「妣が国へ・常世へ」にも出現している（以下、折口の著作からの引用は中央公論新社の最新版『全集』より行う。『全集』2・一二）――。

> 国栖・佐伯・土蜘蛛などは、山深くのみひき籠つて居たのではなかつた。炊ぎの煙の立ち靡く里の向つ丘《ヲ》にすら住んで居た。まきもくの穴師《アナシ》の山びとも、空想の仙人や、山賤《ヤマガツ》ではなく、正真正銘山蘰《カヅラ》して祭りの場《ニハ》に臨んだ謂はゞ今の世の山男の先祖に当る人々を斥《サ》したのだ、と柳田国男先生の言はれたのは、動かない。其山人の大概は、隘勇線を要せぬ熟蕃たちであつた。寧、愛敬ある異風の民と見た。国栖・隼人の大嘗会に与り申すのも、遠皇祖《トホツスメロギ》の種族展覧の興を催させ奉る為ではなかつた。彼らの異様な余興に、神人共に、異郷趣味を味はふ為であつた。

折口信夫は、「隘勇線を要せぬ熟蕃たち」と述べている。この一節は、「妣が国へ・常世へ」の原型であり、いまだ東北アジア比較言語学＝比較神話学の確立を目指していた頃のマニフェストである「異郷意識の進展」には存在していない。折口は、柳田から、古代の列島で生起した先住民と現住民、山人と平地人の闘争と同化というヴィジョンを得たのである。柳田が訪れた遠野には、明治期に台湾各地の「熟蕃」こと「平埔族」を調査した伊能嘉矩が暮らしていた。柳田は「生蕃」と「熟蕃」と漢族からなる台湾島の現在を、列島の古代にあてはめたのだ。台湾の現在から列島の古代を類推したのだ。しかも、古代の列島では、「蕃族」はすでに征服者たる大和民族に同化・吸収されてしまっていた。折口信夫の「古代学」もまた、柳田國男の「民俗学」、より正確に言うならば柳田國男による「未開」の発見からはじまっていたのである。

柳田國男は、『石神問答』刊行の直前である明治四三年四月、「山人の研究」という談話を発表する。伊能嘉矩を遠野に訪れたのは前年の夏のことである。この談話＝エッセイは、決して長いものではないが、後に折口信夫が「妣が国へ・常世へ」で述べる見解を先取りするものであり、『後狩詞記』からはじまる「山人論」と『石神問答』からはじまる「異神論」が、実は同一の起源から発した二つの流れであることを自ら語った貴重な証言であった。「山人」も「異神」も、台湾の「蕃族」の在り方から示唆を受けてかたちになったものであることを、柳田自身が明言してくれているからだ。柳田にとって「山人」も「異神」も過去の幻影、あるいは現在の空想ではなく、きわめてリアルな存在だったのである。

柳田國男は、まず「山人」について、「台湾の生蕃」という言葉を使いながら、こう語っている（柳田『全集』23・六九二）――。

然るに、今から千年も前には、此の山人と云ふのは日本語では確かに人類を意味して居た。日本人の生活して居る部落から、隔絶した山中に住して居る異民と云ふ意味であつた。そして丁度、台湾の生蕃の頭目《トウモク》が折り〳〵総督府へ出て来るやうに、又、南清の苗族が地方官の所へ出て来る如く、毎年定めの時期に、京都の朝廷へ敬意を表しに出て来たものである。それは、主として神事と関係して居て、延喜式などを見ると、祭の儀式の中に山人が出て来て、庭火を焚いたり、舞ひを舞つたり、又、歌を歌つたりしたことが分る。後には山人が来なくなつたので、朝廷の役人を山人に擬して、その役を勤めさしたものである。

この後、柳田は、「京都の朝廷」に恭順する以前の「今一段古い時代」の「山人」について、土蜘蛛、蝦夷、国栖、佐伯などの名前をあげ（まさに折口の「妣が国へ・常世へ」の原型である）、さらにそれら「国神」（クニツカミ）と呼ばれた先住民たちと征服者である現住民の「大和民族」との闘争と同化について、「台湾の蛮民」の在り方をもとに解説するのである（柳田『全集』同・六九三）――「之れは、正に台湾の蛮民に、生蕃と熟蕃との二通りあるのと同じことで、即ち古代の熟蕃は、民族としては先づ滅びて了つた。それは、大和民族と平和な交際を続けて居た為めに、血液も、習慣も混交して了つて、民種としては勢力の強い大和民族の方へ同化して了つた。之れに反して生蕃の方は、圧迫を受けつゝも、今までもその民族の命脈を保つて居て、幽かながらも其消息を知ることが出来る」……。

柳田國男にとって真の「山人」とは、台湾の「生蕃」に他ならなかった。この野生の人々が神に祀られ、荒ぶる「異神」となっていったのである。柳田は、そう続けていく――。

此の山人〔生蕃〕のことを、古い時代には邪神とか、悪神とか、又は荒神とも書いて、何れも荒ぶる神と云ふ。神と云ふ言葉が今日では、人間でない者と云ふ意味になつたけれども、古い時代には神と人間との区別が、然うはつきりとして居なかつた。例へば人間でも何々の神と云へて、幾らか高い位地の人には皆かみと云ふ名称が付いた。だから、国神《クニツカミ》とか、荒ぶる神とか云ふのは、今の台湾の頭目《トウモク》とか、又は酋長とか云ふやうな意味であつた。

最晩年の柳田國男が「祖霊論」として結実させる「人を神に祀る風習」を論じた最も萌芽的な一節であるとともに、柳田國男の「民俗学」の秘められた起源、「山人論」と「異神論」が台湾の「蕃族」を通して一つに交錯する地点でもある。柳田國男を、そして折口信夫を震撼させ、民俗学と古代学を生み落とす直接の起源となった台湾の「蕃族」たちが生きていた社会は、ピエール・クラストルが『国家に抗する社会』と『暴力の考古学』(一九七七年、邦訳=現代企画室、二〇〇三年)で描き出した、対外的な絶対戦争を条件として対内的に絶対平等が保たれている「国家に抗する社会」とほぼ等しい。しかしクラストルのいう「国家に抗する社会」を十全に理解するためには、その理論的前提となった、サーリンズが狩猟採集社会を論じた「始原のあふれる社会」を参照することが必要であるように、柳田と折口がはかり知れない影響を受けた「蕃族」の世界を十全に理解するためにも、柳田と折口がつねに「蕃族」とともに名前を出す北の遊動民たるアイヌの人々の世界を、まずは参照しなければならないだろう。

アイヌの人々が実践していた「半-遊動」的な生活は、柳田國男の民俗学と折口信夫の古代学――大学時代の折口はアイヌ語を学んでいた——の起源に直結するだけでなく、渡辺仁の営為を通じて、サーリンズの「始原のあふれる社会」の起源にも直結しているからである。そうしてはじめて、アイヌの人々の生活とともにサーリンズの『石器時代の経済学』を、「蕃族」の人々の生活とともにクラストルの『国家に抗する社会』を、論じることが可能になるのである。

＊

渡辺仁によれば、アイヌの人々の伝統的な生活、定住型の狩猟採集文化が崩壊したのは、明治一六年（一八八三）頃からはじまり、明治二一年（一八八八）頃には全道におよんだ大日本帝国による「勧農政策」、アイヌの人々の強制的で集中的な「農民化」によるという。台湾の領有にはやや先んじているが、帝国による植民地化によって列島の南北両端に存在した「未開」が追い詰められていく過程は、ほぼ並行していた。柳田國男（一八七五年生）や折口信夫（一八八七年生）がこの列島に生まれ、成長していったのは、ちょうどそのような時代であった。

北海道は、縄文時代以降、一貫して「農耕」を受け入れなかった。縄文、続縄文、擦文、そしてオホーツク文化の渡来を経てアイヌ文化が成立するまで、その地に住んだ人々は基本的には狩猟採集に従事してきた。また、アイヌの人々が住んでいたのは北海道だけには限られない。千島列島にも樺太にも住んでいた。鳥居龍蔵の調査で知られる千島アイヌに属する人々は、北海道本島の東端からカムチャツカ半島の南端に至る「千」の島からなる列島（千島列島）を、数世代にもおよぶ単位で移動し続けていたという。まさに海の遊動民であった。列島の北は、さらなる彼方へとひらかれていたのである。

宇田川洋の『アイヌ文化成立史』（北海道出版企画センター、一九八八年）によれば、続縄文時代より、物質文化として残されたさまざまな痕跡のなかに「アイヌ化」の過程を見出すことが可能であるという。しかし、渡辺仁は、「熊祭」（イオマンテあるいはイヨマンテ）成立に密接に関係したと推察されるオホーツク文化の北海道渡来に「アイヌ化」の画期を見出している（「アイヌ文化の成立　民族・歴史・考古諸学の合流点」、『考古学雑誌』第五八巻三号、一九七二年および「アイヌ

文化の源流　特にオホック文化との関係について」、『考古学雑誌』第六〇巻一号、一九七四年）。アイヌ文化の成立をどの時点に考えるかという点に関してはいまだ定説はないが、鮭や鱒の漁、熊や鹿の猟、深い森になるさまざまな植物の採集等々、豊かな自然に囲まれ、縄文時代以降一貫して、いわゆる狩猟採集民としては最も定住化が進んだ人々の生活が、実に近代に至るまで続いていたのである。まさに「冷たい社会」が存続してきた一つの例であり、狩猟採集にもとづいた「冷たい社会」が同時に「始原のあふれる社会」でもあったことを証明する一つの例となり得るものだった。

定住と狩猟採集――つまり「水田稲作農耕」を採用しないこと――は両立し得たのである。もちろん、そうした「半‐遊動民」たちが簡単な食物栽培、原初的な農耕を行っていたと考えることは充分に可能であるし、当然のことでもある。アイヌの人々の生活から注意深く排除されていたのは、大規模で集約的な「水田稲作農耕」だった。つまり、その社会には、外部から人々の集中を強制する権力が存在しなかったのである。アイヌの人々の生活の基本となるのは、「家族」を中心としたコタンである。通常、コタンは一軒か、多くとも数軒が集まって成り立っていたという（もちろん「大規模コタン」という例外も存在することは言うまでもない）。つまり、アイヌの人々の生活は「共同体」以前のものだった。もちろんいくつかのコタンが集まり地縁集団を形成する場合もあった（コタン自体が拡大する場合もある）。ただしその場合でも、その地縁集団は、父方に連なっていく祖先の共通の印（「エカシ・イトクパ」）をもっていたという。

コタンを中核としたそうした地縁集団が活動する場所はイウォルと呼ばれていた。イウォルでは、椎葉の「山の神」のように、森羅万象あらゆるものが「神」（カムイ）からの贈り物であった。アイヌの人々にとって、現実の物質的な環境と、超現実の霊的な環境の間に区別を設けることはできなかった。渡辺仁は、アイヌの人々のもつ「世界観」と生態系（エコシステム）について、こうまとめている（「アイヌの生態系」、渡辺編『生態』雄山閣出版、一九七七年に収録、原文のローマ字表記はカタカナ表記に直してある）――。

アイヌにとって動植物個体はそれぞれカムイ（神）の変装である。その装いすなわち物質はカムイがアイヌに与えるためにもたらした贈物とみなされる。したがって動植物におおわれる地表は、アイヌにとっては数多のカムイの住地であり活動領域として映る。アイヌはこの見地から地表空間を区分してイウォルとよぶ。イウォルは単なる地域区分ではなく、また単なる猟漁の場所やナワバリでもない。カムイの住地と活動領域としての地表の区分である。この区分の基本になるのが河川である。

アイヌの人々は、海へとひらかれ山へと向かう川沿いの静かな場所にコタンを設ける。川は神からの贈り物である鮭がさかのぼってくる聖なる道であり、さらにその聖なる道は神からの最大の贈り物である熊が眠る山の奥へと続いていく。アイヌの人々にとって、通常の家族という枠組み、コタンという枠組みを離れ、祖先の共通の印によって結ばれた人々――「同一のイトクパをもつ人々」（渡辺は「シネ・イトクパ・グループ」としている）――が結集するほとんど唯一の機会が、神からの最大の贈り物である熊を肉体的に殺害し、共食し（そのとき熊は「神の肉」となる）、その魂を神のもとへと返してやる「熊祭」（イオマンテ）であった。

「熊祭」はアイヌの人々にとって最大の狩猟儀礼であり、物質の祝祭であると同時に霊の祝祭でもあった。しかも「熊祭」は、「始原のあふれる社会」においてしか実現し得ない。アイヌの人々が行う「熊祭」は、冬眠中の子熊を捕獲し、一年もしくは数年にわたって我が子のように飼育した後、人々の歌と踊りの興奮の最中に殺害するという儀礼だったからである。同じような「送り」の儀礼をもつ北方の狩猟採集民のなかでも、「飼育」を経てという形態をとるものは、アイヌとギリヤーク等のツングース系民族にしか存在していない。子熊を飼育するためには、そこに物質的かつ精神的な余剰が存在する必要がある。神から贈られた肉体を殺害することは、その肉体に宿った霊魂を解放し、神のもとへと送り返してやること――正確にはこの「送り返す」儀礼を「イオマンテ」という――である。子熊には無数の飾り矢が射かけられる。そのとき、人も熊も神もともに遊んでいるのである。神と人と熊が、あるいは苦痛と快楽が、労働と遊戯が、一つに溶け合う。アイヌの人々にとって最大の遊戯にして最大の消費活動が「熊祭」だった。

渡辺仁は、「熊祭」がアイヌの人々の社会に対して果たしている役割を、次のようにまとめている（「アイヌの熊祭の社会的機能並びにその発展に関する生態的要因」、『民族学研究』第二九巻三号、一九六四年、同じく原文のアルファベットの一部をカタカナ表記に直している）――。

クマの飼育は食物のみでなくその獲得に要する時間と労力の浪費である。しかしそれが社会的宗教的価値を生む。またそれは〝熊送り〟儀礼を通して社会の統合に役立っている。この意味でクマの飼育を伴う熊祭は北西海岸インディアン社会に於けるポトラッチに比較し得るものといえよう。ポトラッチは根本的には食物余剰に依存している。この余剰がサケをめぐる生態的条件にもとづくことは周知である。アイヌ、ギリヤークの食物余剰もまた基本的にはサケを主とする大形遡河性魚類 anadoromous fishes に依存している。サケに依存するアジアとアメリカの両地域に於て、形は異るがいずれも食物、時間、労力の浪費という点で共通する儀礼――熊祭とポトラッチ――が存在し、それが両者いづれの地域でも、社会構造を支える重要な機能をもつ制度にまで発達していることは興味が深い。

ポトラッチとは、レヴィ＝ストロース、サーリンズ、クラストルと続く「国家に抗する社会」であり同時に「始原のあふれる社会」でもあった「未開社会」研究の、いわば一つの起源に位置づけられるマルセル・モース（Marcel Mauss, 1872-1950）が『贈与論』で主題とした儀礼であった。サーリンズは、モースが『贈与論』で提出した「未開社会」の互酬性にもとづく「贈与」の論理を、「近代社会」の利潤増殖にもとづく「資本」の論理と根本から対立するものとして捉え直す。「未開社会」は「贈与」によって余剰、つまり増殖してゆく「資本」を跡形もなく消滅させているのだ。そこに平等が保たれている。「贈与」の最も極端なかたちが、財の破壊にまで到り着く特異な祝祭、ポトラッチだった。

狩人たちは、ほとんど例外なく同時に誇り高い戦士たちでもあった。アイヌの人々もそうだった。アイヌの近世史は、和人に対する度重なる蜂起によって彩られている。また、聖なる川、つまりイウォルを別とするアイヌの集団同士の激しい闘いもあったと推測されている。しかし、それでも、アイヌの人々の間には調和が保たれていた。渡辺仁は、その理由をこう説明する（「アイヌの川筋間の関係　婚姻と闘争を通して」、『早稲田大学大学院文学研究科紀要』第三〇輯、一九八四年）――「アイヌには、カムイノミ制［神に対する儀礼の体系］を基盤とする社会的制裁と秩序維持機構が発展していた上に、クマ猟とクマ祭の高度の発達によって攻撃的行動の歯止めと捌け口が整備されていて、内部的に極めて安定した平和な社会が維持されていたのではないかという感じがする」。

「未開社会」において戦争と平和は交換を通して表裏一体の関係にある。戦争とは失敗した交換であり、平和とは成功した交換である。レヴィ＝ストロースが記した「未開社会」が維持している方程式を、サーリンズは、贈与と闘争、内部的な平等と外部的な戦争は表裏一体の関係にあると読み替えた。さらにクラストルは、闘争こそが贈与の条件であり、外部的な戦争こそが内部的な平等の条件であると書き替えた。サーリンズに対するクラストルのように、台湾の「蕃族」の人々は、アイヌの人々が行っている内的な「熊祭」とほとんど同じ社会的な機能を果たす儀礼を、外的な「首狩り」として執り行っていたのである。

アイヌの人々は熊を神のもとへと送るとき、熊の肉体を解体し、その頭部を「神の客」のように歓待して飾り立て、それを神に捧げられた祭壇に飾る。台湾の「蕃族」の人々も首狩りによって得た敵の頭部をあたかも「神の客」のように歓待して飾り立て、やはり神に捧げられた祭壇に飾る。首狩りは集団と集団の「境界」を確定する行為でもあった。

神のために歓待し飾り立てられた熊の頭部と人間の頭部。それらは社会を内部に向けて統合し、あるいは外部に対して統合する。統合のベクトルは逆向きかもしれないが、二つの社会は相互によく似た分身のようである。あるいは、正反対の姿をもつ鏡像のようである。贈与にもとづいた「始原のあふれる社会」と戦争にもとづいた「国家に抗する社会」は、「未開社会」のとる二つの極なのだ。柳田國男も、折口信夫も、そうした「未開社会」のもつ二つの極をよく理解していた。そこから民俗学と古代学を立ち上げていったのである。

＊

死を数年後に控えた折口信夫は、柳田國男との対話のなかで、マレビトという概念の起源について、こう答えている（「日本人の神と霊魂の観念そのほか」、『全集』別3・五五二）。「いま急にどれかといふことを思ひ出さうとすると、不自然なことになりさうですが、いくつもさういふ歴史上の類型を考へて、考へあぐねた頃のことだつたと思ひます。台湾の『蕃族調査報告書』あれを見ました。それが散乱してゐた私の考へを綜合させた原因になつたと思ひます」。折口の答えに唱和するように、柳田もまた、こう述べている。「私もあの『蕃族調査報告書』は本当に注意して読んだのです」と。柳田と折口の両者が言及している「蕃族調査報告書」とは、明治期の伊能嘉矩の調査では不可能であった「生蕃」と総称された人々の生活のなかに直接入り込み、いわゆる民族学的かつ人類学的なフィールドワークを大規模かつ詳細に実施した、大正期に相次いで刊行された二つのシリーズを指している。臨時台湾旧慣調査会、次いで台湾総督府蕃族調査会からそれぞれ八冊ずつが刊行された『蕃族調査報告書』および『番族慣習調査報告書』である（両報告書の書誌等については次節でも簡単にまとめるが、なによりも、拙著『神々の闘争　折口信夫論』講談社、二〇〇四年を参照していただければ幸いである）。

大正期の柳田國男、折口信夫は「蕃族」とともにあった。しかも、その関心は山人の末裔たる「熟蕃」から、今この時も生きて活動している純粋な山人そのもの、「生蕃」へと移っていった。台湾の「蕃族」（「生蕃」）は、日本統治期を通じて九つの部族（エスニック・グループ）、タイヤル、サイシャット、ブヌン、ツォウ、ルカイ、パイワン、プユマ、アミ、ヤミに分類されることが一般的となっていた（各エスニック・グループの名称には微妙な揺れが存在する）。しかしながら、いわゆる「民族」としてのまとまりはそれほど強くはない。それよりも、アイヌの人々のコタンあるいはイウォルを共有する地縁集団、さらには祖先の霊とその掟に従う「シネ・イトクパ」グループのような血縁関係にもとづいた集団としてのまとまりの方がより強固であった。各部族のなかで、排他的で自律性をもった戦闘的な無数の小集団が成立していた。列島の北端と同様、列島の南端にも、やはり「国家」を形成せず、「民族」という意識をもたない無数の古代的（アルカイック）な共同体が現実に存在していたのである――台湾の「蕃族」について日本語で書かれた概説書として、本章を書き進めるにあたってつねに参照したのは、日本順益台湾原住民研究会の編になる『台湾原住民研究概覧　日本からの視点』（風響社、縮刷版＝二〇〇五年）である。

彼ら、あるいは彼女らは、自己が所属する共同体と他者たちが所属する共同体の差異についてはきわめて敏感であった。それ故、現在の台湾島でも、かつての「生蕃」のみならず「熟蕃」すなわち平埔族を含め、さらなるエスニック・グループの分離および独立の運動が盛んである（伝統的な「九族」への分類はもはや成り立っていない）。「首狩り」は、そうした集団相互の間で、同一性と差異性を確認する苛酷な儀式、あるいは境界を画定する苛烈な儀礼として執り行われていた。しかしながら、「首狩り」とはそれほど特異な事例なのだろうか。この列島において、古代の狩人たちの血を引く中世の戦士たち、つまり武士たちが行っていた闘争の作法を知る立場からすれば、誇り高き「蕃族」の戦士たちがかつて行っていた「首狩り」も、それほど奇異なものには映らないはずだ。列島中世の武士たちもまた、「蕃族」の戦士たちのように、ただひたすら敵の首を求めて闘っていたからである。

折口信夫は、「武士」（「もののふ」）の起源に、「霊魂」（「もの」）を武器として、「霊魂」（「もの」）をやり取りする古代の霊的な戦士たち、「もののべ」の民たちの姿を幻視していた。折口にとっては、古代の結婚もまた、男性と女性の間で繰り広げられる霊的な戦争であった。古代的な社会を生きる男性も女性も、ともに霊的な戦士だった。しかも、その霊的な戦士たちの集団は、「霊魂」が群がり集う祖先の地（「妣が国」）の記憶を抱きながら、同じく「霊魂」が群がり集う約束の地（「常世」）へと到り着くことを目指して、数世代にもわたる絶え間のない移動を繰り返していたのである。折口は、明らかに「蕃族」の社会をもとに「古代」を復元している。

「霊魂」への信仰と、種族の「移動」。おそらく、その二点こそ、柳田の「山人論」を土台として、折口が台湾の「蕃族」のなかに見出し、磨き上げてきたものであろう。そして、同じくその二点は、折口古代学の根幹をもなす。折口が残したテクストのなかにはじめて「蕃族」が登場するのは、南島調査以前に発表された「妣が国へ・常世へ」

であった。折口が残したテクストのなかで最後に「蕃族」（「高砂族」）が登場するのは、死の十年ほど前の昭和十八年（一九四三）に発表された講演筆記、「古代日本文学に於ける南方要素」である。そこで折口は、現在の自身の関心について、こう述べている。「琉球系統の島々を、わりに念を入れて調べまして、台湾の方の研究に踏み出さうと企てゝゐるばかりのところです」（『全集』5・一二〇）。折口は、大正期からこの時点に至るまで、台湾の「蕃族」への関心を持続させてきたのである。そして、このとき、「台湾の方の研究」にさらなる一歩を踏み出そうとさえしていた。

「古代日本文学に於ける南方要素」では、「蕃族」における「霊魂」の信仰と、種族の「移動」が論じられていた。そこに述べられた「霊魂」の信仰の核心については次節「折口信夫と台湾」で詳述する。まずは、「妣が国へ・常世へ」から「古代日本文学に於ける南方要素」に至るまで一貫して論じられている、種族の「移動」について取り上げる。折口は、こう語っていた（『全集』5・一三二）――。

とにもかくにも、我々の知つて居る過去の南方の人たちは、非常に移動性の強いものでして、代々旅を続けてしてゐる。さうした生活の後の一時の安住、さう言ふ動きのまざ〳〵と見えるものが多い様です。たとへば、一等我々にはつきりして居るのは、台湾大学から出ました「高砂族系統所属の研究」を見ますと、高砂族の各蕃地の移動の歴史を調べたものがあります。どうしてこんなことがわかるのだらうかと思ふほど、詳しい、正しいしらべなのです。古いことではあるが、高砂族の中にはいまだ消えない知識なのです。高砂族の優秀な点は、系図をうんと覚えて居るし、自分等の元居つた土地をよく知つて居る。

折口にとって台湾の「蕃族」――この段階では「高砂族」と総称されるようになっていた――とは、なによりもその移動性、つまり遊動性によって特徴づけられる種族であった。明らかに、折口古代学の一つの柱である放浪する芸能民、この列島に宗教と文学（詩）をもたらしてくれたホカヒビト集団の一つの原型となったものであろう。折口が言及している『台湾高砂族系統所属の研究』は、移川子之蔵、宮本延人、馬淵東一ら台北帝国大学土俗・人種学研究室によって調査され、昭和一〇年（一九三五）に刀江書院から刊行された、本篇と資料篇の二分冊からなる大部の報告書である（現在は凱風社より復刻版が一九八八年に刊行されている、以下、引用は復刻版より新字にあらためて行う）。折口は移川と直接話を交わす機会をもっていた。

『台湾高砂族系統所属の研究』の「緒言」では、まずなによりも、口頭伝承による歴史の復元という作業の困難さが述べられていた。「一体未開民族の口碑伝承なるものは、往々彼等の歴史であり物語であると同時に、詩であり文学であり哲学、科学でもあり、又、宗教をも混融し、未だ浄化せられざる、謂はゞ、民族的全財産であるからである。この間に史実を索め、土俗及び言語に照し、相互の関係連絡を辿りつゝ、発祥より甫めて、離合分散の径路を推考せねばならぬ」（二頁）。しかし、そうした「口碑伝承」の分析から、折口も驚嘆しているように、各種族の発祥の地から現在の地までの移動の経路、その痕跡が正確に跡づけられたのである。神話と歴史は語部のなかで一つに混じり合ってしまっているが、神話から歴史を抽出してくることは充分に可能だったのである。語部は歴史にもとづいた神話を語っていたのだ。

さらに「緒言」は続けられる。各種族の移動の「口碑伝承」には、遠心的と求心的という、相反する二つの方向性が見出される。種族の「故地」（発祥の故郷）を遠く離れて未知なる地へと向かっていく遠心的な運動と、死後、霊魂が種族の「故地」へと帰還していく求心的な運動である。「緒言」の最後では、「高砂族」の「口碑伝承」にあらわされた「求心的傾向」が論じられる。去る者が後ろを振り返り、過去に対してこれを追憶するように、種族の移動の終着点において、なによりも想い出されるのは種族の「故地」（故郷）である。人の死後、その霊魂は安住の地を求めて「祖霊の地たる故地」、多くの場合は種族の発祥の地である高山の頂を目指して帰還していく。まるで折口のいう「妣が国」が、時間と空間の差異を超えて今ここに甦ってきたかのようである。

実際、折口が「妣が国へ・常世へ」を発表するまでに、二つの「蕃族調査報告書」はその大部分が刊行されていた。そして、その二つの「蕃族調査報告書」の冒頭には、『台湾高砂族系統所属の研究』でより網羅的かつ厳密に調査されることになる、各集団それぞれの沿革、種族発祥の地からの移動の経緯が「口碑伝承」として詳しく報告されていた。折口が台湾の「蕃族」の移動をモデルとして、「妣が国」の伝承をこの列島にまで伝えてくれたホカヒビト集団の原像を描き出したことは、まず間違いあるまい。「妣が国へ・常世へ」では、移動を重ねる列島の原初の種族に関して、こう記されていた（『全集』2・一七）――。

過ぎ来た方をふり返る妣《ハヽ》が国の考へに関して、別な意味の、常世《トコヨ》の国のあくがれが出て来た。ほんとうの異郷趣味（えきぞちしずむ）が、始まるのである。気候がよくて、物資の豊かな、住みよい国を求め／＼移らうと言ふ心ばかりが、彼らの生活を善くして行く力の泉であつた。彼らの歩みは、富みの予期に牽《ひ》かれて、東へ／＼と進んで行つた。彼らの行くてには、いつ迄も／＼未知之国《シラレヌクニ》が横《ヨコタハ》つて居た。其空想の国を、祖《オヤ》たちの語では、常世《トコヨ》と言うて居た。過去《スギニ》し方の西の国からおむがしき東《ヒムガシ》の土への運動は、歴史に現れたよりも、更に多くの下積みに埋れた事実があるのである。

この一節もまた、「妣が国へ・常世へ」の原型である「異郷意識の進展」には存在しない。金沢庄三郎の比較言語学＝比較神話学から柳田國男の民俗学へ。「異郷意識の進展」が「妣が国へ・常世へ」に変貌を遂げ、『古代研究』が可能になるためには、なによりも、台湾の「蕃族」とその遊動性が必要だったのである。『台湾高砂族系統所属の研究』で調査の中核を担った馬淵東一は、戦後、その成果をあらためて二部からなる「高砂族の移動および分布」（一九五四年）をはじめとする諸論考にまとめていった（現在は『馬淵東一著作集』第二巻、社会思想社、一九七四年に集成されている）。それらで提出された「種族史」の概要をまとめてみれば、次のようになる。台湾島の中央山脈を、まず西から東へ、「大移動」を開始したのは山の「生蕃」たるブヌン族とタイヤル族である。その前後から、今度はパイワン族の北から南への移動がはじまる。それぞれが伝える口碑によれば、人口が増え、狩りの場を広げ、収穫の場を広げるためであったという（それらの理由は、大正期の二つの「蕃族調査報告書」のなかにも記されている）。彼ら彼女らは祖先がこの地上に出現した「故地」の記憶を抱きながら、山のなか、森のなかを、豊かな新天地を求め自由に移動していったのである。

彼ら彼女らの集団が移動していく山地は、平地の法が通用しない「無法」の時空であった。しかし、「無法」とはいっても、彼ら彼女らには祖先から伝えられた「首狩り」を義務とする絶対的で厳格な独自の「法」（慣習）が存在していた。平地と山地では「法」の意味するものが、まったく異なっていたのである。同じく、彼ら彼女らの集団は、近代的な主権者をもたないという点で「無主」の集団である。しかし、これもまた「無主」とはいっても、彼ら彼女らの集団には、集団を率いる宗教的かつ政治的な首長（「頭目」）が存在していた。ルカイ族やパイワン族には貴族層と平民層という階級分化も認められる。だがそれでも、彼ら彼女らの首長は、集団がこれ以上大きくなり、祖先以来の集団としての同一性が崩れ去ることを極度に嫌ったのである。権力の集中よりは、権力の分散を願った。だから、祖先の「故地」からの旅がはじまり、集団の分化と拡散がはじまったのである。

彼ら彼女ら「蕃族」と総称される人々は、自らの手で、自らの集団から、権力という「頭」（主）を切り落としてしまったのである。平地と山地では「法」と同じく、「主」の意味するものもまた、まったく異なっていた。ジョルジュ・バタイユが夢見ていた「頭」という権力を切り落としてしまった、無頭の人々による「無頭」の共同体（「アセファル」）が、台湾の「蕃地」では実現していたのだ。「無主」にして「無法」の野蛮人。それが柳田國男のいう山人であり、折口信夫のいうホカヒビトであった。「〈無主の野蛮人〉と人類学」という論考（『関西学院大学社会学部紀要』第六四号、一九九一年）をまとめた山路勝彦によれば、「無主」にして「無法」というレトリックこそ、帝国日本による台湾の「原住民」搾取の元凶となったものである。しかも「教育」を介したその搾取の過程は、北海道のアイヌの人々への政策を原型とし、アイヌの人々とほぼ同時期に、ほぼ同規模のものとして進行していったという。

「無主」にして「無法」という搾取のレトリックを、そのまま逆転して、「近代」を再審に付し、「近代」を相対化する方法として鍛え上げることはできないのであろうか。近代的な「主」をもたず近代的な「法」ももたない狩猟採集民の生活を再検討することによって再構築された文化人類学や民族学こそ、そうした役割を果たすのに最もふさわしいものだろう。また、北方のアイヌの人々、そして南方の「蕃族」の人々の生の在り方を一つの重要な源泉としているという点で、柳田國男の民俗学、折口信夫の古代学を、そうした試みに接合していくことは充分に可能であろう。

柳田國男の民俗学と台湾の「蕃族」の関係を最も早く、最も的確に指摘した鈴木満男は、折口信夫のマレビト論に関しても、新たな比較の視野をひらいてくれる。先駆的な論考、「マレビトの構造」(一九六八—六九年、後に単行本『マレビトの構造 東アジア比較民俗学研究』三一書房、一九七四年の巻頭に収録、引用は単行本より行う)のなかで、鈴木は、折口が台湾の「蕃族」をモデルに「妣が国へ・常世へ」に書き残した、東方の楽土を目指して移動を続ける人々について、こう付け加えている。「私どもは、このような信仰に基づく〝神話的〟移動の典型的な場合として、南アメリカのトゥピ・グアラニ族の事例を知っている」(一四頁)。さらに、そこに付された注において、こう解説している。「しからば、トゥピ・グアラニ族本来の移動の目的は何か、と言えば、それは目前に迫っている《世界の破滅》を避けて《不死の国土》へ赴くと言うことであった」(三五頁)。

台湾の「蕃族」のなかから折口が抽出してきた、東方の「常世」を目指して移動を続ける種族に重ね合わされた、やはり東方の「不死の楽土」、「悪なき大地」を目指して「神話的」な大移動を続けているトゥピ・グアラニ族。そのトゥピ・グアラニ族のフィールドワークから「国家に抗する社会」というヴィジョンを導き出したのが、ピエール・クラストルであった。マーシャル・サーリンズが経済的な「贈与」の観点から「未開社会」の条件を明らかにしたように、ピエール・クラストルは政治的な「権力」の観点から「未開社会」の条件を明らかにしようとした。クラストルの早過ぎる事故死の後、サーリンズは、クラストルの想い出に捧げられた「外来王、またはフィジーのデュメジル」という論考を発表する(一九八一年、後に『歴史の島々』一九八五年、邦訳=法政大学出版局、一九九三年に収録)。

サーリンズはその論考で、国家は、権力は、共同体の外部から出現する、と説いた。フィジーのフィールドワークをもとにサーリンズが抽出してきた太平洋の島々に出現する「外来王」の事例、共同体の外部からやって来る「神聖かつ残虐な人食いの首長」(山本真鳥の翻訳にもとづく)というイメージは、折口が提起した南島に出現するマレビトそのものである。国家に抗する自由な遊動性をもった集団のなかから、究極の権力が生み落とされる。遊動する芸能の民であるホカヒビトのなかからミコトモチたる天皇が生み落とされる。クラストルの「国会に抗する社会」論とサーリンズの「外来王」論の交点に折口信夫のマレビト論が位置づけられる。折口は、詩と権力との相互転換、あるいは、放浪する芸能の民と神の言葉を受けて即位する天皇との相互転換といった問題を、徹頭徹尾、表現言語の問題として考え抜いた。その一つの解法が、次章の「詩語論」、特に井筒俊彦の言語論との比較によって提示される。折口信夫も井筒俊彦も、詩と権力がともに発生してくる原初の社会、国家形成以前の呪術的な社会が成立する条件を探っていた。

国家以前の共同体の一つの典型的な事例を、クラストルは「国家に抗する社会」という華麗にして危険なヴィジョンとして提出した。クラストルは「未開社会」の条件として、共同体を率いる首長は決して権力をもたない、と説く。「未開社会は、首長が専制君主に転化することを許容しない」（以下、『国家に抗する社会』からの引用は基本的に渡辺公三による翻訳にもとづくが、一部訳語を変更している）。首長は、ただ共同体を構成する者たちの「調整者」として働くだけだ。しかも「言葉」の力のみを用いて。だから「未開社会」には経済的な不平等、政治的な不平等は生じない。しかし、やがて人々の生活が安定し、人口が増加してくると、どのような事態が生じてくるのか。そこに階級分化の萌芽が、国家の形成に抗っていた「未開社会」のなかに国家の萌芽が、生まれてくるのだ。そのとき、首長と同じく「言葉」を武器とする預言者たちが蜂起する。預言者たちは、自らの「歌」によって人々を「神の故国を求める気違いじみた旅」に引き込む。

トゥピ・グアラニの神話的な移動は、共同体を国家に変貌させないために行われたのだ。クラストルは、そう断言する。台湾の「蕃族」たちが現実に行っていたように。折口信夫が古代のホカヒビトたちに幻視していたように。そのとき、種族の語部たち、種族の預言者たちは過去の膨大な記憶を背負いながら、未知なる大地に新たな共同体の種子を撒く。国家に抗する共同体は、それ自体が「ノマド」（遊動集団）であるとともに「モナド」（単一集団）なのだ。「モナド」は窓をもたない。「モナド」は単一であるとともに、そのことによって、世界のモデルとなるのである。クラストルは、『暴力の考古学』でさらなる一歩を進める。己の単独性、己の単一性を保持するために、国家の形成に抗う共同体は、他の無数の共同体との絶え間のない――顕在的かつ潜在的な――戦争状態にある。「戦争」こそが、「国家」の形成を妨げるのである。台湾の「蕃族」の人々の社会を知っているわれわれならば、その「戦争」とは、物理的であるとともに、あるいはそれ以上に、精神的かつ霊的なコミュニケーションであることを知っている。国家に抗い、共同体のユートピアを守るためには、共同体同士の分散と拡散を保証する、精神的かつ物理的な「移動」と、精神的かつ物理的な「戦争」が必要とされるのである。そうした「国家に抗する社会」が成立する条件を、クラストルより半世紀近く先駆けて、『番族慣習調査報告書』の執筆者たちも充分に理解していた。

折口が、ほぼ確実にホカヒビトの一つのモデルとしたタイヤル族の社会について、『報告書』にはこう書かれていた（『番族慣習調査報告書』第一巻「たいやる族」、三一八、三一九、三二〇頁、句読点を一部補っている）――「［タイヤル族の］主要ナル性質ハ平等的、自主的及ヒ共和的ナルニ在リ」。そのような平等社会のなかで、首長は権力をもたない――「彼等ノ社会ニ於テハ各人悉ク平等ノ地位ニ立チ未ダ曾テ貴賤、貧富及ヒ門閥ノ人為的階級ヲ発生シタルコトナシ。祭祀又ハ狩猟ノ団体ニハ一人ノ首領ヲ戴クト雖モ単ニ其祭祀及ヒ狩猟ニ関シテ一衆ヲ指揮スルコトヲ得ルニ過キス。社会共同ノ事件ニ関シテハ首領ニ専断ノ権ナク一々一衆ノ協議ニ依リ之ヲ決セサルヘカラス」。

報告者は感嘆している。「蕃族」の社会は純然たる共和制を実現し、社会主義者たちが理想とするユートピアそのものである、と。しかし、そのユートピアが成り立つためには一つだけ条件があった。近隣の部族たちとの絶え間のない「戦争」である――「果シテ然ラハ現時ノたいやる族ハ多幸多福ノ地位ニ在ル者ト謂ハサルヘカラス。然ルニ彼等実際ノ境遇ハ全ク此想像ニ反セリ。彼等ハ其一部族ノ間ニ於テハ小康ヲ保ツト雖モ其四隣ノ強敵ハ彼等カ桃源ノ天地ニ眠ルコトヲ許サス」。報告者は、冷徹にこうまとめている――「近時欧米ニ於ケル一部人士ノ理想トスル無政府社会カ万一ニ実現スルコトアラハ恐クハ亦此ノ如キモノニ過キサルヘシ」。

共同体のユートピアは、アナーキーな共同体としてしか実現しないのだ。内部の絶対平等状態は、外部の絶対戦争状態と表裏一体の関係にある。「首狩り」を主要な目的とした「蕃族」の戦争は、剝き出しの霊魂のやり取りといった様相を呈する。そこでは「首狩り」と「狩猟」は、ほとんど等しい行為である。敵の死、獲物の死は、そこに宿っている霊魂を解放し、解放されたその霊魂を自らの内に宿すことを可能にするのだ。

特異な首長制を発達させたパイワン族の「首狩り」と「狩猟」について彼ら自身が示した態度と儀礼を、報告者はこうまとめている（『番族慣習調査報告書』第五巻ノ三「ぱいわぬ族」、二一〇、二二二頁）。まずは「首狩り」について――「本族ハ敵ノ首級ニ対シ決シテ侮辱ヲ加フル等ノコトヲ為サス。之ヲ持帰ルヤ恰モ珍客ノ訪問ヲ受ケタルガ如ク之ガ為ニ酒ヲ醸シ豚ヲ屠リ十分ニ歓待スルノ礼ヲ尽ス」。次いで「狩猟」について――「凡テ狩猟前ニハ祖霊又ハ猟神ノ霊ヲ祭リ或ハ野獣ノ魂ヲ招キテ其多獲ナランコトヲ祈ルヲ多シトス」。

パイワン族にはまた、折口がマレビト祭祀として抽出してきたものとほとんど同じ構造をもつ祖霊歓待の儀礼が伝えられていた。馬淵東一のまとめでは、こうなる（一部注記を省略している、前掲書、三六〇頁）――「大部分の地方では大武山を以て祖霊の集る場所と見做し、五年に一回、祖霊が各自の村々を訪れるというので、いわゆる五年祭がひろく行われる」。

台湾の「蕃族」の人々が行っている「首狩り」は、アイヌの人々が行っている「熊祭」とほとんど等しい行為なのだ。「熊祭」のベクトルをそのまま逆転させると「首狩り」になる。贈与と闘争は相互転化することをやめない。「熊祭」、あるいは「首狩り」の際、「狩猟」で獲物を捕獲するときのように、物質と霊魂は混淆し、神と人と動物は入り混じる。そして、森羅万象からユートピアを構築する力にして森羅万象をアナーキーに破壊する力が解放される。同様の原理が、折口のマレビト祭祀の中核にも位置づけられる。

「未開社会」とは、霊魂という力――精神にして物質――が、森羅万象あらゆるものに浸透している霊魂一元論的な世界だった。「蕃地」を実際に訪れたこともある柳田國男は、昭和に入ると「山人」を正面から取り上げなくなる。一方、柳田に導かれて南島を訪れた折口信夫は、そこにアイヌの人々や台湾の「蕃族」の人々の間に見られたような霊魂一元論的な世界がいまだに生きていることを知る。二度目の南島調査の帰途、折口もまた台湾を訪れていた。最晩年の折口信夫は、南島での経験をもとに、柳田國男の「祖霊論」に対抗してゆく。「祖霊論」は霊魂をあまりにも人間的に考えすぎている。霊魂は人間と神と森羅万象を一つにむすび合わせる力なのだ。

死の前年に書き上げられた「民族史観における他界観念」において、折口信夫は、南島に残存していた「首狩り」のような、あるいは「熊祭」のような、儀礼を取り上げる。南島では、祝祭の際、自らの村の祖先とする海獣――鮫や儒艮――を村人たちが狩り獲り、その肉をみなで分けて喰らう（『全集』20・六九―七〇）――。

此は恐らく週期的に、又年に稀に遠く来り向ふ動物の寄るのを許つて之を取り、其血肉を族人の体中に活かさうとするのである。沖縄本島では、此風習が変つてゐる。一族中に死人があると、葬式に当つて、豚の肉を出す。真肉《マジ》、――赤肉・ぶつ〳〵・脂肉――を、血縁の深浅によつて、分ち喰ふ。この喪葬の風と、通じるものがあるのであらう。

「とてむ」である動物を殺して喰らうことは、その霊魂を自らの内に活かすことである。そのとき死は生に転換する。そうした転換が可能であるためには、霊魂は人間と動物、あるいは人間と森羅万象に共有されている何ものかでなければならない。折口は、神は「霊魂」（たま）であるという。おそらくこのとき、折口は、柳田の「祖霊」のさらに根源に存在し、「祖霊」を成り立たせている力を直接その手につかまえようとしていた。その力は人間を動物に、あるいは人間を森羅万象に変身させることを可能にする。あらゆるものが混じり合う。経済も政治も、あるいは哲学も文学も、そうした地平からはじまる。もちろんその変身の力は両義的なものであるだろう。最良のものを破壊し、最悪のものを構築してしまうかもしれない。しかしわれわれの内なる「未開」が教えてくれるのは、そうした力がいまだに生きていて、さまざまなものを産み出し続けているという事実なのだ。

折口信夫と台湾

柳田國男は、生涯を通して、折口信夫がさまざまな資料調査と現地調査から抽出してきたマレビトという概念を決して認めようとしなかった。

折口信夫がマレビト論をはじめて全面的に展開した「常世及び「まれびと」」――後に「国文学の発生（第三稿）」と改題され『古代研究』国文学篇の巻頭に据えられる――を、雑誌『民族』に掲載することを断固として拒否したのも柳田國男その人である。そして戦後、石田英一郎の司会のもと、量的にも質的にも最大かつ最高のものとなった折口との対話のなかでも、柳田は、ほとんど同じ民俗資料を検討し、同じ民俗調査に出かけていながら、自分の前にはマレビトという概念はまったくあらわれてこなかったと宣言し、折口にこう問いかける。せっかくの良い機会だから、「あなたがマレビトといふことに到達した道筋みたいなものを、考へてみようぢやありませんか」と。[*1]

折口信夫は、柳田國男の本質的な問いかけに、次のように答えている。前節「国家に抗する遊動社会」でも参照した一節を正確に引用する――。

いま急にどれかといふことを思ひ出さうとすると、不自然なことになりさうですが、いくつもさういふ歴史上の類型を考へて、考へあぐねた頃のことだつたと思ひます。台湾の『蕃族調査報告書』あれを見ました。それが散乱してゐた私の考へを綜合させた原因になつたと思ひます。村がだん／＼移動していく。それを各詳細に言ひ伝へてゐる村々の話。また宗教的な自覚者があちらこちら歩いてゐる。どうしても、我々には、精神異常の甚しいものとしか思はれないのですが、それらが不思議にさうした部落から部落へ渡つて歩くことが認められてゐる。かういふ事実が、日本の国の早期の旅行にある暗示を与へてくれました。

折口信夫のマレビトの真の故郷は、台湾の「蕃族」のなかに存在していた。[*2]

しかし、折口がそれに続けて述べているのは、おそらく台湾の事例ではない。はじめて南島に旅立つ以前、折口はすでに、まったく同じヴィジョンを学生たちに向かって講義していたからだ。折口は、その講義の場で、学生たちに、こう語っていた。列島の神道、「巫女の神道」は「神憑り」からはじまる――「神が一つの所を定めると同時に、布教が始まる。布教というても、仏教の盛んだった時代のような布教ではなく、あっちこっちへ神の種を配って歩くものである。各部落をさまようて歩く一種の気違いと言うてよい。その種が各部落に芽を出してくる。もともと信仰の種のあるところへ持ってくる布教者の種が、めいめいに発達し、だんだんに変形し、ある点では非常に似て、ある点では非常に違うというものが現われる」。[*3]

折口信夫は、神憑りによって孕まれた「神の種」を、「気違い」のようになって各地に配り歩く聖なる女たちを、宗教的な「自覚者」とすでにこの時点で称している。南島体験以前、折口がいう宗教的な「自覚者」の直接のモデルとなったのは、おそらくは折口が学生時代から深い関心を抱き続けてきた教派神道の教祖たち、神憑りによって現在に甦った「巫女の神道」を体現する、天理教の中山みきと大本の出口なおの二人である。

しかし、問題はまったく解決されていない。それでは、折口信夫は一体「蕃族」のなかに何を見出したのか。一言でまとめてしまえば、『古代研究』全体を貫徹する一つの論理である。雑誌『民族』の実質的な編集長であり、折口の「常世及び「まれびと」」をその手に受け取り、柳田との板挟みになった当事者でもあった岡正雄は、当時の貴重な回想とともに、柳田の民俗学と折口の古代学の相違について、次のように述べている。柳田の書いたものは外国語に訳しにくいが、折口の書いたもの、その独特な発想や語彙は、案外外国語に訳しやすかった。折口の古代学には、書かれたものの表層にはあまり出てくることはないが、その深層に、一つの論理の体系が隠されていたのではないのか、と。折口学に秘められた論理の体系について、岡は、「折口さんがなにか外国人の民族学の本を読んでおられたのではないかと永い間想像していました」と続け、さらには、自らの疑問を折口に対して直接問い質してみたともいう。

岡正雄の質問、「どんな外国人の本を読まれましたか」に対して、折口信夫は、ただこう答えるだけだったという――「私の精読したのは『台湾蕃族慣習調査』です」と。[*4] 岡自身は、折口のこの回答に納得していない。だが少なくとも、折口自身の柳田への返答、岡への返答を率直に受け取る限り、「蕃族調査報告書」が折口古代学の確立にあたって決定的な役割を果たしていたことは、誰も疑うことはできないであろう。しかしながら、折口が「蕃族調査報告書」のどの部分をいかにして読み込んでいったのか、実証的に明らかにしていくことは難しい。その詳細は、残念ながら、いまだに不明である。折口は引用元をほとんど明記しないからである。ただ折口自身の証言によれば、南島調査の途中に那覇の図書館で読み込んだこと、その後も「蕃族」に関して継続的な関心をもち続けていたことだけは分かる。

大正期、台湾総督府の内に設置された調査機関である臨時台湾旧慣調査会第一部から、ほぼ同時期に、相次いで二種類の「蕃族調査報告書」、すなわち『蕃族調査報告書』（全八冊）および『番族慣習調査報告書』（全五巻八冊）が刊行された。[*5] 折口は、その両報告書のタイトルを、ある場合には混同して述べているので、おそらくは、両報告書のそれぞれに目を通していたのであろう。ただし、その内実については、折口自身が残した記述をもとにしながら、類推していくしか今のところ他に方法がない。折口が、自身の発表した論考のなかで「蕃族」について直接言及しているのは、以下の七編である。[*6]

執筆の年代順に、「妣が国へ・常世へ」（大正九＝一九二〇年）、「鬼の話」（大正一五＝一九二六年）、「国文学の発生（第三稿）」（昭和二＝一九二七年稿）、「枕草紙解説」（昭和五＝一九三〇年）、「春来る鬼」（昭和六＝一九三一年）、「地方に居て試みた民俗研究の方法」（昭和一〇＝一九三五年）、「古代日本文学に於ける南方要素」（昭和一八＝一九四三年）となる。

南島調査以前、すでに折口信夫のテクストのなかに「蕃族」は登場していた。柳田も折口も、「漢」（近代）と「蕃」

（前近代）が対立する台湾島の現在から列島の古代を再構築しようとしていたのだ。[*7] そうした柳田が折口のマレビト論を否定するということは、自らの山人論を否定することと等しい。折口のマレビト論は、柳田が自ら否定してしまった山人論を、その極限にまで展開したものだったと思われる。それでは、柳田の山人論を土台として、折口がさらなる一歩を踏み出したマレビト論の核心は、一体どこにあったのか。折口が「蕃族」に言及した七つの論考のうち、「春来る鬼」ではマレビトの起源としての「首狩り」が、そして「古代日本文学に於ける南方要素」では「おっとふ」という外来魂の信仰が論じられていた。「首狩り」と「霊魂」（「おっとふ」）が一つに交わる地点、そこに折口古代学の基本構造が築き上げられたのである。[*8]

「春来る鬼」では、列島の南端に見出された一年に一度仮面来訪神を迎えて時間と空間を更新する祭祀が、列島の北端にも見出される例として、秋田の男鹿半島に伝えられる「なまはげ」（「なもみたくり」）が論じられていた。仮面来訪神を迎える儀礼は、「海から来る神の信仰」と密接な関係をもっている。折口は、そこまで論じてきて、唐突に「蕃族」の「首狩り」についての話題を持ち出す[*9]——。

これ〔海から来る神の信仰〕となもみたくりとの間には、段々の過程がありますが、話を少し形の変つたものにしてみると、台湾の首狩りの風習ですが、この事柄も、結局は、まれ人を神に祭る風習から起つてゐるらしく、他処から来る神をこしらへる風習らしいのです。その風習の印象が、台湾に残つてゐて、段々衰へたのは、清朝の役人が、この風習を止めさせるために、自分自ら殺されてしまつて、その人が祭られるやうになつた、と言つてゐます。これは、遠い所から来る神を祭る信仰であつて、stranger が神そのものである、といふ事を忘れて、首を斬つたのであります。

折口のこの発言の真意をうかがうことはなかなか難しい。ツォウ族（曹族）に伝わる「呉鳳伝説」（首狩りをやめさせるために自らの生命を犠牲にしたという物語）に、折口自身が邦訳を手がけたフレイザーの『金枝篇』における「異人殺し」の議論（異人《ストレンジャー》と穀霊《コーン・スピリット》が同一視される）が重ね合わされているように思われる。ただし、それでも、折口がマレビト祭祀の起源に「首狩り」を想定していることだけは確かである。さらに「古代日本文学に於ける南方要素」の最後では、おそらく折口古代学の核心である「霊魂」の問題が、台湾の「蕃族」とともに、提起されることになる[*10]——。

其で今一つ、私が申したいのは、やはり南の方の島々で最力強く行はれて居ます所のまなあの信仰です。つまり外から向つて来て、人間の躰の中に入り、其人の威力の根源となると信じた外来魂の信仰です。此は動物の中に入つたり、石の中に入つたりして、保持せられてゐることもある。かういふ特殊な威力を持つた霊魂に対する信仰を、南の人は強烈に持つて居りまして、台湾では人間の形を持つたおつとふと言ふものがあり、沖縄では、もつと〳〵抽象化した霊威のすぢ・せぢなど言ふものがあります。それを躰に鎮魂することを得た人が、偉大な人になるのです。

折口にとって、霊魂とは外からやってくる「もの」であった。そうした外来魂は、人間の権威の源泉になるとともに、動物にも植物にも、おそらくは鉱物にも共有されている生命の根源的な力なのである。森羅万象あらゆるものに共有されている根源的な物質にして根源的な力。それが折口のいう「霊魂」なのだ。台湾の「蕃族」の人々は、「霊魂」を「おっとふ」という名称で呼んでいる。折口は、そう述べている。「霊魂」を「おっとふ」と呼ぶのは、タイヤルと総称されるエスニック・グループの人々である（今日では、タイヤルからタロコおよびセデックが独立している）。『蕃族調査報告書』は、全八冊のうちタイヤル族に二冊（「大么族前篇」および「大么族後篇」）、セデック族（「紗績族」）に一冊をあてている。もう一方の『蕃族慣習調査報告書』は、第一巻をタイヤル族（「たいやる族」）からはじめている。両報告書とも、二〇〇八年にタイヤルから分離・独立するセデック族を、この段階ですでに別のエスニック・グループであると認識し、位置づけ直している。おそらく、折口にとって「蕃族」を代表する集団、その原型となった集団とは、ツォウ族が説く「マーヤ」とともに、「おっとふ」への信仰を共通してもっているタイヤル族およびセデック族に属する人々だったはずである。

この広義のタイヤル族に属する人々こそ、「首狩り」と「オットフ」の間に密接な関係を見出していた人々であった。しかもタイヤル族の人々がいう「オットフ」とは、個人の生命の源泉としての霊魂であるとともに、祖先の霊魂をも意味し、さらには、死後の霊魂が還っていく、いわゆる「霊府」——折口学的に言い換えれば「常世の国」（他界）——の「神」をも意味していた。生命の源泉である「霊魂」であり、「祖霊」でもあり、「神」でもある存在。折口は『古代研究』全体を通して、神とは「たま」（霊魂）であると繰り返し強調していた。「霊魂の話」（一九二九年）には、次のような一節が存在している。「日本の「神」は、昔の言葉で表せば、たまと称すべきものであつた」[*11]。

神とは「たま」（霊魂）である。この一節は、折口古代学を貫徹するテーゼであるとともに、タイヤル族の人々がもっていた世界観そのものでもあった。「霊魂」（オットフ）は死によっては滅びず、海の彼方の楽土（霊府＝アトハン）へと虹の橋を渡っていく。虹の橋を渡るためには「首狩り」によって、生前、できるだけ多くの「たま」（オットフ）を身につけていなければならない。虹の橋を渡ってたどり着いた楽土で、死者の霊魂は祖霊、すなわち「神」（オットフ）となり、安らかな死後の生活を送ることになる。神は「たま」であり、死後の「たま」は霊界（「常世の国」）に集い、祖霊という「神」になる。『古代研究』にまとめられた折口古代学の基本構造はすべて、タイヤル族が現実に生きている宗教世界のなかに見出すことができたのである。「霊魂」を多く身につけることが、折口にとっても、タイヤル族の人々にとっても、王者の徴にして勇者の徴だった。頭目は、「首狩り」の能力によって選ばれる（もちろん、ただそれだけではないのだが）。タイヤル族の頭目たちは野生の天皇そのものだった。

『蕃族調査報告書』、「大么族前篇」の「宗教」の項は、次のような一連の興味深い記述からはじまっている。そこでまず「神」、次いで「祖霊」と訳されているのは、ともに「オットフ」（霊魂）のことである[*12]——。

彼等ノ神ト称スルハ祖先ノ霊ニシテ、常ニ「アトハン」［霊府］ニ在リト信ズ。「アトハン」ハ西方ニシテ、大海《シロン》

（或ハ池）ノ彼岸ニアリ。其所ニ到ルニ橋アリ。祖霊ハ其橋ニ出デテ、新霊ノ到ルヲ待ツ。新霊到レバ、先ヅ其手ヲ見テ血痕ノ有無ヲ検シ、血痕アルヲ見レバ其手ヲ引キテ「アトハン」ニ誘導スレドモ、無キトキハ其所ヨリ追ヒ還ス。追ハレタル者ハ大海ノ岸ニ戻リ小屋ヲ掛ケテ寐ネ、斯クテ数十年ヲ費ヤシ迂廻シテ「アトハン」ニ赴クモノトス。彼等ノ馘首ヲ好ムハ、死後直チニ「アトハン」ニ赴カントスレバナリ。

虹ハ神橋ナリ。死後ソヲ渡リテ「アトハン」ニ赴ク。橋ヲ渡リテ彼岸ニ達スレバ極楽《アトハン》アリ。山ハ樹ニテ蔽ハレ、川ハ永久ニ流レテ涸ル、コトナク、祖霊ハ其所ニテ安楽ニ生活ス。

人ノ生活スルハ体内ニ「オットフ」アレバナリ。「オットフ」ハ不滅ニシテ、人ノ死後ハ西方、海（シロン）ヲ渡リテ「アトハン」ニ赴ク。海ニハ橋アリテ、祖霊ノ待ツ［後略］。

狩りとった首は「霊魂」そのものであり、あたかも「客」のようにそれを歓待し、境界の地に祀る。祝祭は、狩りとった首の集落への帰還とともにはじまる。死後、「アトハン」に到るために、少年は首を狩り、少女は機を織る。首をうまく狩ることができた少年、機をうまく織ることができた少女は、その徴に、顔に文身を入れられる。その刻印こそが大人になるための条件であり、死後、「アトハン」に迎え入れられるための条件であった。タイヤル族の祖先は、山中の巨大な石から生まれた兄妹であったという。お互いになにも知らない兄妹が、蠅の行為に導かれて近親相姦、『古事記』の冒頭に描かれたイザナギとイザナミのような「みとのまぐわひ」――『蕃族調査報告書』の報告者がそう記している――を行い、多くの子どもたちを生んだ。セデック族において、原初の兄妹を生み落とすのは、巨大な石であると同時に巨大な樹木である。石と樹木が一つに融合しているのである。祖霊は善と悪、動物と植物と鉱物の性質を兼ね備えた存在である（二つの「蕃族調査報告書」では、さすがにそこまでは主張されていない）。「オットフ」には善なるものもあり、悪なるものもある。そして、人間のみならずさまざまな姿形をとってこの世界に出現してくる。

タイヤル族、さらには台湾の「蕃族」たちが生きていたのは、あらゆるものに「霊魂」が満ち溢れ、あらゆるものに「霊魂」が宿る社会、すなわち「霊魂一元論」が貫徹された社会であった。折口信夫もやはり、古代の結婚、古代の戦争は、いずれも「霊魂」をやり取りすることであると断じている。折口にとって、古代に行われたすべての交換、すべてのコミュニケーションは、霊的な様相を呈している。それは折口の妄想ではない。そうした社会が、大日本帝国の植民地のなか、人外の地に、現実に存在していたのである。平地の「法」がまったく通用しない「無法」の山地では、人の首を狩ることと粟の穂を刈ることは同等の価値をもっていた。森羅万象あらゆるものには霊魂が宿っていた。折口が「春来る鬼」に記しているマレビトの起源としての「首狩り」は、そうした「霊魂一元論」的な世界観を前提にしなければ成り立たない。

宗教社会学、あるいは宗教人類学の世界的な名著であるエミール・デュルケーム（Émile Durkheim, 1858-1917）の『宗教生活の原初形態』を翻訳した古野清人（一八九九―一九七九）は、あるときこう語ったという。「折口信夫はその古代研究を進める上で、小島らと佐山による台湾原住民族の慣習調査から示唆をくみ上げていた」と。[*13] 古野は、宗教人類学の優れた理論家であると同時に、精力的なフィールドワーカーでもあった。そうした古野が、戦前、宗教人類学のための主要なフィールドとしていたのが台湾の「蕃族」――古野の時代は「高砂族」――の世界であった。その貴重な研究成果を、古野は太平洋戦争終結の直前（一九四五年三月）、『高砂族の祭儀生活』としてまとめた。『高砂族の祭儀生活』は、「高砂族の宗教観念」にはじまり、「高砂族の首狩資料」で終わる。「蕃族」たちの生活の基盤となる「宗教観念」と「首狩り」は密接な関係をもつ。それが古野のフィールドワークの結論である。「高砂族の宗教観念」で古野が真っ先に取り上げるのが、やはり、タイヤル族（アタヤル族）の「オットフ」（「ウットフ」）であった。古野は、こう記している[*14]――「アタヤル族ではウットフ（utux, liutux, aliutux）などの単語でひろく神霊、霊魂、死霊、祖霊、精霊あるいは霊鬼を表現している。ウットフには生前人間であったものもあれば、最初からウットフであったのもある。しかし、ウットフは共通して多少とも人格化された存在と考えられていることは否定できない。それはわれわれが神といっている概念に著しく似ている場合が多い。このうち祭祀や祈願の対象として重要な地位を占めているのは祖霊であることは事例が証明している」。

古野は、さらに続ける。「アタヤル族は信じている。人間には一つの霊魂がある。死ねばそれをウットフと呼ぶ。ウットフはどこにいるかわからないが、人が死ねばカリビウン山へ赴く」。あるいは、「昔は虹（hongo-utux）は首を取った者の通る橋であり、馘首の経験のない者はそこを絶対に通れないといった」。あたかも、折口が読んだであろう『蕃族調査報告書』のエッセンスを、あらためて抽出してくれているかのようだ。「首狩り」は、なによりも、「蕃族」たちのこうした霊魂観の問題として考えなければならないのだ。『高砂族の祭儀生活』の「序」に、古野は、こう記す。「首狩りの心理は馘首された者の霊魂を生命や豊饒の源泉として勝利者の所有にしようとする意識的な企図にある。首は何にもまして霊魂の宿っている局所であると信じられていたのである」。

万物には生命の力が宿っている。その生命の力を自らのものにするために、粟が刈られ、首が狩られる。「首狩り」は豊饒の儀礼と密接な関係をもっている。「蕃族」たちの社会には、こうしたアニミスティックな霊魂観が共有されていた。だからこそ、彼らは、豊年を祈り、豊年を祝うために、他界から祖霊を招き、祖霊たちとともに歌い踊り、祖霊を他界へと送り返すという祭祀を執り行っているのだ。『番族慣習調査報告書』は、サイシャット族の「パスタアイ」（こびと祭）、パイワン族の「五年祭」（祖霊祭）について詳しく報告している。[*15] いずれもその基本構造は、折口信夫が、マレビト祭祀として抽出してきた仮面来訪神祭祀と等しい。仮面来訪神（マレビト）は祖霊でもあり、豊饒と祝福を子孫たちにもたらす（その裏面には、破壊と恐怖も確実に存在していた）。そしてマレビトは、俗なる日常の時間と空間を、祖先たちの生まれ出てくるはじまりの時空、聖なる非日常の時間と空間へと刷新してくれる。折口が古代学で展開した霊魂観とも完全に合致する。岡正雄からの情報はあったのかもしれないが、古野清人が、折口信夫の『古代研究』と二つの「蕃族調査報告書」の並行関係に気づいた理由も、おそらく、そうした自身のフィールドワークの経験にもとづいていたはずだ。

さらに戦後、古野は、これもまたおそらくは『高砂族の祭儀生活』でまとめられた「高砂族」の霊魂観にもとづいて、「アニミズム」の理念を再興するかたちで、人間にとっての「宗教生活の原初形態」を、独力で探求していく。「アニミズム」を介して、他の二つの宗教起源説、「最高存在論」と「マナ論」に一つの総合を与えようとするのだ。そうした試みにかけられた想いは、デュルケームにも、戦後の折口信夫にも、共有されたものだった。そう思われてならない。台湾の「蕃族」を介して、折口信夫の古代学と古野清人の宗教人類学が交錯するのである。

アニミズムが徹底された世界。そこでは人間の首が、粟を収穫するように狩られていく。人間以前にして人間以降でもある、非‐人間的な世界。あるいは自然と人間の間にほとんど差異が生じないような世界。折口信夫は、そして古野清人も、そうした世界から宗教の発生を捉えようとした。それはきわめて現代的な課題である。

＊

折口信夫の古代学と古野清人の宗教人類学が出会うのは、台湾の「蕃族」という場だけではない。エミール・デュルケームの『宗教生活の原初形態』という場も、両者は共有していた。折口信夫は、デュルケームが『宗教生活の原初形態』で述べた、トーテミズムの論理を独自に消化吸収することで、『古代研究』の骨格を構築した。トーテミズムの問題、つまり人間が動物・植物・鉱物と密接な関係をもち、それゆえ、人間は動物・植物・鉱物に変身できるという世界観は、『古代研究』から最晩年の「民族史観における他界観念」まで、折口の古代学全体を貫いている。トーテミズムが可能になるためには、人間と動物と植物と鉱物、すなわち人間を含め森羅万象あらゆるものに相通じるような生命原理が存在していなければならない。折口信夫は、それこそが「マナ」であると言う[*16]――。

とうてみずむについて、私のまづ動かないと思ふ考へは、吾々と吾々の祖先とが鉱物なり、動物なり、植物なりから分れて来た元の形が、それだとするのではなく、また、吾々の生活条件に必要なあるものから、吾々が、分岐して来た其もの、即、生活条件が吾々と並行して居るものとするのでもない。私は、とうてみずむは、吾々のまなの信仰と密接して居るもの、とするのである。吾々と同一のまなには、動物に宿るものもあり、植物に宿るものもあり、或は鉱物に宿るものもある。そして、吾々と同一のまなが宿る植物なり、動物なりを使用すれば、呪力が附加すると信じて居たのだ。此を古語で「成る」と言ふ。「成る」は内在する事で、其中へ物が入り込む事でもある。即、同一のとうてむを有する動物・植物・鉱物なりをたぐさとして振りまはせば、非常な偉力が体内へ這入つて来る、と考へたのである。

折口が、トーテミズムを定義するために悪戦苦闘していることがわかる。導入部分ではトーテミズムについてこれまで述べられてきた代表的な見解を折口自身が整理している。その真意は今ではほとんど理解できないが、あえてまとめてみれば、進化論的、あるいは経済論的な定義はもはや成り立たない、ということであろう。そして折口は断言する。トーテミズムは、マナの信仰と密接に関係している、と。人間にも、動物にも、植物にも、鉱物にも同一のマナが宿る。森羅万象あらゆるものがマナを共有しているからこそトーテミズムが成り立つのだ。だからこそ、人間は、動物・植物・鉱物のマナを、儀礼を通して自らのうちに内在化させることができるのである。

トーテミズムの根底には、マナへの信仰が存在している。それが原初の社会を貫く生命原理にして宗教原理である。そう主張したのは、『宗教生活の原初形態』を著したエミール・デュルケームである。デュルケームは、人間にとっての「宗教生活の原初形態」を探し求めてオーストラリアの先住民、アボリジニの社会にたどり着く。アボリジニたちの生活を律しているのは二つの時間である。一つは自分たち人間が生きている日常の俗なる時間、もう一つは人間をはじめ万物を生み出した神話的な祖先たちが生きていた非日常の聖なる時間、「夢の時間《ドリーム・タイム》」（『宗教生活の原初形態』では「アルチェリンガ」）である。[*17]

「夢の時間」を生きる神話的な祖先たちは、人間をはじめ森羅万象を生み落とし、あるいは動物や植物や鉱物など森羅万象あらゆるものに化身し、地上からその姿を消した。神話的な祖先たちの痕跡はさまざまな地形、巨大な岩や巨大な樹木、広大な湖、海に突き出した特徴的な岬等々として残されている。人々は、神話的な祖先たちの痕跡、自分たちがこの世に生み落とされた聖なる場所へ向けて、物理的かつ精神的な旅を行う。そして、神話的な祖先たちのイメージが刻み込まれた聖なる場所で、神話的な祖先たちのイメージが刻み込まれた聖なる「もの」(「チュリンガ」)を使って、あるいは自らの身体にそのイメージを描いて、神話的な祖先たちが行っていた聖なる創造の業を繰り返す。そのときはじめて、神話的な祖先たちが生きる「夢の時間」への入り口がひらく。あるいは、いまここに「夢の時間」が甦ってくる。

デュルケームは、アボリジニたちの生活をもとに「宗教生活の原初形態」を、こう定義していく。[*18] 宗教が成立するためには、聖と俗とが分離されなければならない。「世界を一つはあらゆる聖なるもの、他はあらゆる俗なるものを含む二領域に区別すること、これが宗教思想の著しい特徴である」。聖と俗の分離に合わせて、人々の社会生活も二分される。分散して日常の労働に従事する俗なる時間と、集中して祝祭とともに「沸騰」する聖なる時間と。つまり、聖なるものへの信仰を通じて、一つの強固な信仰共同体が組織されるのである。「宗教とは、神聖すなわち分離され禁止された事物と関連する信念と行事との連帯的な体系、教会と呼ばれる同じ道徳的共同社会に、これに帰依するすべての者を結合させる信念と行事である」。宗教は、聖なるものへの信念と聖なるものを今ここへ顕現させる行事からなり、なによりも集団の人々を一つにむすび合わせる。だから、「宗教とは著しく集合的な事象」となるのである。

アボリジニたちが崇める原初の神々、聖なる「夢の時間」を生きる神話的な祖先たちは動物の姿で表現され、その画像(イメージ)は聖なる場所や人間の身体をはじめとするさまざまな「もの」に刻み込まれ、その創造の業は演劇的に再現された。デュルケームは、そうした原初の神を「一種の匿名の非人格的な力」、「世界に内在し、無数に雑多な事物の中に伝播している名も歴史も無い非人格的な神」として捉え直す。[*19]「神」とは、力にしてエネルギーなのだ。神という力、神というエネルギーには、普遍的な生命という力、生命というエネルギーが宿っている。デュルケームは、さらに続ける。原初の神は万物に宿り、種全体に広がっている。それは、有機物と無機物の間にさえ共有される生命の原理なのである。そしてデュルケームは、自らが提起した原初の神を定義するのに最もふさわしい概念を発見する。コドリントンが『メラネシア人』のなかに記録した「マナ」である。デュルケームは、その著作から引用する

――。

メラネシア人はあらゆる物質的な力から判然と区別された力の存在を信じている。これは、善にも、悪にも、いかようにも働く。また、これを手に入れ支配することほど好都合なことはない。それはマナである。この語が原住民にとってもつ意味を私は了解していると信じる……。それは、力、非物質的で、ある意味では超自然的な感化力である。けれども、これが啓示されるのは、物理力として、あるいはまた人間がもっているあらゆる種類の力能と優越としてである。マナは一定の事物に固着しているのではなく、あらゆる種類の事物に導きよせることができる……事実、メラネシア人の宗教は、マナを身につけること、あるいはこれを自己の利益のために活用することにある。

デュルケームは、トーテミズムの根源に、このマナへの信仰を据える。それは折口信夫の古代学の一つの起源ともなった[*20]。しかしながら、デュルケームの「マナ」と折口信夫の「マナ」には微妙な相違がある。デュルケームは、「マナ」とは純粋な力であるという。その力が変容することで、さまざまな「もの」が生み落とされる。しかし、折口信夫は、「マナ」とは外来魂（すなわち「天皇霊」）であり、「オットフ」であるという。「オットフ」は、古野清人がその性質を的確にまとめているように、非物質的かつ非人格的な力ではなく、ある種の物質性と人格性を備えた「もの」である。つまり、デュルケームが「マナ」を通して力の一元論を主張しているとするならば、折口信夫は「マナ」を通して霊魂の一元論、あるいは物質の一元論を主張しているのである。

折口のいう「もの」（あるいは「たま」）とは、まさに霊的な物質、つまり「アニマ」としてしか形容できないものであった。折口にとって「もの」と「たま」は霊的な物質のもつ二つの側面、闇と光、悪と善とをそれぞれ表象する。折口は、「もの」であるとともに「たま」でもある霊的な物質を基盤に据えた一元論的な哲学＝宗教＝表現の体系を古代研究、すなわち自身の古代学としたのである。『宗教生活の原初形態』の翻訳者である古野清人もまた、デュルケームの主張する「マナイズム」、マナという概念にもとづいた力の一元論を最終的には受け入れなかった。「高砂族」をめぐるフィールドワークがそれを許さなかった。そう言うことも可能であろう。戦後、古野がそのエッセンスを博士論文として提出し、後に書物のかたちにまとめた『原始宗教の構造と機能』（一九七一年、現在は著作集第二巻の前篇として収録）では、「アニミズム」の復権が図られていた。森羅万象あらゆるものには物質的かつ霊的な「霊魂」が宿っている。それが原始宗教――アルカイックな宗教、折口的に言い換えれば古代宗教――のもつ基本構造なのである。古野がそう主張したとき、その念頭には、自らが親しく交わったタイヤルをはじめとする「高砂族」の人々の姿があったことは疑い得ない。「オットフ」は抽象的に存在する原理ではなく、具体的に存在する「もの」であったからだ。

しかしながら、古野はデュルケームの「マナイズム」を単に否定したわけではない。「マナイズム」をより創造的に継承していく過程で、「アニミズム」の復権が図られたのである。そもそもデュルケームが『宗教生活の原初形態』を執筆した一つの大きな動機は、原始宗教――古代の宗教であり原初の宗教――をめぐって提起された二つの相反する理論を一つに総合するためであった。「未開民族」あるいは「原始民族」の研究が進展するにつれて、そのアルカイックな社会を統合している宗教原理をめぐって二つの相反する見解が提出されるようになった。一つは、万物に精霊もしくは霊魂という霊的な物質が宿っているという「アニミズム」であり、もう一つは、アルカイックな社会においても、すでに天などに象徴される唯一の最高存在への理念的な信仰が見出されるという「最高存在論」である（しかもその実例はオーストラリアのアボリジニ社会から採られているのである）。一方では「多」なる物質としての霊魂が、もう一方では「一」なる理念としての神が、アルカイックな社会の統合原理として主張されていた。

デュルケームの「マナイズム」、力の一元論には、「多」なる霊魂と「一」なる神の対立を止揚するために提起されたという側面も間違いなく存在していた。マナという力は世界に遍在している。マナ以外には根源的な力が存在しないという点で、マナは「一」なるものである。また、マナから森羅万象あらゆるものの霊魂が産み出されてくるという点では、マナは「多」なるものである。根源的な力にして根源的なエネルギーとして存在するマナは、「一」なるものと「多」なるものの対立を調停する。デュルケームは、マナという非人格的な力から霊魂という人格的な物質が発生してくる過程を論じる際に、ライプニッツの『モナドロジー』を参照している。唯一の力の諸相を、無数の霊魂が表現している。あるいは、森羅万象あらゆるものの生命の根源となる霊魂は、それぞれ独立しながら、あたかも無数の鏡のように唯一の力の本質を映し出している。

タイヤル族の「オットフ」もまた、個別の「霊魂」をあらわすとともに集合的な「神」をあらわす概念だった。さらに「オットフ」は、死に際して、あるいは祭祀に際して、子孫のもとを訪れてくる「祖霊」でもあった。その「祖霊」を人間的なものではなく、アボリジニたちが現代にまで伝えてくれた神話的な祖先たちのように、動物と植物と鉱物、さらには環境そのもの、すなわち森羅万象が一つに混じり合い、融け合った「もの」として考える。それが「蕃」という野生の世界で育まれた野生の一元論、霊魂の一元論がもつ本質であろう。柳田國男のあまりにも人間的な祖霊概念に対して、最晩年の折口信夫が提起した非人間的な祖霊概念の核心を説明してくれるものでもある。

霊的であり物質的でもある「もの」によって、「一」なるものと「多」なるものを一つにむすび合わせる。「オットフ」は、あるいは「たま」は、それぞれかけがえのない存在でありながら、そのなかに無限の空間と無限の時間、さらには無限の力を宿している。そして互いに互いの鏡となり、無限の時空と無限の力を映し合う。そうしたヴィジョンが、野生の一元論、野生のモナドロジーの核心である。[*21] 宗教学史的にまとめるとすれば、力の一元論たる「マナイズム」によって「アニミズム」と「最高存在論」を総合するのではなく、「マナイズム」と「最高存在論」を総合することによって「アニミズム」を霊魂の一元論として復活させる、ということである。

それこそ、古野清人が『原始宗教の構造と機能』で実現したことであり、戦後の折口信夫が、さまざまな概念を提出しながら実現を試みたことであるだろう。折口信夫は、「道徳の発生」では「既存者」や「至上神」という概念を使いながら「最高存在論」に接近し、[*22]「神道の宗教化」をめぐる一連の講演では霊魂を生み出し物質に生命を付与する「産霊」という概念を使いながら発生論的な「マナイズム」に接近し、トーテミズムの再解釈を一つの主題とした「民族史観における他界観念」では無数の剥き出しの霊魂が荒野を彷徨うという「アニミズム」の極限を論じた。折口信夫の最後の試みを真に完結させるものは、やはり、マレビト論に最初の総合を与えた二つの「蕃族調査報告書」であるだろう。それは近代日本思想史のみならず、近代日本経済史および近代日本政治史の読み直しにも通じていく。

なぜなら、帝国の圧政に抗して叛乱の狼煙を上げた、タイヤル族と同じく「オットフ」（「ウットフ」）を部族の統合原理としたセデック族の人々を、われわれは殲滅してしまったからだ。昭和五年（一九三〇）に生起した霧社事件である。わずかな生存者の血を引き、事件後、部族が強制移住させられた川中島（清流部落）で生まれ育ったタクン・ワリスは、霧社事件とは「ウットフとガヤの部落」対「日本の天皇と国家」の闘い、前近代的で戦闘的な共同体と超近代的で統制的な帝国の闘いであったと、その本質をまとめている。*23

ガヤ（「蕃族調査報告書」では「ガガー」）とは部族を統治する先祖以来の文化と社会の規範（「慣習」とも）を意味する。「首狩り」もまた、この祖先の掟たる「ガヤ」の厳命による。タクン・ワリスは、霧社事件以前の自身の故郷について、こう記していた――。

セデックの人々は誰もが民族の言葉に通じており、ガヤをよく知っていた。人々は、ガヤに背いたものは必ずウットフに罰せられると堅く信じており、農耕や狩猟、出草〔「首狩り」〕、病気の治療、親族関係、個人と部落や各部落間の関係など、すべてについて、厳しいガヤがあった。ウットフを敬い、ガヤを守っていた部落時代には、人々は部落の長老の生存の経験に基づいて、エスニックグループを発展させてきた。狩場をめぐる紛争や、よその民族にいつ首を狩られるかもしれないという恐れから、「部落意識」が人々の中心的な価値となり、強固で団結した戦闘生活集団をつくりあげて、自分たちの明確な伝統領域をしっかりと守ってきた。

そこには、他部族との絶え間のない闘争を成立の条件とはするが、自部族のメンバーたちに自由と平等を保証する国家以前の共同体のユートピアが確かに存在していた。「オットフ」（霊魂にして神）と「ガヤ」（祖先の掟）をもとに、

「宗教生活の原初形態」を生きていた人々がいた。柳田國男の民俗学や折口信夫の古代学が探究の対象としたのは、国家や帝国を相対化してしまう、そのような人々の集団である。そうした共同体のユートピアを生きる人間は、自然にひらかれ、自然を孕む。神的な存在にひらかれ、神的な存在を孕む。折口信夫の古代学の未来は、そのような共同体、そのような人間を、新たな地平で再興することにかかっている。

1　初出は、昭和二四年（一九四九）一二月に刊行された雑誌『民族学研究』（第一四巻第二号）に掲載された「日本人の神と霊魂の観念そのほか」。引用は、折口の返答を含めて『全集』別3・五五二。

2　「蕃族」とは、漢族以前に台湾島に先住していたインドネシア系、オーストロネシア語族に属する言語を母語とする人々のことを指す。大正期には「蕃族」と称され、後に「高砂族」に統一、現在では台湾の憲法で「原住民」と規定されている。「蕃」には明らかに差別的なニュアンスが存在するが、本書では、それぞれの時期の呼称をカッコ付きで用いることとしたい。柳田國男や折口信夫は、当時の帝国日本の統治に抗ったこれらの人々に付された「蕃」の意味を、おそらくは逆転しようとしていたからだ。近代以前に位置づけられる「蕃」から近代自体を相対化しようとしたのである。なお、折口信夫と台湾の「蕃族」の問題については、『古代研究』以前に折口が目にした可能性のある二つの「蕃族調査報告書」の読解をもとに、すでに前掲拙著『神々の闘争』で論じたテーマである（後述の批判に答えるためにも引用等はあえて同じものにした）。本文中、二種類の報告書をあわせて指す場合は「蕃族調査報告書」と表記し、それ以外は各報告書名を二重カギカッコで表記する。拙著の「蕃族」理解に関しては、関口浩から批判が提出されている――「折口信夫と台湾原住民研究」（『成蹊大学一般研究報告』第四三巻第四分冊、二〇〇九年）。その論考のなかで関口は、こう述べている――「しかしながら、実際にこれらの資料［二つの「蕃族調査報告書」］にあたってみると、驚くべきことに、安藤氏の言うような事実を見出すことができないのである。そればかりか、むしろそこには安藤氏の主張とは正反対とも思えるような事実が記述されているのである」。関口の指摘するように拙著に「誤認や誤解」、あるいはいくぶんかの誇張があるのは事実である。その点については率直に反省したい。しかしながら、本書をまとめる際にあらためて行った諸調査を通じて、拙著『神々の闘争』で下した結論、二つの「蕃族調査報告書」を通して、折口信夫は、「蕃」すなわち野生の共同体を生きる人々の生活を根底から規定している強烈なアニミズム、「霊魂一元論」的な世界観を知ったという点については、現在においても、まったくあらためる必要はないと考えている。この「列島論」全体がその証明になるはずである。

3　大正九年末から翌年にかけて行われた特別講義、「民間伝承学講義」より。『全集』ノート編7・四三（「神の種」の布教）および四一（宗教的な「自覚者」）。
4　岡正雄へのインタビュー、「柳田国男との出会い」（季刊『柳田國男研究』創刊号、白鯨社、一九七三年二月、一四六頁）より。後に前掲『異人その他』に収録。
5　二つの「蕃族調査報告書」に関しては、前掲拙著でも簡単にその書誌を提示しているが、関口浩の前掲論文および「『蕃族調査報告書』の成立　岡松参太郎文書を参照して」（『成蹊大学一般研究報告』第四六巻第三分冊、二〇一二年）に、より詳細かつ正確な情報がまとめられている。特に関口の後者の論考は、これまで専門の研究者でも明らかにし得なかった二つの「蕃族調査報告書」の成立について、どのようなバックグラウンドをもった人々がそこに集結していたのかを、第一次資料にあたって整理した労作である。
6　伊藤高雄「折口信夫の国文学発生論　「異族」とまれびとをめぐって」（『國學院雜誌』二〇〇二年一一月号）の調査による。伊藤は、折口が「蕃族調査報告書」を丹念に読んだという点に関して疑問を呈している。私もまた伊藤の見解に同意する。折口は「蕃族調査報告書」に記録された個別の事例というよりは、その全体から、人間における「宗教生活の原初形態」、すなわちアニミスティックな霊魂論の可能性というより大きな構造を学んだと思われる。
7　その他にもう一点、「蕃族」をめぐって柳田と折口に共有されていたのは、ツォウ族（曹族）阿里山蕃に残されていた「マーヤ」（日本人）についての伝承である。ツォウ族の祖先が一時「マーヤ」とともに暮らしていたが、やがて別れ、いままたあらためて再会しつつあることを喜んでいる、という内容である。柳田も折口もこの「マーヤ」を南島の楽土をあらわす「マヤ」に同定しようとしている。柳田はより慎重であるが、折口は大胆にも「まや族」による大航海さえ想定している（「古代日本文学に於ける南方要素」）。馬淵東一は、ツォウ族の伝承をそのように理解することに否定的である。
8　より厳密に考えれば、こうした視点を抽出するのにも、かなりの飛躍を必要とする。「古代日本文学に於ける南方要素」が発表されたのは、『古代研究』刊行からかなりの歳月を経た昭和一八年のことであるし、「春来る鬼」の「首狩り」を霊魂論として考えることも、折口の言葉だけからでは無理があろう。しかし、「首狩り」という共同作業と「おっとふ」という霊魂にして神という存在を密接不可分のものとして考えていた人々がいたことは事実である。また、折口がわざわざ「おっとふ」という単語を使っているということは、そうした人々の生活が、折口のなかに深い印象として残っていたことを意味するであろう。
9　『全集』17・一三〇。
10　『全集』5・一三八。
11　『全集』3・二四八―二四九。神とは「たま」（霊魂）であるというテーゼは、北方のアイヌの人々のもつ世界観とも合致する。森羅万象には「カムイ」が宿る。森羅万象は「カムイ」が姿を変えて地上に出現したものである。つまり、「カムイ」とは、森羅万象に生命を与える「神」であるとともに、森羅万象の生命の根源である「霊魂」をも意味している。
12　『蕃族調査報告書』「大么族前篇」（大正七＝一九一八年）、六八、六九、七一頁。引用には句読点を補っている。
13　国分直一に向けての発言。国分直一『東アジア地中海の道』（慶友社、一九九五年）、三三二頁。ただし古野清人は、自身が公にした著作のなかで折口古代学と台湾「蕃族」の関係について論及したことはない。引用中の「小島ら」の方は『番族慣習調査報告書』を、「佐山」の方は『蕃族調査報告書』を指す。
14　引用は、『古野清人著作集』第一巻（三一書房、一九七二年）より行う。一六、一七、一八、二頁。
15　パイワン族の「五年祭」については関口浩の前掲論考「折口信夫と台湾原住民研究」で詳しく論じられている。しかし、サイシャット族の「パスタアイ」もまた、マレビト祭祀の類型として考えることが可能であろう。「こびと」（タアイ）はサイシャットの先住民族であり、計略にかけて滅ぼしてしまったその「こびと」たちの霊魂を慰撫するため、他界から「こびと」たちの霊魂を招き、その霊魂たちと歌い踊り、最後には霊魂たちを他界へと送り返すのである。「蕃族」の社会では、「霊魂」すなわち祖霊は、善と悪、豊饒と破壊、祝福と呪詛という二面性をもっていた。台湾島にはマレビト祭祀の類型が複数見出されるのである。
16　『全集』2・四五四。
17　以下に述べる、「夢の時間《ドリーム・タイム》」を生きるオーストラリアのアボリジニの生活については、『宗教生活の原初形態』から要点を抽出するとともに、ハワード・モーフィ『アボリジニ美術』（松山利夫訳、岩波書店、二〇〇三年）をも参照してまとめたものである。二〇一四年五月、多摩美術大学で行われた特別講義でモーフィが紹介してくれたオーストラリア北部、東アーネムランド沿岸の聖なる土地ヤランバラで行われたヨルング族の儀礼は、動物の性質をも兼ね備えた部族の聖なる創造主の顕現、その絵画的かつ演劇的な再現等々といった点で、折口信夫を震撼させた南島の仮面祭祀（赤マタ黒マタ祭祀）とほとんど同じ構造をもつものであった。まさに「聖なるものの顕現」（ヒエロファニー）である。
18　以下、引用は古野清人訳『宗教生活の原初形態』上・下（岩波文庫、改訳版、一九七五年）より行う。その際、傍点などは省略した。上・七二、八六―八七頁。
19　デュルケーム前掲書、上・三四一頁。コドリントンの『メラネシア人』からの引用も、同書による。上・三五〇頁。
20　折口信夫の古代学のみならず、柳田國男の民俗学にも、デュルケーム学派の宗教社会学の影響は甚大だったと思われる。デュルケームによる聖と俗の区分は、柳田のハレとケの区分に通じる。また、聖なるものを顕現させる儀礼としてデュルケームが論及している物忌み（禁忌）、共食、歌と踊りの演劇的な再編等々は、柳田が列島の固有信仰における祝祭の条件として、『日本の祭』ですべて論じ直すことになる。なお、古野清人がはじめて『宗教生活の原初形態』の翻訳を世に問うのは、上巻が昭和五年、下巻が昭和八年（一九三三）のことであるが、そのエッセンスは、古野に翻訳を奨めた盟友である田辺寿利の手によって雑誌『民族』に紹介されていた。
21　近年、文化人類学や哲学の分野での「もの」をめぐる思考、あるいはアニミズムの再評価には目覚ましいものがある。「モナドロジー」の再構築をはじめ、清水高志『ミシェル・セール　普遍学からアクター・ネットワークまで』（白水社、二〇一三年）はその最良の入門書である。こうした潮流と折口学の接合の可能性については、上野俊哉「もの狂いの存在論」（前掲『現代思想』臨時増刊号「総特集　折口信夫」）が参考になる。また本書では充分に論じられなかったが、デュルケームの『宗教生活の原初形態』は今後さまざまな読み直しが可能な書物である。トーテミズムは世界認識とともに社会制度そのものを表現しているという観点からはクロード・レヴィ＝ストロースの『野生の思考』が生まれ、マナを物質に形態を与える根源的な力と考える観点からはアンリ・ベルクソンの『道徳と宗教の二源泉』が生まれ、聖と俗の対立として宗教を再定義するという観点からはミルチャ・エリアーデの『聖と俗』が生まれた。現代の人類学、哲学、宗教学の実り豊かな源泉としての位置を保ち続けている。おそらくまったく同じことが折口信夫の『古代研究』にもあてはまるはずである。

22　「至上神」について折口は、大正一四年（一九二五）四月の段階ですでにこう論じていた。「此まれびとの属性が次第に向上しては、天上の至上神を生み出す事」になったと（「古代生活の研究」、『全集』2・四二）。折口の「最高存在論」受容は雑誌『民族』創刊以前にまで遡る。

23　タクン・ワリス（邱建堂）「ガヤと霧社事件」（魚住悦子訳、『日本台湾学会報』第一二号、二〇一〇年）、「まとめ」のタイトルをそのまま使わせていただいた。引用は八頁。なお、国家に抗う原初の民主的かつ戦闘的な共同体という観点は、『番族慣習調査報告書』の報告者たちにも共有されていた。前掲拙著『神々の闘争』および前節「国家に抗する遊動社会」を参照。

詩語論

スサノヲとディオニュソス——折口信夫と西脇順三郎

折口信夫は、西脇順三郎の博士学位請求論文である『古代文学序説』の副査を担当した。[*1] 民俗学者にして国文学者、さらには釈迢空という筆名で短歌、詩、小説、戯曲、批評とジャンルを横断して執筆活動を続けた折口信夫（一八八七—一九五三）と、英文学者にして言語学者、さらには「超現実主義」の詩学を唱えそれを文字通り実践していった詩人である西脇順三郎（一八九四—一九八二）と。折口がやや年長ではあるが、ほぼ同世代に生まれ、研究者であると同時に表現者でもあった二人は、このとき（一九四九年）、ともに慶應義塾大学の教授を務める同僚であった。二人の邂逅は、まったくの偶然である。しかし、おそらくは近代日本文学史上の、あるいは世界文学史上の、必然でもあった。近代を条件とし、なおかつ近代を乗り越えていこうとする表現が、この二人によって、日本語というマイナーな言語の世界ではじめて十全なかたちで可能になったのだ。世界の諸地域が相互に密接な関係をもった巨大な一つの球《グローブ》として実現されつつある今、マイナーであることこそがメジャーを揺り動かす。

英文学と国文学という専攻分野の差異を超えて、西脇も折口も「古代」に心惹かれ、古代を「言語」の学として探究すると同時に、その成果をもとにして日本語による前人未踏の詩的表現の世界を切り拓いていった。近代にふさわしい新たな表現は、古代に遡ることによってはじめて可能になる。この場合、古代とは単なる時間的な過去だけを意味しているのではない。「原型」としての人間たちが生活していた世界、森羅万象と人間たちが「神秘」の絆で結ばれていた、現在とは時間的にも空間的にも隔絶した野生の世界、あるいはニーチェやマラルメが夢想した人間以前にして人間以降の世界を意味していた。イエイツ、パウンド、エリオット、ジョイスらモダニストたち、あるいはブルトン、バタイユ、アルトーらシュルレアリストたちと西脇および折口は完全な同時代人であり、表現の主題を共有していた。互いに呼応し、交響し合う西脇と折口の営為を比較検討することによって、これまでとはまったく異なったかたちで、世界文学史としての近代日本文学史を書き替えることが可能になるはずである。本稿は、拙いながらもその素描としての役割を果たすことを意図している。

西脇も折口も、ともにジェイムズ・ジョージ・フレイザーの『金枝篇』から甚大な影響を受け、文字として記録された最も古い資料の読解から、フォークロアの助けを借りて、さらなる始原へと遡っていこうとした。二人の学としての代表作が、それぞれ『古代文学序説』(西脇)および『古代研究』(折口)と題されているのは偶然ではない。西脇も折口も古代の祭祀に「詩」の発生を見るとともに、その発生状態にある瑞々しい「詩」を自身の表現として生きようとした。西脇の第一詩集『Ambarvalia』と折口の第一歌集『海やまのあひだ』は、その核となる部分に死と再生の儀式、豊饒をもたらすための祝祭が秘められていた。[*2] 古語を復活させ、翻訳を大胆に取り入れ、古代世界と近代世界を、互いに矛盾するがまま一つに重なり合わせる独創的な詩法を、それぞれ『超現実主義詩論』(西脇)および「詩語としての日本語」(折口)としてまとめ、実践していったのだ。そして、『古代文学序説』と『古代研究』の成果をもとにして、ほぼ同時期に、二人にとっての言語表現の極北と断言してもかまわない定義不可能な作品、『旅人かへらず』(一九四七年)と『死者の書』(一九四三年)を刊行した。[*3]

西脇順三郎も折口信夫も自らの創造の源泉を「古代」に求めた。その「古代」に見出された、それぞれの自画像とでも称すべき存在もまた、お互いの鏡像でありかつ分身であるような、相互に正反対の側面をもちながらも良く似たものであった。西脇が最初にまとめた詩集である『Ambarvalia』(一九三三年)に描き出されたディオニュソスと、折口が最後にまとめた詩集である『近代悲傷集』(一九五二年)に描き出されたスサノヲと。両者の詩作を代表する二冊の詩集のみならず、西脇にとってディオニュソスは学の根幹にして「詩」そのものの化身だった。折口にとってのスサノヲも、また。

*

西脇順三郎は、『Ambarvalia』の「古代世界」を構成し、詩集全体の象徴ともいえる著名な作品、「皿」のなかで、異郷へと向かって旅を続ける自身の姿を、古代の異神にして放浪神たるディオニュソスになぞらえていた[*4]――。

黄色い菫が咲く頃の昔、
海豚は天にも海にも頭をもたげ、
尖つた船に花が飾られ
ディオニソスは夢みつゝ航海する
模様のある皿の中で顔を洗つて
宝石商人と一緒に地中海を渡つた
その少年の名は忘れられた。
麗《ウララカ》な忘却の朝。

海を朗らかに行く西脇のディオニュソスに対して、やはり海の只中に追放された折口のスサノヲは悲痛な叫び声を上げる。これもまた古代の異神にして放浪神であるスサノヲを主題とした「贖罪」と題された折口の詩は、こうはじまっていた――。

すさのを我　こゝに生れて
はじめて　人とうまれて―
ひとり子と　生《オ》ひ成《ナ》りにけり。

ちゝのみの　父のひとり子―
ひとりのみあるが、すべなさ

戦争によってすべてを失った折口は、短歌という定型の表現に安住することができず、「現実の生活が、私の腹から、胸から、私をつきあげるほどに、迫つて」くる衝動にしたがい、詩という不定型の表現へと果敢に挑んでいく。[*5]大学時代から探究していた日本の真の神、神と獣の性質を兼ね備えた「神獣一如」の万葉びとの典型として存在した折口のスサノヲは、このとき、新たな「詩」の主題としてその姿を現したのである。天上の父なる神から、母の胎内を経ることなく誕生したスサノヲは、それ故、常世という他界へと去った母を激しく求め、泣き叫び、世界に破滅をもたらすような力を解放する――。

我が力　物をほろぼす―
憤恚《イキドホロ》し　我が活《イ》き力《ヂカラ》
わが父や　我を遁《ノガ》ろへ、
我や　わが父に憎まえ
追放《ヤラ》はれぬ。海《ワタ》のたゞ中

光のディオニュソスと闇のスサノヲ、創造のディオニュソスと破壊のスサノヲ。両者はきわめて対照的な存在である。しかしながら、ディオニュソスもスサノヲも荒々しい暴力を解き放つと同時に舞踏と詩という芸術をもたらす神であり、その結果として定住ではなく放浪を運命づけられ、最終的には生と死をつかさどる冥界の主へと転生する神であった。西脇の学も折口の学も、あるいは西脇の表現も折口の表現も、人間を乗り越え「神」を直接の主題とする。いわば、人間以前の学と表現であり、人間以降の学と表現であった。ニーチェとマラルメの営為を、時代と国境を超え、直接に引き継ぐような……。しかも二人が見出した古代人は「神」へと至る通路をもっていた。祭儀を通じて、つまり祝祭のなかで死と再生を経験することによって、人間は限りなく「神」に近づくことができた。『古代文学序説』の執筆の過程で、荒々しくも高貴な古代の野生人、ゲルマンの民らの死と破滅へと向かう悲劇的かつ凄絶な生の在り方を自身の言葉で再構築していくことで、西脇のディオニュソスは、折口のスサノヲがもつ性格をも兼ね備えていった。西脇は「武勇の倫理」を生きた古代人のなかにも、「愛の倫理」を生きた中世人のなかにも、光と闇、生と死、悲劇と喜劇といった相反する二つの力を共存させる、人間の原型としてディオニュソスを見出す。古代人も中世人も祭儀を通じて「神」と相まみえる。あらゆるものを争闘として捉え、死を生へと転換させる供犧を行う古代人を論じながら、西脇はこう記す――「二つの相反する要素が共存してゐる一つの存在は絶対の存在である。これは神の存在である。ギリシアのディオニソスの神は生死二重の性質をもつ存在である」。

さらには、厳粛である死の儀式、あるいは収穫を言祝ぐ豊饒の祭りの只中に「下等な卑猥な言語や身振をもつて表はす」笑いをもたらす中世人を論じながら、こう記していた――「ギリシア人の間では悲劇も喜劇もその元は同時に発生し、また同一の祭りの中に使用された。ディオニュソスの神の信仰は同時に悲劇と喜劇の根元であつた。この神はその死と復活とが信仰されてゐた」。荒ぶる古代人も、笑う中世人も、西脇にとっては、ディオニュソスとともにあった。さらに西脇は、時間と空間の差異を超えて存在する原型としてのディオニュソスを、『古代文学序説』が書物として刊行されるにあたって最後に書き加えられた序論と結語のなかで、「幻影の人」と名づけた。『古代文学序説』という書物全体を通して、ディオニュソスは「幻影の人」へと変容し、西脇の学と表現を通底させる一つの原理となっていったのである。

西脇は「幻影の人」を、こう定義する。まずは序論のなかで――「幻影の人」とは「原始的な人間の一つのタイプであり、最古の人間の姿である」。つまり、「幻影の人」とは、「生命の根元とも真の人間の姿とも、土の幻影とも考へられ」、「永遠に人間の中にかくれて残る生命の神秘」をあらわす理念であった。さらには結語において――。

すべては変化して遂に破滅する。人生はすべて運命によってのみ決せらるる悲劇である。

人生は放浪の旅である。人間は放浪者である。

人生の本質は争闘と苦しみである。人間は争闘のために生き、苦しみのために生きてゐるのである。

神は人間にこの争闘と苦しみを与へる。

人生それ自身は神に対する供犧である。


西脇がここに抽出した「幻影の人」のもつ性格は、折口が述べるスサノヲとほとんど等しいものだ。折口はスサノヲの生を「贖罪」と名づけた。天上の父から「争闘と苦しみ」を与えられ、故郷を追放され、母を求めて泣き叫ぶスサノヲ。『古代文学序説』に描き出された西脇の「原始人」もまた、折口のスサノヲのように純粋な感情を爆発させ、そこに始原の詩を生み落とすのである──「原始人は哀愁の情を好む。哀愁の中に生命の神秘を発見するのである。非常な淋しがりやである」、また「「男泣き」は英雄物語にも普通のことである。感傷的なものである」。西脇の「原始人」、つまり「幻影の人」にとって、哀愁こそが「もの」の存在の根源であり、そこから神秘としての「詩」が生まれてくる。

折口が最後にまとめた詩集である『近代悲傷集』の全体にスサノヲのモチーフが貫かれていたように、西脇の「幻影の人」もまた、時空を越える旅へと「超自然主義」が昇華された『Ambarvalia』に続く第二詩集、やはり旅が主題となった『旅人かへらず』の全体を貫く重要なモチーフとなった。博士論文『古代文学序説』と詩集『旅人かへらず』は、「幻影の人」を媒介として相互に密接な関係をもっていた。『古代文学序説』の序論と結語を受けるようなかたちで、あるいは実際にはその関係は逆であったかもしれないが、西脇は『旅人かへらず』の冒頭に「幻影の人と女」と題した「はしがき」を付す。

西脇は宣言する。自分のなかには、近代人と原始人という相反する二つの人間の類型が潜んでいる。しかし、それだけではない。原始人以前の人間、つまり原始や近代といった限定を超えた「生命の神秘、宇宙永劫の神秘に属するもの」、近代の理知だけでも原始の情念だけでも十全には理解されないような人間の類型が潜んでいる。自分はそれを「幻影の人」と名づけ、また「永劫の旅人」とも考える。
西脇は続ける。さらに、その「幻影の人」とは、男と女という生命における原初の対立さえも乗り越えてしまうものなのだ——。

次に自分の中にある自然界の方面では女と男の人間がゐる。自然界としての人間の存在の目的は人間の種の存続である。随つてめしべは女であり、種を育てる果実も女であるから、この意味で人間の自然界では女が中心であるべきである。男は単にをしべであり、蜂であり、恋風にすぎない。この意味での女は「幻影の人」に男よりも近い関係を示してゐる。

西脇は、自ら「女」へと変身し、一人の「女」として『旅人かへらず』という一冊の詩集を書き上げたのだ。西脇がこの「はしがき」で宣言した「女」になること、あるいは「女」になることではじめて詩を生み出すことが可能になるという見解の根底には、ニーチェの超人思想への異議申し立てがある——「これ等の説は「超人」や「女の機関説」に正反対なものとなる」。しかし、それだけではない。「超人」への否定的な側面だけではなく、「超人」を乗り越えていくような、より肯定的な側面も存在する。その肯定的な側面を明らかにしてくれるのが、折口の没後、西脇が書き続け、語り続けた折口の営為への共感であろう。[*6]
西脇も折口も、男性という限定された性を乗り越え、両性を具有した根源的な「女」になることではじめて「詩」を生み出すことができると考えていた。「古代」が生と死という対立を超え出た場であったように、西脇と折口が主張する「女」もまた、おそらくは男と女という対立を超え出た場を意味する。詩が生み落とされる「女」という場は、限りのない懐かしさとともにつねに薄気味の悪さをたたえていた。不気味なものにこそ「故郷」が宿る。ちょうどスサノヲがそこに還ることを望んだ「妣が国」が同時に死者たちの国であったように。折口にとって、「母」はつねに死者たちの側にあった。表現が生まれ出てくる根源的な場所、「妣が国」へと到り着くためには、自身もまた、豊饒と破滅、生と死をつかさどる両義的な存在へと変身しなければならなかったのだ。

西脇は、折口の学と表現の両者に通じ合う「ぶきみさ」について、こう語っていた（「釈迢空」より）――

迢空の国文学や民俗学の解説も作品も、私の考えでは、原始宗教の神がかりの巫女の霊感に近いものであろう。そして私のいう詩境の神秘というのは、このことを言いたいのである。そういうように空想してみると、なんとなく迢空の声も女らしくきこえるし、またその歩きかたも、その身ごなしも女性らしい印象を与えるように感じられる。そしてなんとなく、ぶきみな巫女の妖怪さが人に神秘を感じさせる。

西脇は、ここで折口のことを語るとともに、間違いなく自分自身のことを語っている。詩の根源に到達するためには、ディオニュソスもスサノヲもともに「女」に、あるいは性別を超え、生死を超え、生産と破壊を同時につかさどる大地母神のような存在へと変身しなければならなかった。その詩の女神への変身を可能にするのが祝祭（祭祀）なのである。西脇は、折口学の本質について、さらにこう述べていた。折口の「発想」のすべては、「祭祀としての現象を中心に」なされた。「古代の日本文学の研究には日本の祭祀学がなければ完全な科学的研究にはなり得ない」、その点を明らかにしたことに「折口学の今までにない貢献がある」と（「日本の民俗学」より）。

人間以上のもの、つまり両性具有の詩の「神」への変身を可能にする祝祭（祭祀）はローカルなものであるとともにグローバルなものであった。固有性を突き詰めたところに普遍性があらわれる。西脇が、折口からの教えとして何度も反芻する見解である。座談会「三田の折口信夫」のなかで西脇が回想する、折口が「古代」について語った真実とは、次のようなものだった――「日本だけ特別なものがあったって、そんなのは意味がないんだと。これは世界中、どこの民族でも古代は一定の原則があるんで、彼［折口］はそう言いませんけど私の言葉で言うとね、だから世界に共通してあるものは日本にある、それが価値がある、日本だけにあるということは、それは価値がないんだとこう言ったんですよ、はっきり」。

西脇順三郎と折口信夫が出会う「古代」とは、時間と場所に限定された固有性を超え、人間にとっての普遍性がひらかれる場所だった。つまり、二人にとって「古代」を外側から研究するだけでは充分ではなかった。「古代」とは、なによりも内側から詩的表現として生きられなければならなかった。だから西脇はディオニュソスであるとともに「幻影の人」となり、折口はスサノヲであるとともに曼陀羅を織り上げる「少女」になったのである。折口が生涯で唯一完成することができた小説――というよりはさまざまな音と色彩の交響からなる散文詩――『死者の書』は、荒ぶる死者を復活させる少女の物語だった。少女は蓮糸で、巨大な曼陀羅を織る。その曼陀羅に包み込まれ、その曼陀羅のなかで、干からび強張った死者の身体は瑞々しい「光」の身体へと変成される。

折口が『死者の書』のカバーに採用したのは、エジプトの『死者の書』に由来する、冥界の王オシリスによる魂の復活を描いた図版だった。肢体をばらばらに切断されて殺された兄オシリスは、妹にして大地母神でもあるイシスの力によって甦り、冥界の死者たちを支配する王となる。オシリスはスサノヲと等しい存在であり、西脇も折口も大きな影響を受けたフレイザーの『金枝篇』では、自らを供犠として復活する神として、ディオニュソスとともに論じられていた。スサノヲはオシリスを媒介としてディオニュソスと重なり合い、『死者の書』は『金枝篇』を媒介として『旅人かへらず』に重なり合う。ローカルな祭儀と神話が、グローバルな祭儀と神話とダイレクトにむすび合わされていたのである。折口は、スサノヲ（オシリス）であり、大地母神（イシス）でもあったのだ。

西脇順三郎は『旅人かへらず』で、「幻影の人」に永劫の時間と永劫の空間が一点で交わる「曼陀羅の里」を歩ませる。そして、『旅人かへらず』の最後の節（一六八）をこう閉じる――。

永劫の根に触れ
心の鶉の鳴く
野ばらの乱れ咲く野末

砧の音する村
樵路の横ぎる里
白壁のくづるる町を過ぎ
路傍の寺に立寄り
曼陀羅の織物を拝み
枯れ枝の山のくづれを越え
水茎の長く映る渡しをわたり
草の実のさがる藪を通り
幻影の人は去る
永劫の旅人は帰らず

この一節こそ、巫女の文学としてイシスによる復活の業を描き尽くした折口の『死者の書』への、西脇なりの返答、西脇なりのオマージュであったように思われてならない。表現の「古代」によって、西脇順三郎の『旅人かへらず』と折口信夫の『死者の書』は一つにむすばれ合っていたのだ。そして、その表現の「古代」から、西脇も折口も、日本語による未来の詩、日本語による未知なる詩を立ち上げようとした。それは西脇と折口の生と表現を超えて、時間と空間の差異が一元化され、さまざまな文化が入り混じる表現の「現在」を生きるわれわれ自身の問題でもあった。

＊

あらゆるものの対立を無化し、あらゆるものを一つにむすび合わせるディオニュソスは、西脇順三郎が『超現実主義詩論』で論じ尽くした「超自然主義」の詩法の核心にも存在していた。西脇は、こう書きつけている。「超自然主義はデオニソスの芸術に属す。ギリシアの最も優秀なるポエジイと共に」。さらには「嬉しい時にオドルことは自然主義である。悲しい時に限りオドルことは超自然でありより超自然的芸術価値を生ず」とも（「超自然主義」第三章の冒頭より）。西脇にとって、「超自然主義」の詩は、ディオニュソスの祝祭とともにあった。

西脇は「超自然主義」の詩を、こう定義していく。日常の経験の世界を打ち破り、非日常の永遠の世界を今ここに実現すること。そのためには「科学的に性質を異にするものを結びつけ」、また「時間的にも空間的にも最も遠くはなれたるものを結びつける」必要がある（いずれも『超現実主義詩論』の巻頭に収められた「PROFANUS」より）。常識ではとうてい不可能な連想が、想像力によって可能になったとき、超自然の詩が孕まれる。だから、詩の創造はその破壊と見分けがつかない。相反するイメージとイメージが、あるいは心と物、人間と自然、古代と現代、悲劇と喜劇が、一つにむすばれ合ったとき、新たな詩が生まれる。[*7] 西脇は「超自然主義」の詩が果たす役割を、次のようにまとめていた（同じく「PROFANUS」より）――。

詩は故に、意識する一つの方法である。現実を非現実に変形し、真理を非真理に変形して、現実、真理を魂の中に吸入するのが詩である。外形からみると詩は非現実で非真理であるが、実は現実、真理を認識するのである。

「超自然主義」の詩は現実と虚構の境界を無化し、詩のなかに、虚構が現実となり現実が虚構となる「超現実」の領野をひらく。西脇が詩の問題として実践していった「超自然主義」の詩法を、短歌として実現したのが折口信夫だった。さまざまな時間と空間の境界を越え、それらを一つに結び合わせる「旅」を主題としてまとめ上げられた第一歌集、『海やまのあひだ』に収録された折口の短歌こそ、まさに「超自然主義」の短歌と名づけることがふさわしい。特に大正一〇年（一九二一）の章に収録された一三首からなる「夜」という連作において。「夜」の連作には、一連の歌が読まれた背景を説明する詞書が付されていた――「下伊那の奥、矢矧川の峡野《カフチ》に、海《ウミ》と言ふ在所がある。家三軒、皆、県道に向いて居る。中に、一人の翁がある。何時頃からか狂ひ出して、夜でも昼でも、河原に出てゐる。色々の形の石を拾うて来ては、此小名《コナ》の両境に並べて置く。其一つひとつに、知つた限りの聖衆の姿を、観じて居るのだと聞いた。どれを何仏・何大士と思ひ弁《ワカ》つことの出来るのは、其翁ばかりである」。

山々が連なる奥深い地に突如として出現する「海」という集落。そこでは狂った翁が一人、夜も昼も河原に出て、さまざまな石を拾ってきては、聖なる寺院に飾るかのように並べ立て、積み上げていた。翁はその石の一つ一つに仏を見、たった一人で、自分だけの極楽浄土を創り上げようとしていたのである。折口の古代学において、「翁」は天と地を一つにつなぐマレビトの典型として存在していた。この一連の短歌は、マレビトによる時間と空間の刷新をも表現したものでもあった。学が確立される以前に、その本質が歌によって表現されていたのである。「海」という集落を旅人として訪れた折口は、月の光が石の仏たちを照らし出す真夜中の河原で、次のような光景を目にする。

うづ波のもなか　穿《ウ》けたり。見る／＼に　青蓮華《シヤウレングヱ》のはな　咲き出づらし

「海」という集落の前を滔々と流れる大河のなかに突如として渦が生まれ、流れのなかに穿たれたその中心から、青蓮華の花が咲き出でてくる。「海」という集落も、狂った翁も、ともに実在する場所であり、人であった。しかし、手帖に残された旅程を検討する限り、折口がその集落を訪れたのは夜ではなく昼のことである。折口は「夜」の連作で、現実と虚構を、光と闇を、昼と夜を、創作と研究を、一つにむすび合わせていたのだ。まさに「超自然主義」を実現した一首の短歌であった。折口は、想像力によって創り上げられた虚構の花から、表現世界というもう一つの現実を生み落としているのである。西脇が言う「外形からみると詩は非現実で非真理であるが、実は現実、真理を認識する」というテーゼを実践するかのように。あるいはマラルメが、「詩の危機」に記した一節を実践するかのように――「私が花！　と言う。すると、私の声が、いかなる輪郭をもその中に払拭し去ってしまう忘却の彼方に、我々が日頃狎れ親しんでいる花とは全く別の何かとして、どの花束にも不在の、馥郁《ふくいく》たる花のイデーそのものが、音楽的に

立ち現われてくる」[*8]。

折口は短歌に句読点を付し、区切りを入れた。『海やまのあひだ』で試みられた短歌の実験から、新たな「詩」が生み出されてくる。折口は、『海やまのあひだ』の末尾に付された「この集のするに」で、自ら実践しつつある短歌の革命について、詳細に述べていた。歌に切れ目を入れることで、歌を詠むにあたっての呼吸や休止といったリズムを示し、歌に内在する「拍子」をあらわにすることが可能になる。それが歌の「生命」を甦らせ、歌の「様式の固定」を「自由な推移」に導き、歌の発生をより自在にする。折口晩年のスサノヲ詩篇が誕生するのは、実にこの地点からなのである。

折口自身の言葉を聞こう——。

私は、地震直後のすさみきつた心で、町々を行きながら、滑らかな拍子に寄せられない感動を表すものとしての——出来るだけ、歌に近い形を持ちながら——歌の行きつくべきものを考へた。さうして、四句詩形を似てする発想に考へついた。併し其とても、成心を加へ過ぎて、自在を欠いてゐる。私は、からして、いろ〳〵な休止点を表示してゐる中に、自然に、次の詩形の、短歌から生れて来るのを、易く見出す事が出来相に思うてゐる。

折口の「詩」は関東大震災を契機として生み落された。折口の「次の詩形」を求めての苦闘は、新たな大震災を経たばかりのわれわれにとって、まったく無関係ということはできない。否、それどころか現在参照すべき最も切実な試みでさえある。現実の変貌とともに変革された短歌から生まれ出てくる「次の詩形」。まさにそれこそ、折口がスサノヲ詩篇として実現していったものである。さらに折口は、スサノヲ詩篇を書き進めることと並行して、もしくは、その実験を糧として、「詩語としての日本語」（一九五〇年）、「詩歴一通」（同年）、「俳句と近代詩」（一九五三年）と続く一連の詩論を書き継いでゆく。折口がそれらで見出した、来たるべき未知なる詩の姿は、逆説的に、西脇の詩がもっていた可能性を浮き彫りにしてくれる。

折口は、「詩語としての日本語」を、小林秀雄によるランボーの「酩酊船」の翻訳、その一節を引用することからはじめている。そして、こう続ける。この援用文は「幸福な美しい引例」である。しかし、「小林秀雄さんの飜訳技術がこれ程に発揮せられてゐながら、それでゐて、原詩の、幻想と現実とが併行し、語《ことば》の翳と暈との相かさなり靡きあふ趣きが、言下に心深く沁み入つて行くと言ふわけにはいかない」と。折口は、日本語によって可能になった近代詩の起源に、異なった言語体系との格闘、ヨーロッパの象徴詩の「翻訳」による導入を見出す。つまり、折口にとって、詩とは、「翻訳」とともに、あるいは「翻訳」によって可能になる言語表現だった。

「詩語としての日本語」にはるかに先だって、雑誌『アララギ』の編集同人になったばかりのまだ青年だった折口自身も、自らが詠み続けてきた短歌、すなわち日本語によって可能となった古代詩の起源に「翻訳」による苦闘を見出していた。「漢字の伝来」に抗いながらも、独自の表現を見出していた古代の人々が残してくれた「古語」。その「古語」を甦らせることによって、滅亡を運命づけられた短歌にも新たな生命が賦与されるはずである。大正六年（一九一七）に発表された「古語復活論」は、こうはじまっていた――「記紀の死語・万葉の古語を復活させて、其に新なる生命を託しようとする、我々の努力」と。しかし折口は、ただむやみに「古語」を復活させようとしたわけではない。現在使われている日本語の言葉だけでは、どうしてもわれわれのもつ「生命の律動」の全体を表現し尽くすことはできない。だからこそ、現在とは異なった地点から、「全体に鳴り響く生命を持つた」、未知なる詩の言葉を見つけてこなければならない。

「古語復活論」の段階、つまり短歌のみを論じていた段階では、折口にとって詩語の「生命」を拡充してくれるのは「古語」だけであった。しかし、「短歌の次の形」を模索し、新たな「詩形」を見出しつつあった晩年の折口は、さらなる彼方へと一歩を踏み出そうとする。「詩語としての日本語」の段階では、短歌における「古語」を肯定するだけでなく、詩における「未来語」が探究されなければならなかった。短歌における「古語」と詩における「未来語」は通底してくるはずである。「詩語としての日本語」の折口が、「古語」と「未来語」の交点にあらためて見出したのが、「翻訳」によって可能になる未知なる詩の言葉であった。もちろん、その最良の成果ともいえる小林秀雄のランボーの「翻訳」でも達成からはほど遠い。しかし、「翻訳」からしか詩の「未来語」は生み落とされないのだ――「詩の未来文体の模型として、詩人の大半が努力してゐるのが飜訳詩である。原作に対する飜訳者の理会力が、どんな場合にもものを言ふが、その理会が完全に日本語にうつして表現せられた場合は、そこに日本の詩が生れる訣である」。

自らが短歌に採用しようとした生命力をもった「古語」もまた、実は「外国語」のようなものであった――「私らの場合はむしろ外国語に持つ感覚に似たものを、古語に感じてその連接せられた文章の上に、生命を托してゐるのである」、あるいは、「言語の異郷趣味を狙つた点に於て、古語も外国語も一つであつた」とも。日本語を条件として詩を書きながら、日本語の彼方へと抜け出していくこと。そこに詩の未来がある。

折口は、「国語に訳された泰西の詩の飜訳文体を学ぶ事」で成長を遂げてきた象徴詩の歴史のなかに、いまだ達成されることのない詩語の未来、詩語が潜在的にもっている可能性の萌芽を見出す。そして、折口が日本の象徴詩の起源に位置すると考え、「古語を活し、古語と近代語・現代語との調和の上に生命ある律的感覚の美しさを与へた」と評価する蒲原有明の世界を、「詩語としての日本語」を書き上げつつある今このとき、まったく新たな地平に甦らそうとしていた詩人こそ、西脇順三郎に他ならなかった。西脇の第一詩集『Ambarvalia』は、まさにヨーロッパの「古語と近代語・現代語」から翻訳された詩篇と現代の日本語で書かれた詩篇の融合としてかたちになっていた。第二詩集『旅人かへらず』では、詩の未来語として短歌や俳句の古語が大胆に活用されていた。西脇順三郎の営為は、折口信夫の営為を映し出す鏡として存在していたのである。[*9]

さらに折口は、そのような未来の詩が到達すべき究極の地点をも描き出す。死去の年に発表された「俳句と近代詩」には、次のような一節がある――「たとへば雪――雪が降つてゐる。其を手に握つて、きゆつと握りしめると、水になつて手の股から消えてしまふ。其が短歌の詩らしい点だつたのです」。ただ一瞬だけ、「神」の語が「音楽として人の胸に沁む」とともにゼロへと消滅してしまう詩。折口信夫が最後に見出した短歌の「消滅」、短歌の「無」は、「超自然主義」の帰結として「詩の消滅」を説いた西脇や、「無」の詩法を説いたマラルメとも響き合う。おそらくそこは、近代という時代が可能にした詩的表現が臨界を迎える地点でもある。*10

1　以下、西脇順三郎の生涯については、新倉俊一『評伝　西脇順三郎』（慶應義塾大学出版会、二〇〇四年）を最大限に参照している。西脇と折口の関わりについてはⅤ、特に「「幻影の人」の成立」に詳しい。

2　表題作ともなった「Ambarvalia」は「穀物祭」（収穫祭）を意味し、ラテン詩人が残した詩の抄訳を再構成したものである。また、『Ambarvalia』も『海やまのあひだ』も、時間と空間の境界を自在に超えながらも一つにむすび合わせる「旅」によって成立した詩集であり歌集であった。以下、西脇の詩の典拠については、新倉俊一『西脇順三郎全詩引喩集成』（筑摩書房、一九八二年）に依っている。

3　西脇と折口の営為を比較検討した先行研究として、現代詩読本『西脇順三郎』（思潮社、一九七九年）に発表された武田太郎「西脇順三郎と折口信夫　フォークロワの検証」がある。後に詳述する『旅人かへらず』と『死者の書』との比較等、本節を書く上で大きな示唆を得ている。また猿田彦大神フォーラム年報『あらはれ』第六号（二〇〇三年）に掲載された、中西恭子、江川純一、江口飛鳥からなるThe Frazer Projectによる論考「『金枝篇』序説」も、西脇および折口への影響を含め、『金枝篇』を現代に甦らせようとする意欲的な試みである。

4　以下、原則として、西脇の詩および著作からの引用は『定本　西脇順三郎全詩集』と『定本　西脇順三郎全集』全12巻・別巻1（いずれも筑摩書房）から、折口の詩歌および著作からの引用は『折口信夫全集』全三七巻・別巻四（中央公論社、別巻四のみ未刊行）から行っている。ただし月報や対談など、一部初出誌からそのまま行ったものもある。

5　引用は『近代悲傷集』の「追ひ書き」より。折口が「短歌の次の形」（「詩歴一通」より）としての詩――折口自身は「長歌」と名づけていた――を書いたのは時代が大きく揺れ動いた三つの時期、関東大震災の直後、昭和一〇年前後、そして戦中戦後のことである。時代の激動とともに定型もまた崩れてゆく。旧いものの破壊は、新たなものの創造と見分けがつかない。折口の詩は、そのような両義的な地点に孕まれたのである。

6　西脇の主要な折口論として、以下のものがある。「哀悼の言葉」（『三田文學』一九五三年一一月号）、「釈迢空」（『現代詩手帖』臨時増刊、一九七三年六月）、「日本の民俗学」（『折口信夫全集』月報第2号、一九八二年）、座談会の参加者として「三田の折口信夫」（『三田評論』一九七三年一〇月号）等である。引用はいずれも初出誌より行った（「釈迢空」のみ河出書房新社より刊行された『文芸読本　折口信夫』に再録されたものを利用した）。

7　西脇が生涯を通じて実践する詩法であり、同時代のライバルと目したエリオットと西脇が共有した詩法でもある。エリオットは「現世と永遠の世界とを連結し、過去と現在、古代と現代、インド文学と英文学仏文学などを連結し、非宗教的なものと宗教的なものを連結し、宗教的清純と道徳的な堕落とを連結」する。そのエリオットもまた、『金枝篇』――正確には、『金枝篇』をもとに聖杯伝説の新たな解釈を提示したジェシー・ウェストンの『祭祀からロマンスへ』——からの大きな刺戟を受け、「荒地」を書き上げた。西脇は、「荒地」を『金枝篇』に描き出されたオシリスの神話から読み解いていく(引用ともに、折口が世を去る前年に刊行された『荒地』邦訳に付された西脇自身による「註解」より)。西脇、折口、エリオットあるいはジョイスを同一のパースペクティヴから論じるための文学史が早急に書かれなければならないであろう。

8　慶應義塾大学で西脇順三郎と折口信夫の両者から教えを受けた井筒俊彦が、『意識と本質』(一九八三年)のなかに訳出した一節から引用した。エリオットによって西脇と折口がつながるだけでなく、マラルメとともに、その輪のなかにさらに井筒を加えることが可能となる。言語学と詩学、あるいは人類学と詩学の交差によって近代の「詩」が生み落とされ、今また新たに未来の「詩」が生み落とされようとしているのだ。

9　西脇もまたそれを裏付けるような、自身の詩の世界に向けられた折口の貴重な証言を記録してくれている——折口先生はいつも私に「あなたが外国語を用いられるようにわたしは日本の古い言葉を使いたいのです」と言われた(「哀悼の言葉」より)。「詩語としての日本語」を書き進めていた折口の念頭には、西脇の詩のことがつねにあったはずである。「詩語としての日本語」がまとめられる前年(一九四九年)、折口は『旅人かへらず』以降の西脇の詩と詩語の在り方を、こう賞賛していたからだ——「純粋の日本語——さうして同時に日本語の持たない別の表現力——そんなものを持つた語でくり出されて来る」と(「ねくらそうふの現実」より)。同じこの年の年頭には、西脇と折口の間で唯一活字となった対話「一九四九年の春を語る」が発表されている。その主題となったのは「言葉の新しい組合せ」を実現するために使われる「古語」と「外国語」の問題である。

10　本稿発表後、立花史「マラルメと折口信夫——象徴主義受容の疫学に向けて」および中西恭子「幻影の人の叢杯をゆく——西脇順三郎の見た折口信夫」(両者とも前掲『現代思想』臨時増刊号「総特集　折口信夫」に掲載)という二つの論考が発表された。いずれも「マラルメと折口信夫」、「折口信夫と西脇順三郎」という主題を深く掘り下げたものである。折口＝釈迢空の詩と詩論を広く象徴主義の文脈で論じていく準備が整ってきた。

言語と呪術——折口信夫と井筒俊彦

列島に生を享けた人間としてはじめて、アラビア語から日本語へ、イスラームの聖典『コーラン』のすべてを翻訳してしまった井筒俊彦。若き井筒は、慶應義塾大学で、その生涯を決定づける二人の巨人と邂逅する。井筒はそのうちの一人を生涯の師に選ぶ。その死に際して、追悼文（「追憶——西脇順三郎に学ぶ」）に「生涯ただひとりの我が師」とさえ記した、英文学者にして「モダニズム」の詩人、西脇順三郎である。井筒にとって西脇の名は、大学入学以前から親しいものだった。師の死から一年ほど経た後、井筒は、西脇の全集別巻の月報に言葉を寄せる。短い随想ではあるが、そのなかに井筒自身の学と表現の起源さえ語っている貴重な証言、「西脇先生と言語学と私」である。井筒は、西脇との出会いについて、こう記している——。

西脇順三郎という名前には、実は私は、大学予科に入る以前から親しみがあった。当時、前衛文学理論の牙城だった『詩と詩論』を、私は愛読していたのだ。勿論、大半はおぼろげにしか理解できなかったけれど、それはそれなりに魅惑的だった。わけても西脇順三郎のシュルレアリスム的詩論が、私を妙に惹きつけた。「純粋詩《ポエジー・ピュール》」などという、その頃としては斬新な感覚にみちた用語を始めて習い覚えた。

井筒俊彦の学と表現の起源には、西脇順三郎のシュルレアリスム、「超現実」の詩と詩論が存在していたのである。だが、それだけではない。「西脇先生と言語学と私」のなかには西脇と並んでもう一人の人物の名前が記されている。

井筒自身の証言を聞こう。希望に胸を躍らせて大学の門をたたいた若き日の井筒俊彦はたちまち大きな失望にとらわれる。大学教授たちの、あまりの学問的レベルの低さに。「平凡で退屈な講義」、そして「洋書講読の時間ともなれば頻発する誤訳、まずい発音」。だがしかし……。「そんななかで、西脇先生だけは私が心から先生と呼びたくなる、呼ばずにはいられない、本当の先生だった。西脇教授の教室には、潑溂たる新鮮さがみなぎっていた。それからもう一人、国文学の折口信夫」。

西脇順三郎と折口信夫。英文学者にして「モダニズム」の詩人と、国文学者にして「古代」の歌人。井筒は西脇を選び、折口を選ばなかった。逆に、折口を「生涯ただひとりの我が師」として選んだのは、井筒と慶應義塾大学経済学部予科の時代からの同級生で、井筒とともに経済学を棄てて将来の進むべき道として文学を選んだ池田彌三郎と、後に折口自身と複雑な愛憎関係を取り結ぶこととなる、これもまた井筒や池田と予科の時代からの同級生であった加藤守雄だった。西脇順三郎と折口信夫、井筒俊彦と池田彌三郎と加藤守雄。二人の師と三人の弟子たちの出会いはまったくの偶然である。しかし、このとき、近代日本文学史、そして近代日本思想史は一つの大きな画期を迎えていたのである。

なぜ西脇を選び、折口を選ばなかったのか。井筒は、もう一つ別の随想（「師と朋友」）にこう記している。「どことなく妖気漂う折口信夫という人間そのものに、私は言い知れぬ魅惑と恐怖とを感じていたのだった。危険だ、と私は思った。この「魔法の輪」の中に曳きずりこまれたら、もう二度と出られなくなってしまうぞ、と」。井筒俊彦は、このような「怪異なる一人格」（池田彌三郎の表現）をもった折口信夫を師として選ばなかった。しかしながら、あるいはそれ故、折口信夫の古代学を最も創造的に継承し得たのは井筒俊彦の方であった。なぜなら、井筒は西脇に師事しながらも、折口の「妖気漂う」授業へと出席し、その成果を西脇に伝えていたからだ。西脇順三郎と折口信夫の学と表現を、一つに総合することを可能にする立場にいたのである。

『超現実主義詩論』のなかに「古代学」の成果を組み入れること。未来の詩の言葉と古代の詩の言葉を通底させ、そこに文学のみならず人間がもたざるをえない信仰というものが成り立つ普遍的な思考の基盤を見出すこと。認識論にして表現論、さらには宗教原論として考察された詩的言語発生の問題等々、後に井筒が探究していく諸主題は、すべてこのときに胚胎されたと考えられる。だが、それだけではない。井筒という存在が二人の巨人の間に介在したからこそ、後に西脇と折口が密接な関係をもつことを容易にしたと言うことも可能であろう。「三田の構内で西脇と折口が語り合っている姿を多くの人が目撃している」とは、新倉俊一による画期的な『評伝　西脇順三郎』（慶應義塾大学出版会、二〇〇四年）のなかに描き出された光景である――なお、この評伝には、晩年の西脇が取り組んだいくぶんか錯乱的な、やはり晩年のソシュールが取り憑かれた「アナグラム」研究を彷彿とさせる、漢語とギリシア語の比較検討の問題、両者の類似と「漢語」の起源に対する西脇の研究への井筒の興味深い対応もまた、新倉の証言として残されている。「私の知るかぎりで、西脇の漢語研究に本当の興味を示したのは、井筒俊彦ただひとりだった」。新倉はそう記し、さらに西脇による漢語とギリシア語比較研究に触れた際の、井筒の言葉を紹介する。「それはいかにも西脇先生らしくて面白い。漢語の起源はまだ誰にもわからないのですから」。

西脇自身もまた、井筒俊彦を介した折口信夫との関係について、興味深い証言を残してくれている。自身の教え子でもあり折口の弟子ともなった山本健吉からの問いかけ、慶應の同僚として折口との思想的な交流はあったのか、それまで折口の著作を読んでいたのかという問いかけに対して、西脇はこう答えている。「私はその当時あまり読みませんでしたが、もちろんときどきは読みました。だけれども、ある学生がいて、折口先生がこういうことを言っていると言うんですよ。だから学生を通じて話を聞きました。折口さんの講義に出たこともなし、本もあまり読まなかったんですけど、しかし「古代」何とかという著作があるでしょう」、「ああ、「古代研究」。あの中に出ているようなことも、だいぶ話は学生から聞きましたよ」（『詩のこころ』、新倉の前掲書中の引用より）。西脇に折口の『古代研究』のエッセンスを伝えた、この「ある学生」こそ、井筒俊彦その人であった。

西脇順三郎の「超現実」は折口信夫の「古代」と融合することによって、未曾有の表現の地平を切り拓いていった。つまり、井筒を介しての折口学との出会いがなければ、昭和二四年（一九四九）に博士学位請求論文として提出され、折口が副査をつとめた西脇の『古代文学序説』は、現在とはかなり異なったものとなっていたであろう。さらには、昭和一〇年代にまでさかのぼるこの博士論文執筆の過程で見出された「幻影の人」を中心に据えた西脇の戦後を代表する詩集『旅人かへらず』（一九四七年）も、ひょっとしたら今あるかたちでは成立していなかったかもしれない。もちろんそこには折口ばかりではなく柳田國男という、これもまた巨大な存在が傍にいたことも考慮しなくてはならないのだが……。

とまれ、西脇順三郎と折口信夫の学と表現が最も創造的に交差した地点に、井筒俊彦の学と表現の起源を位置づけることが可能なのである。その本質（エッセンス）について、井筒は、「西脇先生と言語学と私」において、西脇が担当した言語学講義（後に井筒自身も担当することとなる「言語学概論」）でソシュールとともに強いこだわりと愛着をもって取り上げ、しかしながら今では誰からも忘れ去られてしまった哲学者、二〇世紀前半のフランス文学界を『新フランス評論』（NRF）の編集長としてリードしたジャン・ポーラン、フレデリック・ポーラン（Frédéric Paulhan, 1856-1931）の『言語の二重機能』（*La double fonction du langage*, 1929）をもとに、こう語っている――。

ポーランの『言語の二重機能』も、先生はかなり気に入っておられたようだった。言語の二重機能、つまり事物、事象を、コトバが概念化して、それによって存在世界を一つの普遍妥当的な思考の場《フィールド》に転成させる知性的機能と、もうひとつ、語の意味が心中に様々なイマージュを喚び起す、心象喚起の感性的機能との鋭角的対立を説く。今ではほとんど読む人もなくなってしまったようだが、読み方次第では、現代的記号論の見地からしても、なかなか示唆に富む小冊子である。

この一節に、西脇順三郎の詩学の核心が示されている。西脇の講義する言語学は、自らのシュルレアリスム的な詩論、なによりも『超現実主義詩論』に集約された、言葉がもつ重なり合った二つの側面、現実（自然）と超現実（超自然）の相克と、超現実による現実の乗り越え、つまり超現実が現実を破壊する瞬間に「ポエジイ」が生まれるという理論にもとづき、それを発展させたものとしてあった。西脇は、ソシュールやポーランの言語理論をもとに、詩的言語のみならず言語全体を二重の機能をもったものとして捉えていたのだ。言語のもつ一つの機能は「知性的機能」である。この機能によって人間は言葉を概念化し、そのことによって世界を秩序づける。しかし、言語は、それとはまったく異なった、それとは相反するようなもう一つの機能をもっていた。それが言語のもつ「感性的機能」である。言語のもつ「感性的機能」によって、人間は自らの内に、一つの概念には収まりきらない、あるいは概念化を拒みそれを超え出るような、さまざまな心象、すなわちさまざまなイマージュを同時に喚起する多極多層的な構造をもった意味のかたまりのようなものをもつことができる。西脇が重視していたのは言うまでもなく後者、言語の「感性的機能」であり、それは自らの詩論の中心に位置づけた言語の超現実的な側面の探究と重ね合わせることが可能な理念だった。井筒は、ポーランの『言語の二重機能』の内容を概説した後、「西脇先生と言語学と私」を、こう続けている。「詩人、西脇順三郎は、コトバのこの心象喚起機能の理論に、シュルレアリストとしてのご自分の内的幻想風景の根拠付けの可能性を見ておられるようだった」と。そして西脇のこのような講義=実践を前にし、深い感銘を受けた井筒は、「言語学こそ、わが行くべき道、と思い定めるに至った」のである。

西脇順三郎は、言語の「感性的機能」を意識的に働かせることによって超現実に至ろうとした。ポエジィは日常の経験が破られたところから発生してくるのである。自我（主観）は破壊され、そこから客観的な意志がほとばしり出る。そのためには、通常では決して結びつくことのない、「永遠に調和せざるもの」、「聯想の最も遠い経験」同士を結びつけなければならない。そのとき、詩の言葉の意味は一つに固定されず、瞬間的で、また必然的に「曖昧」なものとなる、あたかもマラルメの作品群のように……。井筒が震撼させられた『超現実主義詩論』の要点をまとめれば以上のようになる。そして西脇が詩的言語を論じるのときわめて類似した視点から、しかも西脇とほとんど同じような語彙を用いて、西脇以前に、やはり詩的言語を論じていた人物がいる。折口信夫である。

井筒俊彦が、ポーランの『言語の二重機能』をもとに語っているのは、西脇順三郎の詩的言語学の核心であるばかりでなく、折口信夫の詩的言語学の核心でもあった。さらに言えば、この後、西脇に代わって担当することになった「言語学概論」での講義をもとにして、井筒自身がはじめての英文著作として刊行することになる『言語と呪術』

（*Language and Magic*, 1956 ——残念ながらいまだ邦訳は存在しないが、以下、『言語と呪術』と表記する）の核心でもあった。折口信夫と西脇順三郎、そして井筒俊彦が出会ったのは偶然ではなく、必然だった。本節の議論からはやや離れてしまうが、全二巻からなる『言語にとって美とはなにか』（一九六五年）をまとめ上げた吉本隆明の名を、そこにつけ加えることも可能であろう。吉本は『言語にとって美とはなにか』の第Ⅰ巻で、やはり言語がもつ二つの側面、自己表出性と指示表出性を厳密に区別する。その区別は、西脇＝ポーランによる言語の感性的機能と知性的機能という区別とほぼ等しい。吉本が『言語にとって美とはなにか』の第Ⅰ巻の冒頭で参照するカッシーラー、ランガー、オグテンとリチャーズ、そしてマリノフスキーは、そのすべてが井筒の『言語と呪術』でも参照されている。また『言語にとって美とはなにか』の第Ⅱ巻全体を通して、詩から物語、さらには劇へと至る、吉本による言語芸術の発生史において理論的な支柱になっているのは、一貫して折口信夫の営為なのである。折口信夫と西脇順三郎、井筒俊彦と吉本隆明。日本人の手になる独創的な言語理論は、ほぼすべて同一の構造をもっていたのだ。

折口信夫の大学卒業論文である『言語情調論』もまた、西脇順三郎の詩論にして言語論である『超現実主義詩論』——さらには吉本隆明の『言語にとって美とはなにか』——と同様に、言語がもつ二つの側面、二つの機能を論じたものであった。言語のもつ直接性と間接性という問題である。折口もまた、西脇や吉本と同じように、その若書きの論考のなかで、言語の直接性（言語のもつ超現実的かつ表現的な「感性的機能」）によって言語の間接性（言語のもつ現実的かつ交換的な「知性的機能」）が打ち破られた瞬間にポエジイが生まれ出ることを確信していた。折口によれば、直接性の言語とは、「包括的→仮絶対→曖昧→無意義→暗示的→象徴的」と言った一連の内容をもった感性的（「情調」を周囲に発散させる）言語であった。包括的で、なおかつ曖昧で音楽的な言語。それは詩の言葉であり、なおかつ神の発する聖なる言葉（「神仏の示現」もしくは「神仏の託宣」）に近いものであった。『言語情調論』のなかで、すでに折口は、こう記していた。「託宣の言語は自然に象徴言語となつて居る」。

折口信夫が確立することを目指した言語論は、超越的——超現実的——な神の聖なる言葉とともに完成を迎える。西脇順三郎もまた『超現実主義詩論』のなかで、こう述べていた。超現実とは、自我を超え出た客観的意志がそれ自身を表現の対象に置くことであり、「客観的の意志」とは「人間の意志が主観の世界（即ち現実）を破り完全にならうとする力」である、だからこそ、その力は「神の形態をとる様なもの」となるのだ。両者がまったく同じ事態をその眼にしていることがわかるであろう。この神の聖なる言葉、すなわち超現実の言語、あるいは直接性の言語が発生してくる場所に、西脇は前人未踏の詩的世界を作り上げ、折口は原初の共同社会の発生と原初の文学の発生が重なり合う「古代」を幻視した。西脇のいう詩の「未来」と、折口のいう詩の「古代」は通底し合う。

井筒俊彦のイスラーム学、その根本をなす「預言者」の理解もまた、おそらくは、そのような地点からはじまっている。井筒は『言語と呪術』を書き進めるのとほぼ同時並行するようなかたちで『コーラン』の翻訳を進め、『言語と呪術』を刊行した後、その成果を総合するようなかたちで、『コーラン』の翻訳を完成した。井筒が全三巻からなる『コーラン』の翻訳、その上巻を世に問うたのは、『言語と呪術』を刊行した翌年のことであった。つまり、『言語と呪術』こそ、井筒俊彦の言語学のアルファにしてオメガとしてある著作だった。それだけでなく、そこには、西脇順三郎の「超現実」と折口信夫の「古代」が最も独創的なかたちで総合されていた。

＊

井筒俊彦は、一九四九年、自他ともに認める代表作である『神秘哲学』を刊行する。同じこの年、井筒は、西脇順三郎の後任として、慶應義塾大学における伝説的な講義、「言語学概論」を開始する。井筒の「言語学概論」は一年間の休講の後、一九五一年に再開され、一九五六年まで継続される。この間、井筒は、一九五一年には慶應義塾大学の通信教育部のテキストとして『露西亜文学Ⅰ』『露西亜文学Ⅱ』を刊行し、一九五二年には『マホメット』を、一九五三年には二冊の『露西亜文学』をもとに増補された『ロシア的人間』を刊行する。さらに「言語学概論」が終了した一九五六年には、その成果をまとめたはじめての英文著作、『言語と呪術』を世に問うた。そして、翌年の一九五七年から、井筒は、岩波文庫で全三巻からなる『コーラン』邦訳の刊行を開始するのである。

驚くべき密度と、豊かな多様性をもった数年間である。井筒俊彦は『神秘哲学』で哲学の発生を論じ、『露西亜文学』で文学の発生を論じ、『マホメット』で宗教の発生を論じた。井筒にとって、哲学、文学、そして宗教は、まさに同一の源泉から発生してくるものだった。その源泉にたどり着くためには、まず『神秘哲学』で、プラトン・アリストテレス・プロティノスの哲学が生まれ出てきた起源として考えられた、舞踏神ディオニュソスによる憑依を徹底して論じることが必要とされた。ディオニュソスに憑依された女たちは、ディオニュソスに捧げられ、ディオニュソス自身を体現する聖獣(「牡牛」もしくは「仔山羊」)に集団で襲いかかり、生のまま喰らい尽くす。その瞬間、人間と聖なる犠牲獣と神は一つに融け合う。人間の自我は解体され、人間は自らの外へ連れ出されるとともに(「脱自」=エクスタシス)、あらゆるものが神的な要素に包まれる(「神充」=エントゥシアスモス)。

井筒俊彦は、哲学、文学、宗教の発生の基盤に「憑依」の体験を据えたのだ。『神秘哲学』は、井筒の戦前からの諸活動を一つに集約したような著作であった。憑依の体験によって人間は、言葉では決して表現できないような「神秘」、森羅万象あらゆるものが一つに融け合うような状態にまで到達することができる。しかし、その「神秘」をあえて言葉で表現するために、井筒は「言語学概論」に取り組んでいった。そう思われる。井筒は、哲学の発生を論じ、文学の発生を論じ、宗教の発生を論じながら、言葉が発生してくる起源の場所を探究していったのである。その結果として、井筒は、「呪術」の発生とまったく見分けのつかない「言語」の発生にまでたどり着いた。井筒のなかに、憑依がひらいてくれる「神秘」の領域を、表現言語の限界として論じていくための準備が整ったのである。哲学、文学、宗教が発生してくる起源には、発生状態にある言語そのものが存在していたのだ。

言語を跡形もなく消滅させてしまう「神秘」の体験は、同時に人間にとって、言語の発生そのものを明らかにしてくれる極限的な体験だった。憑依は、人間と聖なる犠牲獣と神を一つに融け合わせる。人間と神が、神を体現する聖なる犠牲獣の生々しい嚥下を通して一つにむすばれ合うように、人間と神は、神そのものから発した聖なる言葉の生々しい嚥下(あるいは発出)を通して一つにむすばれ合うのである。神から発した聖なる言葉は、意味の発生状態そのものをあらわすような根源的な言語であった。井筒は、そうした神との、あるいは神の聖なる言語との根源的な出会いを体験した最も原型的な人間として、アラビアの預言者ムハンマドを選ぶ。その選択が、おそらくは、井筒の後半生を決定してしまった。それが、『言語と呪術』を書き上げた井筒が『コーラン』の翻訳にあらためて取り組まなければならなかった理由でもある。

井筒俊彦が『言語と呪術』で試みたのは、原初の共同体、「古代的」で「始原的」(primitive)、あるいは「野生的」(savage)な社会、すなわち呪術的な社会を生きる人々が使っている呪術的な言語のなかに、言語の根源的な機能を見出す、ということである。井筒は、言語の発生と呪術の発生は等しいとさえ述べている。あるいは、人類の言語の起源は呪術的な思考方法の発生と同時であるとさえ。つまり、言語と呪術は「双子の姉妹」(twin sisters)のような関係にある。もちろん言語には、数学を生み出すようなきわめて論理的な働きも存在する。しかし、論理の基盤となり、論理に潜在しているものは呪術なのである。言語には「呪術」(magic)と「論理」(logic)が、あたかも闇と光のように存在している(第一章)。言語のなかで知性的機能と感性的機能が相対立し合いながらも相補い合って存在しているように。

しかしながら、光を生むのは闇であり、論理を生むのは呪術なのである。呪術は、原初の共同体にのみ見出される現象ではない。原初の共同体とパラレルである原初の人間、つまり幼児の言語獲得のプロセスこそ、呪術的な思考発生のプロセスそのものなのだ。井筒は文化人類学および民族学の成果と発達心理学の成果を、「呪術」を介して一つにむすび合わせようとする(第五章)。そのような試みは荒唐無稽なものだったのであろうか。おそらく、そうではあるまい。『言語と呪術』の刊行後に発表された『野生の思考』(一九六二年)という書物、同時代を生きた二人の表現者、「呪術」の原理を探究したフレイザー(一八五四―一九四一)の『金枝篇』(一九一一―一五年、第三版)と「言語」の原理を探究したソシュール(一八五七―一九一三)の『一般言語学講義』(一九一六年、没後講義ノートを編集)を二つの源泉として成立した、文化人類学者クロード・レヴィ=ストロースの代表作『野生の思考』を知っているわれわれから見れば、「言語」と「呪術」を二つの極として人間の思考の原初形態――「野生の思考」――を探ることは至極当然のことなのだ。

フレイザーは、「呪術」の原理として、「類似の法則」と「接触または感染の法則」を抽出する。似ているものは似ているものによって置き換えることが可能である（「類似の法則」）、あるいは、部分によって全体を置き換えることが可能である（「接触または感染の法則」）。呪術師は、そうした二つの方法を用いて呪術を組織している。ソシュールは、「言語」の原理として、「範例的な関係」（パラディグマティックな＝パラダイムの関係）と「連接的な関係」（サンタグマティックな＝シンタックスの関係）を抽出する。言語は類似をもった無数の語の「範例」の束からなり、そこから一つの語が選ばれて部分から全体へと線状に「連接」されていく。パラダイムの選択とシンタックスの結合。人間は、そうした二つの方法を用いて言語を組み立てている。呪術もまた、選択と結合からなる。呪術の「類似の法則」と言語の「範例的な関係」が思考の垂直軸を構成するとするならば、呪術の「接触または感染の法則」と言語の「連接的な関係」は思考の水平軸を構成する。人間は、思考の垂直軸から一つの「もの」（呪物）あるいは語を選び（選択）、それを水平軸に沿って――意味を成すように――配列（結合）していかなければならない。

レヴィ＝ストロースに「構造」という概念を啓示したロマーン・ヤーコブソンによれば、失語症患者には、言語能力として「範例的な関係」が失われる場合と「連接的な関係」の失われる場合の二つのパターンが見出される（「言語の二つの面と失語症の二つのタイプ」）。ヤーコブソンは、その二つのパターンを、言語学的に、「隠喩」（メタファー）の関係と「換喩」（メトニミー）の関係と言い換える。失語症患者は、似ているものを似ているものに置き換えられなくなってしまうか、部分と全体の関係を正確に把握できなくなってしまうかのどちらかなのである。言語の喪失と言語の獲得とは表裏一体の関係にある。人は、あるいは呪術師は、思考能力の「範例的な関係」（隠喩）からなる垂直軸と「連接的な関係」（換喩）からなる水平軸をもとに言語を、あるいは呪術を、学習していくのである。世界は言語として、あるいは呪術として、構築されていたのだ。井筒の『言語と呪術』を読み、いち早く評価したのはヤーコブソンだった（若松英輔『井筒俊彦　叡智の哲学』慶應義塾大学出版会、二〇一一年による）。ヤーコブソンの評価により、井筒にはロックフェラー財団から二年間の海外留学を可能にする資金が提供された。

井筒俊彦の『言語と呪術』は、「野生の思考」を再考＝再興する可能性を秘めている。それとともに、日本語の著作ではほとんど正面から語られることがなかった、井筒の特異な言語論の背景となっていたもの、そのほとんどすべてを、明らかにしてくれる。それでは、『言語と呪術』とは一体どのような書物だったのか。いまだ日本語で読むことのできない『言語と呪術』全一一章の内容を、以下、簡潔にまとめておきたい。それが、結局は日本語でその本質が語られることのなかった井筒俊彦の言語論の素描になると思われるからである。もちろん紹介は逐語訳的かつ厳密なものではなく、私見もまじえて、かなり大胆に要約したものである（ひとえに筆者の能力不足のためである）。

第一章の「序論　呪術と論理の間で」で、井筒が問題とするのは、文化人類学や民族学が主題としてきた「始原的」な――従来の訳であれば「未開」の――社会を律している呪術的な論理である。井筒の言語論は文化人類学から、あるいは民族学から、はじまっているのだ。井筒はフレイザーの呪術論（「呪術の時代」という概念が繰り返される）を取り上げ、以降も一貫してマリノフスキーの言語論（「自発的に行われる儀礼」について後に一章を使って論じられる）を取り上げる。井筒が他に取り上げるのは「アニミズム」という概念をはじめて提唱したタイラーであり、「呪術」を社会学的な見地から論じたユベールとモースであり、始原的な社会が成立する条件として「聖と俗」の対立を主張したデュルケームである。『神秘哲学』で描き出された、憑依がひらく「脱自」と「神充」の世界、森羅万象あらゆるものが一つに融け合う世界は、森羅万象あらゆるものに霊的な力が宿る「アニミズム」の世界として読み直されていったのである。そして先述した「呪術」と「論理」の相互関係といった問題が提起される。

第二章の「神話的な観点からみられた言語」では、原初の神話として、神と言葉、精霊と言葉、あるいは「言葉」と「物」、「言葉」と「事」の間に区別をつけないような古代の社会の在り方が問い直される。井筒の念頭にある古代社会の原型は、『旧約聖書』に体現された古代ヘブライ社会と『万葉集』に体現された古代日本社会、つまりは神の言葉が万物を創り、神の言葉が万物に宿る社会である。以降も一貫して、井筒は『旧約聖書』と『万葉集』に依拠し続ける。井筒は『万葉集』から「言霊」を抽出し、折口信夫、柳田國男、金田一京助の著作を連続して参照する。柳田の民俗学、あるいは折口の古代学もまた、井筒の言語論の一つの起源であった。井筒は二つのミンゾク学、民族学と民俗学が交錯する地点に『言語と呪術』の体系、言語がそのまま呪術となる、あるいは呪術がそのまま言語となる思考と表現の体系を打ち立てたのである。折口信夫の万葉論の最も正統的な後継者は、井筒俊彦だったのである。

第三章の「聖なる息吹き」では、文字通り、神の、あるいは精霊の「聖なる息吹き」が万物に霊魂を吹き込むという信仰が生きている社会（古代アラビアや古代中国）が論じられる。原初の生命は、原初の言語は、聖なるものの「息吹き」そのものだった。「聖なる息吹き」が生きているのは古代だけではない。「聖なる息吹き」という概念を現代の詩として甦らせたリルケやクローデルが、さらには、古代の自然哲学として甦らせたアナクシメネスが言及される。井筒にとって、霊魂とは抽象的な力としてのみ存在するものではなく、物質的な基盤をもつ「もの」(soul-stuff)であった。この「霊質」(soul-stuff)という概念の重視は、井筒と同じく戦中に大川周明のもとで働き、戦後に「アニミズム」の復権を主張して宗教人類学の体系を整えた古野清人と共通している。古野清人のアニミズムと折口信夫のアニミズムは、台湾の「蕃族」をめぐって劇的に交錯していた。『言語と呪術』の井筒が立っていたのは、そこからごく近いところだったのである。

第四章の「現代文明のただなかに甦った言語呪術」では、法と詩と論理の起源に存在する呪術的思考が論じられる。まず、法とは呪術的な祝祭および儀礼から生まれたものであると、法学が定義し直される。次いで、ヘブライの「預言者」が詩人として位置づけ直され、現代の詩人たちによる呪術的思考の甦りが論じられる。オルフェウスを現代に甦らせたリルケ、不在の花を詩的言語によって現実化したマラルメ、さらにはクローデルやヴァレリーの詩学が定義し直される。リルケやマラルメの主題は、はるか後年、日本語で書かれた『意識と本質』のなかであざやかに反復される。また、詩的な言語によって法的な秩序を打ち立て直すという行為は、まさに、アラビアに生まれた「預言者」ムハンマドが成し遂げたものである。井筒の詩的評伝『マホメット』は、『言語と呪術』で提起された問題に、前もって一つの解答を与えるものだった。そして、この章の最後では、現実の状況に密接に関係し、ただ肯定だけしか述べることができない第一次的な文に対して、現実の状況から離れることで否定を述べることができる、つまり虚構を述べることができるという点で第二次的な文と分類された論理の秩序を、呪術は容易に逆転することができる、と現代の論理学が定義し直される。言語こそが現実を変えることができるのだ。それもまた、ムハンマドがアラビアの砂漠で実践したことである。

第五章の「〈意味〉を成り立たせる基盤としての呪術」こそ、『言語と呪術』の論理的な核となる議論である。井筒は、そもそも言語の〈意味〉自体が成り立つためには、呪術的思考法が必要であった、つまり、〈意味〉と呪術的思考法は人類のなかでほぼ同時に成り立ったものであると主張する。言語はその本性（nature）として呪術なのである、あるいは、言語は呪術的な本性をもっている。井筒は、この章で、これまでの文化人類学的かつ民族学的な探究に、発達心理学的な探究を重ね合わせる。始原的な社会の探究は、始原的な人間の探究と重なり合うのだ。幼児は、その食物への、あるいは接触への欲望に突き動かされて、いまだ明確な意味をもたない「叫び声」をあげる。その「叫び声」にまわりの人間が反応し、幼児の求めた「もの」が与えられる。原初の純粋欲望、原初の純粋感情を表出した「声」と、具体的な指示対象である「もの」が一つにむすび合わされたのである。井筒は、そこに〈意味〉の発生を幻視する。人間の始原に位置する幼児が言語の〈意味〉を獲得する過程で生起するプロセスと、社会の始原に位置する人々が世界に呪術的な〈意味〉を与える際に生起するプロセスはほぼ等しい。幼児の「叫び声」は「聖なる息吹き」そのものなのだ。だからこそ、言語と呪術は等しく、言語と呪術は起源を共有しているのである。『言語と呪術』が「野生の思考」の再考＝再興とダイレクトにむすばれ合うのは、この地点からである。

井筒俊彦は、さらに〈意味〉を定義し直す。幼児がはじまりに発する言葉は、生命の純粋な欲望、生命の純粋な感情をあらわしていた。言語は、そのはじまりの記憶を保持し続けている。言語には、明確な意味を担う核である「デノテーション」（denotation＝言明）と、その「デノテーション」の核のまわりを暈のように、あるいはオーラの光のように取り巻いている「なにものか」（something）がある。井筒は、その漠然として曖昧な「なにものか」――原初的な幼児の純粋欲望にして純粋感情であり、原初的な社会のアニミスティックにして呪術的な霊的物質でもある――を「コノテーション」（connotation＝含意）とした。言語は「デノテーション」（言明）と「コノテーション」（含意）からなり、〈意味〉にとって重要なものは「デノテーション」ではなく、「コノテーション」の方なのだ。「コノテーション」があるからこそ多くの〈意味〉が生まれ、「コノテーション」があるからこそ〈意味〉の変容が可能になる。言語と呪術は、あるいは、原初の社会と原初の人間は、「コノテーション」という一つの場で出会うのだ。井筒による言語の「デノテーション」と「コノテーション」という区別には、西脇順三郎がフレデリック・ポーランの著作を介して井筒に教示した言語の「知性的機能」と「感性的機能」という区別が重なり合う。以降、『言語と呪術』の後半部分全体を通して、井筒は言語のもつ「デノテーション」ではなく「コノテーション」の諸相を、言語のもつ知的な側面ではなく言語のもつ感情的な側面の諸相を、論じていく。

第六章の「コノテーションで示されるものの実体化」では、まず「コノテーション」がもつ四つの性質、参照的(referential)、直観的(intuitive)、感情的(emotional)、構造的(structural)が提示される。言語は、それが指示する現実の「もの」と相互に「参照的」な関係をもつ。しかし、「コノテーション」は、現実の「もの」に依拠しない場合も多い。むしろ、そちらの方が常態である。たとえば、現実の世界に「無」(Nothing)や「否定」(Not)、さらに否定性などは存在し得ない。しかし、言語は「無」や「否定」を語ることができる。言語は、「コノテーション」の力によって、現実には決して存在しない「虚構」の「もの」を創り上げることができるのである。井筒は高らかに、こう宣言する。『鏡の国のアリス』に登場するハンプティ・ダンプティが主張していることは根本的に正しい。ハンプティ・ダンプティは言う。私が言葉を語るときは、その言葉に私がもたせたい通りの意味をもたせる。私こそが言葉の主人なのだ。『言語と呪術』を書き進めてゆく井筒俊彦にとって、言語遊戯によって虚構の存在を生み出し続ける『鏡の国のアリス』は、『旧約聖書』の創世記をまったく異なったかたちで反復し、呪術的世界の真実を描き出してくれる究極の書物だった。言語は、現実に存在する具体的な「もの」を表現するとともに、現実には存在しない抽象的な「もの」をも表現することができるのだ。

第七章の「語のもつ喚起的な力」では、「コノテーション」のもつ「感情的」な側面が徹底して論じられる。言語の本質は、言語が駆使する「知性的機能」(論理)ではなく「感性的機能」(感情)の方にある。言語の「感性的機能」、感情的な側面は、さまざまなイメージを喚起する。それは呪術的であるとともに、それ以上に、詩的な力をもっている。原初の言葉とは「詩」であった。井筒俊彦はそう述べている。井筒の師である折口信夫も西脇順三郎も、そう考えていた。

第八章の「構造的な喚起」で論じられるのは、「文法」の問題である。言語は感情的なものであると同時に構造的なものでもある。人間は、母語を獲得するとともに、母語の構造に依拠した論理を学び、世界を構築してゆく。「現実世界」とは言語による産物なのである。晩年の井筒が「言語アラヤ識」という概念で表現しようとした問題の萌芽を、すでにここに見てとることができる。「文法」こそが、意味を創るのだ。しかもその「文法」は、それぞれの文化によって大きく異なる。「事物」が主となる名詞的な言語もあれば、「動作」が主となる動詞的な言語もある。たとえば日本語では、活用語尾の変化だけで形容詞と動詞が区別される（「高し」と「高む」、「白し」と「白む」等々）。つまり、逆に言えば、動詞と形容詞が明確には区別されない「文法」をもつ言語なのだ。文法範疇は、その語にもたせたい「感情」（emotion）に応じて変化する。井筒が例として引いているのは山田孝雄の『日本文法学概論』（一九三六年）である。しかし山田とは別に、山田よりも過激に「動詞形容詞一元論」を主張していたのは、折口信夫の文法学の師、金沢庄三郎であった。金沢の教えを受けた折口は、さらに考察を押し進め、日本語の「文法」として、語根と活用語尾しか認めない。日本語という特異な言語体系に独自の文法を探るという点においても、折口信夫と井筒俊彦の営為は深く響き合う。

第九章の「自発的に行われる儀礼と言語の起源」で検討されるのは、言語の起源という難問である。もちろん、井筒は言語起源論がもつ困難、その不可能性については充分に認識していた。その上であえて、言語としての呪術、呪術としての言語が、どのような状況下から生まれてくるのか、一つの思考実験として提示しようとしたのである。『言語と呪術』の第五章が原理篇であるとすれば、この第九章は実践篇である。『言語と呪術』を成り立たせている二つの柱は、第五章で描き出された言語＝呪術の原理と、この第九章で描き出された言語＝呪術の実践にある。井筒がこの章で全面的に依拠するのは、マリノフスキーが論文集『呪術・科学・宗教・神話』（一九四八年、邦訳のタイトルを採用）のなかで論じている「自発的に行われる儀礼」（spontaneous ritual）という概念である。

井筒は、「自発的に行われる儀礼」が可能になる前提として、デュルケームが人間の原初の集団が成り立つための条件として提示した「聖と俗」の対立という観点に深く同意する。柳田國男の民俗学も、折口信夫の古代学も、デュルケームが提唱した「聖と俗」の対立をその重要な基盤としていた。井筒俊彦の言語論もまた同様であった。人間は、自分にとって親密な現実の世界と、自分にとって理解しがたい超現実の世界の二つに生きている。しかし、「俗」なるこの現実の世界では、逆に、何事も自分の思うようには進まない。「感情的なストレス」が高まり、その状況から逃げ出したいとき、あるいはその状況を根底から変化させたいとき、人は「聖」なる超現実の世界に向かって、自然に祈りの言葉を、あるいは「呪文」を、口にする。多くの場合、その「呪文」には動作、俗なる世界に聖なる世界の「類似」と「感染」——本文中に井筒が使っている概念ではない——を引き起こすための呪術的な「儀礼」がともなっている。人間は聖なる世界と俗なる世界の狭間に生き、つねに聖なる世界に能動的に働きかけ、俗なる世界の状況を変えていこうとしている。マリノフスキーは「呪術」の発生を、そのようにして行われる自発的な儀礼の場に見出し、井筒は同じその場所に「言語」の発生を見出した。「呪術」あるいは「言語」によって、聖なる世界と俗なる世界は一つにむすばれ合うのである。

第一〇章の「呪術の環のなかの言語」では、前章で提示された「自発的に行われる儀礼」によって、呪術としての言語、あるいは言語としての呪術が、発生してくる条件が論じられる。人間は、俗なる世界から聖なる世界への通路をひらくために、呪術的に「枠取り」(framing)された特別な言語を用いる。言語の呪術的な「枠取り」は、外的な要素と内的な要素の二つに分けられる。外的な「枠取り」の例として、井筒がまず取り上げるのが、「真のアニミズム」を生きていた『万葉集』の歌人たちが残した歌である。「万葉びと」(折口信夫による造語である)は神に祈りを捧げるとき、樹木をはじめとする周囲の環境を「呪物」によって聖化する。井筒は、このように儀礼的に周囲の環境を整えていくことこそが、呪術的言語が成り立つための外的な「枠取り」であるという(『万葉集』に続いて取り上げられるのも、やはり『旧約聖書』である)。外的に「枠取り」されることによって、そこから発せられる語自体も、現実的な構造をもつだけでなく、超現実的な構造をもつ、つまり詩的言語へと変容する。それが、呪術的言語が成り立つための内的な「枠取り」である。外的な「枠取り」と内的な「枠取り」を二つの頂点とした「環」のなかで、呪術=言語にして言語=呪術が成立するのである。

最終章である、第一一章の「力を高められた言語」では、外的な「枠取り」と内的な「枠取り」によって力を高められた呪術的な言語の諸相が論じられる。原初の「詩」そのものである呪術的言語は、それ自体で天地を揺り動かし、実際の武器よりも強い力をもっている。古代の社会において、闘いとは、このような呪術的言語を駆使したものであり、それ故、詩人は同時に戦士であった。さらには人々を率いる預言者となった。呪術師、詩人、預言者。それらは、呪術＝言語の使い手として、みな等しい存在なのだ。この章の最後、つまり『言語と呪術』の最後に井筒が取り上げる主題こそ、古代のアラビアの砂漠を舞台とした、呪術師にして詩人である「カーヒン」たちと神の預言者ムハンマドとの対立という問題である。古代のアラビアは、森羅万象あらゆるものに霊的な力が宿る呪術的な世界であった。その呪術的な世界を統べる呪術師にして詩人たちは、「サジュウ」体という独特な詩的言語を用いて世界に働きかけていた。預言者ムハンマドは、そうした環境に生を享けたのだ。しかしながら、ムハンマドは「詩人」と呼ばれることを断固として拒否した。その点にこそ、神の聖なる言葉を媒介として、呪術的な内在の原理ではなく、宗教的な超越の原理へと至る、変革の契機が孕まれていた。

『言語と呪術』をまとめ上げた井筒俊彦は、自身がそこで最後に提出した問題に答えるために、「預言者」によって地上にもたらされた神の聖なる言葉の集成である『コーラン』を日本語に翻訳するという大事業に乗り出したのである。その過程は、ある段階まで完全に並行していたはずである。『コーラン』邦訳の最初の成果である岩波文庫版上巻の「解説」で、井筒がまず論じるのは、『コーラン』の基盤となった、古代アラビア砂漠の呪術師にして詩人たち、「カーヒン」たちが用いていた「サジュウ」体の問題であった。井筒は、こう述べている――。

まず散文と詩の中間のようなもので、長短さまざまの句を一定の詩的律動なしに、次々にたたみかけるように積み重ね、句末の韻だけできりっとしめくくって行く実に珍らしい発想技術である。これがまた、凜冽たる響きに満ちたアラビア語という言葉にぴったりと合うのだ。著しく調べの高い語句の大小が打ち寄せる大波小波のようにたたみかけ、それを繰り返し繰り返し同じ響きの脚韻で区切って行くと、言葉の流れには異常な緊張が漲って、これはもう言葉そのものが一種の陶酔である。語る人も聴く人も、共に妖しい恍惚状態にひきずり込まれるのだ。

神の預言者ムハンマドが生まれたのは、このような原初の呪術的な世界の直中だった。ムハンマドは、神の言葉を媒介として、呪術の論理を超越の倫理へと変革してしまったのだ。井筒は、その変革の瞬間を、こう描く――「神憑りの言葉。そうだ、『コーラン』は神憑りの状態に入った一人の霊的人間が、恍惚状態において口走った言葉の集大成なのである。だからそこに説かれているのはマホメットの教説ではない。マホメットではなくて、マホメットに憑《の》りうつった何者かの語る言葉なのである。その「何者か」の名をアッラー Allāh という。唯一にして至高なる神の謂いである」。

井筒俊彦は、ここに記された、神と神の聖なる言葉との関係性、さらには、神に憑依されて神の聖なる言葉を語る人間（預言者）との関係性を、宗教の発生、文学の発生、哲学の発生の問題として、最晩年の『超越のことば　イスラーム・ユダヤ哲学における神と人』（一九九一年）に至るまで、一貫して論じていくであろう。そうした井筒言語学の基本構造もまた、『言語と呪術』のなかに、すでに充分すぎるほど記されていたのである。

＊

井筒俊彦にとって、自身が確立しようとしていた言語意味論の核心は、現実の世界で明確な意味を担う「デノテーション」ではなく、虚構の世界に意味を解き放ち、虚構の世界で意味の変容を可能にする「コノテーション」にあった。現実が〈意味〉を規定するのではなく、〈意味〉が現実を変革するのだ。現実が言語を創るのではなく、言語が現実を創るのである。『言語と呪術』をまとめつつあった井筒俊彦にとって、守護聖人の役割を果たしたのは、言葉こそがさまざまな存在を創出すると喝破した『鏡の国のアリス』のハンプティ・ダンプティだった。「発話の呪術的機能」を論じた一冊の書物のなかで、現実の詩人たちに混じって突如として登場してくる虚構の詩人、言葉の主人たるハンプティ・ダンプティの姿はきわめて印象的である。

そしてもう一人、虚構の世界のハンプティ・ダンプティのように、言語の〈意味〉を変革してしまうことで、社会全体を根底から変革してしまった、現実の世界を生きた一人の人間がいる。井筒俊彦が『マホメット』の主題とした、古代アラビアの砂漠に生み落とされた一人の「預言者」、イスラーム共同体を創出したムハンマドその人である。ムハンマドは、現実世界には存在しない「異象」を見、「異音」を聴いた。井筒は、ムハンマドが体験したヴィジョンを、こう記す。『神秘哲学』に残したディオニュソスの憑依と双璧をなす、井筒による日本語表現の極致、世界最後の日の黙示録的なヴィジョンである——。

世界の時間的秩序が根柢からくつがえされて万物が終末に達する宿命の日は、先ず嚠喨《りゅうりょう》と天地に響き渡る喇叭の音に始まる。耳を聾するばかりの霹靂が天を揺がし、何ものとも知れぬ崩潰と衝撃の凄じい音響が起る。大地は恐ろしい地震に裂けひろがって、地底深く埋蔵されていたものをことごとく吐き出してしまう。天蓋はぐらぐらとよろめき、不気味な亀裂が縦横に走ってついには下から巻き上る。山々は動き互に衝突して轟然たる大音響とともに粉々に飛び散り、諸海洋は互に混流し、太陽は折れ曲り、月は裂け、星々は光もなく地上に雨と降って来る。天は火焔を吹き出して、噴煙濛々と世界を覆ううち墳墓は口を開いて死者はことごとく甦り、審きの場に曳かれて行く。

ムハンマドは、自らが見、自らが聴いた世界最後の光景をもとに、一体何をしたのか。部族に向けられていた砂漠の遊牧民たちの道徳の〈意味〉を、神に向けさせ直したのである。『意味の構造』——『言語と呪術』に次いで英文で書かれた第二の著作『『コーラン』における倫理的な術語の構造』(*The Structure of the Ethical Terms in the Koran*, 1959)を原型とする——で、井筒俊彦は、その経緯を、こうまとめている。ムハンマドは、砂漠の遊牧民の「古い美徳を一神教的信仰のチャンネルに流し込み、これを独特な仕方で発展させた」。その結果、『コーラン』は、「異教の美徳の多くのものを一神教の要求に適合した新しい形で採用し、復活させた」究極の書物となった。マラルメが虚構の世界に打ち立てようとした宇宙をそのなかに封じ込めた絶対の書物、究極の書物を、ムハンマドは現実の世界に打ち立てたのである。

『マホメット』の最終章、井筒俊彦は、ムハンマドの〈意味〉の革命にして現実の革命の帰結、「政治と宗教とが渾然たる一体をなす新しい共同体」創出にあたって、ムハンマドが宣言したという印象的な言葉を、こう記している――。

今や異教時代は完全に終りを告げた。従って、異教時代の一切の「血」の負目も貸借関係も、その他諸般の権利義務も今や全く清算されてしまったのである。また同様に、一切の階級的特権も消滅した。地位と血筋を誇ることはもはや何人にも許されない。諸君は全てアダムの後裔として平等であって、もし諸君の間に優劣の差があるとすれば、それは敬神の念の深さにのみ依って決まるのである。

言語によって、社会の、あるいは世界の新たな可能性が生起する。未開社会の呪術師にして詩人たちから、現在においても世界を揺るがし続ける宗教的かつ政治的な指導者が生み落とされたのである。原初の詩から宗教的かつ政治的な権力が発生する。この地点こそ、井筒俊彦の言語論が到達した極限の場所であろう。そしてまた、折口信夫が生涯をかけて論じ続けた、「古代」を生き抜いた放浪の芸能民であるホカヒビトたちから、列島の「古代」の社会を統べ、現代にまでその力が及ぶ呪術王たるミコトモチ、天皇が生み落とされた秘密を解き明かしてくれるものでもあるだろう。

折口信夫から井筒俊彦へ。そこに、列島の近代が孕みもってしまった可能性も不可能性も、ともにあらわにされている。

井筒俊彦の著作からの引用は、「追憶——西脇順三郎に学ぶ」「西脇先生と言語学と私」「師と朋友」については『読むと書く 井筒俊彦エッセイ集』（慶應義塾大学出版会、二〇〇九年）より、『コーラン』上巻の「解説」は現行の岩波文庫改版（一九六四年）より、『マホメット』については講談社学術文庫版（一九八九年）より、『意味の構造』については中央公論社版著作集4（一九九二年）より行った。『言語と呪術』は、二〇一一年、慶應義塾大学出版会より、The Collected Works of Toshihiko Izutsu Vol.1: *Language and Magic* として綿密な校訂がなされた上で復刊された版にもとづいている。

二つの『死者の書』——ポーとマラルメ、平田篤胤と折口信夫

バートン・レヴィ・セント＝アーマンドは、ポー生誕二〇〇年記念大会初日の特別講演で、ポー最晩年のユートピア文学の傑作「アルンハイムの領地」（「アルンハイムの地所」とも）の主題を「死の状態を通り抜けて死後の世界へ向かう旅」とまとめ、「アルンハイムの領地」をアメリカの『死者の書』と称した。この日本にも、やはり『死者の書』というタイトルを、生涯で唯一完成することができた自身の最初にして最大の小説作品に付した人物がいる。民俗学者で国文学者の折口信夫である。両者の著作を愛読している者にとって、ポーの「アルンハイムの領地」も折口の『死者の書』も、ともにエジプトの『死者の書』への密やかなオマージュが込められているように感じられる。身体的な死を、死後の新世界での霊的な再生へと変成させる「秘儀伝授」（イニシエーション）のために物語が紡がれているのだ、と。

私がここで試みてみたいのは、アメリカの『死者の書』と日本の『死者の書』の間にひらかれた特異な文学空間の輪郭を素描することである。ポーによるアメリカの『死者の書』、すなわち「アルンハイムの領地」が発表されたのは一八四七年。折口が日本の『死者の書』を単行本としてまとめたのは一九四三年のことである。その間、約一〇〇年。一体、この一〇〇年の間にアメリカと日本の文学、さらにはヨーロッパの文学で何が起こったのか。なぜ、折口（一八八七年生）と同時代を生きた日本の文学者たち、谷崎潤一郎（一八八六年生）、佐藤春夫（一八九二年生）、芥川龍之介（一八九二年生）、江戸川乱歩（一八九四年生）はこぞってポーの作品に取り憑かれ、民俗学にも関心を示したのか。おそらくそこ、近代日本文学がはじまる地点に、ポーの作品世界と親近性をもったもう一つの源泉が存在していたか

らであろう。この地上とは異なったもう一つ別の世界、異界であると同時に「死後」の世界（他界）でもある別世界への憧れを倦むことなく語り続けた、もう一人の人物がいたのだ。

平田篤胤である。平田篤胤（一七七六―一八四三）とエドガー・アラン・ポー（一八〇九―一八四九）。両者はともに、一九世紀前半という近代のはじまり、文字通り激動の変革期を生き抜き、次の時代の息吹を感じ取りながら、そして次の時代の表現を準備しながら、不遇のうちにこの世を去った。篤胤もポーも、あらゆるジャンルを超え出てしまうような膨大な量の作品を残した。二人の残した作品世界、二人が後世の表現者たちに与えた影響には、単なる類似以上のものがある。篤胤もポーも、別世界、異界にして他界（「死後」の世界）への憧れを生涯持続した。両者が残した作品で、その主題に該当するものは枚挙にいとまがない。というよりも、両者とも、ただ、もう一つ別のの世界への憧れだけを作品として語り続け、書き続けたと評することも可能であろう。篤胤は天狗に連れられ別世界の生活を体験してきた少年・寅吉を側に置き、聞き取りを続けた（『仙境異聞』）。異界のフィールドワークを行ったのだ。柳田國男も折口信夫もつねに、篤胤が志した「国学」を再興したものが民俗学であると強調している。

さらに篤胤とポーの両者は、超古代に秘められた真実を明らかにするために、最新の博物学的な知識を駆使して、その「世界」を再構築しようとした。超古代の真実は「暗号」によって残されている。ポーは「暗号」を主題とした代表作（「黄金虫」）を書き上げ、多くの作品でエジプトその他の古代文明が残した「象形文字」に言及している。篤胤もまた、列島のあらゆる場所に「神代文字」の痕跡を探った。ポーは超古代につながる博物学的な空間を遍歴する『アーサー・ゴードン・ピムの冒険』を書き上げ、篤胤は『古事記』や『日本書紀』をコラージュすることで超古代につながる博物学的な時空を独自の「古史」として再構成した。複製技術時代における網羅的な資料の収集と再編集という手法は両者に共通する。篤胤もポーも、「怪異」を超古代に到達するための入り口とした。「怪異」は、ある特定の場所から生じてくる。ポーは想像力によって「アッシャー家の崩壊」を書き上げ、篤胤は実際の調査によって三《み》次《よし》（広島）に生起した怪異譚の資料を収集した（「稲生物怪録」）。篤胤が甚大な興味を抱いた、三次に住む一人の少年が一夏の間に体験する「妖怪」たちの襲撃は、後に泉鏡花が作品化し（『草迷宮』）、稲垣足穂が再話し、その関心は三島由紀夫にまで持続されることになる。

そして最後に、二人とも、自身がもつに至った世界観を、それぞれ一冊の書物として結晶化させた。篤胤の『霊《たま》の真柱《みはしら》』(一八一二年)とポーの『ユリイカ』(一八四七年)である。『霊の真柱』と『ユリイカ』で、篤胤もポーも、宇宙の発生と生命の発生を一つに重ね合わせる。そこでは、宇宙は研究の静的な対象ではなく、表現の動的な主体である。宇宙は、「私」とともに生きている。宇宙は物質でも霊魂でもある「神」とともに誕生し、「神」とともに消滅する。宇宙において「神」と「私」は一つになる。ポーは言う。宇宙を、すなわち生命を発生させるものは、物質的であるとともに霊的な「神」(the material and spiritual God)なのである、と。物質(Matter)と霊魂(Spirit)は、相互に分割することができないものなのだ。篤胤もポーも、地球が虚空に浮かんだ一つの球(globe)であると認識された宇宙時代を、自らの問題としてはじめて生きた表現者だった。宇宙という物理的かつ精神的な「不可分な全体」(individuality)を、徹底的に思考した唯物論的な神秘家だった。

*

篤胤は、今ここに生成されてくる宇宙を、生前の世界である「顕明」(顕世《うつしよ》)と死後の世界である「幽冥」(幽世《かくりよ》)の二つに分けた。二つの世界は明確に区別されてはいるが、別物ではない。肉体の死によって「顕明」の世界を離れた霊魂はそのまま滅びてしまうわけではないのだ。霊魂は「幽冥」の世界で永遠に生き長らえている。時として「顕明」の世界と「幽冥」の世界は相互に浸透し合う。身体的な死は、霊的な再生につながる。篤胤の『霊の真柱』から折口信夫の『死者の書』がはじまっている。それではポーの『ユリイカ』は何を生み出したのか。もちろん、さまざまなものを生み出した。しかし、そのなかでも『ユリイカ』が生み出した最大の――「極限の」と言い換えても良い――文学的な理論にして文学的な実践とは、フランスの象徴主義を担ったステファヌ・マラルメの「書物」についての考察とその実践である究極の散文詩「イジチュール」の執筆、およびその挫折であろう。

ヴェルレーヌに向けて、なによりもポーの諸作品をより良く読むために英語を学んだのだと告白した英語教師マラルメもまた、『ユリイカ』の「宇宙」に震撼し、「イジチュール」という『死者の書』を書き上げようとしていたのだ。ボードレールがポーの散文作品の翻訳を行ったのに対して、マラルメはポーの韻文作品の翻訳を行った。そして『ユリイカ』の「宇宙」を、マラルメは「書物」という理念に転換させたのだ。世界とは、一冊の書物に帰着する。森羅万象あらゆるものは、非人称であるとともに生き生きとしたリズムをもった「書物」を創り上げるために存在している。マラルメの「書物」は、「無」であるとともに「無限」の宇宙を胚胎している。そこでは確固たる人格は消滅し、非人称の「霊的な宇宙」(l'Univers Spirituel) が展開されてゆく。

その究極の宇宙＝書物に書かれ、読まれる（誦まれる）べき「頌歌」として構想されたのが一人の少年イジチュールの「死」をめぐる物語だった。Igitur という名は、ヴルガータ版『旧約聖書』の創世記第二章の冒頭に記されたラテン語「かくて」に由来するという。マラルメが意図していたのは、世界をひらき、宇宙をはじめる言葉を自身の名としてもった少年の「頌歌」だった。さらに「イジチュール」を成り立たせる物語の骨格は、明らかに「ポーの怪奇小説」をモデルにしている（渡邊守章）。「ポーの怪奇小説」が、エジプト神話およびインド神話と交錯する地点で「イジチュール」は可能になった。自らの「エジプト学」に専心すると語っているのはマラルメ自身である。

マラルメが「書物」の理念とそれを体現する詩的な小話（「イジチュール」の原型）という自身の詩作の秘密を打ち明ける特権的な存在であった二人、ウージェーヌ・ルフェビュールは後にエジプト学者になり、アンリ・カザリスは「一九世紀フランスが持ち得た恐らく唯一の仏教的乃至インド的詩人」（竹内信夫）となっていった。マラルメ自身も、インドの言語と神話およびギリシアの言語と神話は共通の「祖先」から分かれ出たのだとする印欧比較神話学の概説書、ジョージ・コックスの『古代の神々』の翻訳出版を志し、実現した。マラルメの営為は単なる翻訳ではなく、自身の見解をそこに溶かし込んだ創作、翻案に近いものであった。マラルメは、イジチュールを、太古の「種族」(race) の血を引く少年として描き出していた。つまりイジチュールとは、ヨーロッパの神話とアジアの神話が一つに重なり合う起源の地点から生み落とされた少年だったのだ。

「純粋さの城館」に住む一人の少年、イジチュールは、真夜中、螺旋階段を降り「事物の底」、地下に広がる「祖先」

たちの部屋に至る。イジチュールは、鏡の前で、偶然を必然に変えるための賽を振る。その「遊戯」の頂点で、イジチュールは毒を仰いで死ぬ。イジチュールが到達した「祖先」たちの部屋は時間の「外」、つまり通常の時間の流れとは異なった時空に存在し、そこでは死（終わり）がそのまま生（始まり）となる。イジチュールは自問自答する――「私自身が、始まりにして終わりではないのか」と。あらゆる神話の起源にして、偶然と必然が、あるいは生と死が、一つに重なり合う場所。マラルメの「イジチュール」、すなわちヨーロッパの『死者の書』がたどり着いた表現の極北である。

平田篤胤の『霊の真柱』とエドガー・アラン・ポーの『ユリイカ』からはじまり、ステファヌ・マラルメの「イジチュール」と折口信夫の『死者の書』で一つの絶頂を迎える文学空間。その始まりと終わり（次なる始まり）の姿を、より明確にしておきたい。

＊

平田篤胤もエドガー・アラン・ポーも、その宇宙論を一つの「物質」からはじめている。ポーは言う――「つまり神がその意志により、その霊（Spirit）から、すなわち無から創造したものとは、およそ考えうる限りの単純さの状態にある物質（Matter）以外のなにものでもありえないのではないか」と。ポーが宇宙の起源に位置づけた「単純さの極致にある物質」とは、互いに引き合い反発し合う「力」そのもののことである。物質は流動するのである。「物質は引力と斥力としてのみ存在し――引力と斥力こそが物質であると想定することは絶対に正しい」。神は力として、そして根源的な物質として、存在しているのだ。原初の絶対的で純粋な「一」なる物質（原子＝粒子）としての神から、創造に向かう神的な意志によって、相対的で不純な「多」なる物質（原子＝粒子）としての宇宙が生成される。一なる「物質」（力）のなかには、多なる「物質」（力）として展開されるものが、潜在状態のまま含み込まれている。宇宙は神の創造への意志、神の霊的な受容能力によって拡散し、その拡散の果て（つまり創造の終わり）とともに、収縮へ向かう。拡散したそれぞれの原子が、「真の本質的な中心である単一（Unity）」、「絶対的ですべてのものの最終的な合一（Union）」へと直接向かうのだ。万物は一点に凝縮し、想像を絶する太陽群が燃え上がり、一切の物質、一切の力が瞬時にして消滅する。そこには、ただ永遠の「無」たる神だけが遍在する。しかしその段階ですべてが終わってしまうのか。直ちにポーは答える。そうではない、と――「宇宙的規模の凝縮と消滅について、われわれがただちに考えうることは、新たな、そしておそらくまったく異質な一連の状況が――再度の創造と放射と自己復帰が――再度の神意の作用と反作用が――つづいて起こるであろうということである」。

神は宇宙創造を永遠に繰り返す。神が反復する度ごとに、相互に異質で、なおかつまったく新しい宇宙が生み落とされる。「神の心臓が鼓動するたびごとに、新しい宇宙が悠然と出現し、また無にうち沈んでゆく」。ポーは結論を下す。神の心臓の鼓動とは、われわれ自身の心臓の鼓動に他ならないと。極「私」的にして極「神」的でもある「心臓」の鼓動は、マラルメの「イジチュール」でも、全篇にわたって鳴り響いていた。

平田篤胤が自身の宇宙論の基盤に据えるのも、師である本居宣長が『古事記』の冒頭から見出してきた、霊的であると同時に物質的でもある「神」である。宣長にとって「神」とは、ポーが『ユリイカ』で述べたように、極限にまで発動される「力」のことだった。自然のあらゆるものに浸透し、活動させる力を、宣長は「神」と定義した。だから宣長にとって、「神」は善にも悪にも、破壊的にも建設的にもなりうる。森羅万象あらゆるものに生命力（霊魂）を賦与する力の源泉――宣長はそれを『古事記』の冒頭に出現する神、「産霊」（ムスビ）として定位した。神々を含めた自然のすべてを生成し、分解する「産霊」の働き。その働きをつかさどる二柱で一体の「産霊」の神。「産霊」は神にしてその作用をも意味する。

篤胤が『霊の真柱』という宇宙論をはじめるのも、その地点からである。大虚空《おおそら》、すなわち空にして無の広がりのなかに一つの「物」が生じる。その一つの「物」から神々をはじめ、天地間のすべてのものが生成分化されてくる。「一」なる物からあらゆるもの、宇宙という「多」を生じさせるのが、「産霊」の神がもつ「産霊」の力なのだ。宇宙は「物」であると同時に「産霊」の力がすみずみまで行き渡った霊的な生命体そのものとなる。宇宙は生きている。宇宙自然を構成する四大元素、風・火・水・土もまた「産霊」の力によって生み落とされた、霊的な力をもつものだった。
篤胤は宇宙生成論を続けてゆく。「産霊」の力が貫徹された一つの「物」から、澄み切った天と重く沈んだ泉（夜《よ》見《み》）が分かれ出てくる。天は太陽となり、泉は月となる。人間が生まれ、やがて死んでいくのは天と泉の間、太陽と月の「中間」の世界である。ポーが「アルンハイム」の楽園を据えるのも、マラルメがイジチュールを彷徨させるのも天と地の間、すなわち生と死、神と獣の「中間地帯」だった。篤胤は、同じその場所に人間の生命の発生を捉える。篤胤はこう述べている――「また此国土は、天の澄明なると、底の国の重く濁れるとが分《わか》り去りて、中間《なか》に残在《のこれ》る物の凝り成れるなれば、澄める物の萌え上れるなごりと、濁れる物の下に凝れるそのなごりとが、相混りて成れるなる故、天の善きと根の国の悪きとを相兼ぬべき謂《いわれ》の灼然《いちじるき》なり」。

この「中間地帯」で人間は「産霊」から生命の源泉である霊魂を賦与される――「まづ人の生れ出づることは、父母の賜物なれども、その成り出づる元因《もと》は、神の産霊の、奇しく妙なる御霊によりて、風と火と水と土、四種《よくさ》の物をむすび成し賜ひ、それに心魂《たましい》を幸ひ賦《くま》りて、生まれしめ賜ふ」。人間は天と地の「中間地帯」に、霊的であると同時に物質的でもある存在として生命を授けられる。死は、身体を構成する四大元素の「むすび」が解かれるだけであり、そこに賦与された霊魂は決して消滅しないのだ。篤胤はキリスト教の教義の詳細を知っていた。『霊の真柱』で、篤胤は、宣長の提出した汎神的な「神」の概念に一神的な「神」の概念を融合し、生命の内在的な論理がそのまま宇宙という超越的な論理とつながる回路を、日本思想史上はじめて設けることに成功したのだ。それはポーが『ユリイカ』で担うことになった役割と等しい。

「一」から「多」が生まれ、「多」は「一」へと帰還する。篤胤とポーはその往還を宇宙論として、また生命論として考え抜いた。その営為は、篤胤とポーのジャンルを超え出てしまう文学活動とパラレルである。ステファヌ・マラルメと折口信夫は、ポーと篤胤の試みを引き継ぎ、それぞれの『死者の書』を書き上げた。その根底には、物質的な側面と霊的な側面を分けて考えることができないような「言葉」が存在していた。マラルメも折口もともに「滅亡」という観点から「言葉」を考え抜いていった。最後に、「滅亡」からはじめられたマラルメと折口の文学を比較し、現代文学が成立するための条件を抽出することで、この小論を閉じたいと思う。

＊

ステファヌ・マラルメと折口信夫は「滅亡」からすべてをはじめた。マラルメは一八四二年に生まれ、一八九八年に世を去った。折口が生まれたのは一八八七年、世を去ったのは一九五三年である。二人が時代を共有しているのは世紀末のわずか一〇年と少々に過ぎない。しかし、時代と言葉の制約を超えて、フランス文学に対してマラルメが果たした役割と日本文学に対して折口が果たした役割は、きわめてよく似ている。マラルメも折口も、象徴主義の文学運動の流れに属する広義の「詩人」である。しかも、自身で詩作をするだけでなく、両者とも言語そのものを研究し、「虚構《フィクション》のための手段」（マラルメ「ディプティック」）として存在する表現言語、間接的に行われる通常の意味の伝達を超え出てしまう「直接性」（折口『言語情調論』）の表現言語の条件を科学的に確定しようとした。

さらに二人の言語学的な探究は、マラルメにおける印欧比較神話学の概説書『古代の神々』の翻案、折口におけるエジプト神話（さらには穆天子伝に代表される中国＝中央アジア神話）と接合する『死者の書』の執筆といった、東洋と西洋に共通する、あるいは東洋と西洋という分割を無効にしてしまう、原初の神話構造の抽出にまで敷衍された。それゆえ、あるいはだからこそ、マラルメと折口の「詩」はジャンルを無化し、消滅させてしまう。マラルメも折口も、フランス語と日本語で可能となったフィクションの形式――韻文、散文、戯曲、さらにはジャーナリスティックな雑文――のすべてに作品を残した。しかも二人が駆使した表現の融通無碍な自在さは、詩という「定型」（マラルメにおける一二音綴《アレクサンドラン》、折口における五七五七七の短歌律）の崩壊、あるいは、必然的かつ意識的なその解体作業と密接に結びついたものであった。マラルメには、具体的な詩句の危機であると同時に詩というジャンルを可能にした近代という世界観全体の危機を論じた「詩の危機」（Crise de vers）という論考がある。折口もまた、「歌の円寂する時」にはじまる短歌滅亡論を生涯にわたって書き続けた。

マラルメも折口も、詩というジャンル、文学というフィクションの「滅亡」を意識し、その「滅亡」を生き抜くことで、新たな表現の次元に到り着こうとしていた。それは篤胤とポーの、始まりがそのまま終わりとなり、終わりがそのまま始まりとなるような宇宙論と呼応する。マラルメも折口も、宇宙の生成消滅と言語の生成消滅（さらには「私」の生成消滅）を一つのものとして考えていた。マラルメは「詩の危機」にこう記す。「文学は、今、微妙な危機に直面している。それは根本的な危機である」と。「危機」（crise）は「急激な変化」をも意味する。折口は後に、自分がこれまでに行ってきた作歌上の実験はすべて「短歌の滅亡を完全にさせる為、次の様式と発想法とを発掘する為の試みの中途にあるものだ」（「『釈迢空集』追ひ書き」）とさえ述べるであろう。文学の危機、詩の滅亡を、新たなものが生まれ出てくる変化として捉え直すこと。

　そのためには、なによりも「批評」が必要となる。自然に生まれ出てくる「詩」を、意識的な「批評」として生き直すこと。そのとき、詩と批評は渾然一体となり、批評自体も根本的な変容を蒙るはずである。「〈批評〉というものが、その本来の姿において、存在し、価値を持ち、〈詩《ポエジー》〉にほとんど比肩するのは、直接的あるいは崇高なる形で、批評もまた森羅万象あるいは宇宙といったものを目指すことによってのみである」（一部省略）。マラルメは、来たるべき「書物」の原型とも言える『ディヴァガシオン』（「彷徨する」とともに狂人の「つぶやき」を意味する）に、そう記す。折口もまた、「歌の円寂する時」という奇怪な論考で、歌壇に「真の意味の批評」が欠けていることを憤慨する。日本人に「怨霊《ごうすと》」のように取り憑いて離れない短歌のなかに潜在している「深い生命の新しい兆《キザ》し」を、新たな時代の「次の詩形」の主題として甦らせ、活性化させるものこそが「批評」なのだ。「当来の人生に対する暗示や、生命に絡んだ兆しが、作家の気分に融け込んで、出て来るものが主題である。其を又、意識の上の事に移し、其主題を解説して、人間及び世界の次の「動き」を促すのが、ほんたうの文芸批評なのである」。

　折口の批評は、一行書きの短歌に句読点を付し、そこに新たなリズムを刻み込むことで実践された。新たなリズムは新たな内容をともなう。「私」を取り巻く外的な環境と「私」のなかに生起する内的な感情が一つに融合したような特異な歌が生まれる。「水底《ミナソコ》に、うつそみの面わ　沈透《シヅ》き見ゆ。来む世も、我の　寂しくあらむ」（「夜」の連作より）。透明な水底に、永遠の寂しさに囚われた「私」の顔が沈んで見える……。折口は戦争によってすべてが滅び去ってしまった晩年、短歌という定型を脱した「詩」を書き継ぐ。その詩群の最大の主題となったのが荒ぶる神スサノヲだった。「私」をスサノヲになぞらえた詩篇の一篇を折口はこう閉じている。「物皆を　滅亡《ツクシ》の力　我に出で来よ」と。滅亡こそが生成の母胎となるのだ。

篤胤の『霊の真柱』およびポーの『ユリイカ』とともに、折口のスサノヲとマラルメのイジチュールを論じなければならない。そのとき、宇宙は言葉となり、宇宙は「私」となる。そのサイクルが反復され、宇宙と言葉と「私」の生成消滅が繰り返される。そうしたヴィジョンこそ、東西の『死者の書』が明らかにしてくれた一〇〇年の文学の本質《エッセンス》である。

冒頭に記したセント＝アーマンド教授の講演の草稿は、伊藤詔子の翻訳によって『三田文學』二〇一〇年夏季号に掲載されている。ポーの『ユリイカ』については、岩波文庫版（二〇〇八年）の八木敏雄の翻訳にもとづき、文脈にあわせて一部訳語を変更した上、原文の大文字やイタリックに準じたゴシック体や傍点はすべて省略している。篤胤の『霊の真柱』も、子安宣邦校注による岩波文庫版（一九九八年）にもとづき、ルビの一部を省略した。

ステファヌ・マラルメと折口信夫の著作からの引用は、それぞれ筑摩書房版全集と中央公論社版全集より行っている。マラルメの著作からの引用は、文脈にあわせて訳語を一部変更した。特に「イジチュール」の読解に関しては、筑摩書房版全集の第Ⅰ巻（二〇一〇年）に収められた渡邊守章による渾身の翻訳と膨大かつ詳細な「解題・註解」、および竹内信夫の見解（「『イジチュール』試論（1）」、東京大学教養学部外国語科編『外国語科研究紀要』三二巻二号、一九八五年）に多くを負っている。

後記　生命の劇場

結局のところ、折口信夫とは一体何者であったのか。

私の結論は、こうなる。表現が発生してくる場所を、ただひたすら、自身の学問として、あるいは自身の表現として、探究していった人物である、と。折口が見出した表現発生の場で、人々は原初の時間と空間、すなわち「古代」を生き直す。もしくは、原初の時間と空間、「古代」を反復する。反復は時間と空間の直線的な進展、「歴史」に徹底して抗う。しかしながら、その反復によってしか、歴史のなかに新たなものを生み落とすことはできない。反復によってしか、古代は甦らない。反復は、そこで歴史が終わってしまう空虚な時空であるとともに、そこから新たなものが生み出されてくる創造の母胎でもある。それ故、反復は、人々に終末の恐怖と創生の魅惑を同時にもたらす。折口信夫の学問も釈迢空の表現も、そうした二重性、そうした両義性をまぬがれることはできない。

原初の時空の反復を、あらためて今ここで体験すること、「古代」を生き直すこと。それは最も広い意味で、演劇とは何か、劇的なるものとは何かという問いにつながっていく。折口信夫の古代学とは、演劇の起源、劇的なるものの起源へと遡っていこうとする学問なのだ。折口は演劇を愛し、さらには、自ら新たな演劇を創り上げようとした。「身毒丸」の末尾にわざわざ残された「附言」の一節は、そう読まれなければならない。折口は、そこにこう記していた——「わたしどもには、歴史と伝説との間に、さう鮮やかなくぎりをつけて考へることは出来ません。殊に現今の史家の史論の可能性と表現法とを疑うて居ます。史論の効果は当然具体的に現れて来なければならぬもので、小説か或は更に進んで劇の形を採らねばならぬと考へます」。

『古代研究』は、劇的なるものの起源を目指した折口信夫の学問としての達成であり、『死者の書』は、劇的なるものの起源を目指した釈迢空の表現としての達成であった。さまざまな音が響き合う闇の洞窟からはじまり、あらゆるものが無限の光の度合として拡散していく光の曼陀羅で終わる『死者の書』は、『古代研究』のエッセンスを、一つの「劇」として昇華させたものである。折口信夫の学問によって釈迢空の表現は豊かになり、釈迢空の表現によって折口信夫の学問は豊かになる。しかし、近代のアカデミズムは――現代においても――そうした折口信夫＝釈迢空の学問と表現を認めようとはしなかった。折口信夫＝釈迢空は、フィクションの可能性を、フィクションとして突き詰めたのである。その場合のフィクションとは、現実と虚構という分割を無化してしまう営みであることは言うまでもない。折口信夫＝釈迢空の営為を継ぐ者は、現在でもほとんど存在しない（もちろん皆無ではない）。

本書を閉じるにあたって、折口信夫が最も愛した現実の舞台である「かぶき」について、さらには折口信夫が幻視していた原初の演劇が行われたであろう想像の舞台、いわば「生命の劇場」について記しておきたい。

＊

折口信夫は幼年期から最晩年に至るまで、「かぶき」を愛し続けた。

ミコトモチとしての天皇と並んで、折口古代学を成り立たせるもう一つの柱、遊行する芸能民たるホカヒビトの末裔である「野伏し・山伏し」たちから、無頼の徒の芸術である「かぶき」と、その「美的な乱暴」を創始した「ごろつき」たちが生まれてきた。「ごろつき」たちは、「異風」の装いをし、集団で隊列を組み、暴れ狂う。大地を鎮める地固めの舞（「反閇」）を行うと同時に、「性欲的」な乱暴狼藉をはたらく。宗教性と暴力性、芸能と売色の間に区別はつけられなかった（以上、「ごろつきの話」より）。

折口信夫は、芸能史という学問の創始者となった。折口芸能史の刺激を受け、本田安次は早池峰神楽を発見し、椎葉神楽を発見した。それらに加え、さらに折口のマレビト論の原型となった「花祭り」や「雪祭り」を総合するようなかたちで、本田は「山伏神楽」の体系を整備した。そうした流れのなかで、郡司正勝は『かぶき　様式と伝承』

（一九五四年、以降版をあらため現在はちくま学芸文庫、二〇〇五年）をまとめ上げた。その流れは、『宿神論』を遺著として残す服部幸雄の記念碑的な処女作『歌舞伎成立の研究』（風間書房、一九六八年、引用は再版一九八〇年より）を生んだ。

服部は、『歌舞伎成立の研究』の「序説」で、折口の芸能発生論に最大限の評価を与え、こう記している。「この成立史の方法論に関する限り、師説遵奉の業績が目立つ折口学継承者たちによっても遂に継承されることがなく、こんにちに至るまで折口氏以降の成果を見ていない」、さらには、「しかして、折口氏の成立史研究は、余人の及び得ない、卓越した直観と深い洞察とに満ちているのであって、これを発展させないのは現代の成立史研究の怠慢ともいうべきではなかろうか。私の研究の中には、折口氏の学問に示唆を受けこれを発展させるべく努めた部分がかなり多くあることを記しておく」とも。

折口信夫の「かぶき」論と服部幸雄の歌舞伎研究をつなぐ蝶番の役割を果たした郡司正勝は、「かぶき」の本質は「役者」を中心に据えた饗宴性にあると喝破した（以下、郡司の前掲書中の「饗宴の芸術」「荒事の成立」「河原者と芸術」から要点を抽出した）。「役者」は制度の外に排除され、「河原」を生活の場所とし、定住を許されない「乞食」であった。しかし、その「河原」を生きる賤民たちのなかから、宗教（踊り念仏）と見分けのつかない芸能を担う者たちが生まれ、造園や建築を担う者たちが生まれ、茶道や華道を担う者たちが生まれた。中世の列島で、今日、芸術として総称されるあらゆる技術（アート）は、すべて「河原」から生まれてきたのである。「河原」を生きた「乞食」を祖とする役者たちは、宗教性と暴力性、美と性が渾然一体となった舞台で、制度の外を生きる両性具有の女たち、あるいは人間の外を生きる怪物的な神々に変身する。

郡司正勝は、初代の市川團十郎が創出した「荒事」の背景に、社会が保ち続けてきた「荒人神《あらひとがみ》」（現人神）への信仰と「民話の力」を見出す。初代團十郎は、「山伏神楽」の根幹をなす荒ぶる神、「荒神」（不動明王など）を自らの身体を使って舞台に顕現させたのである。「荒神の生身の出現」と「その示現」こそが「荒事」の本質だった。だから團十郎は歌舞伎の神、歌舞伎の荒ぶる神そのものとなったのだ。荒ぶる神の舞台への出現とともに、「かぶき」を構成する重要な要素として、郡司がもう一つ指摘するのが、「女方」（女形）という存在である。郡司は、こう記す。「女方は、かぶきのワンダーフル的存在であるが、その秘密と魅力は真の女性でないところにある」。

役者は、現実の舞台で、人間を超えた荒ぶる神へと変身し、自然の性を超えた両性具有的なフィクションとしての女へと変身する。折口もまた、死の二年前に発表された「自然女人とかぶき女　新歌右衛門に寄する希望」のなかで、昭和の歌舞伎——折口は決して「歌舞伎」とは書かず「歌舞妓」と書くが、以下通例に倣う——を代表する二人として、後に第一一代の團十郎を襲名する海老蔵と、やはりこの直後に第六代の歌右衛門を襲名する芝翫《しかん》の名をあげている。「荒事」を代表する者と、「女形」を代表する者である（現在であれば、第一三代の團十郎を継ぐであろう当代の海老蔵と、六代目歌右衛門から後継を託された五代目坂東玉三郎であろうか）。折口は、芝翫——六代目歌右衛門——について、こう賞讃している。「自然を離れて自然が発揮出来る」という趣の見える容貌をもっている、と。自然の女性を離れて、より本質的な女性性、原理としての女性性を、舞台の上で実現することができる存在こそが真の女形なのだ。折口は、「自然女人とかぶき女」を含む『かぶき讃』（一九五三年）のなかで、そうした女形のもつ可能性を繰り返し論じ続けていった。自然の女性を乗り超えた「女形」の可能性と、さらには、自然の人間を乗り越えた荒ぶる神「御霊」出現の可能性（その見解は「夏芝居」に集約されている）とを、ともに。

「怪物・怨霊・悪鬼・亡魂など、人外の恐しいものが常に登場した」夏芝居を論じながら折口は、『夏祭浪花鑑』で、だんじりの囃子が聞こえるなか、互いに泥まみれになりながら、養父を殺害せざるを得なくなった団七について、こう記している。「汗と脂と血と乱倫と悖徳でこね返す泥まぶれ——だが何処かゝら、団七の持つ無知にして清純なものが、すべての道徳を蹴飛して、更に深い人道の涙に人を嗚咽せしめるやうに流れて来る」。折口が「かぶき」に見ていたものは、この一節に尽きるであろう。人間社会を律する道徳を乗り越えた地点ではじめて明らかになる「無知にして清純なもの」。折口にとって、「かぶき」の役者たちが体現するのは、制度を超えた、あるいは制度の外に存在する、生命のもつ倫理性そのものであった。そうした「無知にして清純なもの」を体現するとともに、折口が最も愛した役者こそ、一五代目市村羽左衛門である。

『かぶき讃』のなかで最も頁数を費やして論じられている役者が、この羽左衛門だった（折口がコレクションした一四六枚にも及ぶ――一人の役者としては最も多い――羽左衛門の歌舞伎絵葉書を確認することもできる）。折口は、「市村羽左衛門論」（一九四七年）に、こう記している。「彼の時代物のよさは、古い型の上に盛りあげられて行く新しい感覚である」。羽左衛門は、「げすな猥雑な感じ」（「役者の一生」より）が残る前近代的な「かぶき」を、近代的な演劇、あるいは、近代を超えていくような未来の演劇として現代に甦らせたのである。「彼の演技――と言ふより、その舞台の醸し出す幸福感は、明るいあきらめが覚えさせる清麗なものであつた。近代の憂鬱が、澄んだ風の如く、舞台をとほり過ぎた爽やかさである」。折口は、羽左衛門という存在のなかに「明るい寛《ユタ》けさ」と「寂しい静けさ」が同居しているさま、「明るい寂しさ」にして「美しい孤独」があることを見抜いていた。

一五代目市村羽左衛門は、フランスに生まれアメリカに帰化した「異種」の男性を父とし、また前越前藩主「春嶽」松平慶永という「貴種」の落胤である女性を母としてこの世に生まれた「混血児」（ダブル）だった。貴種にして異種でもある「混血児」によって、「かぶき」は新たな演劇として甦ったのだ。歌舞伎の世界は世襲制で、基本的には、男性しか歌舞伎の役者になることはできない。その構造は、皇室と同じである。しかし、最大の相違は「養子」を認めているところにある（中川右介『十一代目團十郎と六代目歌右衛門』幻冬舎新書、二〇〇九年より）。「養子」によって、異種であり貴種である羽左衛門が、市村の「家」を継ぐことができた。折口が最愛の弟子である春洋を「子」とできたのも同様である。芸能の「家」は、「血」のつながりに逆らって、強靱かつしたたかに存続してゆく。

羽左衛門の出生について、現在ではほぼ定説になっている異種と貴種の「混血児」という見解を、関係者からの証言等をもとにして、はじめて明快に提示したのは里見弴の『羽左衛門伝説』（一九五五年）であった。しかし、「市村羽左衛門論」を書いた折口も、その出生の秘密について、ある程度までは知っていたと思われる。「彼が出た家については、今にして明らかに知つて置かねばならぬ問題もある」という一節を残しているからだ。里見もまた、『羽左衛門伝説』のなかで、出生の秘密をもつことで「芯に深い孤独を包んで、而も見せかけでない明るさを失わなかった」羽左衛門の芸の本質、その真の孤独を見抜いた人物はこれまで折口信夫以外に存在しなかった、と記している。

羽左衛門の実の父親ル・ジャンドル（李仙得、後に李善徳）は副島種臣の盟友であり、大隈重信とも深い関係を結び、明治新政府にとって外交問題を解決するための「顧問」のような役割を果たしていた人物である。「生蕃」の征討を目的とした台湾出兵に関しても、ル・ジャンドルの提言にもとづいてなされたものとされている。台湾出兵を遠因として列島は琉球を併合し、台湾を植民地化する。ル・ジャンドルは台湾の「蕃族」の専門家でもあった（明治新政府に招かれる以前、実際に「蕃族」の頭目と交渉を行っている）。「かぶき」の舞台を介して、市村羽左衛門と折口信夫が出会ったことは、まったくの偶然である。しかし、その偶然は近代の列島でしか生起し得なかった。そのことによって「かぶき」という表現も、古代学という学問も、大きく変わったのである。

日本人離れした美貌をもった羽左衛門に導かれて、折口は、未知なる「未来の現実」、未来の演劇の可能性を目指してゆく。「市村羽左衛門論」のなかには、こう記されていた――。

すべての演劇に非現実の許されてよいことは、如何なる自然主義・現実主義からも認められるだらう。が、演劇の持つ現実の領域は実人生が望む所の現実であつて、吾々が知り悉したこの現実に限られたことではない。吾々の平常生活には、まだ実現せられてゐない未来の現実と云ふべきものが、吾々の経験の向うに充満してゐるのである。其を具体化し、吾々の生活様式として行く期待を、其こそ、演劇の上にかけて居るのだ、と言つてよい。幾多の近代劇・新劇が、さうした未来の現実を目的として書かれて居ないだらうか。

虚構の演劇こそが「未来の現実」をひらくのだ。折口信夫は、そうした新たな演劇を自らの手で創り上げようとしていた。大正六年（一九一七）の六月に発表された「身毒丸」は、折口のそのような試みの第一歩であった。折口だけではない。大正のこの時期、近代日本文学を未来にひらく可能性の一つとして、さまざまな演劇の実験、さまざまな戯曲の実験が行われていた。泉鏡花は、柳田國男の民俗学に導かれて、「夜叉ケ池」（一九一三年）に続く「天守物語」を書き上げて公表する（一九一七年九月）。同じく谷崎潤一郎は、血まみれの歌舞伎芝居「恐怖時代」を発表していた（一九一六年三月）。谷崎は、大正期を通じて、少年期に観た『義経千本桜』の想い出を反芻しながら、異類として存在する母、その母が去った異界にして他界の有様を文学表現として定着させようと試みるであろう。その最良の成果として、谷崎は、折口の「妣が国」への探究とも深く共振する『吉野葛』を書き上げる（一九三一年）。折口が「妣が国へ・常世へ」を巻頭に据えた『古代研究』をまとめ上げていく過程と、谷崎が『吉野葛』をまとめ上げていく過程は、完全に並行していた。

しかしながら、大正期に行われたさまざまな演劇の実験、戯曲の実験のなかでも、折口に最も甚大な影響を与えたのは、坪内逍遥による「名残の星月夜」、四幕一〇場という戯曲の発表と「かぶき」としての舞台化であったと思われる。逍遥の「名残の星月夜」が雑誌『中央公論』に発表されたのは、折口の「身毒丸」と同じく大正六年の六月、歌舞伎座での初演は大正九年の五月のことであった。鎌倉幕府の三代将軍、異国への脱出を試みて挫折する実朝と、その実朝の首を鶴岡八幡宮でとった二代将軍頼家の遺児、女装の荒ぶる「大おとこ」公暁、そして実朝の母にして公暁の祖母たる尼公（北条政子）をめぐる「史劇」である。鷗外との「没理想論争」を経た逍遥は、史料そのものから物語を語らせるとともに、狂言回しとして、海の彼方に亡き恋人の面影を求めて彷徨し、オフェリアのようにしてこの世を去る狂女を登場させる。折口は、そうした逍遥の「実践的」な試みを、鷗外の「高踏的」な態度よりも高く評価する。

「歌舞妓の作者以外の人の脚本が、歌舞妓の舞台にのぼる様になつたのは、全く逍遥の努力による事は、いふまでもない。逍遥の社会的な位置があの難関をきり開いたのである。「桐一葉」「沓手鳥孤城落月」「牧の方」などの史劇を上演し、更に広い意味の演劇改良に手をつけて、俳優の養成までしたのも、鷗外の行き方とは、違ひ過ぎた個性の動きである」。折口は、昭和二三年（一九四八）に発表された随筆「逍遥から見た鷗外」にそう記す。折口にとって、逍遥の業績とは、なによりも「史劇」の可能性を広く——「かぶき」の未来にまで——ひらいたことにあった。折口は、戯曲「名残の星月夜」の発表とともに、雑誌『アララギ』に「史劇の根本義」を「名残の星月夜」を素材として論じる「史論の表現形式としての劇」という論考を発表しようとした。残念ながらその論考を折口は書ききることができず、その代わりとして、折口から示唆を受けた斎藤茂吉が、「史劇「名残の星月夜」に就て」を八回にわたって

『時事新報』に連載することになった。

折口は、「名残の星月夜」が歌舞伎座で上演された際――それは野次その他の妨害によって悲惨なものになったという――満を持して、長大な劇評「芝居に出た名残星月夜」を書き上げ、『アララギ』に送る。しかし、結局のところ掲載には至らず、折口が『アララギ』を去る原因の一つとなった。全文が日の目を見たのは昭和二五年（一九五〇）のことである。その後、『かぶき讃』の巻末に収録され、「市村羽左衛門論」と並ぶ折口の「かぶき」論のもう一つの柱となった。折口は、その「芝居に出た名残星月夜」のなかで、「身毒丸」の「附言」に記された「史論」（史劇）の可能性について、より具体的に論じている。この時期までの折口は、古代研究者ではなく、「古代」を主題とした特異な劇作家を目指していたのである。

逍遥の「名残の星月夜」から大きな刺激を受けた折口は、その方法論として「史実の写生」という概念をもち出す。自分は「史論の窮極の形式は、戯曲である」と信じている。「史論」の窮極の形式としての戯曲（史劇）には、「出来るだけ、史実に随順した上に、寓つて来るある物が大切」なのである。折口の「写実」は空想を排除しない。あたかも舞台の上の「女形」のように。「舞台の上の女形は、決してほんたうの女の写実だと思うてはなりません。写実の基礎を持つた空想なのです。女ではあるが、男の要素を多く見せて居る爛熟した味ひを持つた中性なのです」。折口が理想とする史劇は、想像力によって再構築された――折口のいう意味で「写生」された――「古代」を舞台とするものであった。その夢の舞台は、現実と空想、リアルとフィクションの「中間」に形づくられ、男性と女性の「中間」でもある両性具有的な性質をもつものであった。空想を排除しない「史実の写生」によって逍遥の「史劇」を主観的にも、客観的にも乗り越えていこうとしたのである。

しかしながら、「身毒丸」の段階、「芝居に出た名残星月夜」の段階では、折口はいまだに自身が理想とする夢の舞台、窮極の「史劇」の設計図を夢想するに留まっていた。その設計図から『古代研究』という学問の体系、『死者の書』という表現の体系が生まれ出るためには、原初の演劇がいまだに息づいている南島を、柳田國男の導きによって、訪れる必要があった。そこで折口信夫の学問が完成するとともに釈迢空の表現もまた完成したのである。

＊

折口信夫は、柳田國男に誘われるようにして、大正一〇年（一九二一）の夏と大正一二年（一九二三）の夏の二度、南島に渡った。第一回目の調査旅行は沖縄本島にのみ限られていたが、第二回目の調査旅行は八重山諸島にまでその範囲が広げられた。折口は、おそらくは、沖縄本島の調査の段階で、列島に打ち立てられた王権のはじまりの姿をその手につかむ。王の姉妹であるとともに島々の霊的な権威の源泉として存在する「水の女」たる聞得大君の即位式の詳細から、天皇の代替わりの際に行われる大嘗祭の秘儀の核心を幻視することが可能になった。それとともに、いまだにその周縁部――沖縄本島北部の山原地方――では、国家以前である共同体の統治原理となるべき祭祀が生き残っていることを知る。狩猟採集儀礼の痕跡を濃厚に残した祭祀、山から神を迎え海へと送り出す「ウンジャミ」（「ウンガミ」）、あるいは「シヌグ」と呼ばれる祭祀である。

そして八重山諸島に足を踏み入れた折口は、沖縄本島からさらに熱帯に近づいたその場所で、国家以前の共同体を統治する原初の祭祀にして原初の演劇が旺盛な生命力をもって生き長らえていることを知る。琉球王国からの度重なる禁令にもかかわらず、いまだに――現代においてさえも――執り行われ続けている、仮面の来訪神を今ここに迎える祝祭である。この仮面の来訪神を迎える祭祀が、時間的な古層――一般的な意味で理解される「古代」――に属するものであるのかどうかは分からない。伝来の新しさを指摘する研究者も多い。しかし、その祭祀の挙行が国家（琉球王国）にとっては甚だ好ましくなかったものであることもまた事実である。集落の人々のあまりの熱狂に、国家による統制はまったく役に立たなくなる。国家に抗する共同体を組織する原理となる祭祀。時間的ではなく理念的な古層、いわば時間と空間の原型としての場所――それこそが折口のいう「古代」であろう――で執り行われる祭祀。折口が八重山諸島で出会ったのは、そのような祭祀であった。

折口が八重山諸島の中心である石垣島で実際に体験したのは、仮面をつけた翁と媼に率いられた「祖霊の群行」、盆アンガマだけである。しかし、石垣島には、死者たちとともに他界にして異界から神々が訪れてくるという同様の構造をもった祭祀が、さらに複数営まれていた。川平《かびら》の集落で旧暦九月に行われる「節祭」（年の折目、つまり新年を祝う祭）に出現するマユンガナシと、宮良の集落で旧暦六月に行われる「豊年祭」に出現する赤マタ黒マタである。マユンガナシとは、集落に豊饒をもたらしてくれる「マヤの国」、「神の島」であるニライからの神々の来訪を、人々がその「神」となって果たす儀礼である。マユンガナシは、簑、胴簑、笠を身につけ、覆面姿で六尺棒を杖につき、二人一組になって集落の各戸を訪問し、神々の祝福の言葉、他界にして異界の言葉である「神口」（神詞、カンフツ）を唱える。まさに高天原を追放されたスサノヲ、〈野生〉のスサノヲの姿そのものである。人々が神々に変身する場を「産場」（スナィ場）といい、そこで人々は聖なる水をもって神々へと成る。すべての訪問儀礼がすんだ後、マユンガナシは神々から人々へと戻る。このとき、神から人間への変化を「スデ」という。「スデ」は蛇が脱皮する際にも、幼虫が成虫に変態する際にも使う。人々は神々に変態し、神々は人々に脱皮するのだ（川平のマユンガナシ祭祀については、『川平村の歴史』、川平公民館、一九七六年に、マユンガナシの「神口」を含めその詳細が整理されている）。

折口信夫は、国文学の発生を「神の独り言」、神の「一人称式に発想する叙事詩」と考えていた。その発想の起源には、「神憑り」によって次々と教祖が生み落とされていった近世末期の教派神道各派の教義が存在する。そうした近世的＝近代的な宗教の発生論にして文学の発生論に、古代的な――原型的にして普遍的な――基盤が与えられたのである。マユンガナシの口にする神の言葉は、太古の世界から現在まで伝えられたものだった。来訪する神々は「古代」を語るのである。マユンガナシは、現在では、異なった由来神話をもつ川平の上村と下村で行われるだけであるが、明治に至るまで、石垣島北部のいくつかの集落でも行われていたという。南島の基層信仰の一つだったのである。

マユンガナシは、人から神へ、また神から人へ「スデ」る。宮良の集落で熱烈に信仰されている赤マタ黒マタもまた「スデ」る。集落の秘密の洞窟のなかで、二人の青年が全身に草をまとい、赤と黒の巨大な仮面に聖なる水を注ぎかけ、その仮面をまとって祖先たちの国、ニイルから訪れる神々に成る。神秘的で野性的な二対の神が、集落の各戸を、人々の奏でる音楽と神々の「歌」をたずさえて一晩かけてまわる。やがて、夜明けとともに、ふたたび聖なる洞窟のなかへと還り、その姿を地上から消す。宮良の集落を構成するのは、明和の大津波（一七七一年）によって壊滅した今の地に、小浜島から移住させられた人々だった。同じく波照間島からの移住者が多くを占める両隣、大浜の集落および白保の集落と、宮良の集落は一線を画している。語られる言葉さえも違う。祖先神たる赤マタ黒マタが伝えてくれた「古代」の言葉、その「方言」をいまだに保持し続けているのである。強固な信仰によって強固な共同体が形づくられる。その絆は、一年に一度、野性的な祖先神の出現とともに、あらためて確かめられる。

赤マタ黒マタと総称される仮面の来訪神を迎える祭祀は、石垣島の宮良、小浜島、新城島《あらぐすく》、そして西表島の古見で、現在でも執り行われている。神々の種子を抱いた人々が島から島へと移動を重ね、その過程で、それぞれの島を〈野生の劇場〉と化し、神々の種子を開花させたのだ。異界にして他界から訪れる祖先神への信仰を抱き続けながら移動を続ける人々の集団。折口が幻視した「古代」を生きたホカヒビトたちの原 - イメージそのものである。石垣島の宮良、小浜島、新城島に伝わる赤マタ黒マタの起源神話によれば、それらの起源は、いずれも西表島の古見に推定されていた。西表島は、琉球の島々のなかで、沖縄本島に次ぐ面積をもった島である。しかし、その大部分は、人間の手が加えられない深い森に覆われている。熱帯でしか見ることのできないさまざまに貴重な動物種、植物種に満ちた自然の王国である。西表島では、動物、植物、鉱物、森羅万象あらゆるものが、生命の饗宴を繰り広げている。

荒々しい自然の力に満ちた、この〈野生の劇場〉で、原初の演劇が行われていた。西表最高峰の古見岳が聳え立ち、そこから流れ出る二つの川で境界を区切られ、海に面した古見の集落に出現するのは、親神たる黒マタと、子神たる白マタと赤マタという三体の神である。三体の仮面来訪神が出現するのは、古見の集落の境界となっている二つの巨大な川、マングローブが生い茂った前良川《まいら》と後良川《しいら》の上流から、である。仮面神たちは、熱帯の森の化身そのものだった。黒マタは前良川から現れ、白マタと赤マタは後良川から現れる。白マタと赤マタは古見の集落の前に広がる浅瀬を聖なる島、平西島へと渡る。深い森、二つの巨大な川、そしてそこから広がる海。まさに自然が形づくる広大な劇場である。その〈野生の劇場〉のなかを、三体の仮面来訪神たちが、聖なる神の歌を歌いながら移動してゆく。〈野生の劇場〉には、自然の奏でる音楽、人間たちの奏でる音楽、そして神々の奏でる音楽が、重層的に鳴り響く。さまざまな音楽が交響するなかで、人間と自然と神々は渾然一体となる。人間は野性的な神へと変身し、野性的な神は人間へと変身する（古見の仮面来訪神祭祀については、波照間永吉「古見のプーリィの祭祀と歌謡」、『沖縄芸術の科学』第一〇号、沖縄県立芸術大学附属研究所、一九九八年にその詳細が整理されている）。

折口信夫の学問と釈迢空の表現は、列島の中心にある現実の劇場で行われる聖なる変身と、列島の周縁にある熱帯の島々の〈野生の劇場〉で行われる聖なる変身を通底させる。そこでは現実が虚構になり、虚構が現実になる。男が女になり、女が男になる。人間が神になり、さらには動物や植物に、あるいは鉱物になる。そして、生者と死者が交歓する。〈野生の劇場〉は〈生命の劇場〉となる。そうした未曾有の光景を、学問として、さらには表現として定着させること。折口信夫が成し遂げたのは、そのようなことであろう。

折口信夫が熱帯の島々から抽出してきた〈生命の劇場〉を、さらに世界にひらくことはできるのだろうか。仮面の来訪神を迎える祝祭が行われている熱帯の島々は、美しい珊瑚礁に取り囲まれている。柳田國男は、「海上の道」（雑誌掲載＝一九五二年、単行本＝一九六一年）で、そのような珊瑚礁に孕まれる無数の子安貝（＝宝貝）を目指して、この列島に人々がやってきたのだと説いた。一年に一度、青く透明にすんだ熱帯の海から浮上してくる珊瑚礁の島々。そこには、「稀なる世の宝が、さゞれ小石の如く散乱して」いたはずだ。折口信夫という最良の弟子にして最大のライバルを失いつつあった最晩年の柳田國男もまた、〈生命の劇場〉の最も美しい変奏を提示していたのだ。それは特異な歴史学であるとともに、イメージが発生してくる根源の場所を、まさに豊かなイメージを用いて探究した芸術表現の極でもあった。

さらに、文化人類学者クロード・レヴィ＝ストロースは、『野生の思考』という代表作の第一章「具体の科学」のなかで、いまだに「野生の思考」が生きている社会の一つの例として、マユンガナシが出現する川平の集落を生活の場とする人々を取り上げる。ワシントン州立大学の人類学の教授であるアラン・H・スミス（Allan H. Smith）による報告、「南琉球諸島、川平の文化」（〈The Culture of Kabira, Southern Ryūkyū Islands〉, *Proceedings of the American Philosophical Society*, Vol.104, no2, 1960）から、レヴィ＝ストロースは、次の一節を引用する（レヴィ＝ストロースが省略してしまった部分も含め、原文から正確に引用する）――。

川平の人々が、自分たちの生活する場を博物学的に理解する様には充分に驚くべきものがある。何百種にも及ぶ野生種の植物が名づけられ、そのさまざまな使用方法は一般によく知られている。子供たちでさえも、目の前にある小さな樹木の破片から、その樹木が属する種を同定できる場合が多々あるし、さらにその上、川平の人々が伝統的に雌雄を分ける観念にもとづいて、その樹木が属する性別さえも同定できる。その同定は、木質部分や樹皮の外観、匂い、堅さ、同じようなさまざまな性質を観察することによってなされる。何十種にも及ぶ魚類や貝類も、それぞれ個々別々に区別することが可能な名前によって知られているし、それらの区別された特徴や生態も、それぞれのタイプの内部で分類される雌雄の別と同じく、非常に良く認識されている。

スミスによるこの報告は、川平の集落を生きる人々の詳細な民族誌（エスノグラフィー）となっている。もちろんマユンガナシの出現をはじめとする、その信仰生活の細部も記録に残されている。川平の集落の人々のもつ自然への繊細な眼差しと、「野生の思考」の基盤となる二項対立的な思考方法が抽出されている。それは仮面来訪神への信仰をもつ他の地域でも同様である。西表島の古見と小浜島を起源とする新城島の仮面来訪神祭祀では、赤マタ神が、訪れる家に向かって東（右）、太陽、剣と結びつけられ、黒マタ神が西（左）、月、鉾と結びつけられている。色彩、方角、天体、そして武器。神々が奏でる音楽を導きとして、対をなすさまざまなイメージの交響楽が繰り広げられている（新城島の仮面来訪神祭祀については、竹富町史第五巻『新城島』、竹富町役場、二〇一三年にその詳細が整理されている）。

折口信夫の見出した熱帯を舞台とした〈生命の劇場〉は、「野生の思考」の舞台として、まったく新たに復活するのである。

初出誌一覧と謝辞

本書を構成する第一章から第八章までは、雑誌『群像』の二〇一二年五月号、八月号、一一月号、二〇一三年二月号、五月号、八月号、一一月号、二〇一四年二月号に発表された。このうち、第五章「乞食」の最終節（「乞丐相」）、第六章「天皇」の最終節（「翁の発生」）、第七章「神」の第二節（「憑依の論理」）に大幅な増補訂正を行っている。その際、「翁の発生」には、『現代思想』二〇一四年五月臨時増刊号「総特集　折口信夫」に発表した同タイトルの論考を組み込んでいる。

「列島論」を構成する二篇、「国家に抗する遊動社会」と「折口信夫と台湾」は、それぞれ、雑誌『文學界』の二〇一四年一月号に「列島論」として、同じく『群像』の二〇一四年七月号に「山人論」として発表したものである。「国家に抗する遊動社会」の後半部分は、今回、まったく新たに書き加えた。

「詩語論」を構成する三篇のうち、「スサノヲとディオニュソス」は「ディオニュソスとスサノヲ」として『光源体としての西脇順三郎』（Booklet21、慶應義塾大学アート・センター、二〇一三年）に発表したものである。「言語と呪術」は、KAWADE道の手帖『井筒俊彦　言語の根源と哲学の発生』（河出書房新社、二〇一四年）に発表した「呪術と神秘」を原型とするが、今回、全面的に書きあらためた。「二つの『死者の書』」は「二つの宇宙論」として『ポー研究』第二・三号（合併号、日本ポー学会、二〇一一年）に発表したものである。

本書が成るにあたって実施された主な調査および取材は、下記の通りである。「花祭り」の調査は二〇一一年一一月、二〇一二年一月と一一月、二〇一三年一一月に行った。「雪祭り」の調査は二〇一二年一月に、「西浦田楽」の調査は二〇一二年二月と二〇一三年二月に行った。沖縄本島および八重山諸島の調査は二〇一二年七月と八月、二〇一三年七月と八月、二〇一四年七月に行った。椎葉神楽の調査は二〇一三年一二月に、早池峰神楽の調査は二〇一四年七月に行った。その他、能登半島は二〇一〇年九月に、壱岐島は二〇一一年一一月に、男鹿半島は二〇一三年一月と五月に、台湾島は二〇一四年三月に訪れた。四天王寺の聖霊会をはじめ折口の生地である大阪各地、飛鳥坐神社の御田植祭や当麻寺の練供養をはじめとする奈良各地も複数回訪れている。

いずれもフィールドワークというよりは「見学」に近いものであったが、本書を書き進める上で得難い体験となった。現地まで同行して下さった皆さん、現地に迎え入れて下さった皆さんに、厚く御礼申し上げる。なお、「後記」に記した西表島の仮面祭祀は現地に立った上、想像力のみで描き出したものである。文字通り本書の最後の原稿となったこの「後記」は、石垣島調査の最終日（二〇一四年七月二四日）に書き始め、早池峰神社例大祭の前日（七月三一日）に書き終えた。

＊

最初の著作である『神々の闘争　折口信夫論』を上梓してからちょうど一〇年になろうとしている。文芸評論家として、私が最初に取り組むことになった対象が折口信夫である。それ以降、どうしても論じ足りない、あるいは、書き足りない部分が残ってしまった。今回、企画から刊行まで四年以上という歳月をかけて、ようやく自分の納得のいく折口信夫論を完成することができた。企画の段階でお世話になった講談社の須藤寿恵さん、第一章から第八章まですべての原稿を受け取っていただいた長谷川淳さん、一冊の書物としてまとめていただいた原田博志さん、「夢の書物」に仕上げていただいた菊地信義さんに、あらためて深く感謝したい。

二〇一四年夏の終りに

安藤礼二

安藤礼二（あんどう・れいじ）

1967年、東京都生まれ。文芸評論家、多摩美術大学美術学部准教授。早稲田大学第一文学部卒業。大学時代は考古学を専攻する。出版社の編集者を経て、2002年「神々の闘争——折口信夫論」で群像新人文学賞評論部門優秀作を受賞、批評家としての活動をはじめる。2006年、折口の全体像と近代日本思想史を問い直した『神々の闘争 折口信夫論』（講談社）で芸術選奨文部科学大臣新人賞を受賞。2009年には『光の曼陀羅　日本文学論』（同）で大江健三郎賞と伊藤整文学賞も受賞した。他に、『近代論　危機の時代のアルシーヴ』『場所と産霊《ムスビ》　近代日本思想史』『祝祭の書物　表現のゼロをめぐって』などの著作がある。

折口信夫《おりくちしのぶ》

二〇一四年一一月二五日　第一刷発行
二〇二一年一二月二二日　第六刷発行

著者　安藤礼二《あんどうれいじ》
発行者　鈴木章一
発行所　株式会社講談社
〒一一二―八〇〇一　東京都文京区音羽二―一二―二一
出版部　〇三―五三九五―三五〇四
販売部　〇三―五三九五―三六二二
業務部　〇三―五三九五―三六一五
印刷所　凸版印刷株式会社
製本所　大口製本印刷株式会社
定価はカバーに表示してあります。

ISBN978-4-06-219204-0　Printed in Japan

KODANSHA